Ariadne Krimis: Inwiefern anders?
Ariadnes Spezialität ist spannender Lesestoff mit literarischem und aufrührerischem Anspruch. Für uns muss ein guter Krimi folgende Kriterien erfüllen: Der Suspense muss auf mehreren Ebenen stattfinden. Also nicht nur: Wer hat gekillt bzw. wird er oder sie überführt?, sondern zusätzliche Rätsel, Fragen, Unklarheiten, Gefahren, Ängste und Nöte. Der Erzählkosmos darf keine heile Welt sein, die mit der Lösung des Falls wieder blitzsauber wird – vielmehr zieht ein guter Krimi seine Spannung auch aus den Lücken, Grauzonen und Fehlern herrschender Moral und Rechtsvorstellung. Hier sehen wir die Herausforderung einer zeitgemäßen Krimikultur: eingängig und spannend Geschichten zu erzählen, die gesellschaftliche Widersprüche und Ungerechtigkeiten ausleuchten, Zweifel an kulturellen, moralischen, sozialen Selbstverständlichkeiten wecken, kritischen Argwohn gegenüber den gängigen Glücks-, Erfolgs- und Wohlstandsversprechungen schüren, zum Misstrauen gegen blinde Ideologien, Dogmen und Normen anregen. Ariadne Krimis neigen zum Subversiven. Dass Frauen darin die Hauptrollen besetzen, war vor 15 Jahren ein Skandal, heute stehen wir damit nicht mehr allein. Dass die Hälfte unserer Protagonistinnen Sex mit Frauen bevorzugt, ist schon weniger gängig und entspricht dem Off-Mainstream-Anspruch von Ariadne. Die (Anti-)Heldinnen sind Figuren, die an den Rollenmustern rütteln und neue Wege zu gehen versuchen. Bei den deutschsprachigen Autorinnen suchen und fördern wir die, die mit dem Genre experimentieren, über den Tellerrand spähen, sich auf neues Terrain wagen. Krimis sind für uns eine Art Widerstandskultur. Das muss man natürlich nicht genauso sehen, man kann auch einfach unsere spannenden Bücher genießen.

Zu diesem Buch
Mattie Junghans kennt sich aus mit Illusionen – als Film-Expertin mit Spezialgebiet Bollywood sowieso, aber auch im echten Leben, denn sie hat schon viele Träume zerschellen sehen. Matties Freunde finden, sie braucht Karrierehilfe, denn sie sagt ohne Diplomatie, was sie denkt. Diplomatie ist eher die Stärke von Jasmin Assadi, Jurastudentin und im Nebenjob Bodyguard. Jasmins Vorbild ist die Politikerin Frederike, für deren Sicherheit sie sorgt. Aber als sie Mattie und Frederike zusammenbringt, trifft Macht auf tabulose Neugier, und das hat fatale Folgen ... Eine Bollywood-Inszenierung in Berlin, eine Militär-Affäre in Holstein sowie eine Selbstsuche im Moloch Bombay bilden prachtvolle Kulissen dieses sinnlich-filigranen Kinokrimis.

Merle Kröger, geboren und aufgewachsen in Norddeutschland, lebt in Berlin. Studium der Filmwissenschaft und Publizistik an der FU Berlin. Mitglied der Künstlergruppe Botschaft e.V. 1990–1995, der Autorengruppe dogfilm 1991–2000 sowie der Medienkunstplattform pong seit 2001. Regie, Buch und Schnitt für Dokumentarfilme und Videokunst. Organisation und Mitarbeit an Medienkunstfestivals, Ausstellungen und Veranstaltungen. Seit 1996 regelmäßige Aufenthalte in Bombay/Mumbai.

Merle Kröger

Kyai!

Ariadne Krimi 1166
Argument Verlag

Ariadne Krimis
Herausgegeben von Else Laudan
www.ariadnekrimis.de

Merle Kröger bei Ariadne:

Cut! *(Ariadne Krimi 1146)*
Kyai! *(Ariadne Krimi 1166)*

Deutsche Erstausgabe

Glashüttenstraße 28, 20357 Hamburg
Telefon 040/4018000 – Fax 040/40180020
www.argument.de
Lektorat: Else Laudan
Satz: Iris Konopik
Umschlaggestaltung: Martin Grundmann,
www.herstellungsbuero-hamburg.de
Druck und Bindung: CPI Moravia Books, Pohorelice,
Printed in Czech Republic
Gedruckt auf säure- und chlorfreiem Papier
ISBN 10: 3-88619-896-0
ISBN 13: 978-3-88619-896-2
Erste Auflage 2006

Für Tina und Jörg

Eine Verbindung zwischen diesem Roman und der Organisation »Osho International« besteht nicht. Sämtliche Figuren und Handlungen dieses Romans sind frei erfunden. Die Handlung dieses Romans ist nicht die dokumentarische Darstellung tatsächlicher Vorgänge. Ähnlichkeiten mit realen Personen oder Vorgängen und Situationen in tatsächlich existierenden Organisationen wären rein zufällig. Darum erhebt dieser Roman auch keinesfalls den Anspruch, die geschilderten Vorgänge könnten wahr sein und sich so zugetragen haben.

Mattie Junghans	verliert ihre Existenz und verdoppelt den Einsatz
Nick Ostrowski	setzt alles, verliert und kommt trotzdem eine Runde weiter
Cal Mukherjee	spielt auf Nummer sicher und findet sie woanders als vermutet
Jasmin Assadi	teilt aus und steckt ein
Kamal Assadi	muss sich zwischen Vergangenheit und Zukunft entscheiden
Frederike von Westenhagen	setzt auf Risiko und verliert
Johannes von Westenhagen	spielt ein gefährliches Spiel
Anand Kumar	erkauft sich einen billigen Sieg
Sabiya Ansari	setzt auf Zukunft und rettet die Gegenwart
Emma Junghans	setzt ihr Leben aufs Spiel

1 Wind

Will the wind ever remember
The names it has blown in the past,
And with this crutch, its old age and its wisdom
It whispers, ›No, this will be the last‹
And The Wind Cries Mary

Close-up von Jimi Hendrix. Die Gesichtszüge verlieren sich im körnigen Kontrast der Schwarzweißbilder. Seine Hand greift um den Gitarrenhals, als wolle er ihn würgen.

Crossfade – die Musik wird leiser und weicht einer markigen Sprecherstimme.

»Fünfter September 1970. Love and Peace Festival auf der Insel Fehmarn. Jimi Hendrix spielt sein letztes Konzert. Für seine Fans beginnt eine neue Zeitrechnung.«

Ein Gegenschuss von oben aus in die Menge. Lachende Gesichter. Zuckende Körper. Haare fliegen im Wind.

»Visionen können die Welt verändern.«

Das Gitarrensolo endet in einem Schlag, dessen Hall sekundenlang nachklingt.

Die Bilder explodieren in einem weißen Blitz, aus dem sich langsam die gestochen scharfe Farbaufnahme einer roten Mohnblume einblendet.

High Definition Hyperrealität.

Die Musik geht über in ein Orchesterthema, das an die Titelmelodie von *Star Wars* erinnert.

Windräder drehen sich in einer mechanischen Choreographie.

Close-up eines Rotorblattes, durch das Bild wischend. Dahinter blauer Himmel.

Die Kamera folgt einer weißen Möwe.

Sie landet auf einer Sandbank voller Seevögel. Die Kamera scheint zurückzuweichen, bis sie das Schild mit der Aufschrift »Biosphärenreservat« im Visier hat.

Funkelnde Solarplatten auf dem Dach eines Bauernhauses.

Davor verkauft eine Bäuerin frisches Gemüse.

Eine Frauenhand greift nach den knallig roten Tomaten.

Umschnitt auf das lachende Gesicht der jungen Mutter.

Dahinter ihr Mann mit dem Kind, in einer Trekking-Sportkarre. Sie sind gekleidet wie Models aus dem Outdoor-Katalog.

Die Musik wird lauter.

Jetzt ein Leuchtturm, aus der Hubschrauber-Perspektive.

Ganz oben steht eine Frau und schaut über das Meer.

Die Kamera fährt nah an sie heran. Ihr Blick wendet sich vom Meer direkt ins Objektiv.

Grüne Augen, sympathisch, klar und fast ein wenig spöttisch.

»Helfen Sie uns, unsere Visionen umzusetzen. Wählen Sie am 6. Juli die SPD.«

Mattie schüttelte den Kopf. »Das ist doch der Abschuss!«

Ellen kam zu schnell unter der Zapfanlage hoch, wo sie gerade nachgeguckt hatte, ob das neue Fass richtig angestochen war. »Aua! Was ist denn?«

Mattie deutete auf den kleinen Fernseher, der hinter der Theke vom *Strandläufer* lief. Außer ihr und Ellen Steinmüller war niemand in der Kneipe. »Jimi Hendrix!«

Ellen strich sich müde eine graublonde Strähne aus dem Gesicht, in dem sich sechsundfünzig bewegte Lebensjahre abzeichneten. »Hast du den noch nicht gesehen? Denen ist echt nichts heilig.« Sie nahm die Fernbedienung und schaltete den Fernseher aus. Ihr Kopf verschwand wieder hinter der Theke. »Das sollte so was wie ein deutsches Woodstock werden«, grummelte es aus den Tiefen der Zapfanlage, »aber es war eben Fehmarn. Arschkalter Sturm, drei Tage Regen, und dann haben die Hells Angels das Kassenhäuschen abgefackelt. Wo ich drinsaß.« Offensichtlich war sie jetzt mit dem Fass zufrieden, denn sie griff nach dem Tabak und drehte sich eine, während sie Mattie grinsend fixierte. »Die Veranstalter hatten sich längst mit der Kohle vom Acker gemacht. Und wir standen da, mit einer Wiese voller Müll und Kacke. Von wegen Visionen.«

Mattie lachte. Ellen ließ keine Gelegenheit aus, sich über die verklärte Romantik ihrer Altersgenossen auszulassen, auch wenn sie damit oft alleine dastand. Als Mattie noch zur Schule ging, waren sie am Wochenende immer aus Harmsdorf in den *Strandläufer* getrampt, wo Musik gespielt wurde, die auch jenseits von Hamburg relevant war. Von dem Kollektiv, das das alte Hotel an der Ostsee in jahrzehntelanger Arbeit restauriert hatte, waren heute nur noch Ellen und ihr Mann Christian übrig. Und wie so viele, die in Schleswig-Holstein vom Tourismus – auch dem sanften – lebten, kämpften sie sich von Kredit zu Kredit.

Aber heute wurde der *Strandläufer* dreißig Jahre alt, und Ellen wollte feiern. Freunde und ehemalige Mitstreiter aus Kiel und Hamburg waren angereist, Film- und Musikprogramm gebucht.

»War das gerade Jimi Hendrix?« Weder Mattie noch Ellen hatten den Mann bemerkt, der am Eingang der Gaststube stand. Er sprach englisch, sein Akzent ließ auf einen Amerikaner schließen. In Ellens Augen stand kein Erkennen. Da sie schwieg, antwortete Mattie.

»Er hat sein letztes Konzert auf der Insel Fehmarn gegeben. 1970, kurz vor seinem Tod. Es gibt da sogar ein Denkmal für ihn. Machen Sie hier Urlaub?«

Der Mann kam näher. Aus seiner Silhouette gegen die Nachmittagssonne, die durch die Fenster schien, wurde ein realer Körper in Jeans, Pullover und einer North-Face-Weste. Um die Augen hatte er Lachfältchen. Er antwortete nicht auf Matties Frage. »Ein Werbespot?« Er lächelte entschuldigend. »Ich verstehe kein Deutsch.«

»Könnte man sagen.« Mattie sah zu Ellen, die schweigend mit einem Tuch auf dem Tresen herumwienerte, in der linken Hand die brennende Zigarette. Sie schien heute kein Interesse an potenziellen Kunden zu haben. »Es war eine Wahlwerbesendung für die deutsche Regierungspartei.«

Sein Lächeln wurde breiter. Mattie wusste nicht, ob es eine Reaktion auf die Worte selbst oder auf ihren sarkastischen Tonfall war. »Als die US-Armee General Noriega in seiner Villa in Panama belagerte, haben sie ein Soundsystem aufgebaut und ihm tagelang *Voodoo Child* vorgespielt. Immer wieder. Bis er aufgegeben hat.«

»Imperialistenschweine«, murmelte Ellen hinter der Theke auf

Deutsch. Daher wehte also der Wind. Ellen hatte kein Interesse an potenziellen amerikanischen Kunden. Der Blick, den sie dem Mann zuwarf, ließ daran keinen Zweifel.

»Sie haben hier ein sehr schönes Hotel.« Entweder tat er nur so, oder er hatte Ellens Feindseligkeit nicht bemerkt. »Ich würde gern ein Zimmer mieten. Für zwei Nächte.«

»Tut mir leid, wir sind voll belegt. Versuchen Sie es doch im Ferienzentrum Hohenberger Strand. Dort ist um diese Jahreszeit immer etwas frei. Sie haben auch Wellness-Angebote und ein Erlebnisbad.« Mattie konnte die Bitterkeit in Ellens Worten hören.

Der Blick des Mannes folgte der ausgestreckten Hand mit der Zigarette. Durch das Fenster sah man die weißen Hochhäuser in der Sonne über die Bucht aufragen. Er schüttelte den Kopf. »Ich brauche kein Wellness. Ich mag lieber Häuser wie Ihres hier.«

Ellen zuckte die Schultern und begann wieder die Theke zu polieren, die bereits auf Hochglanz schimmerte. Langsam wurde es Mattie zu bunt. Auch wenn Ellen schon gegen den Vietnamkrieg auf die Straße gegangen war, konnte sie jeden Euro gebrauchen. »Er kann mein Zimmer haben«, sagte sie auf Deutsch. »Ich schlafe sowieso lieber im Bus.« Ellen wollte etwas erwidern, aber Mattie kam ihr zuvor. »Ich mache hier unten die Anmeldung fertig, und du gehst schon mal hoch.« Sie grinste. »Die Leute kommen gleich. Und du siehst aus wie eine alte Barschlampe.«

Ellen musste lachen und schlug spielerisch mit dem Handtuch nach ihr. »Jetzt werden die Küken aber frech! Du bist hier gerade noch durch die Hintertür rausgekrochen, wenn die Bullen auftauchten!«

Mattie sah der schlanken Frau nach, wie sie die ungebeizte Holztreppe hinauflief, immer zwei Stufen auf einmal, und das in einem knöchellangen Rock und ihren geliebten, schiefgetretenen Stöckelschuhen. Sie rutschte vom Barhocker und holte das dicke schwarze Gästebuch hinter dem Tresen hervor. Der Amerikaner hatte die Szene schweigend beobachtet, ohne sich vom Fleck zu rühren. Als Mattie das Buch aufschlug, lächelte er wieder. Sie nahm seinen Pass entgegen und schrieb den Namen ins Buch.

»Mr. James Forrester.« Sie reichte ihm den Pass zurück. »Sie haben Zimmer acht, im zweiten Stock. Wundern Sie sich nicht, wenn es heute Nacht etwas lauter wird. Am besten stopfen Sie sich etwas in die Ohren, oder Sie kommen runter und feiern mit.«

»Sie können mich Jimi nennen«, sagte er lächelnd. »Ich spiele zwar nicht Gitarre, aber gegen gute Musik hatte ich noch nie was. Wir sehen uns dann heute Abend.« Er nahm seine Reisetasche und verschwand ebenfalls über die Treppe aus ihrem Blickfeld.

Mattie ging nach draußen auf die große Terrasse, wo ihre Leinwand sich tapfer gegen den steifen Wind behauptete. Dahinter hörte sie das Meer rauschen.

Open Air Ende April, das konnte ganz schön in die Hose gehen.

2 Kung-Fu

»Na, meine Damen, dann treten Sie mal ein.«

Vor ihr ertönte Gelächter. Jasmin Assadi hatte Schwierigkeiten, an Frederike dranzubleiben. Es war viel zu voll hier. Nervös checkte sie die Position von Mariusz.

Einer vorne, einer hinter Frederike.

Auf der Leinwand stolperten gerade ein paar Girls in ein einsames Hotel an der Ostsee, wo zwei alte Chanson-Tanten für ihre Tour übten. Hey, die waren gar nicht schlecht.

Jasmin sah sich um.

»Guck mal, das ist doch die kleine Jasmin!«

Am liebsten hätte sie ihre Sonnenbrille aufgesetzt, aber das war verboten.

»Denkt lieber gar nicht erst an Matrix. Das ist besser für euch und die Leute, die ihr beschützen sollt.« Die Stimme ihres Bosses ließ keinen Zweifel aufkommen.

Jetzt winkte dieser Gymnasiallehrer-Typ ihr auch noch zu. Wie hieß der noch? Jürgen? Und direkt neben ihm stand Regina, schüttelte ihre rote Hennamähne und fuchtelte mit langen Flatterärmeln vor seinem Gesicht herum. Jasmin mochte ihre Mutter nicht, und schon gar nicht, wenn sie mit ihren Weggefährten rumhing, wie sie es nannte. Ein Haufen Leute, die offensichtlich

Schwierigkeiten hatten, in Würde zu altern. Unwillkürlich sah sie an ihrer eigenen Arbeitskleidung hinab. Schwarzer Anzug aus dehnbarem Stoff, Hemd, Krawatte – für Abendanlässe Pflicht. Offensichtlich hatte sich noch niemand überlegt, dass Bodyguards für Regierungsmitglieder aus der 68er-Fraktion eher in Indienhemdchen gekleidet werden sollten. Jasmin sah routinemäßig auf ihre Armbanduhr. Sie war jetzt seit über zehn Stunden im Dienst. Morgens Wahlkampfauftritt mit dem gemeinen Volk auf dem Wochenmarkt in Eutin, nachmittags Rede vor ausgewählten Offizieren auf dem Bundeswehrstützpunkt, und jetzt auch noch Smalltalk in der Stammkneipe. Ihre zu schützende Person hatte sich gerade Ellen Steinmüller gekrallt, die aussah, als wollte sie auch lieber den Film sehen.

Jasmin hatte den Titel im Vorbeigehen auf dem Plakat gelesen. *Schöne Frauen.* Sie versuchte die interviewerprobte Stimme Frederike von Westenhagens auszublenden und sich auf die Leinwand zu konzentrieren. Fünf arbeitslose Schauspielerinnen, die von einem Casting abgehauen waren und sich nun am Meer einen ansoffen und ihre Lebenslügen auspackten.

Jasmin entspannte sich ein wenig. Sie mochte Roadmovies. Auch wenn sie lieber für ihr Strafrechts-Examen geübt oder noch eine Runde Training eingeschoben hätte.

Plötzlich spürte sie hinter sich eine störende Energie. Eine Sekunde später flog eine Flasche an ihrem Ohr vorbei in Richtung Leinwand.

»Scheiß-Nutten! Ihr wollt doch nur mal richtig durchgevögelt werden!«

Um sie herum waren auf einmal Leute, die nicht ins Bild passten. Zu jung. Zu mackermäßig. Sie drehte sich nicht um, sondern sprang sofort auf ihre Position. Ihre rechte Hand schloss sich eisern um den Arm von Frederike.

»Weg hier!«, zischte sie. Mariusz hatte schon einen Weg zur Tür freigeräumt, die ins Innere des Hotels führte.

Zwei Minuten später war Frederike sicher in die Wohnung der Steinmüllers verfrachtet, Mariusz hatte sich vor ihrer Tür postiert, und Jasmin war wieder auf dem Weg nach unten.

Draußen tobte das Chaos. Jetzt erst konnte sie die vier Typen ausmachen, die mittlerweile das Feld unter Kontrolle hatten. Sie brüllten, traten gegen Stühle und Tische, und in ihren Augen funkelte die Macht der Besoffenen.

»Scheiß-Stimmung hier! Was ist denn los mit euch?«

Die Gäste versuchten unter Tischen und Stühlen in Deckung zu gehen oder klammerten sich aneinander fest.

»Aber solche Scheißfilme wollen wir ja auch nich sehn!«

Einer hatte sich zur Leinwand vorgearbeitet und hielt ein großes Sturmfeuerzeug daran. Der synthetische Stoff fing sofort Feuer, das die Szene gespenstisch beleuchtete. Jasmin hörte eine Frau aufschreien. Die würde doch nicht im Alleingang auf die Typen losgehen? Die Polizei musste jeden Moment eintreffen. Sie fragte sich, ob einer von den Ex-Kommunarden hier seine Vorsätze über Bord geworfen und 110 gewählt hatte. Die Sache selber in die Hand nehmen konnten sie schließlich nicht, dazu waren sie zu alt und zu vollgefressen. Sie als Leibwächter hatten jedenfalls strikte Anweisung von ihrem Boss, nicht einzugreifen, wenn es nicht um die zu schützende Person ging.

Aber diese blöde Kuh konnte nicht warten. »Meine Leinwand!«, brüllte sie und schmiss eine Flasche nach dem Typen.

»Guck mal da! Das ist hier ein Kanaken-Kino!« In null Komma nix war der Typ hinter ihr und hielt ihr eine abgebrochene Flasche an den Hals. »Na, meine Schöne, möchtest du vielleicht, dass ich dich persönlich wieder in das Scheißland befördere, wo du hergekommen bist?«

Jasmin nutzte die folgende Sekunde allgemeinen Verharrens, um aus der Tür zu treten. Sie war selbst überrascht, wie leicht es ihr fiel, sich nicht an die Anweisung des Bosses zu halten. Denn der Boss war immerhin ihr Vater. Sie zwang sich, nicht an ihn zu denken, und setzte mit einem gesprungenen Frontkick den Typ mit der Flasche außer Gefecht. Als sie seinen Wangenknochen unter ihrem Fuß brechen fühlte, wurde ihr schlagartig bewusst, dass dies keine Trainingssituation war. Ihre Füße setzten wieder auf dem Boden auf. Die drei anderen schrien durcheinander und kamen auf sie zu.

Jetzt nur nicht rückwärts gehen.

Mach dich größer als du bist.

Plötzlich fühlte sie, dass sie nicht mehr alleine war. Wie verlangsamt sah sie eine zweite Figur ganz rechts außen in ihr Gesichtsfeld treten. Eine Faust schoss nach vorn, gefolgt von einem Kreiskick.

Der letzte der Angreifer drehte sich zu seinen Kumpels um, die am Boden lagen. Er stand jetzt mit dem Rücken zu ihr. Ihr Körper spannte sich und schien schon vor ihrem Gehirn zu wissen, was zu tun war.

Der Überraschungsmoment musste eindrucksvoll sein. Kung-Fu ist eine Kampfkunst, kein Gemetzel. So hatte sie es gelernt.

3 Rudelzugang

Mattie hievte sich von dem Holztisch hoch, an dem sie, wie es ihr schien, über Stunden festgewachsen war.

»Was soll's! Ist halt Unternehmerpech«, murmelte sie.

Ellen hob müde den Kopf. »Madita, verdammt, warum hast du deine Leinwand denn nicht mal brandschutzimprägniert! Wir können froh sein, wenn die Versicherung überhaupt den übrigen Schaden bezahlt.«

»Jetzt mach mal halblang, Ellen.« Christian berührte ihren Arm. »Ist ja schließlich nicht ihre Schuld. Diese faschistischen Kriegstreiber! Warum müssen die ausgerechnet hier ihre Kaserne haben!« Er donnerte mit der Faust auf den Tisch. Als er sah, dass Mattie zusammenzuckte, nahm er die Hand sofort wieder runter. »Tut mir echt leid, ich würde dir sofort deine Anlage bezahlen, aber du weißt ja selbst, wie es bei uns läuft …« Er zuckte hilflos die Schultern.

Mattie fühlte, wie die Enge der verrauchten Gaststube ihr die Luft nahm.

»Ist schon okay! Kümmert euch mal um euren Kram«, sagte sie unfreundlicher, als sie gewollt hatte, und ging schnell zur Tür. Sie mied den Weg zum Meer, wo immer noch die traurigen Überreste von Leinwand und Projektor auf den Abtransport warteten, und ging vorne rum, wo ihr roter alter Bus parkte. Sie schloss auf und stieg langsam die Stufen hoch. Alles sah noch genauso aus wie gestern, als vor ihr ein weiterer Sommer gelegen hatte, in dem sie mit ihrem Wanderkino an der Küste entlangziehen würde. Auf dem Tisch, vor der um neunzig Grad versetzten Sitzbank Nummer sechs, stapelten sich Verleihkataloge. Dahinter, wo sie die Reihen acht bis zwölf rausgenommen hatte, türmte sich zerwühltes Bettzeug und obendrauf ihre Jogging-Klamotten. Dazwischen tauchte plötzlich ein Ohr aus dunkelbraunem Fell auf.

»Oh Gott, Mascha!« Mattie fühlte, wie ihr Herz hämmerte. Sie hatte sich noch nicht daran gewöhnt, dass die alte Hündin wieder bei ihr war.

Vor einer Woche war sie guter Dinge aus Berlin in Harmsdorf am See eingelaufen, um sich über Ostern ein bisschen auszuruhen und Hinnarck in der Sicherstellung von Emmas Routine abzulösen. Die schweren Depressionen ihrer Mutter waren zwar besser geworden, seit sie und Nick im letzten Jahr die Geschichte um den alten Vogelliebhaber klären konnten, der sie über Jahrzehnte bedroht hatte. Zumindest fühlte sich Emma nicht mehr von der gespenstischen Figur des *Nassen Mannes* verfolgt. Aber ihre Welt hatte auch heute nur selten die gleichen Koordinaten wie der Planet, auf dem die restliche Menschheit verkehrte. Man musste sie ständig in der Umlaufbahn halten. Und das tat ihr Mann Hinnarck mit hingebungsvoller Geduld seit über vierzig Jahren. Als Mattie ihren Bus wie immer hinter dem alten Haus am Bahnhofsplatz parken wollte, stellte sie überrascht fest, dass Hinnarck für Emma einen kleinen Garten angelegt hatte, in dem sie emsig herumwurschtelte. Und hinter ihr her schlurfte Matties alte Hündin Mascha. Mascha, deren vorwurfsvoller Blick sie bis nach Hamburg verfolgt hatte, als sie ihre Jugendliebe Tim und Harmsdorf verließ. Natürlich war es Hinnarck gewesen, der seinem Ex-Schwiegersohn in spe nichts abschlagen konnte, als Tim plötzlich mit Mascha vor der Tür stand. Der Hund musste weg, weil er das Kind von Tim und seiner Freundin Lisa angeknurrt hatte. Wahrscheinlich weil es Mascha ein Auge rausoperieren wollte. Und so war Mattie nach zehn Jahren plötzlich wieder mit dem Hund zusammen, den sie als Welpen aus dem Heu gezogen hatte, um ihre eigene Zukunft mit Tim zu besiegeln.

In der Zwischenzeit war viel passiert, von dem Mascha nichts wissen konnte. Mattie hatte Nick gefunden und wieder verloren, weil Nick bei Cal sein wollte. Und gemeinsam hatten sie Matties indischen Vater Anand Kumar gefunden, der sich leider noch in der Stunde ihres Wiedersehens vom geheimnisvollen Märchenprinzen in einen erbärmlichen Frosch verwandelt hatte.

Mattie stoppte ihren Gedankengang automatisch an dem Punkt, den sie zur verbotenen Zone erklärt hatte. Wenn Nick jetzt hier wäre …

Aber das war er nun mal nicht.

Mascha, die seit über zwölf Stunden klaglos im Bus gewartet hatte, guckte vorwurfsvoll, als sie steifbeinig aus der hinteren Tür kletterte und eine Riesenpfütze direkt vor den Bus setzte.

»Tu nicht so, als ob du nicht die ganze Zeit geschlafen hättest. Im Traum warst du wieder jung und schnell und konntest Kaninchen jagen«, brummte Mattie, während sie ihre Laufschuhe zuband. Mascha wedelte dezent mit dem Schwanz und setzte sich königlich in Trab, um wie immer das Rudel anzuführen. Sie nahmen den Weg hinter den Dünen, auf dem es sich besser lief als am Strand.

»… von unserem Zusammentreffen zu berichten. Ich kann mich auf Sie verlassen?«

Mattie, die sich hoffnungslos in wechselnden Szenarien ihrer ungewissen Zukunft verheddert hatte, wurde von der eindringlichen Männerstimme aus ihren Gedanken gerissen. Sie spähte über den niedrigen Deich, aber da war niemand. Mascha war auch nicht mehr da. Sie lief schnell zum nächsten Strandübergang, wo Mascha stand und ihr mit hechelnder Zunge den neuesten Rudelzugang präsentierte. Vor ihr stand der schwarz gekleidete Engel, den ihr Ang Lee vergangene Nacht direkt aus *Tiger and Dragon* geschickt hatte.

4 Der Maharadscha von Raipur

Nick und Cal steckten im Verkehr auf der Bandra Kurla Road. Schwaden von Abgasen zogen durch die offenen Seiten der Autoriksha herein. Cal hatte sich ein Tuch um Kopf und Nase gewickelt und nur die Augen frei gelassen. Die versteckte er jedoch hinter seiner dunklen Sonnenbrille. Nick, das aufgeklappte Laptop auf Knien vor sich, hielt sein Handy an die Infrarotschnittstelle und klickte sich ins Internet. Der Artikel über die aktuellen Prozesse wegen des Massakers in Gujarat nahm immer gewaltigere Ausmaße an. Oder sollte er es drastischer eine ethnische Säuberung nennen? Das machte einen großen Unterschied. Er dachte an die endlosen Reihen von Zeitungsartikeln, Augenzeugenberichten, medizinischen Reports und Fotos, die sich auf seiner Festplatte türmten. In Cals Wohnung stapelten sich noch mal so viele Dateien auf realem Papier, Kopien aus dem Research Center in Colaba, wo Nick den größten Teil der letzten zwei Monate verbracht hatte. Jeden Tag nahm er sich vor, endlich mit dem Schreiben anzufangen. Und jeden Tag fand er wieder neue Informationen.

»Ich fasse es einfach nicht«, murmelte er, »hier sind 2002 fast so viele Leute gestorben wie im World Trade Center, und in Hamburg kam es nicht mal in den Nachrichten.«

Cals Stimme klang undeutlich durch das Tuch, doch der Sarkasmus war nicht zu überhören. »Das sagst du dauernd. Aber es interessiert doch niemanden in Berlin oder Washington, ob sich irgendwo in Indien ein paar Leute verschiedener Religion abschlachten. Tausend weniger, who cares, gibt doch genug Menschen da unten. Hab ich recht?«

Nick antwortete lieber nicht. Er versuchte sich auf den wackelnden Bildschirm zu konzentrieren. Das Laptop hatte er sich von dem Geld gekauft, das Mattie ihm letzten Winter stillschweigend überwiesen hatte, als er schon in Bombay war. Eigentlich hatte er seinen Teil ihrer gemeinsamen Abfindung für das alte Kino durch eine Wette an sie verloren. Und sie schickte ihm das Geld hinterher, obwohl er sie wegen dieses Mannes verließ, den sie mal als Indiens Antwort auf Robbie Williams bezeichnet hatte. Nick musste grinsen. Cals Sticheleien zu ignorieren war zwecklos. Er würde so lange weitermachen, bis er sicher war, Nicks ungeteilte Aufmerksamkeit zu haben. Wie aufs Stichwort setzte das dumpfe Gemurmel neben ihm wieder ein.

»Hey, Mister Ich-rette-die-Welt, ich will dir ja nicht die Illusion rauben, etwas Einzigartigem auf der Spur zu sein, aber wenn du nächstes Jahr durch Zufall in Thailand landest oder in Nigeria oder in Kolumbien, wirst du wahrscheinlich genauso unglaublich schreckliche Dinge aufdecken, die alle an deinem weißen Arsch vorbeigegangen sind, solange du noch in deinem sauberen sicheren Europa gesessen hast.« Cal sah aus der Riksha auf die Straße, in das übliche Bombayer Chaos aus Menschen, Kühen, Autos, Rikshas, Lastwagen und Zweirädern. Er schüttelte den Kopf wie ein Scheich, der zum ersten Mal das Leben seiner Untertanen begutachtet. »Es ist unfair. Wir haben Sturmfluten und Erdbeben, wir haben Dürren und Pest und Cholera und wir haben Kakerlaken. Und ihr habt nichts davon. Kein Wunder, dass wir Probleme haben.«

»Euer Hauptproblem ist eine Feudalgesellschaft wie im neunzehnten Jahrhundert, in Verbindung mit einer durch und durch korrupten Bürokratie«, antwortete Nick. Er konnte nichts dagegen machen. Cals ewige Provokationen brachten ihn immer wieder auf die Palme.

»Wir Inder gut gelernt von den Britishern, Sahib«, winselte der Scheich neben ihm, »jetzt alle sagen, ist falsch, wir leiden an Krankheit heißt koloniales Erbe.«

»Wie recht Ihr habt, königliche Hoheit, Maharadscha von Raipur«, stieg Nick auf das Spiel ein und zupfte an Cals Tuch, bis es sich löste, »und welch erlesene Kleidung Ihr heute wieder tragt, um dem Volk zu huldigen.«

Als sie am Bahnhof Kurla aus der Riksha kletterten, verspürte Cal den dringenden Wunsch, sich an Nick dafür zu rächen, dass ihm weder Lärm noch Abgase etwas ausmachten. Er ließ sich einfach ein Stück zurückfallen und beobachtete, wie Nick in Sekundenschnelle von Leuten umgeben war, die ihm Taxifahrten nach Goa, ayurvedische Massagen oder ein erstklassiges Hotel anboten, ihm die Schuhe putzen oder die Zukunft weissagen wollten. Nick ragte wie ein Turm aus der Menge. Seine blonden Haare reichten bis fast auf die Schultern. Das machte es ihm einfacher, sie selbst zu schneiden. Einen Friseur aufzusuchen fand er spießig. Genauso wie seine T-Shirts zu bügeln, Deo zu benutzen oder auf der Straße lieber nicht zu rauchen. Alles Dinge, die Cal nie im Leben in Frage gestellt hatte, bis er Nikolaus Ostrowski begegnet war.

»Cal! Wo bist du?« Nicks Stimme klang verzweifelt.

Er wartete noch ein paar Sekunden, dann bahnte er sich einen Weg durch das Menschenknäuel um Nick und nahm ihn am Arm, wobei er links und rechts Leute auf Hindi anbrüllte.

»Du hast mich absichtlich da reinlaufen lassen!« Nick nestelte am Reißverschluss der Tasche seines heiligen Laptops herum, um zu gucken, ob noch alles dran war.

»Natürlich!« Cal drückte seinen Arm. »Sonst wirst du mir zu selbstbewusst und denkst, du könntest ohne mich klarkommen.«

Nick sah ihn an, und die grauen Augen hinter der blonden Strähne begannen zu lächeln. Cal spürte einen Stich in der Herzgegend. Er wollte jetzt nicht nach Pune fahren, um mit Mohan über eine neue Produktion zu sprechen.

Er wollte Nick nicht allein lassen.

Nicht in dieser Stadt, nicht in diesem Augenblick, nicht auf diesem Planeten, nicht in diesem Leben.

5 Schwester

»Sie müssen im tiefen Sand laufen, das stärkt die Sprunggelenke.«

Jasmin blieb sofort stehen und drehte sich um. Leute, die ihr vorschreiben wollten, wie sie zu trainieren hatte, konnte sie überhaupt nicht leiden. Besonders keine Männer, egal ob jung und charmant oder alt und onkelhaft. So wie dieser hier. Und dann noch auf Englisch.

Er stand direkt oberhalb vor den Dünen, ebenfalls in Trainingsklamotten, auf dem Kopf eine dieser lächerlichen Basecaps. Sie machte ein paar Schritte auf ihn zu. In solchen Situationen suchte sie lieber die direkte Auseinandersetzung, statt grummelnd auf Abstand zu gehen. Der Effekt war nachhaltiger.

Erst als sie nur noch ein paar Meter entfernt war, erkannte sie ihn. Der muskulöse, etwas untersetzte Körper, kurze rötliche Haare, blaue Augen. Nachts und in Bewegung hatte er so energetisch gewirkt. Jetzt dagegen, im hellen Tageslicht, machte er einen bärenhaften, fast plumpen Eindruck auf sie.

Jasmin blieb abrupt stehen, schloss den Mund, legte die Handflächen aneinander und verbeugte sich. Was und wer immer er auch sonst sein mochte, er war ein Meister. Daran gab es keinen Zweifel. Er lächelte und machte dieselbe Bewegung. Sie dachte nicht lange nach. So eine Gelegenheit musste man nutzen. »Eine Runde Sparring?«, fragte sie ihn auf Englisch. Er nickte und nahm die Achtsamkeitshaltung ein.

Fünf Minuten später lag sie keuchend im Sand und schlug mit der Hand auf den Boden, um zu signalisieren, dass er gewonnen hatte. Jasmin stand auf, schüttelte den Sand ab und brachte ihren Atem unter Kontrolle. Sie wusste, dass es Wut war, die ihr die Luft nahm, nicht fehlende Kondition. Sie hatte alles aufs Tablett gebracht, was sie gelernt hatte. Aber egal welche Angriffstechnik sie einsetzte, er reagierte beinahe spiegelbildlich, als wüsste er bereits vorher genau, was sie tun würde. Es war nicht einfach nur seine größere Erfahrung. Er kämpfte exakt denselben Stil wie sie.

Jasmin sah ihre eigene Überraschung in seinem Gesicht.

»Von wem haben Sie das gelernt?«, fragte er ohne weitere Floskeln.

»Mein Lehrer heißt Kamal Assadi«, antwortete sie nicht ohne Stolz. »Er trainiert in Kiel.«

»Assadi?« Sie meinte ein kurzes Flackern in seinen Augen zu sehen, aber er schüttelte den Kopf. »Der Name sagt mir leider nichts.«

»Er hat diesen Stil bei einem Meister in Taiwan gelernt. Dieser Mann hatte nur eine Handvoll Schüler.« Sie musterte ihn neugierig. Sein Lächeln war einer höflich professionellen Freundlichkeit gewichen, die nicht mehr bis zu den Augen reichte. »Warum kommen Sie nicht mal vorbei? Es wäre Kamal sicher eine Ehre, mit

Ihnen zu trainieren. Er findet kaum gute Sparringspartner hier oben.« Sie machte eine vage Geste über die Bucht.

»Leider habe ich dafür keine Zeit.« Er war jetzt sichtlich angespannt. »Sie arbeiten als Personenschützerin für eine hohe deutsche Regierungsbeamtin. Der Begriff Geheimhaltung dürfte Ihnen nicht fremd sein. Ich muss Sie daher bitten, niemandem, auch nicht Kamal Assadi, von unserem Zusammentreffen zu berichten. Ich kann mich auf Sie verlassen?«

Jasmin nickte verwirrt. Er verbeugte sich kurz vor ihr, drehte sich um und joggte den Strand entlang, Richtung *Strandläufer.*

Sie hatte mit keinem Wort erwähnt, dass sie Frederikes Bodyguard war.

Erst als sie sich wieder umdrehte, bemerkte sie den braunen schlappohrigen Hund, der schwanzwedelnd neben ihr stand. Hinter ihm tauchte die Besitzerin der abgebrannten Leinwand auf. Sie folgte Jasmins Blick zu der sich schnell entfernenden Gestalt am Strand.

»War das nicht gerade James Forrester?«

Jasmin zuckte die Schultern. »Keine Ahnung. Er hat mir nicht gesagt, wie er heißt.«

Eine kleine weiße Wolke schob sich vor die Sonne, und als hätten sie dieses Zeichen zum Anlass genommen, donnerten die Geschütze los. Jasmin fröstelte und sah auf die Frau und den Hund, der die Ohren anlegte. Die Frau zuckte kurz zusammen, dann entspannte sie sich.

»Sie schießen wieder. Ich hatte ganz vergessen, wie laut es ist.« Sie schaute sich um und ging auf eine verwehte Sandburg des letzten Sommers zu. »Ich hatte gestern keine Gelegenheit, mich bei dir zu bedanken.«

Jasmin stieg zögernd über den niedrigen Wall und setzte sich hin. Die andere hatte ihre Arme um die Knie geschlungen und verfolgte die Leuchtspurmunition, die aschige Streifen in den grauen Himmel zog. Jasmin setzte sich aufrecht, die Beine untergeschlagen in Meditationshaltung, die Hände locker auf den Knien.

»Das war nur –« Sie stockte. Ihre Pflicht? Eine Übung? Das Reden fiel ihr nicht leicht, wenn sie Fremden eins zu eins gegenüberstand. Wenn sie ihre Plädoyers vor Gericht übte, war es einfacher, eine Rolle, die sie spielte. »Bist du öfter hier in der Gegend?«

»Ich bin aus Harmsdorf. Dann hab ich in Hamburg 'ne Weile ein Kino gemacht. Und jetzt fahre ich herum und zeige Filme – als echte Ich-AG.« Die Hundebesitzerin lachte. »Ich hab mich gefragt, wie du überhaupt gestern hier gelandet bist. Du siehst nicht so aus ...«

Jasmin lächelte, aber geradeaus in Richtung Meer. »Als ob ich schon 1975 bei der Eröffnung des *Strandläufers* einen Trip geschmissen hätte? Nee, da war ich noch nicht mal ein Gedanke zwischen den Hormonen meiner Eltern.« Sie dehnte die Schultergelenke, bis sie ein inneres Knacken der steifen Muskeln spürte. Das regelmäßige Training fehlte ihr. »Ich bin sozusagen verantwortlich für den persönlichen Schutz der Staatssekretärin im Außenministerium, Frederike von Westenhagen. Außerdem ist sie die Nummer eins der schleswig-holsteinischen Landesliste der SPD, Wahlkreis Ostholstein. Die, die gestern nach dem Wahlkampfauftritt in der Kaserne noch mal die Luft an der Heimatfront schnuppern wollte«, fügte sie mit einem Blick auf die leuchtenden Kugeln hinzu, die wie außerirdische Begrüßungszeichen in der Luft hängen geblieben waren und nun langsam verglommen.

»Ich bin Mattie Junghans«, sagte die Frau.

Jasmin musste ein Lachen unterdrücken. Es klang, als wolle Mattie sich vergewissern, dass im Falle eines Nuklearkrieges jemand ihren Namen auf der Vermisstenliste identifizieren konnte. »Jasmin Assadi«, entgegnete sie stattdessen, um der Höflichkeit genüge zu tun. Sie fühlte Matties Blick auf ihrem Profil.

»Warum hast du eingegriffen, als er mit dieser Kanackenscheiße anfing?«

Jasmin drehte ihr das Gesicht zu. »Was für eine blöde Frage. Wir haben offensichtlich etwas gemeinsam, Schwester.«

Jetzt mussten sie beide grinsen.

»Türkin?«, fragte Mattie.

»Vater Iraner, Mutter Deutsche«, antwortete Jasmin. »Und du?«

»Vater Inder. Aber nur biologisch«, sagte Mattie.

Jasmin nickte.

»Sag mir«, Mattie sah sie mit diesem eindringlichen Blick an, den sie schon gestern Nacht draufhatte, »was kann ich jetzt tun? Soll ich zum Stützpunkt gehen und sagen: Ihre Soldaten rennen nachts zugeknallt durch die Gegend und zerstören anderer Leute Existenz?«

Jasmin begann sich unwohl zu fühlen. Sie hatte dieser Frau den Arsch gerettet, und sie würde den Teufel tun, sich noch weiter in ihr Schlamassel reinziehen zu lassen. »Du könntest natürlich Anzeige erstatten wegen Landfriedensbruch und Sachbeschädigung«, hörte sie sich dennoch sagen. »Aber da wirst du nicht viel Glück haben. Die Bundeswehr ist der einzige Arbeitgeber in der Ecke. Die haben hier quasi einen Freifahrtschein.«

Mattie kraulte gedankenverloren ein Ohr des alten Hundes, der die Schnauze in den Sand gebohrt hatte und in regelmäßigen Abständen Luft hineinpustete. Plötzlich sprang sie auf, so schnell, dass Jasmins Reflexe automatisch reagierten und sie noch vor der Frau auf den Beinen war. Die Hündin hob ihre sandige Schnauze und sah sie misstrauisch an. »Diese Frederike von Westenhagen, wohnt die hier in der Gegend?«

Jasmin verstand nicht, worauf sie hinauswollte. »Ein Stück landeinwärts, auf Gut Westenhagen.«

»Na wunderbar.« Matties Stimme vibrierte vor Unternehmungsgeist. »Das liegt sowieso auf meinem Weg. Da werde ich als Bürgerin mal meiner zukünftigen Abgeordneten einen Besuch abstatten.«

Jasmin hätte sie am liebsten mit einem Hebel flachgelegt und im Sand eingebuddelt. »Bist du noch ganz da? Das ist ihre Privatwohnung! Wenn du da aufläufst, verliere ich meinen Job!«

»Ich werd mir schon was einfallen lassen, damit das nicht passiert.« Mattie wischte ihren Einwand mit einer schnellen Handbewegung beiseite und lief einfach los.

Jasmin folgte ihr langsam Richtung Parkplatz. Sie hatte nichts anderes gewollt als einen ruhigen Nachmittag und ein bisschen Bewegung. Aber hier war offensichtlich zu viel los.

Cal ließ die Hängematte mit geschlossenen Augen auspendeln. Aber er konnte sich nicht entspannen. In seinem Kopf ging alles drunter und drüber. Er machte die Augen wieder auf. Über sich sah er die verzierten Balken der Veranda und dann blauen Himmel, in den rechts oben ein paar Palmblätter hineinragten.

Er musste sich zwingen, an etwas anderes zu denken.

Irgendwann würde er auch so ein Haus haben und so ein Leben.

Er sah hinüber zu der zweiten Hängematte, die im spitzen Winkel zu seiner hing. Leider lag darin nicht Nick, sondern Mohan Kapur, übergewichtiger Spross der einflussreichsten Filmdynastie Bombays. Cal hob vorsichtig den Kopf, um zu sehen, ob Mohan schon schlief. Ein lautes Räuspern, gefolgt von einer halben Umdrehung des massigen Körpers ließ ihn wieder zurücksinken. Noch konnte er sich nicht gefahrlos aus dem Staub machen.

Also legte er den Kopf in den Nacken und betrachtete das Anwesen, das sich, natürlich verkehrt herum, in sanften Wellen bis hinunter zum See erstreckte, wo die Hütten der Gärtner lagen. Bunte Fähnchen an Holzstangen markierten die neun Löcher des hauseigenen Golfplatzes. Mohan hatte sich hier ein künstliches Paradies geschaffen, das aus einem seiner eigenen Filme hätte stammen können. Und Cal hatte er als Hauptdarsteller nominiert.

Der Film hatte begonnen, als Cal – der natürlich den armen Helden verkörperte – am Tag zuvor aus dem grellen Licht des staubigen Bahnhofsvorplatzes von Pune in den Fond eines schwarzen Maybach sank. Der Fahrer bot ihm eisgekühlte Getränke an und fragte, ob er auf dem Weg eine DVD anzuschauen wünsche. Aber Cal sah lieber aus dem Fenster, wo die rote Erde von Maharashtra wirkungsvoll mit den grünen Hügeln und klaren Seen außerhalb der Stadt kontrastierte. Frauen in bunten Saris, die Heuballen auf dem Kopf an der Straße entlangtrugen, fügten sich ebenso nahtlos in die Filmszene ein wie die bewaffneten Wächter am Tor der Residenz, die salutierten, als er vorbeirollte. Leise knirschend kamen die Räder im Kies zum Stehen. In der Haustür erschien – im Film würde der Held jetzt anfangen zu singen – Cals beste

Freundin Nitya in engen Jeans und einem Tank-Top mit Tarnmuster, wie man es trug, seit Shahrukh Khan darin in *Main Hoon Naa* die Terroristen besiegt hatte. Sie nahm die Sonnenbrille ab, rannte in Nike-Sneakers die Stufen des Portals herunter, riss die Autotür auf und ließ sich neben ihm in die Polster fallen.

»Hi, Handsome. Wie geht es deinem liebsten Hunnen?« Ab hier würde der Film natürlich anders weitergehen, denn es kam auf keinen Fall in Frage, dass die Heldin sich nach dem Lebensgefährten des Helden erkundigte.

»Nitya, ich warne dich!«, zischte Cal. »Ein falsches Wort und ich kläre deinen Vater darüber auf, dass du seit drei Jahren mit einem verheirateten Mann schläfst!«

Aber Nitya lachte nur und zog ihn aus der kühlen Luft des Autos in die Hitze draußen. Arm in Arm betraten sie das Haus, dessen Erdgeschoss aus einem einzigen Raum bestand, der bis unter die freigelegten Deckenbalken reichte. Er bildete das kombinierte Ess- und Wohnzimmer. In den Seitenflügeln befanden sich neben einem separaten Küchentrakt die Schlafzimmer der Familie sowie ein Büro, in dem Mohan seine Geschäfte auch von Pune aus kontrollieren konnte.

Als Nitya und Cal hereinkamen, saß er vor einem Flatscreen, der die halbe Breite der Wand einnahm, und sah sich die gerade synchronisierte Fassung seines neuen Films an. Über eine Freisprechanlage brüllte er in ein unsichtbares Telefon.

»Das geht so nicht! Wir sind doch hier nicht in Madras!«

Cal lächelte. In Bollywood machte man immer noch Witze über die Qualität der Filme von der südindischen Konkurrenz, dabei waren die längst auf demselben technischen Standard wie die Produktionen des Hindi Cinema im Norden. Mohan winkte seine Tochter und Cal zu einer Sitzecke und brüllte ungeniert weiter.

Obwohl Cal das erste Mal ins Landhaus der Familie eingeladen war, kannte er Nityas Vater gut. Es war noch nicht allzu lange her, dass er seine Zukunft als Abkömmling einer langen Ahnenreihe von Tablaspielern in Calcutta hinter sich gelassen hatte. Ohne Kontakte und ohne Geld war er in Bombay angekommen, besessen von der Idee, Filmmusik zu komponieren. Es war Nitya Kapur, die einem Nobody wie ihm einen Job als Sound-Designer in ihrem Tonstudio gab. Und Nitya hatte ihn erwischt, als er nachts, wenn alle weg waren, am Computer Songs komponierte. Statt ihn rauszuschmeißen, hatte sie die Songs ihrem Vater vorgespielt, und so war Cal zu einem der neuen Hot Shots im schnell rotierenden Karrierekarussell von Bollywood geworden. In letzter Zeit arbeitete er mehr mit jüngeren Regisseuren, die nicht so sehr auf den klassischen Familienfilm setzten wie Mohan, aber die Loyalität der ersten Stunde verband ihn immer noch mit dem mächtigen Tycoon.

Seine Freundschaft mit Nitya war kurzzeitig abgekühlt, als im letzten Jahr Mattie und Nick in Bombay auftauchten und mit ihren wilden Geschichten um Matties indischen Vater und einen verrückten alten Nazi sein Leben in Beschlag nahmen. Als Nick ein paar Wochen später tatsächlich nach Bombay zurückkam, hatte Cal es nicht mehr ausgehalten und war das Risiko eingegangen, Nitya in sein Doppelleben einzuweihen. Sie hatte ihn lange und ernst angesehen, und Cal hatte schon das Schlimmste befürchtet. Dann war sie plötzlich in wildes Gelächter ausgebrochen.

»Hallo, Cal! Du bist viel anständiger als der Rest der Welt! Willkommen im Club der Abtrünnigen!« Sie erzählte ihm von ihrer schon zwei Jahre andauernden Beziehung zu Sohan Roy, der nicht nur einer der bekanntesten Schauspieler Bollywoods, sondern leider auch verheiratet und Vater dreier Kinder war. Am Anfang hatte Nitya Sohan noch geglaubt, wenn er beteuerte, seine Familie zu verlassen, wenn der richtige Zeitpunkt da wäre. Aber irgendwann musste sie einsehen, dass dieser Zeitpunkt niemals kommen würde, denn es gab immer einen neuen Film, der keine schlechte Publicity vertrug, eine plötzliche Krankheit seiner Frau oder Probleme mit den Kindern. Sie hatte sich nicht nur um der Liebe willen arrangiert, sondern den festen Entschluss gefasst, niemals selbst zu heiraten. Seit diesem Abend war Cals Freundschaft zu Nitya noch enger geworden, denn sie teilten den Balanceakt zwischen dem, was die konservative indische Gesellschaft von ihnen erwartete, und dem, was sie für richtig und lebenswert erachteten.

Wie üblich rückte Mohan mit dem tatsächlichen Grund für die Einladung an Cal erst heraus, nachdem sie gegessen, geschlafen und eine Runde Golf gespielt hatten – wobei Cal feststellte, dass er weder Spaß daran noch Talent dafür hatte, in der Hitze einem kleinen Ball hinterherzulaufen. Vielleicht brauchten die Briten diesen Sport, um auf ihrer feuchten nebligen Insel die rheumatischen Glieder zu wärmen, aber hier in Indien gab es sinnvollere Arten der Fortbewegung, beispielsweise in einem Maybach mit Klimaanlage. Aber er hielt durch bis Loch neun und verbuchte das Golfen als einmalige Erfahrung, die er seiner prall gefüllten gedanklichen Schublade mit Anekdoten über das unheilvolle koloniale Erbe hinzufügte.

Endlich hatte auch Mohan genug, wischte sich den Schweiß von der Stirn und ließ eisgekühlte Drinks an die beiden Hängematten auf der Veranda bringen. Er nahm einen tiefen Schluck und startete einen seiner berühmten Monologe, die lang und verschlungen waren wie das Drehbuch eines dreistündigen Bollywood-Films. Er war ein guter Erzähler, und Cal sah vor seinem inneren Auge, wie Mohan seinen Traum wahrmachte und persönlich bei DaimlerChrysler den Maybach bestellte. Man hatte ihn zum Direktor des kleinen Werks in Pune gebracht, in dem die Limousinen für den indischen Markt montiert wurden. Bei der Werksführung überzeugte er sich von der deutschen Gründlichkeit, mit der die indischen Arbeiter gelernt hatten die hohen Qualitätsstandards zu erfüllen. »Ich habe die Zukunft gesehen!«, erklärte Mohan dem staunenden Cal.

Der Qualitätsstandard von Cals Wohnung litt erheblich, seit Nick überall volle Aschenbecher, dreckige T-Shirts und halb ausgetrunkene Kingfisher-Flaschen hinterließ.

»Diese deutsche Technologie und unser indisches Wirtschaftswachstum sind eine hochkarätige Verbindung. Die laufen uns hinterher wie die Hündchen, um hier Fuß zu fassen!« Der Manager versprach Mohan, die hohen Einfuhrzölle für einen Maybach zu übernehmen, wenn er dafür in seinem nächsten Film ein paar Mercedesse durchs Bild fahren ließe. »Eine Hand wäscht die andere. Wir sind im Zeitalter des Product-Placement angekommen!«

Cal begann sich langsam zu fragen, wo die Geschichte hinführen würde, als sie eine überraschende Wendung nahm. Mohan wurde eingeladen, bei der nationalen indischen Ausscheidung der DaimlerChrysler Golf Trophy mitzumachen, und kam auf Platz zwei. Drei Monate später flog er auf Kosten der Firma nach Stuttgart, um dort als Mitglied des indischen Teams am Finale teilzunehmen. Nach weiteren begeisterten Ausführungen über die Heimat des besten Automobils der Welt, die Cal jedoch teilweise verpasste, weil er einnickte, kam Mohan endlich auf den Punkt.

Cal wurde wieder wach.

»Bei einem dieser exotischen Volksfeste in einem Bierzelt kam ich mit einem deutschen Teilnehmer aus Berlin ins Gespräch, der eine große Veranstaltungshalle besitzt. Und, Cal, du wirst es nicht glauben«, Mohan versuchte sich in der Hängematte aufzusetzen, wurde aber von seinem eigenen Gewicht wieder in die Waagerechte gedrückt, »die haben dort noch nie eine Bollywood-Show gemacht! Und das ist einzig und allein unsere Schuld. Für uns war Europa immer nur Großbritannien, die anderen Märkte haben uns nicht interessiert, weil die indischen Communitys zu klein sind. Und da sitzt dieser Typ und kriegt leuchtende Augen, wenn er von *K3G*[1] redet. Er behauptet, die Deutschen seien ganz wild auf Bollywood, obwohl ich mir kaum vorstellen kann, dass die genug Fantasie haben, um unseren Plots zu folgen.«

Cal musste grinsen, sagte aber nichts. Das würde er sich merken.

»Also, um zu meinem Anliegen zu kommen«, Mohans Ton wurde geschäftsmäßiger. »Letzte Woche haben wir die Verträge unterschrieben. Jetzt brauche ich jemanden, der Regie und Produktion dort übernimmt. Nitya hat mir gesagt, du würdest dich aus irgendeinem Grund, den ich schon wieder vergessen habe« – hier bekam Cal einen Hustenanfall und musste schnell einen Schluck Wodka-Orange kippen –, »für Deutschland begeistern. Deine letzten Songs waren alle Hits. Willst du für diese Show die Regie übernehmen? Du müsstest allerdings schon bald losfliegen, um vor Ort mit Live-Musikern zu proben. Diese Deutschen legen offenbar großen Wert auf Authentizität. Die Tänzer und Schauspieler kommen dann zwei Wochen später nach.« Es folgte eine Aufzählung von Stars und Sternchen aus der ersten und zweiten Riege Bollywoods, die Mohan für die Show engagieren wollte.

Cal hörte nicht mehr zu. Er sah sich mit Nick Arm in Arm

durch Clubs ziehen, wo niemand sich darum kümmerte, ob sie zwei Männer waren. Er sah sie nebeneinander an einem See sitzen, auf dem ein Paar weißer Schwäne seine Runden zog. Er sah …

»Cal! Hast du überhaupt zugehört? Willst du den Job nicht?« Mohan winkte dem Boy, ihm noch einen Drink zu bringen.

»Doch, natürlich!« Cal bemühte sich, nicht zu enthusiastisch zu klingen. »Das ist eine Riesenchance für mich. Du weißt ja, dass ich gern mal einen eigenen Film machen würde.«

Mohan schnitt ihm das Wort ab. »Deine Zeit wird schon noch kommen. Jetzt fährst du erst mal nach Berlin, und danach –«

Täuschte sich Cal, oder schimmerte eine Träne in Mohans rechtem Auge?

»Cal, du bist wie ein Sohn für mich. Ich finde, die Zeit ist gekommen, um das zu besiegeln. Nitya ist mein Juwel, mein Augenstern, mein einziges Kind. Und sie liebt dich. Wenn du zurück bist, sollten wir über eure Zukunft sprechen.« Mohan bemerkte nicht einmal, dass Cal diesen Vorschlag mit fassungslosem Schweigen aufnahm. Er war es ohnehin gewohnt, dass ihm niemand widersprach.

Und nun lag Cal in seiner Hängematte, und seine Gedanken kreisten immer wieder um Mohans Worte. Wusste Nitya von dieser Idee? Wie kam ihr Vater darauf, dass sie in Cal verliebt war?

Cal erinnerte sich dunkel, sie während Mohans Geschichte vorbeilaufen gesehen zu haben. Ein leichtes Schnarchen ertönte aus der Hängematte neben ihm. Vorsichtig stand er auf und ging runter zum See, wo sie auf dem Bootssteg saß und die Füße im Wasser baumeln ließ.

»Nitya, dein Vater will, dass wir heiraten. Wusstest du das?« Er hörte seine eigene Stimme, die ängstlich und viel zu laut klang. Leiser redete er weiter: »Das ist eine Katastrophe! Wir müssen ihm die Sache so schnell wie möglich ausreden!«

Nitya wandte ihm langsam das Gesicht zu und nahm ihre Sonnenbrille ab. In ihren Augen funkelte der vertraute Spott. »Warum sollten wir ihn davon abbringen? Das ist doch eine akzeptable Lösung für alle unsere Probleme, findest du nicht?«

Mattie schaltete einen Gang runter und ließ Jasmin auf ihrem Motorrad davonbrausen. Für solche Spielchen war sie nicht mehr zu haben.

Klingt, als wärst du kurz vor den Wechseljahren, meldete sich ihre innere Stimme, und sie merkte, wie sie in ihre alte Gewohnheit verfiel, Dialoge mit sich selbst auszufechten. Na ja, mit einunddreißig war sie zwar noch nicht alt, aber als Unternehmerin verantwortlich für ihre Mitarbeiter, und von denen war nur noch ihr Bus übrig, wenn man von Mascha absah, die bereits im Rentenalter war. Projektor und Leinwand hatten sich ja nach dem gestrigen Desaster verabschiedet. Mattie spürte, wie ihr zum ersten Mal seit dem Überfall Tränen in die Augen stiegen. Der alte TK-35 war keine leblose mechanische Maschine für sie. Wie oft hatte sie ihn in Einzelteile zerlegt, jedes einzelne Rädchen geölt und ihn wieder zusammengebaut, damit er schnurrte wie ein alter Kater. Er hatte sie nie im Stich gelassen, keine teuren Filmkopien gefressen oder plötzlich störende Nebengeräusche produziert. Und jetzt war er nur noch ein Haufen angekohlter Schrott.

Mattie schaltete einen Gang rauf und zwang sich, durch die große Windschutzscheibe auf die Landschaft zu schauen, die in diesem besonderen Frühlings-Spätnachmittags-Licht dalag, als hätte der Kameramann einen Filter zu viel eingeschoben, so dass die Bilder künstlich und zu bunt aussahen. Die großen Windräder drehten sich in Zeitlupe und hoben sich strahlend weiß vor dem blauen Himmel und dem frischen Grün auf den Feldern und in den Bäumen ab. ›Visionen können die Welt verändern‹, schoss ihr der Slogan aus dem Wahlwerbespot durch den Kopf.

Das Wanderkino war ihre ganz persönliche Vision geworden, nachdem sie ihr altes Filmtheater in Hamburg an einen Multiplex-Investor verloren hatten. Ein Kino, das ihr niemand wegnehmen konnte. Die Vision sah vor, dass sie anspruchsvolles World Cinema für entspannte Urlauber bot, die in dankbaren Scharen die Kinokasse füllten, wenn man ihnen mal was anderes als die übliche Massenware aus Hollywood vorsetzte. Die Wirklichkeit sah anders aus. In den Ferien wollten die Leute offenbar noch weniger über die Welt um sie herum wissen. Was lief, waren Verschwörungstheorien nach dem Endlosprinzip: *Star Wars*, *Matrix*, *Herr der Ringe*. Ausverkaufte Paralleluniversen. Und für die Damen romantische Literaturverfilmungen à la Rosamunde Pilcher.

Nach ihrem ersten Kino-Sommer, den sie vorwiegend an der östlichen Küste verbracht hatte, war Mattie pleite und gelangweilt. Also heuerte sie bei einem Berliner Verleih an, den sie noch aus den Tagen ihres Programmkinos kannte. Er war auf asiatische Filme spezialisiert und hatte es als Erster gewagt, einen Bollywood-Film auf den deutschen Markt zu bringen, der gar nicht so schlechte Zahlen an den Kinokassen erzielte. Damit war – zwar ein paar Jahre später als im übrigen Europa, aber immerhin – der Trend ins Rollen gekommen. Mattie übernahm die Sondierung weiterer Filme, die entweder ins Kino, auf DVD oder sogar ins Fernsehen gebracht werden sollten. Am meisten Spaß machte es ihr, an den deutschen Synchronfassungen mitzuarbeiten. Es war nicht leicht, die rasanten und blumigen Hindi-Dialoge in ein Deutsch zu bringen, das nicht an kitschige Heimatfilme aus den 50ern erinnerte. Nicht dass Mattie mittlerweile ihre Plattdeutschkenntnisse gegen fließendes Hindi ausgetauscht hätte, um ihren indischen Genen endlich den Weg zu den Wurzeln freizumachen. Aber sie nahm sich die deutschen Dialoglisten vor und versuchte, den Tonfall moderner Märchen in ihrer eigenen Muttersprache zu erfinden, die nicht allzu viel zeitgenössischen Wortschatz für solch ein Abenteuer bereithielt.

Für Nick dagegen, von dem alle – und vor allem er selbst – dachten, dass er nach seiner Veröfffentlichung ihrer Recherchen über die *Indische Legion*[2] eine steile Karriere als Autor vor sich hatte, war es anscheinend nicht so gut gelaufen. Zuerst kamen noch ein paar kurze Reportagen über die Callcenter in Pune und Bangalore, dann nur noch E-Mails, in denen er sich beklagte, die Redaktionen in Deutschland wollten von Indien nichts wissen, was über Ayurveda, Bollywood und Computer hinausging. Und auch dazu bekam er immer häufiger den Kommentar: »Indien? Das hatten wir doch voriges Jahr erst.«

In letzter Zeit hatte sie wenig von ihm gehört, außer wenn er ihr kommentarlos die gewünschten DVDs von neuen Filmen schickte. Dafür fanden sich jetzt öfter Mails von Cal in ihrer In-Box, der sie offensichtlich als kompetent erachtete, ihm Ratschläge zu geben, wenn die komplizierte Beziehung zwischen ihm und Nick mal wieder kurz vor dem Scheitern stand. So war es auch Cal, von dem Mattie wusste, dass Nick wieder Platten auflegte, in einem angesagten Dachterrassen-Club in Colaba, von wo er immer später und meistens besoffen oder bekifft zurück in ihre Wohnung nach Andheri kam. Auch wenn sie Nicks Anwesenheit in ihrem Leben noch immer vermisste, hätte sie nicht mit Cal tauschen wollen. Sie erinnerte sich nur zu gut, wie einem Nick durch die Finger glitt, wenn er unzufrieden war. Und um das festzustellen, musste sie nicht bis nach Bombay fahren.

Beinahe hätte sie die Allee verpasst, die nach Gut Westenhagen abzweigte. Sie war die Strecke zwischen Harmsdorf und dem *Strandläufer* früher so oft gefahren, dass sie glaubte, jede Kurve wäre eingraviert auf ihrer inneren Landkarte. Aber die Erinnerung spielte ihr optische Streiche und ließ sie die Zeit spüren, die vergangen war, seit sie hier gelebt hatte. Genau wie Maschas weiße Barthaare, die jetzt vor Aufregung zitterten, als der alte Hund neben ihr auftauchte und sich mit beiden Pfoten auf die Frontablage stellte, um zu sehen, wo sie anhalten würden.

Die Allee endete in einem von uralten Linden und Kastanien gesäumten Halbrund. Die Straße, die jetzt nur noch aus Kopfsteinpflaster bestand, teilte sich davor und führte zu beiden Seiten an norddeutschen Katen mit Reetdach und alten Stallungen vorbei, bis sie hinter dem Dorfplatz in die Einfahrt zu einem dreistöckigen weißen Gutshaus mündete.

»Na, Mascha, dann fahren wir mal rein in den Pilcher-Film«, murmelte Mattie und kurvte vorsichtig rechts herum, um die ausladenden Baumkronen nicht zu beschädigen. Vor einem Landgasthof parkten ein paar protzige Allradjeeps und Limousinen mit Hamburger und Lübecker Kennzeichen. Leute in grünen und blauen Wachsjacken drängten sich um einen Laden, vor dem Rosenstöcke und Gartenpflanzen aufgestellt waren. Einige drehten sich um und beäugten den alten Reisebus, der sich mühsam durch die Schlaglöcher kämpfte. »Und ich bin die arme Pferdepflegerin, die eigentlich die uneheliche Tochter des Grafen ist, aber von ihren intriganten Halbgeschwistern gezwungen wird, sich zwischen ihrem Erbteil und ihrer aufrechten Gesinnung zu entscheiden.«

Mascha wedelte zustimmend mit dem Schwanz.

»Eigentlich ist Pilcher auch Bollywood. Nur kürzer«, schloss Mattie ihren Gedankengang ordnungsgemäß ab, ehe sie ihren Bus direkt vor der Toreinfahrt parkte, wo neben ein paar Autos das Motorrad von Jasmin stand.

Mitten auf dem geschlossenen Holztor sprang ihr ein großes Schild entgegen. Es machte unmissverständlich klar, dass hier Privatbesitz begann und sich potenzielle Besucher bitte in der Gutsverwaltung am Ortseingang melden sollten.

»Wir sind keine Besucher, sondern haben ein Anliegen, das ist ein großer Unterschied«, murmelte Mattie in Richtung Mascha. Sie würde ihre Vision nicht aufgeben. Noch nicht.

Gerade als sie die Klingel unter dem unauffälligen Namensschild mit der Aufschrift *von Westenhagen* drücken wollte, öffnete sich das schwere Tor von selbst. Dahinter tauchten zuerst die Lederjacke und dann das Gesicht von Jasmin auf.

»Ich dachte schon, du kommst nicht mehr.« Es klang, als hätte Jasmin genau das gehofft. Einen Moment lang musterten sie sich schweigend. »Jetzt lass dir mal was Schlaues einfallen, damit ich meinen Job behalte«, fügte sie noch hinzu, als habe Mattie Alzheimer und könne sich nicht mehr an ihr Gespräch am Strand erinnern, das keine fünfzehn Minuten zurücklag.

»Mach dir mal keine Sorgen«, sagte Mattie und nahm Mascha vorsichtshalber an die Leine, falls man hier auf arme Verwandte mit Hunden keinen Wert legte. Sie folgte Jasmin zum hinteren Teil des Innenhofs, der in einen offenen Garten mündete. Die schräg einfallenden Sonnenstrahlen leuchteten eine Gruppe von Leuten aus, die um einen großen Tisch saßen und Wein tranken. Daneben auf einem Holzgerüst sah sie zwei Mädchen mit langen weizenblonden Haaren, wie es sich in Norddeutschland gehörte. Die kleinere, in einer Art Fußballkluft, machte Klimmzüge an einer Stange, während die ältere oben auf dem Podest in ein Buch vertieft war.

Sie traten an den Tisch, wo die leise Unterhaltung augenblicklich verstummte. Fragende Gesichter wandten sich Mattie und Mascha zu. Jasmin zeigte auf die blonde Frau mit den grünen Augen, die Mattie aus dem Werbespot kannte. »Frederike von Westenhagen und ihr Mann Johannes«, das musste der Mann daneben sein, mit den grauen, halblangen Haaren. Er sah gar nicht aus wie ein Graf. Oder wie sich Mattie einen vorstellte. Sein Gesicht verzog sich zu einem charismatischen Lächeln. »Und das ist Regina Reimers.« Bestimmt eine Künstlerin, so wie sie ihren farbfleckigen Overall zur Schau stellte.

»Und deine Mutter, Jasmin, das kannst du ruhig zugeben.« Moment, was war denn das? Mattie musste sich zwingen, die Frau nicht anzustarren, die spöttisch in Richtung Jasmin grinste und an ihrer Zigarette zog.

Aber Jasmin sprach einfach weiter. »… Nele und Lina, die beiden Töchter von Frederike und Johannes, und da hinten noch Mariusz, mein Kollege.« Mattie sah erst jetzt den jungen Mann, der ein wenig abseits an einem Klapptisch saß und auf seinem Handy spielte. Er nickte ihr kurz zu und vertiefte sich wieder ins Spiel.

»Und wer sind Sie?« Frederike von Westenhagen war ganz klar die Sprecherin der Gruppe. Mattie registrierte, dass sie die durchdringende Stimme schon gestern während der Filmvorführung gehört hatte.

»Ich bin Madita Junghans«, sagte sie und hoffte, es klang nicht wie in der Schule, wenn einen die Lehrerin aufrief. »Ich bin die Betreiberin des Wanderkinos, das gestern Abend abgebrannt ist. Ich wollte mich persönlich bei Ihnen bedanken, dass Sie Ihre Leibwächterin geschickt haben, um mir und den Gästen zu helfen. Sonst wäre sicherlich noch mehr zu Bruch gegangen als nur meine Ausrüstung.«

Sie sah die Überraschung in Jasmins Augen aufblitzen und das automatisierte Lächeln der Staatssekretärin, die wusste, dass Politiker niemals ein Kompliment ausschlagen dürfen, weil jede Stimme zählt. Selbst wenn es unverdient ist.

»Das war doch selbstverständlich«, schnurrte Frederike von Westenhagen, während ihr Mann sich bereits erhob und Mattie ein Glas reichte.

»Möchten Sie nicht ein Glas Wein mit uns trinken?« Seine Stimme war weicher als die seiner Frau, aber nicht weniger kräftig. Wie auf ein Zeichen schienen sich alle zu entspannen, und Regina lud Mattie und Jasmin mit einer Geste ein, sich zu ihnen zu setzen.

Jasmin schlenderte demonstrativ zu ihrem Kollegen und fing ein Gespräch mit ihm an. Er gähnte und griff nach einer Sporttasche, offensichtlich im Aufbruch begriffen. Mattie probierte einen Schluck Wein, der eiskalt und köstlich war und sie daran erinnerte, dass sie den ganzen Tag weder etwas gegessen noch getrunken hatte.

Frederike von Westenhagens Handy klingelte, und sie verzog sich damit in Richtung des rückwärtigen Gartens. Jasmins Mutter wandte sich wieder einem Prospekt zu, auf dem Mattie alte Möbelstücke erkennen konnte. Johannes von Westenhagen prostete Mattie zu. »Sie sehen, wir sind hier eine echte Wohngemeinschaft, wenn auch mit gehobenem Standard.«

An Humor schien es ihm nicht zu fehlen. Mattie fragte ihn nach dem Konzept des Pilcher'schen Idylls. Er war der einzige Erbe des ehemals landwirtschaftlichen Gutes und lebte mit seiner Familie in der unteren Wohnung des Gutshauses. Während Frederike im Auswärtigen Amt in Berlin war, kümmerte sich Johannes um die beiden Kinder und arbeitete nebenbei als Therapeut. Er hatte eine der ehemaligen Stallungen zu einem Tagungshaus umgebaut, wo Menschen aus ganz Deutschland an seinen Seminaren teilnehmen konnten. Regina Reimers restaurierte alte Möbel, die sie in der Landhausgalerie und über das Internet vertrieb. Sie bewohnte die obere Etage. Rundherum in den ehemaligen Häusern und Katen der Landarbeiter hatten sich ebenfalls Leute angesiedelt, die im weitesten Sinne ökologische Dienstleistungen anboten, von Windkraft bis Landschaftsplanung.

Mattie fühlte einen leichten Schwindel, entweder von dem Wein auf nüchternen Magen oder von so viel erfolgreicher Lebensführung. Sie merkte, wie die angenehme Stimme von Westenhagens sie einlullte und wünschen ließ, sich hier auf der Stelle niederzulassen, statt zurück zu ihrer depressiven Mutter und Hinnarck in das enge, dunkle Haus in Harmsdorf zu fahren. Also ergriff sie die Gelegenheit, als Johannes eine Sprechpause machte, um eine neue Flasche Wein zu öffnen, und Frederike nach erledigter Arbeit wieder an den Tisch zurückkehrte.

»Ich möchte Ihre Gastfreundschaft nicht überstrapazieren, aber ich hätte da noch eine Bitte.« Die Politikerin sah sie prüfend an, als ahnte sie, was jetzt kam.

»Meine gesamte Existenz wurde durch den Überfall gestern Abend zerstört, aber es geht hier nicht nur um mich.« Mattie merkte, wie ihre Stimme fester wurde. Sie brauchte jetzt nicht mehr zu taktieren. »Seit ich denken kann, haben die Soldaten hier in der Gegend gemacht, was sie wollten, ohne dass es je Konsequenzen gehabt hätte. Manchmal war es nur eine dumme Anmache, wenn man als Mädchen am Wochenende den Fehler beging, allein auf der Straße zu sein. Übergriffe gegen Kneipen, in denen Punks und Linke verkehrten. Autounfälle mit Fahrerflucht. Wir alle hier wissen das. Kaum jemand hat sich je die Mühe gemacht, etwas dagegen zu unternehmen. Und wer es versucht hat, ist spätestens am Kasernentor gescheitert. Jetzt sind Sie selbst Augenzeugin eines solchen Vorfalls geworden. Ich finde, als Kandidatin der Regierungspartei ist es Ihre Pflicht, sich dazu zu verhalten. Wenn Sie mir keinen neuen Projektor verschaffen können – bitte, das lässt sich nicht ändern. Aber ich möchte, dass die Leute, die diesen Stützpunkt leiten, endlich mal erfahren, was eigentlich um sie herum vorgeht.«

Alle starrten sie an. Frederike von Westenhagens Politikerlächeln war einer unwilligen Falte gewichen, die ihr steil auf der Stirn stand. »Frau Junghans«, begann sie, »es ist ja wohl wirklich nicht Ihre Aufgabe, mir vorzuschreiben –«

Sie wurde von ihrem Mann unterbrochen, der plötzlich aufstand und anfing zu klatschen. Jasmins Mutter stimmte ein. »Gut vorgetragen«, sagte Johannes und gab damit seiner Frau die Möglichkeit, sich wieder einzukriegen. »Und, Frederike, ich wollte es dir später sowieso noch sagen: Während du heute in deinem

Arbeitszimmer gesessen hast, haben andauernd Leute angerufen, die gestern dabei waren und wollen, dass du etwas unternimmst. Unsere Freunde, Frederike, und deine Wähler!«

»Also gut.« Sie war tough genug, eine Niederlage in einen Sieg umzuwandeln. »Ich habe sowieso morgen einen Termin mit dem Kommandanten, bevor ich nach Berlin zurückfahre. Ich werde also sehen, was ich für Sie tun kann.« Noch ein Blick aus den grünen Augen, der Mattie sagte, dass sie diese Szene nicht vergessen werde. Und dann der rauschende Abgang. »Komm, Schatz, die Kinder müssen bald ins Bett, schließlich haben sie morgen Schule.«

Der Schatz winkte Mattie zu und hob seine Jüngste vom Gerüst, direkt auf die Schultern.

8 India Sabhka

Von seinem erhöhten Platz aus konnte er über die Köpfe der Tanzenden hinweg auf den Hafen gucken, wo sich in mattgelben Schattierungen die Sonne ankündigte. Normalerweise brauchte er nicht so lange aufzulegen, aber heute hatte Priya den kompletten Club inklusive Personal, also auch Nick, gemietet. Und ihre Clique war dafür bekannt, kein Ende zu finden. Ihr Vater hatte dem ohnehin schon mächtigen Familienimperium aus Öl, Stahl und chemischer Industrie noch eine der größten Mobilfunklizenzen Indiens hinzugefügt. Die vielstimmige Klingeltonorgie, die jedes Mal zu hören war, wenn Nick eine kurze Pause einlegte, ließ vermuten, dass er so eine Geburtstagsfeier aus der Portokasse bezahlen konnte. Offenbar hatte Priya Anweisung gegeben, auch nicht geladene Gäste reinzulassen, sofern sie bereit waren, umgerechnet sechzig Euro Eintritt zu bezahlen und sich einer eingehenden Gesichtskontrolle zu unterziehen. Natürlich brauchte Priya das Geld nicht, und es würde später irgendwelchen karitativen Zwecken zufließen, aber es erhöhte den gesellschaftlichen Wert ihrer Party, wenn Leute so viel Geld ausgaben, um dabei zu sein. Auf Wunsch der Gastgeberin hatte Nick die ganze Nacht eine Mischung aus Pop-Mainstream und Bollywood-Hits aufgelegt, eine langweilige Sache, die ihm kaum Möglichkeiten zum Experimentieren ließ. Aber jetzt war der Zeitpunkt gekommen, wo hoffentlich niemand mehr mitbekam, was eigentlich gerade lief.

Nick ließ einen Beat loslaufen und blendete darüber Originaltöne, die er auf seinen endlosen Wanderungen durch die Stadt sammelte. Dann setzte er gekonnt einen Break und startete das DAT mit der ID *Ringtones*. Ein wildes Durcheinander von Handy-Klingeltönen erscholl, und mindestens die Hälfte der Partygäste zog ihre Telefone wie in einer eigens einstudierten Choreografie.

Nick grinste. Er wechselte zur nächsten ID. Die Klingeltöne verschoben sich langsam zu einer melancholischen Klangfolge, die etwas Hypnotisches hatte, weil in ihr immer noch die Dringlichkeit eines Anrufes enthalten zu sein schien. Dann setzte er die Nadel auf und ließ den Beat wieder reindröhnen, so dass er die Tanzenden aufpeitschte. Die Melodie bildete weiter das Thema. Hände und Daumen reckten sich ihm entgegen, also gab es doch noch ein paar, die weniger betrunken waren, als er gedacht hatte. Er ließ seinen Blick auf der Suche nach Priya über die Menge gleiten. Übertrainierte Muskelpakete, plattgebügelte Frisuren, Jeans und Hemden von europäischen und indischen Markenlabels. Nur ab und zu tauchte in einer Lücke ein Gesicht in seiner ganzen jungen Verletzlichkeit auf und gab Nick das Gefühl, die ganze Bande spiele Party in den Klamotten ihrer Eltern. Er ließ den Beat auslaufen und startete eine CD mit Songs von Cal. Seine Lieblingsballade war ein Duett, nur begleitet von Tabla und Geige. Er stieg die Stufen runter, setzte sich an einen Tisch und steckte sich eine Classic Mild an.

»Entschuldigung, sprichst du zufällig Deutsch?«

Er hatte vorhin schon bemerkt, dass ein paar Europäer unter den Gästen waren. »Ja, warum?« Die Sprache fühlte sich fremd an. Nick merkte plötzlich, wie lange er sie nicht mehr benutzt hatte.

Ohne zu fragen, setzten sich der Mann und die Frau an seinen Tisch. Beide hatten kurze blondierte Haare, eine Menge Metall im Gesicht und vermutlich auch an anderen Stellen ihres Körpers. »Wir sind gestern Nacht angekommen und heute zufällig auf diese geile Party hier gestoßen. Unser Hotel liegt gleich an der nächsten Ecke.«

Nick musste daran denken, wie er und Mattie vor einem Jahr selbst in einem dieser Hotels gelandet und schon am nächsten Tag wieder rausgeflogen waren, weil Cal sich mit dem Manager anlegte, der keine Inder auf den Zimmern duldete. Es kam ihm vor, als wäre diese Episode nicht nur Teil einer anderen Zeit, sondern eines ganz anderen Lebens gewesen. Damals war er ein durchschnittlicher mitteleuropäischer, heterosexueller Tourist wie der, der vor ihm saß. Und jetzt war gar nichts mehr Durchschnitt. Er lebte als Europäer in Indien, mit einem Mann, wofür man theoretisch in den Knast wandern konnte, und versuchte Artikel zu verkaufen zu Themen, die in Europa keinen interessierten. Seine Recherchen zu Gujarat lagen noch immer unverarbeitet zu Hause herum.

»Eigentlich wollten wir morgen weiter nach Goa. Aber auf der Straße hat es einen Erdrutsch gegeben, und jetzt sind die Züge alle ausgebucht. Weißt du vielleicht, ob es noch 'ne andere Möglichkeit gibt, dahin zu kommen? Und dann suchen wir noch einen coolen Ort, wo es nicht zu teuer und nicht zu voll ist – und wo vor allem gute Mucke läuft.«

»Ja und ja.« Nick guckte erst den Mann und dann die Frau an, sagte aber weiter nichts, denn in seinem Kopf entstand gerade eine Idee.

»Und?«, fragte sie.

»Das kostet euch …« Nick lehnte sich zurück, um sie besser taxieren zu können. Sie hatten immerhin hundertzwanzig Euro bezahlt, um hier reinzukommen, also war ›nicht zu teuer‹ wohl relativ. »… zweihundertfünfzig Euro. Dafür übernehme ich eure Buchung für den Nachtzug heute Abend, 2nd Class a/c mit frischem Bettzeug, Hotelreservierung in einem coolen Resort, und die Handynummer des besten DJs vor Ort gibt's noch obendrauf, all inclusive. Wir treffen uns um sechs Uhr abends in eurem Hotel. Als Sicherheit will ich eine EC-Karte von euch, natürlich ohne Geheimnummer. Alles klar?«

Er drehte sich zur Tanzfläche um und winkte Priya zu, die ihm signalisierte, dass er in fünf Minuten aufhören könne. Er nickte. Die beiden Deutschen starrten ihn an. Die Frau beugte sich rüber und flüsterte ihrem Freund was ins Ohr. Der nickte und wandte sich wieder an Nick. »Okay, aber woher wissen wir, ob wir uns auf dich verlassen können?«

Nick grinste ihn an. »In Indien gibt es keine Trennung zwischen geschäftlich und privat. Ihr habt mich um eine Auskunft gebeten, und ich habe euch den Preis genannt. Solange der Deal gilt, gehört ihr praktisch zu meiner erweiterten Familie. Und die Familie betrügt man nicht.«

Die Frau guckte nicht weniger beunruhigt als vorher.

Nick seufzte und stand auf. »Macht, was ihr wollt.«

Langsam schlenderte er zu seinem Pult zurück. Der blondierte Typ kam direkt hinterher und schob ihm einen Zettel und eine Plastikkarte rüber, die Nick mit einer Hand in die Hosentasche steckte, während er mit der anderen wieder sein DAT mit Originaltönen einlegte.

Aus den Lautsprechern dröhnten Autohupen und laute Verkehrsgeräusche. Er hatte die Aufnahmen auf der Mohammadali Road gemacht, einer der verstopften Hauptadern der Stadt, die durch das alte muslimische Viertel führte. Nick drehte die Lautstärke hoch. Über den Dächern von Bombay, auf der Party von Pramod Guptas Tochter, dessen politische Nähe zur fundamentalistischen Hindu-Partei *Shiv Sena* ein offenes Geheimnis war, erscholl das Morgengebet des Muezzins. Nick griff sich das Mikro.

»Ich widme diesen letzten Song des Abends den Toten von Gujarat«, sagte er ruhig. »Sie wurden Opfer einer unheilvollen Allianz aus Geld, Macht und Intoleranz. India Sabhka[3]!«

Ein Blick in Priyas fassungsloses Gesicht sagte ihm, dass er so bald in keinem Club der Stadt mehr auflegen würde.

9 Stammbaum

Mattie parkte auf dem großzügig angelegten Parkplatz für Reisebusse am Bahnhof von Harmsdorf. Busladungen voller Touristen waren um diese Jahreszeit sowieso noch nicht zu erwarten. Mascha lag schon wieder im Bett und schlief, also ließ sie die alte Hündin, wo sie war. Sie würde später noch eine Abendrunde am See mit ihr machen und sie dann mit ins Haus nehmen. Nach ein paar Schritten in Richtung Haustür drehte sie wieder um und ging in den Bahnhofsimbiss, wo sie vier kleine Schinkenwürstchen und Pommes zum Mitnehmen bestellte. Nach all dem ökologischen Glück auf Gut Westenhagen war ihr nach Fett und Cholesterin zumute. Während sie wartete, fragte sie sich, warum sie eigentlich schon wieder auf Distanz, wenn nicht sogar in Opposition zu dem gerade Erlebten ging. Konnte sie es nicht ertragen, erfolgreiche Projekte zu sehen, weil ihre ständig scheiterten? Und wenn schon, die Leute hatten auch ihre Probleme. Siehe Jasmin und ihre Mutter. Bestimmt hatten sie für das Leben gekämpft, das sie jetzt so offensichtlich genossen. Mattie stöberte weiter in ihrem Inneren, bis sie ihr Unwohlsein eingekreist und an die Oberfläche befördert hatte. Weniger das Konzept eines gemeinsamen und ökologisch bewussten Lebens störte sie als vielmehr die Darstellung oder Selbstdarstellung aller Beteiligten. Es war, als hätten sie durch die behutsam-perfekte Restaurierung des Gutes, aber auch durch ihr selbstbewusstes Auftreten, ihre Worte und Gesten alles mit einem Glanz überzogen, der jede historische Unreinheit, jede potenzielle Störung verneinte.

Vorerst zufrieden mit dem Ergebnis ihrer Selbstbefragung pulte Mattie mit dem Finger ein Loch in die Alufolie, zog einen Pommes heraus und steckte ihn in den Mund. Sie bezahlte ihr Essen bei dem türkischen Imbissbesitzer, der sich in breitem Norddeutsch bedankte. Sie überquerte den Platz, schloss die Tür ihres Elternhauses auf und stieg die Treppe hinauf. Das Knarren der alten Stufen übertönte das Radioprogramm von NDR 2, das ihr wie immer aus der Küche im zweiten Stock entgegendröhnte. Selbst im Halbdunkel fiel ihr auf, wie abgetreten der Linoleumbelag im Flur war. Automatisch folgte darauf die gedankliche Spielerei, was sie alles verändern würde, wenn das Haus einmal ihr gehörte. Es war nicht so, dass sie diesen Augenblick herbeiwünschte, aber er erschien hin und wieder am Horizont mit derselben Selbstverständlichkeit wie jeden Morgen die Sonne. Ob Hinnarck nun ihr biologischer Vater war oder nicht, spielte keine Rolle, und sie wusste, dass er das genauso sah. Er hatte sie als seine Tochter großgezogen, er hatte ihr seine Werte und seine Erziehung, im Positiven wie im Negativen, aufgedrückt wie einen Stempel, und so würde sie eines Tages wieder in seinem Haus leben, wenn es nach ihm ging.

Mattie blieb vor dem gezeichneten Stammbaum der Familie Junghans stehen, der in einem Glasrahmen an der Raufasertapete hing. Mit Hingabe hatte der Zeichner eine knorrige Eiche reproduziert, an deren Stamm lauter wappenförmige Schildchen hingen. Auf jedem stand der Name eines der Nachkommen und seines Ehepartners. Zu beiden Seiten hin verzweigte sich das Geäst, und die Schildchen gruppierten sich zu einem Netz, das in Richtung Gegenwart immer feinmaschiger und kleinteiliger wurde. Hinnarck hatte die Zeichnung von seinen Eltern zum fünfzigsten Geburtstag bekommen. Mattie sah, wie er sich eine Träne aus dem Augenwinkel wischte, als er das Seidenpapier aufschlug, das den Rahmen schützte.

Sie zog noch einen Pommes aus der Alufolie und stellte sich vor, wie sie hier alles, was Hinnarck in den 70ern und 80ern modernisiert hatte, wieder rausreißen würde: das gesprenkelte Linoleum, die runtergezogenen Decken, Raufaser und Rauchglastüren. Und dann, wenn alles wieder im Urzustand war wie 1895, als das Haus gebaut wurde – würde es dann schöner sein, echter? Und würde sie dann mit ihren Freunden hier einziehen? Nein, beim besten Willen konnte sie sich weder Nick noch Theresa vorstellen, wie sie sich in Harmsdorf am See niederließen und jede Woche zweimal mit der Jutetasche auf den Wochenmarkt gingen. Theresa war letztes Jahr von Hamburg nach Berlin gezogen, weil es ihr an der Elbe zu eng war. Momentan hatte sie allerdings einen Lehrauftrag in Dessau. Nick lebte jetzt in einem Moloch, in dem sich fast fünfmal so viele Menschen drängten wie in Berlin. Und was war mit Mattie selber?

Noch ein Pommes kam dampfend unter dem Alu hervor und

verschwand in ihrem Mund. Bombay erschien ihr in der Erinnerung wie eines dieser Kinderbücher, die man aufklappt, und es entfaltet sich das Panorama einer Straße. In den Häusern sind wieder aufklappbare Fenster und Türen, hinter denen sich Zimmer entfalten, und darin Schränke, und so weiter. Ein endloses Bilderrätsel, das ihr in seiner knalligen Dichte die Augen tränen und den Kopf schmerzen ließ. Komplette Überforderung. Sie brauchte den Wind, um dagegen anzulaufen und sich den Kopf durchpusten zu lassen. Und wenn sie abends allein in ihrem Bus am Meer saß, wünschte sie sich, mit Theresa in Berlin zwei Kinofilme hintereinander zu gucken und dann noch durch die Clubs zu ziehen.

Die Kleinstadt Harmsdorf hatte weder das eine noch das andere, stattdessen soziale Kontrolle die Fußgängerzone lang, vom Bahnhof bis zum Marktplatz und wieder zurück. Nur ihre Mutter Emma hatte es geschafft, sich dieser gnadenlosen Instanz zu entziehen, indem sie verrückt wurde.

Langsam stieg Mattie die zweite Treppe hinauf und öffnete die Tür zur Küche. Howard Carpendale schnulzte so laut, dass der Lautsprecher des kleinen Kofferradios schnarrte. Matties Mutter saß am Fenster, vor dem unbemerkt ein poppiger Sonnenuntergang ablief, und rauchte. Hinnarck stand an der Spüle und wusch das Geschirr vom Abendessen ab. Die Sonne hatte kaum noch Kraft, und der Raum wurde von einer Deckenlampe erleuchtet, unter deren Plastikschirm eine Energiesparbirne kaltes Licht ausstrahlte.

Mattie merkte, wie ihr Magen sich zusammenzog. Diese Situation hatte sich ihr wie eine Versuchsanordnung ins Hirn eingebrannt. Das Leben ihrer Eltern spielte sich Tag für Tag nach exakt demselben Rhythmus ab, musste sich danach abspielen, um Emma halbwegs im Gleichgewicht zu halten. Jedes Mal, wenn sie durch die Tür trat, überwältigte sie der Eindruck, in einer Zeitschleife gelandet zu sein, in der es kein Gestern und kein Morgen gab.

»Madita ist hier. Wie schön.« Emmas kleine grün-graue Augen leuchteten kurz auf, als sie ihr die Wange zum Kuss hinhielt. Gleichzeitig blies sie ihr ungeniert den Rauch ihrer Zigarette ins

Gesicht. Hustend wandte Mattie sich ab und ging zu Hinnarck, der sie wie immer stumm an seine Brust drückte. Sie machte das Radio aus, schob sich auf die enge Küchenbank und begann mit den Händen zu essen.

»Willst du etwa hier schlafen?«, fragte Emma. Ihre Stimme zitterte vor Angst, etwas könne sich ändern, ein Bett bezogen oder ein Handtuch aus dem Schrank genommen werden.

»Emma, nun lass doch die Deern erst mal essen.« Hinnarck klang gereizt. Normalerweise konnte ihn nichts von seiner gleichbleibend liebevollen Sorge um Emma abbringen.

Mattie leckte schnell das letzte Fett von den Fingern ihrer rechten Hand und sah von ihrem Vater zu ihrer Mutter. Emma hatte eine beleidigte Miene aufgesetzt, verfolgte jedoch aus dem Augenwinkel jede von Matties Bewegungen. Kaum war der letzte Pommes verschwunden, steckte sie sich eine neue Zigarette an. »Hinnarck will mich loswerden. Er hat gedacht, er kann einfach Schwester Birthe holen, und dann geht er weg, und Schwester Birthe bringt mich in die Klinik. Und dann sterbe ich da, weil ich krank bin. Psychisch krank«, fügte sie sicherheitshalber noch hinzu.

»Was ist denn hier los?« Matties Frage war eher an Hinnarck gerichtet, der ihr jedoch den Rücken zuwandte und die Teller in den Küchenschrank räumte. »Vorgestern war doch noch alles in bester Ordnung.«

»Nee, Deern, lass man gut sein.« Selbst von hinten konnte man die Resignation sehen, mit der Hinnarck die Schultern hochzog.

»Aber jetzt ist alles wieder gut.« Emma strahlte sie an. »Hinnarck hat Schwester Birthe weggeschickt.«

Mattie wartete, bis Hinnarck das Handtuch über die Heizung gehängt hatte. Als er ohne ein weiteres Wort den Raum verlassen wollte, hielt sie ihn am Arm fest. »Jetzt sagt mir schon, was hier abgeht. Und zwar so, dass ich es verstehe.« Unwillkürlich verfiel sie in den strengen Tonfall, der eigentlich nur für wirklich kritische Situationen mit Emma reserviert war. Sie fühlte sich nicht wohl dabei, mit ihren Eltern so zu reden wie andere Eltern mit ihren Kindern. Aber es wirkte, sogar bei Hinnarck, der sich zögernd am Küchentisch niederließ.

»Weißt du noch, als ich dir das Playmobil-Indianerdorf aus dem Duty-free-Shop in Saudi-Arabien mitgebracht habe?«

Einen Moment lang dachte Mattie, jetzt sei Hinnarck auch verrückt geworden. Doch dann erinnerte sie sich dunkel an eine lange, viel zu lange Zeit, in der sie mit Emma allein war. Sie hatte Tag für Tag sehnsüchtig auf ihren Papa gewartet, der Wasser für die Wüste zaubern musste.

»Die Meerwasserentsalzungsanlage ist fünfundzwanzig Jahre lang ohne Probleme gelaufen. Aber nun gibt es Schwierigkeiten. Der Chef hat mich angerufen, weil niemand von den Jüngeren sich mit diesen alten Anlagen auskennt. Ich sollte morgen losfliegen.«

»Hinnarck, du bist siebenundsechzig und seit sechs Jahren nicht mehr im Dienst«, sagte Mattie. »Und da rufen die dich gestern an und fragen dich, ob du morgen fliegen kannst?«

Hinnarck schüttelte den Kopf. »Ich weiß es schon seit einem Monat. Aber ich wollte sie nicht beunruhigen.«

Emma paffte mit runtergezogenen Mundwinkeln stumm vor sich hin. Sie sah wieder aus wie eine runzelige alte Schildkröte, jederzeit bereit, den Kopf einzuziehen und sich unter ihrem Panzer zu verkriechen.

Hinnarck räusperte sich. »Als du plötzlich aus Berlin angerauscht kamst, habe ich gedacht, du könntest vielleicht – aber dann musstest du ja gleich wieder arbeiten. Also habe ich bei der Diakonie angerufen und Schwester Birthe herbestellt. Sie kam gestern vorbei, damit Emma sie mal kennenlernt. Eine nette Frau.«

»Nein, gar nicht nett!«, blaffte Emma vom Fenster aus.

»Emma hat einen ihrer Anfälle bekommen und Schwester Birthe beschimpft«, fuhr Hinnarck fort, »und Schwester Birthe hat gesagt, sie kann die Verantwortung nicht übernehmen. Also rufe ich morgen in der Firma an und sage, dass ich nicht fahren kann. Fertig. Aus.«

Mattie brauchte nicht weiter nachzufragen, was sich hinter Hinnarcks karger Schilderung verbarg. Wenn Emma ihren Willen nicht bekam, brach die Verzweiflung aus ihr heraus wie ein Vulkan. Die Folgen reichten von verbalen Attacken gegen andere bis zu einem weiteren in der Reihe ihrer unzähligen Selbstmordversuche. Mattie hatte diese dramatischen Inszenierungen oft genug am eigenen Leib zu spüren bekommen. Sie konnte sich vorstellen, wie Schwester Birthes einstudierte Pflegerinnenfreundlichkeit angesichts einer feuerspuckenden Emma zusammenschmolz wie ein Stück Eis in der Sonne. Apropos Feuer. »Es gab gestern einen Unfall, und mein Kino ist abgebrannt. Also übernehme ich Emma, und du kannst fahren«, sagte sie, bevor ihr die Konsequenzen dieses Angebotes bewusst wurden.

»Einen Unfall? Was für einen Unfall? Mein Gott, Deern, ist dir was passiert?« Hinnarck war aufgesprungen. Er starrte sie von Kopf bis Fuß an, um sich zu vergewissern, dass kein Arm oder Bein fehlte.

»Mattie bleibt hier. Geh doch weg. Mattie und Emma machen es sich gemütlich. Wie früher.« Emma hatte ihre bemerkenswerte Fähigkeit, unangenehme Neuigkeiten auszublenden, offensichtlich nicht verloren.

»Mir ist nichts passiert. Nur dass ich keine Arbeit mehr habe und kein Geld.«

Hinnarck entspannte sich. Er hatte dreißig Jahre lang für eine Kieler Firma als Monteur gearbeitet. Das Gespenst der Arbeitslosigkeit war ihm so fremd wie einem Neugeborenen.

»Geld bekommst du von mir, ich verdiene genug da unten.« Auch wenn er es sich nicht anmerken ließ, spürte Mattie, wie seine Hoffnung aufkeimte. Hinnarck hatte sich immer gewünscht, dass, wenn es Emma erst besser ginge, sie gemeinsam die Welt bereisen würden. Aber es war nie dazu gekommen, und bald war er selbst zu alt.

»Lass mal, ich mach das schon. Du brauchst mir kein Geld zu geben. Und jetzt pack deine Koffer, damit du morgen nicht den Flug vepasst.« Mattie wollte ihm Zeit geben, sich an den Gedanken der Reise zu gewöhnen und seine Freude zu genießen, ohne dass ihm Emma dazwischenfunkte.

»Du kriegst von mir das gleiche Geld wie Schwester Birthe. Und keine Widerrede.« Er legte seine Hand auf ihre Schulter und drückte so fest zu, dass es wehtat. Dann verließ er die Küche.

Emma paffte und sah sie an. Ihre Augen erinnerten Mattie plötzlich an die von Frederike von Westenhagen und den spöttischen Ausdruck, den sie darin in dem Wahlspot zu sehen geglaubt hatte.

»Mama, ich warne dich. Ich bin nicht mehr zwölf. Du kannst mich nicht mehr mit deinem Theater einschüchtern. Wir werden hier zusammen entscheiden, was gemacht wird.«

Emma zog noch einmal gierig an ihrer Zigarette und drückte sie in den bereits übervollen Aschenbecher. Ihr Daumennagel war gelblich verfärbt und viel zu lang. Sie trug einen abgewetzten Morgenmantel voller Ascheflecken. Ihre Haare hingen grau und zottelig bis über die Ohren. »Theater? Ich wollte früher mal zum Theater. Aber jetzt kann ich da nicht mehr hingehen, weil ich krank bin.«

»Wir gehen zur Nagelpflege und zum Friseur. Und auch das nur, wenn du was anderes anziehst.« Emmas Schrank war voll mit neuen Klamotten, die Hinnarck ihr gekauft hatte. Mattie stand auf. Sie musste raus aus der verrauchten Enge und aus Emmas Einzugsbereich. Beim Hinausgehen spürte sie Emmas Blicke in ihrem Rücken wie kleine spitze Nadeln, die sich mit Widerhaken unter der Haut festsetzten.

10 Würmer

»Ja, Nitya, ich weiß, dass es früher oder später sein muss, aber nicht jetzt!«

Cal saß auf der verbreiterten Fensterbank seiner kleinen Einzimmerwohnung in Andheri. Hinter einer Hüttenkolonie, über der sich riesige Umspannmasten erhoben wie stählerne Insekten, konnte er das Meer sehen.

»Nein, es ist mir nicht egal, aber ich möchte damit warten, bis klarer ist, wie es mit Nick und mir weitergeht. Er hat genug eigene Probleme zur Zeit.«

»Ach ja? Der arme Nick hat Probleme?«, echote es leise hinter seinem Rücken.

Cal sprang auf. Nick lehnte im Türrahmen. Sein Gesicht wirkte im harten Licht der Morgensonne weiß wie die Wand neben ihm, doch die grauen Augen leuchteten dunkel, fast schwarz.

»Shit, Nitya, ich muss Schluss machen. Nein, mit mir ist alles in Ordnung. Bis später.«

Cal drückte die rote Taste auf seinem schnurlosen Telefon und legte es auf die Fensterbank. Langsam hob er den Kopf und sah Nick an, der sich keinen Schritt weiter ins Zimmer bewegte, sondern blieb, wo er war. In der Hand hielt er einen Umschlag, auf dem Cal das Logo seines eigenen Reisebüros erkannte.

»Willst du verreisen, Nick?«

Nick sagte kein Wort, aber sein Blick sagte genug.

Cal war klar, dass Nick eine Erklärung erwartete. Aber er wusste nicht, wie er anfangen sollte. Dieses kalte Schweigen in Erwartung einer ernsthaften Auseinandersetzung, dem Austausch von Argumenten, schnürte ihm die Kehle zu. Was bedeuteten schon Worte? Er wandte sich ab und starrte aufs Meer, damit Nick seine Tränen nicht sah.

Die leise Stimme fraß sich trotzdem mit der klaren Schärfe eines Diamantbohrers durch seine Gehörgänge bis ins Hirn. »Was ist es, was nicht mehr warten kann?«

Cal konnte es ihm nicht ins Gesicht sagen. Nicht weil er ein Feigling war, sondern aus Unfähigkeit, demjenigen wehzutun, den er liebte. Er sprach, ohne sich umzudrehen. »Nick, Mohan hat mir angeboten, eine Bollywood-Show in Berlin zu machen. Wir können zusammen nach Deutschland fahren! Ist es nicht schön dort im Mai? Wir bleiben einfach in Europa, bis der Monsun vorbei ist – vielleicht fahren wir nach Amsterdam, oder nach Venedig …«

»Ja, der Mai ist schön. Und Venedig ist auch schön. Aber das ist es nicht, worüber du gerade mit Nitya geredet hast.« Die Stimme kam näher. Gefährlich nahe.

»Mohan hat mich gebeten, Nitya zu heiraten.«

Cal fühlte, wie Nick ihn hart am Arm packte und herumriss. Er war beinahe erleichtert über diese körperliche Berührung und den Schmerz, der ihm durch den Arm schoss.

»Das ist doch wohl ein schlechter Witz. Warum solltest du das tun?«

Cal schüttelte den Kopf. »Du verstehst das nicht. Es geht dabei um viel mehr. Er hat mir nicht nur die Hand seiner Tochter angeboten, sondern meine eigene Zukunft. Eigene Filme. Die Produktionsfirma. Nie mehr Angst haben zu müssen, kein Geld zu haben. Oder keine Songs mehr schreiben zu können. Oder einfach davor, alt zu werden.« Er konnte Nick immer noch nicht in die Augen gucken, aber er sah die Ader, die auf seiner Schläfe erschien wie einer dieser kleinen Würmer, die jedes Mal in der Regenzeit durch die Rohre kamen und sich nicht vertreiben ließen. Sie waren harmlos, aber bei diesem Ding war er nicht so sicher. Es pochte.

»Der große Mohan Kapur will dich also kaufen. Und was sagt seine moderne, unabhängige Tochter dazu, dass sie einfach so verschachert werden soll?«

Cal überlegte verzweifelt, wie er es ihm erklären konnte, ohne das Versprechen zu brechen, das er Nitya gegeben hatte, mit niemandem über ihre Beziehung zu Sohan Roy zu sprechen.

»Sie findet auch, dass es die beste Lösung ist. Sie will ihre Freiheit behalten.« Er wusste selbst, wie absurd das in Nicks Ohren klingen musste.

»Ihre Freiheit, aha. Und die kann sie also nicht einfach so behalten. Sie hat ihr eigenes Tonstudio, eine eigene Wohnung, verdient einen Haufen Geld. Wen schert es also, was sie damit anstellt?«

Cal merkte, wie die Wut in Nicks Stimme in resignierte Müdigkeit umschlug. Sein Englisch bekam den verwaschenen Klang, den es immer hatte, wenn er betrunken oder bekifft war. Das Adrenalin hatte die Wirkung wohl nur kurzzeitig außer Kraft gesetzt. Er sah jetzt auch die roten Äderchen, die ein dichtes Netz um die immer noch dunkelgrauen Pupillen gesponnen hatten. »Du bist müde und betrunken. Geh jetzt schlafen, wir reden später darüber.« Er streckte vorsichtig die Hand aus und berührte Nick am Arm, aber der zuckte zurück, als hätte er sich verbrannt.

»Ich brauch niemanden, der auf mich aufpasst! Der arme Nick hat Probleme. Er ist doch fremd hier. Er versteht unsere Kultur nicht. Der arme Nick, wie sollen wir ihm nur erklären, dass wir uns mit Leib und Seele für ein paar schlechte Filme und eine Villa in Khar verkaufen? Und wie soll er nur verstehen, dass es unsere Pflicht ist, eine Familie zu gründen? Die heilige Familie, das Zentrum der aufstrebenden indischen Nation. Und dann vielleicht noch ein paar brave indische Kinderchen, die auf teure Privatschulen gehen und später mal eigene Computerfirmen haben? Als gäbe es nicht schon genug davon!«

Cal senkte den Kopf. Er fühlte Nicks Worte wie Peitschenhiebe auf sich herunterprasseln und brachte nicht einmal die Kraft auf, sich die Ohren zuzuhalten. Also folgte er dem erstbesten Impuls, den sein überfordertes Gehirn aussandte – dem Fluchtreflex. Er duckte sich unter Nicks linkem Arm hindurch, griff nach seiner Gürteltasche mit Handy, Geld und Schlüssel, stürzte nach draußen und hörte die schwere Tür mit einem Knall hinter sich zufallen.

11 Die Perser

Kamal Assadi schloss die Tür des Büros, drehte den Schlüssel um und achtete aus alter Gewohnheit darauf, ob das Stangenschloss richtig einrastete. Die Daten auf seinen Festplatten konnten in den falschen Händen für eine Menge Ärger sorgen. Als er durch den Vorraum nach draußen ging, spürte er die ungewöhnliche Stille. Sonntag war der einzige Wochentag, an dem nachmittags kein Training stattfand. Normalerweise hörte man immer irgendjemanden reden, der gerade durch den langen Flur vom Dojo kam oder hineinging.

Das flache Gebäude in Kiel-Gaarden hatte Kamal vor zwanzig Jahren zu einem Spottpreis gepachtet. Die Zahl seiner Schüler wuchs, und niemand anders wollte einen Betonklotz am Ostufer haben, wo nichts als Kanaken, Dealer und der Niedergang der Kieler Werft zu sehen waren. Das änderte sich natürlich, als die behutsame Stadterneuerung und kurz danach die ersten Yuppies kamen, aber Kamal hatte einen unbefristeten Vertrag und eine Tochter, die bald Anwältin war.

Trotz des warmen Frühlingswetters trug er seinen Ledermantel, darunter ein T-Shirt, und natürlich Jeans und Stiefel. Erst wenn es wirklich warm wurde, stieg er für ein paar Wochen auf eine Jeansjacke um, ohne Jacke ging er nie aus dem Haus. Ein Überbleibsel aus den Tagen, als sie selten ohne Waffen unterwegs waren, die man besser nicht herumzeigte. Er setzte die Halbschale auf und stieg auf seine alte BMW, deren Chromteile in der Sonne funkelten. Obwohl sie ihre halbe Kindheit mit ihm in der Garage verbracht hatte, hielt Jasmin die Bastelei für Zeitverschwendung. Sie selbst fuhr eine moderne Geländemaschine mit Servicevertrag. Immerhin hatte sie ihm nicht gesagt, dass sie ihn für zu alt hielt, um mit einem Motorrad herumzufahren. Er wusste, dass sie so dachte, aber es war besser, manche Dinge nicht zu hören.

Kamal trat den Kickstarter durch. Der Motor sprang zuverlässig beim ersten Mal an. Er rollte an den beiden schwarzen Multivans vorbei, die er nur für geschäftliche Fahrten benutzte. Einer hatte auf der Seite das rote Emblem der Kampfkunstschule, der andere zeigte, dezenter und in Weiß, die Aufschrift *Assadi Security Services.*

Es lag nahe, dass ein erfahrener Kampfsportler auch Security-Leute und Leibwächter ausbilden konnte. Kaum jemand wusste jedoch, dass es bei Kamal andersherum abgelaufen war. Im Frühjahr 1970 hatte er keine andere Wahl gehabt, als Hals über Kopf aus Teheran nach Frankfurt und weiter nach Kiel zu fliehen. Dort gab es einen Kontakt, den ihm ein Genosse im letzten Moment zugesteckt hatte. Kamal war gerade im ersten Semester Jura und gleich mit dem brutalen Geheimdienst des Schahs aneinandergeraten. Die Welle der Jugendrevolten in aller Welt war bis nach Teheran geschwappt. Und selbst in Kiel fühlte er sich immer noch als Teil der internationalistischen Bewegung. Persische Studenten organisierten ein Bett für ihn, er schrieb sich an der Uni ein und fuhr gleich im ersten Sommer mit nach Amsterdam und Kopenhagen, wo sie sich mit anderen Gruppen trafen, auf Konzerte gingen und nach Mädchen Ausschau hielten.

Unwillkürlich streifte Kamals Blick sein Spiegelbild in einem Schaufenster, als er wie immer an der Ampel stand, um auf das Westufer abzubiegen. Ein Grund, warum er immer noch Motorrad fuhr, war das Gefühl, alterslos zu sein, sich im Fahrtwind zu verlieren. Auch wenn sein Körper durch das viele Training in guter Verfassung und sein Geist immer noch schneller und wendiger war als der seiner Schüler, spürte er in letzter Zeit häufig eine innere Unruhe, eine nagende Unzufriedenheit mit dem, was das Leben für ihn bereitgehalten hatte.

Im Vorbeifahren sah er die vielen Wahlplakate, die flächendeckend die große Stunde der parlamentarischen Demokratie anpriesen. Heute irritierte ihn Frederikes überdimensionales Konterfei mehr denn je. Wie viele andere hatte er große Hoffnungen in die rot-grüne Regierung gesetzt. Leute wie Frederike von Westenhagen zerstörten mit ihrer pragmatischen Realpolitik diese Hoffnungen Tag für Tag. Dass Kamal sie persönlich kannte, machte die Sache nicht leichter. Frederike war die beste Freundin seiner Ex-Frau Regina, und nun war sie dabei, ihm auch noch seine Tochter zu nehmen wie eine Blume, die man eben mal am Wegesrand pflückt. Und es gab nichts, was er ihr entgegensetzen konnte.

Kamal war kein großer Redner, war es nie gewesen. Aber er stand zu seiner politischen Überzeugung und wurde aktives Mitglied des kommunistischen persischen Studentenbundes in Kiel. Als ihm kurz nach jenem ersten Sommer das Geld ausging, fragten ihn ein paar Genossen, ob er ihrer Gruppe beitreten wollte, die später als *die Perser* über die Grenzen Kiels hinaus ein Begriff werden sollte.

Immer mehr Kneipen, Diskotheken und Konzertveranstaltungen schafften Nachfrage nach Türstehern und Ordnern. Und wie viele seiner Landsleute dachte Kamal, seine Angst sei in Teheran geblieben. Die Deutschen schienen das zu spüren und vermieden es, sich mit ihnen anzulegen. Im September 1971 lernte er beim *Love & Peace-Festival* auf Fehmarn Regina kennen. Die Perser waren als Ordner engagiert und hatten für die Sicherheit vor, auf und hinter der Bühne zu sorgen. Aber die Veranstalter, für die das Ganze schnell eine Nummer zu groß wurde, holten in Panik noch die Hells Angels aus Hamburg ran. Und die sahen nicht ein, dass die Konkurrenz aus Kiel von ihrem Geld was abkriegen sollte. Als Jimi Hendrix endlich die Bühne betrat, starrte Kamal fassungslos auf seinen Arm, aus dem das Blut nicht aufhörte zu laufen. Plötzlich war Regina neben ihm, mit dem Erste-Hilfe-Kasten aus dem Wagen ihres Vaters, den sie heimlich aus der Garage geholt und bis Fehmarn gefahren hatte, ohne Führerschein.

Während ihnen die Feedbacks von Hendrix' Gitarre in den Ohren dröhnten, schwor sich Kamal, niemals wieder jemandem zu gestatten, Kontrolle über ihn zu haben. Denn das Schlimmste war nicht die Verletzung oder der Schmerz, sondern die Ohnmacht, die er gefühlt hatte, als die zwei Angels mit ihren Messern auf ihn zukamen. In diesem Moment ging es nicht um die Kohle, genauso wenig wie es in Teheran um die Durchsetzung der Staatsmacht ging. Die Täter hatten nur eines im Sinn: das alte Spiel mit der Angst. Am nächsten Tag fing er mit dem Kung-Fu an.

Im Jahr darauf heirateten sie, und Azim wurde geboren. Kamal brach sein Studium ab, um Regina und das Baby durchzubringen. Ansonsten verbrachten sie wenig Zeit miteinander. Nachts ging er arbeiten, und tagsüber trainierte er. Seine eigentliche Familie waren und blieben die Perser.

Kamal schob sein Motorrad zwischen den parkenden Autos hindurch auf den Bürgersteig und bockte es auf. Dann betrat er die Uni-Klinik und ging hinauf in den zweiten Stock, wo sein alter Freund Hamid als Chefarzt der Unfallchirurgie arbeitete. Er fand ihn in seinem Büro, nervös in einer Akte blätternd. Als er Kamal sah, sprang Hamid auf und begrüßte ihn mit einer langen Umarmung. Mit dem weißen Arztkittel, den akkurat geschnittenen grauen Haaren und den immer müden Augen erinnerte er nur noch entfernt an den radikalen jungen Medizinstudenten, der weder im Hörsaal noch bei ihren nächtlichen Einsätzen sein hitziges Gemüt im Griff hatte. Mittlerweile hatte er zwei erwachsene Kinder, die selbst studierten.

Er wartete nicht, bis Kamal sich gesetzt hatte. »Du musst dir etwas anhören, was mich zutiefst beunruhigt, alter Freund«, sagte er und schob ihn wieder hinaus auf den Gang. Dabei wechselte er von Deutsch zu Farsi, so dass sie ungestört weiterreden konnten. »Gestern wurde hier eine ganze Familie aus Neumünster eingeliefert, die in einen Schusswechsel geraten ist.«

»In Neumünster?« Kamal wusste, dass es dort Gangs gab, aber bisher hatte er noch nichts von Schießereien gehört.

»Nein. Eben nicht. Zwischen Bagdad und Tikrit.«

»Im Irak? Was hatten sie denn da zu suchen?«, fragte Kamal mechanisch, um Hamid das nächste Stichwort zu geben.

»Der Mann kommt aus dem Irak, lebt aber seit über zwanzig Jahren in Deutschland. Einmal im Jahr fliegt er mit der ganzen Familie runter, mietet sich in Bagdad ein Auto und fährt zu seinen alten Eltern nach Tikrit.«

»Auch jetzt?« Kamal dachte an seine eigene Familie. Sein Kontakt in die Heimat war fast ganz abgerissen. In den letzten zwanzig Jahren hatte er seine Mutter fünfmal gesehen und war jedes Mal deprimierter zurückgekehrt. Anfangs hatten alle geglaubt, die Mullahs wären nur eine vorübergehende Erscheinung nach der Revolution, aber mittlerweile hatten sie sich mit dem System arrangiert. Sein jüngerer Bruder wollte ihm beim letzten Mal plötzlich den Koran in die Hand drücken, und die Mutter stand stumm daneben, eine Frau, die einmal mit dem Gewehr in der Hand für die Revolution gekämpft hatte.

»Jedes Jahr«, wiederholte Hamid ungeduldig. »Also er mietet sich wie immer ein Auto und fährt auf der Autobahn Richtung Norden, als er vor sich eine Fahrzeugkolonne sieht. Ein gepanzerter Mercedes, der zwischen zwei Jeeps fährt, wahrscheinlich irgendeine Delegation. Wie er es aus Deutschland gewöhnt ist, betätigt er den Blinker und setzt an, um links zu überholen …«

»Und wird beschossen, weil sie denken, er ist ein Attentäter«, vollendete Kamal den Satz.

Hamid blieb vor der Tür zu einem Krankenzimmer stehen. »Wie durch ein Wunder wurde niemand getötet. Aber die jüngste Tochter hat ein Bein verloren, und seine Frau liegt noch auf der Intensivstation. Und niemand weiß, wer den Rücktransport und den Arbeitsausfall bezahlt, wer überhaupt die Verantwortung trägt.«

»Und wie kann ich dabei helfen?« Kamal war sich noch nicht klar über den Zweck des Krankenbesuches, wollte aber seine Hilfe nicht verweigern.

»Hör dir einfach den Rest der Geschichte von ihm selber an, dann weißt du, worauf ich hinauswill.« Hamid öffnete die Tür, und Kamal folgte ihm in das Zimmer. Obwohl es zwei Betten hatte, lag nur in einem ein Mann in ihrem Alter. Sein rechter Arm hing eingegipst an einem dieser dreieckigen Gestelle. Den Rest seines Körpers oder das, was Kamal davon sehen konnte, bedeckten Pflaster und Mullbinden. »Herr Murat, das ist Kamal Assadi, ein Landsmann von mir. Er ist schon lange in Deutschland und politisch aktiv. Bitte erzählen Sie ihm noch einmal, was Sie mir vorhin erzählt haben. Nur das Letzte.«

Kamal sah erstaunt zu Hamid. Politisch aktiv? Was sollte das denn?

Der Mann sah ihn an. Er musste starke Medikamente bekommen haben, denn sein Blick war trübe und ohne Fokus.

»Ich arbeite an der Autobahnraststätte Hüttener Berge.« Seine Stimme klang heiser, und er sprach sehr leise. »Wir haben da eine Menge Stammgäste, vor allem LKW-Fahrer und Soldaten, die jedes Wochenende vom Stützpunkt nach Hause fahren. Ich unterhalte mich mit ihnen, während sie auf ihr Essen warten. Ich sehe ihre Gesichter.« Der Mann versuchte sich aufzurichten und sah Kamal eindringlich an. »Bitte, Sie müssen mir glauben! Immer Schnitzel mit Zigeunersauce. Einer der Männer auf dem Jeep bestellt jede Woche bei mir sein Essen!«

12 Privatsphäre

Gleich kam ihr Einsatz. Sabiya Ansari wartete nicht ab, bis Shahrukh Khan seinen Text zu Ende gesungen hatte. Sie sprang aus dem weichen Sofa auf, stemmte einen Arm in die Hüfte, hob den anderen über den Kopf und sang mit, so laut sie konnte. Sie schloss die Augen und überließ ihren Körper dem Rhythmus des Songs. Die Bewegungen kannte sie auswendig, so oft hatte sie Preity Zinta zugeguckt.

Als der Song vorbei war, schaltete sie den Fernseher aus, blieb aber noch für einen Moment in ihrer Rolle als junge Ehefrau eines reichen Inders, der im Ausland zu Geld gekommen war.

»Sabiya!«, brüllte sie. »Wo steckst du denn schon wieder!« Ihre Hand fegte ein paar Fleischkrümel von der ansonsten makellos sauberen Holzfläche des niedrigen Tischchens zwischen den

Sofas. »Was ist das für ein Dreck hier! Wofür bezahle ich dich eigentlich?«

Ein plötzliches Geräusch ließ sie zusammenfahren. War das die Tür von 2b gewesen? Sabiya erstarrte mitten in der Bewegung und lauschte auf den Nachhall eiliger Schritte, die sich nach unten hin entfernten. Als nichts mehr zu hören war, drehte sie schnell ihre offenen Haare zu einem Knoten auf und strich sich über den dunkelbraunen Salwar Kameez. Sie griff nach dem leeren Teller, der auf dem Boden stand, und ging über den Flur in die Küche. Das benutzte Geschirr war im Nu gespült und stand wieder auf dem Regal an seinem ursprünglichen Platz, als sei nichts gewesen.

Die Leute aus 4b waren schon seit Wochen zu Hause in Kashmir. Sabiya wusste nur, dass der Mann mit Stoffen handelte. Meistens blieben seine Frau und die Kinder in Bombay, während er wegfuhr, um neue Ware zu holen. Aber wenn in Bombay der Monsun kam, gingen sie alle zurück, bis der Regen vorbei war. Sabiya füllte Wasser in einen Eimer und ging zurück ins Wohnzimmer, um wie jeden Morgen als Letztes zu wischen. Damit der Boden schneller trocknete, drehte sie die Ventilatoren voll auf. In den feuchten Fliesen spiegelte sich ihr Gesicht. Sie legte den Kopf schief und klapperte ein paarmal mit den Augenlidern. Das Ergebnis war zufriedenstellend. Ein unschuldiges Mädchen bei der Hausarbeit.

Wäre der Besitzer vorhin überraschend nach Hause gekommen, hätte er sie rausgeschmissen. Hausmädchen saßen nicht vor dem Fernseher, die Füße auf dem Tisch, und aßen Kababs aus dem Gefrierfach ihrer Arbeitgeber. Sabiya war schon nach ein paar Wochen aufgefallen, dass die Hausfrau keinerlei Überblick über ihre Vorräte hatte. Ihr Mann kam oft mit Geschäftsfreunden nach Hause, also kaufte sie ein, soviel sie konnte, und hortete die Lebensmittel in ihrem riesigen Eisschrank. Bis sie wieder in Bombay war, würde sowieso die Hälfte verdorben sein. Und Sabiya sparte ihr eigenes Geld, wenn sie hier aß. Das war natürlich nicht der einzige Grund. Eine Packung dieser gefrorenen Kababs kostete so viel, wie ihr Mann Firoz in einer ganzen Woche verdiente, wenn sein Taxi nicht wieder kaputtging. Sabiya wusste, dass sie mit diesen heimlichen Momenten des Luxus ein Risiko einging. Aber sie waren wie ein kleiner Vorgeschmack auf ein besseres Leben, von dem sie sicher war, dass sie es eines Tages haben würde.

Sabiya leerte den Eimer im Badezimmer aus und hängte den Lappen ordentlich auf. Ein letzter prüfender Blick in die leeren Zimmer sagte ihr, dass alles perfekt in Ordnung war. Wenn sie selbst einmal in so einer Wohnung lebte, würde sie das schließlich auch von dem Mädchen erwarten, das sie fürs Putzen bezahlte.

Sie schloss die Tür von außen ab, verstaute den Schlüssel in ihrer Hose und ging langsam die Treppe hinunter zu 2b. Sie hoffte, der Ausländer wäre gegangen. Er war nicht gut für Amit Mukherjee, den sie nur ›Amitji‹ nannte, in der höflichen Anrede für ältere Leute. Sabiya war erst vierundzwanzig, und doch kam es ihr manchmal so vor, als sei sie Amitjis ältere Schwester, die auf ihn aufpassen musste. Als er eingezogen war, zerrissen sich die anderen Familien im Haus die Mäuler. Ein Hindu, der freiwillig in ein muslimisches Haus einzog. Und noch nicht mal verheiratet war er. Niemand wusste, woher er kam. Die Familie, der die Wohnung gehörte, war ziemlich überstürzt nach Dubai gezogen und hatte die Vermietung einem Makler überlassen.

Für Sabiya bedeutete Amitji erst mal nur einen weiteren Schritt in die Zukunft. Bevor eines der anderen Mädchen auftauchte, klingelte sie bei ihm und stellte sich vor. Er gab ihr sofort den Job, als sie ihm sagte, dass sie auch bei anderen im Haus putzte. Sie fragte ihn direkt, warum er ausgerechnet in dieses Haus eingezogen sei. Er deutete auf das Fenster und sagte, er wolle möglichst viel Meer für möglichst wenig Geld sehen. Das klang zwar auch für Sabiya ein bisschen seltsam, aber Amitji war eben ein Künstler.

In Siedlungen wie dieser hier an der Link Road war meistens das letzte Haus ein muslimisches, weil es den weitesten Weg zur Hauptstraße hatte. Die vorderen waren besser erreichbar, besser bewacht, besser in Schuss und wurden von Hindus bewohnt. Sabiya würde nie weiter als bis zum letzten Haus kommen. Amitji war der einzige Hindu, der ein muslimisches Hausmädchen bei sich arbeiten ließ. Ihre Großmutter, die als junge Frau aus einem kleinen Dorf in Gujarat nach Bombay gekommen war, hatte ihr erzählt, dass es früher anders war.

Als die Auseinandersetzungen zwischen Hindus und Moslems anfingen, war Sabiya noch ein Mädchen und wohnte mit ihrer Familie in einer großen Hüttensiedlung nahe dem Bahnhof Bandra, zwischen dem sumpfigen Bandra Creek und der großen Moschee. Ihre Großmutter und die anderen Alten hatten den Sand für die Siedlung vor vielen Jahren mit den Händen herangetragen und darauf ihre Häuser gebaut. Es gab selten Streit, und wenn, dann fast nie wegen der Religion. Alle dort waren arm, man versuchte sich so gut es ging zu helfen, egal zu welchem Gott man betete.

Sabiya konnte sich noch erinnern, wie es gerochen hatte, als die erste Hütte brannte. Niemand wusste, was genau passiert war. Diesen Brand löschten die Männer noch alle gemeinsam, aber dann kamen die Gerüchte auf. Dass die Moslems die Hütte angesteckt hatten, um sich für die Zerstörung einer Moschee, irgendwo weit weg von Bombay, zu rächen. Die reicheren Hindus aus den Wohnhäusern um die Siedlung herum fingen an, Steine und brennende Flaschen auf die Hütten zu werfen. Sabiya hatte immer noch eine Narbe am rechten Knie, weil eine Plastikplane neben ihr plötzlich Feuer fing und an ihrem Bein festschmolz. Ihre Familie ging weg, bevor die Polizisten kamen, um die ganze Siedlung zu räumen. Sie fanden weiter oben Richtung Kurla eine Bleibe. Nur ihre Großmutter weigerte sich, die Hütte zu verlassen. Sie war fast blind.

Als ihre Mutter sie endlich wieder auf die Straße ließ, lief Sabiya zu Fuß den ganzen Weg zurück, aber die Siedlung existierte nicht mehr. Ein hoher Zaun zog sich um das ganze Gelände. Auf einem Schild sah sie Hochhäuser aus Glas und Stein, die hier gebaut werden sollten.

Später heiratete Sabiya und zog zur Familie ihres Mannes Firoz hierher nach Andheri. Der Abschied fiel ihr nicht schwer. Sie hatte ihren Eltern nie verziehen, dass sie die Großmutter zurückgelassen hatten. Firoz war Taxifahrer wie ihr Vater. Er trank nicht und wollte sich ein eigenes Taxi kaufen, wenn er genug Geld zusammengespart hatte. Von der Siedlung unter den Strommasten brauchte Sabiya nur ein Stück den Weg hochzulaufen, um zu dem Haus zu kommen, wo sie vier Wohnungen putzte. Ihre Schwiegermutter passte so lange zu Hause auf die Zwillinge auf. Es waren zwei Mädchen, und Sabiya und Firoz liebten sie über alles.

Es gab nur eine Sache, die sie vor ihrem Mann geheim hielt. Nachdem Amitji seinen ersten Hit geschrieben hatte, machte er ihr ein Geschenk. Zuerst gab er ihr Freikarten für das große neue Kino, für sich und Firoz. Obwohl sie sich regelmäßig die neuen Filme ansahen, waren sie noch nie im *Fun Republic* gewesen, wo es Sessel gab, die sich bewegten, wenn man sich hinsetzte. Später fragte sie Amitji, was der Name bedeute. Er lachte und sagte, das sei englisch und hieße ›Spaß-Republik‹. Sabiya fand es albern, ein Kino so zu nennen. Eine Republik war ein Land, so wie Indien, mit einer Verfassung und einem Parlament. Das hatte sie in der Schule gelernt, auch wenn sie nur vier Jahre da war, weil sie dann wegen der Unruhen wegziehen mussten und kein Geld mehr hatten, um die Schulgebühr zu bezahlen. Jedenfalls kam sie am Tag nach dieser Unterhaltung mit Amitji in seine Wohnung, und er war nicht da. Dafür lag ein Päckchen auf dem Tisch, mit ihrem Namen drauf. Sie öffnete es und fand eine Schachtel mit der Fahne von England auf dem Deckel. In der Schachtel waren vier CDs. Amitji hatte ihr gezeigt, wie man den CD-Player benutzte, damit sie während der Arbeit Musik hören konnte. Vorsichtig legte sie die erste CD ein. Seit diesem Tag lernte Sabiya beim Putzen Englisch. Und alles, was sie lernte, brachte sie zu Hause ihren beiden kleinen Töchtern bei, wenn niemand zuhörte. Firoz sparte für sein Taxi. Sabiya sparte, damit die Zwillinge zur Schule gehen konnten. Amitji half ihr, bei der Bank oben an der Ecke ein Konto einzurichten, auf das sie alles Geld brachte, das am Ende der Woche übrig war. Sie hielt sich auf dem Laufenden über die Berufe, die im Moment gefragt waren. Eines der Mädchen sollte Zahnärztin werden und die andere Computerspezialistin. Sie würden ihr eigenes Geld verdienen und in richtigen Häusern wohnen.

Sabiya drückte energisch auf den Klingelknopf. Zu ihrer Enttäuschung öffnete der Ausländer, nur mit T-Shirt und Unterhose bekleidet. Sie schob sich mit gesenktem Blick an ihm vorbei und suchte nach Amitji, aber er war weder in der Küche noch im Zimmer.

»Cal ist nicht da«, brummte der Ausländer, der Amitji Cal nannte. Er sprach zwar Englisch, aber anders als das auf ihrer CD, und er nuschelte auch, so dass sie ihn kaum verstand.

Schnell ging sie in die Küche, während er wieder im Zimmer verschwand. In der Spüle standen viele leere Bierflaschen und ein voller Aschenbecher sowie mehrere Teller, einer noch halbvoll mit Chicken Tikka, das sich der Ausländer immer von dem Tandoori-Restaurant an der Ecke bringen ließ. Sabiya füllte die Reste vorsichtig in eine Plastiktüte, um sie nachher mitzunehmen, und räumte dann die kleine Küche auf. Damit war sie leider ziemlich schnell fertig. Jetzt musste sie ins Zimmer, ob sie wollte oder nicht. Am besten, sie tat so, als sei der Mann gar nicht da. Sie nahm den gebundenen Reisigbesen in die eine und den Eimer mit dem Putzwasser in die andere Hand. Ohne hinzusehen, wusste sie, dass er im Bett lag. Teure Kleidung lag verstreut überall herum. Sabiya war sicher, dass es seine war, weil Amitji seine Wäsche immer ordentlich im großen Eimer im Badezimmer einweichte, damit sie sie besser waschen konnte. Um ihm ein Zeichen zu geben, dass er aufstehen und das Zimmer verlassen solle, ging sie zum CD-Player und legte ihre Englisch-CD ein.

»Main ghar ja rahi hoon. I go home«, sagte eine tiefe Männerstimme. Sabiya wiederholte das Gesagte laut und deutlich, während sie die Kleider einsammelte und auf der Fensterbank zu einem großen Haufen schichtete.

»Tu ghar ja rahi hain. You go home.«

»You go home«, wiederholte Sabiya.

Hinter ihr ertönte ein merkwürdiges Geräusch. Als sie sich umdrehte, sah sie ihn mit wirren gelben Haaren und aufgerissenen Augen unter der Bettdecke hervorschießen. Er sah aus wie ein weißer Teufel. Sabiya schrie auf, ließ den Besen fallen und hielt sich die Hand vor den Mund.

»Ich gehe nicht nach Hause, sondern du gehst nach Hause. Und zwar sofort!«, brüllte er auf Englisch, öffnete den CD-Player, nahm ihre CD raus und schmiss sie in die Schachtel, die sofort umkippte. Dann brüllte er weiter, aber Sabiya verstand nicht, was er sagte. Sie hörte nur einzelne Worte, die für sie keinen Sinn ergaben: »Feudal System« und »Privat Sphäre«. Sie versuchte sich die Wörter trotz ihrer Aufregung zu merken, um Amitji später nach ihrer Bedeutung zu fragen, aber sie waren lang und kompliziert.

Und dann spürte Sabiya, wie ihre Angst in etwas umschlug, das ihre Großmutter ›den Teufel im Bauch‹ nannte. »Den hast du von mir geerbt, Mädchen«, sagte sie immer, »und er wird dich ganz schön in Schwierigkeiten bringen, wenn du nicht aufpasst.« Aber Sabiya fand es in diesem Moment tröstlich, den kleinen Teufel in ihrem Bauch zu fühlen, angesichts des großen weißen Teufels, der jetzt in dem Zimmer auf und ab rannte und immer noch brüllte. Noch einen Schritt, und er würde ihre CDs, die aus der umgekippten Schachtel auf den Boden gefallen waren, zertreten.

»Aufhören, Sir!«, schrie Sabiya auf Gujarati, der Sprache ihrer Mutter und Großmutter. Sie konnte auch in fremden Sprachen herumbrüllen, wenn es sein musste. »Hören Sie auf, sich so unverschämt zu benehmen! Ich tue hier meine Arbeit, und Sie besitzen nicht mal genug Anstand, um sich eine Hose anzuziehen! Und diese CDs gehören mir!«, fügte sie sicherheitshalber noch hinzu, während sie sich bückte, um die silbernen Scheiben an sich zu nehmen.

Er war stehen geblieben und sah sie an, als sei er überrascht, dass sie überhaupt sprechen konnte. Er hatte noch nie mit ihr geredet, sie nicht einmal nach ihrem Namen gefragt, als er hier eingezogen war und seine Sachen überall im Amitjis schöner Wohnung verteilt hatte. »Excuse me, Madam«, sagte er leise und fuhr sich mit der Hand durch sein gelbes Haar, aber das half auch nichts, und es fiel ihm gleich wieder über die Augen.

Sabiya fühlte, dass der kleine Teufel immer noch in ihrem Bauch saß. »Ich bin keine Madam, ich bin Sabiya!«, schrie sie auf Englisch, so gut sie konnte, warf die CDs in die Schachtel und machte, dass sie aus der Wohnung kam, die Worte ihrer Großmutter im Ohr. Sollte er doch versuchen, ihr Schwierigkeiten zu machen. Sabiya Ansari war in ihrem Leben schon mit ganz anderen Dingen fertig geworden!

13 Dojo

Jasmin tastete nach ihrem Wecker und sah die rote Leuchtanzeige verschwommen auf sechs Uhr eins springen. Im grell aufflammenden Licht der Nachttischlampe zeichneten sich scharf die Kartons mit Büchern ab, die sich neben ihrem Bett stapelten. Kamal hatte vorgehabt, ihr altes Zimmer nach und nach zu seinem privaten Arbeitszimmer zu machen, als sie zum Studieren nach Berlin ging. Aber als sie vor zwei Jahren den Job als Bodyguard bei Frederike bekam und seitdem fast jedes Wochenende wieder in Kiel übernachtete, verschob er die Idee vorerst. Nur die Kartons waren geblieben, wo sie waren. Nachdem sie einmal einen geöffnet und festgestellt hatte, dass es lauter verstaubte Bücher und Zeitschriften aus den 70ern waren, vieles davon sogar auf Farsi, das sie nicht verstand und schon gar nicht lesen konnte, benutzte sie die Kartons als Ablage für ihre Trainingsklamotten.

Ansonsten war alles noch so, wie sie es verlassen hatte, allerdings kein Mädchenzimmer im üblichen Sinne. Wie Kamal zog Jasmin es schon seit ihrer Kindheit vor, spartanisch zu leben, umgeben nur von Dingen, die sie brauchte und die ihr wichtig waren. Computer, Fernseher und Bücher waren natürlich in Berlin, und so blieben nur ein flacher persischer Tisch mit vier Sitzkissen, ihr erster Sandsack, der an einem Karabinerhaken von der Decke hing, und ein Filmplakat von *Prinzessin Monoblade*, einem japanischen Kultfilm, den hier fast niemand kannte. Sie hatte Plakat und DVD in Seoul gekauft, als sie dort kurz nach ihrem Abitur zu einem internationalen Kampfkunst-Turnier eingeladen war. Die Reise hatte ihr Kamal geschenkt, der wusste, dass ihr das Turnier mehr bedeutete als ein Golf IV oder ein Designerfummel.

Obwohl Jasmin niemals von sich behauptet hätte, keinen Wert auf Kleidung zu legen. Bei der Arbeit trug sie natürlich ihre Anzüge, von denen sie immer zwei in Berlin und zwei in Kiel haben musste, dazu passende Hemden und Krawatten. Aber in die Uni oder zum Tanzen zog sie am liebsten Jeans oder Röcke an und im Sommer ein Tank-Top. Ihre Haare waren neuerdings kurzgeschnitten, aber mit Strähnchen drin. So wie diese Mattie würde sie nicht mal zum Training gehen.

Während sie sich die Zähne putzte, dachte Jasmin über den gestrigen Tag nach. Sie musste zugeben, dass Mattie ihr nicht mehr aus dem Kopf ging, auch wenn sie sich ziemlich geärgert hatte über deren Auftritt in Westenhagen. Die Frau war nur fünf Jahre älter als sie selbst, schien aber in einer völlig anderen Welt zu leben. Es lag nicht daran, dass sie in schlabberigen alten Jeans und Turnschuhen herumlief, mit einem Haarschnitt, der seit Monaten keinen Friseur gesehen hatte. Sie schien auch sonst überhaupt keinen Ehrgeiz zu haben. Fuhr alleine mit diesem alten Bus an der Küste herum und zeigte Filme. Dabei war sie nicht dumm, und auch nicht auf den Mund gefallen. Mit so einem Leben konnte man doch nicht zufrieden sein, wenn man schon über dreißig war und langsam alt wurde.

Jasmin überlegte, ob sie gleich duschen oder vorher noch eine Runde Training einschieben sollte. Zeit genug hatte sie, bevor sie den ICE nach Berlin erwischen musste, um noch ihr Seminar über den Europäischen Gerichtshof zu schaffen. Und abends stand schon wieder Frederike auf ihrem Plan. Sie war der einzige Bodyguard, der mit Frederike zwischen Berlin und Kiel pendelte. Die anderen Kollegen wurden je nach Bedarf entweder von der Kieler Agentur ihres Vaters oder von einer Berliner Firma gestellt. Es waren ganz schöne Summen, die Johannes sich die Sicherheit seiner Frau kosten ließ, seit der offizielle Personenschutz des BKA aufgehoben war. Aber ihr sollte es recht sein. Etwas Besseres hätte ihr nicht passieren können.

Schnell zog sie ihre schwarze Hose und die weiße Jacke an, auf der das Emblem von Kamals Kampfkunstschule in groben Stichen aufgeheftet war. Die chinesischen Schriftzeichen für ›Vollkommenheit‹ und ›Arbeit‹ standen untereinander in Rot auf einem schwarzem Kreis. Das Emblem hatte ihm sein Meister in Taiwan geschenkt, bei dem er vor dreißig Jahren seine Ausbildung gemacht hatte. Obwohl der alte Mann schon lange tot war, fuhr Kamal alle zwei Jahre für ein paar Wochen nach Taipeh, um in seiner ehemaligen Schule zu trainieren. Mittlerweile hatte er den achten Dan, und seine Beherrschung von Körper und Geist war jenseits dessen, was normale Leute in ihrem ganzen Leben je erreichten. Automatisch flogen ihre Gedanken weiter zu dem Amerikaner, der sie am Tag zuvor in den Sand genagelt hatte. Wie hatte Mattie ihn noch genannt? Forrest? Mist, sie hätte noch mal nachfragen sollen. Jasmin war sicher, dass der Mann gelogen hatte, als er behauptete, Kamal Assadi nicht zu kennen. Und dann diese alberne Geheimnistuerei. Sie war unschlüssig, ob sie ihrem Vater nicht doch von der Begegnung erzählen sollte.

Jasmin schlang den schwarzen Gürtel zweimal um die Taille, überprüfte routinemäßig ihr Spiegelbild und lief mit federnden Schritten die graue Betontreppe ins Erdgeschoss hinunter. Sie verschwendete keinen Blick ins Büro der Agentur oder in die Umkleideräume, denn sie wusste genau, wo Kamal sich aufhielt. Als sie leise die Tür zum Dojo öffnete, saß er bereits in tiefe Meditation versunken in der Mitte des spiegelnden Holzfußbodens zwischen den Säulen.

Weitere zehn Minuten saßen sie so nebeneinander, jeden Gedanken an das übrige Leben aus ihrem Inneren ausschließend. Schließlich stand er auf und verneigte sich vor ihr, bevor sie beide die traditionelle Begrüßung vollzogen. Am Ende kamen die Hände vor dem Knoten des Gürtels zusammen, die rechte Hand zur Faust geballt in der linken. Das Zeichen der Shaolin-Krieger, um ihre Bereitschaft zum Kampf zu signalisieren.

Während der nächsten Stunde lauschte Jasmin ausschließlich auf ihrer beider Atem und die Reibung zwischen der Baumwolle ihrer Jacken und der Luft, die sie mit ihren Körpern bewegten. Nur gelegentlich wurde die Stille durch eine gemurmelte Ansage von Kamal durchbrochen. Sie liefen ein paarmal durch die lange Tiger-Form, erst langsam und präzise, dann schneller und mit der Dynamik der schleichenden Raubkatze, die plötzlich und unerwartet zuschlägt. Anschließend gingen sie zum freien Kampf über. Jasmin musste ihre gesamte Konzentration aufwenden, um die Schläge und Tritte zu parieren. Zweimal gelang es ihr, durchzukommen und einen Treffer zu landen. Sie glaubte zu sehen, wie ein Lächeln über das Gesicht ihres Vaters huschte.

»Genug für heute«, sagte er schließlich, und sie beendeten das Training mit einer Verbeugung.

Zehn Minuten später saßen sie im Vorraum, sie mit einem grünen Tee, er mit seinem geliebten persischen Mokka vor sich und mit einer Zigarette. Es war ein altes Ritual zwischen Vater und Tochter. Jasmin hatte Kamal noch nie gesagt, dass ihr vom Rauch seiner Zigarette schlecht wurde.

»Wann fährst du?«, fragte er, nachdem er die kleine Tasse in einem Zug geleert hatte.

»Der ICE geht um zwanzig vor neun. Um zwei habe ich Europäisches Recht«, antwortete Jasmin und nahm vorsichtig, um sich nicht die Zunge zu verbrennen, einen kleinen Schluck Tee.

Kamal sah sie an und berührte kurz ihre Hand. »Jetzt wird es ernst, Xiao Zhanshi.« So nannte er sie schon, seit sie denken konnte. Es war das chinesische Wort für kleine Kriegerin. »Im Sommer bist du fertig, und dann kannst du zeigen, was du gelernt hast. Bist du schon bei Selma gewesen?«

Jasmin wich seinem Blick aus, indem sie die dampfende Tasse vor ihr Gesicht hielt. »Nein, war ich noch nicht«, murmelte sie. Kamal hatte ihr einen Platz für das Praktikum bei einer Kanzlei in Hamburg besorgt, deren eine Partnerin er noch aus seinen Studententagen kannte. Sie machten hauptsächlich Strafrecht und hatten damit zwar kein Vermögen, aber einen erstklassigen Ruf erworben. Viele ihrer Kommilitonen würden sich um diese Stelle reißen.

»Warum nicht? Sie wird dir die Stelle nicht ewig frei halten können.« Mit keiner Silbe ließ er sich anmerken, dass er verärgert war. Nur die Zigarettenasche flog etwas schneller als sonst in den Aschenbecher.

»Papa. Es ist genau die Stelle, die du immer haben wolltest, als du noch studiert hast.« Jasmin musste schlucken, bevor sie weitersprach. Wovor hatte sie eigentlich Angst? Er würde weder herumschreien, noch sie schlagen. Seine Beherrschung war vollkommen. Manchmal war das schwerer zu ertragen als ein lautes Wort. »Aber ich will was anderes. Ich habe mich in Genf beworben. Für ein Aufbaustudium in Internationalem Recht. Und sie haben mich angenommen. Es ist dasselbe Institut, an dem Frederike studiert hat«, fügte sie hinzu.

»Frederike. Ach so.« Jetzt kam der Blick. Direkt in die Augen. »Und was macht man mit so einer Zusatzausbildung in Genf?«

»Man kann zu den Vereinten Nationen gehen. Oder ins Auswärtige Amt. Diplomatischer Dienst. Alles Mögliche«, zählte sie auf in der Hoffnung, ihn zu beeindrucken, obwohl sie ahnte, dass ihr das nicht gelingen würde.

»Du willst also in ihre Fußstapfen treten.« Kamal war aufgestanden und begann im Zimmer auf und ab zu gehen. Für Jasmin fühlte es sich an, als würde er die Wände eintreten. Das letzte Mal hatte sie ihn so gesehen, als Regina zum dritten Mal fortging, um nach Westenhagen zu ziehen. Damals war sie dreizehn gewesen. »Ich wollte immer, dass du dich in diesem Land zu Hause fühlst. Dass du deinen Platz findest in dieser Gesellschaft, die für mich sogar heute noch fremd ist. Ich selbst wollte Jura studieren aus der Überzeugung heraus, dass jeder Mensch ein Recht auf freie Meinungsäußerung und einen fairen Prozess hat. Dieser Überzeugung wegen bin ich aus dem Iran geflohen und nie zurückgekehrt. Ich konnte mein Studium nicht beenden, weil ich Geld verdienen musste, für deine Mutter und deinen Bruder. Und später für dich. Also habe ich die Schule hier aufgebaut. Deine Mutter hat mich behandelt wie ihren Fußabtreter, den sie immer wieder hervorholen konnte, wenn die Zweifel kamen, an ihrem großen Meister, an ihrer zusammengezimmerten Lebensphilosophie oder an sich selbst. Nein, lass mich ausreden«, er schnitt ihr mit einer Handbewegung das Wort ab. »Ich war nie ein religiöser Mensch. Selbst als dein Bruder starb, hat mich nur meine Überzeugung davor bewahrt aufzugeben.«

Jasmin konnte sich beim besten Willen nicht vorstellen, dass ihr Vater jemals aufgab, mit oder ohne Überzeugung. An ihren Bruder Azim, der bis oben hin voll mit Heroin bei einem Autounfall zwischen Harmsdorf und Kiel gestorben war, hatte sie nur noch vage Erinnerungen. Aber Kamals Gesicht bei seiner Beerdigung, stumm und starr wie eine Maske, stand ihr umso deutlicher vor Augen.

»Diese Überzeugung beinhaltet den Glauben an eine andere, eine bessere Welt. In der alle Menschen gleiche Rechte haben. Von dieser Welt sind wir heute weiter entfernt denn je. Du bist nicht mehr im Iran gewesen, seit du ein Kind warst. Vielleicht hätte ich dich zwingen müssen, mit mir dorthin zu reisen, um dir die Schönheit meiner Heimat zu zeigen. In gewissem Sinne ist es auch deine Heimat, ob du willst oder nicht.« Er warf den Stummel seiner Zigarette in den Aschenbecher, wo er langsam verglühte. »Für Leute wie Frederike von Westenhagen ist dieses Land nur ein strategischer Punkt auf der Karte. Es bedeutet ihnen nichts. Wenn du ihrem Weg folgst, gibt es nur noch eine Loyalität für dich. Und die gilt dem deutschen Staat. Damit brichst du mir das Herz, Jasmin.«

Sie konnte spüren, wie er sich innerlich von ihr distanzierte. Er hatte ihr seinen Standpunkt dargelegt. Den Rest würde er mit sich selbst ausmachen.

Als er den Raum verlassen hatte, legte Jasmin den Kopf auf die Arme und ließ den Tränen freien Lauf.

14 Zielperson

»Können Sie nicht besser aufpassen!« Frederike von Westenhagen hob die Papiere auf, die ihr vom Schoß gerutscht waren. Sie saß hinten in ihrem Landrover, während Mariusz sie durch die tiefen Schlaglöcher manövrierte. Die Fahrerei war außer den Leibwächtern der einzige Aspekt in ihrem Leben, der Frederike heute noch an den Anschlag erinnerte. Sie fürchtete, die Kontrolle über das Fahrzeug zu verlieren, wenn sie am Steuer saß und neben ihr ein Wagen auf der anderen Spur vorbeizog.

Dabei war sie weiß Gott eine gute Autofahrerin gewesen. Frederike sah aus dem Fenster. Immerhin konnte sie so ihre Gedanken ordnen und sich auf den nächsten Termin vorbereiten. Jede Situation hatte ihre positiven Seiten, manchmal musste man einfach etwas länger danach suchen. Die blühende Landschaft um sie herum verführte ihre Augen mit berauschenden Farben. So viel Schönheit musste doch etwas anderes hervorbringen als das ewige Gejammer darüber, wie schlecht es einem ging. Deutschland war immer noch eines der reichsten Länder der Welt. Es gab also keinen Anlass zur Panik. Das konnte sich jedoch schnell ändern, wenn die Leute nicht langsam aus ihrer Lethargie aufwachten und endlich taten, was nötig war: anpacken, selbst die

Initiative ergreifen. Und wenn sie es nicht freiwillig taten, musste man eben nachhelfen.

Wenn Frederike Respekt vor etwas hatte, dann waren es Menschen mit Visionen, die über ihr eigenes Wohlbefinden hinausgingen. Das hatte sie an Johannes fasziniert, der gerade nach einem Urlaubssemester an die Uni zurückkam, als sie anfing in Hannover Politik zu studieren. Er war es gewohnt, in großen Maßstäben zu denken, so wie es schon seine Vorfahren getan hatten. Dass er Sannyasin war und mit der Mala um den Hals herumlief, störte sie nicht, im Gegenteil. Baghwan Shree Rajneesh schien damals einer der wenigen zu sein, die die Zeichen der Zeit richtig deuten konnten. Er lehrte seine Anhänger, jenseits politischer Weltanschauungen eine andere Haltung ihren Mitmenschen und ihrer Umwelt gegenüber einzunehmen. Und diese Haltung musste von innen kommen. In ihrer Begeisterung für die einzigartige Stimmung im Ashram hatte auch Frederike bei ihrer Indienreise mit Johannes Sannyas genommen[4]. Aber schon bald nach ihrer Rückkehr legte sie die orange Kleidung und die Holzkette wieder ab, um den ständigen Anfeindungen und Fragen ihrer Mitmenschen zu entgehen. Sie brauchte die Sicherheit einer Gruppe nicht, um für ihre Überzeugungen einzustehen.

Nachdem sie ihr Aufbaustudium in Genf beendet hatte, nahm sie, ohne zu zögern, eine Stelle bei den Vereinten Nationen an. Ihre Arbeit führte sie nach New York, nach Lateinamerika und Afrika, wo sie die Reste ihrer politischen Unschuld verlor. Es reichte nicht, wenn man revolutionäre Ideen hatte, mochten sie auch noch so gut gemeint sein. Man musste die Mächtigen dieser Welt auf seiner Seite haben.

In dieser Phase politischen Zweifelns kam ihr der Heiratsantrag von Johannes gerade recht. Er übernahm Gut Westenhagen von seinem verstorbenen Vater, und gemeinsam machten sie daraus ein ökologisches Musterprojekt. Frederike war zufrieden, solange die Herausforderung groß genug war, um jede Nacht mit klopfendem Herzen einzuschlafen. Aber als die Kinder und das Gut aus dem Gröbsten raus waren, wurde es ihr langweilig, als Dozentin für Internationales Recht auf einer Halbtagsstelle an der Kieler Uni zu versauern. Johannes bot ihr an, sich um die beiden Mädchen zu kümmern, und sie bewarb sich im Referendariat für Völkerrecht beim Auswärtigen Amt in Berlin. Sie arrangierten sich in einer Wochenendbeziehung, die ihnen beiden genug Freiheit auf der einen und ein festes Fundament auf der anderen Seite bot.

Frederike hatte niemals damit gerechnet, Zielperson eines Anschlags zu werden. Das obligatorische Sicherheitstraining bei ihrer Einstellung verbuchte sie als interessante Erfahrung. Ihre ganze Konzentration galt der Arbeit und dem Aufbau der richtigen Kontakte. Nur ein knappes Jahr später konnte sie die erste Ernte einfahren. Joschka Fischer persönlich ernannte sie zur Leiterin der politischen Abteilung. Obwohl sie nicht in der gleichen Partei waren, schätzte er ihre langjährige Auslandserfahrung abseits hochrangiger politischer Delegationen. Dennoch war ihnen beiden klar, dass das Auswärtige Amt nicht das Büro irgendeiner Solidaritätsgruppe war. Nach dem elften September übernahm Frederike die Erstellung der sogenannten ›EU-Terrorlisten‹. Diese Listen umfassten alle Organisationen, mit denen die Mitgliedsstaaten sich verpflichteten keine wirtschaftlichen oder politischen Beziehungen mehr zu pflegen. Monatelang wälzte sie Berichte der Geheimdienste und der Auslandsvertretungen, aber sicher konnte man sich natürlich nie sein, ob die Sanktionen schlussendlich die Richtigen trafen.

Frederike gehörte zu den Unterstützern des Regierungskurses, keine deutschen Soldaten in den Irak zu schicken. Darum ging man davon aus, dass es eine der Organisationen auf der Liste war, die an ihr ein persönliches Exempel statuieren wollten.

Sie war mit dem Dienstwagen auf der Autobahn zwischen Hamburg und Berlin unterwegs und rauschte locker mit hundertdreißig durch, als plötzlich von rechts ein silberner Audi auf gleiche Höhe zog. Sie hob die Hand, um dem Fahrer einen Vogel zu zeigen, und sah stattdessen in die Mündung eines Maschinengewehrs. Die erste und einzige Salve zertrümmerte die rechte Seitenscheibe und verletzte sie lediglich an der Hand, nicht am Kopf. Sie kam ins Schleudern, streifte die Mittelleitplanke und wurde auf die rechte Spur gerissen, wo vor ihr ein weißer Lieferwagen auftauchte. Sie sah die hinteren Türen wie in Zeitlupe auf sich zukommen, dann folgte der Aufprall. Ihr Wagen drehte sich um hundertachtzig Grad und sauste wie durch ein Wunder zwischen zwei Bäumen hindurch auf ein Feld, wo er schließlich zum Stehen kam. Sie hatte noch heute die friedliche Abendstimmung vor Augen, das laute Zwitschern der Vögel dröhnend in ihren Ohren.

Der Audi oder seine Insassen wurden nie gefunden.

Direkt aus dem Krankenhaus war sie zu Johannes nach Westenhagen geflüchtet. Er spielte sich nicht als besorgter Ehemann auf, sondern begann mit den notwenigen therapeutischen Maßnahmen, solange das Trauma noch dicht unter der Oberfläche ihres Bewusstseins saß. In der gerade zum Seminarraum umgebauten Scheune konnte sie heulen und schreien, soviel sie wollte. Wochenlang spielten sie das Szenario und ihre Angst immer wieder durch. Bis er sie eines Tages runter zum Hafen fuhr und auf den Katamaran zeigte. Zögernd kletterte sie auf das Boot und sah sich nach ihm um. Aber er blieb am Ufer stehen.

»Ich warte hier auf dich!«, brüllte er durch den heftigen Wind.

Frederike hatte sich die Schwimmweste überzogen, die Segel gesetzt und war aus dem Hafen gefahren. Allein.

Einen Monat später kehrte sie nach Berlin zurück. Aber sie wurde nie wieder die weitgehend unbekannte Leiterin der politischen Abteilung im Auswärtigen Amt. Fernsehteams verfolgten sie bis nach Westenhagen, Zeitungsredakteure bombardierten sie mit Interviewanfragen. Sie wollten eine Heldin aus ihr machen. Und wieder war es Johannes, der ihr zuredete, sich der Öffentlichkeit zu stellen, statt sich zu verstecken. Man beförderte sie zur Staatssekretärin. Und dann, vor einem halben Jahr, bot der Landesverband Schleswig-Holstein ihr einen sicheren Wahlkreis an, obwohl sie kaum Erfahrung in der Parteipolitik hatte. Frederike nahm an.

Sie versuchte sich auf den langatmigen Text zu konzentrieren, den sie auf den Knien balancierte. Mariusz gab sich Mühe, den Wagen auf der Schotterpiste gerade zu halten, aber die Buchstaben hüpften vor ihren Augen auf und ab. Es ging um den Ausbau des Flughafens Kiel-Holtenau, der immer wieder am Einspruch der Bundeswehr scheiterte. Der Stützpunkt an der Ostseeküste war der einzige, auf dem deutsche Soldaten die Flugabwehr mit scharfer Munition praktizieren konnten. Argumente wie die stärker werdende Konkurrenz der Seebäder an der östlichen Küste oder gar ökologische Bedenken von Vogelschützern konnten dagegen kaum etwas ausrichten. Sie blätterte weiter bis zu einer Meinungsumfrage, die die Partei in Auftrag gegeben hatte. Auch wenn auf politischer Ebene die Verteidigung Deutschlands immer noch an erster Stelle stand, sank die Akzeptanz des Stützpunktes in der Bevölkerung rapide. Der Krieg im Irak war weit weg und Deutschland nicht beteiligt. Niemand hier fühlte sich bedroht, außer von der Arbeitslosigkeit, und die konnte langfristig nur durch den Tourismus sinken. Bei der Bundeswehr hingegen wurden laufend Stellen abgebaut.

Frederike seufzte. Neben der Straße lief jetzt ein hoher Zaun mit Natodraht auf der Kante. Gegen die Sonne ragte schwarz der Flugradarturm auf. Auf einer hellen Sandfläche bewegte sich langsam ein Panzer im Kreis. Schon bei ihrem gestrigen Auftritt in der Kaserne hatte sie das Gefühl gehabt, in eine andere Zeit versetzt worden zu sein, als der Kalte Krieg sich noch direkt vor der Tür abspielte.

Mariusz hielt vorschriftsmäßig an der Schranke. Der Wachoffizier hatte ihren Wagen schon von weitem wiedererkannt und winkte sie durch, ohne die komplizierte Anmeldeprozedur vom vorherigen Tag zu wiederholen. An tristen Baracken vorbei fuhren sie auf ein moderneres Verwaltungsgebäude zu. Draußen vor dem Eingang sah Frederike den Kommandanten des Stützpunktes mit einem untersetzten Mann in Zivil reden. Keiner der Männer bemerkte ihren Wagen.

»Mariusz, halten Sie doch bitte hier am Casino«, sagte sie, einer plötzlichen Eingebung folgend. »Sie können mittagessen, während ich drinnen bin.«

»Aber, Frau von Westenhagen –« Mariusz kannte die Vorschriften für Personenschützer so gut wie sie selbst.

»Sie glauben doch nicht, dass mir ausgerechnet auf einem Stützpunkt der Bundeswehr jemand auflauert?«, bemerkte sie mit sarkastischem Unterton.

Ein fragender Blick in den Rückspiegel, und der Wagen hielt.

Mariusz stieg aus und öffnete ihr die Tür. Frederike griff nach ihren Unterlagen und ging langsam über den asphaltierten Platz. Ihre Schläfrigkeit war verschwunden. Die lauten Männerstimmen übertönten den Wind, der wie immer über die Küste strich.

»... Verhalten war nicht nur unprofessionell, sondern gefährlich! Solche Leute können wir nicht brauchen, und das wissen Sie!« Der Zivilist sprach englisch. Ein interessantes Detail, registrierte Frederike.

»Die Männer haben keine Erfahrung mit solchen Einsätzen. Das ist ja der Sinn dieses Projekts!« Das war Lösings Stimme, mit abgehacktem Akzent.

Ein Jet flog so tief über den Stützpunkt, dass Frederike nichts mehr verstand. Erst als sie die Männer fast erreicht hatte, konnte sie dem Gespräch wieder folgen.

»Also gut«, sagte der Zivilist mit gepresster Stimme. »Ich nehme sie mit. Sofort. Aber so etwas darf nicht wieder vorkommen. Ich verlasse mich auf Sie!« Er sprach mit dem Kommandanten wie mit einem Untergebenen. Ein weiteres interessantes Detail. Und das dritte folgte gleich darauf. Als hätte er ihre Anwesenheit gespürt, drehte der Mann plötzlich seinen Kopf in ihre Richtung. Wieder flog ein Jet über sie hinweg. Frederike sah wie in einem Stummfilm, dass der Mann mit dem Finger auf sie zeigte. Kommandant Lösing hob beschwichtigend die Hände. Der andere sprang in einen Van, der mit geöffneter Tür neben ihnen stand, und brauste mit hoher Geschwindigkeit davon.

Der Kommandant kam auf sie zu. Schweigend wurden Hände geschüttelt. Weder Frederike noch Lösing erwähnten mit einem Wort die Szene, die sich gerade abgespielt hatte. Sie konnte kaum Schritt halten, als sie wortlos die Flure durchschritten, die zu seinem Büro führten. Drinnen nahm er die Uniformmütze ab und bot ihr den Stuhl gegenüber seinem Schreibtisch an, auf dem ein Tablett mit Kaffee und Mineralwasser stand.

Frederike, die nach dem Frühstück keinen Kaffee mehr trank, nahm einen Schluck Wasser, bevor sie zur Sache kam. Wie erwartet hörte Lösing sich höflich ihre Argumente für den Flughafenausbau an. Die direkte Anbindung an andere europäische Länder, vor allem Großbritannien und Skandinavien, die wichtige Rolle

Kiels im Rahmen der Osterweiterung, Prognosen für die Tourismusentwicklung und so weiter. Er blätterte sogar mit einem Anschein von Interesse die Mappe mit den Umfrageergebnissen durch, die sie ihm hatte kopieren lassen.

»Frau von Westenhagen, ich kann Ihren Standpunkt durchaus nachvollziehen«, sagte er, nachdem sie ihre Ausführungen zu Ende gebracht hatte. »Und glauben Sie mir, auch wir machen uns Sorgen um das Image der Bundeswehr.« Er wollte sie strategisch besänftigen, um dann auf den eigentlichen Punkt zu kommen. Sie lehnte sich zurück und versuchte, durch ihre Haltung Entspannung zu signalisieren. Innerlich stieg jedoch die Ungeduld. Schließlich musste sie noch die Mittagsmaschine nach Berlin erwischen. »Aber ohne einen Alternativstandort ist an eine Senkung der Flughafennutzung durch die Bundeswehr nicht zu denken. Das hat der Minister«, er meinte natürlich den Verteidigungsminister, »gerade letzte Woche bei der Rekrutenvereidigung in Berlin noch einmal betont.« Lösing machte eine kurze Pause, bevor er fortfuhr. »Was wir hier brauchen, ist die Unterstützung der Politik, gerade in Image-Fragen, nicht ihre Opposition. Nehmen Sie es mir nicht übel, aber es ist Aufgabe der Politiker, den Menschen im Land klarzumachen, wofür die Bundeswehr heute steht. Dass sie es mit einer modernen Armee zu tun haben, die flexibel reagieren kann im Kampf gegen den Terror, bei humanitären Einsätzen, in der Grenzsicherung und auch bei Bedrohung der inneren Sicherheit.«

Frederike spürte, wie ihre Ungeduld in Ärger umschlug. Sie widerstand der Versuchung zu fragen, wie Lösing es sich denn vorstellte, mit Panzern und Flugabwehr gegen eine Bedrohung der inneren Sicherheit vorzugehen, die sich auf Autobahnen, in U-Bahnen oder in den Stadtzentren manifestierte. Auf dieser Ebene zu diskutieren wäre taktisch unklug. Stattdessen schilderte sie ihm betont sachlich den Vorfall im *Strandläufer*, unter Erwähnung ihrer persönlichen Betroffenheit als Augenzeugin.

Nichts an Lösings aufrechter Haltung änderte sich, aber sie glaubte für einen Moment Verunsicherung in seinen Augen aufflammen zu sehen. Jetzt konnte sie den Hebel ansetzen.

»Wenn Sie das Image der Bundeswehr aufbessern wollen, sollten Sie Ihre Untergebenen dazu anhalten, keine Touristen und einheimischen Kleinunternehmer zu überfallen«, schloss sie ihren Bericht. »Und Sie sollten in diesem Fall darüber nachdenken, Schadensersatz zu leisten, um eine Verbreitung des Vorfalls in der Presse zu verhindern.«

Lösing beugte sich vor. »Sie sind also sicher, dass es sich um Soldaten vom Stützpunkt handelte?« Seine Stimme klang jetzt angespannt. »Was für Uniformen trugen sie denn?«

Frederike, überrascht von der Frage, versuchte sich den kurzen Moment zu vergegenwärtigen, bevor Jasmin sie ins Innere des Hauses gedrängt hatte. »Sie trugen keine Uniform«, sagte sie vorsichtig, »aber sie fuhren einen olivgrünen Jeep der Bundeswehr.«

Lösing entspannte sich. »Und Sie glauben, diese Jeeps fahren nur Soldaten? Haben Sie noch nie Jugendliche gesehen, die am Wochenende in ausrangierten Jeeps oder Kübelwagen von Party zu Party sausen? Frau von Westenhagen, da müssen Sie mir schon exaktere Angaben machen. Oder noch besser, bringen Sie mir die Zeugen hierher. Sie können sich beim Morgenappell unsere Soldaten ansehen. Dann werden wir ja sehen, ob sie die Übeltäter wiedererkennen.«

Frederike wusste, dass sie in dieser Sache nichts mehr ausrichten konnte. Im Zweifelsfall würden die betreffenden Soldaten eben kurzerhand auf einen anderen Stützpunkt versetzt werden, bevor es zu einer Gegenüberstellung kam. Ihr Gefühl sagte ihr jedoch, dass Lösing genau wusste, wovon sie sprach. Und es sagte ihr auch, dass die Auseinandersetzung, die sie vorhin mitgehört hatte, ebenfalls damit in Zusammenhang stand. In dieser Sache war das letzte Wort noch nicht gesprochen.

15 Zwickmühlen

Mattie sprintete zwischen zwei Taxen hindurch, quetschte sich durch die Drehtür und betrat das Untergeschoss des Flughafens Hamburg-Fuhlsbüttel. Sie hatte eine halbe Ewigkeit gebraucht, um einen Platz für ihren Bus zu finden, irgendwo auf Ebene sieben des Park-Terminals. Hinnarck und Emma waren sicher schon oben beim Check-in.

Mattie brauchte einen Moment, um sich zu orientieren. Links gleich neben dem Eingang hatte ein neuer Sushi-Imbiss aufgemacht. Das letzte Mal war sie hier in einem Sari herumgelaufen, durchgefroren und verängstigt nach ihrer überstürzten Flucht aus Bombay. Als Nick dann allein wieder zurückflog, brachte sie es nicht über sich, ihn zum Flughafen zu bringen. Bei allen Beteuerungen, dass sie Freunde bleiben würden – der Abschied war so schon beschissen genug gewesen.

Eine Frau mit einem Gepäckwagen fuhr ihr in die Hacken, beschimpfte sie und schob sich vorbei auf die Rolltreppe nach oben. Mattie verbannte Nick aus ihren Gedanken und lief hinterher. Hoffentlich war Hinnarck noch nicht dran. Oben angekommen sah sie die lange Schlange, die sich zwischen einem Labyrinth aus Absperrgittern langsam in Richtung der Schalter vorschob.

»Madita, huhu!«

Emma stand neben Hinnarck, der gerade seinen alten Metallkoffer in die Security-Anlage wuchtete. Mattie drängelte sich an den Wartenden vorbei und half ihm, das schwere Ding auf der anderen Seite wieder hinunterzuheben. »Warum kaufst du dir nicht mal einen dieser Koffer mit Rollen dran?«, fragte sie außer Atem.

»Brauch ich nicht, Deern.« Hinnarck wollte nicht wahrhaben, dass er älter wurde. Auch wenn seine Haare jetzt unter der dunkelblauen Schiffermütze verschwanden, wusste Mattie nur zu gut, dass sie längst nicht mehr blond, sondern schneeweiß waren.

»Ich geh rauchen!« Emma konnte natürlich nicht damit warten, bis Hinnarck eingecheckt war. Sie hatte vor langer Zeit verlernt, auf irgendetwas anderes Rücksicht zu nehmen als auf die

Befriedigung ihrer eigenen Bedürfnisse. Mattie und mit ihr die üblichen Gaffer sahen ihr nach, wie sie langsam in Richtung der einzigen Raucher-Zone schlurfte. Sie ging leicht vornübergebeugt wie jemand, der auf einem vereisten Weg bergab gehen muss und Angst hat zu fallen. Ihre Hose war unten am Saum dreckig von der Gartenarbeit, und an den Füßen trug sie ihre alten Birkenstock-Latschen.

Während Mattie darüber nachdachte, wie sie Emma dazu bringen konnte, etwas anderes anzuziehen, klingelte ihr Handy. Hinnarck warf ihr einen nervösen Blick zu. Sie verzog sich aus seiner Reichweite und stellte sich etwas abseits an eine Säule, bevor sie ranging. Auf dem Display leuchtete eine ihr unbekannte Nummer mit Berliner Vorwahl.

»Achim Sanders hier. Spreche ich mit Mattie Junghans?«

Sanders, Sanders, sie kannte den Namen irgendwoher, konnte ihn aber nicht einordnen. »Ja, ist am Apparat. Woher haben Sie meine Nummer?«

Sanders lachte kurz auf. »Darauf wollte ich gleich kommen. Ich bin Produzent der Spree-Speicher in Kreuzberg. Wir haben ab Juli ein Bollywood-Gastspiel im Haus und suchen noch jemanden, der für die spielfreien Abende eine Filmreihe zusammenstellt. Ich weiß, die Anfrage ist sehr kurzfristig, und wahrscheinlich haben Sie keine Zeit ...«

Er ließ die Vermutung in der Luft hängen, wohl wissend, dass er ein Angebot machte, das einer leidenschaftlichen Kinomacherin wie Mattie das Wasser im Mund zusammenlaufen ließ. Sanders, natürlich, jetzt fiel ihr wieder ein, dass sie letzten Winter ein Interview mit ihm gelesen hatte. Er wollte seine Halle zu einem Mekka für Massenkultur jenseits der europäisch-nordamerikanischen Kulturachse machen. Chinesische Oper, brasilianischer Tanz, türkischer Hiphop. Klar, dass so jemand früher oder später merkte, dass selbst die *Bravo* schon über Shahrukh Khans neuen Film berichtete und deutsche Schülerinnen sich Starschnitte von Kajol übers Bett hängten.

»Hallo, sind Sie noch dran? Frau Junghans? Oder darf ich Sie Mattie nennen?«

»Ja, ich bin noch dran. Ich denke nach.« Matties Blick glitt suchend über das Gewimmel in der riesigen Halle. Hinnarck war jetzt bald dran und guckte sich dauernd nach ihr um. Emma, weiter hinten, war halb verdeckt von ein paar Männern mit Reisetaschen, aber Mattie erkannte sie an den schnell aufeinanderfolgenden Rauchwolken, die hinter dem Stehtisch aufstiegen. Wieso eigentlich Mattie? Sie konnte sich nicht erinnern, dass irgendjemand in Berlin sie unter dem Spitznamen kannte, den Nick ihr verpasst hatte. In der ersten Zeit nach seiner Abreise wollte sie lieber nicht so genannt werden. »Woher haben Sie denn meine Nummer?«, wiederholte sie daher, ohne auf seine Frage zu antworten.

»Vom Regisseur der Show. Ich habe gestern mit ihm telefoniert, und er gab sein Okay für die Filmreihe, aber nur unter der Bedingung, dass er mit Ihnen zusammenarbeitet. Damit hat er mich natürlich ganz schön in die Zwickmühle gebracht.« Er lachte wieder. »Aus der nur Sie mir wieder heraushelfen können.«

»Und wenn Ihnen meine Arbeit nun nicht gefällt?« Mattie überlegte krampfhaft, wie ein Bollywood-Regisseur ausgerechnet auf sie kommen konnte. Wahrscheinlich hatte Nick die Finger im Spiel.

»Das lassen Sie mal meine Sorge sein. Ich habe natürlich ein paar Erkundigungen über Sie eingezogen. Also, wann können Sie anfangen? Die Zeit drängt nämlich, wie ich schon sagte.« Sie spürte, wie er ungeduldig wurde. Er hatte zu keinem Zeitpunkt damit gerechnet, dass sie ablehnen würde. Für diesen Job würden die meisten alles stehen und liegen lassen, Mattie eingeschlossen. Sie verfing sich in der Frage, wie es wäre, wenn ihr Kino nicht in Flammen aufgegangen wäre. Würde sie trotzdem zusagen? Hatte sie sich innerlich bereits von dem Gedanken verabschiedet, langweilige Hollywoodschinken vor verfrorenen Urlaubern zu zeigen?

»Hallo?«

»Okay, okay. Ich komme. Aber ich habe keine Wohnung mehr in Berlin.«

»Kein Problem. Wir haben hier Gästewohnungen. Melden Sie sich einfach im Büro. Morgen Mittag, so gegen zwölf? Dann besprechen wir alles.« Sie hörte, wie es piepte. »Ich habe einen

Anruf aus Bombay auf der anderen Leitung. Wir sehen uns dann morgen. Ciao.«

Mattie nahm das Handy vom Ohr und starrte auf das noch leuchtende Display. Emma stand jetzt wieder neben Hinnarck direkt vor dem Schalter. Sie winkte ihr zu. Mattie steckte schnell das Handy in die Tasche und drängelte sich zum zweiten Mal durch die Schlange.

»Immer schön langsam, junge Frau«, brüllte ihr jemand ins Ohr, »wenn Sie erst mal in der Wüste sind, können Sie auch nicht mehr so schnell rennen!« Sie zuckte zusammen, lief aber weiter, bis sie neben Hinnarck stand, der gerade seine Bordkarte in Empfang nahm.

»Alles klar, Deern?«, fragte er, ohne sie anzusehen. Mattie fühlte, wie sich Emmas Arm unter ihren schob.

»Hinnarck lässt mich einfach allein«, sagte ihre Mutter so laut, dass es jeder hören konnte. »Aber das macht nix. Ich hab ja noch meine Tochter, mit der ich's mir gemütlich machen kann.«

Mattie hatte völlig vergessen, dass sie die nächsten Wochen mit Emma in Harmsdorf verbringen sollte. Schön gemütlich. Sie musste Sanders absagen.

»Ich sollte jetzt da drüben reingehen«, sagte Hinnarck, der immer lieber ein bisschen zu früh dran war.

Mattie machte sich vorsichtig von Emma los, die wie ein nasser Sack an ihrer Seite hing. »Geht ihr schon mal vor, ich komme sofort nach«, sagte sie, rannte zu einem der Souvenirläden und suchte einen kleinen Teddybären aus. Während sie auf das Wechselgeld wartete, beobachtete sie, wie Emma stumm neben Hinnarck durch die Halle schlurfte, der leise auf sie einredete. Am liebsten wäre sie einfach weggegangen, in ihren Bus gestiegen und direkt nach Berlin gefahren.

In ihr eigenes Leben.

Plötzlich musste sie an einen ihrer nächtlichen Spaziergänge mit Nick und Cal durch Bombay denken. Cal erzählte, dass in Indien die meisten Eltern zu ihren Kindern zogen, wenn das Alter und die Gebrechen kamen. Sie wurden zu einem Bestandteil in deren Leben. Die früheren Verhältnisse drehten sich also um. Für Cal, der mit seiner Familie keinen Kontakt hatte, war es eine schwierige Vorstellung, seine konservativen Eltern irgendwann bei sich aufnehmen zu müssen. Trotzdem würde er es tun, wenn es so weit war. Mattie hatte das beeindruckt. Sie kannte in Deutschland kaum jemanden, der so dachte.

Sie versuchte das Knäuel ihrer Gedanken wieder zurückzudrehen bis zur letzten Abzweigung. Das Problem Emma. Auf einmal wusste sie, warum sie zu der Unterhaltung mit Cal abgeschweift war. Emma war doch gar nicht das Problem, sondern sie selbst! Wenn Emma in Harmsdorf den ganzen Tag am Fenster saß, mit dem immer gleichen Buch von Rosamunde Pilcher aufgeschlagen auf den Knien, dann konnte sie auch in Berlin sitzen. Da passierte wenigstens was vor dem Fenster. Vielleicht sogar genug, um sie mal wieder nach draußen zu locken, ins Theater oder ins Kino.

Hinnarck guckte schon wieder auf seine Armbanduhr und hob suchend den Kopf. Schnell griff sie nach dem Teddy, lief zu ihm und drückte ihn in seine Hand. Das kleine Stofftier verschwand fast darin, als er es fest umschloss.

»Früher hast du mir immer deinen Lieblingsteddy mitgegeben«, murmelte er.

»Damit er auf dich aufpasst«, ergänzte Mattie.

»Und nu musst du up din Moder upassen, Deern.« Er sah sie an. Zweifelnd?

Mattie nahm Emmas Hand in ihre. »Keine Sorge«, sagte sie und versuchte so viel Zuversicht wie möglich in ihre Stimme zu legen. »Was soll denn zu Hause schon groß passieren?«

16 Ego

Johannes von Westenhagen blieb noch einen Moment lang mit offenen Augen sitzen und beobachtete eine Seeschwalbe, die ihr Nest in der Steilküste direkt unter ihm gebaut hatte. Sie ließ sich vom Aufwind über das Meer treiben und schoss dann plötzlich, die Flügel angelegt wie ein Pfeil, auf die Wasseroberfläche zu. Der kleine Vogel vollführte diese komplizierte Bewegung mit der sicheren Eleganz des Nicht-Denkenden, des göttlichen Wesens ohne Ego. Johannes ließ die Farben der Umgebung über die Netzhaut tief in sein Bewusstsein sinken: das verwaschene Blau des Himmels, das grünlich-graue Wasser der Ostsee, die weißen Schaumkronen auf den Wellen und das frische Grün der Uferböschung. Sie umgab seinen Platz wie eine schützende Höhle, die nur den Ausblick über das Meer offen ließ. Eine warme Welle der Freude durchflutete seinen Körper. Ohne Meditation wäre dieses Wunder nur ein kitschiges Abziehbild, eine Postkarte ohne Leben. Erst durch die Entleerung des Geistes konnte er die innere Bereitschaft herstellen, die Schönheit als Wert an sich zuzulassen und zu erkennen.

Johannes erhob sich langsam aus dem Lotossitz, ohne die Hände zu Hilfe nehmen zu müssen. Vorsichtig bog er einen Ast beiseite und ging gebückt zurück auf den Uferweg. Er hatte diesen Platz auf einer Wanderung vor ein paar Jahren entdeckt, als er mit den beiden Mädchen Verstecken spielte. Selbst im Hochsommer war er hier ungestört, denn kein Tourist käme je auf die Idee, in den natürlichen Tunnel zu kriechen, den die Heckenrosen bildeten. Zwei Meter, und die Rosen öffneten sich zu dem kleinen Plateau direkt am Rand des Steilufers, gerade groß genug für eine Person.

Wann immer er Zeit hatte, fuhr er morgens, nachdem er Lina und Nele zur Waldorfschule in Lensahn gebracht hatte, von der Hauptstraße ab und den Feldweg entlang bis ans Meer, um hier zu meditieren. Er brauchte dazu schon lange keine Gruppe mehr wie früher in den Anfangszeiten. Sie hatten sich gegenseitig gepusht, die Konditionierungen des Verstandes zu durchbrechen und sich den Ängsten zu stellen, die jeder mitbrachte, die Deutschen ganz besonders. Wie eine verirrte Schar Zugvögel waren sie in Poona[5] gelandet, erst ein paar vereinzelte, dann immer mehr. Zu Hunderten und Tausenden hatten sie den Ashram bevölkert, laut schnatternd über ihr Schicksal, den Faschismus, die kaputten Familien und die enttäuschten politischen Hoffnungen.

Johannes war damals noch ein ehrgeiziger Psychologiestudent, der sein Diplom über neue Therapieformen schreiben wollte. Freunde und Freundinnen kamen zurück nach Deutschland, mit leuchtenden Augen, in roter Kleidung, mit einer Holzkette um den Hals, an der das Foto ihres indischen Gurus hing. Johannes ertappte sich dabei, dass er nach einer Weile nicht mehr zuhörte, was sie erzählten, sondern nur noch auf das Bild starrte. Auf den ersten Blick sprach nichts als Freundlichkeit aus den Augen des Gurus. Dahinter blitzte jedoch ein scharfer Verstand hervor, eine radikale Intelligenz, die ihm den Atem nahm. Und noch etwas: Spott? Ironie? Johannes musste aufstehen und die Wohnung, in der sie zusammensaßen, auf der Stelle verlassen. Die ganze Nacht wanderte er ziellos in der Stadt umher. Hatte ihn ein kleines Foto angestachelt, sich mit diesem Mann zu messen? War das endlich die intellektuelle Herausforderung, auf die er jahrelang gewartet hatte, zunehmend gelangweilt von seinem bürgerlichen Elternhaus, den verklemmten Dozenten und den ewig lamentierenden Studenten? Selbst Sex interessierte ihn immer weniger.

Es hatte ihn genau drei Tage auf dem Gut gekostet, seine Eltern zu überreden, ihm einen Teil seines Erbes im Voraus auszuzahlen. Sein Vater hielt die Psychologie im Allgemeinen für weibisch und Indien für eine Ansammlung halbnackter Heiden. Er tobte vor Wut. Aber die Mutter setzte wie immer ihren Willen durch. Sie war der neuen Zeit gegenüber aufgeschlossen und rebellierte durch die Unterstützung ihres Sohnes gegen die starre Welt des Landadels, in die ihr Mann sie eingesperrt hatte.

Johannes ließ seinem Lachen freien Lauf, während er die Zentralverriegelung seines Volvos aufspringen ließ. Er bekam seine Herausforderung in Poona. Nur dass sie etwas anders abgelaufen war als erwartet. Gut gelaunt legte er die CD mit den Sufi-Trommeln ein und lenkte den Wagen gekonnt durch die ausgefahrenen Treckerspuren. Ein Blick aufs Display sagte ihm, dass seine innere Uhr funktionierte. Er brauchte sich nicht zu beeilen, um rechtzeitig bei seiner Sitzung zu sein. Er blinkte und bog in die Abkürzung zum Stützpunkt ein. Sanft fielen die Hügel rechts und links neben ihm ab. Wogendes Getreide erstreckte sich bis zum Wald am Horizont.

Schon von weitem sah er den Landrover die Stichstraße herunterkommen. Er ließ seinen eigenen Wagen ausrollen, bis er mitten auf der Straßenkreuzung zum Stehen kam, drehte die Musik ab und stieg aus. Mariusz hatte ihn ebenfalls erkannt und bremste. Johannes gab ihm ein Zeichen mit der Hand und ging lautlos um den Wagen herum, bis er am hinteren Fenster stand. Dann öffnete er die Tür.

Frederike hatte die Augen geschlossen. Von dem Aktenkoffer auf ihren Knien waren die Papiere auf den Sitz gerutscht. Wie andere überarbeitete Leistungsträger der Gesellschaft hatte sie sich angewöhnt, zwischen zwei Terminen kurze Tiefschlafphasen einzuschieben, um sich zu regenerieren. Sie trug den schwarzen Nadelstreifenanzug und darunter die rostrote Seidenbluse, die er ihr mit dem Kommentar zu Weihnachten geschenkt hatte, Rot sei schließlich auch die Farbe der Sozis. Sie hatten beide gelacht, zwei unabhängige Individuen in der glücklichen Komplizenschaft eines langen gemeinsamen Weges.

Das Geräusch der Tür drang in ihr Unterbewusstsein. Sie öffnete die Augen, in deren tiefem Grün sich rasend schnell verschiedene Gefühle spiegelten: Desorientierung, Wachsamkeit, Abwehrbereitschaft, Wut – und schließlich Erkennen und Entspannung.

»Nicht schlecht«, sagte Johannes und reichte ihr die Hand, um ihr beim Aussteigen zu helfen. »Ich sehe keine Angst mehr in dir.«

Sie streckte sich kurz, drehte ihr Gesicht in Richtung Sonne und ließ den Wind darüber fließen. Dann wandte sie sich ihm zu, mit einem Lächeln. »Ich hatte einen guten Therapeuten«, sagte sie nur. »Was machst du hier?«

Er nahm ihren Arm und führte sie ein paar Meter weg vom Auto, wo Mariusz ausgestiegen war, um eine Zigarette zu rauchen. »Du weißt doch, der Junge mit den Schuldgefühlen.« Er hatte ihr erzählt, dass er seit einem tödlichen Unfall auf dem Stützpunkt den unglückseligen Schützen betreute, der sich nicht erklären konnte, wie sein Kamerad in die Schusslinie des Panzers geraten war.

»Ich habe dich nie gefragt, wie du eigentlich an diesen Job gekommen bist«, sagte sie, in Gedanken offenbar noch bei ihren eigenen Erlebnissen.

»Ganz einfach. Sie haben in Kiel einen Psychologen für die Rekruten, der bei Einstellungsgesprächen dabei ist. Der war vor einem Jahr auf einem Sonntagsausflug in Westenhagen. Spontan ist er mit seiner Frau und seinen Kindern zu einem unserer Workshops über Quality Time in der Familie geblieben. Ein paar Monate später hat er angerufen, als sie auf der Suche nach einem Therapeuten waren. Das war's.« Er war nicht sicher, ob sie ihm zuhörte.

»Hast du auch mit diesem Lösing zu tun?«, fragte sie.

Johannes lächelte und legte seinen Arm um ihre Schultern. »Hat er dich schlecht behandelt? Nein, ich habe ihn nur einmal ganz kurz getroffen, als ich das erste Mal dort war. Er hat mir ein eigenes Büro für die Sitzungen zur Verfügung gestellt. Dort treffe ich nur meinen Klienten und sonst niemanden.«

»So ein Arschloch«, murmelte sie. »Er ist arrogant, sexistisch und noch nicht mal dumm. Der wird einen Teufel tun und auch nur einen Cent Schadensersatz rausrücken. Und du hast mich auch noch überredet, die Sache mit dem *Strandläufer* aufzubringen!« Sie machte sich los und sah ihn an. Auf ihrer Stirn erschien die Falte, die verhieß, dass ihre Seele dabei war, aus dem inneren Gleichgewicht zu geraten. »Warum redest du nicht selbst mit ihm, wenn du so gut mit dem Verein stehst?«

Johannes stellte sofort den Kontakt wieder her, griff nach ihrer Hand und hielt sie fest. »Weil ich hier nur ein freier Mitarbeiter bin und zwar als Zivilist. Du bist diejenige von uns beiden, die die Macht hat, Dinge zu beeinflussen. Das ist es, was du immer wolltest. Es geht hier nicht um dich persönlich, vergiss das nicht. Es geht um die Leute, die an dich glauben, die anerkennen, dass diese Macht in dir steckt, ganz von selbst.«

»Ach, Quatsch.« Sie lachte verlegen und wollte ihre Hand wegziehen, aber er hielt sie fest.

»Frederike, ich mache dir keine Komplimente. Ich sage dir, dass du eine Verantwortung trägst, die aus deinen besonderen Fähigkeiten resultiert. Die Menschen spüren das. Sie vertrauen dir ihr Leben, ihre Zukunft an. In ihrem Namen musst du jeden Schritt bedenken, den du tust: Wie kann ich sie schützen? Wie kann ich für sie sorgen? Wie kann ich sie zu einem glücklicheren und freieren Leben führen?« Seine Worte verklangen in einem Moment der Windstille.

Johannes lachte sie an, erst nur mit den Augen und dann richtig, laut. Frederike stimmte ein und umarmte ihn. Einen Moment lang blieben sie so stehen. Dann hörte er ihre Stimme an seinem Hals. »Es ist gut. Du hast ja recht. Aber was mache ich jetzt mit dieser Kino-Frau? Meinst du, sie wird uns Ärger machen, so kurz vor der Wahl? Ich weiß nicht mal, wo die überhaupt steckt.« Sie ließ ihn los und sah auf die Uhr. »Verdammt, außerdem muss ich schnellstens nach Kiel zum Flughafen.«

Er ging mit ihr zum Landrover und wartete, bis sie eingestiegen war. »Ich überleg mir was, okay? Ruf mich heute Abend an, wenn du zu Hause bist.« Dann ließ er die Tür zufallen und sah dem Landrover nach, bis er in einer Staubwolke verschwunden war.

Er würde sich später mit der Sache beschäftigen. Es war schließlich seine eigene Fehleinschätzung, die zu dem Zwischenfall geführt hatte. Die Aggressionen waren noch nicht vollständig abgebaut, als er sie wieder nach draußen schicken musste. Nach der Encounter-Sitzung.

17 Remix (Matties Song)

»... und nun ein Hörerwunsch von Verena. Sie grüßt damit alle Bollywood-Fans in Hamburg und Umgebung. Es ist der Titelsong aus dem Film *Dil Se* mit Shahrukh Khan, der auch im Norden die Herzen zum Schmelzen bringt. NDR 2 – und das Leben beginnt!«

Junge Pappeln links und rechts der Landstraße.
Hell. Dunkel. Hell. Dunkel.
Der treibende Beat des Songs liefert den Soundtrack.

Eine gezogene Stimme leitet die Überblendung auf der Windschutzscheibe ein.

Vergangenheit.
Remix.

Ein Wirbelwind erhob sich
so wie ein Schrei, der von Herzen kommt.
Dil Se Re.

Emma steht an den Landungsbrücken und winkt.
Anand Kumar, junger indischer Offizier.
Steigt die Gangway eines Schiffes hinab.
Emma legt die Hand über die Augen.
Die Sonne blendet.

Flashblende ins Weiß.

Geliebter.
Das Leben.
Von Herzen.
Dil Se Re.

Emma und Anand, Hand in Hand an der Elbe.
Ein Schrei aus dem Wasser.
Ein Mann stolpert ans Ufer.
Reißzoom auf sein Gesicht.
Der Nasse Mann!
Die Sonne reflektiert im Weiß seiner Augen.

Flashblende ins Weiß.

Der Beat wird schneller, härter und treibt die Bilder vor sich her.
Instrumental.
Nicks Kopf mit verstrubbelten Haaren auf dem Kopfkissen.
Nick auf dem Schiff nach London.
Nick hält lachend die Hand vor die Kameralinse.
Zuckende Körper auf der Tanzfläche.
Nicks Gesicht, die Augen geschlossen.
Sein Arm.
Seine Hand.
Stroboskop.

Flashblende aus dem Weiß.

Slow Motion. Momentaufnahmen in Zeitlupe.
Nick öffnet die Augen.
Cal steht hinter dem DJ-Pult.
Er schiebt die Kopfhörer nach hinten.
Cal öffnet die Augen.
Gegenschnitt auf Nick.
Die Zeit hält an.
Die Discokugel dreht sich millimeterweise, bis das Licht reflektiert.

Flashblende ins Weiß.

Wenn du ein Herz hast,
wirst du in deinem Leben Schmerzen fühlen.
Und wenn du den Schmerz fühlst,
dann weil du ein Herz hast.
Die Jahreszeiten ziehen
durch mein Herz.
Dil Se Re.

Bombay. Gleißendes Licht.
Mattie in einem Telefonladen, den Hörer am Ohr.
Draußen wird ein Film gedreht.
Anand. Ihr Vater. Fremde Stimme.
Cal und Nick. Zwei Gesichter in der Menge.
Ein Schuss.
Harmloser alter Vogelfreund.
Der Mann aus dem Wasser.
Cals Gesicht durch das Rückfenster einer Riksha.
Verschwunden in einer Wolke aus weißem Staub.

Flashblende ins Weiß.

Grenzen ziehen sich zwischen den Menschen.
Ketten aus Dornen,
Türen und Mauern aus Stein.

Anand Kumar. Er kommt auf sie zu.
Mattie weicht zurück.
Nick hebt abwehrend die Hände.
Der alte Vogelfreund senkt den müden Blick.
Mattie steht am Hafen und winkt.
Anand senkt den Blick.
Nicks Gesicht nah.
Cals Gesicht nah.
Mattie senkt den Blick.

Die Figuren treffen in der Geschichte aufeinander,
und ihre Verbindung bleibt
von Herzen.
Dil Se Re.

18 Update

Rauschen. Matties Hand griff automatisch zum Regler, um den Sender zu justieren. Aber er ließ sich nicht mehr zurückholen.

Sie wusste auch so, wie der Song zu Ende ging. Schließlich hatte sie die Untertitel für die Fernsehausstrahlung gebastelt.

Die Sorgen des Herzens fließen
wie Wasserblasen.
Sie lösen sich auf und formen sich neu.
Aus dem Herzen.

Mattie holte tief Luft, um die Bilder abzuschütteln, und warf einen kurzen Blick in den Rückspiegel. Emma saß jetzt direkt hinter ihr und rauchte. Mattie hatte sie im Verdacht, immer die Sitzreihe zu wechseln, wenn der jeweils in der Armlehne angebrachte Aschenbecher voll war. Ich sollte die Teile abmontieren, dachte sie, sonst kann ich jeden Tag damit beginnen, Kippen aus sechs verschiedenen Aschenbechern zu puhlen.

Warmes Sonnenlicht schien durch die großen Scheiben des Busses herein und verbreitete falsche Romantik in ihrem fahrenden Chaos. Trotz des Frühlingswetters hatte Emma sie dazu gebracht, die Heizung voll aufzudrehen, und sie fühlte ihren schweißnassen Rücken zwischen T-Shirt und Rückenlehne.

Hinter den vorderen fünf Sitzreihen kam die Küche mit dem festgeschraubten Tisch. Mattie war schon lange nicht mehr zum Kochen gekommen. Der zweiflammige Gaskocher war unter einem alten DDR-Filmprojektor verschwunden, den ihr ein Sammler im letzten Jahr geschenkt hatte. Leider gab es keine Ersatzteile mehr dafür. Dann kam der Durchgang zum Bett, der die Hälfte der Busbreite einnahm. Die andere Hälfte beherbergte ein winziges Bad mit einem Chemieklo, aber das war außer Betrieb. Es nicht noch in Harmsdorf reparieren zu lassen war ein großer Fehler gewesen, wie sich jetzt herausstellte.

»Ich muss mal!«

Seit sie losgefahren waren, musste Emma nun zum siebten Mal. Nach dem fünften Zwischenstopp war Mattie in Fehrbellin von der Autobahn abgefahren und hatte sich damit abgefunden, die Landstraße zu nehmen. Wenn sie nämlich nicht sofort anhielt, wiederholte Emma ihren Wunsch im Abstand von drei Sekunden, nur jedes Mal lauter, bis Matties Ohren dröhnten und sie sich nicht mehr aufs Fahren konzentrieren konnte. Warum musste Emma überhaupt so oft pinkeln? Zu Hause war es ihr nicht aufgefallen, aber da Emma fast nie das Haus verließ, war sie natürlich immer in der Nähe vom Klo. Vielleicht war es eine Nebenwirkung der Medikamente. Sie sah in den Spiegel und ließ den Blick einen Moment auf Emmas Gesicht verweilen. Nach zwanzig Jahren Psychopharmaka wirkte es aufgedunsen und irgendwie verschwommen. Mattie verspürte automatisch den Wunsch scharfzustellen, die Konturen klarer zu ziehen. Sie sah auf die Uhr und seufzte.

Anyway, es war schon nach elf. Spätestens in einer halben Stunde würde Emma nach ihrem Mittagessen und den Tabletten schreien. Ihre innere Uhr tickte gnadenlos, egal wo und unter welchen Umständen sie sich gerade befand. Es hatte keinen Sinn, ihr zu sagen, dass sie eigentlich schon längst hätten in Berlin sein sollen.

Sie fuhr über eine Anhöhe, links wölbte sich ein Hünengrab. »Komisch, dass es die hier auch gibt«, dachte Mattie und merkte im selben Moment, wie schwachsinnig der Gedanke war. Die deutsche Teilung hatte gerade mal fünfzig Jahre gedauert – ein temporärer Fliegenschiss für die alten Hünen in ihren Gräbern. Wie groß waren die eigentlich, die Hünen? Hätte man die Mauer zu ihren Zeiten höher bauen müssen?

Willkommen in der Mark Brandenburg schob sich auf einem Schild zwischen sie und die toten Hünen. ›Mark Brandenburg‹ klang für Mattie wie ein Schwarzweißfilm über verlorene Ostgebiete. Sofort spielte ihr inneres Archiv die Stimme von Guido Knopp ein, Herrscher über die Fernsehquoten und Retter der geschundenen deutschen Seele. »Es war eine sternenklare Nacht. Auf der anderen Seite der Oder stand die fünfte Division der Roten Armee. Ihr Auftrag lautete, keine Gefangenen zu machen. Und deutsche Soldaten hielten sich bereit, ihre Heimat, die Mark Brandenburg und das Leben ihrer Frauen und Kinder zu verteidigen.«

Als hätte sich die Nation durch die Wiedervereinigung einer Selbstreinigung unterzogen, konnte man plötzlich von Deutschen als Opfern sprechen. Opfer der Vertreibung, Opfer der Vergewaltigungen, Opfer des Krieges. Die Zeiten, als die Opfer noch Täter waren, wurden nach und nach einfach weggelassen. Es kam ihr vor, als hätte man dem Land ein neues Betriebssystem übergestülpt, in dem nur noch die Benutzeroberfläche des Programmes zu sehen war: ›deutschland.update2000.com‹.

Direkt hinter der nächsten Kurve sah sie die Einmündung eines kleinen Forstweges und bremste den Bus ab.

19 Emmas Welt

Anhalten!

Stopp! Stopp! Stopp!

Nicht dran denken, nicht ans Klo denken, an was anderes. Zigarette ausmachen.

Tief atmen.

Aus dem Fenster gucken.

Die Welt hält an. Jetzt aufstehen. Langsam nach vorne zur Tür gehen.

Uhh! Kalt! Es ist kalt draußen. Emma will nicht raus. Muss hier auf die Stufen machen.

Nicht schubsen! Madita ist gemein, zerrt Emma in die Kälte. Versteht nicht, versteht nichts.

Emma braucht Wärme, sonst fliegt ihre Seele weg.

Mascha darf auch direkt neben den Bus machen.

Arme kleine Emma-Seele.

Ist da jemand? Da vorne im Gebüsch?

Madita, nicht! Nicht an der Hose ziehen, da hat sich jemand versteckt!

Emmas Pische dampft.

Der Dampf zieht ins Gebüsch und vertreibt die Feinde.

Was war das? Ein Geräusch!

Jemand spielt Trompete. Ein Tusch!

Ein Tusch und der Vorhang geht auf.

Dahinter sitzt der Karnevalsverein.

Alle lachen über Emma, die pischen muss.

Nein, der Himmel! Es ist am Himmel!

Da sind sie! Ein, zwei, viele!

Emma mag keine Vögel.

Vögel gehören dem Vogelmann und der ist Emmas Feind.

Aber jetzt nicht mehr.

Madita hat ihn weggemacht.

Aber die Vögel kommen wieder. Hacken Emma die Augen aus.

Schnell, schnell, zurück zum Bus!

Nick fühlte den Whisky in seinen überstrapazierten Eingeweiden rumoren und hielt die Luft an, um das Sodbrennen nicht zu spüren.

»Alles okay mit dir, oder sollen wir die Ambulanz holen? Aber bis die im Krankenhaus angekommen ist, bist du schon lange tot.« Vivek grinste ihn an, und Jay reichte ihm lachend eine Flasche Wasser.

Nick öffnete den Mund, um zu antworten, schloss ihn aber wieder, als ein Mädchen, deren schweres Parfum ihm den Atem nahm, sich kichernd an Vivek heranmachte und ihn nach einem Autogramm fragte. Rechts dahinter stand ein ganzer Haufen Leute und starrte ungeniert herüber, offensichtlich ihre Familie, und schweinereich, wenn sie mal eben mit zehn Leuten im *Marriott* absteigen konnten.

Nick stand vorsichtig auf. »Ich muss mal kurz raus«, murmelte er und sah, wie Vivek und Jay einen schnellen Blick wechselten. Immer diese Blicke, die er in letzter Zeit abkriegte.

Als er an dem Schergen mit der orientalischen Märchenlivree vorbei durch die Drehtür ging und der heiße Smog ihn traf wie ein Hammer, wurde ihm etwas besser. Nick konnte die ewig auf Hochtouren laufende Aircondition nicht leiden, die kalte Luft erinnerte ihn zu sehr an den Hamburger Winter.

Er steckte die Hand in die Tasche seiner Anzughose, fand aber keine Zigaretten, sondern nur das Geld. Die beiden Deutschen hatten sich einwandfrei an den Deal gehalten und waren noch gestern Nacht nach Goa abgedüst, eingepackt in saubere Laken der Konkan Railway. Der Boss von Cals Reisebüro, der auch für die wichtigen Leute in Bollywood buchte, wusste eben, in welche Taschen man ein bisschen Geld stecken musste, um noch Platz in einem ausgebuchten Zug zu kriegen.

Geld! Nick schüttelte sich. Wenn er so weitermachte, würde er den Rest hier versaufen, so teuer wie die Drinks waren.

Cal war immer noch nicht zu Hause gewesen, als er von seinem Treffen mit den Deutschen kam. Nick spielte mit dem Gedanken, ihn anzurufen, tat es aber dann doch nicht. Stattdessen nahm er sich vor, am nächsten Tag seine eigene Zukunft anzupacken. Also war er früh aufgestanden, hatte keinen Joint zum Frühstück geraucht und Jay angerufen, der eigentlich Jayant Chatterjee hieß und eine der größten indischen Softwareschmieden besaß. Außerdem führte er eine offen schwule Beziehung mit einem bekannten jungen Schauspieler, der wiederum Cal kannte, weil sie beide zusammen an irgendeinem Film gearbeitet hatten.

Nick war es leid, seine Geschichte über die Gujarat-Prozesse wie Sauerbier anzubieten, und wollte erst mal was anderes einschieben. Dabei fiel ihm Jay ein. Alle Welt schrieb von den indischen Softwaremillionären, hier hatte er einen direkt vor der Nase. Und noch dazu mit einer wirtschaftlichen Vision. Obwohl sein Betrieb mittlerweile mehr als tausend Mitarbeiter beschäftigte, hatte Jay noch nie jemanden entlassen. Stattdessen gab er seinen Leuten die Möglichkeit, Mitaktionär zu werden. Gemeinsam mit seinem Führungsstab versuchte er für jeden Einzelnen den richtigen Platz in der Firma zu finden. Er war Multimillionär, nicht in Rupien, sondern in harten Dollars. In den letzten Wochen hatte er einen mehrstufigen Plan ausgearbeitet, nach dem er sich innerhalb der nächsten zwei Jahre aus dem Geschäft zurückziehen wollte.

»Und dann? Was willst du dann machen mit all deinem Geld?«, fragte Nick ihn, als sie beim Mittagessen im *Marriott* saßen.

»Keine Ahnung! Vielleicht gehe ich erst mal eine Weile meditieren.« Jay schob sich ein Stück Okraschote in den Mund und sah ihn an. Er schien es ernst zu meinen. »Oder ich kümmere mich um meine AIDS-Stiftung. Finanziere ein Forschungsprojekt für billigere Medikamente aus Indien.«

Direkt nach dem Essen entschuldigte sich Nick bei Jay und ließ sich an der Rezeption eine Workstation für Geschäftsleute vermitteln, die das Hotel großzügig mit Computer, Telefon und Fax ausgestattet hatte. Seine Finger flogen über die Tasten, und in einer halben Stunde hatte er ein Exposé fertig, das er sofort per E-Mail verschickte. Ein paar Minuten später startete er einen Rundruf durch die deutschen Redaktionen, für die er schon gearbeitet hatte. Er verwies auf das Exposé und bat um schnellstmöglichen Rückruf über sein Handy. Ein paar Redakteure versprachen, sich noch heute zu melden.

Als er zurückkam, war inzwischen Vivek aufgetaucht, und sie zogen zusammen vom Restaurant in die Bar um. Jay und Vivek waren bester Laune und versuchten ihn mit Geschichten über Bombayer Berühmtheiten zu unterhalten, die ein anstrengendes Doppelleben zwischen Familie und ihren jeweiligen Liebhabern führten, obwohl alle Welt wusste, dass sie schwul waren. Nick versuchte, seine Anspannung bei diesem Thema hinter dem Whiskyglas zu verstecken, ließ jedoch sein Handy nicht aus den Augen.

Endlich kam eine SMS, dann noch eine, beide mit Absagen. Eine Redakteurin hatte immerhin so viel Anstand zurückzurufen.

»Spannende Geschichte«, sagte sie, nachdem sie ein paar nichtssagende Floskeln ausgetauscht hatten.

Nick versuchte, nicht allzu überschwänglich zu klingen. »Ich sage Ihnen, da können Sie eine ganze Serie draus machen. Indien, China, Korea – in Asien sitzen die Leute, die Deutschland wieder Leben einhauchen können. Die haben hier Konzepte und Ideen, die wir nötig brauchen.«

»Ja, sicher, aber ich habe gerade mit dem Chefredakteur gesprochen. Er sagt, unsere Leser interessieren sich nicht für Ideen, die irgendein Typ auf der anderen Seite des Erdballs hat. Wie heißt der noch mal?«

»Jayant Chatterjee«, sagte Nick.

»Genau. Den kennt hier keiner. Das kriege ich nicht durch.«

Sie schwiegen einen Moment, dann sagte Nick leise: »Der Mann ist auf Platz 47 der Forbes-Liste[6], Tendenz steigend. Der macht an einem Tag mehr Umsatz als alle neuen Bundesländer zusammen. Wollen Sie vielleicht warten, bis er Siemens und Infineon aufgekauft hat?«

»Dann kriegen Sie Ihre Story ganz bestimmt durch.« Sie lachte nervös und murmelte einen Abschiedsgruß. Nick kehrte an den Tisch zu Vivek und Jay zurück und bestellte sich wortlos einen weiteren Whisky.

An die folgenden zwei Stunden erinnerte er sich nur noch lückenhaft. Die Zeit verschwamm in seinem Bewusstsein zum

Geschmack des Alkohols, der ihm scharf die Kehle hinunterrann. Nick musste rülpsen. Der Türsteher guckte rüber, sagte jedoch nichts. Nick war ein Ausländer, und die ließ man besser in Ruhe.

Aber vielleicht wollte er gar nicht in Ruhe gelassen werden! Seit er in Indien war, fühlte Nick sich immer mehr wie in einem durchsichtigen Ballon, der etwa zwei Meter über dem Boden schwebte. Alle Welt starrte ihn an, lief ihm hinterher, spielte mit ihm herum, aber niemand sprach offen mit ihm oder stach einfach in die Hülle, die ihn umgab. Und mitten in der Menge stand Cal und hatte den Ballon fest an der Leine, damit er nicht verloren ging. Sein ganz privater Ausländer. Der ab jetzt draußen in der Hundehütte schlafen musste, damit er dem jungen Glück nicht im Wege stand. Da kam er ja schon, um seinen Wauwi wieder einzusammeln.

Eine Limousine hielt direkt vor dem Hotel und spuckte Cal mit Sonnenbrille wie aus dem Ei gepellt in die Einfahrt. Der Türsteher verbeugte sich so tief, dass ihm fast der Turban abfiel. War das nicht Nityas Auto? Na, auch egal. Nick rührte sich nicht von der Stelle, während Cal dem Fahrer leise eine Anweisung gab und der Schlitten davonglitt. »Immerhin verkaufst du dich nicht zu billig«, dachte er, während Cal langsam auf ihn zukam.

Eine halbe Ewigkeit standen sie schweigend voreinander. Cal nahm die Sonnenbrille ab. Nick sah ihm in die Augen. Das brachte ihn aus dem Gleichgewicht, so dass er kurz nach links taumelte, bis Cals Arm ihn abfing.

»Woher weißt du, wo ich bin?«

Cal sagte nichts, schüttelte nur leicht den Kopf.

»Vivek?« Eine kurze SMS hinter seinem Rücken, und schon kam sein Besitzer, um ihn abzuholen.

Cal zog ihn leicht am Arm. »Bitte, Nick, können wir nicht reingehen? Hier ist es schrecklich heiß.«

Aber Nick hatte sich wieder stabilisiert und blieb, wo er war. »Denkt ihr denn eigentlich alle, ich bin bescheuert! Ein Ausländer, ein Loser, einer, um den man sich kümmern muss, damit er nicht unter die Räder kommt in eurer gefährlichen großen Scheißstadt!«

Er wandte den Kopf und sah mitten in das neugierige Gesicht

des Türstehers. Einer spontanen Eingebung folgend griff er nach dessen Turban und stülpte ihn sich auf den Kopf.

»So besser? Seh ich jetzt aus wie einer von euch? Dann kannst du ja wieder gehen!«

»Sir, bitte!«, rief der Mann erschrocken, der ihm ohne seine Mütze gerade mal bis zum Kinn reichte.

»Nick, gib ihm den Turban wieder!« Cal streckte die Hand aus, kam aber auch nicht dran. Mussten sie alle erst noch ein bisschen wachsen.

»Also, was willst du hier?«

Cal ließ die Hand sinken und gab dem Mann ein Zeichen abzuwarten. Toll, wie er das machte. Ganz der zukünftige Film-Mogul. »Nick, ich fliege heute Nacht nach Berlin. Bitte komm mit. Wir können immer noch einen Platz für dich kriegen.«

»Für deinen kleinen Wauwi? Im Gepäckraum?« Er musste lachen bei der Vorstellung, wie Cal versuchte, ihn in eine dieser tragbaren Hundeboxen reinzuquetschen. Aber Cal lachte nicht.

»Bitte komm mit. Mattie wird auch da sein.«

Mattie. Ihm wurde schon wieder schwindelig. Mattie, liebste Mattie. Die Frau, mit der er alt werden wollte. Und die er trotzdem verlassen hatte. Mattie würde ihn auslachen, wenn sie ihn jetzt hier sehen könnte. Was verdammt noch mal gab Cal das Recht, Mattie ins Spiel zu bringen!

»Wieso Mattie? Willst du die vielleicht auch noch heiraten? Bitte, tu dir keinen Zwang an! Aber Mattie brauchst du nicht mit schicken Autos und Landhäusern zu kommen. Weil sie sich nämlich nicht kaufen lässt.«

Für einen Moment dachte er, Cal würde zuschlagen. Aber er tat es nicht, sondern drehte sich um und ging zurück zu seinem Auto, das wie durch Zauberhand wieder vorgefahren war. Sein Gesicht verschwand hinter den abgedunkelten Scheiben. Nick konnte sich gerade noch so lange auf den Beinen halten, bis das Auto hinter zwei Rikshas verschwunden war.

Dann ließ er sich einfach mitten in der Einfahrt des Hotels auf die Knie fallen und nahm langsam den Turban vom Kopf.

Mattie wäre gerne noch einen Moment geblieben, hätte sich ins Gras gelegt und beobachtet, wie die Kraniche über sie hinwegzogen. Sie hatte im Herbst an der Ostsee welche gesehen, auf dem Weg nach Süden. Jetzt kamen sie zurück. Ein ganzer Schwarm stand einfach so neben der Straße auf dem Feld herum, an dem sie gerade vorbeifuhr.

Wenn die Kraniche ziehen. Schemenhafte Erinnerungen an einen russischen Film. Schon wieder Schwarz-Weiß. Düstere Poesie in endlosen Einstellungen. Eine Frau und zwei Männer, einer zieht in den Krieg, der andere bleibt zu Hause. Mattie hatte ein vages Gefühl, dass sie den Film als Kind mit Emma im Fernsehen gesehen hatte. Emmas Tränen auf ihrem gelben Kleid mit dem aufgenähten grünen Fisch. Emma konnte sich nicht einkriegen, wenn es um Liebe und Verzicht ging. Eine Frau und zwei Männer. Mattie setzte den Film auf ihre imaginäre Liste von Titeln, die sie irgendwann mal als Ansichtstape bestellen wollte.

»Verdammt!« Beinahe hätte sie die Abfahrt auf die B96 nach Berlin verpasst. Sie bog direkt in eine langgezogene Baustelle ein, deren rechte Seite durch dichten Wald begrenzt wurde. Warum erschien ihr alles so düster, je weiter sie nach Osten kam? Sogar die Kraniche, die immer noch in Keilformation über ihr vorbeizogen, hatten plötzlich etwas Gespenstisches. Ihr Trompeten übertönte sogar den lauten Dieselmotor des Busses.

Sie konnte Emma im Rückspiegel nicht mehr sehen, nur die Glut der Zigarette. Wahrscheinlich waren ihre Depressionen ansteckend, wie eine schlimme Grippe. Sie kontaminierte ihre Umgebung mit bleierner Schwere.

Einen Moment später tat es ihr leid. Kein Wunder, dass Emma Angst vor Vögeln hatte. Ludwig Hauser, der Vogelfreund, hatte sie systematisch in ein psychotisches Gestrüpp aus Schuld und Sühne getrieben, aus dem sie nie wieder ganz herausfinden würde.

Mattie hatte Emma nicht erzählt, wer dafür verantwortlich war, dass sie und Nick daran scheiterten, ihn seiner Kriegsverbrechen und dreier Morde zu überführen. Anand Kumar, ihr eigener Vater, hatte sie im entscheidenden Moment verraten, um seine ehrbare bürgerliche Fassade zu retten.

Mattie spürte eine Gänsehaut im Nacken. Als sie im letzten Sommer mit ihrem Kino durch die Ostseebäder zog, war der alte Ornithologe ganz in ihrer Nähe. Erst als die Saison vorbei war, nahm sie sich Zeit, das Vogelschutzgebiet vor der Insel Poel zu besuchen. Der Student, der die Gruppe herumführte, war seit zwei Wochen als Vogelwart eingesetzt und erzählte begeistert von der Artenvielfalt.

»Ist Ihnen nicht unheimlich, so ganz alleine hier?«, hatte Mattie ihn gefragt und sich gleich darauf über ihre Frage geärgert, weil sie das auch ständig Leute fragten, wenn sie mit ihrem Wanderkino auftauchte. Aber der Junge war nicht sauer.

»Die Vögel verscheuchen die Einsamkeit mit ihrem Geschrei. Aber der alte Vogelwart, der vor mir hier war, ist nicht damit klargekommen.« Er zeigte auf eine kleine Landzunge, die ins Meer ragte. »Laut Berichten von Kurgästen, die ihn vom Strand der Hauptinsel aus beobachtet haben, hat er drei Tage lang auf der Sandbank gesessen, da vorne, wo sich die Kormorane abkühlen. Am letzten Abend, als die Sonne unterging, ist er aufgestanden und einfach ins Meer hinausgelaufen. Die Boote fuhren noch in der Nacht raus, aber erst ein Kutter hat am nächsten Morgen die Leiche gefunden.« Er hatte ihr das Holzkreuz auf der Sandbank gezeigt.

Sein Name stand darauf.

Ein Schlagloch und fast gleichzeitig der Aufschrei von Emma holten sie zurück in die Gegenwart. Sie musste ihre ganze Kraft aufwenden, um den Bus in der schmalen Spur zu halten.

Mattie fühlte die Müdigkeit von ihren Armen in den Kopf steigen. Stunde um Stunde fuhr sie jetzt schon mit ihrem Ex-Hund und ihrer Depressionen ausdünstenden Mutter durch die Gegend. Gestern am Flughafen war ihr alles noch ganz problemlos erschienen. Lediglich eine Frage der inneren Einstellung. Aber heute fragte sie sich, wie sie überhaupt einen einzigen Tag mit Emma überstehen sollte. Schon Viertel vor zwölf. Und die Baustelle nahm kein Ende.

»Ich hab Hunger!«, rief Emma von hinten. »Wann gibt's denn nun Mittagessen?«

22 Ideale

Johannes saß in seinem Arbeitszimmer am Computer. Ein Flügel des Fensters zum Garten war geöffnet. Die Geräusche von draußen mischten sich mit der Stimme seiner älteren Tochter Nele, die im Wohnzimmer mit ihrer Freundin telefonierte.

»Ist mir doch egal, ob er nicht mehr mit mir redet. Eigentlich fand ich ihn schon immer blöd.«

Ihre Stimme klang schrill. Er hatte keine Ahnung, um wen es ging, aber egal war er ihr bestimmt nicht. Sie verstrickte sich in Emotionen, die Angst vor Zurückweisung, den ersten Anflug von Besitzdenken. Bei Lina dagegen spürte er noch die Klarheit des Kindes. Sie war sich ihrer Gefühle bewusst und lebte sie aus, eins nach dem anderen. Sie spielte Fußball mit derselben absoluten Intensität, wie sie ihn jeden Morgen umarmte oder mit Frederike um ein neues Fahrrad stritt.

»Ich kann da nicht einfach so hingehen! Der hängt doch jede Pause mit seiner Clique rum.«

Johannes stand auf und schloss die Tür zum Flur. Er wollte seine Tochter nicht analysieren und ihre Privatsphäre verletzen. Frederike und er waren sich einig, dass Kinder etwas Wunderbares waren. Aber sie gehörten nicht ihren Eltern, hatten das Recht auf ein eigenes Leben, von Anfang an. Er wollte sie nicht konditionieren, mit Ballast vollstopfen, nur damit sie ihr halbes Leben damit verbrachten, diese Dinge wieder loszuwerden. Johannes spürte Gänsehaut auf seinen nackten Unterarmen. Die kühle Abendluft von draußen machte ihm nichts aus. Es war sein eigener schmerzlicher Befreiungsprozess, der ihn schaudern ließ.

Es klopfte. Regina, in Jacke und mit einem Tuch um den Kopf, erschien im Türrahmen.

»Ich fahre nach Kiel, zum Grafiker. Brauchst du noch Kataloge für die Workshops?«

»So spät noch?« Johannes ließ den Schreibtischstuhl herumschwingen und sah sie an.

»Ganesha hat ein Video über Paar-Synthese. Das gucken wir an. Komm doch mit.« Der Grafiker, bei dem sie alle ihre Prospekte drucken ließen, war ein alter Freund aus den Tagen der Kommune.

»Nein, heute lieber nicht. Viel Spaß!«

»Denk dran, der Computer lenkt dein Augen-Chi ab.« Regina lachte und schloss die Tür. Es hatte Zeiten gegeben, da schien das ansteckende Lachen für immer aus ihrem Gesicht verschwunden zu sein. Aber jetzt hatte sie ihr Leben wieder im Griff. Die Arbeit mit den alten Möbeln bot ihr genug Gelegenheit, ihre harmonisierenden Kräfte einzusetzen. Regina war eine Suchende, die immer in Bewegung bleiben musste.

Johannes wandte sich wieder dem Computer zu und öffnete seinen E-Mail-Account. Es gab ein paar Anfragen zu dem Workshop im Juli, die er umgehend beantwortete. Dann loggte er sich über Passwort in ein Forum ein, das er regelmäßig besuchte, um sich mit den anderen Therapeuten auszutauschen, die im Projekt *Außenposten* tätig waren. Zwei waren Zivilisten wie er selbst, der Rest Offiziere aus einer Spezialeinheit für Truppenpsychologie. Insgesamt waren nur zwölf Menschen in Deutschland autorisiert, diese Website zu nutzen. Er hatte das Passwort erhalten, als er vor einem halben Jahr den Vertrag unterschrieb, in dem er sich gleichzeitig zur absoluten Geheimhaltung verpflichtete. Monatelange intensive Einzelgespräche mit seinem Verbindungsoffizier aus Kiel waren vorausgegangen. Offiziell war er immer noch beauftragt, den Soldaten zu behandeln, der versehentlich einen Kameraden erschossen hatte. Aber diese ersten Sitzungen waren nur sein Testlauf gewesen.

Die Encounter-Therapie war eine brenzlige Sache. Heute gab es nicht mehr allzu viele Therapeuten, die diese Methode praktizierten. Sie konnte leicht aus dem Ruder laufen, wenn der Gruppenleiter die Zeichen nicht absolut sicher zu deuten wusste. Der Ashram war damit in die Sensationspresse geraten, als ein deutscher Fernsehsender Bilder von nackten Europäern ausstrahlte, die nicht nur auf Kissen, sondern auch aufeinander eindroschen. Aber solche Zwischenfälle waren die Ausnahme. Johannes hatte in Poona die besten Lehrer gehabt, die weltweit auf diesem Gebiet tätig waren, und Frederike war sein persönlicher Beweis für eine erfolgreiche Behandlung, die schnelle Resultate hervorbrachte.

Er spürte die Unruhe, die ihn am Morgen auf dem Stützpunkt befallen hatte, mit voller Kraft zurückkehren. Seine Klienten waren nicht aufgetaucht. Nachdem er eine halbe Stunde gewartet hatte, ging er zu Lösing, der ihm kurz angebunden mitteilte, sie seien abberufen worden. Johannes war entsetzt. Die Therapie war an einem kritischen Punkt gewesen, an dem die Aggressionen und Ängste offen zutage traten. Das eigentliche Ziel, die Stille des inneren Friedens, die Akzeptanz der eigentlichen Persönlichkeit als Ganzes, war noch lange nicht erreicht. Stattdessen teilte Lösing ihm eine neue Gruppe zu. In den letzten Wochen machte offenbar irgendjemand Druck. Seine Stundenzahl wurde ständig erhöht, während er mit den einzelnen Teams immer weniger Zeit zur Verfügung hatte. Er musste sie durchpowern, und was dabei herauskam, hatte man ja gesehen. Er dachte an die kurze Begegnung mit Frederike. Johannes verschob die Absicht, die besorgniserregenden Tendenzen im Forum anzusprechen. Stattdessen würde er wenigstens sein Versprechen einlösen. Er verließ die Website, öffnete ein Suchprogramm und gab den Namen »Madita Junghans« und das Stichwort »Kino« ein.

Als Erstes war eine Webadresse gelistet, die anscheinend ihr Unternehmen präsentieren sollte. Sie hatte sich die Domain »wanderkino.net« gesichert, aber unter der Adresse erschien nur ein kleines Baustellenschild und der Hinweis, die Seite befinde sich noch im Aufbau.

Er klickte sich durch ein paar alte Pressemeldungen der Bundesfilmförderungsanstalt, die Madita als Verantwortliche eines Hamburger Kinos aufführten, das für sein Programm ausgezeichnet worden war. Dann ein Interview mit ihr über die Schließung des Kinos. Sie zeigte kein Verständnis für den Plan der Investoren, ein weiteres Multiplex-Kino in Hamburg aufzuziehen. Aber es hatte wohl nichts genützt.

Johannes wollte schon aufgeben, als ihm wieder einfiel, dass Jasmin die Frau mit einem Spitznamen angesprochen hatte. Er tippte »Matty Junghans«, ohne einen Treffer zu landen, und dann noch einmal »Mattie Junghans«.

Bingo. Auf dem Bildschirm erschien die Website der Berliner Spree-Speicher, mit Datum von heute. Johannes erinnerte sich dunkel, dass die Veranstaltungshalle das neueste Projekt von Frederikes altem Freund Achim Sanders war. Sanders, der damals einen Dokumentarfilm über den Ashram drehen wollte und gleich dageblieben war.

Johannes gab den Suchbefehl nach ›Mattie‹ noch mal für das Dokument ein und bekam die Vorschau auf eine Show aus Indien. Neugierig las er den gesamten Text, der reißerisch die erste Bollywood-Show in Deutschland ankündigte. Er runzelte die Stirn. Er war ein paarmal im Kino gewesen, als er noch in Poona lebte. Aber die Filme hatten ihn nicht berührt, waren ihm langatmig und konservativ erschienen. Vor ein paar Wochen war seine ältere Tochter jedoch in wahres Glücksgeheul ausgebrochen, als sie in Lübeck bei Saturn indische Filme auf DVD entdeckte. Sie lieh sich Geld von ihm und rauschte noch am selben Nachmittag übers Wochenende zu ihrer Freundin Nadja ab, mit dem ganzen Stapel unterm Arm.

Und diese Mattie war wohl so eine Art Expertin für indischen Film, jedenfalls wurde sie als Kuratorin einer Filmreihe genannt. Also war sie gar nicht so arbeitslos, wie sie behauptet hatte.

Er ging ins Wohnzimmer, wo Nele noch vor dem Fernseher lag, das Telefon griffbereit neben sich.

»Darf ich auch mal?«, fragte er ironisch, aber sie beachtete ihn nicht, also ging er mit dem Telefon in der Hand wieder raus. Er drückte die Kurzwahl für Frederikes Berliner Wohnung. Beinahe sofort hörte er ihre Stimme, sie war also auch noch nicht im Bett.

Sie redeten eine Weile über ihren stressigen Tag und die Kinder, bevor er auf Mattie Junghans zu sprechen kam.

»Sie arbeitet für Achims Spree-Speicher in Berlin.« Er gab ihr die Webadresse. »Gib ihr doch ein paar tausend Euro als Spende für die Wiederanschaffung ihrer Geräte. Dann macht sie dir bestimmt keinen Ärger mehr.«

Er hörte sich Frederikes Gegenargumente an, ohne sie zu unterbrechen.

»Es ist natürlich deine Entscheidung, aber ich würde so kurz vor der Wahl kein Risiko eingehen. Du musst es ja nicht an die große Glocke hängen.«

Sie versprach, es sich durch den Kopf gehen zu lassen. Er

wünschte ihr eine gute Nacht, und sie verabredeten, am nächsten Abend wieder zu telefonieren.

Johannes stand auf, legte das Telefon auf die Ladestation im Flur und guckte noch einmal kurz ins Wohnzimmer. »Du bist für dich selbst verantwortlich. Wenn du morgen früh nicht rauskommst, ist es allein dein Problem, das deiner Lehrerin zu erklären.«

Nele murmelte etwas Unverständliches, um zu signalisieren, dass sie ihn gehört hatte.

Er ging wieder zurück ins Arbeitszimmer, das durch einen Vorhang unterteilt war. Er zog den leichten Stoff zur Fensterseite hin auf. Die zweite Hälfte des Raumes war leer bis auf einen weißen Teppich. An der Stirnseite stand auf einem Regal eine alte Kladde, eingerahmt von zwei weißen Kerzen. Er nahm das Buch, zündete die Kerzen an und setzte sich auf den Teppich.

Ein guter Tag begann im Einklang mit der Natur und endete im inneren Dialog mit Osho[7].

Seine gerahmte Fotografie hing an der Wand über dem Regal. Johannes gehörte zu den frühen Schülern Oshos, die noch miterlebt hatten, wie er jeden Morgen einen Vortrag zu einem spirituellen oder philosophischen Thema hielt. Er schlug sein Darshan-Tagebuch auf, in dem er diese Begegnungen Tag für Tag festgehalten hatte. Er suchte nach einem passenden Thema, und wieder fiel ihm die unerfreuliche Begebenheit auf dem Stützpunkt ein. Plötzlich fühlte er sich wie ein Gefangener seiner eigenen Ideale. Und waren es überhaupt seine eigenen? Oder hatte er unbewusst am Ende doch die Ideale seines Vaters übernommen, gegen die er so lange gekämpft hatte?

Ideale.

Er schloss die Augen und ließ die Stimme wieder lebendig werden, niemals laut, selten ohne eine Spur von Ironie, in peinlich korrektem Englisch mit dem indischen Akzent.

»Alle Ideale verbergen nur deine Realität. Lasse deine Ideale fallen!«[8]

Der bewusste Mensch brauchte keine Ideale, weil er immer richtig handelte, so wie es ihm sein waches Bewusstsein eingab.

23 Migration

»Machen wir uns doch nichts vor. Die These eines gemeinsamen Ursprungs aller arischen Völker wurde von den Nationalsozialisten vereinnahmt und verfälscht. Schon Gottfried Herder und Friedrich Schlegel – die kennen Sie doch?« Graublaue Augen hinter einer goldumrandeten Brille funkelten ihn auffordernd an.

Cal schüttelte den Kopf.

Aber der Mann, dessen Namen er längst wieder vergessen hatte, redete einfach weiter. »Herder und Schlegel haben schon im frühen achtzehnten Jahrhundert darauf verwiesen, dass Indien die eigentliche Wiege der Zivilisation ist. Von dort aus wurde Sanskrit durch Migration in der westlichen Welt verbreitet und somit zum Vorläufer der griechischen, lateinischen, hebräischen und natürlich auch der deutschen Sprache.«

»Ach wirklich? Da haben Sie ja Glück gehabt.« Cal ärgerte sich, dass er nicht nach einem Platz am Gang gefragt hatte. Seit einer Stunde saß er eingequetscht zwischen dem Fenster, dem Vordersitz, der ihm gleich nach dem Start bedrohlich nah gekommen war, und diesem alten Philologen von der Universität Frankfurt. Der Mann war nach ihm eingestiegen, mit einer Aktentasche aus braunem Leder, die er an den Körper gepresst hielt. Mit wachen Augen musterte er die anderen Passagiere. Sein Platz war weiter hinten, aber gleich nach dem Start kam er an und fragte Cals Sitznachbarn, einen Geschäftsmann im Dreiteiler, ob sie die Plätze tauschen könnten. ›Hätte ich bloß kein Buch in Hindi gelesen‹, dachte Cal, der die Sprache endlich besser lernen wollte, um irgendwann auch mal den Text für einen Song selbst schreiben zu können. Seine Muttersprache war Bengalisch, schließlich stammte er aus Calcutta. Lesen und schreiben hatte er auf Englisch gelernt.

»Wieso haben wir Glück gehabt?«

Es war ihm tatsächlich gelungen, den Monolog zu stoppen. »Wenn Sie heute Ihre Sprache durch Migration aus Indien importieren wollten, würde das vermutlich an den Einreisebestimmungen scheitern.« Cal schlug demonstrativ sein Buch auf. Aber so einfach war das nicht.

»Was meinen Sie damit? Hat man Ihnen etwa Schwierigkeiten gemacht?«

Cal wollte sich vergewissern, dass die Frage nicht ironisch gemeint war, fand aber nur freundliche Aufmerksamkeit im Gesicht seines Sitznachbarn. Also schlug er sein Buch wieder zu. »Ich war dreimal im deutschen Konsulat in Bombay. Mit meinem Pass, einer offiziellen Einladung von meinem deutschen Auftraggeber und einer Bescheinigung, dass er eine Krankenversicherung für mich abschließt. Man muss um sechs Uhr morgens dort sein. Der Warteraum ist ungefähr so groß«, Cal deutete auf die Breite des Flugzeuges über zwei Sitzreihen hinweg. »Dort zieht man eine Nummer und wartet mit fünfzig bis hundert anderen Leuten. Um vierzehn Uhr machen sie zu. Mir wurde gesagt, meine Nummer würde erst am nächsten Morgen drankommen. Also bin ich wieder hingegangen. Diesmal kam ich bis zu einer Frau, die hinter einer dicken Glasscheibe sitzt und durch ein kleines Fenster zu einem spricht. Sie verlangte, dass ich meine Kontoauszüge der letzten sechs Monate vorlege und einen Beweis dafür, dass ich in Indien verheiratet bin. Also musste ich noch mal hin. Da ich nicht verheiratet bin, hat man mir nur ein Visum für einen Monat erteilt. Sollte meine Arbeit länger dauern, muss ich mich von Berlin aus um eine Verlängerung kümmern.«

»Das tut mir aber wirklich leid für Sie.« Wieder ohne eine Spur von Ironie. Cal konnte den Mann überhaupt nicht einschätzen. War er wirklich so naiv? »Aber Sie müssen verstehen, Deutschland muss dafür sorgen, dass nicht einfach jeder x-beliebige Wirtschaftsflüchtling hierherkommt. Wir haben selbst genug Arbeitslose. Natürlich gilt das nicht für Sie.«

»Und warum schalten Sie dann große Anzeigen in indischen Zeitungen, dass Sie Computerspezialisten suchen?« Langsam hatte er genug von diesem Gespräch. Immer das Gleiche. Diese Europäer saßen auf den kläglichen Resten ihres gestohlenen Reichtums und klammerten sich daran fest, als gäbe es kein Morgen. Dabei hatten sie nicht mal genug Einwohner, um die nächsten hundert Jahre zu überstehen. Und was blieb dann noch von all dem Glanz? Ein einziges großes heruntergekommenes Altersheim. In Indien gab es vielleicht Probleme, aber dafür hatten sie wenigstens eine Zukunft.

»Ich fürchte, das ist kompliziert zu erklären.«

Jetzt tat ihm der alte Mann fast ein bisschen leid. Er war immer noch wütend auf Nick, und alle Deutschen sollten dafür büßen. »Ist schon gut, lassen Sie nur«, sagte Cal. »Ich werde bis zur Landung noch ein wenig schlafen.« Er wandte den Kopf zum Fenster, so dass der andere sein Gesicht nicht sehen konnte, ließ aber die Augen offen.

Sie sahen nichts. Die Welt draußen lag, schon seit sie mit dem Sinkflug begonnen hatten, in einem merkwürdig leuchtenden, undurchdringlichen Weiß. Ich fliege ins Nichts. Ein weißer Fleck auf der Landkarte, dachte Cal.

Berlin bedeutete ihm nichts ohne Nick. Im Gegenteil. Alles würde ihn ständig an Nick erinnern. Die Sprache, die er nicht verstand, oder nur ganz selten, wenn Nick ihm nachts Dinge ins Ohr flüsterte, die jeder Mensch in jeder Sprache verstand. Häuser, die so aussahen wie das, in dem Nick geboren und aufgewachsen war. Straßen, über die er gelaufen war, bevor er nach Indien kam. Und die Frau, die er geliebt hatte. Mattie.

Cal merkte, wie sein Magen sich der Schwerkraft der bevorstehenden Landung widersetzte. Er hatte kaum etwas gegessen. Trotzdem fühlte er sich schwer und voll.

Mattie war der einzige Mensch, den er kannte in diesem Land da draußen, das nicht auftauchen wollte. Betrachtete man das unter rationalen Gesichtspunkten, standen seine Chancen nicht allzu gut. Aber trotz ihrer anfänglichen Abneigung erschien ihm Matties Gegenwart jetzt wie ein Rettungsanker. Sie waren einander ähnlicher, als sie sich eingestehen wollten, damals in Bombay, als sie um Nicks Zuneigung kämpften.

Nicht weil sie Halbinderin war.

Oder vielleicht doch.

Selbst in ihren E-Mails kam sie ihm weniger fremd vor als Nick, bei dem man nie sicher sein konnte, was er als Nächstes tat oder nicht tat. Mattie hatte ihm geschrieben, er solle Nick weder unter Druck setzen noch ihn bemuttern. Es sei an der Zeit, dass er eigene Entscheidungen träfe, ohne sich ständig an anderen zu orientieren.

Cal zuckte unwillkürlich vom Fenster zurück. Eine riesige stählerne Kugel war plötzlich aus dem Nichts aufgetaucht. Sie saß auf einem Betonsockel, der aus dem Nebel ragte. Im gleichen Moment riss die Decke unter ihm auf, und er sah ein Muster aus rechteckigen Formen. Alle Häuser schienen dieselbe Höhe zu haben und rote Ziegeldächer. Dazwischen sah er Grün, große Flächen, und schimmerndes Wasser.

»Meine Damen und Herren, wir landen in wenigen Minuten auf dem Otto-Lilienthal-Flughafen Berlin-Tegel. Draußen herrscht Frühnebel, der sich jedoch bald lichten wird, und die frühlingshaften Temperaturen werden bis auf zwanzig Grad klettern …«

Durch die Ritze zwischen dem Flugzeug und dem Gate, an das sie angedockt hatten, spürte Cal einen kühlen Luftzug. Die Luft roch seltsam neutral, sie enthielt keinerlei Information außer vielleicht einem Hauch von Kerosin. Bombay dagegen knallte einem schon in die Nase, wenn man noch nicht mal die Maschine verlassen hatte.

Im Vergleich zu Frankfurt war der Berliner Flughafen ein Kinderspiel. Zwei Polizisten winkten einzelne Passagiere heraus. Cal war natürlich dabei, hatte aber auch nichts anderes erwartet. Er konnte es sich jedoch nicht verkneifen, dem Professor noch einen sarkastischen Blick zuzuwerfen, als dieser versuchte, sich unauffällig an ihm vorbeizudrücken.

Dafür kam sein Koffer als erster vom Laufband.

Draußen warteten ein paar Leute in einem ordentlichen Halbkreis, einige hatten Rosen in der Hand, und sogar ein Hund zerrte an seiner Leine.

Cal blickte sich suchend um. Ein Mann undefinierbaren Alters in Jeans und Jackett trat auf ihn zu. Die Haare trug er zu einem aschblonden Zopf zusammengebunden, aber an der Stirn wichen sie schon zurück.

»Mister äh – Cal?« Er reichte ihm die Hand. »Mein Name ist Achim Sanders.« Der Akzent. Jede Silbe ein Stich. Es würde schwer werden, Nick hinter sich zu lassen.

»Mister Sanders? Sie holen mich persönlich vom Flughafen ab?« Sanders hatte ihm schon den Koffer abgenommen und rollte damit los in Richtung der Ausgangstür, die gleich gegenüberlag.

»Ja, das wollte ich mir doch nicht nehmen lassen, unseren künftigen Star aus Bollywood abzuholen. Kommen Sie bitte.«

Draußen fiel ihm als Erstes eine große Herde von Mercedes-Limousinen auf, die sich ordentlich in Dreierreihen präsentierten. Sie hatten alle dieselbe Farbe.

»Sind das wirklich ganz normale Taxen?« Cal hatte schon davon gehört, aber die Realität war trotzdem ein Schock.

Sanders lachte. »Ja, der Mercedes ist quasi unser letztes Statussymbol.«

»Was für eine Verschwendung!« Cal konnte sich nur schwer von dem Anblick losreißen. Sanders überquerte bereits die Straße, die um einen kleinen Parkplatz in der Mitte der kreisförmigen Flugzeuggebäude herumführte. Er zog seinen Schlüssel, und ein dunkler Kombi blinkte zur Antwort.

»Ich persönlich bin seit kurzem auf BMW umgestiegen. Der Wagen fährt sich sportlicher.« Sanders hievte den Koffer in das Auto und deutete auf die rechte Tür. »Cal, steigen Sie da drüben ein. Sonst müssen Sie selbst fahren.«

Cal wechselte irritiert auf die andere Seite und ließ sich in den weichen Ledersitz fallen. Sie fuhren rechts. Kein Wunder, dass Nick am Anfang ein paarmal fast vor ein Auto gelaufen wäre. Schon wieder Nick.

Sanders lenkte den Wagen durch einen Tunnel auf eine Art Autobahn. Es war nicht viel los, und Cal sah keinen einzigen Menschen, der zu Fuß unterwegs war.

»Tut mir leid, dass wir gleich im Stau stehen. Rushhour«, entschuldigte sich Sanders, als sie an einer Ampel warten mussten.

»Das nennen Sie Rushhour?« Cal konnte nicht verhindern, dass es herablassend klang.

Sanders nickte. »Mehr haben wir nicht.« Der Mann hatte Humor. Immerhin, das war doch schon besser als sein Professor im Flugzeug.

Cal versuchte, die nächste Frage höflicher zu formulieren. »Wie viele Einwohner hat eigentlich Berlin?«

Sanders schob eine CD ein, ohne den Blick von der Straße zu nehmen. Klassische indische Rhythmen erklangen. Oh nein, bloß keine Tabla. Cal versuchte die Erinnerung an seine Kindheit und

Jugend zu verdrängen, als er täglich bis zu zehn Stunden Tabla üben musste.

Dha Dhin Dhin Dha.

Sein Vater hatte ihm nie verziehen, dass er mit der Familientradition gebrochen hatte und jetzt Musik für Filme schrieb, in denen halbnackte Frauen herumtanzten. Er versuchte herauszuhören, wer da spielte. Zakir Hussein wahrscheinlich.

»Nicht ganz vier Millionen. Tendenz sinkend.«

Gerade mal so groß wie Pune. Cal sah aus dem Fenster. Von unten wirkten die Häuser noch mehr wie ein einziger großer Block aus sich wiederholenden Fassaden, nur ab und zu durch eine Querstraße unterbrochen. Davor liefen auf breiten Bürgersteigen vereinzelte Menschen herum. Wie sollte er sich hier nur zurechtfinden?

Sanders warf ihm einen kurzen Blick zu. »Ist schon ein großer Unterschied zu Indien, stimmt's? Aber lassen Sie sich nicht täuschen. Berlin ist eine internationale Stadt mit einem lebendigen kulturellen Leben.«

Er vermied eine direkte Antwort. »Sie kennen Indien?«

Sanders versuchte mit den Händen auf dem Lenkrad dem Rhythmus der Musik zu folgen. Cal musste den Blick abwenden und sah wieder aus dem Fenster.

»Ich liebe Indien.« Während Häuser und Straßen an Cals übermüdeten Augen vorbeisausten, erzählte Sanders, wie er als junger Filmstudent in einem Ashram in Pune gelandet war. Später hatte er dann eine Produktionsfirma für Dokumentarfilme gegründet und war, sooft es ging, zurückgekehrt, um Land und Leute zu dokumentieren.

»Aber mein Traum blieb immer die Musik. Als ich vor zehn Jahren ein bisschen Glück an der Börse hatte, machte ich mich auf die Suche nach einem geeigneten Veranstaltungsort. Es gab hier massenhaft leerstehende alte Ostbetriebe, die man für wenig Geld kaufen konnte.«

»Ostbetriebe?« Cal vermutete, dass dieser Begriff etwas mit der deutschen Teilung zu tun hatte, konnte sich aber nichts darunter vorstellen.

»Alte Fabriken und Betriebe aus der Zeit, als es noch das sozialistische Deutschland gab. Für den Kapitalismus waren sie zu unrentabel. Also wurden sie geschlossen.«

»Und die Arbeiter?« Cal war immerhin in einem kommunistischen Bundesstaat groß geworden.

»Na, die haben ihre Reisefreiheit und die bunte kapitalistische Warenwelt mit dem Verlust ihrer Arbeitsplätze bezahlt. Einige bereuen es schon, aber jetzt ist es zu spät.« Es war schwer für Cal, den Mann einzuschätzen. Auf der einen Seite war er selbst Unternehmer, spekulierte an der Börse und fuhr diesen teuren Schlitten. Auf der anderen benutzte er Worte wie »kapitalistisch« so, als wäre er überzeugter Marxist. »Die Zeiten haben sich eben geändert. Es gibt keine Alternative mehr, und jeder muss sehen, wo er bleibt. Ich habe mir jedenfalls meinen Traum erfüllt.«

Sie fuhren jetzt über eine Brücke. Der Nebel war verschwunden, und Cal konnte rechts den Turm mit der Kugel sehen, die im Sonnenlicht funkelte. Sanders berührte ihn am Arm und deutete nach links, wo direkt am Ufer mehrere rote Backsteingebäude aufragten. Davor lag ein flaches Schiff. Auf dem Schiff war ein Swimmingpool, um den herum junge Menschen in Badekleidung lagen und saßen. Manche waren nackt. Cal wollte das nicht sehen. Er liebte das letzte Geheimnis des menschlichen Körpers, betont durch die Kleidung, mit der man ihn umgab. Also guckte er wieder zu Sanders.

»Und dieser ganze Komplex hier sind die Spree-Speicher.«

Er sagte noch etwas, aber es drang nicht mehr bis in Cals Bewusstsein. Vor einem Café an der Straßenecke, in die sie gerade einbogen, saß ein Mann, dem seine blonden Haare in die Stirn fielen. Er hatte den Kopf über eine Zeitung gebeugt, hob ihn aber, als der Kellner eine Tasse vor ihm auf den Tisch stellte. Cals Herz schlug bis zum Hals.

Für einen Moment hatte er gedacht –

Aber hier gab es überall blonde junge Männer. Und jeder einzelne würde ihn an den einen erinnern, den er zurückgelassen hatte.

24 Memsahib

Mattie sah voller Neid aus dem Küchenfenster ihres Apartments auf das Badeschiff. Wie gern wäre sie gleich am frühen Morgen, als es noch nicht so voll war, ins Wasser gesprungen. Stattdessen war sie mit Mascha und Emma eine halbe Stunde lang durch den Park geschlurft, der gleich auf der anderen Seite der Straße lag. Leute mit jüngeren Hunden und ohne Mutter joggten locker an ihr vorbei. Am Landwehrkanal hatte Emma sich auf eine Bank gesetzt, weil sie rauchen wollte. So waren sie in völligem Stillstand geendet, während Mascha sorgfältig die vielen Spuren der anderen Hunde studierte wie eine dicke Zeitung.

Zurück im Apartment fütterte Mattie die beiden ab und ging ins Büro rüber, wo Achim Sanders ihr gestern einen kleinen Ecktisch mit Computer und Telefon zugewiesen hatte.

Zwei Stunden später kamen nach und nach die anderen Mitarbeiter der Spree-Speicher, alle jung und manche noch mit nassen Haaren vom Schwimmen. Sie ignorierten sie zwar nicht, aber viel mehr als ein »Hallo« und ein paar hingeworfene Namen bekam sie nicht zu hören, bevor einer nach dem anderen hinter seinem Rechner verschwand.

Und jetzt stand sie schon wieder am Herd, um Emma schnell ein paar Nudeln zu kochen. Nebenbei versuchte sie Hinnarcks gekritzelte Anweisungen auf den verschiedenen Tablettenpackungen zu entziffern. Auf dem Küchentisch stand ein kleiner Turm aus stapelbaren grauen Plastikschälchen, in die sie die Tabletten unterteilt nach Wochentagen und einzelnen Tageszeiten einsortieren musste. Währenddessen kochte hinter ihr das Wasser über. Sie drehte schnell die Gasflamme runter und nahm die Nudeln aus der Packung.

Das war erst der Anfang, sie würde Emma nicht jeden Tag Nudeln vorsetzen können. Andererseits würde ihr das vielleicht nicht mal auffallen.

Sie ging ins kombinierte Wohn- und Esszimmer. Ihr eigenes Bettzeug lag auf der noch aufgeklappten Couch. Im Schlafzimmer hatte sie Emma einquartiert und deren ungebrauchte Kleidung in den großen Schrank gehängt.

Emma saß im Morgenmantel mit ihrem Buch am offenen Fenster, wie üblich ohne darin zu lesen. Sie wirkte deplatziert, wie ein altes schäbiges Möbelstück umgeben von neuem Ikea-Schick. Hinter dem Badeschiff fuhr gerade ein Lastkahn vorbei, dessen Besatzung sich an der Reling versammelt hatte, um die jungen Leiber zu bestaunen. Sie riefen den Badenden etwas zu. Gelächter scholl herauf.

Erst als Mattie direkt vor ihr stand, hob Emma den Kopf und sah sie an. Ihre Wangen hatten rote Flecken. Das war nicht unbedingt ein gutes Zeichen. In ihren Augen flackerte Angst.

»So viele fremde Leute. Und sie sind so laut!«

»Ich dachte, du freust dich über ein bisschen frische Luft.« Mattie schloss das Fenster. Sofort wurde es still. Unerträglich still.

»Wo ist mein Radio? Das Radio muss an sein.«

Mattie erschrak. Das alte Kofferradio hatte sie natürlich nicht eingepackt. Schnell öffnete sie den Schrank, auf dem ein großer Fernseher stand. Sie fand nur einen kombinierten VHS- und DVD-Player. Suchend sah sie sich im Zimmer um. Irgendwo musste doch eine Anlage sein, schließlich wurden hier normalerweise Musiker untergebracht.

Schließlich fand sie eine noch verpackte Mini-Anlage in einem Karton unter dem Sofa. Sie nahm das Gerät aus der Plastikfolie und stellte es direkt vor Emma auf den Esstisch. Die Schnur reichte nicht bis zur Steckdose, also noch mal umbauen, aber so, dass Emma noch drankam. Endlich leuchtete das blaue Display auf. Kurze Zeit später erfüllte laute Musik das Zimmer. Zwar keine Schlager, aber Mattie zweifelte nicht, dass es auch in Berlin einen Sender gab, der deutsche Oldies spielte.

Emma entspannte sich ein bisschen. »Schöne Musik«, sagte sie.

Mattie ging schnell in die Küche und holte die Nudeln aus dem Topf. Sie waren ein bisschen zu weich, daran konnte sie nichts mehr ändern. Die Soße goss sie direkt aus dem Glas auf zwei gefüllte Teller, dann balancierte sie alles nach drüben. Den Plastikbehälter mit den Tabletten stellte sie zwischen sich und Emma, damit sie ihn auf keinen Fall vergaß.

Emma griff sich eine Gabel und einen Löffel und begann gierig zu essen. Aber schon nach dem ersten Bissen legte sie das Besteck wieder hin. An ihrem Kinn lief ein Tropfen Tomatensoße hinunter.

»Hinnarck kocht immer Miracoli.«

Mattie starrte auf ihren eigenen Teller. »Emma, das haben wir doch gestern im Supermarkt besprochen. Miracoli war alle.«

»Bei Hinnarck nicht.« Aber sie griff wieder nach dem Besteck, wenn auch mit zitternden Händen.

Das Musikstück war zu Ende. Ein Sprecher kündigte ein Telefonspiel an, bei dem es Konzertkarten zu gewinnen gab.

Entsetzt ließ Emma die Gabel in ihre Nudeln fallen. Tränen schossen ihr in die Augen. »Das sind sie nicht«, stammelte sie, »das sind nicht meine Freunde von NDR 2. Sie beschützen mich. Ich will nach Hause!« Laute Schluchzer schüttelten sie am ganzen Körper.

In diesem Moment klingelte es an der Tür.

Mascha wachte auf und fing an zu bellen.

Mattie erhob sich langsam von ihrem Stuhl. Wenn das jetzt ihr neuer Boss war, konnte sie gleich wieder einpacken.

Es klingelte noch mal.

Vorsichtig öffnete sie die Tür. Draußen stand ein Mann in Jeans und schwarzer Kurta. Sein schwarzes Haar war kurzgeschnitten und betonte das Gesicht mit den hohen Wangenknochen. Um den Hals trug er eine silberne Kette, die sich leuchtend von der dunklen Haut abhob.

Er trat auf sie zu und sagte etwas, das sie nicht verstand bei dem Lärm, den Mascha, Emma und das Radio im Zimmer hinter ihr veranstalteten. Schnell zog sie die Tür hinter sich zu.

»Memsahib, erkennen Sie Ihren alten Diener aus den Kolonien nicht wieder? So viele Jahre habe ich Ihnen treu zur Seite gestanden.«

Mit diesem Sarkasmus hatte er sie zur Weißglut getrieben. »Cal!« Ohne nachzudenken, stürzte sie in seine Arme. Beinahe hätten sie das Gleichgewicht verloren, aber er hielt sie fest an sich gedrückt.

»Du hast mir gefehlt.« Diesmal ohne Sarkasmus, ganz leise an ihrem Ohr. Sie fühlte, wie die Tränen ihr über das Gesicht liefen, und wollte nicht, dass er es sah. Also ließ sie ihren Kopf, wo er war. Aber er machte sich vorsichtig los und sah sie an. »Mattie, was ist los mit dir?«

»Ach, nichts.« Sie wischte sich die Tränen ab. »Bist du hier mit dem großen indischen Regisseur, dem ich meinen Job zu verdanken habe?«

»Ich bin der große indische Regisseur.« Gott sei Dank, das war wieder der Cal, den sie kannte.

»Du willst immer noch hoch hinaus.« Der Erfolg stand ihm gut. Erfolg und – »Wo ist Nick?« Sie versuchte an ihm vorbei ins Treppenhaus zu sehen, aber da war niemand.

»Im Moment möchte ich weniger hoch hinaus, als zu dir hinein. Oder sollen hier alle mithören, was wir uns zu erzählen haben?«

»Natürlich nicht.« Sie griff nach der Türklinke, aber er spürte ihr Zögern.

»Oder passt es gerade nicht?«

»Doch, doch, schon. Aber ich habe da drin meine Mutter und meinen Hund. Und meine Mutter ist etwas – merkwürdig.«

Er legte seine Hand auf ihre Schulter. »Nick hat mir davon erzählt. Mach dir keine Sorgen. Höchstens wegen dem Hund.« Er ließ ihr den Vortritt und folgte ihr hinein.

Mascha kam schwanzwedelnd unter dem Tisch hervor und lief auf sie zu.

»Lass ihm etwas Zeit, sich an dich zu gewöhnen, alte Hundenase«, sagte sie auf Deutsch und hielt sie am Halsband fest. Cal war kurz hinter der Tür stehen geblieben. Sie winkte ihn an den Tisch zu ihrer Mutter.

Während er langsam auf sie zukam, ging in Emmas Gesicht eine wundersame Verwandlung vor. Ihre Mundwinkel bogen sich zögernd nach oben. Die Augen schienen aus den tiefen Höhlen an die Oberfläche zu kommen. Ihre Gesichtsfarbe veränderte sich von Grau in ein zartes Rosa.

»Emma, was hast du? Das hier ist mein Freund Cal aus Bombay.«

Cal blieb vor Emma stehen, beugte sich nach unten und berührte kurz ihre Füße. Dann legte er beide Hände vor der Brust zusammen. Er fuhr das volle Programm ab. Emma beamte.

»Anand! Wir haben uns lange nicht gesehen!« Ihre Hand strich zitternd über seine Wange, und er ließ es geschehen. Mattie sagte nichts. Cal wusste genug von ihrem indischen Vater, um zu kapieren, was hier vor sich ging.

Nach einer Weile nahm sie Emmas Hand in ihre und schob Cal auf einen Stuhl. »Emma. Dies ist nicht dein Freund, sondern meiner. Und er heißt auch nicht Anand, sondern Cal. Cal, Emma!«

Aber Emma lehnte sich zur Seite, um an ihr vorbei Cal mit einem koketten Lächeln anzustarren.

»Du legst dich jetzt ins Bett, nimmst deine Tablette und schläfst, wie jeden Mittag.« Mattie öffnete mit der rechten Hand das Plastikkästchen mit der Aufschrift ›Dienstagmittag‹ und hielt mit der linken weiter Emmas Hand fest. Dann zog sie sie vorsichtig, aber bestimmt von ihrem Stuhl hoch und brachte sie ins Schlafzimmer. Ohne zu widersprechen, ließ sie sich ausziehen und trank einen Schluck Wasser, um ihre Tablette runterzuspülen. Mattie deckte sie zu.

»Anand ist da. Jetzt ist es schön hier«, hörte sie Emma hinter sich murmeln, als sie das Zimmer wieder verließ und leise die Tür schloss.

Sie setzte in der Küche Wasser auf und ging dann zu Cal, der am Fenster stand. Er sah nicht nach unten auf das Badeschiff, sondern auf die Brücke und den Fernsehturm dahinter.

»Also, wo ist Nick?« Sie hatte lauter gesprochen als beabsichtigt.

Er zuckte zusammen, drehte sich aber nicht um. »Nick ist nicht mitgekommen.«

Mattie fühlte ihr altes Misstrauen gegen Cal wieder aufsteigen. »Du kommst nach Deutschland und lässt Nick allein in Bombay? Ist dir deine Karriere so wichtig, dass du sogar hier Angst davor hast, jemand könnte etwas über euch herausfinden?«

Cals Schultern zuckten.

»Ich mache keine Witze, Cal!« Sie war jetzt richtig wütend. »Und dreh dich verdammt noch mal um, wenn ich mit dir rede!«

Plötzlich hob er die Hand und schlug damit so fest gegen die Verstrebung des Kassettenfensters, dass die Scheiben klirrten. Augenblicklich fing seine Hand an zu bluten, wo ein Holzsplitter sich tief in die Haut gebohrt hatte. Es tropfte auf den Tisch. Aber er schien es gar nicht zu merken.

Mattie trat vor, packte Cal an den Schultern und drehte ihn mit Gewalt zu sich herum. Tränen liefen über sein Gesicht.

»Ich habe ihn angefleht mitzukommen. Aber er wollte nicht. Wir haben uns schrecklich gestritten.« Er ließ sich auf den Stuhl fallen, auf dem eben noch Emma gesessen hatte. Mascha erhob sich unter dem Tisch, kam zu ihm und leckte seine Hand, nicht die verletzte, aus der das Blut noch immer auf den Tisch tropfte.

Mattie rannte in die Küche, goss das heiße Wasser in eine Kanne, schmiss zwei Teebeutel hinein und griff auf dem Weg zurück nach der Küchenrolle. Sie stellte die Kanne ab und riss zwei Stücke von der Rolle. Eins reichte sie Cal, das andere legte sie auf den Tisch. Schweigend sahen sie beide zu, wie das Blut von unten durch den weißen Zellstoff sickerte.

»Ihr habt es also vermasselt«, sagte Mattie.

Freu dich doch, fügte ihre innere Stimme hinzu.

Aber die Freude wollte sich nicht einstellen.

25 Konzepte

Jasmin nahm Maß und sauste bei Rot über die Ampel. Hinter sich hörte sie das Hupen der entnervten Autofahrer. Auf ihrem Mountainbike, mit Sonnenbrille, Jeans und Flipflops war sie hoffentlich nur ein weiteres unidentifizierbares Ärgernis an einem gewöhnlichen Mittwochmorgen in der Friedrichstraße. Solche Aktionen konnten einem eine Menge Ärger einbringen, wenn man kurz vor dem Juraexamen stand. Aber nach dem Training am frühen Morgen war sie immer voller Energie, die sie unbedingt loswerden musste, bevor sie stundenlang in Hörsälen herumsaß oder zu Frederikes unauffälligem Schatten wurde.

Heute war ein Tag zum Geldverdienen. Sie hatte sich mit Kamal darauf geeinigt, dass er die Hälfte dessen, was sie zum Leben brauchte, direkt überwies. Die andere Hälfte kam von seiner Security-Agentur, bei der sie stundenweise abrechnete. Nur mit Frederike war es in letzter Zeit so, dass sie bei ihrem Job mehr lernte als bei jedem Praktikum, das ihr die Uni vermitteln konnte. Also verdiente sie einen Haufen Geld, das sie zur Seite legte. Für Genf, für ein neues Motorrad, für die Zukunft ihrer noch ungeborenen Kinder.

Jasmin war sicher, dass sie spätestens in zehn Jahren eine richtige Familie haben würde. Ein Jahr Genf, dann alle zwei Jahre ein anderes Land im Auswärtigen Dienst, und wenn sie dazu keine Lust mehr hatte, ein Haus am Meer. Den passenden Mann dazu würde sie unterwegs schon finden.

Sie machte einen schnellen Haken um eine Gruppe Touristen, die gerade die Französische Straße überquerten. Jemand schrie auf, dabei konnte sie nun wirklich abschätzen, wann es zu eng wurde. Im Turnier kam es auf Millimeter an, ob der Punkt gegeben wurde. Landete die Faust zwei Zentimeter vor ihrer Gegnerin, hieß es, die Absicht sei nicht klar zu erkennen, schlug sie durch – na ja, dann gab es natürlich auch keinen Punkt, sondern blaue Flecken.

Sie schloss ihr Rad neben dem Auswärtigen Amt mit einer dicken Kette an einen der Fahrradständer und rannte über den Vorplatz. Jemand kam gerade heraus, und sie flutschte durch die zufallende Glastür, bevor sie an der Sicherheitsschleuse zum Stehen kam.

»Hallo, Kollegin, wie immer in Eile.« Die beiden Jungs an der Schranke waren knallharte Profis, auch die Frau, die dabei sein musste, um notfalls eine Durchsuchung vorzunehmen. Nicht wie in anderen Berliner Gebäuden, wo abgehalfterte ABMler nach einem Monat Fortbildung ihre Bierbäuche in Uniform zwängten und sich wichtigmachten.

Sie schob ihre Sonnenbrille hoch, zog die Fahrradkuriertasche mit ihrem Laptop am Gurt über den Kopf und legte sie in die Plastikwanne. Das nun folgende Spiel mit ihrem Gürtel, der eine schwere Silberschnalle hatte, sorgte wie immer für große Freude bei den Männern. Sie hatte die Taktik, ihn mit einer Hand elegant aus der Hose zu ziehen, mit der Zeit perfektioniert und zu einer kurzen Performance ausgebaut.

Durch die Halle, in den Fahrstuhl, sechster Stock, raus auf den Flur und in das Zimmer, das dem weiblichen Sicherheitspersonal als Umkleide zur Verfügung stand, komplett mit Schminkspiegel und Kleenexbox. Sie warf ihre Jeans und das Tank-Top ins Fach und legte mit stillem Bedauern ihre Sonnenbrille obendrauf. Zwei Minuten später stand sie im Anzug vor dem Spiegel und zog sich die Lippen nach. Makeup brauchte sie nicht.

Jasmin betrat lautlos das Büro von Frederike. Einer der Berliner Kollegen saß in der Sitzecke für Besucher und blätterte in einer Zeitschrift. Als er sie sah, stand er auf, nickte ihr zu und verließ den Raum. Frederike residierte staatssekretärinnenmäßig hinter dem Schreibtisch und war gerade dabei, eine Referentin fertigzumachen, die mit einer Mappe neben ihr stand. Jasmin setzte sich ganz in die Ecke auf das graue Sofa und machte ein unbeteiligtes Gesicht, damit es nicht auffiel, wenn sie zuhörte. Solange sie im Büro waren, konnte sie theoretisch auch ihr Laptop reinholen und lernen, aber dazu hatte sie heute keine Lust.

»Warum sehe ich diese Zahlen erst jetzt? Das ist ja eine Katastrophe!« Die Frau, sie hieß Lydia, machte den Mund auf, um zu widersprechen, sagte aber dann doch nichts. »Ich bezahle Sie, um mir Konzepte zu liefern, keine schlechten Nachrichten. Ich habe genug um die Ohren mit der Asienreise des Bundeskanzlers. Und jetzt lassen Sie mich bitte allein. Ich muss nachdenken.«

Lydia legte die Mappe auf den Tisch und ging wortlos durch die Verbindungstür in ihr eigenes Büro.

Als die Tür sich hinter ihr schloss, sah Frederike zu Jasmin herüber und nickte. »Hallo, Jasmin, hier tobt das Chaos. Ich muss noch die Liste der Gesprächspartner in China, Indien und Pakistan durchgehen. Wenn der Bundeskanzler nicht mit ein paar konkreten Ergebnissen zurückkommt, können wir bei der Wahl einpacken.«

»Ist es so schlimm? Kann ich was helfen?« Jasmin hatte schon ein paarmal Sachen für Frederike recherchiert, während sie sowieso hier im Büro saß.

»Das Schlimmste sind die Umfrageergebnisse für Schleswig-Holstein. Wir haben die niedrigsten Prognosen seit 1963. Ich brauche ein Konzept, um die Menschen zu überzeugen, dass es sich noch lohnt, in den Tourismus zu investieren. Und das mit halbleeren Hotels.«

Jasmin wusste nicht, ob Frederike mit ihr sprach oder mit sich selbst. Wenn sie jedoch keinen Wert auf eine Antwort legte, würde sie ihr das schon sagen. »Und wie willst du Leute dazu bringen, ausgerechnet in Schleswig-Holstein Urlaub zu machen? Ich meine, es ist wunderschön und alles, aber sind die da oben wirklich bereit für etwas Neues? Die wissen ja nicht mal, was gerade in Asien abläuft mit sieben Prozent Wirtschaftswachstum und so. Die warten doch nur, dass jemand kommt und ihnen sagt, was sie machen sollen.« Jasmin sprach selten so viel, wenn sie im Dienst war.

Frederike starrte sie irritiert an. Jasmin hielt dem Blick stand und zwang sich, ruhig zu atmen. Und wenn schon, dann würde sie eben einen Anschiss kassieren. Doch Frederike griff nach ihrer Maus und zog den Flatscreen zu sich herüber. Jasmin hörte, wie sie kurz etwas eintippte. Dann war es still.

Nach fünf Minuten fing der Laserdrucker an zu surren. Frederike stand auf, wartete, bis die Seite gedruckt war, und kam damit zu ihr in die Sitzecke. Sie setzte sich ihr gegenüber und schob ihre Lesebrille hoch auf den Kopf. »Jasmin, guckst du Bollywood-Filme?«

War das eine rhetorische Frage? Wohl eher nicht. »Klar, ich hab schon mal – ich meine, hat doch jeder!«

Frederike schob ihr das Papier rüber. Der Ausdruck stammte von den Spree-Speichern, wo sie manchmal hinging, um zu schwimmen oder sich mit Freunden einen Live-Act anzugucken. Sie las den Artikel ganz durch. Es ging um eine Bollywood-Show, die im Juli stattfinden sollte. Ganz Europa im Bollywood-Fieber. Dann kam die Sache mit der Schweiz, von der sie schon mal gehört hatte. Indische Touristen folgten ihren Filmhelden ins Traumland der Song-and-Dance-Szenen.

»Cool! Willst du hingehen?«, fragte sie.

Aber Frederike hörte ihr gar nicht zu. »Johannes hat mir den Link gegeben, weil Madita Junghans dort arbeitet. Ich wollte noch mal wegen des Schadensersatzes mit ihr sprechen. Ich habe das gelesen.« Sie drückte mit der Hand auf ihre Nasenwurzel. Konzentrationsschwäche, konstatierte Jasmin. »Und bei dem, was du eben gesagt hast, fiel es mir wieder ein.« Sie stand auf und ging zu einem der großen gerahmten Fotos, die seit längerem an der Wand über der Sitzecke hingen. Stilisierte Makro-Aufnahmen, auf denen Getreide und wildwachsende Pflanzen sich vom Wind geformt in strenge geometrische Muster legten. »Du hast recht, Jasmin. Schleswig-Holstein ist wunderschön. Schau dir die Farben an: gelber Raps, grüner Weizen, roter Mohn. Was hat die Schweiz, was wir nicht haben?« Sie drehte sich um und sprach wieder zu ihr, aber mit der ausladenden Gestik, die sie sonst nur für ihre öffentlichen Auftritte aus der Schublade holte. »Bisher haben wir immer auf den innerdeutschen Tourismus gesetzt. Und höchstens auf europäischer Ebene für die Zukunft geplant. Vielleicht müssen wir größer denken. Unsere eingefahrenen Perspektiven umdrehen. Die Blickrichtung ändern!« Sie nahm die Brille in die Hand und deutete auf Jasmin. »Wie viele Einwohner haben China und Indien zusammen?«

»Keine Ahnung«, Jasmin versuchte sich zu erinnern. »Zwei Milliarden?«

»Also gut, rechnen wir mal mit dem Worst Case. Von zwei Milliarden kann sich in absehbarer Zeit vielleicht ein Drittel leisten zu reisen. Das sind über fünfhundert Millionen. Davon können wir wiederum zwei Drittel abziehen, die entweder gar nicht oder woandershin reisen. Dann bleiben noch hundertfünzig Millionen übrig. Doppelt so viel wie die gesamte Bevölkerung der Bundesrepublik.«

»Und das Wetter?« Jasmin wollte ihr die Idee nicht kaputtmachen, aber der Einwand lag auf der Hand.

»Meinst du, in der Schweiz regnet es nie? Wenn sie erst mal da sind, müssen wir uns natürlich was einfallen lassen. Wir müssen das Personal schulen, das Essen darauf abstimmen, spezifische Unterhaltungsprogramme entwickeln, Touren anbieten. Schlösser, Pferde, Imkereien, Ökobauern. Das schafft völlig neue Arbeitsplätze!«

Jasmin lächelte. Frederike hatte echt Talent. Ihre Augen blitzten, und sie sah beinahe aus wie auf den retuschierten Werbeplakaten. Eine Frau, der man glauben wollte. »Schon gut, du hast mich überzeugt. Und wie willst du die herlocken?«

Frederike ging wieder zu ihrem Schreibtisch und drehte den

Bildschirm so, dass Jasmin ihn sehen konnte. »Genau wie die Schweizer. Nur dass wir natürlich etwas nachhelfen müssen. Ich werde einen Film produzieren lassen. Und alles, was ich dafür brauche, habe ich hier, direkt vor der Tür.«

Sie tippte auf die Website der Spree-Speicher.

26 Zufall

Anand Kumar lehnte sich behaglich zurück. Das Essen im *Grand Maratha* war wirklich so gut wie sein Ruf. Er kannte Leute in London, die extra für ein Wochenende nach Bombay flogen, um hier zu essen. Anand selbst kam in der Regel zweimal im Jahr in seine Heimatstadt, zu Diwali[9] und zum Geburtstag seiner Mutter im Februar. Und dann blieb er jedes Mal für einen ganzen Monat oder länger. In der Beziehung war er hoffnungslos altmodisch. Dass er dieses Mal eine Ausnahme machte und freiwillig den Londoner Frühling verpasste, hatte einen ganz besonderen Grund.

Die Familie hatte ein Separée für sich allein, das durch eine offene Schiebetür mit dem Rest des Restaurants verbunden war. Er saß seitlich zum Kopfende des Tisches, an dem sein Cousin Krishna thronte. Schließlich war er es, der sie alle eingeladen hatte, mit ihm zu feiern. Den Rest der Tafel füllten vier Generationen ihrer Familie, unter ihnen Anands Mutter, seine Frau und seine Tochter mit ihrem Mann und seiner Enkeltochter, der neuen hellen Sonne am Himmel seines Lebens.

Wenn sie in Bombay waren, lebten sie alle unter einem Dach in dem Bungalow, den seine Mutter und ihre Schwester nach wie vor mit eiserner Hand regierten. Anand und seine Frau hatten oft darüber gesprochen, wie es weitergehen sollte, wenn eine der beiden ernsthaft krank würde. Aber jetzt hatte sein älterer Cousin das Versprechen wahrgemacht, nach Bombay zurückzukehren. Wie Anand war er Arzt und blickte auf eine erfolgreiche Karriere im Krankenhaus von New Jersey zurück. Dreißig Jahre lang hatte er in die Pensionskasse eingezahlt, und nun konnte er tun und lassen, was er wollte.

»Und, Krishna, was willst du anfangen mit deiner vielen Freizeit? Golf spielen? Ich habe gehört, das Green im *Willington Club* soll immer noch das Beste in Bombay sein.«

Krishna lachte. »So alt bin ich nun auch wieder nicht. Das hätte ich auch in den USA machen können. Du weißt schon, Palm Springs, mit lauter anderen Rentnern.« Man sah Krishna an, dass er täglich Yoga praktizierte. Seine Augen waren wach und klar und seine Haltung aufrecht. »Nein, ich möchte meiner Heimat ein Stück von dem zurückgeben, was sie mir gegeben hat, all die Jahre hindurch. Man hat mir eine ehrenamtliche Professur am Grant Medical College in Bombay angeboten.« Krishna sprach jetzt leiser, so dass die Frauen sie nicht hören konnten. »Und was ist mit dir, Anand? Denkst du auch manchmal darüber nach? Indien braucht Leute wie dich!«

Natürlich hatte er schon darüber nachgedacht. Aber er schob die Antwort immer wieder auf. Im Moment wollte er einfach in der Nähe seiner Enkelin sein, und die war nun mal in London. »Und was wirst du den Studenten raten?«, fragte er Krishna, statt auf dessen Frage einzugehen. »Sollen sie in Indien bleiben oder weggehen so wie du und ich damals?« Warum sie als junge Ärzte ins Ausland gegangen waren, sagte er nicht. Sie wussten es beide.

Krishna sah ihn nachdenklich an. »Es hat sich vieles verändert, bhaiya. Es gibt heute Möglichkeiten hier, die wir damals einfach nicht hatten. Denk ans *Lilavati Hospital* und die anderen großen Privatkliniken. Die Leute kommen jetzt schon aus der ganzen Welt nach Indien, um sich operieren zu lassen. Und wenn noch ein paar mehr von unserer Generation zurückkehren, können wir eine medizinische Ausbildung anbieten, die dem modernsten Standard entspricht.« Er blickte durch die offene Tür in das Restaurant. Es war gut besucht, von Familien wie ihrer und gleichaltrigen Cliquen von Freunden oder Geschäftspartnern. »Aber es ist nicht nur das. Damals in den 70ern war für uns doch der Westen das Allergrößte, stimmt's?«

Anand nickte. Er selbst hatte sich freiwillig als Schiffsarzt zur Marine gemeldet, nur um die Orte mit eigenen Augen zu sehen, von denen er gelesen und gehört hatte. New York, London,

Hamburg. Hamburg – Madita – die Manifestation seiner Begeisterung für den Westen.

Doch Krishna redete bereits weiter: »… heutzutage ein ganz anderes Selbstbewusstsein. Glaubst du, irgendjemand in diesem Raum hier schämt sich, Inder zu sein? Sie sind konkurrenzfähig, können mit dem Westen mithalten, als Unternehmer, als Wissenschaftler, als Filmproduzenten. Und das Beste ist: Sie wissen es.«

»Du solltest in die Politik gehen«, sagte Anand. Sie wussten ebenfalls beide, auf welche Partei sich diese Bemerkung bezog. Man sagte, die NRIs[10] seien bessere Patrioten als die Inder in Indien, und was ihn und Krishna anging, stimmte das.

»Auch das hat man mir angeboten. Ich denke darüber nach.« Krishna wies auf einen Tisch, den sie beide im Blick hatten. »Nimm zum Beispiel die drei Männer da drüben. Vielleicht sind sie Geschäftspartner, vielleicht sind sie Freunde. Zwei Inder und ein Europäer. Achte auf ihre Körpersprache. Denkst du, die beiden haben Minderwertigkeitskomplexe? Für mich wirkt es eher andersherum. Der Blonde ist verkrampft und trinkt seinen Whisky viel zu hastig. Die anderen beiden sind locker, haben ihren Spaß. Sie genießen den Erfolg.«

Anand konnte den Europäer nur von hinten sehen. Aber die Inder kamen ihm bekannt vor. »Sag mal, sind das nicht Jayant Chatterjee und Vivek Sen? In London sagt man, sie seien, du weißt schon. Sie haben sogar zusammen ein Haus gekauft. Direkt am Regents Park.«

Krishna lachte. »Wir beide haben auch zusammen das Haus gekauft, in dem unsere Mütter jetzt leben. Nein, bhaiya, guck sie dir doch an: Das sind gesunde, erfolgreiche junge Männer. Die haben so was doch gar nicht nötig.«

Anand wusste nicht, wie es in New Jersey aussah, aber in London gab es einen Haufen gesunder, erfolgreicher junger Männer, die ihr Leben wegschmissen, um sich auf kranke Art und Weise zu vergnügen. Seine größte Angst war, dass sein Sohn Prakash auch einmal so enden könnte. Er war jetzt schon einundzwanzig und hatte nur sein Mathematikstudium im Kopf. Mädchen schienen ihn nicht zu interessieren. Prakash war der eigentliche Grund, warum er mit seiner Frau und seiner Tochter nach Bombay gekommen war. Sie hatten vorsichtig Erkundigungen eingezogen, hier und da bei Besuchen fallen lassen, dass sein Sohn ein aufstrebender junger Wissenschaftler war. Anand würde nichts dem Zufall überlassen.

Aber er wollte dieses Thema lieber nicht mit Krishna vertiefen.

Er entschuldigte sich und ging durch die prächtige Halle hindurch in den Gang, der zu den Toiletten führte. Nachdem er sich erleichtert hatte, zog er ein Röhrchen mit Kopfschmerztabletten aus der Tasche seines Jacketts und nahm sich einen Becher mit gefiltertem Wasser, um die Tablette hinunterzuspülen. Die Hitze machte ihm zu schaffen. Wenn es sich vermeiden ließ, fuhr er um diese Jahreszeit, wenn der Monsun bevorstand, nicht mehr nach Bombay. Er schloss die Augen und massierte seine Schläfen. Hörte, wie jemand hereinkam, machte die Augen wieder auf. Anand wollte höflich grüßen, aber die Worte blieben ihm im Halse stecken.

Der Europäer, der mit den beiden Indern an einem Tisch gesessen hatte, war der Freund seiner unehelichen Tochter Madita. Anand wollte sich abwenden und hinter ihm schnell aus der Tür schlüpfen, aber es war zu spät. Nick – hieß er Nick? – hatte ihn ebenfalls erkannt und blieb mit einem breiten Lächeln direkt vor ihm stehen, so dass er den Ausgang versperrte.

»Na, so ein Zufall. Bombay ist ein Dorf, wenn man sich in den richtigen Kreisen bewegt.«

Anand ergriff die ausgestreckte Hand und schüttelte sie kurz.

»Wie heißt es so schön? Man trifft sich immer zweimal im Leben.« Nick schien zu viel getrunken zu haben. Er schwankte leicht und hielt sich am Waschbecken fest, ließ ihn aber keine Sekunde aus den Augen.

»Wie geht es Ihnen? Und wie geht es – ist sie auch hier in Bombay?« Anand sah sich um. Außer ihnen beiden war niemand im Raum.

»Haben Sie etwa den Namen Ihrer Tochter vergessen?« Nick löste sich vom Waschbecken und kam auf ihn zu.

Anand hatte keinen Platz, um zurückzuweichen. Sein Kopf dröhnte, und er konnte den Whisky im Atem des anderen riechen.

»Sie Heuchler. Wie ich euch hasse, ihr indischen Heuchler. Ihr habt kein Gramm Mumm in den Knochen. Und nein, Madita ist nicht hier. Sie hat vorerst genug von Indien, fürchte ich. Und das ist allein Ihre Schuld.«

Anand fühlte sich, als hätte Nick ihm eine Ohrfeige versetzt. Damals, vor einem Jahr in Hamburg, hatte er fest vorgehabt, Madita zu kontaktieren und sich für sein Verhalten am Hafen zu entschuldigen. Aber es war immer etwas dazwischengekommen. Die Hochzeit seiner Tochter, dann die Geburt seiner Enkelin.

»Sie haben ja keine Ahnung –«, fing er an, aber der andere ließ ihn nicht ausreden. Was sollte das? Warum ließ er die Sache nicht auf sich beruhen?

»Ich habe keine Ahnung? Oh doch, ich weiß jetzt Bescheid. Ganz Indien ist ein einziger verlogener Scheißhaufen. Aber nicht mit mir.« Er lachte zynisch. Sein Blick wurde hart und klar. Er streckte seine rechte Hand aus und drückte den Zeigefinger in Anands Brust.

Anand fühlte, wie seine Atmung flach und hektisch wurde. Der Finger glitt an seiner Brust hinunter, dann in die Tasche seines Jacketts.

Plötzlich hielt Nick seine Brieftasche in der Hand. Er öffnete sie und inspizierte in aller Ruhe die Kreditkarten. »Golden Diners, American Express, Visa. Als Arzt verdienen Sie doch nicht schlecht, oder? Immer auf der sonnigen Seite des Lebens. Und Madita ist Ihre älteste Tochter. Meinen Sie nicht, die hätte auch mal ein bisschen Anrecht darauf? Scheinchen wie diese hier? Die bedeuten Ihnen doch gar nichts!« Er wedelte mit ein paar Fünfhundert-Rupien-Scheinen vor Anands Gesicht, dann ließ er sie fallen und griff wieder in die Lederbörse. »Nein, ich habe eine bessere Idee.« Er hielt eine der Visitenkarten in der Hand, die Anand hatte drucken lassen, um sie bei aussichtsreichen Kandidatinnen für seinen Sohn zu hinterlassen. Sie nannten sowohl seine Adresse in London als auch die hier in Bombay. »Ein Bungalow in Khar West. Da wohnt also die ganze glückliche Familie. Ihre Frau ist doch sicher auch dabei, oder?« Er nahm die Karte und steckte sie in die Tasche seiner Jeans. Die Geldbörse schob er zurück in Anands Tasche. Plötzlich lächelte er wieder, wie zu Beginn ihrer

Begegnung. »Freitagabend um zehn Uhr in dem kleinen Park an der Ecke Seven Bungalows in Andheri. Mit zweitausend amerikanischen Dollar. In bar. Sehen Sie es als Anzahlung auf Maditas Erbe.«

In diesem Moment öffnete sich die Tür, und Krishna steckte seinen Kopf in den Waschraum. »Anand, wo steckst du denn? Die Damen möchten nach Hause gefahren werden.«

Nick bückte sich, hob die Geldscheine auf und gab sie Anand. Dann wandte er sich an Krishna. »Sir, Ihrem Freund ist wohl das Essen auf den Magen geschlagen. Ich habe ihn hier gefunden und ihm wieder auf die Beine geholfen.« Ohne sich noch einmal umzudrehen, verließ er den Raum.

»Anand, geht es dir besser?« Krishna griff besorgt nach seiner Hand, um den Puls zu fühlen. Anand ließ es geschehen und betrachtete wie in Trance seinen Cousin, der sich über ihn beugte. Sie kannten einander, seit sie Kinder waren. Er fasste einen Entschluss.

»Krishna, ich brauche keinen Arzt. Ich brauche einen Freund. Einen Freund mit guten Kontakten.«

27 I tell you a story

»Aber, Cal, diese Musiker gehören zu den besten der Welt!« Achim Sanders hatte ihn in eine Ecke gezogen, wo das Orchester sie nicht hören konnte.

»Das glaube ich Ihnen ja.« Cal fühlte sich, als sagte er es bereits zum zehnten Mal. »Und die Streicher sind super, wirklich. Ganz toll. Aber der Schlagzeuger kann einfach nicht Tabla spielen. Hören Sie es nicht? Er kann den Rhythmus nicht halten.«

Sanders schüttelte den Kopf. »Diese Musiker sind die Nachwuchstalente der Berliner Philharmoniker. Die ziehen uns Publikum.«

»Okay.« Cal versuchte ruhig zu bleiben. »Dann müssen wir ihm eben unter die Arme greifen. Können Sie mir mal die Nummer der indischen Botschaft raussuchen lassen?«

Sanders nickte und rief quer durch den Raum nach seiner Assistentin.

»Ach ja, und noch was.« Cal guckte auf seinen Notizblock. »Der Chor. Ich brauche da andere Sängerinnen.«

»Das ist die Meisterklasse der Kunsthochschule.« Sanders klang beleidigt.

Cal zählte innerlich bis zehn. Langsam konnte er sich vorstellen, warum Mohan ihn auf diesen Job angesetzt hatte. Jeder drittklassige Regisseur aus Bollywood säße schon längst wieder im Flugzeug. Die waren es gewohnt, einmal mit den Fingern zu schnippen, und schon sprangen zweihundert Leute los, um zu besorgen, was gerade benötigt wurde. Menschen, Autos, Pferde, Elefanten. Diese Leute diskutierten nicht. »Sie sind ganz toll. Sie können Mozart singen und Brahms, Händel und Puccini. Jazz. Vielleicht sogar Pop. Aber sie singen Western Style. Wenn meine Solisten aus Bombay kommen, kann ich ihnen sagen, sie sollen ebenfalls Western Style singen. Aber das ist es nicht, was Sie haben wollen. Was Ihr Publikum will.« Das schien anzukommen. Eine Sprache, die überall auf der Welt verstanden wurde.

»Also, was brauchen Sie?«

Cal überlegte.

»Warum besorgen Sie ihm nicht türkische Sängerinnen?«

Cal drehte sich um. Hinter ihm war Mattie hereingekommen, ohne dass er es bemerkt hatte.

»Was bitte?« Sanders starrte sie wütend an.

Cal lächelte. Mattie hatte die Angewohnheit, Dinge mit schroffer Selbstverständlichkeit zu formulieren, auf die ihre Umwelt automatisch mit Abwehr reagierte. Ganz und gar undiplomatisch.

»Waren Sie mal in einem der türkischen Zigarettenläden hier um die Ecke?« Sie sprach schnell und gestikulierte dabei mit einer Packung Nudeln, die sie in der Hand hielt.

»Ich rauche nicht«, knurrte Sanders säuerlich.

»Auf dem Fernseher läuft den ganzen Tag Bollywood, türkisch untertitelt. Und dann gehen Sie mal auf die Bollywood-Foren im Internet. Da ist jeder zweite Blogger türkischer oder arabischer Herkunft. Die sind damit aufgewachsen.« Sie sagte es so, als müsse es jeder wissen. Und sie hatte recht.

Cal nahm ihr die Plastiktüte ab, die sie in der anderen Hand hielt. »Hallo, Mattie«, sagte er und stellte die Tüte auf den Boden. Sie umarmte ihn flüchtig, erwähnte aber mit keiner Silbe den gestrigen Nachmittag in ihrem Apartment. Er hatte ihr von Nicks Entschluss berichtet, Cal und der Welt ausgerechnet jetzt beweisen zu müssen, dass er allein in Bombay zurechtkam. Mattie dachte natürlich, es läge an den ewigen Absagen für seine Artikel. Cal hatte sie in dem Glauben gelassen. »Das könnte funktionieren. Können wir hier eine Art Casting machen?« Die Frage ging an Sanders, der immer noch Mattie ansah.

»Frau Junghans, wenn stimmt, was Sie sagen, dann bekommen wir damit vielleicht endlich mal die Jugend vom Kiez hier in die Spree-Speicher. Die sind ein langfristiges Potenzial, das muss man binden. Was meinst du, Astrid, lässt sich da was machen?«

Seine Assistentin zog einen Organizer raus und redete auf Deutsch mit Sanders. Cal verstand nur noch einzelne Worte wie »Radio«, »Internet« und »Mailinglist«.

»Was ist ein Kiez?«, fragte er Mattie.

Sie hatte ihre Tüte schon wieder in der Hand. »So was wie ein suburb, ein local village. Dies hier ist Kreuzberg. Wie Andheri. Und jetzt muss ich schnell für Emma kochen, bevor ich mich wieder an den Rechner setze.«

Cal sah die Anspannung auf ihrem Gesicht. Ihm fiel ein, dass er bei seinem Morgenspaziergang auf der anderen Straßenseite einen kleinen Asia-Shop gesehen hatte. »Ich kann auch mal für deine Mutter Lunch kochen«, sagte er.

Mattie, schon am Gehen, drehte sich um. Ein Lächeln wischte die Anspannung weg. »Ich bin sicher, Emma liebt indisches Essen«, sagte sie.

»Planungstreffen mit der gesamten Crew in einer halben Stunde!«, rief Sanders auf Englisch in den Raum. »Und Sie will ich auch dabeihaben!« Das ging an Mattie, die etwas auf Deutsch antwortete, das für Cal etwa so klang wie »Wenn Sie unbedingt wollen«. Mattie brauchte wirklich einen Manager, der sie in Karrierefragen beriet. Cal nahm sich vor, diesen Job zu übernehmen.

Die nächste halbe Stunde verbrachte er mit Astrid in ihrem

Büro, wo sie deutsche Zeitschriften durchblätterten, die sie ihm besorgt hatte. Cal wollte die Bühnenbilder von Mohans indischen Plakatmalern anfertigen lassen und suchte nach den richtigen Vorlagen.

Er fand ein Foto von dem Turm mit der Kugel im Sonnenuntergang. Eine Villa mit einem großen Garten, wo in einem Teich ein weißer Schwan schwamm. Ein ultramodernes Büro mit Leuten, die an Computern arbeiteten. Mercedes-Limousinen, die in einer vollautomatischen Roboterstraße montiert wurden. Das musste reichen. Er riss die Seiten heraus, und sein Blick glitt über die fette Textzeile unter dem Bild mit den Autos.

»DaimlerChrysler in Not. Absatzschwäche führt zu weiteren Massenentlassungen«, buchstabierte er lautlos. Diese Deutschen schafften es, endlose Worte zu bilden, die aus nichts als Konsonanten bestanden.

»Könnten Sie die bitte einscannen und an unser Büro in Bombay schicken«, bat er Astrid, die mit einem Headset an ihrem Rechner saß und wegen des Castings herumtelefonierte.

»Klar, wird gemacht, Boss«, sagte sie und streckte sich, so dass ihr T-Shirt über den Bauchnabel rutschte und ein Tattoo enthüllte, das sich aus der Jeans über ihren Beckenknochen rankte. Cal fühlte den Stich wie einen alten Freund, der in letzter Zeit ein bisschen zu häufig reinschaute.

»Tut das nicht weh?«, hatte er Nick gefragt und war langsam mit dem Finger über die dunklen Linien auf seiner rechten Schulter gefahren.

»Es tut einmal weh und dann nie mehr«, murmelte Nick ins Kissen.

Er hatte unrecht. Es tat nicht nur einmal weh, sondern immer und immer wieder. Am besten, er gewöhnte sich dran.

»Sonst noch was?« Astrids Stimme holte ihn zurück. Sie saß jetzt wieder ganz normal auf ihrem Stuhl und betrachtete abschätzend ihre Fingernägel.

Cal sah auf die Uhr an der Wand. »Nein, lassen Sie uns zur Besprechung gehen, alles Weitere können wir später bereden.«

Sie stand auf und ging vor ihm her in den Saal, wo sich bereits an die zwanzig Leute versammelt hatten. Mattie saß am Rand und telefonierte. Als er hereinkam, wechselte sie sofort ins Englische und winkte ihn zu sich.

»Ja, ich kenne ihn persönlich. Ja, er ist ziemlich beschäftigt im Moment. Aber worum …?« Sie zuckte die Schultern und verdrehte die Augen. »Wie Sie meinen. Ich glaube schon, dass das gehen wird. Also gut, morgen Abend um acht. Das kenne ich, ja.« Sie gab das Telefon einem der Leute aus dem Büro zurück. »Damit hätte ich nicht gerechnet«, sagte sie nachdenklich und sah ihn an. Cal wollte gerade fragen, worum es ging, als Achim Sanders das Wort ergriff. Die Gespräche im Saal verstummten.

»Die meisten von Ihnen kennen Cal ja bereits. Er wird für die nächsten Wochen Ihr Boss sein und Ihnen das Leben schwer machen, so wie er es bereits mit mir macht.«

Ein paar Leute lachten, aber die meisten guckten misstrauisch in seine Richtung. Cal fragte sich, ob diese Einleitung eine kleine Rache für Sanders' verletzte Eitelkeit war.

»… Mattie Junghans im Team begrüßen. Sie betreut die Filmreihe, wird aber auch in der kreativen Leitung der Show als Beraterin mitarbeiten.«

Cal, überrascht und erfreut, versuchte Matties Aufmerksamkeit zu fangen, aber sie war damit beschäftigt, wütende Blicke auf Sanders abzufeuern.

»… und nun gebe ich das Wort direkt an Cal, der Ihnen zusammenfassend die Outline der Show erläutern wird. Astrid kann simultan übersetzen, falls jemand ihn nicht verstehen sollte.«

Eine kleine Gruppe scharte sich um die Assistentin. Cal nahm seinen Notizblock und ging zu einem Flipchart, das jemand vor der Bühne aufgestellt hatte.

»Ich werde Ihnen zunächst die Grundelemente der Show nennen und dann zur eigentlichen Story kommen.« Er zeichnete einen ungefähren Umriss der Bühne. »Hauptbestandteil der Show sind acht Songs. Drei davon sind Klassiker aus dem Hause Mohan Kapur Movies, kurz MKM, fünf stammen aus Filmen der letzten zwei Jahre, die ich für Mohan geschrieben habe. Sie alle handeln von Liebe, Sehnsucht und Schmerz, wie Sie sich wahrscheinlich gedacht haben.«

Vereinzeltes Gelächter wehte zu ihm herüber. Er holte ein

indisches Filmposter, das er mitgebracht hatte, und klemmte es an das Flipchart.

»Das Bühnenbild orientiert sich an den großen Plakatwänden in Bombay. Die verschiedenen Motive werden auf Holzgerüste aufgezogen. Jedes neue Bild wird von zwei Bühnenarbeitern hereingetragen und etwas versetzt zum vorigen aufgestellt, so dass nach und nach eine urbane Landschaft entsteht.«

Cal sah sich um. Jetzt hatte er ihre Aufmerksamkeit.

»Die Musiker und Sänger werden hier links und rechts vor der Bühne stehen. In der Mitte brauche ich ein großes elektronisches Display, auf dem die Untertitel der Songs laufen. Für die übrige Geschichte werden wir mit einem deutschen Erzähler arbeiten. Er fasst die Story zusammen, die sich zwischen den Songs abspielt. In diesen Sequenzen möchte ich die Schauspieler als Silhouetten einsetzen, die die jeweilige Handlung lediglich andeuten. Das wichtigste Element ist hier das Sound-Design, das sich aus einem durchgängigen Instrumentalmotiv gemischt mit Originalgeräuschen zusammensetzt.« Er spürte Matties Blick, ohne sie ansehen zu müssen. Sie wussten beide, dass dies Nicks Bereich hätte sein sollen. Aber der hatte ja Besseres zu tun. »Gibt es hier jemanden, der sich für so etwas zuständig fühlt?« Viele Gesichter wandten sich zu einem jungen Typen im Hintergrund, der schüchtern die Hand hob.

Cal nickte müde. »Dann treffen wir uns gleich im Anschluss.« Der Junge würde sich sicher große Mühe geben, aber Nick war einfach der Meister der Klanglandschaften.

»Okay, I tell you a story.« Ein schneller Blick zu Mattie. Ein sarkastisches Lächeln aus dem Halbdunkel. Sie erinnerte sich an seine alte Marotte. »Wir Inder sind ja dafür bekannt, dass wir Indien für den Mittelpunkt der Welt halten. Selbstüberschätzung ist ein zentraler Bestandteil unseres kolonialen Erbes. Dennoch habe ich mich überwunden und ein paar Informationen über Deutschland eingeholt, bevor ich hierherkam.«

Wieder Gelächter, noch ein Blick zu Mattie. Schnell sprach er weiter.

»Wir schreiben das Jahr 1978. Die Studentenbewegung in Deutschland ist am Ende.«

Erstauntes Raunen. Sie konnten ja nicht wissen, dass sein geheimer Informant eine Schwäche für politische Gegenwartsanalysen hatte. Am liebsten vor Publikum.

»Enttäuschte junge Menschen suchen ihre Träume jenseits Europas wiederzufinden. Sie lesen Tagore, hören Ravi Shankar und fliegen zu Tausenden nach Indien, wo sie die Ashrams der Meister und die Strände von Goa bevölkern.« Er machte eine kurze Pause. »Eine von ihnen ist Emma«, er hatte den Namen gestern spontan geändert, als Hommage an Matties Mutter. »Sie stammt aus einer reichen deutschen Familie, aber sie sehnt sich nach dem Wahren, dem Echten. Sie ist eine Suchende. Beim Meditieren am Strand begegnet sie Nikhil, einem jungen Inder, der seine Semesterferien bei der Familie in Goa verbringt. Sie verlieben sich. Song eins. Aber es kommt, wie es kommen muss.«

Cal war jetzt in Fahrt. Ein Handy klingelte, aber niemand ging ran.

»Seine Familie will diese Liebe nicht akzeptieren. Bei einer wilden Party am Strand – Song zwei – wird Emma von korrupten Polizisten Haschisch untergeschoben, und sie wird aus Indien ausgewiesen. Song drei: Abschied.« Er machte eine kurze Atempause. »Fünfundzwanzig Jahre später kommt Amitabh, ein junger indischer Computerspezialist, nach Deutschland. Er hat sich um eine Greencard beworben.«

Gelächter.

»Er arbeitet im Büro eines großen Automobilkonzerns. Und verliebt sich in Clara, die Tochter des Chefs. Song vier. Als die junge Frau ihn nach Hause in die Villa einlädt, um ihn ihren Eltern vorzustellen, kommt es zum Eklat. Claras Mutter Emma erfährt, dass er der Sohn von Nikhil ist. Sie überredet ihren Mann, ihn sofort zu entlassen. Seine Greencard wird eingezogen, und er muss zurück nach Indien. Song fünf: Abschied. Aber die Tochter erinnert die Mutter an deren eigene unerfüllte Liebe. Song sechs: Flashback. Sie fliegt ihrem Liebsten hinterher, Song sieben: Wiedersehen in Bombay. Happy End. Song acht: Hochzeit, in Anwesenheit aller Protagonisten.«

Applaus brandete auf und legte sich wie Balsam auf Cals geschundene Seele.

Kamal beendete das Training mit der Abschlussbewegung.

»Mit Kyai«, sagte er. Vierzehn Fäuste stießen gen Boden, und mit dem Ausatmen erfüllte der gewaltige Klang reiner Energie den großen Raum. Sie blieben im Kreis stehen und lauschten dem Hall, bis er durch die geöffneten Klappfenster entwichen war. Wie auf ein stummes Kommando hin entspannten sich die Körper, einige lockerten ihre Muskeln, andere nahmen ihre Unterhaltung da wieder auf, wo sie vor dem Training aufgehört hatten.

Kamal blieb noch einen Augenblick zurück, weil von den Fortgeschrittenen meistens jemand eine Frage hatte. Wenn sie anfingen zu trainieren, waren sie darauf versessen, die verschiedenen Tierformen zu lernen, schnelle Fortschritte zu machen, sich dem Bild ihrer eigenen Vorstellung anzunähern. Erst nach ein paar Jahren, wenn sie den blauen oder braunen Gürtel und damit die Gewissheit hatten, dass sie nichts mehr beweisen mussten, begannen sie zu sehen, welche Tiefe und Komplexität jeder einzelnen Form zugrunde lag. Erst dann erzählte er ihnen von seinem eigenen Meister, der die letzten zwanzig Jahre seines Lebens an einer einzigen Form gearbeitet hatte.

Nachdem er ein paar kurze Fragen beantwortet hatte, ging er nach draußen und sah, wie die Ersten in Handtücher gewickelt aus den Duschen kamen. Viele der jungen Frauen und Männer kannte er, seit sie kleine Kinder waren.

»Warum kommen eigentlich keine Kinder in deine Schule?«, hatte Jasmin gefragt, als sie sieben war. »In meine Schule gehen nämlich nur Kinder.«

Kamal lachte und nahm sie auf den Schoß. »Nicht alle Kinder sind so wie du, Xiao Zhanshi. Sie haben gar keine Lust, jeden Nachmittag zu trainieren. Sie wollen lieber spielen.«

Seine Kampfsportschule lief damals schon ganz gut. Aber Kamal wurde das Gefühl nicht los, Schadensbegrenzung zu leisten für eine Gesellschaft, die blind war für die brutalen Konflikte in ihrer Mitte. Die Schüler, die zu ihm kamen, waren harte junge Männer, wie er selbst einmal einer gewesen war. Viele wollten ihren Körper möglichst schnell in eine effiziente Waffe verwandeln, weil sie Stress mit anderen Gangs, Stress mit Nazis, Stress mit ihren eigenen türkischen oder arabischen Vätern hatten. Er zwang sie dazu, sich mit ihrer eigenen Aggression auseinanderzusetzen. Indem sie zuließen, dass jemand sie in Wut brachte, gaben sie die Kontrolle bereits an den anderen ab. Aber Gewalt war eine zu starke Komponente in ihrer Umwelt, die ihnen ins Bewusstsein gehämmert worden war: »Nur der wird überleben, der sich wehren kann.«

Ein paar Wochen nach dem Gespräch mit Jasmin musste er sie mitten im Unterricht von der Schule abholen. Sie hatte Kratzspuren im Gesicht und sagte kein Wort. Erst am Abend rief ihn die Lehrerin an und berichtete, was vorgefallen war.

Ein älterer Junge hatte einen Kleinen von hinten gewürgt. Jasmin ging dazwischen und befahl ihm aufzuhören. Das tat er zwar, aber nur um sich nun Jasmin selbst vorzunehmen. Sie hatte sich nicht gewehrt. Bis er ihr ins Gesicht spuckte und sie Kanakenbrut nannte. Eine Sekunde später lag er mit angebrochenem Kiefer auf dem Boden. Sie hatte nur ein einziges Mal zugeschlagen.

Er telefonierte mit anderen Eltern, und sie gründeten die Kindergruppe. Für lange Zeit trainierte Kamal nie wieder allein mit seiner Tochter, sondern ließ sie nur mit Gleichaltrigen kämpfen. Sie musste lernen, sich mit ihnen auf gleiche Stufe zu stellen. Die Kindergruppe wurde sein persönlicher Erfolg. Sie waren jung genug, um zu lernen, dass es im Kampf um Dialog ging, um die Formung des Geistes genauso wie des Körpers. Und wer in Kiel blieb, trainierte weiter bei ihm.

»Kamal, kann ich dich kurz sprechen?« Hamids Sohn Kerim gehörte auch dazu. Er erinnerte Kamal sehr an seinen Vater. Neben dem Studium jobbte er wie Jasmin in der Agentur, und obwohl er längst den schwarzen Gürtel trug, ging sein Temperament immer noch ab und zu mit ihm durch. Dann kam er blutend nach Hause, Hamid musste ihn verbinden, und seine Mutter weinte die halbe Nacht lang.

Kamal saß am Tisch im Vorraum und trank seinen Mokka. Er deutete auf den Stuhl neben sich.

»Allein«, fügte Kerim hinzu.

»Okay, dann in zehn Minuten im Büro.«

Unter der Dusche dachte er darüber nach, was Kerim wohl mit ihm besprechen wollte. Wahrscheinlich ging es um einen neuen Fall. Kamal rechnete nach. Fünf Jahre war es her, seit Kerim und Jasmin bei einem ihrer Veteranenabende aufgetaucht waren. Der Name war ursprünglich ein Witz, mit dem die Perser ihre Vergangenheit begruben, um brave Familienväter zu werden und an ihren bürgerlichen Karrieren zu arbeiten. Aber mit den Jahren waren sie wirklich zu Veteranen geworden: ein Haufen Exiliraner mittleren Alters, die sich einmal die Woche trafen, um bei Kaffee und Schnaps in einem verqualmten Hinterzimmer über dies und jenes zu lamentieren. Offizieller Anlass dieser Treffen, zumindest den Ehefrauen gegenüber, war immer noch die Diskussion über die politischen Zustände im Iran. Aber da sich dort sowieso nichts bewegte, gingen sie immer schneller zu ihren alltäglichen Sorgen in Deutschland über. Der eine hatte Probleme mit seiner Einbürgerung, ein anderer mit seinen Kindern, Arbeitslosigkeit, Scheidungen, Midlifecrisis – sie unterschieden sich kaum von einem durchschnittlichen deutschen Stammtisch. Bis zu dem Abend, an dem Hamids Sohn und seine eigene Tochter plötzlich zwischen den Rauchschwaden auftauchten und höflich darum baten, ein paar Worte sagen zu dürfen. Es gab ein wenig Gemurre, vor allem weil seit ihrer Gründung keine Frau je diese Runde mit ihrer Anwesenheit gestört hatte.

Aber Jasmin hatte Kerim nach vorne an den Tisch geschoben und sich ruhig an die Seite gestellt.

Der Junge war nervös und sprach hastig und schnell, als hätte er die Rede kurz vorher auswendig gelernt. »Ihr habt uns in diesem Land unter schwierigen Umständen großgezogen. Ihr habt uns getröstet, wenn sie uns in der Schule als Kanaken beschimpft haben. Ihr habt uns von eurer Heimat erzählt, wenn wir wissen wollten, warum bei uns zu Hause einige Dinge anders liefen als bei anderen. Ihr habt mit uns gestritten, wenn wir andere Wege eingeschlagen haben als die, die ihr euch für uns gewünscht hättet. Aber ihr habt uns unsere eigenen Wege gehen lassen. Dafür verdient ihr unseren Respekt und unseren aufrichtigen Dank.«

Zustimmendes Gemurmel erhob sich am Tisch, Hamid wischte sich eine Träne aus dem Auge, und jemand klopfte dreimal auf Holz.

Jasmin wartete einen Moment ab, bevor sie sprach. »Wir sind heute aber nicht nur hier, um euch zu danken.« Ihre Stimme wurde mit jedem Wort fester. Kamal sah sie in Gedanken in einem Gerichtssaal stehen und konnte einen Anflug von Stolz nicht unterdrücken. »Vielleicht habt ihr etwas davon gelesen oder gehört, vielleicht auch nicht. In Frankreich haben sie die Ausländergesetze verschärft, und plötzlich stehen Tausende von Afrikanern ohne Papiere da. Sie sollen das Land verlassen, in dem sie zwanzig, dreißig Jahre lang hart gearbeitet haben und das ihre Heimatländer über Jahrhunderte als Kolonien ausgebeutet hat. Aber sie lassen sich das nicht gefallen. Sie gehen auf die Straße, sie haben Kirchen besetzt, sie organisieren Protestmärsche – und vor allem: Sie sprechen für sich selbst. Und wir wollen das in Deutschland auch tun.«

Von allen Seiten ertönten Einwände. »Aber hier haben wir doch eine völlig andere Situation!«

»Wie wollt ihr das denn machen?«

»Die meisten Ausländer hier sprechen ja nicht mal Deutsch!« Als wären sie selbst keine mehr.

Jasmin nahm die Fäden auf und ließ sie einfließen. »Natürlich kann man die Situation hier und dort nicht vergleichen. Aber die Probleme sind doch dieselben! Wer von euch kennt nicht jemanden, der jemanden kennt, der plötzlich zur Ausländerbehörde zitiert wird, weil seine Duldung abläuft? Wer sitzt ohne Sorge vor dem Fernseher, wenn die neue Regierung, die ihr selbst gewählt habt, die Ausländergesetze verschärft? Wer wird nicht wütend, wenn eure Kinder wieder eine Lehrstelle nicht bekommen haben, weil man lieber erst mal einem Deutschen den Platz gibt? Wir wollen da jedenfalls nicht länger zugucken.«

»Wer ist wir?«, fragte Kamal, der bisher noch nichts gesagt hatte.

»Wir sind ein Netzwerk von Deutschen und Migranten, Männer und Frauen, welcher sexuellen Orientierung auch immer, mit oder ohne gültige Papiere.« Kerim starrte trotzig in die Runde.

Wieder wurden Zwischenrufe laut, die auf Ausländer im Allgemeinen und Schwule und Lesben im Besonderen abzielten.

Kamal reagierte auf den genervten Gesichtsausdruck seiner Tochter und fragte: »Und warum seid ihr nun zu uns gekommen?«

Er erntete einen dankbaren Blick von Jasmin. »Wir brauchen Leute, die sozusagen in Warteposition stehen, aber ihre Bereitschaft signalisieren, uns zu unterstützen. Ärzte, die auch Leuten helfen, die keine Krankenversicherung haben.« Das ging an Hamid, der schnell den Blick senkte. »Rechtsanwälte, die kostenlose Beratungen in Ausländerrechtsfragen machen.« Und ein weiterer der Veteranen sah auf seine Schuhspitzen. »Leute, die vorübergehend jemanden unterbringen können. Leute mit LKWs, Autos, Booten.« Es folgte ein bedeutungsschwerer Blick in die ganze Runde.

Niemand sagte ein Wort.

»Ihr wisst ja, wo ihr uns erreichen könnt, wenn ihr diese Dinge lieber persönlich besprechen wollt.« Niemand überhörte den Sarkasmus in Jasmins Stimme. Sie und Kerim traten den Rückzug an.

Die Veteranen sprachen nie wieder über diesen Vorfall. Kamal hatte keine Ahnung, ob einer der anderen mit Jasmin oder Kerim in Kontakt getreten war. Er erinnerte sich nur, dass sie und Kerim im Vorraum des Dojos saßen, als er nachts nach Hause kam.

»Es war ein totaler Reinfall, stimmt's?«, fragte Jasmin, als er sich zu ihnen setzte und sich eine Zigarette anzündete.

»Wir waren einfach nicht –«, er suchte nach dem richtigen Wort, »vorbereitet. Ihr habt uns überfallen, einen Haufen alter Männer, denen plötzlich jemand einen Spiegel vorhält.«

»Versteh ich nicht«, entgegnete Kerim ungeduldig. »Wir waren doch höflich und alles.«

»Ihr habt uns daran erinnert, dass wir einmal mehr wollten als herumsitzen und reden. Das ist gefährlich in unserem Alter.« Kamal strich seiner Tochter leicht über den Kopf. »Ich helfe euch. Ich habe das Boot und die beiden Vans, ich habe hier Telefon und Fax, und ich kann zur Not auch mal ein paar Euro vorstrecken. Leute unterbringen ist schwierig, hier ist zu viel los.«

Jasmin strahlte ihn an. Er konnte nicht zeigen, wie sehr ihn das freute. Stattdessen sagte er:

»Eine Bedingung gibt es allerdings, die gilt für mich genauso wie für euch. Die Agentur bleibt draußen. Keine Aktionen, wenn ihr im Dienst seid, kein Wort zu niemandem, für den ihr in meinem Auftrag arbeitet. Und niemals«, er sah ihnen beiden in die Augen, einem nach dem anderen, »niemals werdet ihr jemanden angreifen, verletzen oder mit Waffen bedrohen. Es sei denn, es geht um ein Menschenleben.« Sie hatten sich daran gehalten, jedenfalls soweit er wusste.

Kamal schlüpfte in eine Trainingshose und ein Kapuzenshirt. Bis zur nächsten Gruppe würde er sowieso nur Büroarbeit machen.

Kerim erwartete ihn bereits. Bevor er ihn zu Wort kommen ließ, wollte Kamal jedoch selbst eine Frage stellen. »Kerim, ich möchte, dass du mir ehrlich antwortest.«

Der Junge sah ihn erstaunt an.

»Ist eigentlich Jasmin noch in eurer Gruppe dabei?«

»Na ja …« Kerim wollte sich offenbar nicht festlegen, bevor er nicht wusste, was kam. »Sie hat halt wenig Zeit mit dem Examen und so.«

»Ja oder nein? Das hat nichts mit dir und mir zu tun.« Er sah die Erleichterung auf dem Gesicht seines Schülers.

»Sie ist schon vor ein paar Monaten ausgestiegen. Sie hat gesagt, sie macht noch juristische Beratung, wenn's sein muss, aber sonst nichts mehr.«

»Okay, dann weiß ich Bescheid. Und jetzt sag mir, was du willst.« Die Sache mit Genf war also kein Entschluss von heute auf morgen. Kamal versuchte sich zu konzentrieren.

»Eine Frau hier aus Kiel hat uns angerufen. Sie kommt aus Kolumbien.« Kerim sprach schnell, wie immer, wenn ihn etwas aufregte. »Ihr Mann ist auf einer Baustelle in Berlin verhaftet worden und sitzt in Grünau. Es ist bereits das zweite Mal.«

Kamal hatte mittlerweile genug solcher Geschichten gehört, um zu wissen, was das bedeutete. Sofortige Abschiebung. »Gut, ich werde Jasmin bitten, noch einmal nach Grünau zu fahren, und die Sache mit dem Anwalt hier in Kiel regeln. Dann sehen wir weiter. Das Boot ist so weit startklar. Ich wollte dich aber auch um etwas bitten.«

Kerim sah ihn überrascht an. Es war das erste Mal, dass Kamal um eine Gegenleistung bat.

»Ihr habt doch Kontakt zu Gruppen, die sich mit dem Einsatz der US-Truppen im Irak beschäftigen.«

Der Junge nickte. »Da gibt es eine Gruppe in Hamburg, soweit ich weiß. Die posten auch auf Indymedia, wenn es irakische Gegendarstellungen zu neuen Zwischenfällen gibt. Ich glaube, die haben Kontakt zu Leuten vor Ort.«

»Du hast doch sowieso nächste Woche den Job bei der Messe in Hamburg. Könntest du dich mit ihnen treffen und fragen, ob es irgendwelche Anzeichen dafür gibt, dass deutsche Soldaten im Irak aktiv sind?«

»Deutsche Soldaten, spinnst du? Das dürfen die doch gar nicht!« Kerim war aufgesprungen.

»Wir haben einen Augenzeugen. Aber ohne Beweise wird ihm niemand glauben. Ich möchte, dass du das vorerst für dich behältst, klar?« Kamal stand ebenfalls auf und legte Kerim seine Hand auf die Schulter, um das Gesagte zu bekräftigen.

»Okay, okay, ist gut. Ich werde sehen, was ich rausfinden kann.« Er schüttelte den Kopf. »Das ist ja der Hammer«, murmelte er, während er zur Tür ging und das Büro verließ.

Kamal setzte sich wieder hin und stützte den Kopf in beide Hände. Dann nahm er das Telefon und wählte die Nummer seiner Tochter. Sie meldete sich nach dem ersten Klingeln.

»Hallo, Jasmin.« Seit sie letzten Montag mit ihren Zukunftsplänen herausgerückt war, hatten sie nicht mehr miteinander gesprochen. »Störe ich dich? Was machst du gerade?«

»Lernen, für die Prüfung.« Sie klang müde.

Er kam direkt zur Sache. »Jasmin, ich weiß, dass du bei der Gruppe nicht mehr mitmachst.«

Einen Moment lang herrschte Stille, dann sagte sie leise: »Kerim hat also gepetzt.«

»Ich habe ihn gefragt. Warum sollte er lügen?« Er wartete, aber sie sagte nichts weiter. »Jasmin, würdest du noch einmal nach Grünau fahren? Es ist dringend, das Übliche. Kerim simst dir morgen den Namen. Du musst dem Mann nur sagen, was er machen soll, und ihm die Nummer des Anwalts hier in Kiel geben. Alles Weitere regeln wir dann von hier aus.«

»Also gut. Aber es ist das letzte Mal.« Kühl und sachlich, sie versuchte ihre Unsicherheit zu überspielen.

Kamal verabschiedete sich und legte auf. Wenn er sich an Jasmins Anweisungen hielt und der Anwalt sofort aktiv wurde, würde der Mann aus Kolumbien gegen Vorlage eines Flugtickets vielleicht noch einmal freikommen. Dann würde die Gruppe mit ihm und seiner Frau die möglichen nächsten Schritte besprechen. Ein anderes europäisches Land, eine Scheinehe oder ein Leben in wachsender Angst vor dem nächsten Mal. Viel blieb ihnen nicht.

Aber Kamals Gedanken kehrten immer wieder zurück zu seiner Tochter.

Die Dinge, die zwischen ihnen standen, hatten sie beide nicht angesprochen.

29 Luft

Selbst wenn sie nicht aus dem Fenster guckte, hörte sie immer noch das laute Lachen vom Badeschiff. Konnten die nicht mal die Klappe halten?

Ich werde schon wie Emma.

Richtig! Antwort D war richtig auf die Frage: Wie lautet der meistgedachte Satz von Madita Junghans? Und nun zur nächsten Gewinnstufe.

Mattie rieb sich die Augen, gähnte und starrte auf das leere Dokument auf ihrem Bildschirm. Ihre Gedanken liefen hierhin und dorthin, zu Nick nach Bombay, zu Hinnarck in seine Wüste, zu Emma nebenan am Fenster, zu Cal und seiner Show. Sie war kein großer Fan von Bühnenshows, aber seine Idee war gut. Es würden sicher viele Leute kommen, mehr als sie je vor einer Leinwand versammeln konnte. Cal machte ja auch keinen Hehl daraus, dass er die Massen begeistern wollte.

Wollte sie das denn nicht?

Nach der Besprechung war sie eine Weile durch die deutschen Bollywood-Foren gesurft und hatte sich Notizen gemacht. Die Blogger, hinter Pseudonymen der Filmstars versteckt, schrieben vor allem über die große und übermächtige Liebe, die für immer süchtig macht. Ein Mann, der alles für dich tut. Eine Familie, die zusammenhält. Eine Welt, in die man sich flüchten konnte vor dem Alltag.

Vor welchem Alltag flüchteten Fünfzehnjährige? Mattie erinnerte sich an lange Nachmittage, an denen sie im Fernsehen einen Film nach dem anderen geguckt hatte, nur um nicht an Emma zu denken, die vollgedröhnt mit Tabletten oben im Bett lag.

Klar hatten die Gründe zum Flüchten.

Aber Kinoprogramme zu machen war etwas anderes als einfach nur viele Filme zu gucken. Man brauchte dazu ein Gesamtkonzept, eine übergeordnete Vision, die man dann von verschiedenen Seiten her mit Einzelteilen füllen konnte. Schon wieder dieses Wort: Vision.

Wahrscheinlich lag es an der Spitzenkandidatin, Frederike von Westenhagen, die noch nicht genug Wählerstimmen beisammenhatte, um mit ihren Visionen die Welt in einen einzigen großen Pilcher-Roman zu verwandeln. Warum wohl sonst erschien sie plötzlich in Berlin wieder auf der Bildfläche, telefonierte ihr bis in die Spree-Speicher hinterher und redete von einer großzügigen Abfindung? Ein Umschlag, ein Essen beim teuren Inder in Mitte, wo man sich mit einem echten Bollywood-Regisseur für die Presse fotografieren lässt …

Moment mal, du hast sie selbst darauf angesetzt, dir zu deinem Recht zu verhelfen! Mattie musste einräumen, dass ihr Alter Ego ausnahmsweise im Recht war. Sie nahm sich vor, jeden weiteren Gedanken ihres müden Hirns auf die Faktoren Missgunst, Vorurteil und Anzeichen von vorzeitiger Verbitterung hin zu filtern.

Oder besser gar nicht denken, sondern handeln. Entschlossen tippte sie ein paar Filmtitel in den Rechner.

Veer Zara, nicht schlecht.

K3G kommt nicht in Frage.

Dil Chata Ha, zwar in Indien gefloppt, könnte aber hier funktionieren.

Dil Se, großes Kino.

Insgesamt wollte Sanders zwölf Filme zeigen, das war schon ein kleines Festival. Sie überlegte, ob sie ihm ein paar Klassiker unterjubeln sollte. Aber die wenigsten hatten deutsche Untertitel. Das war sowieso ein Problem.

Sie spürte einen Hauch im Nacken und schloss das Dokument. Als sie sich umdrehte, sah sie direkt auf die beginnende Glatze von Achim Sanders, der sich unbemerkt angeschlichen und über sie gebeugt hatte.

»Wenn Sie eine Filmreihe genauso schnell aus dem Hut zaubern wie Ihre Ideen für die Show, können Sie sich hier einen Dauerarbeitsplatz einrichten.«

Er hatte Mundgeruch, wahrscheinlich ein Magengeschwür. Musste verdammt anstrengend sein, auf Kosten von Künstlern aus der Dritten Welt Geld zu scheffeln. Stopp, wo blieb der Gedanken-Filter?

»Es gibt da noch ein paar Probleme wegen der Untertitel. Die meisten Filme sind auf Deutsch nicht verfügbar. Würden Sie zur Not auch englische Titel zeigen?«

Er wich vor ihrem geschäftsmäßigen Ton zurück und zog sich einen Stuhl heran. »Wissen Sie was? Wenn es nicht anders geht, können wir die Filme auch ganz ohne Untertitel zeigen. Versteht doch jedes Kind. Außerdem ist es sowieso immer die gleiche Geschichte. Hauptsache, dieser eine Film ist dabei, Sie wissen schon, der mit den drei Ks. Den zeigen wir als Eröffnungsfilm. In deutscher Synchronfassung.« Er rollte an den Nachbartisch und schnappte sich einen Keks aus der Dose eines anderen Schreibtisch-Sklaven, der versunken vor dem Rechner saß.

»Erstens zeige ich keine Filme ohne Untertitel.« Durchatmen, eins, zwei, drei. »Zweitens sind die Geschichten nicht alle gleich. Und drittens habe ich *Khabhi Khushi Khabie Gham* von der Liste gestrichen. Das ist nationalistische Propaganda, die müssen wir den Leuten nicht vorsetzen. Sie zeigen doch auch keine islamistischen Filme, oder?« Sie zwang sich, ihn anzusehen. »Die indische Filmindustrie ist über hundert Jahre alt. Heute werden dort über achthundert Filme pro Jahr produziert. Es gibt genug gute Filme, glauben Sie mir.«

»Haben Sie eigentlich indisches Blut in den Adern? Sie sehen ein bisschen so aus. Und Sie sind so überaus engagiert bei der Sache.« Er malmte genüsslich auf seinem Keks herum. »Der Film ist doch sehr erfolgreich in den deutschen Kinos gelaufen. Aber irgendwelche Fanatiker wollen wir uns natürlich nicht ins Haus holen, das ist hier striktes Prinzip.«

»Ich komme aus Norddeutschland.« Warum antwortete sie überhaupt auf seine Frage? »Und ich bin engagiert, weil ich Kinoprogramme mache. Sie geben mir einen Job, und ich nehme ihn ernst. Was ist daran falsch?« Er studierte immer noch ihr Gesicht, als taxiere er ein exotisches Möbelstück. Bestimmt hatte er zu Hause eine ganze Sammlung davon. Mattie hätte sich am liebsten eine Hassmaske übergezogen, diese Mützen, die Motorradfahrer, Autonome und Bankräuber benutzten. Gegen eine Waffe in der Hand hätte sie auch nichts gehabt.

»Na, na, das sieht mir aber ganz so aus, als wäre da im Norden mal ein südlicher Vogel vorbeigezwitschert. Seien Sie doch froh! Andere Leute würden sich ein Bein ausreißen für ein bisschen heißes Blut in den Adern. Und was die Filmreihe angeht – engagieren Sie sich nur weiter, solange wir ein volles Haus haben.«

Zu ihrem Glück, oder vielleicht auch zu seinem, aber sie hatte ja keine Waffe, kam in diesem Moment die Assistentin und erinnerte ihn an ein Meeting mit dem Pächter der Gastronomie.

»Also ich muss jetzt wieder.« Er stand auf. Die Luft wurde augenblicklich besser. »Wir planen nämlich parallel noch ein indisches Food-Festival. Damit auch alles stimmt.« Offenbar erwartete er darauf keine Antwort von ihr, denn er begann ohne Pause auf das Mädchen einzureden, das nebenbei noch mit seinem Headset zugange war.

Sobald sie das Büro verlassen hatten, schaltete Mattie ihren Rechner aus und ging ebenfalls. Sie brauchte dringend frische Luft und Bewegung, um ihrer Wut freien Lauf zu lassen. Der Filter gegen Verbitterung und andere gedankliche Missstände funktionierte nicht.

Sie nahm die Abkürzung durch den Theatersaal, wo Cal mit dem Tontechniker über irgendwelche Geräte gebeugt stand. Sie hatte überhaupt keine Lust, jetzt mit ihm über notwendige Kompromisse zu diskutieren. Also ging sie unbemerkt weiter zu ihrer Wohnung, um die Joggingklamotten und den Hund abzuholen. Wenn Emma immer noch so friedlich war wie am Mittag, konnte sie danach vielleicht sogar noch einen Sprung in den verdammten Swimmingpool wagen, der sie mittlerweile verfolgte wie eine Obsession.

Aber das Apartment lag still und verlassen da wie im Ikea-Katalog. Kein Hund, keine Emma, nicht mal das Radio lief.

Schlafzimmer, Badezimmer, Küche – keine Spur von den beiden. Mattie sah auf ihre Armbanduhr. Es war schon sieben, und Emma würde um nichts in der Welt freiwillig auf ihr Abendbrot verzichten. Eine Scheibe Schwarzbrot mit Margarine und Leberwurst und zwei Scheiben Gurke.

Ohne sich umzuziehen, wechselte sie nur ihre Schuhe und rannte die Treppe hinunter. Der Biergarten war schon fast voll, erste Caipirinhas wechselten geräuschvoll aus Gläsern in durstige Kehlen. Mattie rannte weiter, dem Strom der Ankommenden entgegen.

Kein Hund, keine Emma.

Sie wartete ungeduldig auf eine Lücke im Feierabendverkehr und lief über die Straße, in den Park hinein. Hundebesitzer saßen in Grüppchen auf der Wiese herum, während ihre haarigen Vierbeiner im Kreis herum jagten. Obwohl Mascha an derlei Unsinn schon lange kein Interesse mehr hatte, umrundete Mattie mehrmals das Grün und prüfte auch die hintersten Parkbänke auf etwaige Rauchfahnen.

Kein Hund, keine Emma.

Am Ende des Parks musste sie anhalten, um wieder zu Atem zu kommen. Von hier aus konnte sie sehen, dass der Weg hier keinen Bogen machte, sondern zu einer Brücke anstieg, die über den Landwehrkanal führte. Langsam joggte sie weiter. Oben auf der Brücke hielt sie an, um sich zu orientieren. In jeder Richtung waren Trauben von Menschen unterwegs. Links saß auf einer Wiese eine türkische Großfamilie um ein offenes Feuer, über dem sich ein ganzes Tier an einem Spieß drehte.

Sie lehnte sich ans Brückengeländer. Halb Erinnerung, halb Schreckensvision, sah sie Bilder von Emma, die gerade irgendwo versuchte sich das Leben zu nehmen. Wenn die Angst sie überrollte, suchte sie wahllos nach der erstbesten Gelegenheit, dem Dämon in ihrem Inneren zu entkommen. Die Abendtabletten waren längst überfällig.

»Emma! Mascha!«, rief Mattie, aber ihre Stimme verhallte kläglich im Geräuschpegel der vielen Menschen. Niemand beachtete sie.

Plötzlich hörte sie ein kurzes Bellen. Sie fuhr herum und sah über die Brüstung in die Richtung, aus der sie die Quelle des Gebells vermutete. Jetzt erst bemerkte sie, dass sich direkt unter ihr ein halboffenes Areal befand, dessen Zentrum ein Sandplatz zwischen zwei großen Zelten zu sein schien. Dahinter wucherten üppige Pflanzen und verdeckten zum größten Teil die Bauwagen, die locker über das Gelände direkt am Kanal verteilt waren. Leute mit Schubkarren voller Zweige und altem Laub bewegten sich gemächlich im Licht der tiefstehenden Sonne, andere schienen etwas zu pflanzen oder saßen einfach nur mit einer Bierflasche herum und sahen zu.

Mitten auf dem Sandplatz stand Mascha, guckte zu ihr hoch und wedelte mit dem Schwanz. »Mascha! Komm sofort hierher!«, schrie Mattie. Der Hund warf sich in den Sand, wälzte sich genüsslich und grunzte dabei. Sie rannte den Weg wieder zurück, bis sie über einen Abhang auf die Straße kam, die unter der Brücke hindurchführte. Gleich dahinter lag der Eingang zur Wagenburg. Mascha trottete ihr langsam entgegen.

»Wo ist Emma?«, rief sie dem Hund zu. Ihre Stimme klang immer noch laut und schrill.

»Huhu, Madita! Hallo!«

Schnell lief sie an zwei Chemieklos vorbei und bog nach links ab, wo dichtes Gebüsch wucherte. Sie kroch zwischen zwei Sträuchern hindurch. Auf einem kleinen sonnigen Stück Rasen stand Emma mit einem Setzling in der Hand, den sie gerade einpflanzen wollte.

Mattie lief zu ihr und riss ihr die Pflanze aus der Hand. »Bist du denn völlig verrückt geworden? Wie kannst du einfach so abhauen, ohne mir Bescheid zu sagen!« Sie griff sich Emmas Handgelenk und wollte sie hinter sich herziehen.

»Hilfe!«, schrie Emma. »Helft mir, meine eigene Tochter will mich umbringen!«

Plötzlich erschienen von überall her Leute und versperrten ihr den Weg. Ein Hund knurrte. Mattie konnte nur Schatten erkennen und schirmte mit der Hand die einfallenden Sonnenstrahlen ab.

»Hallo«, sagte sie, »meine Mutter ist krank, ich werde sie jetzt mit nach Hause nehmen. Und umgebracht wird hier niemand.«

»Wo ist Anand?«, jammerte Emma, die an ihrem Arm hing. »Ohne Anand gehe ich nirgendwohin.«

»Immer schön langsam, junge Frau.« Eine der menschlichen Silhouetten trat vor und entpuppte sich als eine Frau in Emmas Alter in einem blauen Trainingsanzug und Schnürstiefeln. Spuren von Erde waren überall auf ihrem Körper zu sehen, auch im Gesicht. Sie trug ihre grauen Haare kurzgeschnitten, und in ihrem sonnengebräunten Gesicht funkelten zwei dunkle Augen voller Wut. »Hier wird niemand weggebracht, der nicht aus freien Stücken gehen will.«

Mattie fühlte, wie ihre Aufregung langsam in Erschöpfung umschlug. »Meine Mutter ist psychisch krank. Sie braucht ihre Tabletten. Wir müssen jetzt wirklich gehen. Vielen Dank, dass Sie sich um sie gekümmert haben.« Sie wünschte, die Frau würde woanders hingucken, statt sie mit diesen Augen zu durchbohren.

»Keiner ist krank, wenn die Gesellschaft ihn nicht krank macht. Da helfen auch keine Tabletten.« Eine ledrige, erdverkrustete Hand streckte sich ihr entgegen. »Ich bin Didi. Und wer bist du?«

Mattie gab auf und ergriff die Hand. »Madita«, murmelte sie.

»Und jetzt besprechen wir in aller Ruhe beim Abendessen, wie es weitergehen soll mit deiner Mutter.«

Eine Viertelstunde später fand sich Mattie mit einem dampfenden Teller voll frischem Gemüse auf den Knien auf einem abgesägten Baumstumpf sitzend. Links neben ihr saß Emma und schaufelte gierig das heiße Essen in sich hinein. Mascha lag darunter im Sand und guckte vorwurfsvoll zu ihr auf.

»Und darum hab ich sie einfach mitgenommen«, beendete Mattie ihre Geschichte mit vollem Mund.

Didi hatte schweigend zugehört und stellte ihren Teller neben sich auf die Erde. »Okay, ich sag dir mal was.« Sie zündete sich eine Zigarette an, nachdem sie Emma auch eine angeboten hatte. »Ich verstehe, du hast ein Problem mit deiner Arbeit und lauter wichtigen Sachen, die du nicht verschieben willst. Aber deine Mutter ist kein Sack Kartoffeln, den du mal eben absetzen und mit Tabletten ruhigstellen kannst. Sie ist ein lebendiger Mensch. Und ein lebendiger Mensch braucht Bewegung, frische Luft und Gesellschaft. Darum leben wir hier.« Sie zeigte auf die Bauwagen. »Ich habe fünfunddreißig Jahre lang in einer LPG geschuftet, dann kam die Wende, die LPG war futsch, und sie wollten mich in eine ABM-Maßnahme stecken. Ich sollte in einem Büro sitzen und Daten in einen Computer eingeben.«

Hinter ihr lachte jemand laut auf.

»Aber da bin ich krank geworden, so ähnlich wie deine Mutter. Jetzt kassiere ich Frührente und habe mir hier ein neues Zuhause geschaffen.«

Mattie musste zugeben, dass das verlockender klang, als in einem runtergekommenen Plattenbau zu sitzen und auf den monatlichen Scheck zu warten. »Aber meine Mutter war noch nie in ihrem Leben allein. Sie würde das nicht durchhalten«, sagte sie nachdenklich und nahm einen Schluck Bier aus der Flasche, die Didi ihr hinhielt.

»Das mag ja sein. Und es ist auch nicht für jeden Menschen richtig. Aber sie ist aus deinem schicken Apartment weggelaufen, weil sie ein Bedürfnis hatte. Und das kannst du nicht damit abtun, dass sie krank ist.«

»Ich kann sie doch nicht einfach hierlassen!« Mattie fühlte sich völlig überfordert vom Verlauf des Gespräches.

Didi lachte. »Nein, das könnte dir so passen, deine Mutter einfach so zu uns abzuschieben, und schon sind deine Probleme gelöst.« Sie trat ihre Zigarette aus. »Aber ich mache dir ein Angebot, im Namen der Bewohner dieses kleinen Fleckchens Erde. Du kannst deine Mutter morgens hierher bringen, solange sie es möchte. Sie kann hier arbeiten, und wir werden dafür sorgen, dass ihr nichts passiert. Mittags holst du sie ab, und du verbringst deine Pause mit ihr, und zwar so, wie ihr beide es schön findet, nicht nur nach deinem Plan. Danach bringst du sie wieder her, bis zum Abend. Und dieser Vertrag gilt so lange, bis eine der beiden Parteien ihn beendet. Aus welchem Grund auch immer.«

Emma stieß Mattie mit dem Ellenbogen in die Rippen. »Ich mag Didi«, sagte sie. »Sie ist nett. Nicht so wie Schwester Birthe.«

»Na dann.« Mattie war noch unsicher. »Wir können es ja mal versuchen.«

»Es liegt ganz bei dir.« Didi stand auf und reichte ihr die Hand zum Abschied. »Und jetzt werde ich mich zurückziehen und eine schöne heiße Dusche nehmen. Solarzellen«, fügte sie hinzu und verschwand hinter den Sträuchern, ohne sich umzusehen.

Mattie sah ihre Mutter an. Das letzte Sonnenlicht setzte einen harten Schatten auf ihre verschwommenen Züge.

»Dich mag ich auch«, sagte Emma. »Du bist meine Tochter. Ich verstehe dich. Auch wenn du nicht immer so schreist.«

30 Ticket

Cal sah sich noch einmal um. Das Haus, das er gerade verlassen hatte, war grau und schäbig. Es lag in einer kleinen Seitenstraße, deren Kopfsteinpflaster links und rechts von hohen Bäumen begrenzt war. Cal bog in die Hauptstraße ein und roch einen Anflug von Smog. Leute liefen mit schweren Plastiktüten an ihm vorbei. Vor einer Kneipe an einer Ecke saßen Männer mit gewaltigen tätowierten Oberarmen und tranken Bier aus Flaschen.

Hier war nicht das Berlin der Medienmenschen und Künstler, die den Spree-Speicher bevölkerten. Cal fiel es schwer, in Deutschland die Zeichen von Armut und Reichtum zu deuten. Doch dieser ›Kiez‹ hatte sicher keine weißen Villen mit Teichen und Schwänen drauf.

Cal hörte den wütenden Schrei einer Frau. Im nächsten Moment ertönte ein Schlag, direkt vor ihm, und aufspritzende Erde flog ihm ins Gesicht. Cal blieb stehen. Jemand hatte einen Blumentopf aus dem Fenster geschmissen. Reste einer grünen Pflanze lagen zwischen den rotbraunen Tonscherben. Er schaute nach oben. Alle Fenster waren geschlossen. Und in dieser Gegend wohnte einer der wenigen noch lebenden Tabla-Meister der alten bengalischen Schule. Die Begegnung hatte bei Cal gemischte Gefühle hinterlassen.

Auf einen Tipp der indischen Botschaft hin war er hergekommen, ohne viel Hoffnung, tatsächlich jemanden zu finden, der die beiden Trommeln so beherrschte, wie er selbst es gelernt hatte. Der Name sagte ihm nichts, jeder zweite in Calcutta hieß Chaudhuri. Er stieg eine dunkle Treppe hoch. Auf sein Klingeln öffnete ein Mann im Alter seines Vaters. Er trug eine dicke Brille, Hose und Hemd im westlichen Stil und Hauspantoffeln. Er bat ihn herein und verfrachtete ihn auf ein altes Sofa. Erst als der Tee fertig war, fragte der Alte nach seinem Namen. Und obwohl er wusste, worauf die kommende halbe Stunde hinauslaufen würde, nannte Cal seinen richtigen Namen.

»Amit Mukherjee!« Pandit Chaudhuri setzte die Tasse ab. Seine Hände zitterten fast unmerklich. »Der verlorene Sohn! Junge, ich habe dich gehört, als du ein Kind warst. Was für ein Talent! Du hast deinem Vater das Herz gebrochen. Uns allen.«

Cal ließ ihn reden, ohne zu unterbrechen. Es tat weh zu hören, dass sein Vater das Tablaspiel aufgegeben hatte, kurz nachdem er nach Bombay gegangen war. Seine Eltern lebten jetzt bei Cals Schwester und ihrem Mann. Seit seinem ersten Hit schickte er regelmäßig Geld, erhielt aber nie eine Antwort.

Nach einer Weile fragte er den Pandit[11], wie er ausgerechnet nach Deutschland gekommen sei.

»Mein Sohn, ich pendele seit mehr als dreißig Jahren zwischen Berlin und Calcutta. Dort lebe ich das Leben des ehrwürdigen Meisters, bei meinem Sohn und seiner Familie. Meine Schüler bringen mir Geschenke und behandeln mich wie ein rohes Ei. Hier in Berlin kann ich ein ganz anderer sein. In den 70er Jahren hat man sich um mich gerissen. Ich habe mit berühmten Jazz-Musikern nächtelange Jam-Sessions im Radio gespielt. Filmleute haben mich auf ihre Partys eingeladen. Und die Schüler standen hier draußen Schlange.« Er deutete auf das große Fenster zur Straße. »Und Schülerinnen. Meine Frau mochte Berlin nie. Sie blieb lieber in Calcutta.«

Cal war also nicht der Erste, der ausgebrochen war aus den konservativen Kreisen der klassischen Musiker in Calcutta. »Und wie ist es heute, Uncle[12]?«, fragte er. »Wie lange willst du das noch machen?«

Die Antwort überraschte ihn mehr als alles andere an diesem kleinen alten Mann. »Meine Frau ist vor zwei Jahren gestorben. Im nächsten Jahr, wenn mein Lehrvertrag an der Musikhochschule von Calcutta ausläuft, werde ich ganz nach Berlin übersiedeln. Ein paar treue Schüler habe ich hier noch. Und ich werde heiraten«, fügte er ein wenig verschämt hinzu.

Bevor Cal nachfragen konnte, klatschte der Pandit in die Hände.

»Und nun bist du also gekommen, weil du mich für deine verworfene Show engagieren willst?« Seine Augen funkelten vor Freude. »Ich halte mich auf dem Laufenden. Ehrlich gesagt habe ich mir schon gedacht, dass früher oder später jemand vor meiner Tür stehen wird.« Er sah auf seine Hände und bewegte die Finger, bis die Gelenke knackten. »Willst du, dass ich dir vorspiele?«

»Nein, Uncle, das ist nicht nötig. Sei einfach morgen früh um zehn in den Spree-Speichern.« Cal wollte seine Füße berühren, aber Pandit Chaudhuri hielt ihn zurück.

»Lass den Unsinn. Wir sind hier nicht in Calcutta, merk dir das.«

Also umarmten sie sich zum Abschied.

Während er die Stufen zur Untergrundbahn hinabstieg, grübelte Cal immer noch über die komplexen Mechanismen der indischen Gesellschaft nach. Die gängige Moral war eng und starr, aber es gab wohl eine Art stille Übereinkunft, dass man sie durch ein geschicktes Spiel zwischen Schein und Sein umgehen konnte. Der Phantasie waren keine Grenzen gesetzt. Nur der direkte Weg würde auf ewig versperrt bleiben. Nick konnte und wollte das einfach nicht verstehen.

Cal versuchte sich auf den Automaten zu konzentrieren, der ihn in englischer Sprache durch eine komplizierte Prozedur geleitete, an deren Ende tatsächlich eine Karte aus dem Fach glitt. Auf dem Bahnsteig war es kühl und dunkel. Nur wenige Menschen standen herum und warteten auf den nächsten Zug.

Es kostete Cal drei Versuche, bis er jemanden fand, der genug Englisch sprach, um ihm zu erklären, in welche Richtung er einsteigen musste. Achim Sanders hatte ihm zwar einen Plan der Berliner Bahnen in die Hand gedrückt, aber er vertraute dem gesprochenen Wort mehr als einer bunten Zeichnung auf einem Stück Papier.

Endlich kam der Zug. Er war fast leer. Cal lehnte sich in die Polster und schloss die Augen. Er genoss den Luxus, den Sitzplatz an sich, die Leere und die Stille. In Bombay gab es diese Kombination nur spätnachts, wenn die Züge für wenige Stunden befreit von ihrer tonnenschweren Last durch die Stadt rollten. Und selbst dann konnte er sicher sein, in eine lange und komplizierte Unterhaltung verstrickt zu werden, wenn auch nur ein einziger anderer Passagier den Waggon mit ihm teilte.

Cal hörte mit geschlossenen Augen, wie der Zug hielt und wieder anfuhr. Kurz darauf unterbrach eine laute Stimme das einschläfernde Brummen der Motoren. Sein inneres Alarmsystem sprang an. Er öffnete die Augen und sah einen mittelgroßen, fetten Mann in einer dünnen Windjacke vor sich stehen. Er fuchtelte vor seiner Nase herum und wiederholte seine Ansprache, immer noch auf Deutsch.

War das ein Überfall? Cal blickte sich hilfesuchend um. Am anderen Ende des Waggons saß ein älteres Paar, dass offensichtlich von einem weiteren Mitglied der Gang belästigt wurde, einer Frau mit hellblonden Haaren.

»Do you speak English?«, fragte Cal den Mann, der immer noch zu warten schien. Aus dem Augenwinkel sah er, wie die alten Leute ihr Portemonnaie zogen und der Frau etwas gaben. Aber sie gab es ihnen zurück.

»Ticket, ticket!« Endlich begriff Cal, dass es sich um eine Fahrkartenkontrolle handeln musste. Erleichtert zog er sein Ticket aus der Hosentasche und hielt es dem Mann hin.

»No, no! Nichtentwertet!« Der Mann hielt sein Ticket hoch und gab seiner Kollegin ein Zeichen. »Hieristwiedereiner!« Cal verstand, dass es ein Problem gab mit seiner Karte.

»Money? You need more money?« Er trug sein Geld immer lose in der Jeanstasche und zog einen Schein und ein paar Münzen hervor. Es war der Rest von einem der braunen Fünzig-Euro-Scheine, den er am Morgen eingesteckt hatte. Seine Tagesration.

Endlich hielt der Zug.

»You go out with us!« Die Frau machte eine eindeutige Geste. Wieder sah Cal nach links und rechts in der Hoffnung, jemand würde sich einmischen, ihm zu Hilfe kommen. Das alte Ehepaar guckte demonstrativ geradeaus. Er musste doch hier noch gar nicht aussteigen!

»Loskommschon!« Er fühlte eine Hand unter seinem Arm und wurde unsanft auf den Bahnsteig geschoben. Draußen auf dem Bahnsteig rannten viele Leute herum und versuchten, noch schnell in den abfahrenden Zug zu springen. Das mehrmalige Hupen ertönte, die Türen schlossen automatisch und der Zug fuhr ab. Cal war jetzt alleine mit den beiden Kontrolleuren, die leise auf Deutsch miteinander redeten. »Herrmannplatz« las er auf einem großen Schild, aber der Name sagte ihm nichts.

Die Frau wandte sich ihm wieder zu und redete laut zu ihm, als wäre er ein kleines Kind. »Forty Euro and passport!«

Cal, der langsam die Geduld verlor, holte wieder sein Geld heraus und hielt es ihr hin. »Das ist alles, was ich habe, zählen Sie doch bitte selber nach. Und was ist mit meinem Ticket?«

Irgendetwas stimmte damit nicht, denn die Frau behielt seine Karte weiterhin in der Hand, während der Mann das Geld nahm. »Dasreichtnicht.« Er gab ihm das Geld zurück.

Er sprach wieder mit der Frau, die ein Handy aus einer Gürteltasche zog und jemanden anrief. »You wait.«

Aufgrund seiner Erfahrung mit indischen Behörden wusste Cal, dass er seinen Unmut nicht zeigen durfte. Er versuchte sich zu entspannen. Irgendwann würde bestimmt jemand kommen, der Englisch sprach.

Nach zehn langen Minuten, die er auf der Bahnhofsuhr verfolgte, kamen zwei Männer in grüner Uniform. Immerhin waren das richtige Polizisten. Nick hatte ihm erzählt, dass er in Deutschland noch nie einen Polizisten bestochen hatte. Cal hatte es nicht glauben wollen.

Die vier besprachen sich kurz, dann sprach einer der Uniformierten ihn auf Englisch an.

»Wo kommen Sie her?«

»Aus Indien. Ich bin Regisseur und arbeite hier in den Spree-

Speichern. Ich habe eine Fahrkarte gekauft und bin eingestiegen. Bitte sagen Sie mir doch, was los ist.« Er hatte das englische Wort für Regisseur benutzt: Director.

»Sie wollen ein Direktor sein? Zirkusdirektor vielleicht?« Die beiden Polizisten lachten über ihn.

Cal wurde die ganze Sache immer unheimlicher. »Sagen Sie mir doch bitte endlich, was hier eigentlich läuft!«

»Ihren Ausweis bitte!«

Cal sah ihn irritiert an. »Ich habe meinen Ausweis nicht dabei! Er liegt in meinem Apartment.«

Der Polizist hörte ihm nicht zu oder verstand ihn nicht richtig.

»Bitte, wir können ja dorthin fahren. Spree-Speicher. Dort ist mein Ausweis und auch mein Geld.«

Sie schienen seinen Vorschlag zu diskutieren. Cal blickte von einem zum anderen und versuchte an ihren Gesichtern abzulesen, was sie sagten. Aber er konnte nichts darin sehen, weder Ablehnung noch Verständnis.

»Adresse!«

Offensichtlich kannten sie die Spree-Speicher nicht. Cal verfluchte sich, weil er keine von Sanders' Visitenkarten dabeihatte.

Schließlich nahm ihn einer von beiden am Arm und deutete auf die Treppe nach oben.

»Please come.«

»Vielen Dank. Sie werden sehen, ich habe Sie nicht belogen.« Cal ließ sich bereitwillig die Treppe hinauf und über eine Ampel führen, wo ein Polizeiwagen am Straßenrand parkte. Sie ließen ihn hinten einsteigen. Erleichtert darüber, dass der Albtraum sich dem Ende näherte, sah Cal aus dem Fenster und beobachtete die Menschen, die im Abendlicht draußen vor den Cafés saßen oder sich auf Fahrrädern durch den dichten Verkehr schlängelten. Auf einem abgezäunten Feld spielten Kinder Fußball. Ein Pärchen küsste sich innig, und Cal wandte den Blick ab. Nur um sich schnell noch einmal umzudrehen, denn es waren zwei Männer.

Der Wagen hielt. Cal, der sein inneres Gleichgewicht wiedergefunden hatte, wollte die Tür öffnen, musste aber warten, bis der Polizist sie von außen betätigte. Die Sonne stand schon tief, und er blinzelte, um sich zu orientieren. Auf der anderen Straßenseite zog sich ein großes Gebäude den ganzen Block entlang. Es bestand aus großen Quadern hellen Sandsteins. Die Spree-Speicher hingegen waren aus roten Ziegeln gebaut.

»Das ist nicht die richtige Adresse«, sagte Cal zu dem Polizisten, der ungeduldig auf den Fußspitzen wippte.

»Ja, schon gut. Kommen Sie mit.«

Er fühlte mehr, als dass er es sah, wie zwei Hände ihn an beiden Armen packten und zu einer Glastür zerrten.

31 Chicken Tikka

Den größten Teil der vergangenen zwei Tage hatte Nick im Bett vor dem Fernseher verbracht. Nur morgens, wenn Sabiya kam, die seit ihrem Streit kein Wort mehr mit ihm sprach, raffte er sich auf und verließ die Wohnung. Er ging die Straße runter bis zu *Barrista*, wo er einen Cappucino trank, ein pappiges Sandwich herunterwürgte und lustlos durch die Tageszeitungen blätterte. Indien war ein Planet, der um sich selbst kreiste. Die Zeitungen berichteten über indische Politik, indische Geschäftsleute, indische Stars. Dazu noch ein paar giftige Attacken auf Pakistan, ein neidischer Blick auf China, und das war's. Selbst die USA schienen im Angesicht solcher Selbstbezogenheit zu schrumpfen und wurden mit ein paar Kurzmeldungen über den Irakkrieg und den Prozess gegen Michael Jackson abgetan.

Er hätte natürlich runter nach Churchgate fahren können, um eine europäische Zeitung zu kaufen.

Er hätte auch jemanden anrufen können.

Er hätte in den Clubs vorbeischauen können, um bei einem Drink herauszufinden, wie weit Priyas Einfluss tatsächlich reichte.

Er hätte wieder einmal mit seinem Aufnahmegerät durch die Stadt wandern können.

Aber er tat nichts von alldem, sondern schleppte sich durch die stechende Hitze wieder nach Hause, wo er Fernseher und Ventilator anstellte und vor sich hin döste.

Manchmal schlief er ein und wachte kurze Zeit später schweißgebadet wieder auf. Wirre Träume von Cal und Mattie vermischten sich mit dem Fernsehprogramm aus Gameshows und Videoclips.

Manchmal wechselte er den Kanal und guckte eine Weile alte Bollywood-Filme, aber sein Hindi war immer noch zu schlecht. Und so verschmolzen die einzelnen Geschichten zu einem Brei aus Liebe und Verlust.

Zwischendurch dachte er darüber nach, was er mit dem Geld von Anand Kumar machen würde.

Er könnte sich Zeit nehmen und ein Buch über die Gujarat-Prozesse schreiben.

Er könnte selbst nach Goa fahren, sich an den Strand legen und warten, bis der Monsun ihn wieder fortspülte.

Er könnte zurück nach Deutschland fliegen. Aber nicht nach Berlin. Seine alten Freunde in Hamburg besuchen. Den Sommer genießen. Gucken, was sich ergibt.

Er stellte sich vor, wie Cal zurückkehrte, und er war nicht mehr da.

Einfach weg.

Aus die Maus.

Nick hatte geduscht, bevor er das Haus verließ, aber das Hemd klebte ihm nach wenigen Metern wieder am Körper. Selbst jetzt, wo die Sonne untergegangen war, fühlte sich die Luft zentnerschwer an, heiß und feucht, aber noch nicht bereit, ihr kostbares Nass endlich herzugeben. Menschen, Tiere, Pflanzen, selbst die Geräusche, das Hupen der Autos und Rikshas wirkten gedämpft und kraftlos.

Eine Riksha scherte vor ihm ein und schnitt ihm den Weg ab.

»Hallo, Sir«, murmelte der Fahrer unenthusiastisch, aber doch gierig auf einen Ausländer, dem man ein paar Rupien mehr abnehmen konnte. Nick stieg ein und fuhr die paar Meter bis zur Ecke Seven Bungalows. Er gab dem Fahrer das vorgeschriebene Geld, worauf dieser anfing, mechanisch herumzuzetern.

»Guck mal«, sagte Nick und musste sich tief hinunterbeugen, um unter das Dach der Riksha sehen zu können. »Du hast gedacht: Ah, ein Ausländer. Viel Geld. Aber du hast Pech. Manchmal muss man eben auch verlieren können.«

Der Mann gab keine Antwort, sondern griff in den Gashebel und fuhr so schnell an, dass Nick beinahe das Gleichgewicht verloren hätte. Er blieb stehen, wartete, bis die Staubwolke sich gelegt hatte, und fühlte, wie der feine Sand in seine Augen, Nase und Ohren drang. Hinter sich hörte er Gelächter und einen Ausruf auf Hindi.

Egal was Nick in Bombay tat, er hatte es noch nie erlebt, dass nicht irgendjemand aus irgendeiner Ecke einen Kommentar dazu abließ. Nicht nur weil sie einen Ausländer sahen. Je länger er hier war, desto mehr erschienen ihm die Bewohner von Bombay wie ein riesiger Organismus, der auf jede kleinste Bewegung einer einzigen Zelle reagierte. Die Vorstellung war so erdrückend wie die Luft, die über der Stadt hing.

Nick hatte den Platz für sein Treffen mit Kumar nicht ohne Grund gewählt. Der kleine Park war eigentlich eine verlängerte Verkehrsinsel, um die zu beiden Seiten Einbahnstraßen führten. Die vierspurige JP Road machte am Kopfende einen Bogen und spuckte einen mageren, aber stetigen Strom von Vehikeln aus, die durch die Einbahnstraße die kürzeste Verbindung zur vielbefahrenen Versova Juhu Link Road nahmen.

Es war jetzt acht Uhr abends, und Nick sah im Vorbeigehen die alten Männer und Frauen, die den Park bevölkerten. Sie gingen immer im Kreis herum, manche zu zweit, andere allein. Joggen war auf dem Rondell verboten, und für die Alten war es der einzige Ort in der Nachbarschaft, an dem sie gefahrlos ein paar Schritte gehen konnten. Sie erinnerten Nick an die geduldigen Ponys, auf denen er als Kind geritten war, wenn der Zirkus in die Stadt kam.

Er überquerte langsam die zweite Einbahnstraße und schlenderte zu einem kleinen Restaurant, das eine überdachte Terrasse zur Straße hin hatte. Am Anfang hatte er sich gewundert, dass im milden Klima Bombays nicht an jeder Straßenecke ein Gartenlokal zu finden war. Der Alltag hatte ihn jedoch schnell eines Besseren belehrt. Abgase, Staub und Hitze verdarben einem den Appetit, aber noch schlimmer war die akustische Umweltverschmutzung, der Lärmpegel, der die Trommelfelle in ständiger Vibration hielt und die Nerven zum Flattern brachte.

Heute war es Nick nur recht, dass er fast allein auf der Terrasse saß. An ihm vorbei strömten die Gäste nach drinnen, wo die Klimaanlage auf Hochtouren lief und alle Tische besetzt waren.

Der Kellner gab mit keiner Geste zu erkennen, dass er durchschnittlich dreimal die Woche hier sein Abendessen bestellte. Er brachte die Karte und ließ eine angemessene Zeitspanne verstreichen, bevor er wieder an den Tisch kam. »Was kann ich Ihnen bringen, Sir?«

Nick hatte die Speisekarte nicht geöffnet. »Chicken Tikka, Dhal Makhani, Romali Roti und einen halben Liter Kingfisher.«

»Wir haben kein Chicken Tikka.« Es war wie eine komplizierte Choreografie, die sie immer und immer wieder proben mussten.

»Aber ich habe doch vor drei Tagen auch Chicken Tikka gegessen.«

Der Mann deutete eine Verbeugung an. »Ich werde sehen, was ich für Sie tun kann, Sir.«

Er verschwand in der Küche und kam nach einer Minute mit dem Kingfisher zurück. »Wir können Chicken Tikka für Sie machen, Sir.«

Nick hätte ihn gern gefragt, ob dieser Satz ihm nicht bekannt vorkam. Stattdessen griff er nach der Flasche und trank sie in einem Zug zur Hälfte leer. Es fühlte sich an, als würde die Flüssigkeit direkt durch seine Zellmembranen dringen, einen feuchten Film auf der Haut hinterlassen und sofort wieder verdunsten. Er ließ sich Zeit mit dem Essen und trank danach noch ein Bier, aber langsam. Kumar sollte nicht denken, er sei immer betrunken.

Nick hätte beinahe laut aufgelacht. Er saß hier und machte sich Gedanken, was er für einen Eindruck hinterließ bei jemandem, den er erpresste. Denn das war es, was sich am Morgen nach ihrer Begegnung langsam in seinem verkaterten Hirn kristallisiert hatte: Erpressung. Sein ganzes Gefasel um Mattie und ihr Anrecht auf das Geld war nichts als heiße Luft. Sie waren ja nicht mal mehr zusammen. Und Mattie würde sich lieber die Zunge abbeißen, als ihren indischen Vater um Geld zu bitten. Ihn nicht und niemanden anders. Er betete, dass sie niemals herausfand, was er hier trieb. Mattie ging immer geradeaus, ihr Ziel im Auge, und wenn sie gegen die Wand lief, wechselte sie einfach die Richtung. Und ausgerechnet er hatte ihr vorgeworfen, nicht genug zu kämpfen um die Dinge, die ihr etwas bedeuteten. Jetzt entfuhr ihm tatsächlich ein Lachen, es klang leise und bitter.

Nick hatte das Kämpfen verlernt. Er hatte verlernt, überhaupt eine Richtung zu sehen, in die er gehen wollte. Eingepackt in diesen weichen, warmen, feuchten Organismus von Bombay, hatte er die Orientierung verloren und es zu spät bemerkt.

Er fragte den Kellner nach der Uhrzeit. Noch eine halbe Stunde.

Stunde der Wahrheit.

Noch im selben Moment, als er mit dem dämlichen Turban in der Hand vor dem *Marriott* saß, war ihm klar geworden, dass er Cal verloren hatte.

Berlin bedeutete mehr als nur eine gemeinsame Reise. Es war das gegenseitige Versprechen, ihre Liebe auf den Prüfstein zu stellen, sie von allen Seiten zu betrachten, ohne Angst. Sich unbeschwert und locker ihrer körperlichen Nähe bewusst zu werden, statt immer auf Abstand bedacht zu sein, sobald sie das Haus verließen. Er hatte seine wachsende Unzufriedenheit mit diesem falschen Spiel einfach auf Cals Seite der Rechnung geschoben. Als wären Cal und Indien ein und dasselbe. Wenn das der Fall wäre, hätte Cal niemals seine Existenz riskiert, nur um mit ihm zusammen zu sein. Einem Ausländer, der jederzeit wieder verschwinden konnte, der keine Rücksicht zu nehmen brauchte und dem man im Zweifelsfall alles durchgehen ließ.

Er bezahlte und blieb einen Moment vor dem Restaurant stehen, um sich an die Dunkelheit zu gewöhnen. Dann ging er auf die andere Straßenseite und betrat den Park. Die alten Leute waren verschwunden, als hätte es sie nie gegeben. Langsam entfernte er sich ein Stück von der Hauptstraße, auf der noch immer viele Leute unterwegs waren.

Nick merkte, wie das Bier in seinem Magen gluckerte. Sein Kopf war auf einmal seltsam klar. Wenn es jemanden gab, den er persönlich für die indische Doppelmoral verantwortlich machen konnte, dann war es Anand Kumar. Um seine jämmerliche Fassade zu retten, hatte er Ludwig Hauser gedeckt, der Matties Mutter kaputtgemacht hatte. Nick spürte weder ein schlechtes Gewissen noch den Kitzel des Verbotenen. Ihre Wege hatten sich ein zweites Mal gekreuzt, und diesmal würde er als Sieger vom Platz gehen. Danach würde das Schicksal ihnen hoffentlich die Freundlichkeit erweisen, es dabei zu belassen.

Trotz der lauten Verkehrsgeräusche von der Hauptstraße hörte er das Rascheln hinter sich im Gebüsch. Er fuhr herum.

Kein Mensch war zu sehen. Selbst die schmale Straße lag auf einmal verlassen im Licht einer einzigen Straßenlaterne.

Wahrscheinlich eine Ratte. Nick zog seine Zigaretten aus der Tasche. Genau in dem Moment, als die kleine Flamme vor seinem Gesicht aufflackerte, griffen sie ihn an.

Er hob sofort schützend die Arme über den Kopf. Der erste Schlag erwischte ihn mitten auf den Solarplexus. Er keuchte und spürte, wie das Bier in verkehrter Richtung seine Speiseröhre hinaufschoss. Wie viele es waren, konnte er nicht erkennen. Seine Knie gaben nach, und er rollte sich seitlich zu einer Kugel zusammen.

Er hörte ihr Keuchen in der Dunkelheit. Der Schmerz kam zeitversetzt zu den Tritten und Schlägen, wie ein Echo.

Plötzlich zogen ihn Arme von hinten in die Höhe. Im Schein der Straßenlaterne konnte er einen einzelnen Mann erkennen, der direkt vor ihm stand.

Es war ein durchschnittlicher Mann. Er hatte ihn schon hundertmal gesehen. Der Rikshafahrer vielleicht. Oder der Kellner im Restaurant. Der Zigarettenverkäufer. Der Türsteher vom *Marriott*. Sie alle waren zu einem einzigen Mann verschmolzen, der ihn jetzt ansah.

Abscheu. Hass. Schadenfreude. Er fand kein Wort für den Ausdruck.

Der Mann spuckte ihm ins Gesicht. »Schwule Sau. Du wirst sterben.« Fünf Worte. Langsam, deutlich, und auf Englisch.

Nick sah ein Messer aufblitzen und schloss die Augen.

Niemand würde ihm helfen.

Cal, wo bist du?!

Das Letzte, was er spürte, war Erstaunen darüber, dass es wirklich so zu Ende gehen sollte.

So ein verdammtes Klischee.

Ein Ausländer. Verlorengegangen in Indien.

32 Hotel

Mattie kam mit Mascha die Treppe hoch und schloss die Tür auf. Sie ging zum Tisch, auf dem noch die Kaffeekanne und das Frühstücksgeschirr herumstanden. Sie goss den letzten Rest Kaffee in ihre Tasse und stellte sich damit ans Fenster. Das Badeschiff machte gerade auf. Ein Blick auf die Uhr sagte ihr, dass es erst acht war. Niemand kam vor zehn ins Büro, und die Filmreihe konnte auch noch eine Stunde warten.

Ihr fiel auf, dass sie seit Tagen zum ersten Mal allein war. Sie atmete tief durch, schloss die Augen und ließ die Morgensonne auf ihr Gesicht scheinen.

Emma hatte sie wie verabredet in der Wagenburg abgeliefert. Didi war schon auf den Beinen und sortierte eine Schubkarre voll mit Sträuchern, die ein Gartenbaubetrieb gespendet hatte, wie sie ihnen erzählte.

»Und, habt ihr einen schönen Abend gehabt?«, fragte sie nicht Mattie, sondern Emma.

»Wir haben im Fernsehen Rosamunde Pilcher geguckt. Nur wir beide.« Emma sah Mattie an, als hätten sie zusammen eine Bank ausgeraubt. »Ich habe geweint. Und Madita auch.«

»Wie rührend.« Didi gab keinen weiteren Kommentar zu ihrem ersten Mutter-Tochter-Date ab, sondern holte ein Handy aus der Tasche ihres Trainingsanzuges. »Gib mir deine Nummer, ich schicke dir eine SMS. Dann können wir uns jederzeit erreichen«, sagte sie zu Mattie. »Und jetzt lass uns bitte allein, es gibt heute viel zu tun.«

Mattie nahm ihren Hund an die Leine, damit er nicht zurück zu Emma lief, und joggte nach Hause.

Sie stellte ihre Tasse ab, ging in die Küche und öffnete eine Dose Hundefutter für Mascha. Dann räumte sie ihr Bettzeug ab und klappte die Couch hoch. Auf dem Weg ins Bad stolperte sie über ihren geöffneten Koffer, um den herum sich Klamotten auf dem Boden verteilten. Sie hockte sich hin, um sie einzusammeln, aber der rote Träger ihres Badeanzugs brachte sie auf einen anderen Gedanken. Jetzt oder nie!

Sie hatte eigentlich vorgehabt, zu duschen und Cal abzuholen, um unten im Café einen Latte Macchiato zu trinken. Vielleicht hatte er ja Lust, stattdessen mit ihr schwimmen zu gehen.

Mattie musste sich eingestehen, dass sie am vergangenen Abend gehofft hatte, er würde noch einmal bei ihr vorbeikommen. Aber er war nicht aufgetaucht, und sie wusste nicht, welche Nummer sein Apartment hatte. Anrufen wollte sie auch nicht. Nachher dachte er noch, sie wolle ihn kontrollieren oder ihren Alleinanspruch auf seine Gesellschaft geltend machen. Aber jetzt hatte sie lange genug gewartet.

Sie suchte nach dem Handy und fand es in den Tiefen ihrer Tasche. Das Display war dunkel. Sie hatte es ausgeschaltet, als der Film anfing, und dann vergessen, es wieder anzumachen. Sie tippte ihren Pincode ein, und es piepte wie verrückt. Sechs missed calls von Cal. Alle zwischen gestern abend und zwei Uhr nachts. Eine unerwartete Freude flutete durch ihren Bauch.

Die SMS von Didi war auch da, und sie speicherte schnell die Nummer. Dann rief sie Cal zurück.

Er ging sofort ran.

»Cal, entschuldige, mein Handy war aus, hast du Lust –«

Er schnitt ihr das Wort ab. Die Verbindung war schlecht. »Mattie, bitte! Ich weiß nicht, wo ich bin. Sie bringen mich von einem Gefängnis zum anderen!«

Mattie drückte den Hörer fest ans Ohr und angelte mit der anderen Hand nach ihrem Kalender und einem Stift.

»Cal, wo bist du? Was ist passiert?«

»Ich war in der U-Bahn. Irgendwas war falsch mit meinem Ticket. Dann kam die Polizei. Am Herrmannplatz.« Sie hörte ihn fluchen. »Mattie, sie behandeln mich wie einen Verbrecher. Mein Pass liegt in der Wohnung. Das kann doch alles nicht wahr sein! Shit, mein Akku ist gleich leer –« Die Leitung war tot.

Sie versuchte es noch mal, aber es sprang nur die Mailbox an.

Erlaubte Cal sich einen schlechten Scherz mit ihr? Nein, das war nicht sein Stil.

Sie schnappte ihre Tasche und rannte so wie sie war rüber ins Büro. Wie sie erwartet hatte, war noch niemand da. Nur der Anrufbeantworter blinkte wie verrückt. Sie drückte die Wiedergabetaste. Die erste Nachricht enthielt ungefähr das, was er ihr auch am Telefon gesagt hatte. Sie drückte weiter, aber es kam nur noch Rauschen und einmal ein Fluch auf Hindi oder Bengali. Beim sechsten Anruf stoppte sie, weil jemand irgendwelche Infos über eine Verlosung von Freikarten wollte.

Mattie lief von Schreibtisch zu Schreibtisch, bis sie neben Astrids Platz fand, wonach sie suchte: eine Telefonliste mit den Handynummern der Mitarbeiter. Sie wählte die Nummer hinter dem Namen ›Achim‹.

»Astrid, was soll denn das, es ist kurz nach acht!« Er klang aus der Puste. Hinter ihm dudelte laute Musik. Bestimmt war er im Fitness-Center.

»Achim, hier ist Madita. Mattie.«

»Woher haben Sie die Nummer, was soll –«

Sie ließ ihn nicht ausreden. »Achim, ich hatte einen Anruf von Cal. Er ist im Gefängnis! Anscheinend gab es ein Missverständnis wegen einer U-Bahn-Karte oder so.«

Sie hörte ihn fluchen. »Mattie, hängen Sie sich ans Telefon und rufen Sie die Poilzeizentrale an. Versuchen Sie rauszukriegen, wo er ist. Wir müssen was unternehmen, bevor die Presse davon Wind bekommt. Ich bin in einer halben Stunde da!« Das Besetztzeichen ertönte.

Mattie konnte es nicht fassen. Cal saß im Knast, und der Idiot hatte nur seine Publicity im Kopf. Aber darüber konnte sie sich später aufregen. Sie suchte ein Telefonbuch und blätterte vor bis zu P wie Polizei. Der Polizeipräsident von Berlin. Eine Zentralnummer.

Es klingelte bestimmt zehn Mal, dann endlich eine weibliche Stimme. »Polizeipräsidium, Zentrale Friesenwache, Schröder mein Name, was kann ich für Sie tun?« Callcenter-Rhetorik.

Mattie versuchte ihre Gedanken zu ordnen. »Madita Junghans. Ein Freund von mir wurde offenbar gestern verhaftet. Wir wissen nicht, wo er ist und was eigentlich passiert ist.«

»Name, Zeit und Ort der Verhaftung?«

»Amit Mukherjee. Zeit –« Sie guckte noch mal auf ihr Handy. Cals erster Anruf war um zwanzig Uhr zehn gekommen. »Wahrscheinlich zwischen neunzehn und zwanzig Uhr. U-Bahnhof Herrmannplatz.«

»Nationalität?«

»Inder.«

»Ach so.«

»Was heißt hier ach so?« Matties Kopf fühlte sich an wie ein Dampfkochtopf kurz vor dem Pfeifen.

»Na, da vermute ich mal, dass Ihr Freund keinen gültigen Fahrschein hatte. Verhaftet wurde er wahrscheinlich nach Absatz eins, Paragraph zweiundneunzig des Ausländergesetzes, Verdacht auf illegalen Aufenthalt.«

»Er hat mich angerufen und weiß nicht, wo er ist. Können Sie das bitte herausfinden?«

»Moment, ich stelle Sie durch.«

Nachdem sie exakt dieselbe Geschichte noch zweimal wiederholt hatte, wurde Mattie mitgeteilt, dass ein Inder ohne gültigen Fahrschein und Papiere am Tag zuvor ins Polizeigewahrsam Tempelhof gebracht worden war.

Sie wählte noch mal die Handynummer von Achim Sanders. »Gibt es einen Zweitschlüssel für sein Apartment? Sein Pass ist da drin.«

»Ich bin gleich da. Die Zweitschlüssel sind im Safe.«

Mattie begann hin und her zu laufen. Zum Fenster, Blick hinunter aufs volle Badeschiff, zurück zu Astrids Schreibtisch, Büroklammer in die Hand und auseinandergebogen, zum Fenster, Badeschiff – sie blieb stehen und schaltete ihren Rechner ein.

Internet aufrufen. Warum ist die Verbindung so langsam?

Stadtplan.de.

Die Polizeidienststelle lag direkt gegenüber vom Flughafen Tempelhof. Drucker anschalten. Abschicken.

Der Laserdrucker fuhr surrend hoch, wärmte eine Ewigkeit seine Trommel auf und spuckte die Seite aus.

Mattie sah auf die Uhr. Es war kurz vor neun.

Achim Sanders kam im Laufschritt herein. Im Gegensatz zu ihr hatte er sich aber noch die Zeit genommen, zu duschen und die Kleidung zu wechseln.

»Die Stadtautobahn war knüppelvoll.« Er schloss sein eigenes Büro auf, das durch eine Rigipswand von der Großraumetage abgetrennt war. Mattie stellte sich in die Tür und verlagerte ihr Gewicht von einem Fuß auf den anderen.

Linker Fuß, rechter Fuß, linker Fuß, rechter Fuß.

Sanders kriegte den Safe nicht auf.

Links, rechts, links, rechts.

Er fluchte leise vor sich hin.

Links, rechts.

Endlich sprang die Safetür auf. Er holte einen Schlüsselbund raus. Sie musste ihm den Vortritt lassen, weil sie ja nicht wusste, wo Cals Apartment war.

Durch den Saal, Treppe hoch. Konnte der nicht schneller laufen?

Das Zimmer lag ganz am Ende des Flurs. Er probierte einen Schlüssel nach dem anderen.

Tür auf, los, geh schon rein.

Mattie hatte erwartet, dass Achim ihr das Apartment aufschließen und wieder ins Büro zurückgehen würde. Stattdessen lief er vor ihr bis in den Wohnraum und begann sofort die herumliegenden Sachen und Papiere zu durchsuchen.

Mattie schluckte ihren Ärger herunter. Cal da rauszuholen ging jetzt vor. Sie ging an Sanders vorbei ins Schlafzimmer. Das Bett war akkurat gemacht. Auf dem Nachttisch stand ein silberner Bilderrahmen.

Nicks Haare waren zu einem hellen Blond ausgeblichen, das sich von der braunen Haut abhob. Die grauen Augen blickten spöttisch in die Kamera.

Matties Synapsen traten außer Dienst. Mit aller Kraft zwang sie ihren rechten Arm, sich vorwärts zu bewegen. Die Hand zitterte ein wenig, griff aber nach dem Foto und schob es verkehrt herum unter das Kopfkissen. Sie spürte einen Widerstand. Die Hand kam wieder hervor. Sie hielt die Ecke eines kleinen schwarzen Heftes mit goldener Schrift.

»Ich hab den Pass!« Sie lief damit zurück ins Wohnzimmer. »Kommen Sie, schnell!«

Er sollte keine Sekunde länger in Cals Sachen herumwühlen.

Als sie wieder im Büro waren, fiel Mattie ein, dass sie den Schlüssel für den Bus vergessen hatte. Sanders warf ihr seinen

Autoschlüssel zu. »Nehmen Sie den BMW. Das macht einen seriöseren Eindruck.«

»Kommen Sie nicht mit?« Sie hängte ihre Tasche diagonal über die Schulter.

Er zögerte einen Moment zu lange, bevor er antwortete. »Ich habe um zehn einen wichtigen Termin. Bis dahin versuche ich unseren Anwalt zu erreichen. Ich melde mich bei Ihnen.«

Mattie war es egal, ob er log. Sie rannte die Treppe runter und auf den Hof. Der dunkelblaue BMW hatte einen reservierten Stellplatz direkt neben dem Eingang. Sie entsicherte die Zentralverriegelung und stieg ein. Als sie das Auto anließ, leuchtete ein Navigationssystem auf. Hinnarcks neuer VW hatte auch so eins. Sie holte den Zettel raus und tippte die Adresse ein. Kurz darauf begann die monotone Frauenstimme, ihr Befehle zu erteilen. Der Wagen glitt wie Butter aus der Einfahrt, und sie fädelte sich vorsichtig in den dichten Verkehr ein.

Am Platz der Luftbrücke hielt sie in zweiter Reihe und ging durch die Glastür des Bürohauses. In einem verglasten Kasten an der Längsseite der Eingangshalle saß ein Polizist in Uniform. Er hatte eine aufgeschlagene *BZ* vor sich liegen.

Mattie räusperte sich. »Ich suche Amit Mukherjee. Er soll hier eingeliefert worden sein.«

»Wir sind doch kein Krankenhaus.« Der Mann lachte über seinen Witz.

Mattie zwang sich zu einem verkrampften Lächeln. »Wie auch immer Sie das nennen wollen.«

»In Gewahrsam genommen. Schreiben Sie mir den Namen auf.« Er gähnte, legte Kugelschreiber und Notizblock in eine Schublade und schob sie auf ihre Seite des Glaskastens.

Sie schrieb Cals Namen auf.

Der Mann nahm den Hörer von einer Telefonanlage und tippte eine Nummer ein. Er buchstabierte mühsam den Namen und wartete. Nach einer Weile legte er auf. »Haben wir hier nicht.«

»Das kann nicht sein. Man hat mir gesagt, er sei hier wegen Verdacht auf Verstoß gegen das Ausländergesetz oder so was.« Sie hatte den genauen Paragraphen schon wieder vergessen.

»Warum sagen Sie das nicht gleich?« Hatte sie nur den Eindruck, oder wurde seine Stimme noch um ein paar Grad gehässiger? »Die sind schon vor zwei Stunden nach Grünau gebracht worden. Da hätten Sie früher aufstehen müssen.«

»Was ist Grünau?«

»Sie kennen Grünau nicht? Ich dachte, das wäre unter Ausländern bekannt.«

Vergiss es, dachte Mattie, während er langsam die Adresse auf den Block krakelte. Noch einmal wechselte die Schublade auf ihre Seite.

»Grünau ist ein exklusives Hotel für Touristen, denen es hier zu gut gefällt. Abschiebegewahrsam.« Das anschließende Lachen ließ das Wort noch brutaler klingen.

Mattie nahm den Zettel und verließ das Haus ohne Abschiedsgruß.

Sie stieg ein und fütterte das System mit der neuen Adresse. »Bitte wenden!«, befahl die Stimme.

Nach einer Weile kam sie wieder an den Spree-Speichern vorbei und folgte dann der Anweisung, sehr lange geradeaus zu fahren. Schließlich bog sie links ab und kam zu einer Brücke. Wasser funkelte in der Sonne, und weiße Segel leuchteten mit dem frischen Grün der Bäume am Ufer um die Wette. Das musste der Müggelsee sein. Lachen schallte aus einem Biergarten durch das offene Fenster des BMWs. Mattie ließ die Scheibe hochfahren und schaltete stattdessen die Klimaanlage ein. Die sommerliche Stimmung draußen erschien ihr nicht weniger zynisch als der letzte Satz des Polizisten.

Ein paar Minuten später parkte sie den Wagen vor einem großen Gebäudetrakt, dessen bedrohliche Ausstrahlung selbst die Sonne nicht mildern konnte. Natodraht glitzerte in bizarren Spiralen auf der hohen Mauer, die den schmucklosen Plattenbau fast vollständig umschloss. Nur an einer Stelle unterbrach ein dickes eisernes Tor die Wand aus Beton. Und noch mehr Natodraht. Als Mattie darauf zuging, sah sie, wie zwei Videokameras links und rechts des Tores ihre Bewegung mitverfolgten. Sie wartete einen Moment und suchte nach einer Gegensprechanlage, aber es gab keine. Wie von selbst öffnete sich das Tor und gab den Blick auf eine Szenerie frei, deren simple Funktionalität von brutaler Faszination war. Ein schmaler Weg aus Betonplatten führte ungefähr zweihundert Meter geradeaus bis zu einer Tür ins Innere des Gebäudes. Zu beiden Seiten ragten meterhohe Mauern auf, wiederum von Natodraht gekrönt. Wände und Boden strahlten weiß in der harten Vormittagssonne. Dazu der azurblaue Himmel wie aus einem Film von David Lynch.

Mattie setzte langsam einen Fuß vor den anderen.

Das Tor fiel hinter ihr ins Schloss.

Sie fragte sich, ob die Wirkung beabsichtigt war oder nur der Nebeneffekt perfektionistischer Bürokratie. ›Geeignete Maßnahmen zur möglichst effektiven Sicherung des Abschiebegewahrsams.‹

Ein exklusives Hotel.

Sie öffnete die Tür und stand erneut vor einer Pförtnerloge, diesmal in abblätterndem Ostfurnier und bei weitem nicht so schick wie das Gegenstück im Westen.

Sie wiederholte ihre Geschichte – zum wievielten Mal bereits? Ihr Mund fühlte sich trocken an.

Diesmal fügte sie gleich hinzu, dass Cal Inder war.

Der Uniformierte blätterte in einem Ordner.

Mattie sah schwarze Fingerabdrücke, setweise. Linke und rechte Hände.

Ihr schossen Tränen in die Augen. Wie musste er sich dabei gefühlt haben?

»Hier, das könnte er sein.« Der Mann nahm ihr Cals Pass ab und blätterte darin herum. »Nein, leider keine Übereinstimmung. Tut mir leid.« Er gab ihr den Pass zurück.

»Das kann nicht sein! Ich weiß, dass er hier ist!« Sie war kurz davor, die Nerven zu verlieren. Der Polizist, der eine solche Szene sicher nicht zum ersten Mal erlebte, schob wortlos den Ordner zu ihr hinüber und drehte ihn so, dass sie das Formblatt richtig herum sah.

Linke Hand. Rechte Hand. Vorgangsnummer. Personenbeschreibung. Herkunftsland: Indien. Name: Shahrukh Khan.

Mattie fühlte, wie das Lachen sich den Weg durch ihre trockene Kehle bahnte.

Cals Sarkasmus war so unverwechselbar wie ein Fingerabdruck.

33 Vergiss Shahrukh

»Sie müssen mir helfen, bitte!« Xavier Manuel García ergriff ihre Hand. Jasmin wartete einen Moment und zog sie dann zurück. Er sagte noch etwas, aber sie konnte ihn nicht verstehen. Sie sah die Panik in seinen Augen. Wer immer ihr in diesem Raum gegenübersaß, stand unter Schock.

Man konnte sich tausendfach ausmalen, wie es war, wenn sie einen erwischten, aber die Realität war offenbar noch viel schlimmer. Dieser Besuchsraum würde sich einprägen als das letzte Bild von Deutschland. Sechs Tische, versetzt zueinander und mit genügend Abstand, um Privatsphäre vorzutäuschen. Heute waren sie nur zum Teil besetzt.

Neben ihnen saßen sich ein junger Typ und seine Freundin gegenüber, die Hände über dem Tisch verschränkt. Als könnten sie dadurch das Unvermeidliche abwenden. Keiner von beiden sprach ein Wort. Weiter hinten sah Jasmin eine ganze Familie. Vielleicht Kurden. Die Frau rührte sich nicht. Sie saß mit dem Rücken zu ihr. Der Mann redete leise auf einen kleinen Jungen ein. Das Kleinkind stand unsicher auf den Oberschenkeln seines Vaters und brabbelte vor sich hin. In der Spielecke saß ein älteres Mädchen und blätterte in einem Bilderbuch. Der Raum hatte etwas von einer schlecht eingerichteten Familientagesstätte. Bis auf die vergitterten Fenster und das Schiff.

Jasmin war nicht sicher, ob García ihr überhaupt zuhörte. Er war ein Intellektueller, ein Sozialarbeiter, der anscheinend auf die Listen der Todesschwadrone geraten war, weil er sich für die falschen Leute einsetzte. In Deutschland galt diese Art von Verfolgung jedoch nicht als Asylgrund. Jasmin spürte seine Angst und versuchte ihr Inneres zu verschließen. Sie erklärte ihm noch einmal langsam, was er bei der Vernehmung zu sagen hatte. Dann ließ sie ihn die Vollmacht für den Anwalt in Kiel unterschreiben. Zum Schluss gab sie ihm noch genug Geld für eine Fahrkarte von Berlin nach Kiel und wünschte ihm viel Glück. Danach blieb ihnen nichts weiter übrig, als schweigend auf den Beamten zu warten, der García wieder zurück in die Zelle bringen würde.

Als Jasmin das erste Mal nach Grünau kam, kurz nachdem sie

angefangen hatte zu studieren, war sie viel zu aufgeregt, um den Ort richtig wahrzunehmen. Es ging um eine Frau aus Belgrad, die selbst in der Berliner Gruppe aktiv war. Jasmin hatte schon von Kiel aus den Kontakt nach Berlin aufgenommen und war gleich in der Woche nach ihrer Ankunft zum Plenum gegangen. Durch ihre Pendelei zwischen Berlin und Kiel konnte sie sogar in beiden Gruppen mitmachen.

Die Frau brauchte vor allem frische Kleidung, ihren Akku für das Handy und ein paar persönliche Sachen. Sie wusste selbst, was zu tun war und welche Anwälte sie anrufen konnte. Jasmin versuchte, die Stimmung ein bisschen aufzulockern. Die Frau lachte ein paarmal, fing zwischendurch aber immer wieder an zu weinen. Nach einer halben Stunde ging Jasmin hinaus und rief die zuständige Anwältin selbst an. Sie überredete sie, alles andere stehen und liegen zu lassen und sofort mit dem Haftrichter zu sprechen. Danach wartete sie draußen vor dem Tor zwei Stunden lang in der Kälte, bis die Frau tatsächlich herauskam. Den ganzen Rückweg alberten sie in der S-Bahn herum wie vierzehnjährige Girlies.

Beim zweiten Mal hatte der Richter kein Verständnis gezeigt. Der Termin für die Abschiebung stand bereits fest. Ruhig erklärte ihr der Mann aus Afghanistan, was sie mit den Möbeln und Sachen tun sollten, die er im Laufe seines zehnjährigen Aufenthaltes in Deutschland angesammelt hatte. Jasmin kam es vor, als säße sie einem Schwerkranken gegenüber, der wusste, dass er sterben würde. Der Mann hatte bis zum Letzten um eine Verlängerung seiner Duldung gekämpft. Eine Zeitlang bekam er sogar Asyl von einer Kirchengemeinde. Aber am Ende schnappten sie ihn doch. In seinen Pass würde ein Vermerk gestempelt werden. Jedes Konsulat konnte daran erkennen, dass der Betreffende Schulden beim deutschen Staat hatte. Abschiebungen wurden über teure Linienflüge abgewickelt, dazu kamen die Kosten für besondere Sicherheitsvorkehrungen sowie für jede Nacht in Abschiebegewahrsam eine Gebühr von sechzig Euro.

Als der Mann ihr Stück für Stück seinen Besitz aufzählte, bemerkte Jasmin zum ersten Mal das Schiff. Es war direkt auf die Wand gemalt, im Stil einer Illustration aus einem Kinderbuch.

Ein großes altes Segelschiff, wie die *Gorch Fock*, die jedes Jahr ein paar Wochen in Kiel vor Anker lag. Der Rumpf war aus braunem Holz, die Segel flatterten weiß über dem blauen Wasser. Obwohl die See ziemlich stürmisch war und hohe Wellen schlug, schien das Schiff mit Leichtigkeit drüber hinwegzufliegen.

Was hatte sich der Maler dabei gedacht? Hatte man ihm den Auftrag erteilt, eine lustige Reise zu thematisieren? Damit die Insassen sich darauf freuten, endlich nach Hause zu kommen?

Im Laufe ihrer Besuche hatte Jasmin immer neue Details in dem Bild entdeckt. Ihre anfängliche Freude über jeden Erfolg und die Enttäuschung und Wut, wenn es nicht klappte, wichen nach und nach einer professionelleren Distanz. Sie begann sogar Ärger zu verspüren, wenn sich wieder jemand in der U-Bahn ohne Fahrkarte hatte erwischen lassen, obwohl sie immer wieder die Parole ausgaben, unter keinen Umständen schwarzzufahren. Wer keine Papiere hatte, musste sich erst recht verhalten wie ein unauffälliger, staatstreuer Bürger.

Die Gruppentreffen begannen sie zu nerven. Am Anfang hatten sie noch bundesweite Aktionen geplant und Kongresse veranstaltet, bei denen es darum ging, Strategien für eine andere Politik zu entwerfen. Aber nach und nach waren solche Sachen hinter den ständigen Noteinsätzen zurückgeblieben. Alle Energien gingen dafür drauf, Ärzte und Anwälte zu kontaktieren, mögliche Kandidaten für Scheinehen zu finden oder interne Konflikte zu lösen.

Natürlich sprach Jasmin nicht mit Frederike über ihre politischen Aktivitäten. Aber der Job brachte es mit sich, dass sie auf Flügen oder im Auto über dies und jenes redeten. Jasmin musste ihre Vorurteile gegenüber Politikern im Allgemeinen und der rot-grünen Regierung im Besonderen revidieren. Frederike hatte eine Menge von der Welt gesehen, sie hatte sogar zur Zeit der Sandinisten eine Weile in Nicaragua gearbeitet. Die Argumente gegen eine Verschärfung der Einreise- und Aufenthaltsbestimmungen waren ihr nicht fremd. Persönlich sympathisierte sie sogar mit vielen ihrer Forderungen. Aber der Staat musste eben einem komplexen Geflecht aus innen- und außenpolitischen Regeln und Richtlinien folgen. Außerdem war sie eine überzeugte Pazifistin.

Als sie vor ein paar Monaten wieder mal über die Vor- und

Nachteile der Globalisierung sprachen, sagte Frederike plötzlich: »Jasmin, glaubst du wirklich daran, mit so radikalen Forderungen die Welt auf einen Schlag ändern zu können?«

»Klar, irgendjemand muss es doch aussprechen«, hatte sie geantwortet, aber sich im selben Moment gefragt, ob sie wirklich an den Erfolg glaubte.

»Es liegt natürlich bei dir, aber ich bin seit langem der Meinung, dass man realen Fortschritt nur von innen erreichen kann. Schritt für Schritt.«

Damit war die Sache für Frederike beendet. Aber Jasmin musste immer wieder an diese Unterhaltung denken. Wollte sie wirklich ihr Leben damit verbringen, auf persönlichen Erfolg zu verzichten, und Woche für Woche, Jahr für Jahr einen aussichtslosen Kampf gegen den Staat und seine Gesetze führen? Bei den Gruppentreffen kam es ihr vor, als würden alle immerzu nur dieselben leeren Hülsen und Forderungen wiederholen. Sie bewegten sich in einem völlig isolierten kleinen Radius. Die breiten Massen hatten sie nie erreichen können.

Jasmin benutzte ihr Studium als Vorwand, um auszusteigen. Sie fühlte sich wie befreit von einer schweren Last. Sie fing wieder an, mit Freundinnen auszugehen und das Leben zu genießen. Die Uni machte ihr wieder Spaß. Und Frederike ließ sich von ihr über die Schulter gucken und bezog sie mehr und mehr in die Arbeit mit ein.

Auf dem Weg nach draußen hörte Jasmin plötzlich eine Stimme, die ihr bekannt vorkam. Zuerst dachte sie, es wäre jemand aus der Gruppe oder eine Anwältin, die sie kannte. Sie verlangsamte ihre Schritte und blieb vor der Sicherheitsschleuse stehen, um einen Blick durch die Pförtnerloge zu werfen. Es war besser, sich vorher zu überlegen, wie sie eine unerwünschte Begegnung vermeiden konnte, denn einen anderen Weg hinaus gab es nicht.

»Ich habe Ihnen doch schon gesagt, Shahrukh Khan ist ein berühmter Schauspieler! Herr Mukherjee war wahrscheinlich wütend über seine Behandlung und hat sich einen Scherz mit Ihnen erlaubt.« Kein Zweifel, das war schon wieder diese Mattie Junghans. Jasmin erinnerte sich, dass Frederike ihr gesagt hatte, sie arbeite jetzt für die Spree-Speicher. Und da liefen die Vorbereitungen für die Bollywood-Show. Aber wie kam sie ausgerechnet hierher, und was faselte sie da von Shahrukh?

»Können Sie mich kurz rauslassen?«

Der Polizist wandte sich augenblicklich zu ihr um und ergriff dankbar die Gelegenheit, Mattie zu entkommen, die weiter auf ihn einredete.

»Lesen Ihre Kinder keine *Bravo*? Rufen Sie sie an. Fragen Sie sie!«

Jasmin leerte ihre Taschen und trat durch die Schleuse. Der Mann guckte nur flüchtig in die Plastikschale und gab ihr ihre Sachen zurück. Sie setzte die Sonnenbrille auf. Dann öffnete er die halbhohe Klapptür und ließ sie hindurchgehen.

»Hallo, Mattie, kann man dich keinen Tag aus den Augen lassen, ohne dass du dir irgendwo Ärger einfängst?« Es sollte ein Witz sein, kam aber ein bisschen herablassend raus. Mattie schien sie nicht zu erkennen. Sie nahm die Brille wieder ab.

»Jasmin! Was machst du denn hier?« Mattie sah aus, als käme sie direkt vom Joggen. Die Frau brauchte dringend eine Stilberatung.

»Examensvorbereitung«, murmelte Jasmin. Mattie hörte sowieso nicht richtig hin. Sie griff nach Jasmins Arm und zog sie neben sich. Der Beamte schloss die Tür und setzte sich wieder auf seinen Stuhl.

»Diese Frau arbeitet im Auswärtigen Amt. Sie kann meine Angaben bestätigen.« Jasmin glaubte, sie hätte sich verhört. Wer war sie und was sollte sie bestätigen?

»Das kann ja jeder behaupten. Da müssen Sie mir schon einen Ausweis vorlegen.« Der Beamte guckte von Mattie zu ihr. Nur seine Augen verrieten die leichte Verunsicherung.

Jasmin überlegte, wie sie sich am besten aus der Affäre ziehen konnte. Am liebsten wäre sie einfach gegangen, aber dafür war es wohl zu spät. Sie wühlte in ihrer Tasche und fand den Hausausweis für das Auswärtige Amt, eine Plastikkarte mit einem Clip, die man tragen musste, solange man sich im Haus aufhielt. Zum Glück stand nur ihr Name darauf und nicht ihr tatsächlicher Job.

»Ich arbeite als Referentin für die Staatssekretärin Frederike von Westenhagen«, baute sie Matties Lüge notgedrungen weiter aus. »Worum geht es denn eigentlich?«

Mattie wäre eine schlechte Zeugin vor Gericht. Sie schaffte es nicht, die Geschichte im Kontext von Anfang an zu erzählen. Jasmin konnte sich nur ungefähr zusammenreimen, was passiert war. Aber als Mattie ihr den Ordner mit den Fingerabdrücken und dem Namen zeigte, musste sie kurz hüsteln, damit der Polizist nicht merkte, dass sie lachte. Dieser Typ, Cal oder Amit oder wie immer er hieß, war entweder ziemlich cool, oder er hatte keine Ahnung, wie ernst seine Lage war.

Sie griff wieder in ihre Tasche und zog ohne weitere Erklärungen das Handy heraus. Frederike war hoffentlich nicht gerade in einer Sitzung oder beim Minister.

Sie hatte Glück. »Jasmin, was gibt es denn? Hast du nicht erst heute Abend wieder Dienst?«

»Erinnerst du dich an die Bollywood-Show in den Spree-Speichern? Ich bin hier gerade in Grünau. Der Regisseur ist durch ein Missverständnis in Abschiebehaft gelandet.«

Frederike fragte nicht groß nach. »Gib mir den diensthabenden Beamten«, sagte sie nur.

Jasmin reichte das Handy über den Tresen und betete, dass er die ›persönliche Referentin‹ nicht erwähnte.

Aber er hörte nur zu. Anspannung begann sich auf seinem Gesicht abzuzeichnen. »Ja, Frau Staatssekretärin. Wenn Sie persönlich für den Mann bürgen, können wir ihn selbstverständlich sofort auf freien Fuß setzen.« Er machte eine kurze Pause. »Natürlich werden wir ihn angemessen behandeln. Auf Wiedersehen.«

Er reichte Jasmin das Handy zurück.

»Wenn die Damen hier drinnen warten möchten, nehmen Sie doch bitte dort drüben Platz.« Er zeigte auf eine Gruppe von Kunstledersesseln um einen Resopaltisch.

»Nein danke«, sagte Mattie. »Wir warten lieber draußen. Es wird ja nicht allzu lange dauern.« Sie griff nach dem indischen Pass. »Den brauchen Sie jetzt wohl nicht mehr.«

Der Mann schüttelte den Kopf. Dann griff er zum Telefon.

Jasmin setzte die Sonnenbrille wieder auf und trat mit Mattie, die ihr sogar die Tür aufhielt, in die krasse Mittagssonne. Keine von ihnen sagte ein Wort, bis sie durch das Tor waren.

Der Parkplatz war fast leer. Jasmin löste ihr Fahrradschloss und wollte Mattie zum Bus folgen. Aber sie konnte das große rote Ding nirgends sehen. Stattdessen stand Mattie neben einem nagelneuen BMW Kombi. Sie ging nach hinten und öffnete den Kofferraum. Jasmin legte ihr Mountainbike vorsichtig rein, um keine Kratzer zu hinterlassen.

Erst als sie nebeneinander auf den Vordersitzen saßen und die Klimaanlage kalte Luft in den Wagen blies, sagte Mattie: »Danke, Jasmin. Und tut mir leid wegen der Referentin.«

»Ist schon okay.« Jasmin machte das Radio an und suchte *Kiss FM*. Die Boxen waren super.

Nach zehn Minuten öffnete sich das Tor, und ein junger Kerl trat heraus.

Jasmin pfiff leise durch die Zähne.

Mattie warf ihr einen undefinierbaren Blick zu. Dann stieg sie aus und ging auf den Mann zu. Sie umarmten sich lange und fest.

Jasmin überlegte, ob zwischen den beiden was lief. Und wenn schon. Man konnte ja mal antesten, ob Jugend nicht doch vor dem reiferen Alter kam.

Als sie das Geräusch der hinteren Tür hörte, drehte sie sich um und nahm ihre Sonnenbrille ab.

»Hi, Shahrukh, ich wollte dich schon lange mal kennenlernen«, sagte Jasmin.

Er guckte ihr direkt in die Augen.

»Vergiss Shahrukh Khan«, murmelte sie.

34 Entwicklungshilfe

Achim Sanders hielt ihr die Tür auf, und Frederike betrat lachend das indische Restaurant. Es tat gut, ab und zu ein bisschen hofiert zu werden. Seit sie in Berlin arbeitete, trafen sie sich häufiger zum Essen. Kurz vor dem Anschlag hatten sie sogar zusammen einen Tangokurs angefangen. Frederike deutete ein paar Schritte an. »Na, geht's noch, oder wirst du langsam zu alt dafür?«

Achim war ein gutaussehender Mann, auch wenn er ein bisschen Fett angesetzt hatte, seit er nicht mehr selbst mit der Kamera durch die Welt zog. Er lachte. »Ich habe wieder mit dem Yoga angefangen, seit sie Kurse in meinem Fitness-Center anbieten. Am Anfang war es die Hölle, aber jetzt geht's.«

Sie standen im Vorraum. Hinter ihnen betraten Jasmin und Leo, der Berliner Security-Mann, das Restaurant. Der Geschäftsführer stand an einem Pult, vor dem sich bereits eine kleine Menschenansammlung gebildet hatte. Er blätterte in einem dicken Buch mit Reservierungen. Als er Frederike erkannte, kam er direkt zu ihnen. Die anderen Leute fingen sofort an zu murren.

»Hallo, Vikram, wie geht's?«

»Gut, Frau von Westenhagen, aber wir haben ein kleines Problem. Der Kollege, der die Reservierung aufgenommen hat, ist neu. Er wusste nicht, dass Sie immer noch einen zweiten Tisch für die Begleitung brauchen.«

»Das ist aber ärgerlich.« Frederike merkte, wie sie innerlich aufbrauste. Das passierte ihr in letzter Zeit häufig. Die Anspannung, der Wahlkampf, die Vorbereitung der Asien-Delegation. Sie riss sich zusammen. »Können Sie nicht kurzfristig umdisponieren?« Mit anderen Worten hieß das eine Vorbestellung stornieren.

Jemand aus der Schlange hatte sie erkannt und tuschelte aufgeregt mit seiner Begleitung. Es war irritierend, aber Frederike hatte sich mit der Zeit daran gewöhnt. Vikram legte die Stirn in Kummerfalten. Jeder spielte seine Rolle.

»Es tut mir wirklich leid, wir haben heute auch noch die Kunstleute von der Ausstellungseröffnung in den Mahler-Höfen da. Ich kann Ihnen höchstens einen größeren Tisch anbieten, für sechs Personen.«

»Das kommt nicht in Frage.« Die Dinge, die sie besprechen wollte, waren zu vertraulich.

Achim schaltete sich ein. »Frederike, wenn sie uns einen Ecktisch geben, können deine Leibwächter dann nicht draußen warten? Ich gebe ihnen meinen Autoschlüssel, dann können sie Musik hören oder schlafen.«

»Ich fürchte, das geht nicht. Vorschrift«, mischte sich nun auch noch Jasmin ein.

»Geht's jetzt mal weiter, oder werden hier nur noch Promis bedient? Dann können wir ja gleich wieder gehen!« Die Berliner ließen keine Gelegenheit aus, daran zu erinnern, dass sie sich nicht darum gerissen hatten, Hauptstadt zu werden.

Vikram sah sie mit flehendem Blick an.

»Okay, Kompromiss.« Frederike nahm Jasmin am Arm. »Leo wartet im Auto, und Jasmin kommt mit rein und passt auf mich auf.« Jasmin wollte widersprechen, aber sie ließ sie gar nicht erst zu Wort kommen. »Achim kann sie dabei tatkräftig unterstützen. Schließlich macht er Yoga.«

Während Leo den Schlüssel entgegennahm und sich mit einer kurzen Verbeugung zurückzog, winkte Vikram einen Kellner heran, der sie zu einem großen runden Tisch in einer Nische am Fenster führte.

Das *Mumbai Palace* hatte sich zu einer Top-Adresse in Mitte herausgemacht. Im Zentrum des Raums plätscherte ein großer Springbrunnen mit einer goldenen Lotosblüte, die von unten angestrahlt wurde. Auf den Tischen standen Schalen mit duftenden Blüten. Das Licht reflektierte indirekt von den hellen Wänden, die Einrichtung war in schlichtem dunklem Holz gehalten. Das richtige Maß zwischen klassischem Stil und verspielter Exotik.

Frederike setzte sich so, dass sie den Raum überblicken konnte. Sie platzierte Jasmin zu ihrer Rechten, mit Blickrichtung zur Tür, und Achim auf der anderen Seite. »Ihr beide wisst, dass alles, was hier heute besprochen wird, nicht nach außen dringen darf.« Sie formulierte es bewusst nicht als Bitte.

Achim kicherte. »Wie aufregend. Ich bin Geheimnisträger.«

Jasmin nickte. Frederike dachte daran, wie spannend es für sie sein musste, endlich einmal in erster Reihe dabei zu sein. Aber das Mädchen ließ sich nichts anmerken. Ein gutes Zeichen, denn Selbstbeherrschung war eine Grundvoraussetzung für eine erfolgreiche Laufbahn im Auswärtigen Dienst.

»Sei nicht albern, Achim. Ich meine es ernst.« Bevor er antworten konnte, brachte der Kellner Madita Junghans und ihren dunkelhäutigen Begleiter zum Tisch. Frederike nahm seine elegante Erscheinung mit positiver Überraschung zur Kenntnis. Er trug ein Hemd aus Seide mit dezenter Stickerei am Kragen und an den Ärmeln, dazu schwarze weite Hosen und Ledermokassins. Indische Männer waren ihr nicht als besonders gutaussehend in

Erinnerung, anders als die Frauen in ihren bunten Saris. Madita sah fast genauso aus wie bei ihrer ersten Begegnung, in Jeans und einem engen T-Shirt, ungeschminkt. Die Frau könnte wirklich mehr aus sich machen.

Die Vorstellungsrunde fiel kurz aus, da sich fast alle Beteiligten bereits kannten. Frederike lehnte sich zurück und erkundigte sich nach dem Abenteuer des Regisseurs mit den deutschen Behörden.

»Es ist immer eine interessante Erfahrung, ein Land aus der Perspektive derjenigen kennenzulernen, die nicht zu den Privilegierten gehören«, sagte er mit einer samtig weichen Stimme. Sein Englisch war sehr gut, mit dem melodischen Tonfall der Südasiaten. »So wie europäische Touristen sich gerne in indischen Bergdörfern ohne Strom und Wasser einquartieren. Es wird mir ein unvergessliches Erlebnis bleiben.«

Achim schien das Thema unangenehm zu sein. Frederike registrierte den vorwurfsvollen Blick, den Madita ihm zuwarf. »Ich, wir alle müssen uns bei dir bedanken, Frederike«, sagte er jovial. »Als ich meinen Anwalt endlich erreicht habe, hattest du unseren Freund hier bereits aus den Fängen der Polizei befreit.«

Frederike wischte das Kompliment mit einer schnellen Geste beiseite. Es war unsinnig, kostbare Zeit mit Schmeicheleien zu verschwenden. »Na, ich hoffe, Sie haben sich wieder erholt«, sagte sie, ohne den Inder aus den Augen zu lassen.

»Ich habe gekocht.« Er wechselte einen schnellen Blick mit Madita, die zurücklächelte.

»Gekocht?« Achim war sichtlich irritiert.

»Ja, ich bin nach Hause gefahren und habe gekocht. Wir Inder sind sehr aufs Essen fixiert. Es ist mehr als Nahrung. Mit einem guten Essen lässt sich beinahe jedes Problem lösen.«

Frederike nahm die Speisekarte zur Hand. »Dann können Sie uns ja sicher empfehlen, was wir bestellen sollen!«

Er öffnete ebenfalls die Karte, klappte sie aber gleich wieder zu. »Da ich kein Deutsch verstehe, fragen wir wohl besser den Kellner.«

Frederike winkte Vikram an den Tisch. Er nahm persönlich die Bestellung auf, nachdem er ihnen frisches Tandoori-Huhn aus dem Steinofen und Lamm-Curry mit frischen Tomaten empfohlen hatte.

»Ich bin froh, dass ich meinen Teil zu Ihrer schnellen Entlassung beitragen konnte«, sagte Frederike, als sie wieder unter sich waren. »Und ich hoffe, wir werden hier heute Abend noch auf etwas anderes anstoßen können. Sicher haben Sie, habt ihr euch schon gewundert, warum ich Sie in dieser Konstellation hier zusammengerufen habe. Es geht um eine Idee, von der ich hoffe, dass sie mit Ihrer aller Unterstützung Wirklichkeit werden wird.«

Achim machte eine erwartungsvolle Geste. Als Produzent würde er sich erst einmal bis zum Schluss anhören, worum es ging, bevor er seine Meinung abgab. Madita schien ein wenig misstrauisch, und Cals Gesicht zeigte höfliches Interesse. Er war der entscheidende Faktor in dieser Runde, also musste sie sich auf ihn konzentrieren. Offenbar waren er und Madita mehr als nur Kollegen, die sich zufällig über die Arbeit in den Spree-Speichern kennengelernt hatten. Ihr nächster Zug galt also sowohl ihm als auch der Frau an seiner Seite.

Frederike zog einen weißen Umschlag aus der Tasche. »Madita – ich darf Sie doch Madita nennen – ich habe mit dem zuständigen Kommandanten über den unglücklichen Vorfall im *Strandläufer* gesprochen.«

»Unglücklich?« Madita wollte einen Einwand erheben, aber Cal legte beruhigend seine Hand auf ihre. Frederike sah kurz zu ihm hinüber. Er würde ihr den Einstieg erleichtern. Erst jetzt bemerkte sie, dass Jasmin den Inder ungeniert anstarrte. Ihr Blick sagte mehr als jedes Wort.

»Wir müssen ja hier nicht über Begrifflichkeiten streiten. Leider lässt sich nicht einwandfrei feststellen, wer die Straftäter waren und wo sie sich augenblicklich aufhalten. Anstatt nun langwierige Ermittlungen der Strafverfolgungsbehörden in Gang zu setzen, die höchstwahrscheinlich zu keinen konkreten Ergebnissen führen, wurde beschlossen, Ihnen eine außergerichtliche Einigung vorzuschlagen. Ich hoffe, dass die Summe in etwa Ihre Unkosten deckt.« Wieder wollte Madita ihr ins Wort fallen, aber Frederike brachte sie mit einer beschwichtigenden Geste zum Schweigen. »Sie müssen nicht hier und jetzt dazu eine Stellungnahme abgeben. Überlegen Sie in Ruhe, schlafen Sie eine Nacht darüber, und dann geben Sie mir Bescheid.« Sie schob den Umschlag über den Tisch, wo er vor Madita liegen blieb. Einen Moment lang herrschte Schweigen, das erfreulicherweise durch Vikrams Erscheinen beendet wurde. Das Essen wurde serviert, und alle wandten sich ihren Tellern zu. Selbst Madita nickte anerkennend, als Vikram fragte, ob sie zufrieden wären. Cal hatte recht: Ein gutes Essen zur richtigen Zeit half Probleme lösen.

Während sie aßen, unterhielt Achim die Runde mit Anekdoten über seine Reisen durch den Himalaya. »Inder sind wirklich begnadete Protagonisten vor der Kamera«, sagte er zu Cal. »Sie haben überhaupt keine Scheu, über die privatesten Dinge zu sprechen, und selbst die Spiritualität ist Teil ihres Alltags.«

»Ja, wirklich? Darüber habe ich noch nie nachgedacht.« Wieder diese weiche Stimme. »Ich bin leider nicht sehr, wie nannten Sie das, spirituell veranlagt.«

Achim lachte. »Aber das ist doch das Schöne! Man braucht nicht besonders religiös oder gläubig zu sein, um in Indien Spiritualität zu erfahren. Hier sind die Kirchen verkrustete Institutionen, die an ihren überholten Statuten festhalten und sich mehr und mehr von den Menschen entfernen. Nicht wahr, Frederike?« Er wandte sich ihr zu. »Weißt du noch damals, in Poona, wie befreiend wir es empfunden haben, einfach zu meditieren, das Bewusstsein zu öffnen und den Fluss des Lebens zu spüren? Es war wie das Paradies nach der kalten und starren Welt, die wir hinter uns gelassen hatten.«

Frederike hatte schon befürchtet, dass es dazu kommen würde. Sie wollte Achim nicht vor den Kopf stoßen, aber sie musste an dieser Stelle einen Riegel vorschieben. Gerade als sie unauffällig das Thema wechseln wollte, erwachte Jasmin aus ihrer Starre.

»Du warst auch in Poona? Davon hat mir Regina nie etwas erzählt.«

»Ich war nur kurz da. Und später als deine Mutter.« Sie warf Achim einen warnenden Blick zu, aber er redete schon weiter, ohne darauf zu achten.

»Immerhin lange genug, um Sannyas zu nehmen.«

»Sie sind beide Sannyasins?« Madita hatte die Gabel neben ihren Teller gelegt und sah von ihr zu Achim.

»Heute nicht mehr.« Frederike wollte jetzt wirklich damit abschließen. »Es war eine Phase. Wir waren praktisch noch Kinder.«

»Dann hat die Kindheit meiner Mutter aber ziemlich lange gedauert.« Es sollte cool klingen, aber Jasmin war noch zu jung, um Reginas lange Phasen der Abwesenheit verarbeitet zu haben.

»Lass gut sein«, sagte Frederike leise, aber bestimmt.

»Sie wollten uns doch von einem Projekt erzählen.« Wieder kam Cal ihr zu Hilfe. Der Mann war wirklich ein Geschenk des Himmels.

Frederike nahm das Stichwort dankbar auf. »Lassen Sie mich kurz ausholen. Wie Sie ja wissen, trete ich im laufenden Wahlkampf für die SPD in Schleswig-Holstein an. Die sozialdemokratische Partei Deutschlands, ähnlich Ihrer Congress Party«, fügte sie für Cal hinzu. »Meine Partei möchte das Land endlich ins 21. Jahrhundert führen. Wir möchten regional neue touristische Ressourcen erschließen und Deutschland insgesamt stärker in die Prozesse der Globalisierung mit einbinden. Und dazu brauche ich Ihre«, sie nickte zu Cal, »und deine Hilfe.«

Achim hatte seinen Timer herausgeholt und machte sich Notizen.

»Ich möchte einen kurzen Film produzieren, der die Reize der schleswig-holsteinischen Landschaft, die Attraktivität seiner jahrhundertealten Kultur und seine einzigartigen Bauwerke herausstellt. Und zwar speziell für ein indisches Zielpublikum.« Sie trank einen Schluck Mineralwasser. »Ich habe mich bisher kaum mit dem sogenannten Bollywood-Phänomen beschäftigt. Aber Jasmin hat mir bestätigt, dass die Filme weltweit die Jugend begeistern. Also habe ich ein paar DVDs ausgeliehen und mir gestern Nacht einige Filme angesehen. Toll, muss ich sagen.« Sie sprach jetzt vor allem zu Cal. »Könnten Sie sich vorstellen, eine Tanzszene in Schleswig-Holstein zu inszenieren, mit einem Song, der extra dafür komponiert wird?«

Cal sagte noch nichts, nickte jedoch.

»Ich denke, das Schwierigste ist für alle Beteiligten die Zeitfrage. Wir müssten die Produktion so terminieren, dass sie nicht mit den Proben für die Show kollidiert. Und ich hätte den Film gern in spätestens vier Wochen fertig, um ihn dem Bundeskanzler auf seine Asienreise mitzugeben.«

Achim pfiff durch die Zähne und blätterte in seinem Kalender. »Im Prinzip wäre das möglich«, sagte er, »aber ich habe noch eine Premiere vor der Bollywood-Show, und die Leiterin der Filmproduktion ist gerade auf Dreh in Südafrika. Ich kann mich unmöglich selbst um eine Produktion außerhalb von Berlin kümmern.«

»Das könnte doch Mattie machen. Wir haben schon oft zusammengearbeitet.« Cal deutete lächelnd auf Madita.

»Ich? Ich habe wirklich genug zu tun. Außerdem bin ich keine Produzentin.«

Die Frau war schwer einzuschätzen. Hatte sie wirklich kein Interesse, oder ließ sie sich nur gern bitten? Frederike sah zu Achim, der zu ihrer Erleichterung die Initiative übernahm.

»Um Technik und Logistik brauchen Sie sich keine Gedanken zu machen. Das kann ich von hier aus regeln. Ich brauche jemanden vor Ort, der sich um Locations und Genehmigungen kümmert und unserem Regisseur hier zur Hand geht. Und da Sie ja ohnehin schon mit ihm arbeiten, umso besser.«

»Aber ich bereite gerade Ihre Filmreihe vor. Das ist mein Job …«

Cal ließ sie nicht ausreden. »Madita, ich helfe dir mit der Filmreihe, und wir machen zusammen den Dreh. Das wäre doch eine schöne Sache, am Meer.«

»Na ja, ich muss sowieso noch mal in den Norden, wegen meiner Mutter.« Madita sah Cal zweifelnd an.

Frederike ergriff die Gelegenheit. »Ich unterstütze Sie in jeder Hinsicht. Sie haben Gut Westenhagen selbst gesehen. Es wäre doch die ideale Kulisse. Johannes gehören weitere Ländereien bis direkt an den Ostseestrand. Wir haben gute Kontakte zu den umliegenden Gutsbesitzern: Schlösser, Reetdachhäuser, ein weltberühmtes Gestüt. Sie müssen nur sagen, was Sie brauchen.«

»Pferde und Schlösser?« Cal hatte Feuer gefangen. »Das klingt gut.« Er schloss die Augen und murmelte vor sich hin. Dann schien er einen Entschluss zu fassen und sah sie an. »Ich kann Ihnen folgenden Zeitplan anbieten: Die Schauspieler, Tänzer und

Sänger treffen in zwei Wochen in Berlin ein. Ebenso der Choreograf. Ich könnte Mohan Kapur, unseren indischen Produzenten, bitten, das ganze Team ein paar Tage früher zu schicken. Bis dahin kann ich Ihnen den Song mit den Musikern aufnehmen. Wäre das für Sie zu machen?«

Er sah zu Achim, der zögernd nickte.

»Aber es gibt noch eine andere Frage als nur die zeitliche.« Cal lächelte in die Runde. »Ich weiß, dass Sie in Deutschland dieses Thema normalerweise nicht direkt ansprechen. Aber in Indien wissen wir lieber, woran wir sind. Nicht nur für uns alle hier, sondern auch für MKM bedeutet das Ganze einen ziemlichen Aufwand. Wir müssen also wissen, ob es sich für uns lohnt. An was für ein Budget haben Sie denn gedacht?«

Frederike hatte tatsächlich nicht erwartet, dass diese Frage so offen auf den Tisch kam. Nun gut, sie hatte am Vormittag mit ein paar Leuten in der Landeszentrale und auch hier im Bundesvorstand telefoniert. Ihre Idee hatte einige wichtige Befürworter gefunden. Ob in Ermangelung anderer Konzepte oder aus wirklicher Überzeugung, konnte sie nicht beurteilen. Es spielte auch zurzeit noch keine Rolle. Wichtig war, dass sie selbst an den Erfolg glaubte, und das tat sie. »Ich würde vorerst das Limit bei zweihunderttausend Euro ansetzen«, sagte sie.

Achim schnalzte mit der Zunge. »Nicht schlecht. Das ist ja schon fast ein Spielfilmbudget.«

Cal stellte leise eine Frage an Madita, die daraufhin ihr Handy nahm und rechnete.

»Ein Crore[13]», sagte sie nach einer Weile.

»Ein Crore? Dafür produzieren Sie hier einen Spielfilm?« Jetzt war sie sicher, die Ironie herauszuhören. »Aber ich werde sehen, was sich machen lässt. Vielleicht gibt Mohan ausnahmsweise ein bisschen Rabatt.« Er sah ihr direkt in die Augen. »Für Entwicklungshilfe.«

»Eins zu null für Sie«, sagte Frederike und winkte Vikram, dass er die Rechnung bringen solle. »Ich hoffe, Sie werden mich nicht enttäuschen.«

35 Gangster

Sabiya schaltete den Gaskocher ein und setzte einen Topf mit Wasser auf. Sie merkte, wie das Licht, das morgens in hellen Streifen in die enge Gasse zwischen den Holzhäusern fiel, plötzlich weniger wurde.

»Verschwindet endlich, hier gibt's nichts zu sehen!«, rief sie, ohne sich umzudrehen. Die Kinder lachten und liefen weg.

»Natürlich gibt's hier was zu sehen«, sagte die Schwiegermutter hinter ihrem Rücken. »Die ganze Nachbarschaft redet schon davon.« Sie hatte einen schlafenden Zwilling auf dem Arm und versuchte gleichzeitig die andere davon abzuhalten, auf den Ausländer zu krabbeln. Er stöhnte leise, wachte aber nicht auf. Sabiya wusste, dass die Schwiegermutter ihn niemals freiwillig in ihre Hütte gelassen hätte. Aber sie war alt und musste sich ihrem Sohn fügen, der schließlich für das Essen sorgte. Und sie selbst, Sabiya, brachte auch Geld nach Hause und konnte deswegen genauso mitreden. Sie wusste von Nachbarn und Freunden, dass man es als junge Ehefrau viel schlechter treffen konnte, nämlich wenn sich die Schwiegermutter und der Mann gegen einen verbündeten. Die Wände waren dünn, und sie hörte in manchen Nächten das Weinen aus den Hütten nebenan. Aber Firoz war anders. Sabiya lächelte, während sie die Linsen ins Wasser schüttete. Und seit gestern Abend war er sogar ein richtiger Held, wie im Film. Auch das wusste das ganze Viertel. Dafür hatte sie persönlich gesorgt.

Sie waren mit ein paar Nachbarn auf dem Weg von der Moschee nach Hause gewesen, als sie plötzlich im Park Geräusche hörten. Firoz und die anderen Männer meinten, man solle besser mal nachsehen. In letzter Zeit waren öfter muslimische Rikshafahrer überfallen worden. Firoz flüsterte, sie solle bei den anderen Frauen bleiben. Aber sie hatte Angst um ihn und ging deswegen leise hinterher. Zwischen den Rücken der Männer hindurch sah sie eine Hand, die ein Messer hielt.

»Firoz, pass auf«, flüsterte sie leise. Als er sich zu ihr umdrehte, wurde die Lücke größer, und sie erkannte die hellen Haare. »Es ist der Ausländer!«, schrie Sabiya.

Danach ging alles ganz schnell. Die Gangster, die im Halbkreis um den Freund von Amitji herumstanden, brüllten durcheinander. Und auch Firoz rief: »Schnell, passt auf das Messer auf und jagt sie zum Teufel!« Und zu Sabiya: »Schrei, so laut du kannst!« Das brauchte er ihr nicht zweimal zu sagen. Plötzlich kamen von überall her Leute angerannt, und die Gangster waren weg. Der Ausländer lag am Boden, und Firoz blutete an der Schulter.

»Firoz!«, schrie Sabiya und stürzte sich auf ihn. Sie konnte nicht richtig sehen, weil ihre Augen voller Tränen waren. Jemand packte sie am Arm und zog sie zurück.

»Beruhige dich doch, es ist nur ein Kratzer«, hörte sie eine Frauenstimme an ihrem Ohr. Aber sie konnte erst aufhören, als er selbst zu ihr kam und ihr die Wunde zeigte. Sie riss ein Stück Stoff aus ihrem Unterrock und wickelte es um seine Schulter.

Die Männer besprachen leise, was sie mit dem Ausländer machen sollten. »Ich habe einen erkannt, das waren Leute vom RSS[14]», sagte jemand.

»Aber seit wann gehen die Hindus auf Ausländer los?«, fragte Firoz in die Runde.

Alle schüttelten den Kopf. Sabiya wusste, dass ein paar von ihnen schon Ärger mit den Schlägern von der RSS gehabt hatten. Sie wollten, dass alle Moslems aus Indien weggingen. »Geht doch nach Pakistan!«, brüllten sie, wenn sie an Festtagen mit ihren orangen Fahnen durch die Stadt zogen. Sabiya wurde jedes Mal wütend, wenn sie die Parolen hörte. Sie war Inderin, sie war in Bombay geboren, wählte die Congress Party und sang jedes Mal im Kino die Nationalhymne mit, bevor der Film anfing. In Pakistan war sie noch nie gewesen, ihre Eltern auch nicht, nur ihre Großmutter hatte ihr erzählt, dass es Pakistan früher gar nicht gab.

»Vielleicht holen sie Verstärkung und kommen zurück.«

»Wir müssen ihn hier wegbringen. Am besten tragen wir ihn erst mal in die Moschee.«

Zustimmendes Gemurmel war zu hören. Die Männer hoben den Ausländer auf und trugen ihn über die Straße. Sabiya und die Frauen liefen hinterher. Es sah aus wie eine von den Prozessionen, bei denen die Hindus ihre Götter durch die Straßen trugen.

Als sie in der Moschee waren, holte Sabiya eine Schüssel mit Wasser, während die Männer sich mit dem Imam besprachen. Vorsichtig wischte sie dem Ausländer den Dreck aus dem Gesicht. Die Schläge der Gangster hatten überall Flecken auf der Haut hinterlassen, aber sie waren nicht schwarz, sondern leuchteten blaulila im Licht der Neonlampen.

Nach einer Weile schlug der Ausländer die Augen auf. Sabiya nahm sofort ihre Hand weg. Wahrscheinlich würde er gleich wieder herumschreien. Sie dachte an das letzte Mal. Amitji hatte zwei Stunden bei ihr zu Hause in der Hütte gesessen und ihr erklärt, dass der Ausländer es nicht böse gemeint hatte. Aber Sabiya war sicher, dass er sie nicht leiden konnte. Warum war er sonst so wütend geworden?

»Wo bin ich?«, fragte er, diesmal ganz leise.

Sabiya wusste nicht, was Moschee auf Englisch hieß. Also sagte sie: »Dies ist Gottes Haus. Allah. JP Road.«

»Eine Moschee?«, fragte er. Jedenfalls glaubte Sabiya, dass es das bedeutete.

»Ja. JP Road. Eine kleine Moschee. Du kennst sie. Aber du siehst sie nicht.«

»Ich sehe sie nicht?« Er versuchte aufzustehen, konnte es aber nicht.

Sabiya beugte sich über ihn und drückte seinen Kopf vorsichtig wieder auf das Kissen zurück.

»Sabiya? Bist du Sabiya?«

Sabiya freute sich, dass er jetzt ihren Namen wusste, und lächelte. »Ja, Ausländer. Ich bin Sabiya.«

»Mein Name ist nicht Ausländer. Ich heiße Nick.« Er versuchte ebenfalls zu lächeln, aber sie konnte sehen, dass er Schmerzen hatte.

»Mein Mann, Firoz, rettet dich vor Hindu-Gangstern, Nick.«

»Hindu-Gangster.« Er machte die Augen wieder zu und redete vor sich hin in der Sprache, die sie nicht verstand. Dann schlief er wieder ein.

Firoz und die anderen kamen zurück. Der Imam hatte gesagt,

sie hätten den Ausländer gerettet, also müssten sie so lange für ihn sorgen, bis er wieder laufen konnte. Danach sollte er zu seinen eigenen Leuten gehen, wenn er Hilfe brauchte.

»Ich weiß, wo er wohnt«, sagte Sabiya. »Aber er ist da ganz allein. Amitji ist nicht da. Er ist mit dem Flugzeug weggeflogen.«

»Vielleicht wissen die Hindus auch, wo er wohnt«, sagte Firoz. »Oder sie finden es raus. Ein Ausländer fällt auf.«

»Er heißt nicht Ausländer. Er heißt Nick«, sagte Sabiya. Die Männer guckten sie an. Die Ehefrau schweigt, wenn die Männer sich unterhalten, sagte die Schwiegermutter immer. Also schwieg Sabiya.

»Ich habe ihn gerettet, und ich werde für ihn sorgen, bis er wieder gehen kann«, sagte Firoz. Die anderen hatten nichts dagegen. Einer holte das Taxi, und sie brachten ihn nach Hause, bis in ihre Hütte.

Die Schwiegermutter weinte und sagte, sie könne kein Auge zutun mit dem Ausländer im Haus. Er hätte sicher eine schlimme Krankheit, und sie würden alle sterben. Aber Firoz hielt wie immer sein Wort, und dagegen konnte die Schwiegermutter nichts ausrichten. Sabiya rollte die dünne Matratze aus und breitete einen ihrer Schals über Nick. Sie, Firoz, die beiden Mädchen und die Schwiegermutter legten sich auf die Erde.

Die Nacht über hatte er sich kaum gerührt, nur einmal war sie davon aufgewacht, dass er laut stöhnte. Sie wollte ihm Wasser geben, aber im letzten Moment fiel ihr ein, dass Amitji ihm nur gefiltertes Wasser zu trinken gab. Also machte sie den Ofen an und kochte Tee.

Firoz stand noch im Dunkeln auf und ging zur Arbeit. Sabiya bat eine Nachbarin, die anderen drei Wohnungen für sie zu putzen.

Nick schlief immer noch. Sabiya rührte die Linsen um. Was sollte nur aus ihm werden, auch wenn er wieder gehen konnte? Er hatte doch niemanden. Und Amitji war weit weg.

Ihr Blick fiel auf das Telefon, das neben ihm lag. Es war aus seiner Tasche gerutscht, als sie ihn auf die Matratze legten. Dann ging sie zu der Ecke, in der ihre Salwars und Schals ordentlich zusammengefaltet auf einem Stück Plane lagen. Sabiya zog eine kleine Pappschachtel darunter hervor, worin sie ihren Schmuck und einen Zettel aufbewahrte, den Amitji ihr gegeben hatte, als sie anfing bei ihm zu arbeiten. »Wenn du mal Ärger hast, ruf mich an, egal was es ist«, hatte er gesagt.

»Warum sollte ich Ärger haben?«, antwortete Sabiya und lachte.

Aber jetzt steckte sein Freund in Schwierigkeiten, und Amitji würde sicher wissen wollen, was passiert war. Die Schwiegermutter beobachtete sie, sagte aber nichts. Sie hielt immer noch das eine Kind im Arm. Das andere hatte sich auf ihren Schoß gelegt und war auch wieder eingeschlafen.

»Ich gehe kurz raus, um frisches Wasser zu holen«, sagte Sabiya, denn sie wollte nicht in der Hütte telefonieren. Sie nahm den Krug und steckte das Telefon in den Bund ihrer Hose.

»Geh nur. Lasst mich alle allein mit dem Ausländer und seinen ansteckenden Krankheiten.« Die Schwiegermutter schnäuzte sich geräuschvoll die Nase mit dem Zipfel ihres Schals. Sabiya trat vor die Hütte in die Morgenluft. Hinter den Strommasten ging gerade die Sonne auf.

36 Karriere

»Du bist dir wirklich für nichts zu schade!«

Cal antwortete nicht darauf, sondern prostete Mattie zu. »Cheers! Auf die Zukunft. Sie gehört uns.«

Sie lachte und versuchte mit dem Strohhalm den Rest ihrer Caipirinha zwischen den Eiswürfeln hervorzulocken. »Das ist keine Entschuldigung.« Jetzt griff sie mit den Fingern ins Glas, nahm einen Eiswürfel in die Hand und gab ihn dem Hund, der unter dem Tisch lag. Mascha fing sofort an, geräuschvoll auf dem Eis herumzubeißen.

Cal spürte, wie sich die Haare auf seinen Armen von dem knirschenden Geräusch aufstellten. Ein Hund, der Eiswürfel fraß. Überhaupt, der Hund. Er gewöhnte sich nur langsam an den Gedanken, dass Mascha nicht plötzlich nach seiner Wade schnappen würde wie die streunenden Hunde von Bombay. Tagsüber wichen sie scheu zurück, wenn ein Mensch ihnen in die Quere kam, aber nachts beherrschten sie die Straßen. Sie kontrollierten ihr Revier in großen Rudeln und griffen jeden an, der es ihnen streitig machte, ob auf zwei oder vier Beinen. Cal, der gerne im Dunkeln durch die schlafende Stadt spazieren ging, musste sich manchmal auf Mauern und über Zäune retten, um ihnen zu entkommen.

Vor ein paar Monaten hatte Nick sich nach einer Party und viel Bier mit einem Leithund angelegt.

»Du musst ihm einfach so lange in die Augen gucken, bis er wegguckt.« Er blieb schwankend stehen, mitten auf der leeren Straße.

Vielleicht merkte der Hund, dass er eine Chance hatte. Er starrte zurück.

»Verdammt, guck endlich weg!« Nick wurde richtig wütend auf den Hund. Cal versuchte ihn beiseitezuschieben, aber er machte sich los. »Ich muss das jetzt durchziehen!«

Sie standen bestimmt fünf Minuten so da, nur der Hund und Nick auf der leeren Straße. Etwas abseits Cal und der Rest des Rudels, angespannt, jederzeit bereit einzugreifen.

»Du sollst weggucken! Du bist ein Hund, kein Mensch!«, schrie Nick.

Der Hund knurrte leise.

Am Schluss war ein offener LKW aufgetaucht, der Fleisch oder Lebensmittel geladen hatte. Er fuhr hupend vorbei, der Hund hob die Nase und lief los, gefolgt von seinem Rudel. »Verdammt, bleib hier, du Feigling!«, rief Nick ihm hinterher.

Genauso war es jetzt. Nick zog es durch. Kein Anruf, keine Mail, keine SMS.

Cal wollte nicht daran denken, dass Nick jetzt hier bei ihnen sitzen könnte, direkt am Fluss, mit einem Drink, um Cals Befreiung und den neuen Job zu feiern. Er fischte ebenfalls einen Eiswürfel aus seinem Glas und hielt ihn dem Hund hin, der ihn vorsichtig aus seiner Hand entgegennahm.

Alles hier war anders. Sie waren nett zu Hunden, aber Menschen wurden herumgekarrt wie Vieh und in dunkle Zellen gesperrt. Noch etwas, woran er lieber nicht mehr denken wollte.

»Wie kommt es eigentlich, dass deine Mutter jetzt tagsüber in einem Slum arbeitet?«, fragte er Mattie. Sie hatten Emma auf dem Weg nach Hause abgeholt, und jetzt schlief sie oben im Apartment.

Mattie lachte. »Das ist kein Slum. Die Leute sind freiwillig da. Sie wollen die Freiheit, ein selbstbestimmtes Leben zu führen.«

»Freiheit oder nicht. Für mich sieht es aus wie ein Slum. Warum können sie nicht selbstbestimmt in einer Wohnung leben?« Cal verstand nicht, was das eine mit dem anderen zu tun hatte. »Haben sie kein Geld?«

Mattie sah ihn nachdenklich an. »Ich weiß nicht, manche vielleicht. Aber das ist nicht der Punkt. Sie wollen näher an der Natur sein, glaube ich. Und eine autarke Gemeinschaft bilden, die nicht nach dem Leistungsprinzip funktioniert.«

»Und deine Mutter? Bekommt sie Geld für die Arbeit?«

Wieder lachte sie. »Nein, sie tut es gern. Sie ist froh, dass sie dort arbeiten kann. Es gibt ihr das Gefühl, gebraucht zu werden.«

»Ihr habt vielleicht Probleme.« Es sollte nicht abschätzig klingen. Mattie sah ihn abwartend an. »Wirklich, ich verstehe nicht, wonach ihr sucht. Ihr habt doch alles. Geld, Autos, ein Dach über dem Kopf. Diese Leute vorhin, mit denen wir essen waren. Warum sind sie bis nach Poona gefahren, haben im Dreck gesessen und meditiert?«

Mattie wollte etwas entgegnen, aber in diesem Moment klingelte sein Handy. Es war schon zwei Uhr nachts, also früher Morgen in Bombay. Als er das Display sah, machte sein Herz einen Sprung.

»Es ist Nick!«, sagte er zu Mattie, und sie lächelte.

»Grüß schön.«

Er stand auf und ging direkt ans Ufer des Flusses, wo es leiser war. »Nick?«

Es dauerte eine Weile, bis er begriffen hatte, wem die aufgeregte Frauenstimme am anderen Ende gehörte. Vor ihm im Wasser spiegelte sich riesig das Symbol von *Universal Records*, das von einer Fassade am anderen Ufer herüberleuchtete. Ihm wurde kalt.

»Sabiya, was ist passiert?«

Er ließ sie reden und unterbrach nur ab und zu durch eine Zwischenfrage.

»Seid ihr sicher, dass es Leute vom RSS waren?«

Wieder traf ein lauter Schwall schnell gesprochener Worte auf sein Ohr. Auf Hindi konnte er ihr kaum folgen. Er bat sie, langsamer zu sprechen.

»Okay, Sabiya, hör mir gut zu. Du gehst jetzt in meine Wohnung und öffnest die Schublade unter dem Fernseher. Da müsste noch Geld drin liegen. Damit gehst du zu dem Arzt oben an der Link Road. Weißt du noch, wo der ist?«

Sie hatte ihm dort einmal ein Rezept geholt, als er eine schlimme Grippe hatte.

»Gut. Du gibst ihm das Geld, richtest ihm Grüße von mir aus und bittest ihn, mit zu dir zu kommen. Er soll Nick untersuchen. Wenn er fertig ist, rufst du wieder diese Nummer an und gibst ihm das Telefon, ja?«

Sie wiederholte noch einmal seine Anweisungen. Cal starrte auf das dunkle Wasser, das zu seinen Füßen an die Steinmauer schwappte.

»Sabiya, ich weiß nicht, wie ich dir jemals danken soll. Aber das besprechen wir, wenn ich zurück bin. Jetzt leg auf, damit das Telefon später noch funktioniert. Bis dann, Sabiya.«

Sie war weg. Cal drehte sich um und sah wie durch Nebel auf die vollbesetzten Tische und die Leute, die lachten und sich unterhielten.

Mattie winkte ihm zu. Sie lächelte. Erst als er näherkam, verschwand das Lächeln und verwandelte sich in Besorgnis. »Cal, du guckst so komisch. Was ist los?«

Er brachte kein Wort hervor und schüttelte nur den Kopf.

Sie griff nach seiner Hand. »Was ist passiert? Ist was mit Nick? Sag doch!« Angst klang aus ihrer Stimme.

»Mattie, Nick ist von Hindu-Fundamentalisten überfallen worden.«

Sie sprang auf. Der Hund fing an zu bellen.

»Sie haben ihn zusammengeschlagen. Bevor noch Schlimmeres passieren konnte, haben Leute, die vorbeikamen, eingegriffen. Sie haben ihn mit zu sich nach Hause genommen. Er schläft jetzt.«

»Aber warum, Cal?« Sie versuchte mit einer Hand, dem Hund die Schnauze zuzuhalten, aber er gebärdete sich wie wild und sprang bellend um sie herum.

»Ich weiß es nicht. Vielleicht wegen seiner Recherchen zu den Gujarat-Prozessen. Oder es hat uns jemand nachgeschnüffelt.«

Am Nebentisch schrie jemand auf Deutsch in ihre Richtung, und Mattie brüllte zurück. Es ging um den Hund, vermutete Cal. »Komm, lass uns hier verschwinden. Wir reden oben weiter.« Sie zog Geld aus der Tasche, legte es auf den Tisch und ging vor ihm her zum Eingang. Keiner von ihnen sagte ein Wort, bevor sie in Matties Apartment am Tisch saßen. Der Hund kam zu ihm und leckte an seiner Hand, aber Cal bemerkte es kaum. Mattie stellte einen Becher mit Tee vor ihn hin. Er hatte nicht mal mitbekommen, dass sie welchen gemacht hatte. Der heiße, bittere Geschmack tat gut.

»Mattie, er darf nicht allein in Bombay bleiben. Es ist zu gefährlich. Wenn sie nun rausfinden, wo er wohnt! Ich schicke ihm morgen Geld. Er muss sofort nach Deutschland zurückkommen.«

Sie sah ihn zweifelnd an. »Und du glaubst, das würde er tun? Freiwillig? Du weißt doch, wie er ist.«

Cal stützte seine Stirn in die Hände. Sie hatte recht. Nick würde nicht kommen. Er würde lieber auf den Straßen Bombays verrecken als sein Gesicht verlieren. »Verdammt! Ich würde alles für ihn tun. Was will er denn noch?«

Mattie trank einen Schluck Tee. »Er will den Sinn in seinem Leben spüren. Er will Dinge tun, die seiner Meinung nach etwas bewegen. Geld interessiert ihn nicht wirklich. Und Anerkennung – es geht ihm nicht um den Ruhm, sondern darum, dass die Leute ihm zuhören.«

Cal nickte müde. Sie kannte Nick viel länger als er. Sie lebte in seiner Heimat, in dieser Welt, die ihm immer fremder wurde. »Und wenn du –?« Er wusste auch nicht so genau, was sie tun sollte.

Mattie sah ihn erstaunt an. »Ich? Du glaubst, dass er auf mich hören würde?« Sie lachte bitter. »Cal, ich konnte ihn nicht davon abhalten, nach Bombay zu gehen und mich hier stehen zu lassen wie einen alten Schirm. Er hält mich für eine Frau, die sich immer nur treiben lässt, ohne für ihre Ziele und Überzeugungen zu kämpfen. Ich wäre die Letzte, von der Nick sich etwas sagen lässt.«

Cal musste lachen. »Ausgerechnet du? Der man ihre Karriere hinterherwerfen muss, damit sie Ja sagt? Die sich mit jedem anlegt, der ihr nützen könnte?« Zum ersten Mal verspürte er eine richtige Wut auf Nick. »Er ist so verdammt selbstgerecht. Alle anderen müssen seinem Kodex folgen, nur er selbst braucht sich nicht daran zu halten!«

Sie lächelte. »Dasselbe hat er mir auch vorgeworfen, damals in London.« Sie legte ihre Hand vorsichtig auf seine. »Ich verstehe, dass du wütend bist, aber das hilft uns jetzt auch nicht weiter. Wir brauchen Ideen.«

»Ich kann nicht mehr.« Er ließ einfach seinen Kopf auf den Tisch sinken. »Erst die letzte Nacht im Gefängnis, und jetzt das. Mein Kopf ist leer.«

Ihre Hand verschwand von seiner und tauchte einen Moment später wieder auf. Er fühlte, wie sie ihm über den Kopf strich, langsam und mit großer Zärtlichkeit. Es war das Beste, was ihm seit langem passiert war.

»Mattie«, murmelte er. »Hilf mir.«

Er konnte nicht lange geschlafen haben, denn draußen vor dem Fenster war es immer noch dunkel. Er saß an Matties Tisch. Aber Mattie war nicht mehr da. Der Hund schnarchte in einer Ecke vor sich hin. Etwas klingelte. Sein Handy lag neben ihm auf dem Tisch. Schnell klappte er es auf und nahm den Anruf an.

Der Arzt teilte ihm mit, Nick ginge es besser. Er hatte ihm Tabletten gegen die Schmerzen gegeben. »In ein paar Stunden können sie ihn nach Hause bringen.«

Cal bedankte sich. Der Arzt entschuldigte sich, dass er nicht länger reden könne, weil er zu einem anderen Patienten müsse.

Cal schleppte sich zur Couch, klappte sie aus und legte sich in seinen Kleidern darauf. Er wollte jetzt nicht allein in seiner Wohnung sein.

Als er das nächste Mal wach wurde, schien die Sonne ihm mitten ins Gesicht. Emma saß angezogen am Fenster und verfolgte jede seiner Bewegungen mit großem Interesse.

»Hallo«, sagte sie, so wie die Deutschen es aussprachen. Und dann, auf Englisch: »Good morning, my beautiful Indian man.« Guten Morgen, mein schöner indischer Mann.

Cal schob die Bettdecke beiseite. Sein Kopf tat weh. Er stand langsam auf, versuchte Matties Mutter ein Lächeln zu schenken und ging in die Küche.

Mattie schmierte gerade eine rosa Paste auf das dunkle Brot, das es hier gab.

»Hi.« Sie lächelte ihn kurz an. »Gut geschlafen?«

»Der Arzt hat vorhin angerufen. Nick kann bald nach Hause. Es geht ihm besser.«

»Das sind gute Nachrichten«, sagte sie nur.

»Wo warst du? Was hast du gemacht?«, fragte er. Seine eigene Stimme klang fremd und kratzig.

Sie legte die Brotscheibe auf einen Teller zwischen zwei Gurkenscheiben. »Komm mit, dann erzähle ich es dir«, sagte sie leise, ohne ihn anzusehen. Sie nahm den Teller in die Hand und ging in Richtung Wohnzimmer. Er trottete hinter ihr her, setzte sich zu Emma an den Tisch und nahm dankbar einen Schluck Kaffee aus der Tasse, die kurz darauf vor ihm stand.

Emma begann wortlos zu essen. Mattie legte ein Blatt Papier vor ihm auf den Tisch.

»Was ist das?« Es war an Nick in Bombay adressiert, aber der Text war auf Deutsch.

Sie stand auf und trat ans Fenster. »Als du eingeschlafen bist, hab ich noch mal über alles nachgedacht, was wir gestern Abend besprochen haben. Weißt du noch? Bevor der Anruf kam, hast du mich gerade nach den Leuten gefragt, die damals nach Poona gefahren sind, um Sannyasins zu werden.« Sie redete jetzt schnell und konzentriert. »Cal, das waren nicht ein paar Leute, sondern Zehntausende! Und alle waren auf der Suche. Genau wie Nick übrigens auch. Nur dass es eine andere Zeit war. Und heute sind sie erfolgreiche Politikerinnen, Produzenten und was weiß ich nicht alles.« Sie machte eine Pause.

»Ich weiß nicht, was das alles –« Der Kopfschmerz war immer noch da und strahlte von seinem Nacken bis in die Stirn.

Mattie sprach langsamer weiter. »Wirst du gleich sehen. Später hast du behauptet, man müsse mir meine Karriere hinterherwerfen.«

»Tut mir leid.« Hatte er das gesagt?

»Nein, jetzt hör mir doch zu. Wir müssen Nick auch seine Karriere hinterherwerfen. Einen Köder, verstehst du?«

Er verstand nichts und schüttelte den Kopf.

»Hier.« Sie deutete auf das Blatt Papier. »Ich habe einen Auftrag gefälscht. Ich habe aus dem Internet Logo und Adresse einer großen deutschen Wochenzeitung kopiert. Dann habe ich Nick im Namen der Redaktion den Auftrag gefaxt, eine ausführliche Reportage über den Ashram in Poona und die ehemaligen Sannyasins in Deutschland zu schreiben. Das bedeutet, er verschwindet erst mal aus Bombay und wird früher oder später hier auftauchen. Und dann könnt ihr reden.«

»Was hast du gemacht?« Cal sprang auf, lief zu ihr und packte sie an der Schulter. »Bist du verrückt geworden?«

Der Hund kam sofort dazwischen und fing wieder an zu bellen. Cal ließ Mattie los und hielt sich die Hände vors Gesicht. Die Kopfschmerzen wurden immer schlimmer. Er fühlte, wie er zurück zum Stuhl gebracht wurde und jemand ihn sanft hinunterdrückte. Erst als er die Hände runternahm, sah er, dass es nicht Mattie, sondern Emma war, die neben ihm stand.

»Bitte nicht«, sagte sie langsam und deutete auf Mattie. »Sie ist mein Kind. Sie ist eine gute Tochter. Ich will nicht, dass sie traurig ist.« Ohne eine Antwort abzuwarten, setzte sie sich hin und aß weiter.

Mattie sah ihn schweigend an.

»Es tut mir leid«, sagte Cal. »Ich bin egoistisch. Ich will ihn nicht verlieren.«

»Wenn er tot ist, hast du auch nichts davon.« Ihre Worte trafen seinen schmerzenden Kopf wie Donnerschläge.

»Und wie soll es jetzt weitergehen?«

Sie kam herüber und nahm das Blatt Papier wieder an sich. »Wir gehen zu einer Bank, die samstags geöffnet hat, und telegrafieren ihm das Geld.«

»Welches Geld?« Cal hatte nur die Spesen, die Astrid ihm alle paar Tage aus der Kasse zahlte.

»Ich habe doch genug Geld. Ich will es nicht. Es stinkt.« Sie zog den Umschlag aus ihrer Tasche, den sie gestern Abend von der Politikerin bekommen hatte.

»Und dein Kino?«

»Ich werde es mit ehrlich verdientem Geld wieder aufbauen.« Sie schob den Umschlag zögernd zu ihm rüber. »Dank deiner Nachhilfe in Sachen Karriere.«

Cal öffnete das Kuvert mit zitternden Händen. Es enthielt zehn druckfrische rosa Fünfhundert-Euro-Scheine.

Nick würde ausrasten, wenn er herausfand, von wem diese Scheine in Wahrheit kamen. Cal und Mattie, die ihn gemeinsam hintergingen. Wahrscheinlich würde er sie beide nie wiedersehen wollen. Aber er war immerhin am Leben.

37 Zuhause

Nick fühlte sich wie ein müder alter Zirkuselefant. Firoz und Sabiya stützten ihn links und rechts. Sie schoben ihn den steilen Weg mehr hinauf, als dass er selbst ging. Vor und hinter ihnen liefen schreiende Kinder. Vor den Hütten standen die Erwachsenen, junge und ältere Frauen mit Kleinkindern auf dem Arm, dazwischen ein paar alte Männer. Ab und an warf jemand Firoz eine Bemerkung zu oder lachte. Aber die meisten guckten einfach zu.

Als sie direkt unter den Strommasten waren, hob Nick den Kopf. Ein knisternder Summton übertönte das Geschrei. Die akustische Manifestation von Elektrosmog, dachte er und nahm sich vor, mit seinem Aufnahmegerät zurückzukommen. Es war ja gleich um die Ecke.

Das Haus wirkte völlig fremd aus dieser Perspektive. Hier war seit über einem Jahr sein Zuhause, und er hatte es noch nie von der Rückseite gesehen. Genau wie er Sabiyas Namen nicht gewusst hatte, die jeden Tag diesen Weg hinaufstieg, um seinen Dreck wegzumachen.

Es war, als hätten die Schläge und Tritte seine unsichtbare Hülle zertrümmert. Er war auf dem Boden aufgeschlagen. Und kein Cal war da, der den Aufschlag mit einer Umarmung hätte abfedern können. Nick blickte in die vielen Gesichter, die weder Sympathie noch Abneigung spiegelten, nur Neugier und manchmal Belustigung. Diese Leute waren für ihn unsichtbar gewesen. Eine große bunte Menge, die er als Kulisse verbuchte, ohne ihnen ein eigenes Leben, eigene Träume, Sorgen und Nöte zuzugestehen. Diese Erkenntnis machte ihm Angst.

Als sie die Grenze zu den Wohnblocks erreichten, blieben die Kinder nach und nach zurück, und das Geschrei wurde leiser. Der Wachmann schreckte aus seinem Mittagsschlaf im Schatten der Einfahrt auf. Er saß auf einem alten Hocker, den er abends mit in den kleinen Verschlag nahm, in dem er auch schlief. Firoz und Sabiya verwickelten ihn in eine wortreiche Diskussion, von der Nick nichts verstand. Der Wachmann schüttelte den Kopf. Wahrscheinlich wollten sie wissen, ob jemand nach ihm gefragt hatte. Nick, dessen Gehirn von den Schmerzmitteln wie im Nebel lag, war froh, dass er nichts sagen musste.

Schließlich war das Gespräch beendet, und die kleine Prozession zog langsam an den geparkten Autos vorbei zum Fahrstuhl. Der Wachmann hielt ihm die Tür auf, und Nick bedankte sich leise. Er bemerkte Überraschung in den Augen des alten Nepalesen. Der Mann hatte ihm schon unzählige Male die Tür aufgehalten. Hatte er sich nie dafür bedankt?

Die kreischende Melodie, die immer so lange erschallte, wie der Aufzug offen war, machte weiteres Denken unmöglich. *Für Elise* dröhnte ihm wie Hohngelächter bis unter die Schädeldecke. Sabiya schob das schwere Metallgitter zu, und die Melodie brach mitten im Ton ab. Stattdessen begann der Deckenventilator zu brummen, und der Aufzug setzte sich knarrend in Bewegung.

Als Sabiya die Wohnungstür aufschloss, meinte er Cal in der Küche herumhantieren zu hören wie so oft, wenn er frühmorgens betrunken aus dem Club kam. Aber es war nur eine Krähe, die sich unter lautem Gezeter vom Fensterbrett abstieß und davonflog. Die Wohnung lag still und verlassen da. Sabiya begann sofort, seine Klamotten aufzusammeln, die er gestern einfach auf den Boden geworfen hatte, bevor er das Haus verließ. War das wirklich gestern gewesen?

Firoz brachte ihn bis zum Bett und stützte ihn, bis er sich hingesetzt hatte. Einen Moment lang sahen sie sich stumm an. Dann sagte Firoz etwas zu Sabiya.

»Firoz sagt: Ich gehe nach Hause.« Sie kicherte, und Nick musste trotz der Schmerzen grinsen.

Firoz sah irritiert zu seiner Frau.

»Sage ihm: Danke für mein Leben.« Nick war nicht sicher, ob sie ihn verstand, denn ihre Übersetzung dauerte dreimal so lang wie seine kargen Worte.

Firoz schüttelte den Kopf und sprach wieder zu Sabiya.

»Er sagt: Du musst nicht ihm danken, sondern Allah.«

Nick legte die Hände vor der Brust zusammen, so gut es ging. »Firoz, ich danke Allah und dir. Und Sabiya, deiner wunderbaren Frau. Pass gut auf sie auf.«

Sabiya sah zu Boden und übersetzte leise.

Firoz wackelte ernst mit dem Kopf und legte ebenfalls die Hände zusammen.

Wann immer Nick in Zukunft eine Riksha oder ein Taxi nahm, würde er dem Fahrer geben, was er verlangte. Egal wie viel.

Als Firoz gegangen war und Sabiya in der Küche verschwand, ließ er sich vorsichtig nach hinten sinken. Das Kissen erschien ihm unanständig weich nach dem harten Boden der Hütte. Seine Gedanken waren immer noch wie aus Gummi und zogen sich in die eine oder andere Richtung in die Länge, nur um plötzlich wieder zurückzuschnellen. Er erinnerte sich dunkel an Sabiya, die dem Arzt über seinen Kopf hinweg ein Telefon reichte. Hatte sie ein eigenes Handy? Und mit wem hatte sie gesprochen? Über Nick? Mit wem sollte sie über Nick reden?

Er wollte in Normalgeschwindigkeit in seine Hosentasche greifen und stöhnte laut auf. Der Schmerz ebbte wieder ab, und er fühlte die Umrisse seines Telefons. Beruhigt zog er es heraus und hielt es mit der rechten Hand vor seine Augen. Es schien zu funktionieren. Ein neuer Gedanke blitzte auf. Nick wechselte im Menü zu den Anruflisten, dann klickte er auf »Gewählte Rufnummern«. Er schloss die Augen. Sie hatte Cal angerufen.

»Sabiya!«, rief er, so laut er konnte. Sie kam sofort angerannt und wischte sich mit dem Ellenbogen eine Haarsträhne aus dem Gesicht. Ihre Armreifen klimperten leise. Ihr besorgter Blick trieb ihm das Blut in die Wangen. »Entschuldigung, Sabiya, ich schreie zu laut.« Sie lächelte und bejahte mit einem leichten Wiegen ihres Kopfes. »Hast du Cal angerufen?«, fragte er leise und deutlich.

»Ja.« Sie deutete stolz auf sein Telefon. »Ich rufe Cal an. Er ist weit weg.« Sie deutete auf das Fenster, wo zu jeder Tageszeit die Flugzeuge im Landeanflug auf den nationalen Flughafen vorbeiflogen. »Er sagt mir: Da ist Geld. Geh zum Arzt. Er hilft Nick.«

Nick versuchte sich aufzurichten, aber sein Arm tat zu weh, um sich darauf zu stützen. »Und sonst? Hat er sonst noch etwas gesagt?« Er hatte zu schnell gesprochen, und sie sah ihn verständnislos an. Er deutete auf das Fenster. »Sagt Cal, wann er zurück nach Bombay kommt?«

Sie schüttelte den Kopf. »Nein. Er sagt nur: Hol den Arzt.«

»Danke, Sabiya.«

»Ich gehe jetzt zum Markt. Du musst essen.«

»Natürlich. Moment –« Er langte wieder in seine Tasche. Auch sein Geld war noch da. Er fühlte einen Schein und zog ihn heraus. »Reicht das?«

Sabiya nahm zögernd den Geldschein und ging hinaus. Einen Moment später hörte er die Tür ins Schloss fallen.

Cal würde nicht kommen. Nick spürte zuerst Enttäuschung und dann Erleichterung. Er hatte noch eine Chance, sich und Cal zu beweisen, dass er allein in Indien zurechtkam. Und davon würde er sich nicht durch einen lächerlichen Raubüberfall abbringen lassen. Vielleicht würde er tatsächlich erst mal für ein paar Wochen nach Goa fahren, bis er wieder auf den Beinen war.

Irgendwas stimmte nicht mit Goa.

Es war nur das Ende einer möglichen Planungskette gewesen.

»Was mache ich mit dem Geld?« Das Geld. Kumar. Der Überfall.

Nur ein Mensch außer Nick hatte gewusst, dass er gestern Abend in dem kleinen Park auftauchen würde. Ein reicher NRI, dem jedes Mittel recht war, um seinen Ruf und das friedliche Zusammenleben seiner Familie zu schützen. Nick erinnerte sich dunkel an seine Recherchen zu Gujarat, als hätten sie in einem früheren Leben stattgefunden. Die NRIs waren die wichtigste Finanzquelle für die Hindu-Fundamentalisten in Indien. Sie nahmen immer stärkeren Einfluss auf die Parteipolitik, selbst von England und den USA aus.

Die Hardliner. Sie waren gegen alles, was der historisch unsinnigen Idee eines hinduistischen Staates widersprach. Gegen Muslime. Gegen Scheidung, Abtreibung, Frauenrechte. Gegen die Tanzbars. Und natürlich gegen Schwule und Lesben. »Schwule Sau. Du wirst sterben.«

Kumar hatte ihn zusammen mit Vivek und Jay gesehen.

Nick stöhnte noch mal, aber dieses Mal nicht vor Schmerzen. Er saß ohne eine Rupie in Bombay fest, und der RSS war hinter ihm her. Sein Körper war so zerschlagen, dass er kaum laufen konnte.

Er ging im Kopf seine Freunde und Bekannten durch. Konnte er einen von ihnen um Geld bitten? Das war eine heikle Sache. Nitya würde ihm am ehesten helfen, vor allem Cal zuliebe. Aber ein bisschen Stolz war ihm noch geblieben. Vivek und Jay waren gleich nach ihrem gemeinsamen Essen nach London geflogen, um ihr neues Haus einzurichten. Die meisten anderen kannte er über Cal, oder es waren flüchtige Club-Bekanntschaften. Nick spürte, wie der Nebel in seinem Kopf wieder stärker wurde. Das sinnlose Herumdenken hatte ihn ermüdet. Er überließ sich gern dem Bedürfnis, seinen Kopf in das weiche Kissen sinken zu lassen. Später. Später würde ihm eine Lösung einfallen.

Leise hörte er *Für Elise* säuseln und wieder abbrechen.

Ein Hotelflur. Paris. Er war mal mit Mattie in Paris gewesen. Sie hatten sich ein Hotelzimmer genommen und waren den ganzen Morgen im Bett geblieben, bis der Kellner ihnen das Frühstück aufs Zimmer brachte. Es klopfte.

»S'il vous plaît«, murmelte Nick.

Champagner, Croissants, Milchkaffee.

Es klopfte noch einmal, lauter.

»Aufmachen, Polizei!« Der Kellner war aber unhöflich! Und warum sprach er englisch?

Wieder klopfte es. »Wir wissen, dass Sie da drin sind!«

Nick machte die Augen auf. Ein Ventilator drehte sich an der Decke. Draußen schien die Sonne. Das offene Fenster war durch ein schmiedeeisernes Gitter gesichert. Ein schönes Gitter in blumenartigen Formen. Ganz oben hing verkehrt herum ein kleiner grüner Papagei darin und beobachtete ihn.

Irgendwo donnerte jemand gegen eine Tür. Der Papagei erschrak und flog davon.

Seine Tür. In Bombay. »Öffnen Sie, oder wir brechen die Tür auf!«

»Sabiya?« Nein, sie war ja zum Markt gegangen. Nick hievte nacheinander beide Beine aus dem Bett und zog sich am Bettpfosten hoch. Langsam schlurfte er zur Tür. Jeder Schritt war die Hölle.

Als er das Schloss endlich aufhatte, war einer der beiden Männer gerade bis an die gegenüberliegende Flurwand zurückgetreten. Wahrscheinlich hatte er Anlauf nehmen wollen.

Er trug eine Uniform und war jung. Der andere weder noch.

»Nikolaus Ostrowski?« Der Ältere konnte den Namen auswendig, beinahe fehlerfrei.

»Ja, was wollen Sie?«

»Wir möchten ein paar Worte mit Ihnen reden. Dürfen wir reinkommen?«

»Von mir aus. Aber machen Sie es kurz. Ich fühle mich nicht gut.« Er ging voraus und setzte sich wieder auf das Bett.

Die anderen folgten ihm und setzten sich in die beiden niedrigen Sessel.

»Wenn Sie ein Glas Wasser möchten, müssten Sie selbst – das Mädchen ist gerade nicht da.«

»Das wissen wir.« Nur der Ältere sprach mit ihm, während der Uniformierte ungeniert sein ramponiertes Gesicht anstarrte. »Was ist mit Ihnen passiert, Herr Ostrowski?«

Nick glaubte keine Sekunde, dass sie gekommen waren, um sich nach seinem Befinden zu erkundigen. Eines hatte er immerhin schon gelernt in seinem einen Jahr hier. Traue niemals einem Polizisten, es sei denn, du hast ihn gut bezahlt. »Nichts. Ich bin im Dunkeln gefallen.«

»Aha.« Ein vielsagender Blick zu dem Jüngeren.

»Womit kann ich Ihnen helfen?« Die Wirkung der Schmerzmittel schien allmählich abzuklingen. Nick fühlte sich, als habe er am ganzen Körper starken Muskelkater. Aber sein Kopf war wieder halbwegs klar.

»Herr Ostrowski, Sie leben als Ausländer in Indien. Das heißt, Sie genießen die Gastfreundschaft des indischen Staates. Seit …«, er blätterte in einem Notizbuch, »… seit mehr als einem Jahr.«

Nick wartete ab. So weit war das ja erst mal kein Verbrechen.

Der Mann sah ihn wieder an. Er hatte ein breites Gesicht und buschige schwarze Augenbrauen. »Sie haben bereits zweimal ihr sechsmonatiges Touristenvisum verlängert. Es wurde vom indischen Staat genehmigt, da Sie ausreichend finanzielle Mittel vorweisen konnten und nichts gegen Sie vorlag.«

Zweimal hatte Cal sein Konto leergeräumt, und sie mussten bei zwielichtigen Typen Rupien in Dollars umtauschen, damit Nick genug Geld vorlegen konnte. Danach tauschten sie die Dollars wieder zurück.

»Leider stellt sich die Sache nun etwas anders dar.«

Nick hielt es für das Beste, den naiven Ausländer zu spielen. »Warum, ist irgendetwas nicht in Ordnung? Mein Visum ist doch noch fünf Monate gültig!«

Die Augenbrauen zogen sich zusammen und gaben dem Gesicht sofort etwas Bedrohliches. »Herr Ostrowski, wir haben einen Hinweis bekommen.« Er machte eine Pause, und Nick wusste, dass er niemals erfahren würde, von wem dieser Hinweis stammte. Aber ihm schwante Übles. Anand Kumar wollte auf Nummer sicher gehen. »Dieser Hinweis kann natürlich falsch sein.« Wieder eine Pause.

Nick versuchte einzuschätzen, ob der Mann bestechlich war. Die meisten Inder hatten dafür ein über Jahre entwickeltes Gespür, das ihm völlig abging. Und wenn er bestechlich war, würde er sich dann von ihm bestechen lassen? Und wie viel sollte er ihm anbieten? Er entschied, dass er erst mal versuchen würde herauszufinden, was ihm eigentlich vorgeworfen wurde. »Und was beinhaltete dieser Hinweis, wenn ich fragen darf?«

Wieder blätterte der Polizist in seinem Buch, aber es war eher eine Drohgebärde. Er wusste ganz genau, worum es ging. »Eine unschöne Sache. Es wurde behauptet, Ihnen sei das Geld ausgegangen, und nun seien Sie in Drogengeschäfte verwickelt. Es sei sogar zu tätlichen Auseinandersetzungen mit rivalisierenden

Dealern gekommen.« Er sagte etwas zu dem Uniformierten. Der stand auf und kam zu Nick ans Bett. Nick versuchte zu lächeln.

Plötzlich schoss die Hand mit dem Schlagstock vor. Er klopfte nicht mal stark auf Nicks Rippen, aber der Schmerz raubte ihm die Luft. Er krümmte sich seitlich zusammen.

»Soso, im Dunkeln gefallen«, redete die Stimme unerbittlich weiter wie von sehr weit weg.

»Was wollen Sie von mir?«, flüsterte Nick. »Ich bin kein Dealer!«

»Dann geben Sie uns jetzt Ihren Pass, und wir gehen gemeinsam zur HDFC Bank an der Ecke oben. Sie zeigen uns Ihren Kontostand, und wir lassen Sie gehen. Ansonsten müssten Sie leider mitkommen.« Nick war jetzt sicher, dass der Mann sich offenhalten wollte, ob er ihn gehen ließ oder nicht. Es hing davon ab, was der Bankautomat ihm zeigte. Nick wusste auch, dass er darüber nicht sehr glücklich sein würde.

»Einen Moment, ich suche meinen Pass.« Er musste Zeit gewinnen. An Flucht war nicht zu denken, nicht in seinem Zustand. Nick tat so, als suche er seinen Pass, und öffnete die Schublade unter dem Fernseher, in der sie immer das Geld für die laufenden Ausgaben aufbewahrten. Der Pass lag da, aber kein Geld.

Stimmt, Sabiya hatte es genommen, um den Arzt zu bezahlen.

Er ließ seinen Blick über die Geräte schweifen, die auf dem kleinen Schreibtisch standen. Keines davon war neu. Er würde schallendes Gelächter ernten, wenn er dem Polizisten ein verschrammtes Laptop oder ein altes Faxgerät anbot.

Im Eingangskorb lag ein Blatt Papier. Wie lange lag das schon dort? In einem letzten Anfall verzweifelter Hoffnung zog Nick das Blatt heraus und hielt es ins Licht. Das Logo des *Stern* sprang ihm ins Auge. Schnell überflog er die wenigen Zeilen. Sie boten ihm eine Reportage an.

»... zur Deckung Ihrer laufenden Kosten. Die Spesenabrechnung wird später mit Ihrem Honorar verrechnet. Mit freundlichen Grüßen ...« Er kannte den Namen der Redakteurin nicht, aber das war ja auch egal. Anscheinend hatten sie seine Kontonummer noch vom letzten Jahr, als seine Geschichte über die Indische Legion erschienen war.

Nick hätte am liebsten laut aufgelacht. Wenn sie das Geld gestern telegrafiert hatten, müsste es heute schon auf seinem Konto sein.

Lässig drehte er sich wieder zu seinen Besuchern um. »Entschuldigen Sie bitte, ein wichtiger Auftrag aus Deutschland.« Er hielt den Zettel so, dass sie das Logo sehen konnten. Dann nahm er seinen Pass aus der Schublade. »Sie bekommen ihn, wenn Sie mich verhaften«, sagte er und machte vorsichtig einen Schritt nach vorn. »Sie sehen doch selbst, dass ich nicht weglaufen kann.«

Der Weg zur Bank kam ihm vor wie eine Ewigkeit. Die Polizisten hinter ihm unterhielten sich leise. Niemand kam ihm zu Hilfe, und so setzte er Schritt für Schritt einen Fuß vor den anderen, während die sengende Nachmittagshitze ihm im Nacken brannte.

Endlich erreichte er die Ecke und den Schatten, den ein mickriger Baum auf den Vorplatz der Bank warf. Es gab einen Bankautomaten drinnen und einen gleich draußen, in einer kleinen Kabine. Nick spürte den Schlagstock, der ihn sanft im Rücken tätschelte und ihn in Richtung der Kabine dirigierte. Mühsam kletterte er die Stufen hoch und öffnete die Glastür.

»Treten Sie doch ein, meine Herren«, sagte er ironisch und verbeugte sich leicht.

Nur der mit den Augenbrauen kam mit rein. Der andere blieb mit dem Rücken zu ihnen draußen vor der Tür stehen.

»Bitte, bitte, lieber Gott, Shiva, Allah, oder wie immer du heißt. Lass mich diesmal nicht im Stich!« Nick murmelte es leise und auf Deutsch, während er seine Karte einschob. Er hatte ein eigenes Konto eröffnet, was für Ausländer in Indien kein Problem war. Man musste nur genug Geld haben und ein gültiges Visum. »Kontostand. Mach schon.«

Er spürte den Atem des Polizisten in seinem Nacken. Endlich wechselte das Display.

Bingo! Eine Zahl mit vielen Nullen erschien. Ohne sich umzudrehen, wusste er, dass der Mann hinter ihm sie ebenfalls gesehen hatte. Einen Moment lang passierte nichts, dann hörte er ein Flüstern an seinem Ohr.

»Fünfundzwanzigtausend.« Mehr konnte man nicht auf einmal abheben. Er brauchte nicht nachzurechnen. Es waren umgerechnet fünfhundert Euro. Nick ging davon aus, dass es keinen Sinn hatte zu verhandeln. Wortlos drückte er den Knopf für die Auszahlung und wartete, bis die Karte wieder aus dem Automaten kam. Ein Rasseln ertönte, als die Maschine das Geld sortierte. Er trat so weit es ging zur Seite und tat so, als müsse er die Karte umständlich wieder in seine Geldbörse schieben.

Als er aufsah, schloss sich gerade das Fach. Das Geld war weg.

Diesmal hielt der Mann ihm die Tür auf. Draußen vor der Bank sah er Nick an. Seine Augenbrauen standen wieder normal weit auseinander. Ein nichtssagendes Lächeln erhellte das breite Gesicht. »Es freut mich, dass es sich nur um ein Missverständnis handelte. Aber Sie müssen verstehen, dass wir jedem Hinweis nachgehen müssen.« Jetzt reichte er ihm sogar die Hand, und der Uniformierte tippte sich kurz mit der Hand an die Mütze. »Herr Ostrowski, wir wünschen Ihnen noch einen glücklichen und abwechslungsreichen Aufenthalt in Indien. Gott segne Sie.«

Nick sah ihnen nach, bis sie in ihr Auto gestiegen und davongebraust waren.

Dieser Auftrag war keine Sekunde zu früh gekommen.

Nick überlegte, aber er musste es in der Eile überlesen haben. Er hatte keine Ahnung, worüber er eigentlich schreiben sollte.

38 Hohe Wacht

Sie fand Cal ins Gespräch mit einem Inder vertieft, der abseits von den anderen Musikern saß. Der schmächtige alte Mann trug einen taubenblauen Anzug, dazu ein weißes Hemd, Weste und eine dunkelrote Krawatte. Trotz der Hitze hatte er sein Jackett nicht abgelegt. Auf seiner Nase thronte eine altmodische Brille mit tropfenförmigen Gläsern, leicht abgetönt in der Farbe des Anzugs. Darunter zogen sich dichte Fältchen über das Gesicht. Mattie fand, dass er nett aussah.

Sein Aufzug stand im krassen Gegensatz zu seiner Körperhaltung. Er hatte seine Lederschuhe ordentlich vor der Bühne abgestellt und saß im Schneidersitz vor der Tabla. Seine Finger waren ständig in Bewegung, sie schienen die runden Oberflächen des

Instrumentes in einem fort zu dehnen, zu streicheln und zu formen. Das Ganze erzeugte eine leise Melodie, mehr noch als einen Rhythmus.

Die anderen Musiker waren in ihre Noten vertieft oder stimmten ihre Instrumente. Eine junge Geigerin gähnte herzhaft und sah auf ihre silberne Armbanduhr.

Cal stand auf und klatschte in die Hände. »Wir versuchen es noch einmal!«, rief er laut. »Wo sind denn die Sängerinnen jetzt schon wieder?«

Mattie setzte sich leise in die zweite Reihe.

Kichernd kamen ein paar junge Frauen herein. Zwei trugen Kopftücher und hochgeschlossene Kleidung, die anderen enge Tank-Tops, hochgekrempelte Jeans und Flipflops oder Sneakers. Eine war ganz in olivgrünen Army-Look gekleidet, mit weiter Hose und enger Jacke. Ihren Kopf bedeckte ein schwarzes Tuch aus glänzendem Satin.

Cool, dachte Mattie. Muslimischer Che-Guevara-Style.

Die Frauen, es waren eigentlich eher noch Mädchen, setzten sich auf den Rand der Bühne. In der Hand hielten sie Zettel.

»Okay, die Geigen beginnen, dann geben die Tablas den Rhythmus.«

Ein einzelner Ton erfüllte den Raum und zog sich klagend in die Länge, bis er wieder erstarb. Dann setzte er noch einmal an und verwandelte sich in eine Melodie, die Mattie erkannte. Es war Cals Ballade aus dem neuen Film von MKM. Sie hatte ihn hier in Berlin bei den Filmfestspielen gesehen. Die Leute waren reihenweise mit verheulten Gesichtern aus dem Kino gekommen.

Die Tablas setzten ein. Sie sah, wie der junge Schlagzeuger sich dem Rhythmus anschloss, den der Alte mit kraftvollen Schlägen vorgab.

Die leitende Frauenstimme fehlte natürlich noch, aber als der Chor einsetzte, fiel es nicht mehr so auf. Mattie konnte nicht beurteilen, wie das Hindi aus dem Mund von sechs türkischen Kreuzberger Mädchen klang, aber ihr gefiel es. Sie kriegten die weichen Übergänge von Ton zu Ton schon ziemlich gut hin.

Cal brach jedoch nach wenigen Takten wieder ab. »Es klingt

tot!«, rief er und fuhr sich durch die Haare. »Sie spielen die richtigen Töne, aber mit dem falschen Gefühl!«

Die Musiker sahen ihn ratlos an.

Der alte Tablaspieler erhob sich mühsam aus dem Schneidersitz. Er ging auf Socken zu Cal und sagte ihm leise etwas ins Ohr.

»Also gut.« Cals Stimme klang wieder ruhiger. »Pandit Chaudhuri wird jetzt das Stück noch einmal mit Ihnen durchgehen. Er spricht Deutsch und arbeitet seit Jahrzehnten mit deutschen Musikern. Ich denke, er kann es Ihnen besser erklären als ich. Wir sehen uns dann morgen früh.«

Er sprang von der Bühne und redete kurz mit den Sängerinnen. Die mit dem Guerilla-Outfit übersetzte für ihre Kolleginnen und steckte sich einen Kaugummi in den Mund. Cal lächelte sie an, was lautes Gekicher und einen schnellen türkischen Wortwechsel auslöste.

Mattie stand auf. Cal nahm die Bewegung wahr und drehte sich um. »Hallo, Mattie!«, rief er und kam zu ihr in den Zuschauerraum. Seine Gestalt, sein Gang waren ihr vertrauter, als sie es in Bombay je gespürt hatte. Damals war Nick die Sonne, die sie beide umkreisten wie Motten das Licht.

Cal umarmte sie kurz. »Hey, du hast einen Sonnenbrand auf der Nase.«

»Du auch, aber man sieht es nicht.«

Am Tag zuvor hatte er nicht glauben wollen, dass sonntags niemand in die Spree-Speicher kam, um mit ihm an der Show zu arbeiten. Erst als Mattie ihm den leeren Saal und die verlassenen Büros zeigte, war er freiwillig zu Emma und Mascha in den Bus gestiegen, um einen Ausflug zum Liepnitzsee zu machen. Als sie vom Schwimmen zurück ans Ufer kam, sang Cal gerade eins seiner Lieder für Emma, und Emma summte mit.

»Wo ist deine Mutter?«, fragte Cal jetzt, als hätte er ihre Gedanken erraten. Er nahm sie am Arm und schob sie in Richtung der Tür, durch die die Sängerinnen gerade nach draußen ins Abendlicht tauchten.

»Sie bleibt heute länger drüben bei den Wagen. Sie haben –«, ihr fiel kein englisches Wort für Vollversammlung ein, »ein Treffen.«

»Ein Treffen? Alle hier haben ununterbrochen irgendwelche

Treffen. Man redet, bis einem die Ohren abfallen. Was bereden die denn da?«

Und Cal stellte ihr dauernd Fragen, die sie nicht beantworten konnte. »Sie reden über die Ereignisse der letzten Woche, was blöd gelaufen ist und was gut. Und sie planen die Dienste für die nächste Woche. Wer putzt das Klo, wer bringt die leeren Flaschen weg, so was halt.« Bevor er weiter nachfragen konnte, teilte sie ihm lieber mit, weswegen sie eigentlich gekommen war. »Frederike von Westenhagen hat angerufen. Wenn wir wollen, können wir heute zu ihr nach Hause kommen und gemeinsam einen Songtext für den Spot suchen. Hast du Zeit dafür?«

»Klar.« Er klang nicht gerade begeistert. »Ich wollte dich eigentlich zum Dinner ausführen. Zum Dank für den schönen Ausflug.« Cal mit einem schüchternen Lächeln war eine ganz neue Erfahrung. Es stand ihm gut.

»Wir beide? Ein romantisches Abendessen im Kerzenschein?« Mattie hatte schon wieder dieses warme Gefühl im Bauch. Sie versuchte, es mit einem Lachen zu vertreiben. »Hey, ist das nicht verschenktes Geld? Heb dir deine Dinnerpläne lieber für Nick auf, da passen die Kerzen besser.«

Das Lächeln verschwand. Er fuhr sich mit der Hand durch die Haare. »Ich hab nur 'nen Scherz gemacht. Natürlich fahren wir zu Frederike, wenn sie uns ruft. Wir sind doch ergebene Diener des deutschen Staates. Ich gehe nur schnell duschen.«

Eine halbe Stunde später kamen sie aus dem S-Bahnhof Alexanderplatz. Cal blieb stehen und betrachtete die Kugel auf dem Fernsehturm, die im Abendlicht leuchtete wie ein kandierter Apfel. Mattie folgte seinem Blick. »Da oben ist ein Restaurant, das sich dreht. Es ist schön, dort zu sitzen und zuzuschauen, wie die Welt vorbeizieht.«

»Ich weiß nicht, ob ich da sitzen könnte«, sagte Cal, »ich habe Höhenangst.«

»Seine Ängste bekämpft man am besten, indem man sich ihnen stellt.« Matties Taschenpsychologie, Band eins.

»Mit dir zusammen würde ich es versuchen –« Er brach ab.

Mattie lachte. »Das würdest du tun, um mir eine Freude zu machen?«

»Nicht nur das.«

Sie sahen sich an. Mattie nahm Cals Hand und zog ihn schnell weiter. »Los, komm! Wir sind schon zu spät.«

Sie betraten einen renovierten Altbau und fuhren mit dem Fahrstuhl bis ins oberste Stockwerk. Als sich die Aufzugtür öffnete, stand Jasmin vor ihnen. »Alles in Ordnung, du kannst jetzt rauskommen!«, rief sie in Richtung der geschlossenen Wohnungstür, die offenbar eine Gegensprechanlage hatte.

Die Tür ging auf und Frederike trat heraus, in einem weiten blauen Kaftan, der den perfekten Kontrast zu ihren hellblonden Haaren bildete. »Hallo, schön, dass Sie da sind«, sagte sie und machte eine einladende Geste. »Dies ist also meine kleine Hütte in Berlin.«

Die Wohnung war tatsächlich nicht groß. Wohn-, Arbeits- und Küchenecke waren geschickt im Raum verteilt. Links gingen nur noch zwei weitere Türen ab, vermutlich ins Bade- und ins Schlafzimmer. Dafür war die gesamte rechte Front der Wohnung verglast.

»Ich fasse es nicht!«, murmelte Mattie und betrat die Dachterrasse, die mindestens noch mal so groß war wie das Zimmer. Sie konnte über die Dächer von Mitte bis zur Kuppel des Reichstages sehen.

»Am meisten vermisse ich das Meer.« Frederike war neben sie an die Brüstung getreten. Ihr Profil hatte denselben Ausdruck wie in dem Fernsehspot, wo sie auf dem Leuchtturm stand. »Darum musste ich diese Wohnung mieten. Die Weite tut gut nach einem langen Tag im Ministerium.«

Mattie drehte sich um und sah Jasmin und Cal ebenfalls die Terrasse betreten. Jasmins lässiges Girlie-Outfit war mindestens ebenso bewusst gewählt wie Frederikes Kaftan. Außerdem leuchteten frische Strähnchen in ihrem fransig zur Seite hin abfallenden Pony.

»Schläfst du auch hier?«, fragte Cal gerade.

Jasmin lachte. »Nein, aber ich bleibe, bis die letzten Besucher weg sind. Heute hab ich mich übrigens freiwillig gemeldet.« Es folgte ein Augenaufschlag, der sich gewaschen hatte. Der Engel konnte nicht nur zutreten, sondern auch flirten, dass einem

Hören und Sehen verging. Und Cal schien es nicht mal zu bemerken.

Frederike übernahm sofort die Führung. »Ich schlage vor, wir genehmigen uns einen Drink und setzen uns gleich an die Arbeit. Essen können wir dann später bestellen, es gibt hier einen hervorragenden Vietnamesen. Oder möchte jemand lieber Sushi?«

Mattie stöhnte leise auf. Dieser gepflegt-alternative, kosmopolitische Lebensstil trieb ihre kleinbürgerliche Seele einfach in die natürliche Opposition. Sie sagte jedoch nichts, sondern folgte den anderen in das Zimmer. Auf einem Rollwagen waren Rot- und Weißwein, Prosecco in einem Kühler sowie Wodka und Gin und eine Schale mit Eiswürfeln aufgebaut.

»So lässt es sich leben«, seufzte Cal und hob die Flasche Prosecco hoch. Jasmin war sofort neben ihm und nahm sie ihm ab. Ein Griff nach dem Korkenzieher, und der Korken kam beim ersten Versuch mit einem lockeren »Plopp« aus der Flasche. Sie goss Cal und sich je ein Glas ein. Mattie bediente sich selbst mit einem Wodka und viel Eis.

Frederike nahm einen Schluck aus ihrem bauchigen Rotweinglas. »Madita, ich gehe davon aus, Sie gehören auch zu der Generation, die noch richtige Bücher gelesen hat. Oder wollen wir nicht zum Du übergehen.« Es war eher eine Feststellung als eine Frage. »Da drüben auf den Regalen findest du alle möglichen Werke über Schleswig-Holstein. Und weiter unten Gedichtbände, das Übliche.«

Sie ging zu Jasmin, die leise auf Cal einredete, und legte ihr die Hand auf die Schulter. Der Engelsblick verschwand, und sie wurde wieder zur harten jungen Leibwächterin mit großen Ambitionen. »Jasmin, willst du heute noch auf deinem Laptop arbeiten?« Ein kurzes Kopfschütteln war die Antwort. »Dann suche doch bitte mit Cal im Internet nach Liedern und Gedichten über Schleswig-Holstein und übersetze für ihn, was dir sinnvoll erscheint.«

»Und was machst du?« Das Du ging Mattie schwer von den Lippen. Sie fand sich selbst spießig und doof.

»Ich muss leider noch an einer Rede arbeiten, stehe euch aber jederzeit als Beraterin zur Verfügung.«

Sie verzogen sich in verschiedene Ecken des Zimmers. Frederike setzte sich an den Schreibtisch, Cal und Jasmin beugten sich tief über das aufgeklappte Laptop auf dem Couchtisch, und Mattie quetschte sich in die Bücherecke unter der Dachschräge. Sie blätterte in den Bildbänden herum, fand aber nur ein paar kitschige Oden an die Landschaft, die ihr nicht gefielen. Vielleicht sollte man es doch lieber mit Liebesgedichten versuchen. Die Landschaft würde schließlich ohnehin zu sehen sein.

Plötzlich erscholl hinter ihr am Tisch lautes Gelächter. »Cal hat mich gefragt, ob wir keine Hymne für jedes Bundesland haben«, gluckste Jasmin. »Also haben wir ›Hymne‹ und ›Schleswig-Holstein‹ eingegeben. Und da kam dieses Lied.« Sie stand auf und deklamierte zackig auf Deutsch:

»Schleswig-Holstein, meerumschlungen,
Deutscher Sitte hohe Wacht,
Wahre treu, was schwer errungen,
Bis ein schönrer Morgen tagt!«

Mattie musste ebenfalls lachen.

»Kann das mal jemand für mich übersetzen?«, fragte Cal.

Jasmin fing an, verschluckte sich aber vor Lachen und blieb stecken.

Mattie musste bei »hohe Wacht« ebenfalls aufgeben. »Es geht einfach nicht, glaub mir!«

»Hast du vielleicht was Besseres?«, fragte Cal beleidigt.

»Die schönsten deutschen Gedichte sind alle so schwermütig«, sagte Mattie. Sie hielt einen Band mit Gedichten von Hermann Hesse hoch.

Cal stand auf und kam zu ihr unter die Schräge. »Ist das nicht der, der in Indien war?«

»Guck mal, das passt doch.« Mattie übersetzte als Entschädigung für Cal die zweite Strophe des Gedichtes *Stufen*, so gut sie konnte.

»Kaum sind wir heimisch einem Lebenskreise
Und traulich eingewohnt, so droht Erschlaffen,
Nur wer bereit zu Aufbruch ist und Reise,
Mag lähmender Gewöhnung sich entraffen.«

»Das war unsere Hymne!«, rief Frederike vom Schreibtisch herüber.

Mattie spürte Cal hinter sich, drehte sich jedoch nicht um. »Da kommt keine Liebe drin vor, aber es gefällt mir«, murmelte er.

Jasmin war ebenfalls vom Sofa aufgestanden und blieb Cal hart auf den Fersen. Sie trällerte die ersten paar Töne eines romantischen Bollywood-Songs. »Wir brauchen was rasend Gefühliges, würde ich sagen. Hatte Hesse das drauf?«

Mattie blätterte weiter. »Dies hier würde vielleicht passen.« Sie reichte das Buch an Jasmin weiter. Die ließ sich ihre Chance nicht entgehen und übersetzte beim Lesen direkt für Cal.

»Weil ich dich liebe, bin ich des Nachts
So wild und flüsternd zu dir gekommen,
Und dass du mich nimmer vergessen kannst,
Hab ich deine Seele mitgenommen.
Sie ist nun bei mir und gehört mir ganz
Im Guten und auch im Bösen;
Von meiner wilden, brennenden Liebe
Kann dich kein Engel erlösen.«

Für ein paar Sekunden herrschte Stille.

Dann schloss Jasmin das Buch mit einem lauten Knall. »Hätte ich dem alten Mann gar nicht zugetraut.«

Cal schien immer noch dem Klang des Gedichtes nachzulauschen. »Es ist wunderschön«, sagte er schließlich leise.

Mattie sah zu Frederike hinüber.

»Hesse ist und bleibt mein Lieblingsdichter«, sagte die. »Er ist so vielseitig und aktuell wie kaum ein anderer.« Sie schob die Brille wieder auf die Nase. »Wenn ihr mir noch fünf Minuten gebt, können wir das Essen bestellen und darauf anstoßen, dass Hesse noch einmal nach Indien reisen wird.«

»Akzeptiere dich so, wie du bist. Schau dich an, wie du bist. Die Veränderung kann beginnen.«

Johannes wusste, dass seine Stimme die Menschen in ihren Bann zog. »Ein guter Therapeut muss eine Stimme haben, die Autorität verkörpert und gleichzeitig die Stimme deines besten Freundes ist«, hatte ihm ein amerikanischer Kollege einmal gesagt. Dieser Mann, ein Vorreiter der Humanistischen Psychologie, war ihm zum ersten Mal als Gruppenleiter in Poona begegnet. Später wurden sie enge Freunde.

Johannes wartete ruhig darauf, dass der Hall seiner Stimme vom Raum absorbiert wurde.

Heute waren noch mehr Leute da als sonst. Es wurde langsam richtig eng in dem umgebauten Stall. »Montagsdemo« nannte er die Abende bereits, aber nur vor Frederike oder Regina, in Anlehnung an die Leipziger Montagsdemonstrationen kurz vor dem Fall der Mauer. »Und welches System willst du stürzen?«, hatte ihn Regina aufgezogen.

Er hatte eine Weile gebraucht, bis ihm die richtige Antwort einfiel: »Die innere Vereisung der Menschheit.«

Johannes startete die CD mit den Sufi-Trommeln. Er begann seinen Körper leicht in Schwingung zu versetzen und beobachtete dabei die fünfundzwanzig Leute im Raum. Einige fingen sofort an zu tanzen, andere standen unschlüssig herum.

»Veränderung beginnt mit Bewegung!«, rief Johannes und drehte die Lautstärke ein bisschen höher. Der Rhythmus erfasste auch die letzten seiner Besucher und Besucherinnen, und die Körper im Raum verschmolzen zu einem gleichmäßig pulsierenden Muster. Es war wunderschön.

Offiziell hieß die Veranstaltung am Montagabend »Gefühls-Coaching«. Ein Zyklus umfasste acht Wochen, dann begann ein neuer Kurs. Aber viele, die einmal mitgemacht hatten, kamen wieder, einmal im Jahr oder wenn sie in eine emotionale Krise schlidderten. Sie brachten ihre Freunde mit, ihre Mütter, Ehemänner und Nachbarinnen.

Johannes blendete die Musik langsam aus. Erschöpftes Gelächter erfüllte den Raum. Kurze Umarmungen und Begrüßungen wurden ausgetauscht.

Er wartete, bis alle sich auf dem weichen Teppich niedergelassen hatten. Manche legten sich auf den Rücken und schlossen die Augen. Andere saßen aufrecht, im Lotossitz oder mit ausgestreckten Beinen. Eine ältere Frau hatte sich ein Kissen genommen, das sie unter ihre Knie schob.

»Letzte Woche waren wir stehen geblieben bei der Unterscheidung zwischen Gefühlen und Gedanken. Wer kann die Definition noch einmal wiederholen?«

Ein junger Mann meldete sich. Er war Referendar aufs Lehramt in Raisdorf und hatte große Probleme mit den Schülern.

»Ja, Herr Möller?«

»Gefühle lösen körperliche Reaktionen aus. Gedanken nicht.«

»Richtig, und was noch?« Er winkte einer molligen Frau um die vierzig zu. Sie war bereits das vierte Mal im Kurs. Ihr momentanes Problem war ein starker Kinderwunsch. Aber keine Beziehung wollte halten. »Frau Mahnke?«

»Alle Gefühle sind den beiden Hauptkategorien Liebe und Angst zuzuordnen.« Sie lächelte.

Johannes wollte jetzt zum entscheidenden Punkt übergehen. »Sie alle sind hier, weil Sie denken, Ihre Gefühle verloren zu haben oder nicht damit zurechtzukommen. Ihre Gefühle mögen verschüttet sein, sich schüchtern in eine Ecke des Bewusstseins zurückgezogen haben oder beleidigt vor der Tür sitzen. Aber sie sind nicht weg. Und wir können uns gegenseitig dabei helfen, diesen Zustand zu ändern. Ich möchte Sie jetzt bitten, einen Kreis zu bilden.«

Eine Stunde später stand Johannes vor dem Workshop-Gebäude und sah den letzten Autos nach, deren Rücklichter in der Allee verschwanden. Der Gasthof hatte montags geschlossen, und um diese Zeit war der Dorfplatz menschenleer. Heller Mondschein ließ das weißgetünchte Gutshaus hervortreten. Die roten Backsteingebäude leuchteten zwar weniger stark, aber dafür in einem magischen kalten Orangeton. Hinter einigen Fensterscheiben sah Johannes noch Licht in den Wohnungen seiner Nachbarn und Freunde.

Er ging wieder hinein und lüftete den Raum, bevor er das Licht ausschaltete. Auch wenn es schon nach zehn war und er am nächsten Morgen früh rausmusste, wollte er noch nicht gleich ins Bett gehen. Als er das Tor zum Gutshaus öffnete, sah er, dass Regina und ein paar andere Leute noch hinten im Garten saßen. Aber ihm war nicht nach Gesellschaft, und so ging er direkt ins Haus und weiter in sein Arbeitszimmer. Lina schlief schon lange, und Nele übernachtete bei ihrer Freundin.

Er zündete die Kerzen an und setzte sich hin. Die Menschen aus der Gruppe und die Gefühle, die sie wiederzufinden oder auszudrücken versuchten, füllten sein Bewusstsein.

Liebe und Angst.

Johannes hatte im Laufe der Jahre mit vielen Ängsten gerungen. Seine erste dramatische Begegnung mit ihnen hatte er in Poona gehabt. Wenn er heute auf sein junges Selbst zurückblickte, sah er eine starre Gestalt, von einem dicken Panzer umgeben. Ein von Westenhagen hat niemals Angst! Sein Vater hatte ihm diesen Leitsatz eingeprügelt, wie er es wiederum von seinem Vater gelernt hatte. Osho erkannte die vorgetäuschte Selbstsicherheit und knackte ihn wie eine reife Nuss. Der Strudel, der sich auftat, war dunkel und endlos.

Seinen zweiten Anlauf hatte er gemacht, als er zurück in Deutschland war und eine Therapie im Rahmen seiner Ausbildung zum Psychotherapeuten machen musste. Am Ende war er endlich bereit, seinen Dämonen ins Gesicht zu sehen:

Angst davor, so zu werden wie sein Vater.

Angst davor, dass Frederike ihn verlassen würde oder er sie.

Existenzangst, als sie hier angefangen hatten.

Angst um seine Töchter.

Heute überwogen die positiven Gefühle: Liebe, Sicherheit, Geborgenheit. Aber die Ängste waren nicht gänzlich verschwunden. Er hatte gelernt, sie zu akzeptieren als Teil seines Wesens.

Frederikes Motor war der Ehrgeiz. Dieses Gefühl spornte sie an und stärkte sie in der politischen Arena. Johannes hatte sich bewusst davon distanziert. In einer erfolgreichen Paarsituation übernahm meistens einer den aggressiveren Part der Selbstbehauptung. Er hatte sich vor die Frage gestellt, ob ihm etwas lag an messbarem Erfolg oder einer klassischen bürgerlichen Karriere. Die Antwort war ein klares Nein.

Und dennoch trieb auch ihn etwas an, sich immer weiter mit der menschlichen Seele zu beschäftigen. Die Workshops, die wöchentlichen Gruppen und auch seine Tätigkeit bei der Bundeswehr zeichneten seinen Weg nach, der sicher nicht uneigennützig war.

Die Angst, zu verschwinden.

Die Angst, am Ende doch in Bedeutungslosigkeit zu versinken, ohne eine Spur zu hinterlassen.

Er musste daran denken, wie damals im Ashram jeden Tag neue Gerüchte aufkamen. »Hast du schon gehört? Der und der hat sein Ego verloren.« Oder: »Die und die soll erleuchtet worden sein.«

Er hatte mit sich gekämpft, sein Ego zu bezwingen versucht und insgeheim darauf gewartet, dass jemand von ihm dasselbe behaupten würde. Bis heute war dieses Ego stark und verfolgte ihn wie ein unruhiger Geist, der manchmal lange schlief und dann plötzlich wieder in seinem Kopf herumgeisterte. Das einzige Mittel dagegen war die Wachsamkeit.

Es war Zeit für die abschließende Meditation. Johannes wollte gerade sein Darshan-Tagebuch aufschlagen, als das Telefon klingelte. Um diese Zeit konnte das eigentlich nur Frederike sein. Seufzend stand er auf und ging in den Flur.

»Hallo, Kirti.« Bei ihrem früheren Sannyas-Namen nannte er sie nur noch, wenn sie unter sich waren. Er liebte die Bedeutung des Namens, der Lichtstrahl, und fand, dass er ausgezeichnet zu ihr passte.

»Herr von Westenhagen?« Sein Verbindungsoffizier. Er hatte ihn noch nie zu Hause angerufen, und schon gar nicht mitten in der Nacht.

Johannes spürte, wie ihn ein Schauer überlief. Gefühle erzeugen eine körperliche Reaktion. Liebe und Angst. »Entschuldigen Sie, ich dachte, es wäre meine Frau.« Spürte er Angst? Es gab überhaupt keinen Grund dafür.

»Heißt die nicht Frederike? Na ja, das ist Ihre Sache, solange Sie keine Skandale provozieren. Wir müssen uns treffen.« Es war keine Frage.

»Jetzt sofort? Mitten in der Nacht?«

»Die Sache duldet keinen Aufschub. Ich bin in zwanzig Minuten bei Ihnen in Westenhagen. Wo können wir dort ungestört reden?«

Johannes überlegte. »Im ehemaligen Stall, wo die Workshops stattfinden.«

»Also gut. Bis gleich.«

Eine Viertelstunde später schaltete er im Stall wieder das Licht an und schloss die Fenster. Es war kühler geworden. Zwei Scheinwerfer strichen über die Fenster, kurz danach hörte er Räder auf dem Kies.

Der Mann trug eine dunkelgrüne Wachsjacke und Cordhosen. Johannes hatte ihn noch nie in Zivil gesehen. Ohne seine Uniform wirkte er wie ein Universitätsprofessor oder ein Psychiater, der er ja auch war.

»Kommen Sie rein, Major.« Er hatte von Anfang an darauf bestanden, mit seinem Dienstgrad angesprochen zu werden. Johannes schüttelte kurz die angebotene Hand. »Ich habe hier leider nur Mineralwasser.«

»Gut, dann nehme ich eins.«

Johannes goss Wasser in zwei Gläser. Er konnte den Major schlecht bitten, sich auf die Erde zu setzen, also blieb er stehen und reichte ihm ein Glas.

»Es wird nicht allzu lange dauern, aber wir haben ein ernstes Problem. Ich will offen zu Ihnen sprechen und verlasse mich auf Ihre Diskretion. Schließlich sind Sie ein von Westenhagen, und Ihre Familie war der deutschen Armee von jeher verbunden.«

Die Angst kam wieder hoch. Johannes schwieg.

Der Major berichtete schnell und in knappen Sätzen, was vorgefallen war. »Er hat sich direkt auf die Angreifer gestürzt«, schloss er seinen Bericht. »Sie haben versucht, ihn zurückzuhalten, aber es war nichts zu machen.«

Der große Raum erschien Johannes plötzlich eng und stickig. »Welcher war es?«, fragte er

»Löffler.«

»Und jetzt wollen Sie mir die Schuld in die Schuhe schieben?«

»Die amerikanischen Kollegen sind außer sich. Leider konnten wir Sie aus der Sache nicht heraushalten. Ein hohes Tier von der Sicherheitsfirma hat die Eskalation im *Strandläufer* hautnah miterlebt.« Der Major schüttelte resigniert den Kopf. »Mensch, von Westenhagen, Sie sollten sie auf den Einsatz vorbereiten, nicht zu Selbstmordattentätern ausbilden!«

Johannes goss sich Mineralwasser nach und trank in schnellen Schlucken. Seine Zunge schien am Gaumen zu kleben. »Löffler hatte große Probleme, die wir in der kurzen Zeit nicht lösen konnten. Ich vermute Gewalt im Elternhaus, wahrscheinlich vonseiten des Vaters. Er war voller Hass.«

Der Major begann auf und ab zu gehen. »Er war ein vorbildlicher und normaler Soldat, bevor Sie ihn in die Mangel genommen haben.«

Johannes fühlte sich in die Defensive gedrängt und sah keine andere Möglichkeit, als sich weiter zu verteidigen. »Er war vielleicht unauffällig, aber sicher nicht normal. Ich musste die Gruppe abbrechen, bevor wir fertig waren. Und als ich mit Ihnen über Löffler sprechen wollte, war er bereits weg.« Es klang dünn und fadenscheinig. Die Situation entglitt ihm zusehends.

Der Major blieb nah vor ihm stehen. »Wissen Sie eigentlich, was das bedeutet, Mann? Wir müssen ihn unauffällig hierher zurückschaffen und dann so tun, als hätte er einen Unfall gehabt. Wie bei dem anderen, den wir vor den Panzer legen mussten.«

Johannes trat einen Schritt zurück. »Sie meinen, der ist auch nicht hier gestorben? Der Schütze denkt, es sei seine Schuld! Der Junge ist fertig, der wird nie wieder ein Bein auf die Erde bekommen.«

»Deswegen haben wir ihm ja den besten Therapeuten besorgt, den wir hier oben haben.« Er sprach schneidend, mit einem zynischen Unterton.

Johannes schloss die Augen, und massierte sich kurz die Schläfen. »Entschuldigen Sie, es ist spät. Was passiert ist, ist furchtbar. Ich muss darüber nachdenken, wie wir solche Dinge in Zukunft verhindern können.«

Der Major stand unverändert in aufrechter Haltung vor ihm. »Tun Sie das bitte. Denken Sie nach, rufen Sie mich an und sagen Sie mir, was Sie vorhaben. Und tun Sie es schnell. Die Zeit drängt.«

Er war schon auf dem Weg zur Tür, als Johannes noch etwas einfiel. »Moment noch, ich wollte Sie etwas fragen.«

Der andere blieb stehen und wandte sich um.

»Warum plötzlich diese Eile? Ich schleuse die Männer in Hochgeschwindigkeit durch. Das ist nicht unriskant, wie Sie selbst sehen.« Der Major sah ihn schweigend an. Also sprach Johannes weiter. »Bei den Vorgesprächen haben Sie mir gesagt, diese Männer sollten den absoluten Ernstfall trainieren, damit sie später in Afghanistan oder im Kosovo nicht denken, es sei alles nur ein Spiel. Und außerdem unterstützen wir damit indirekt die USA im Kampf gegen den Terror.«

»Also gut, ich werde Ihnen etwas sagen, was ich eigentlich nicht tun dürfte.« Der Major kam wieder ein paar Schritte zurück und senkte die Stimme. »Aber vielleicht spornt es Sie ja zu schnelleren Gedankenblitzen an. In voraussichtlich fünf bis sechs Wochen werden wir alle Ihre Patienten brauchen, und zwar voll einsatzfähig. Ohne Netz und doppelten Boden.«

»Und wofür, wenn ich fragen darf?«

»Fragen dürfen Sie schon, aber eine Antwort werden Sie nicht bekommen. Und noch etwas: Ein Wort zu Ihrer Frau, und Ihrer beider Karrieren sind beendet. Es sei denn, Sie möchten auswandern.« Er lächelte, aber seine Augen blieben hart. »Ich warte also auf Ihren Anruf.«

Wieder knirschten die Räder, und die Scheinwerfer erleuchteten kurz den Raum.

Hunderte von Soldaten. Wozu brauchte man Hunderte von Soldaten?

Um in den Krieg zu ziehen.

Johannes musste sich hinsetzen.

Woher wusste der Major im Voraus, ob und wann sie in den Krieg ziehen würden?

Und gegen wen?

Es gab ein gültiges Bundestagsmandat gegen den Einsatz im Irak.

Aber nur gegen den Irak.

Er erinnerte sich an die Schlagzeilen der letzten Tage. Der iranische Ministerpräsident weigerte sich, die Atom-Inspektoren ins Land zu lassen. Mit verbalen Attacken stieß er eine westliche Nation nach der anderen vor den Kopf.

Und in Deutschland war Wahlkampf.

40 Zoo

Es war genauso voll wie Bombay, aber wenigstens nicht ganz so heiß. Die Riksha kämpfte sich im Schritttempo zwischen wenigen Autos und umso mehr Lastwagen und Motorrädern durch. Nick versuchte sich zu orientieren, aber die Stadt hatte sich rasend schnell ausgebreitet. Pune war das eigentliche Herzstück des Staates Maharashtra. Bombay, die Metropole, zog Menschen aus ganz Indien an, ein Schmelztiegel verschiedenster Kulturen zwischen Bihar und New York. Hier dagegen wurde Marathi gesprochen, geschrieben und sogar gefilmt. Die Stadt boomte, ohne sich dessen zu schämen. Ein Wald von Bauschildern zog sich die Straße vom Flughafen entlang. Das Geschäftshaus eines multinationalen Konzerns, dahinter ein riesiger silberner Block mit dem Logo eines Callcenters, über das Nick im letzten Jahr einen Artikel geschrieben hatte. Dazwischen nicht enden wollende Visionen von luxuriösem, sicherem und komfortablem Wohnen.

Kaufen Sie einen Bungalow in der Kolonie *Golden Lotus.*

Halten Sie an. Besuchen Sie unser Muster-Apartment in den *Grand Maharashtra Towers.*

Tag und Nacht Sicherheitsdienst. Swimmingpool. Jogging-Anlage. Kinderspielplatz.

Kaufen Sie! Investieren Sie, bevor es zu spät ist!

Nick sah Wäsche auf den Balkons halbfertiger Neubauten wehen. Reiche Einwohner Bombays kauften hier mal eben ihren Zweitwohnsitz auf dem Weg vom Flughafen zum Geschäftstermin. Eine krisensichere Kapitalanlage. Wieder zischte ein Motorrad gefährlich nahe an ihm vorbei und drängte sich vor die Riksha.

Er zuckte zusammen. Für einen Moment hatte er gedacht, Cal säße auf der Maschine, mit Sonnenbrille und seinem typischen um den Kopf gewickelten Tuch. Ein Motorroller kam ihnen entgegen, der Fahrer offenbar demselben Dresscode gehorchend.

Nick beugte sich aus der Riksha. Keine Fahrer, sondern Fahrerinnen! Dupattas flatterten im Wind. Er hatte sich bisher nie gefragt, warum in Bombay eigentlich nur Männer auf Zweirädern unterwegs waren. Es passte einfach zum üblichen Macho-Gehabe. Hier war das offenbar anders. Lauter Frauen im Amazonen-Look sausten durch die Stadt. Er hielt seine neue kleine Digitalkamera hinaus und machte ein Foto. Später würde er ein Internetcafé suchen, es herunterladen und an Mattie mailen. Er wollte ihr von seinem neuen Auftrag schreiben. Cal würde es dann so oder so erfahren und sich keine Sorgen mehr machen. Stille Post.

Nick lehnte sich wieder in die Polster. Die Straßen waren in so schlechtem Zustand, dass die Riksha von Zeit zu Zeit beinahe abhob. Jede Unebenheit jagte eine Welle von Schmerzen durch seinen geschundenen Körper. Er sah Zelte am Straßenrand und Männer und Frauen, die Kies und Steine durch den Staub trugen. Im besten Fall würden sie noch vor dem Monsun mit den Reparaturen fertig sein. Und danach würden sie wieder von vorn beginnen.

Er versuchte sich auf das Thema zu konzentrieren, dass ihm die Redaktion aufgedrückt hatte. Es war typisch. Um ihn herum brodelte die Zukunft, und sie schickten ihn mitten in die Vergangenheit. Am Tag zuvor hatte er sich ein Taxi runter nach Kalaghoda[15] genommen und sich in der Bibliothek des Goethe-Instituts von Bombay vergraben. Er fand ein paar verstaubte deutsche Bücher pro und contra Bhagwan, die aussahen, als hätte sie seit Jahren niemand mehr gelesen. Zwei der Autoren waren in den 70ern als Kritiker in den Ashram gekommen und gleich dageblieben. Ironischerweise war einer davon ein *Stern*-Reporter, dessen Tagebuch über seine Wandlung zum Sannyasin ein Bestseller geworden war. Hoffte die Redaktion etwa auf späte Rache?

Flüchtige Bilder waren aus seiner Erinnerung aufgestiegen. Nick als Kind im Wohnzimmer seiner Eltern, die fassungslos eine Reportage im Fernsehen verfolgten. Sein Vater regte sich so unglaublich auf, dass er sogar vergaß, ihn ins Bett zu schicken. Die Mutter konnte ihn gerade noch davon abbringen, in die Kanzlei zu stürmen und eine Klageschrift gegen Bhagwan wegen Verführung der deutschen Jugend aufzusetzen. Nick, vielleicht sechs oder sieben, hatte in stummer Begeisterung die Geschehnisse auf der Mattscheibe verfolgt, um keine Aufmerksamkeit zu erregen. Er erinnerte sich an Erwachsene, Männer und Frauen mit langen Haaren, die mit verbundenen Augen herumsprangen, kreischten und sich auf den Boden warfen. Der Guru mit einem grauen Bart legte ihnen einfach die Hand auf die Stirn, und sie flippten aus, warfen sich hin und her und lachten wie die Irren. Aber am meisten hatten ihn die Kinder fasziniert. Sie lebten in kleinen Gruppen oder Banden, völlig unabhängig von ihren Eltern. Nick vor dem Fernseher wurde unruhig wie ein Tier im Zoo, das zum ersten Mal seine Artgenossen in der freien Wildbahn sieht.

Später waren die Sannyasins sowohl aus den Schlagzeilen als auch aus Nicks Bewusstsein verschwunden, und er konnte sich nicht erinnern, jemals einem von ihnen begegnet zu sein. Esoterik und jegliche Art von innerer Nabelschau lagen ihm fern. Wenn er sich bewegen wollte, ging er mit seinen Freunden aus der Musikszene an die Elbe zum Fußballspielen. Keinerlei Ambitionen zu meditieren oder Yoga zu lernen lockten ihn nach Asien. Dass er von allen möglichen Orten auf der Welt ausgerechnet in Indien gelandet war, erschien ihm im Nachhinein als Ironie des Schicksals. Die ganzen Westler, die ins Land schwappten, um sich in irgendwelchen Meditationscamps zu versenken oder die Ashrams zu bevölkern, waren ihm noch viel fremder als die Inder und verstärkten sein Gefühl der Isolation. Nick war definitiv kein Hippie, weder ex noch neo.

Er musste jedoch zugeben, dass die Website des heutigen Ashrams ein zeitgemäßes Layout ohne viel Schnickschnack hatte. Das Ganze hieß jetzt *Osho Meditation Resort* und war anscheinend so eine Art Club Mediterranée für ausgebrannte Manager und zu Geld gekommene 68er aus aller Welt. Die Fotos hatte er wegen der schlechten Connectivity in Cals Wohnung nicht öffnen können. Aber er machte sich sowieso lieber ein eigenes Bild. Und die winzige Fotokamera mit zig Millionen Pixeln würde sein drittes Auge sein.

Draußen war die endlose Piste vom Flughafen endlich in die Innenstadt übergegangen. Auf überdimensionalen Werbeflächen schoben sich Markennamen und Produkte zu einem Gewitter aus Farben und Linien ineinander. Der Rikshafahrer drehte sich um und grinste ihn an. »Ashram, Sir? Good vibration, good shanti, good love.«

Machte der sich lustig über ihn oder was? »Yes, Osho Ashram«, sagte Nick und wandte sich ab, um weiterer Kommunikation aus dem Weg zu gehen. In Bombay war er wenigstens noch etwas Besonderes, wenn auch Cals persönliches Ausstellungsstück. Hier war er einer unter vielen, die verzweifelt nach sich selbst oder einem Sinn im Leben suchten, wer wusste das schon so genau. Sie schlenderten allein oder paarweise auf der Hauptstraße herum, mit Dreadlocks oder kurzgeschorenen Haaren, hellhäutige Aliens zwischen indischen Businessleuten.

»Buzz!« Der Rikshafahrer bremste hart und nannte einen unverschämt hohen Preis. Nick bezahlte, ohne zu handeln. Wie er diese Ausgaben als Spesen abrechnen sollte, war ihm ein Rätsel. Er konnte den Fahrer ja schlecht um eine Quittung bitten.

Vorsichtig sah er sich um. Ihn würde schon niemand sehen, den er aus Bombay kannte. Mit fest geschlossenem Mund, die Augen starr nach vorn gerichtet, betrat er die *German Bakery* von Pune.

Zehn Minuten später stand er vor dem Spiegel im Klo einem Hippie mit blondem Pferdeschwanz gegenüber, dessen Gesicht aussah, als sei er gegen eine Riksha gelaufen. Seine Blutergüsse schimmerten jetzt grünlich gelb. Die knielange dunkelblaue Baumwollkurta hatte er im letzten Moment aus Cals Schrank gezogen. Nur die Slippers von Woodland in Bandra störten das Bild. Aber nicht mal für eine Million Rupien hätte Nick freiwillig Sandalen angezogen. Er versuchte ein Lächeln. Lächeln war bestimmt wichtig. Beim zweiten Versuch gelang es schon besser.

Das Lächeln verschwand, Jeans und T-Shirt wanderten in den großen Seesack, mit dem er damals in Indien angekommen war.

Die Laptoptasche passte nicht so gut ins Bild, aber das ließ sich nicht ändern. Auch Hippies lebten schließlich im 21. Jahrhundert.

Er bestellte ein Stück authentisch wirkenden Apfelkuchen und setzte sich auf einen Barhocker, um die anwesenden Gäste zu studieren wie eine fremde Spezies. Niemand beachtete ihn. Eine lang vergessene Freude überkam ihn dabei, einfach dazusitzen und in der Anonymität der Menge zu verschwinden.

Als er wieder auf die Straße trat, war es bereits Nachmittag. Nick beschloss, für den Rest des Weges ein Taxi zu nehmen. Er wollte nicht den falschen Eindruck erwecken, sich das spirituelle Animationsprogramm nicht leisten zu können.

Kurz darauf bog das Taxi laut hupend in eine ruhigere Nebenstraße ein. Hohe Bäume standen links und rechts am Straßenrand. Hinter hohen Mauern sah er die Dachgiebel alter Villen aufragen.

Der Wagen hielt vor einem breiten Tor auf der rechten Seite, das Nick tatsächlich an den Eingang zu einem Zoo erinnerte. Er stieg aus und bezahlte. ›Osho International‹ stand in goldener Schrift auf einem schwarzen Marmorblock hoch über seinem Kopf.

Nick trat hindurch. Die lärmende Großstadt verschwand, als hätte er in einem Videospiel das Level gewechselt.

Dunkelrot gewandete Zootiere gingen locker ein und aus. Eine Art Wächter im selben Outfit lächelte ihm zu. »Willst du eine Besuchertour mitmachen oder länger bleiben?«

Nick seufzte. »Ich möchte ein paar Tage bleiben.«

Der Mann schickte ihn zum Welcome Center, dessen Eingang gleich rechts hinter dem Tor lag. Er betrat ein halboffenes Gebäude aus schwarzem Granit. Durch die metallisch schimmernde Decke wuchsen dicke Baumstämme. An der rechten Wand floss ein künstlicher Wasserfall hinab. Durch die fehlende Rückwand konnte man bis in den Ashram sehen, abgetrennt durch einen kunstvoll angelegten Garten, in dem ein Bach plätscherte. Nick konnte sich nicht erinnern, je eine gekonntere Inszenierung des Paradieses gesehen zu haben. Fuck it, ab hier war man verloren, denn es gab nur noch einen Wunsch: Ich will da rein.

Nick stellte sich hinter einem britischen Paar an, das leise darüber diskutierte, welche Meditation sie praktizieren sollten. »Aber wir haben doch nur zwei Tage Zeit. Wenn wir *No Dimensions* machen, schaffen wir es nicht mehr zum *Chakra Breathing.*«

Er beschloss, sich nicht auf gut Glück in irgendeine abgefahrene Therapie zu stürzen, sondern sich am nächsten Morgen in Ruhe ein Programm von einem der Berater zusammenstellen zu lassen. Mal gucken, was sie ihm so andrehen würden von all der Seelengymnastik.

Das Pärchen verschwand. Nick rückte vor bis zum Counter. Ein Inder und eine Europäerin, beide in Dunkelrot, standen zur Auswahl. Nick entschied sich für den Inder. »Ich würde gern für eine Weile hier bleiben. Ich habe telefonisch ein Zimmer im Guesthouse reserviert.« Lächeln, Nick!

Der junge Mann lächelte zurück. Er konnte es viel besser als Nick. »Das Guesthouse befindet sich im Meditation Resort. Sie müssten hier erst mal Ihren Ashram-Pass erwerben und den AIDS-Test machen.«

Nick merkte, wie sein Lächeln gefror. Er und Cal hatten beide einen Test gemacht, als er nach Bombay kam. Sie wollten das an sich schon waghalsige Experiment ihrer Beziehung nicht durch irgendwelche Zweifel belasten. Aber das hier war etwas anderes. »Was ist das hier, ein Knast? Oder eine Versuchsstation für schöne neue Menschen? Vielleicht möchten Sie gleich noch eine DNA-Analyse machen!«

Seine laute Stimme brachte die fragile Athmosphäre aus dem Gleichgewicht. Genervte Blicke trafen ihn von den Computerarbeitsplätzen im Hintergrund des Raumes. Das Lächeln hielt sich noch einen Moment auf dem Gesicht des Inders, dann verschwand es wie eine süße Erinnerung. Der wachende Engel am Eingang zum Paradies hatte es nicht nötig, auf seine Befindlichkeiten einzugehen. Nick musste eine verdammt schnelle Entscheidung treffen.

Himmel oder Hölle.

41 Feuer und Eis

Wenn er ihr Profil vor dem Abendhimmel betrachtete, hätte Mattie mit ihren kurzen Haaren ohne Weiteres für einen Jungen durchgehen können. Ihr Gesicht hatte klare Konturen, eine gerade Nase, die Augen mandelförmig, aber nicht schräg. Ihre Haut hatte die Farbe von – dieser Kaffee im Glas, wie hieß der noch: Latte Macchiato …

Cal wandte sich schnell ab und trank einen Schluck Prosecco. Er warf einen raschen Blick aus dem Fenster. Sofort wurde ihm wieder schwindelig. Sie fuhren jetzt schon das dritte Mal an dem roten Rathaus vorbei, was bedeutete, dass sie seit über zwei Stunden in dem Restaurant in der Kugel saßen. Die ersten eineinhalb Stunden hatten sie über das Stück und den Song, die Filmreihe und die Dreharbeiten am Meer geredet. Alles war so wie immer, seit er in Berlin war. Sie hatten noch eine Flasche Prosecco bestellt und sich zugeprostet.

»Auf die Zukunft!«, sagte Mattie.

»Auf die Liebe!«, sagte Cal.

»Auf dich und Nick!«, sagte Mattie.

»Ich glaube, ich liebe dich«, sagte Cal.

Seitdem hatte sie nichts mehr gesagt, ihn nicht angesehen und aus dem Fenster gestarrt. Sie war kein Junge. Sie war eine erwachsene, kluge und bewundernswerte Frau. Er hatte sie verletzt, und er sollte sich dafür entschuldigen. Aber die Vertrautheit war weg. Cal verspürte dieselbe Scheu, die er immer im Umgang mit Frauen gehabt hatte, wenn sein Sarkasmus ihn verließ.

»Mattie, bitte! Vergiss, was ich gesagt habe.«

Sie guckte weiter auf die Stadt. »Cal, das ist nicht fair. Spiel nicht herum.« Langsam wandte sie sich zu ihm, als fiele es ihr schwer. »Du bist hier nicht in einem deiner Bollywood-Dramen. Vielleicht läuft es so zwischen dir und Nick. Aber nicht mit mir.«

Also gut, er würde versuchen es zu erklären. »I tell you a story.«

Ein leichtes Lächeln deutete sich an.

»Es war einmal ein Junge in Calcutta. Er war fünfzehn und ging auf eine Schule in der Nachbarschaft. Es war eine sehr progressive Schule, aber der Junge hatte keine Zeit für Popmusik oder Mädchengeschichten. Nach der Schule rannte er nach Hause und verbrachte den Rest des Tages mit seiner Tabla zwischen lauter alten Männern. Eines Tages brachte sein bester Freund einen Sony Walkman mit in die Schule. Er setzte ihm die Kopfhörer auf. Und der Junge hörte Madonna. Er hörte nicht nur Madonna, er wurde zu Madonna.« Cal summte ein paar Takte von *Like a virgin*.

»Mach schon weiter mit deiner Geschichte«, brummte Mattie. »Ich warte ungeduldig auf das Ende.«

»Von diesem Tag an interessierte er sich nicht mehr für seine Tabla, auch wenn er weiter spielte, um seinen Vater nicht zu enttäuschen. Er begann sich mit Mädchen zu treffen, aber irgendwas lief immer schief. Sie erzählten ihm von ihrem Liebeskummer, sie lachten über seine Witze, und sie wollten ihn als ihren besten Freund. Eine brachte es schließlich auf den Punkt: ›Du bist einfach zu nett, Cal. Wir Frauen wollen verführt werden. Liebe ist Drama, wie der Kampf zwischen Feuer und Eis.‹ Genau das wünschte sich der Junge auch.« Er nahm noch einen Schluck Prosecco.

»So ein Quatsch«, sagte Mattie.

»Ich komme gleich zum Ende. Ein Jahr später verliebte er sich heftig in seinen Freund mit dem Sony. Sie trafen sich heimlich, nach der Schule, und machten stundenlange Spaziergänge am Fluss entlang oder zur Howrah Bridge. Der andere hielt sich zurück. Manchmal gab er ihm das Gefühl, seine Liebe zu erwidern. Dann war er wieder kalt wie Eis. Eines Tages hielt es der Junge nicht mehr aus. Es war schon dunkel, und sie saßen auf einer Bank im Park. Kein Mensch war in der Nähe. Der Junge gestand dem Freund seine Liebe. Am nächsten Tag stand sein Name an der Tafel und darunter die Worte ›schwule Sau‹. Der andere kassierte Geld von den Mitschülern. Offenbar hatten sie eine Wette abgeschlossen. Selbst die Mädchen waren beteiligt. An diesem Abend betrank sich der Junge in einer Hotelbar. In einem Konzertsaal ganz in der Nähe warteten Hunderte von Leuten auf seinen Auftritt. Aber das Wunderkind saß in einer Ausnüchterungszelle der Polizei und war kein Kind mehr.«

Mattie sah ihn lange an. »Und was ist aus dem Jungen geworden?«, fragte sie nach einer Weile.

Cal lachte. »Er wurde sozusagen zu einem Experten für dramatische Liebe. Jedenfalls theoretisch. Den Rest kennst du. Mit Nick ist es wie mit dem Jungen damals. Wenn er mir den Rücken zuwendet, habe ich Angst, er könnte sich umdrehen und ein ganz anderer sein. Er macht mich verrückt, und ich liebe ihn genau deswegen.«

»Ich auch«, sagte Mattie einfach.

»Ich weiß«, antwortete Cal. »Es ist mir in den letzten Tagen klar geworden. Ich habe nie daran denken wollen, wie es dir wohl gerade ging. Ohne ihn. Ich war wirklich ein verdammter Egoist.«

»Das ist doch ganz normal.« Sie meinte es ernst.

Cal schluckte. »Als die Sache mit Berlin aufkam, habe ich mir ausgemalt, wie es sein würde, wenn Nick und ich einfach ein ganz normales Paar wären. Du weißt schon, ausgehen, Händchen halten, Freunde treffen und so was. Stattdessen bin ich dir begegnet. Und das erste Mal seit jenem Tag in der Schule habe ich das Gefühl, kein Theater spielen zu müssen. Ich bin mit jemandem zusammen, mit dem ich einfach ich selbst sein kann. Ich träume davon, neben dir einzuschlafen und am nächsten Morgen mit demselben Menschen neben mir aufzuwachen. Es ist so einfach.«

Sie sah ihn zweifelnd an. »Jetzt redest du mit mir genauso, wie die Mädchen damals mit dir geredet haben.«

»Nein«, sagte er. »Ich bin nicht mehr sicher, ob ich Feuer und Eis will. Vielleicht bedeutet Liebe, dass man sich gegenseitig am Feuer des anderen wärmen kann.«

»Klingt irgendwie langweilig«, sagte Mattie.

Sie wusste, dass er wusste, dass es nicht so war.

Schweigend ließ sie ihn die Rechnung begleichen, und sie fuhren mit dem Fahrstuhl nach unten. Sie wollte keine anderen Menschen um sich haben, ihre Gesichter nicht sehen und ihre Gespräche nicht hören. Hinter dem *Plaza Hotel* fanden sie einen Taxistand. Auf der Rückfahrt saßen sie dicht nebeneinander. Mattie guckte aus dem Fenster und sah die sozialistischen Prachtbauten der Frankfurter Allee vorbeifliegen. Sie spürte seinen Mund ganz leicht auf ihrem Haar.

Immer noch schweigend überquerten sie den Hof der Spree-Speicher und stiegen die Treppe zu ihren Apartments hoch. Vor ihrer Tür blieb Mattie stehen. Cal sah sie an.

»Willst du noch auf einen Drink mit reinkommen?«

Er nickte.

Sie ging hinein, schaltete das Licht an und warf einen Blick ins Schlafzimmer. Emma schnarchte leise. Mascha lag quer über ihren Beinen. Keine von beiden wachte auf. Mattie schloss leise die Tür.

Cal stand in der Küche und versuchte eine Flasche Prosecco zu öffnen. Als sie hereinkam, reichte er ihr die Flasche.

»Ich kann das nicht so gut wie Jasmin«, sagte sie.

»Du bist schön«, sagte er.

Sie nahm die Gläser mit rüber. Er machte keine Anstalten, sich hinzusetzen, also stellte sie sich neben ihn ans Fenster. Sie war sich immer noch nicht klar darüber, was das alles zu bedeuten hatte. Sie stand hier mit Nicks Lover und stellte sich vor, wie es wäre, mit ihm zu schlafen. Wollte sie in Nicks Leben eindringen, ihm wegnehmen, was er ihr weggenommen hatte?

Nein, es hatte nichts mit Nick zu tun. Sie hatten eine verbotene Zone betreten. Die Spannung war unerträglich. Sie mussten sich entscheiden, entweder weiterzugehen oder sofort umzukehren. Wenn es dafür nicht schon zu spät war.

»Heißt Liebe ohne Drama auch Liebe ohne Sex?«, fragte sie leise.

Cal schüttelte unwillig den Kopf. »Ich kann nicht so darüber sprechen«, sagte er. »Ich weiß nur, dass ich Angst davor habe, alles kaputtzumachen, was mir etwas bedeutet.«

»Okay«, sagte sie, »dann gehe ich jetzt ins Badezimmer. Wenn ich wiederkomme und du bist weg, dann hat dieser Abend nie stattgefunden. Bist du noch da, halten wir für eine Nacht die Zeit an. Keine Versprechen, keine Vorwürfe, kein Bollywood.«

Sie ging ins Bad, putzte sich die Zähne und wusch ihr Gesicht wie an jedem Abend. Sie fühlte ihr Herz klopfen wie eine heißgelaufene Maschine. Mit zitternden Knien ging sie zur Tür und öffnete sie.

Das Licht im Wohnzimmer war aus. Erst als sie direkt vor ihrer Couch stand, sah sie seine Silhouette gegen das Mondlicht. Er saß einfach da, die Ellenbogen auf die Knie gestützt und den Kopf in den Händen vergraben.

»Ich dich auch«, sagte Mattie endlich.

42 Emmas Welt

Emma ist wach.

Wo bin ich?

Emma träumt.

Anand ist wieder weggefahren, mit dem Schiff. Emma will zu Hinnarck, aber sie kann nicht gehen. Ihr ist kalt.

Steht am Hafen. Muss winken, immer winken.

Emma ist krank.

Sie hat Angst, dass der große graue Vorhang fällt. Grau, grau, alles wird grau.

Aufstehen. Mascha weint. Nicht weinen, Mascha.

Will raus.

Emma will auch raus. Will nach Hause gehen. Hinnarck wartet schon.

Madita! Madita schläft noch.

Emma will nach Hause, Madita!

Madita schläft gar nicht.

Madita sieht Emma nicht.

Sieht nur Anand.

Anand sieht nur Madita.

Neineinein! Geht nicht! Das ist verboten!

Vater und Tochter.

Schmutzig.

Emma ist schuld. Emma ist schmutzig.

Will nicht mehr.

Hinnarck soll kommen. Hinnarck kommt, wenn Emma wieder sauber ist.

Schnell, schnell. Treppen runter. Nicht umdrehen. Ohren zuhalten.

Straße, Autos, Bremsen quietschen. Schnell, schnell, Emma muss zum Fluss. Muss sich waschen, weil sie so schmutzig ist. Du kleiner Dreckspatz.

Die Brücke. Unten ist der Fluss. Das Wasser fließt. Sauberes Wasser.

Guck mal, da steht Didi.

Didi ist ganz klein, viel kleiner als sonst. Didi winkt.

Emma winkt.

Madita und Anand winken.

Emma winkt, muss immer winken. Mit beiden Armen. Emmas Arme sind Flügel.

Emma breitet ihre Flügel aus und fliegt.

43 Tiger

Nick lag auf einer Liege am Pool. Neben ihm stand ein großes Glas mit Fruchtsaft. Immer wenn jemand vorbeikam, lächelte er mechanisch, und die anderen lächelten zurück. Sein drittes Auge, versteckt unter dem langen Ärmel seiner dunkelroten Robe, reagierte ab und zu mit einem leisen Klicken.

Nach zwei Tagen im Ashram schwand seine Unruhe langsam und machte einer wohltuenden Lethargie Platz. Er fühlte sich wie in einem alternativen Sanatorium mit ökologisch ausgewogener Landschaftsarchitektur und vegetarischer Kost.

Vielleicht war es hier früher mal hoch hergegangen, als Osho noch Bhagwan hieß und keine Legende, sondern ein Mensch aus Fleisch und Blut war. Als die Leute ihre Hütten mit den Ratten teilten, bereit, zwölf, vierzehn Stunden durchzuarbeiten, nur um in seiner Nähe zu sein. Fiebernd den Abend herbeisehnten, wenn der größte Popstar auftrat, der sich je selbst erfunden hatte. Seine Lectures waren Rap, und er rappte den Spirit, bis die Leute nicht mehr wussten, wer sie waren. Dann gab er ihnen einen neuen Namen.

So oder ähnlich musste es abgelaufen sein, wenn man dem Mythos glaubte, der heute noch die Atmosphäre dieses Ortes auflud wie ein riesiger Generator. Ein älterer Italiener war Nick gleich am ersten Abend im *Smoking Temple* für notorische Raucher mit der Geschichte auf den Wecker gefallen, wie er damals in der Encounter-Therapie so lange auf ein Kissen eingedroschen hatte, bis er sich den Arm brach. »Die Wut musste raus«, sagte er. »Und sie ist bis heute nicht zurückgekommen. Ich habe Indien als ein neuer Mensch verlassen.«

Nicks Wut über den AIDS-Test war noch nicht raus. Es war ein zu schmachvoller Moment der Niederlage gewesen. Der Bewacher des Paradieses schien lange vor ihm selbst zu wissen, dass sein Widerstand bereits gebrochen war.

»Wieso brauche ich zum Meditieren einen AIDS-Test?«

Die anderen Angestellten hinter dem Counter wandten sich wie auf ein Zeichen wieder ihren unterbrochenen Aktivitäten zu.

»Für uns ist der AIDS-Test eine Ermahnung, sich immer wieder bewusst zu machen, dass diese Seuche eine der größten Gefahren für die Menschheit ist. Als Osho diese Gefahr in den 80er Jahren erkannt hat, wurde er ausgelacht. Heute lacht darüber niemand mehr.« Das Lächeln war wieder da. Zwei Grübchen erschienen links und rechts von seinem Mund.

»Und wenn ich nun HIV-positiv wäre?« Nick wollte provozieren.

Der Mann lächelte. »Es ist deine Entscheidung. Niemand zwingt dich, den Ashram zu besuchen.«

Er hatte natürlich nachgegeben. Der Artikel würde ihm genug Raum lassen, seine Ansichten in Worte zu fassen. Nachdem er eine halbe Ewigkeit mit einer Art Fernbedienung in der Hand gewartet hatte, summte das Ding plötzlich, und er durfte zur Blutabnahme.

Am nächsten Morgen in der Plaza traf er seinen Bezwinger beim persönlichen Beratungsgespräch wieder.

»Hi«, sagte er. »Ich bin Siddarth.«

»Nick.« Nick war irritiert. »Arbeitest du immer und überall?«

Siddarth lachte. »Nein. Aber ich arbeite nicht wie ihr in einem einzigen Beruf. Den Hauptteil meiner Zeit verbringe ich damit, ayurvedische Massagen zu geben. Daneben mache ich Counter-Dienst und diese Beratungen hier.«

»Putzt du auch die Klos?« Es musste doch möglich sein, diesen Typen aus der Reserve zu locken.

»Hast du noch nie von Oshos Programm *Arbeit als Meditation* gehört? Die Arbeit ist Teil unserer Bewusstwerdung. Jede Arbeit.«

Nicks Problem fing schon beim Thema Bewusstwerdung an. Aber er wollte sich nicht gleich als Nörgler seinen Ruf verderben.

»Warum bist du hier, Nick?«, fragte Siddarth mit der freundlichen Bestimmtheit des Therapeuten.

»Ich weiß nicht so genau.« Er hätte sich besser vorbereiten müssen. »Ich fühle mich irgendwie leer. Meine Beziehung ist gerade auseinandergegangen«, fügte er sicherheitshalber noch hinzu. Klang doch gar nicht so schlecht.

»Deine Beziehung zu einer Frau? Wie ist ihr Name?«

Was sollte das denn jetzt schon wieder? »Zu einem Mann«, sagte Nick. »Er heißt Amit.« Was blitzte da in Siddarths Augen auf? Abneigung? Eher Überraschung. Auf jeden Fall die erste spontane Reaktion. Vielleicht war er ja doch echt. Nick war sich mittlerweile sicher, dass sie irgendwo auf dem Gelände ein Labor für Replikanten versteckten. Gutaussehend, gesund und lächelnd.

»Du siehst schlecht aus.« Siddarth betrachtete seine Blessuren. »Warum ruhst du dich nicht erst mal aus, gehst spazieren und schwimmst eine Runde? Ich werde mir was überlegen und sage dir dann Bescheid.«

Nick wollte widersprechen. Aber was sollte er sagen? Ich will jetzt sofort mit dem Programm anfangen? Er wusste ja nicht mal, wie so etwas ablief. Also nickte er und stand auf.

»Wir sehen uns«, sagte Siddarth.

Wie ein dunkelroter Tiger war er in seiner neu erworbenen Kluft durch den Park geschlichen und hatte seine Runden gedreht. Überall saßen steinerne Buddhas herum. Ihre Gesellschaft war ihm lieber als die von Menschen.

Als es dunkel wurde, sah er aus der schwarzen Pyramide des Auditoriums Hunderte weißgekleideter Gestalten über eine Brücke kommen. Ihre Konturen spiegelten sich im Licht des Vollmonds auf dem stillen Wasser. Die Unwirklichkeit dieses Bildes war kaum zu übertreffen.

Nick tigerte weiter.

Schlafen.

Schwimmen gehen.

Fotografieren.

Essen.

Schlafen.

Er hatte immer weniger Lust, irgendwo teilzunehmen. Mittlerweile schwamm er nicht mal mehr selbst, sondern sah den anderen dabei zu.

»Hi, Nick.« Er öffnete die Augen. Das war Siddarth. Ihm stand wenigstens Rot. »Willst du heute mit zum Evening Meeting kommen?«

»Was passiert denn da?« Nick wollte eigentlich nirgends mehr hingehen.

»Wirst du schon sehen. Wir treffen uns um halb sieben in der Cafeteria. In Weiß. Und kein Duschgel oder Aftershave.« Lächeln, und weg war er.

Nick zwang sich zum Aufstehen. Er musste raus hier, um wieder arbeiten zu können. In die Stadt gehen, Lärm hören, Smog riechen, ein Internetcafé suchen.

Entspannung war so verdammt anstrengend.

44 Bioenergetik

Emma war als Mädchen Mitglied der Kunstspringerriege des Schwimmvereins Hamburg-Horn gewesen. Wie sie als Kind einer armen Trümmerfrau überhaupt zu dieser ausgefallenen Sportart gekommen war, wusste Mattie nicht. Aber ihre Oma hatte die verstaubten Medaillen bis zu ihrem Tod in der Vitrine aus Nussbaumfurnier aufbewahrt.

Jedenfalls hatten die alten Reflexe Emma vermutlich das Leben gerettet. Während Mattie, Cal und Didi hilflos vom Ufer aus zusahen, war Emma wie ein Stein von der Brücke gekippt. Mit ausgebreiteten Armen und dem Kopf nach unten. Mattie hörte ihren eigenen Schrei wie aus weiter Ferne. Cal versuchte sie festzuhalten. Sie riss sich los und rannte die Stufen hinunter, die in die Mauer des Kanals eingelassen waren.

Später kam es ihr vor, als wäre sie noch vor dem Aufprall unten am Wasser gewesen. Wenn Emma nicht im letzten Moment die Arme in die vorgeschriebene Haltung gestreckt hätte, wäre sie mit dem Kopf zuerst aufgeschlagen. So tauchte sie ein wie eine dickliche Seeschwalbe. Prustend kam sie an die Oberfläche. Bevor sie wieder untergehen konnte, war Mattie bei ihr und versuchte ihr die Arme unter die Schultern zu schieben. Glasklar erschienen in ihrer Erinnerung die Schaulustigen am anderen Ufer. Sie feuerten sie an und lachten.

Als sie endlich an den Stufen waren, griffen Hände nach ihr und Emma und zogen sie beide auf den Betonsockel. Wenn sie an den ekligen Geschmack des Kanalwassers dachte, wurde ihr jetzt noch schlecht.

Emma lag auf der Seite und hustete. »Ich will nach Hause.«

Danach redete sie kein Wort mehr mit ihrer Tochter.

»Keine Ahnung, was zwischen euch vorgefallen ist, aber du bringst sie jetzt sofort nach Hause«, sagte Didi, als Emma endlich im Bett lag und schlief. Ein Krankenwagen hatte sie alle das kurze Stück zum Apartment gebracht.

»Ich weiß selbst, was ich zu tun habe!« Mattie, nass und mit den Nerven am Ende, hatte es satt, sich herumkommandieren zu lassen. Sie ließ sich, so wie sie war, auf die Couch fallen. Cal sprach leise mit Didi, dann war sie weg. Er brachte Mattie ins Bad, zog sie aus und drehte das Wasser auf. Als sie mit dem Duschen fertig war, war er bereits gegangen.

Der Abschied kam so schnell, dass sie kaum noch ein Wort miteinander wechselten. Mattie fuhr noch am selben Nachmittag mit Emma und Mascha zurück nach Harmsdorf.

Die nächsten drei Tage vergingen in stummer Eintönigkeit. Emma saß am Fenster, rauchte, ging aufs Klo, aß, schlief. Mattie ging einkaufen, kochte, wusch ab, sortierte Tabletten, machte Betten. Am Anfang sprach sie noch mit Emma, in der Hoffnung, sie würde irgendwann eine Antwort bekommen. Aber Emma hatte sich wieder in die schreckhafte alte Schildkröte verwandelt. Ihr Rücken wölbte sich starr wie ein Panzer. Den Kopf hielt sie gesenkt. Die Finger blätterten mechanisch in dem abgegriffenen Pilcher-Buch. Wenn sie den Kopf hob, um zu essen, sah Mattie, dass ihre Augen stumpf und leer waren.

Direkt gegenüber der Küche lag ihr altes Kinderzimmer. Hinnarck erledigte manchmal dort seine Steuern oder andere Dinge. Außer seinen paar Ordnern war alles unverändert. Als sie sechzehn oder siebzehn war, hatte Mattie in einem Anfall von End-80er-Jahre-Wahn die Wände pink und die Schränke silber gestrichen. Jetzt saß sie auf einem wackeligen Drehstuhl an dem niedrigen Schreibtisch unter dem Dachfenster und versuchte die schrille Umgebung auszublenden, während sie ihre E-Mails checkte. Den Computer hatte sie von Nick dauergeliehen, als er nach Bombay verschwand. Immer wenn sie im Norden unterwegs war, stöpselte sie ihn bei ihren Eltern ein, um eine feste Station zu haben. Zahlreiche Versuche, Hinnarck auf seine alten Tage in die Geheimnisse des Internets einzuweihen, waren kläglich gescheitert. »Son Schietkram, dat is wat für Klugschnacker«, lautete sein Kommentar.

Die Filmreihe, der Mattie den Titel *Best of Bollywood* gegeben hatte, war fast fertig disponiert. Die meisten Filme hatte sie schließlich in Großbritannien aufgestöbert. Dadurch entfielen zwar die hohen Zoll- und Transportkosten aus Indien, aber die britischen Verleiher forderten umso höhere Mieten. Achim Sanders jammerte zwar noch, würde aber nach ihrer Einschätzung früher oder später in den sauren Apfel beißen.

Außerdem wollte er wissen, wie weit sie mit den Locations war. Ohne zu antworten, klickte sie auf die nächsten beiden Mails. Beide waren von Nick.

Eine enthielt ein leicht verwischtes Foto von einer verschleierten Frau auf einem Motorrad. Dazu schrieb er in wenigen Sätzen, dass er einen neuen Auftrag hatte und hoffte, bald nach Deutschland zu kommen. Kein Wort zu dem Überfall. Kein Wort zu Cal. »Alles Weitere hoffentlich bald mündlich.«

Die zweite Mail war gerade erst angekommen. Es handelte sich um eine automatische Weiterleitung von der E-Mail-Adresse, die sie für die fiktive Redakteurin eingerichtet hatte.

Nick war jetzt im Ashram. Er bat um weitere Instruktionen. Gab es bestimmte Workshops, die er mitmachen, oder Namen von Sannyasins, die er recherchieren sollte? Einen Link zur Website des Ashrams hatte er beigefügt.

Mattie schloss das Programm. Sie würde sich später damit befassen.

Durch die geschlossene Tür dröhnte das Radio aus der Küche zu ihr herüber. »Hier ist NDR 2 mit dem aktuellen Wetter für den Norden. Und wieder herrscht ungewohnt mildes Frühlingswetter, wie es schöner nicht sein könnte. Wolkenloser Himmel, leichter Wind aus Ost. Gehen Sie raus, liebe Hörer! Genießen Sie den frühen Sommer, wer weiß, wie lange er dauert! Und nun hören Sie einen Evergreen, wie er zu diesem Tag besser nicht passen könnte. *99 Luftballons* von Nena.«

Mattie hielt sich die Ohren zu. Ihre eigene Jugend wurde bereits zum zweiten Mal revivalt. Und jedes Mal fühlte sie sich älter.

Sie schaltete den Computer aus und ging rüber in die Küche. »Emma, komm, wir machen einen Ausflug.«

Emma hob den Kopf. Sie schien einfach durch sie hindurchzusehen. Am schlimmsten war das Gefühl, dass es ihre Schuld war. Sie hatte nicht bedacht, was passieren könnte, wenn Emma aus ihrem Zimmer kam. Sie hatte überhaupt nicht gedacht. Und jetzt würde diese einzigartige Nacht für immer mit Emmas Sprung enden. Man konnte die Zeit nicht anhalten.

»Mama, bitte steh auf.« Als sie auf sie zuging, zuckte Emma zurück. Sie nahm trotzdem vorsichtig ihren Oberarm und zog sie aus dem Stuhl hoch. Ein Schmerz schoss ihr in den Lendenwirbel. Emmas Gewicht schien sich verdoppelt zu haben. Schwankend stand sie auf den Beinen. Sie würde weder mithelfen noch sich wehren.

Mattie bugsierte sie zur Treppe, und sie begannen den langen Abstieg.

Eine halbe Stunde später bog sie zum zweiten Mal in die Allee nach Gut Westenhagen ein. Alles lag noch genauso da wie vor ein paar Wochen. Nur die Windräder standen heute still.

An den Bäumen hingen neongrüne Plakate. »Samstag, 24. Mai: Bauernmarkt auf Gut Westenhagen«.

Rund um den Platz drängten sich die Autos. In der Mitte waren Stände aufgebaut. Vom erhöhten Fahrersitz des Busses aus konnte Mattie über die Besucher hinwegsehen. Gemüse, Honig und Flaschen waren zu erkennen, dazwischen Duftlampen und Kerzen.

»Hallo, fahren Sie bitte da lang.« Die ältere Westenhagen-Tochter erschien am offenen Fenster der Fahrerkabine. »Auf dem Stoppelfeld ist noch genug Platz!« Ihre blonden Haare waren fransig geschnitten und hingen glatt auf die Schultern. Sie hatte bestimmt stundenlang daran herumgeföhnt. An ihrem rechten Arm prangte die Binde mit der Aufschrift »Ordner«. In der Hand hielt sie ein Walkie-Talkie. »In Ordnung, Ollie, es geht gleich weiter. Over!«

Mattie holperte auf das Feld und fand noch einen freien Schattenplatz am Knick. Mascha streckte nur kurz die Nase aus der Bettdecke und rollte sich schnaufend wieder zusammen. Wieder musste Mattie Emma aus der Sitzbank hieven und Schritt für Schritt nach draußen führen.

Als sie die vielen Menschen sah, rammte Emma die Füße in den Boden und weigerte sich weiterzugehen. Ihr Gesicht war totenblass, und die Mundwinkel zitterten vor Anspannung. Mattie sah sich um. Lange würde sie Emma nicht mehr halten können.

»Madita Junghans!« Sie fuhr herum. Johannes von Westenhagen stand zusammen mit dem anderen Mädchen im Eingang zum Gutshaus. Er hatte Prospekte in der Hand und winkte ihr damit zu.

»Guck mal, Emma, das schöne große Gutshaus. Wir dürfen da reingehen. Möchtest du das?«

Emmas wässrige Augen richteten sich auf das strahlend weiße Portal mit den Säulen. Langsam setzte sie einen Fuß vor den anderen.

Die Stufen hoch zum Portal schienen sich endlos auszudehnen, aber schließlich hatten sie es doch geschafft. Drinnen war es kühl und still. Die große Halle war in einen Präsentationsraum umgebaut worden. Mattie sah verschiedene Modelle moderner Windmühlen in unterschiedlichen Größen. Auf Schautafeln wurden die Abläufe der Energiegewinnung in komplizierten technischen Einzelheiten beschrieben.

Johannes sprach gerade mit seiner Tochter. »Du brauchst nur hier zu sitzen und aufzupassen. Wenn jemand Fragen hat, sagst du ihm einfach, er soll anrufen oder eine E-Mail schicken.« Er strich ihr zärtlich über das Haar. Sie grinste ihn an und nahm stolz ihren Platz hinter dem Tisch ein.

Von Westenhagen kam ihnen entgegen und streckte Mattie die Hand zum Gruß hin. Als er sah, dass sie Emma mit beiden Armen festhalten musste, zog er die Hand wieder zurück.

»Hallo.« Mattie blieb stehen, um Luft zu holen. »Ich wollte Sie eigentlich bitten, mir ein paar mögliche Locations für den Dreh zu zeigen. Oder Frederike, wenn sie da ist.« Sie deutete auf das Gewimmel draußen vor der Tür. »Aber vielleicht komme ich besser später wieder. Meiner Mutter geht es sowieso nicht so gut.«

Emma hielt den Kopf gesenkt und atmete schnaufend. Sie schien Mattie mit ihrem ganzen Gewicht zu Boden zerren zu wollen.

Seit sie ein Kind war, hatte Mattie genug Gelegenheit gehabt, die verschiedenen Reaktionen der Leute auf ihre Mutter zu studieren. Die meisten benahmen sich, als sei Emma gar nicht da, und sprachen nur mit Mattie. Andere sprachen sie direkt an, aber so als redeten sie mit einem Kleinkind. Wieder andere taten so, als wäre alles ganz normal. Johannes von Westenhagen machte nichts von alledem. Er ging auf Emma zu, löste ihren Arm vorsichtig aus Matties Umklammerung und legte die andere Hand auf ihren Rücken. Mit sanftem Druck brachte er sie dazu, sich etwas aufzurichten. »Sehen Sie mich einmal an, Frau Junghans«, sagte er, nur eine Spur lauter als vorher. Seltsamerweise gehorchte Emma, sagte aber nichts.

»Sie hat seit Jahren schwere Depressionen und bekommt Medikamente«, erklärte Mattie. »Gerade schien es ihr ein bisschen besser zu gehen. Aber vor ein paar Tagen hatte sie einen Rückfall.«

»Suizidversuch?«, fragte er, ohne Emma loszulassen.

Mattie nickte.

»Was war der Auslöser?«

Mattie wusste nicht, wie sie es erklären sollte. »Eine Verwechslung. Sie hat mich zusammen mit einem Mann gesehen und dachte, es sei mein Vater.«

»Und war es Ihr Vater?«

»Natürlich nicht. Aber seitdem spricht sie nicht mehr.«

Er wandte sich wieder an Emma. »Möchten Sie mit mir unseren Meditationsraum angucken?«

Emma sagte immer noch nichts.

»Der Schnupperkurs Bioenergetik beginnt in zehn Minuten«, erklärte er Mattie, »man kann damit erfolgreich psychosomatische Spannungen lösen.«

»Ich weiß nicht –« Mattie sah zu Emma, die mit zitternden Händen ihre Zigaretten aus der Handtasche zog. »Emma, du kannst hier drinnen nicht rauchen. Du setzt dich jetzt gemütlich draußen auf die Bank vor der Tür und stellst dir vor, du seist die Gutsherrin. Und ich hole dich ab, wenn deine Zigarette alle ist, okay?« Sie nahm Emma wieder am Arm und brachte sie nach draußen vor den Eingang, wo eine grüne Holzbank mit Blick auf den Vorplatz stand. Emma ließ sich fallen und riss die Zellophanverpackung ihrer Zigarettenschachtel auf.

Als Mattie zurückkam, stand Johannes neben einem großen horizontalen Modell unter Glas. Sie erkannte die hügelige Landschaft rund um Westenhagen in verkleinertem Maßstab. Die Nachbildung reichte bis runter zum Meer, inklusive Bundeswehrstützpunkt und *Strandläufer*. Die kleinen weißen Windräder waren entsprechend ihren realen Positionen aufgestellt. Aus dieser Perspektive konnte sie sehen, dass sie nicht einfach wahllos herumstanden, sondern in parallelen Linien angeordnet waren. Plötzlich fingen die Räder an, sich zu drehen, erst langsam und dann immer schneller.

»Man muss diesen roten Knopf drücken. Wir haben hier viele Schulklassen.«

Mattie lachte. »Ich persönlich fand die alten Windmühlen schöner.«

»Schöner vielleicht«, antwortete der Graf ironisch, »aber ohne Strom könnten Sie auch nicht leben, oder?«

Sie betrachteten eine Weile schweigend die rotierenden Miniaturen. »Und was ist, wenn der Blitz einschlägt?«, fragte Mattie. »Ich meine, Sie haben hier lauter Reetdachhäuser. Ist das nicht gefährlich?«

Johannes sah sie überrascht an. »Sie stellen die gleichen Fragen wie unsere alten Bauern hier aus der Gegend. Ich dachte immer, die jüngere Generation sei in diesen Dingen aufgeschlossener.« Seine Augen funkelten vor Spott. »Die neueren Modelle haben alle integrierte Blitzableiter. Und die alten sind so aufgestellt, dass der Sicherheitsabstand selbstverständlich eingehalten wurde.«

»Okay, ich gebe auf.« Mattie hob kapitulierend die Hände.

Johannes sah auf seine Armbanduhr und wandte sich wieder dem Modell zu. »Hier, hier und hier steht der Raps gerade in voller Blüte. Der Rest ist Weizen. Die schönsten Ausblicke bis zum Meer haben Sie von hier oben und hier rechts von der Steilküste …«

Mattie zog ihren Kalender und einen Stift aus der Tasche. »Halt, bitte nicht so schnell!« Er hörte auf zu sprechen und sah ihr über die Schulter, während sie schnell eine ungefähre Skizze anfertigte und die genannten Punkte mit Kreuzen markierte. »Sie kennen ja wirklich jede Ecke hier!«

»Natürlich kenne ich mich aus. Ich bin hier geboren, und meine Vorfahren haben dieses Gut seit Jahrhunderten bewirtschaftet.«

Auf einmal konnte Mattie sich vorstellen, wie er hoch zu Pferd seine Leibeigenen vor sich her trieb. Charismatisch und freundlich, aber unerbittlich, wenn es um die Steuern ging. Gut, dass die Feudalherrschaft abgeschafft war. Schnell wechselte sie das Thema. »Eins noch, Herr von Westenhagen. Nach dem Vorfall im *Strandläufer* halte ich es für besser, ein paar ausgebildete Security-Leute am Set zu haben. Wenn Sie nichts dagegen haben, kontaktiere ich die Firma, für die auch Jasmin arbeitet.«

»Assadi Security Services?« Ein scharfer Unterton schwang plötzlich in seiner Stimme mit. Oder bildete sie sich das nur ein? »Die möchte ich hier eigentlich nicht auf dem Gut haben.« Er machte eine beschwichtigende Handbewegung. »Verstehen Sie, ich habe nichts gegen Moslems an sich. Aber heutzutage kann man gar nicht vorsichtig genug sein, wie Sie wissen.«

Mattie war zu überrascht, um auf diese Attacke zu reagieren. »Aber Jasmin und ihr Kollege – ich meine, sie arbeiten ja auch für Ihre Frau …«

»Jasmin und Mariusz kennen wir. Das ist etwas ganz anderes.« Er wollte diese Frage offensichtlich nicht weiter diskutieren. Mit einem weiteren Umlegen des Schalters standen die Windmühlen wieder still. Johannes wandte sich ihr zu und lächelte, als sei nichts geschehen. »Wegen historischer Innenräume müssten Sie sich an Regina wenden. Sie ist in der Galerie. Durch ihre Arbeit kennt sie alle Schlösser und Herrenhäuser der Gegend. Wir haben hier nämlich alles umgebaut.« Die Ironie war wieder da. »Schließlich sind wir keine Ausstellungsstücke in einem Museum.« Er warf seiner Tochter hinter ihrem Tisch am Eingang eine Kusshand zu. »Ciao, Prinzessin, bis später!«

Ohne Mattie zu fragen, ging er draußen zu Emma und reichte ihr den Arm. »Darf ich bitten, gnädige Frau?«

»Ja«, sagte Emma mit heiserer Stimme. Es war seit Tagen das erste Wort, das sie sprach. Mattie folgte den beiden schweigend zu dem umgebauten Stall, wo bereits eine große Gruppe von Leuten wartete. Johannes schloss auf.

»Mama, willst du hierbleiben und mit den Leuten ein paar Übungen machen?« Sie fragte ohne große Hoffnung auf eine Antwort.

Emma starrte in den Raum. Immerhin schien sie überhaupt wieder etwas wahrzunehmen. Sie machte sich von ihrem gräflichen Begleiter los und ging in die Hocke. Ihre Finger gruben sich in den weichen Teppich. »Ich muss mich etwas hinlegen«, sagte sie.

Johannes drehte sich zu Mattie um. »Ich glaube, Sie können beruhigt ihre Drehorte abklappern. In einer Stunde sind wir hier fertig.« Er wandte sich noch einmal an Emma, die jetzt auf dem Rücken lag und die Augen geschlossen hatte. »Möchten Sie hier liegen bleiben und sich ausruhen, Frau Junghans?«

»Ja«, murmelte Emma.

Mattie verließ langsam den Meditationsraum und stieg nachdenklich in den Bus. »Der Adel ist und bleibt mir suspekt«, murmelte sie in Richtung Mascha, die zustimmend grunzte.

Nachdem sie die umliegenden Locations inspiziert hatte, ging sie noch kurz rüber zu Regina in die Galerie. Die Leute drängelten sich in dichten Trauben um die restaurierten Ausstellungsstücke. Obwohl Regina alle Hände voll zu tun hatte, begrüßte sie Mattie freundlich und schrieb ihr die Nummern von drei Hauseigentümern aus ihrem Kalender ab. Mattie bedankte sich und schlenderte über den Markt zurück zum Meditationszentrum.

Vor dem Stall stand breitbeinig Mariusz, der Leibwächter. Johannes verabschiedete sich drinnen von den Teilnehmern.

Frederike in einem Outfit, das entfernt an einen Reitdress erinnerte, schüttelte ebenfalls Hände. Die gediegene Gutsfrau von Kopf bis Fuß. »Hallo, Mattie! Ich habe gehört, deine Mutter ist gleich hier eingestiegen!«

Mattie machte artig Küsschen, Küsschen und hielt dabei unauffällig nach Emma Ausschau. Sie stand ein wenig abseits und machte sich gerade in Zeitlupe die Schuhe zu.

»Hast du nicht Lust, morgen mit mir eine Runde segeln zu gehen? Dann können wir in Ruhe alles besprechen!«

Sie war gemeint. »Ich? Aber ich kann nicht segeln. Und meine Mutter –« Sie deutete auf Emma, die jetzt langsam auf sie zuschlurfte.

»Frederike segelt gut genug für Sie beide«, sagte Johannes lachend. »Und Ihre Mutter will sicher morgen wieder mitmachen. Es ist ein Wochenendkurs.«

»Hat sie denn überhaupt irgendwas gemacht?«, fragte Mattie zweifelnd.

»Wir haben den Elefanten gelernt«, sagte Emma und beugte sich nach vorn, bis ihre Hände fast den Boden berührten.

»Also dann bis morgen, Frau Junghans.« Johannes hatte einen Arm um Frederike gelegt.

Mattie verabschiedete sich und versprach, am nächsten Morgen um zehn wieder auf dem Gut zu sein. Sie brachte Emma zum Bus und ließ Mascha zum Pinkeln nach draußen.

»Mensch, Emma«, sagte sie, während sie warteten, bis Mascha sich einmal kurz durch den Knick geschnüffelt hatte. »Dir geht's wirklich besser, oder?«

Emma sah sie an.

»Vielleicht kann Johannes von Westenhagen dir helfen!«

»Ich glaube, er hat auch Angst«, sagte Emma.

45 Gefühl

Der Motor der *Regina* lief wie geschmiert. Trotzdem kam es Kamal vor, als würde er in einer alten Dampflok sitzen. Das Stampfen der Maschine dröhnte durch die nächtliche Stille.

Das kleine Fischerboot hatten sie kurz nach der Hochzeit gekauft. Sie träumten davon, damit durch den Nord-Ostsee-Kanal, runter nach Gibraltar und bis nach Griechenland zu fahren. Aber bis Kamal das Boot so weit repariert hatte, dass er damit gefahrlos auch nur die Kieler Förde auf und ab fahren konnte, waren sieben lange Jahre vergangen, in denen Azim zur Welt kam, Kamal dafür bezahlt wurde, Leute einzuschüchtern, und seinen schwarzen Gürtel machte. Sprach man nicht hier vom verflixten siebten Jahr? 1979 war Regina mit Azim nach Indien zu Bhagwan gereist und Kamal nach Persien zur Revolution. Danach war nichts mehr wie vorher.

»Und, kannst du was sehen?«, rief er Kerim zu, der am Bug stand.

»Ich glaube, da vorne ist die erste Boje«, antwortete Kerim. Obwohl er leise sprach, konnte Kamal die Aufregung in seiner Stimme hören.

Er war alt genug, er hätte Kerim überreden müssen, die Sache bleiben zu lassen. Stattdessen saß er mitten in der Nacht mit dem Sohn seines besten Freundes auf einem Boot, um vom Wasser aus widerrechtlich den Bundeswehrstützpunkt zu betreten. Der Verlust seiner Agentur war das kleinste Risiko, das er dabei einging. Vielleicht war es einfach die alte Angewohnheit, die Dinge lieber selbst in die Hand zu nehmen, als womöglich den falschen Leuten zu trauen.

Die vergangene Woche war ziemlich hektisch gewesen. Gut, dass Jasmin in Berlin war, so dass er seine Aktivitäten nicht auch noch vor ihr geheim halten musste. Sie war erst gestern Abend zurückgekommen, aber gleich weiter zu Frederike nach Westenhagen gefahren, um Mariusz abzulösen.

Alles begann mit Kerims Anruf aus Hamburg. Er hatte die Gruppe kontaktiert, die hauptsächlich aus linken Aktivisten und Kriegsgegnern bestand. Aber sie verfügten tatsächlich über ein paar Kontakte in den Irak, und was Kerim berichtete, klang nicht gut. Vor etwa einem halben Jahr hatte es ein heftiges Gefecht zwischen irakischen Widerstandskämpfern und Angehörigen einer amerikanischen Sicherheitsfirma gegeben. Ein deutscher Mitarbeiter von ›Ärzte ohne Grenzen‹ war zufällig als Erster vor Ort und hatte unter den Toten einen ehemaligen Mitschüler aus Hamburg erkannt. Als er sich bei seinem nächsten Urlaub mit den Eltern in Verbindung setzte, teilte ihm die Mutter unter Tränen mit, ihr Sohn sei bei einer Schießübung auf dem Stützpunkt an der Ostsee ums Leben gekommen. Der Arzt musste zurück nach Bagdad, erzählte die Geschichte aber einem Freund, der in der Gruppe war. Sie versuchten, mehr darüber herauszufinden, aber niemand konnte oder wollte ihnen eine Auskunft geben.

Kamal rief ein paar Kollegen an, die er von Ausbildungsseminaren für Security-Leute kannte. Einige Agenturen vermittelten offenbar Deutsche als Söldner an amerikanische Sicherheitsfirmen, die im Irak einen Haufen Geld machten. Die meisten waren ehemalige Berufssoldaten. Aber die Bundeswehr selbst hielt sich aus solchen halblegalen Deals offiziell heraus. Zum ersten Mal seit vielen Jahren dachte Kamal an seinen alten Freund James Forrester. Sie hatten sich damals in Taipeh eine Wohnung geteilt und bei demselben Meister ihre Ausbildung gemacht. Er mochte den ruhigen Amerikaner, dessen einzige Macke sein überzeugter Antikommunismus war. Ständig hatte er davon geredet, dass die Chinesen sie abhörten. Nach Kamals überstürzter Abreise aus Taipeh hatten sie sich nur noch ein einziges Mal wiedergesehen, als er auf der Suche nach Regina und Azim in den USA war. Kamals Ansicht nach hatte Forrester seine Paranoia zum Beruf gemacht. Es gab kaum einen Kriegsschauplatz des ausgehenden 20. Jahrhunderts, den er nicht gesehen hatte. Er war nicht der einzige Kampfsportler, den die Suche nach der ultimativen Herausforderung unfähig machte, ein normales Leben zu führen. Forrester heuerte bei einer großen privaten Sicherheitsfirma an und stieg schnell zum Ausbilder auf. Seine Briefe und später E-Mails wurden immer knapper. Oft wusste Kamal nicht einmal, wo sein alter Freund sich gerade aufhielt. Er beschloss, eine Mail an Forrester zu schreiben, in der er ihn um Hilfe bei seinen Nachforschungen bat. Aber Forrester ließ nichts von sich hören.

Kerim gab trotzdem keine Ruhe. Er beharrte darauf, dass irgendjemand etwas mitbekommen haben musste. »Erst der Arzt, dann der Mann von der Raststätte! Das kann doch kein Zufall sein.« Die Begeisterung für Verschwörungstheorien hatte er wohl von Hamid geerbt.

»Aber, Kerim, es gibt einen Bundestagsbeschluss zum Einsatz der Bundeswehr im Irak. Warum sollten sie sich nicht daran halten? Sie riskieren doch einen Riesenskandal!« Sie saßen nach dem Training im Dojo. Alle anderen waren gegangen.

Kerim schüttelte den Kopf. »Was weiß ich? Vielleicht trainieren sie schon für den nächsten Einsatz? Du weißt doch selbst, wie es um den Iran steht.«

Kamal nickte. Die Nachrichten aus Teheran wurden mit jedem Tag schlimmer. Seine Mutter hatte am Telefon geweint. Sie hatte Angst vor einem neuen Krieg. »Hör zu, ich habe eine Idee, aber wahrscheinlich werden wir keinen Erfolg haben.« Er wollte Kerim nicht allzu große Hoffnungen machen. »Wenn sie tatsächlich tote Soldaten aus dem Irak hierher auf den Stützpunkt zurückbringen, dann werden sie es unter größter Geheimhaltung machen. Also nachts. Dann, wenn hier oben überall die Bürgersteige hochgeklappt sind. Aber es gibt Leute, die nachts arbeiten. Welche Leute sind das, Kerim?«

Kerim sah hoch. »Keine Ahnung, Taxifahrer, Müllmänner, Putzfrauen, Packer. Echte Scheißjobs halt.«

Genau darauf wollte Kamal hinaus. »Und wer macht diese Scheißjobs, Kerim?«

»Du meinst Ausländer. Klar!« Kerim sprang auf. »Leute, die wir aus der Gruppe kennen oder über unsere Familien. Ich fahre sofort los. Rufe dich an, wenn ich was höre.« Kamal rief ihm hinterher, er solle vorsichtig sein, aber Kerim war schon weg.

Er mochte den Jungen, dessen Umriss sich jetzt vor der kleinen Laterne am Bug der *Regina* abzeichnete. Er stellte sich gern vor, sein Sohn Azim wäre vielleicht wie Kerim geworden. Aber das war wohl eine Illusion. Kamal hatte in seinem Leben genug Junkies gesehen, die niemals etwas anderes sein würden als Junkies.

Ein paar Tage lang war nichts weiter passiert. Dann meldete sich ausgerechnet die Frau des Kolumbianers, den sie vor kurzem aus Berlin geholt hatten. Eine Freundin von ihr arbeitete in einer Putzkolonne, die manchmal nachts zum Flughafen musste, um Charterflugzeuge zu reinigen, die am nächsten Morgen früh gebraucht wurden. Sie hatte heimlich draußen vor dem Hangar eine Zigarette geraucht und zugeguckt, wie eine Maschine der Bundeswehr landete. Es war eine gespenstische Szene. Vier Männer in Uniform trugen einen Sarg aus dem Flugzeug, luden ihn in ein Auto und fuhren damit ab. Die Frau hatte sich gefürchtet und am nächsten Tag ihrer Freundin von dem Vorfall erzählt.

Kamal schaltete die Maschine in den Leerlauf und ging nach vorne zu Kerim an den Bug.

»Siehst du da vorne die gelbe Boje? Das ist die Absperrung.« Kerim flüsterte, obwohl weit und breit kein Mensch zu sehen war. Kamal konnte hinter der dunklen Wasserkante kaum die Umrisse der Küste ausmachen. Er schaltete die vordere Positionslampe aus. Der Mond war hinter einer Wolke verschwunden und strahlte nur noch ein fahles Restlicht an den Rändern ab.

»Kerim, dass sie eine Leiche in Kiel abgeholt haben, kann alles Mögliche bedeuten. Vielleicht ist jemand bei einem Unfall gestorben. Noch können wir umkehren.«

»Nein!« Kerim versuchte flüsternd zu schreien, und seine Stimme kippte. »Bitte, Kamal! Wir gehen an Land und versuchen, ins Büro einzusteigen. Vielleicht finden wir irgendwelche Aufzeichnungen. Ich habe so ein Gefühl …« Er hob die Schultern, weil ihm die Worte fehlten.

Kamals eigenes Gefühl sagte ihm, dass sie mit großer Wahrscheinlichkeit geschnappt würden. Ein plötzliches Geräusch schreckte ihn auf. Mit wenigen Schritten lief er lautlos zur Kabine am Heck und schaltete den Motor ganz aus. Dann schlich er wieder nach vorn.

»Ein Boot, da vorne«, hörte er Kerims Stimme dicht an seinem Ohr.

»Wir rühren uns nicht vom Fleck. Wenn wir Glück haben, sieht uns keiner«, flüsterte Kamal. Sie hockten sich beide hinter die niedrige Reling.

Es war ein kleines Motorboot, wie es die Rettungsschwimmer benutzten. Es befand sich ungefähr dreihundert Meter links von ihnen und fuhr aufs offene Meer hinaus. Das Motorengeräusch änderte sich. Kamal hob vorsichtig den Kopf, bis er über die Holzkante der Reling sehen konnte. Das Boot beschrieb einen weiten Bogen und stoppte dann plötzlich ab. In diesem Moment kam der Mond hervor, und er sah kurz etwas Silbernes aufblitzen. Ein leises Platschen ertönte, dann startete das Boot wieder und fuhr mit hoher Geschwindigkeit zurück an die Küste. Die *Regina* schaukelte in den sich ausbreitenden Bugwellen.

»Was war das?«, fragte Kerim.

»Wir warten noch zehn Minuten ab, ob sie zurückkommen, dann sehen wir nach.« Kamal sah auf das Display seiner Uhr. Es war genau sieben Minuten nach drei.

Zehn Minuten später ließ er die Maschine wieder an, und sie fuhren langsam an der Bojenkette entlang.

»Da vorne!« Kerim stand immer noch am Bug. Kamal stoppte das Boot und ging wieder nach vorne. Direkt unter der Wasseroberfläche schimmerte eine große silberne Fläche. Ihre Umrisse schienen sich ständig zu verändern.

»Ich glaube, ich weiß, was das ist.« Kamal holte einen langen Stab mit einem Haken, den er manchmal benutzte, um besser anlegen zu können. »Bei ihren Schießübungen benutzen sie als Ziel eine Art Miniatur-Fallschirm. Manchmal werden hier solche Dinger an Land gespült.«

Er tauchte den Haken ins Wasser und spürte, wie er auf einen Widerstand stieß.

»Ich hab das Ding dran, aber es ist zu schwer! Wir müssen es mit einem Seil hochziehen.«

»Ich gehe mit dem Seil rein«, bot Kerim sofort an.

Kamal, der nicht besonders gut schwimmen konnte, stimmte zu. Er ging nach hinten und kam mit einem dicken Tau zurück.

»Hier unten ist ein Karabinerhaken. Den kannst du in diese Öse haken, wenn das Seil einmal drumliegt. Dann kommst du wieder rein, und wir ziehen es hoch.«

Schweigend wartete er ab, während Kerim die Leiter runterstieg und ins Wasser glitt. Das Ufer lag still und dunkel vor ihnen.

»Kamal!« Kerims Gesicht erschien wieder über der Reling. Seine Augen waren weit aufgerissen. »Das da in dem Stoff fühlt sich an wie ein Körper!«

»Hilf mir ziehen«, befahl ihm Kamal. Gemeinsam holten sie das Seil Stück für Stück ein, bis sie das unförmige silberne Gebilde endlich über die Reling hieven konnten.

»Ich hatte recht.« Kamal griff vorsichtig nach einem Zipfel des leichten, aber festen Stoffes und zog daran.

Kurz darauf lag vor ihnen ein junger Mann, nur mit einer Badehose bekleidet. Es sah aus, als schliefe er. Die kurzen Haare glänzten vom Wasser. Um den Hals trug er die silberne Kette mit der Erkennungsmarke der Bundeswehr. Direkt über dem Bauchnabel war eine frische Narbe zu erkennen.

»Wir müssen hier weg!« Kerim begriff anscheinend erst jetzt, dass das Ganze kein Spiel war.

Kamal fasste ihn am Arm und zog ihn mit sich nach hinten in die Kabine. Schweigend ließ er den Motor an und drehte das Boot in Richtung Meer. »Wir werden nur bis hinter die Sicherheitszone fahren« sagte er, »und dann warten wir dort.«

»Warten?«, fragte Kerim. »Worauf denn, verdammt!«

»Darauf, dass die zukünftige deutsche Außenministerin segeln geht. Wie an jedem Morgen, den sie in der Heimat verbringt.«

46 Captain Nick Kirk

Nick schwankte zwischen Faszination und Unverständnis. Er saß im Cyber-Café des Ashrams am Rechner. Seit dem Evening Meeting war der Bann seiner Lethargie gebrochen. Stattdessen lief er langsam Gefahr, seine Außenseiterrolle als nüchterner Beobachter zu verlieren. Es wurde Zeit, in seine eigene Welt zurückzukehren.

Zusammen mit Siddarth war er über die Brücke auf die schwarze Pyramide zugelaufen. Sie verschmolzen mit einer unüberschaubar großen Menschenmenge, bekleidet mit nichts als identischen weißen Roben, schimmernd vom klaren Wasser, mit dem sie ihre Körper gereinigt hatten. Zwei junge Frauen schnupperten an jedem einzelnen Gast. Als Osho noch lebte, bekam er Asthmaanfälle von synthetischen Duftstoffen. So hatte es angefangen mit den Geruchskontrollen. Jetzt war er tot, aber die Überprüfung der Reinheit blieb Ritual. Nick musste lachen, verschluckte sich und bekam einen Hustenanfall.

»Wenn du Husten hast, musst du von dort aus zusehen.«

Das war ihm sowieso lieber. Er schenkte Siddarth ein entschuldigendes Lächeln und folgte den anderen Aussortierten, die sich traurig in einer kleineren Halle versammelten, von wo aus sie das Geschehen über eine Leinwand mitverfolgen konnten. Durch die Übertragung wirkte die ganze Zeremonie noch mehr wie ein abgedrehter Science-Fiction-Film.

Von innen war die Pyramide weiß bis auf den Steinfußboden. Farbiges Licht wurde auf die Wände projiziert und tauchte sie abwechselnd in Rot, Gelb, Blau, Violett und Orange. Die Farben schienen immer intensiver zu werden, je voller es wurde, denn auch die weißen Roben reflektierten das Licht.

Das Orchester aus Sitar, Flöte und Percussion begann zu spielen. Nacheinander erhoben sich die weißen Gestalten und tanzten, erst langsam, dann immer wilder.

Die Musik brach ab, es folgte Stille und aus Hunderten von Kehlen der Ruf: »Osho, Osho, Osho!«

Es klang eher wie Oooooo. Ein Mantra aus den Tiefen des Bewusstseins. Die gewaltige Inszenierung erreichte ihren Höhepunkt. Die Menge war jetzt bereit. Bereit für Ihn.

Leider konnte Er ja nur noch auf Video bei ihnen sein. Der vollelektronisch abgespeicherte Guru wirkte auf Nick wie eine Reanimation aus den Tiefen des Holodecks. Captain Nick Kirk, die Schaltung zur Oberfläche des Planeten steht.

Am nächsten Tag durfte der Captain des Raumschiffs auf dem fremden Planeten richtig mitmachen. Um sechs Uhr früh fing es mit der Dynamischen Meditation an. Zehn Minuten lang stoßweise durch die Nase auszuatmen war schwierig, aber machbar. Sein Kopf wurde leichter, wie auf Drogen. Plötzlich fingen alle an zu schreien und herumzuspringen. Nick zögerte.

Schrei doch, Nick, schrei wie die anderen, lass es raus! Ein heiseres Geräusch kam aus seiner Kehle. Es fühlte sich sehr klein und armselig an.

In der abschließenden ruhigen Phase merkte er, wie seine Gedanken ihn verließen. Ein schönes Gefühl, nicht zu denken. Dachte Nick, und war wieder an Bord. Rausgeflogen.

Nachmittags versuchte er es mit Yoga. Einige seiner Bekannten in Bombay praktizierten es jeden Morgen, bevor sie in die Filmstudios oder Werbeagenturen gingen. Cal meinte, sie sollten vielleicht zusammen einen Kurs machen, aber Nick hatte ihn angeschrien. »Bist du bescheuert? Meinst du, ich mache mich vor dir zum Affen wie all die anderen Hippies? Vergiss es!« Aber hier war es ja Teil seiner Arbeit, niemand kannte ihn, und es gab noch andere Gründe, eine Ausnahme zu machen. Zum Beispiel, dass Cal sich vielleicht freuen würde, wenn Nick ausnahmsweise einen Schritt auf ihn zuging und nicht umgekehrt. Nick setzte sich ganz an den Rand, um notfalls unauffällig verschwinden zu können.

Eineinhalb Stunden später, noch immer verwundert über die große Anzahl von Muskeln und Sehnen, über die sein Körper anscheinend verfügte, fühlte sich sein Kopf zum ersten Mal seit Monaten klar und erfrischt an.

Diese Klarheit wollte er nutzen. Die Redakteurin hatte ihm ein paar Namen von deutschen Sannyasins geschickt, die er recherchieren sollte. Natürlich gab es kein zentrales Verzeichnis aller Mitglieder, vor allem weil es ja auch keine Mitglieder gab, wie Nick mittlerweile begriffen hatte. Osho verlangte zu keiner Zeit, dass seine Anhänger in Ashrams oder Zentren leben mussten. Und seit der Auflösung der großen Kommunen war Individualität sowieso wieder voll angesagt. Nick hatte gehofft, die Namen auf einer der zahlreichen verlinkten deutschen Osho-Websites zu finden. Aber sie waren offenbar aus der aktiven Szene verschwunden oder versteckten sich hinter ihren indischen Sannyas-Namen.

Nick seufzte. Also half nur noch *Google*, Hochseeangeln im Internet. Er beschloss, die Namen der Reihe nach durchzugehen.

Johannes von Westenhagen hatte offenbar vor zig Jahren ein Buch zu modernen Therapieformen veröffentlicht, das jetzt nur noch über das Zentralverzeichnis antiquarischer Bücher gelistet wurde. Als Autorenname war Johannes Ravindra von Westenhagen genannt. Nick notierte den indischen Namen auf seiner Liste und machte ein Ausrufezeichen dahinter.

Als Nächstes stieß er auf die Domain eines Dorfes namens Gut Westenhagen irgendwo in Norddeutschland. Ein Link führte ihn zur aktuellen Website Johannes von Westenhagens, der Workshops und Einzeltherapie anbot.

Moment mal, einen Schritt zurück.

Regina Reimers, Gayatri Design, Showroom für antike Möbel.

Nick guckte auf seinen Zettel. Regina Reimers, eventuell geschiedene Assadi. Gayatri, ebenfalls mit einem Fragezeichen versehen, kam dahinter. Dieses Westenhagen war offensichtlich ein Nest.

Bei Frederike von Westenhagen gab Nick auf. Sie kandidierte in Ostholstein für die SPD. Seite um Seite Websites und Artikel. Damit würde er sich beschäftigen, sobald er wieder in Hamburg war.

Er schob den Gedanken an Deutschland und ein mögliches Wiedersehen mit Cal beiseite. Stattdessen begann er aus dem Archiv die Fotos und Texte von Oshos allabendlichen Vorträgen aufzurufen. Aus der frühen Zeit in Indien gab es nur Schwarzweißaufnahmen, auf denen er noch als das rüberkam, was er war: ein charismatischer indischer Philosophieprofessor. Später in den USA wirkte er immer stilisierter, spaciger, als bereite er sich und seine Anhänger langsam auf den Sprung in eine andere Galaxie vor.

An einem Foto im Profil blieb Nick eine Weile hängen. Bhagwan lächelte zur Abwechslung mal nicht und zelebrierte auch nicht den magischen Blick. Seine Augen waren geschlossen. Vor und hinter seinem Kopf hatte einfallendes Licht zwei helle Strahlen auf dem Zelluloid hinterlassen.

Neben dem Foto stand ein Zitat:

You may be the last generation which has the possibility to rebel. And if you don't rebel, there may be no more chances: humanity can be reduced to a robotlike existence. So rebel while there is still time!

Nick dachte darüber nach, wogegen sie denn rebellieren sollten. Gegen den Kapitalismus wohl kaum, wenn er sah, wie seine Spesen hier Tag um Tag dahinschmolzen. Gegen die alten Religionen? Gegen Umweltverschmutzung? Gegen die allgemein zunehmende Kälte in zwischenmenschlichen Beziehungen? Gegen die restliche Sternen-Föderation?

»Er war ein rebellischer Geist. Zu Gast auf unserem Planeten.«

Nick schreckte hoch, ertappt bei seinen wiederkehrenden Captain-Kirk-Assoziationen.

Siddarth hatte sich neben dem Rechner materialisiert. Nick lächelte, ohne sich dazu zwingen zu müssen. Er hatte die Grübchen mittlerweile richtig liebgewonnen. »Ich sah dich und dachte, ich frag mal, wie es dir ergangen ist.«

»Ich glaub, ich kriege höllischen Muskelkater vom Yoga.« Nick streckte sich und versuchte mit der rechten Hand das linke Schulterblatt zu berühren. Aber irgendwie funktionierte es nicht so aus dem Stand.

»Dagegen weiß ich ein gutes Mittel.« Siddarths Hand legte sich sanft auf seinen Nacken und drückte einmal kurz zu.

»Ich weiß, die Massagen. Aber ich mag es nicht so gerne, wenn fremde Leute auf mir herumtatschen.«

Die Hand verschwand augenblicklich.

»Das gilt natürlich nicht für dich«, fügte er entschuldigend hinzu.

»Kein Problem.« Siddarth griff nach dem Zettel, auf dem Nick die Namen notiert hatte. »Was ist das denn?«

Zu spät. Nick versuchte sich schnell eine Ausrede einfallen zu lassen. »Ach, nichts. Nur ein paar alte Freunde, denen ich noch schreiben wollte.«

»Das sind Freunde von dir?« Siddarth klang auf einmal beunruhigt.

»Nein, eigentlich kenne ich sie noch gar nicht.« Nick hatte keine Lust mehr zu lügen. Sollten sie ihn doch aus dem Ashram schmeißen. Er hatte genug Stoff für den Artikel. »Ich hatte gehofft, hier etwas über sie rauszufinden.«

Siddarth starrte immer noch auf den Zettel in seiner Hand. Dann sah er Nick an. »Ich habe auch etwas herausgefunden.« Er griff über Nicks Schulter auf die Tastatur und gab den Namen »Nikolaus Ostrowski« in die Suchmaske ein. Eine Auflistung seiner Artikel in verschiedenen deutschen Zeitungen und Magazinen erschien auf dem Display. »Du bist Journalist.«

Nick stand auf. »Hey, Siddarth, es tut mir leid, ich wollte mich hier nicht reinschmuggeln. Ich dachte nur – es sollte eben möglichst authentisch sein.«

»Authentizität, Wahrheit – wer weiß schon, was das ist?« Es klang eher ironisch als sauer. Siddarth schien einen Entschluss zu fassen.

Das war's dann wohl, dachte Nick.

»Ich lade dich heute Abend um sieben zu mir zum Dinner ein. Dann können wir in Ruhe über die Wahrheit diskutieren, okay?«

Nick war zu überrascht, um zu fragen, wie er zu dieser Ehre kam. Siddarth gab ihm die Adresse einer Wohnung außerhalb des Ashrams. »Du wohnst nicht hier?«

»Nein.« Das Lächeln war wieder an seinem angestammten Platz. »Ich besitze tatsächlich auch so etwas wie ein Privatleben.«

47 Schattenseiten

Katamaransegeln war nichts für philosophierende Sonnenanbeter. Mattie hielt sich, so gut sie konnte, an der Halterung des trampolinartigen Mittelteiles fest, auf dem sie saß. Es war nicht viel Wind, aber Frederike hatte alle Hände voll zu tun, seit sie aus dem Schutz des Hafenbeckens auf das offene Meer gesegelt waren.

Mattie versuchte sich zu entspannen. Mit Emma in ihrer Nähe konnte sie keinen klaren Gedanken fassen, was Cal betraf. Immer wieder schob sich Emmas entsetztes Gesicht vor die Erinnerung an das, was nun als dicker Knoten in ihrem Bauch saß. Und das Absurde war, dass sie sie ja tatsächlich in einer No-go-Area erwischt hatte, wenn auch nicht so, wie Emma es sich in ihrer eigenen Welt vorstellte.

Wenn man wie Mattie das Produkt einer außerehelichen Beziehung war, brauchte man sich in Sachen Moral nichts vorzumachen. Sie war überzeugt, dass alles eine Frage der Bedingungen war, unter denen der jeweilige Vertrag zwischen zwei Menschen abgeschlossen wurde. Vorausgesetzt natürlich, es wurde niemand anders tödlich getroffen.

Emma und Anand hatten sich geliebt, aber eher als gegenseitige Projektion, als Fantasievorstellung, die man für den Rest des Lebens mit sich herumtrug wie eine alte Kinokarte. Hinnarck kam eigentlich erst ins Spiel, als er mit dem realen Ergebnis dieser Fantasie, nämlich Mattie, konfrontiert wurde. Er akzeptierte die Bedingungen und wurde ihr Vater. Basta.

Wenn man sich vorstellte, dass das Schicksal ein und dieselbe Konstellation so oft wiederholte, bis die Beteiligten endlich kapierten, worum es ging, dann war die augenblickliche Situation wirklich zum Lachen. Was nun daraus werden sollte, war allerdings weniger lustig. Die ganze Geschichte war so plötzlich unterbrochen worden, dass sie keine Ahnung hatte, was sie eigentlich erwartete. Von Cal. Von Nick. Von sich selbst. Und abzuwarten war noch nie ihre Stärke gewesen. Sie musste sich irgendwie aus dem Wind manövrieren, so wie Frederike es gerade mit dem Boot tat.

»Was bedeuten eigentlich diese gelben Bojen hinter uns?«, fragte Mattie, als der Katamaran endlich ruhiger im Wasser lag. Sie fuhren jetzt dicht an der Steilküste entlang, an die sie sich vom Modell in Westenhagen her erinnerte.

»Schießgebiet«, antwortete Frederike. »Werktags zwischen sieben und siebzehn Uhr dürfen sie dort ihre Übungen abhalten. Am Wochenende ist Ruhe.«

»Und wenn da doch jemand aus Versehen reinsegelt?«

Frederike zuckte die Achseln. »Als zusätzliche Warnung gibt es an der Hafenausfahrt und an verschiedenen Stellen der Küste rote Warnlaternen, die eigentlich jeder Segler kennen muss. Sollte doch mal einer alle Warnungen missachten –« Sie kniff die Augen zusammen und blinzelte in die Sonne. »Ich schätze, dann ist es eine ähnliche Erfahrung wie russisches Roulette. Wenn man Glück hat, kommt man heil durch.«

»Können wir hier kurz mal anhalten?« Mattie hatte eine Holztreppe entdeckt, die den Steilhang hinaufführte. Am Strand waren ein paar frühe Wanderer unterwegs, wahrscheinlich um Vögel zu beobachten.

»Klar.« Frederike ließ das Boot so weit ans Ufer gleiten, bis es festsaß. Mattie krempelte sich die Hosenbeine hoch und sprang ins Wasser. Gemeinsam zogen sie das Boot noch ein Stück weiter an Land.

Johannes von Westenhagen hatte recht gehabt. Als sie oben auf der Klippe standen, bot sich ihnen ein atemberaubender Blick über die Bucht. Der Raps stand bis fast an die Kante, die von blühenden Heckenrosen gesäumt war.

»Ich denke, wir brauchen ungefähr zehn verschiedene Locations«, sagte Mattie. »Und die werden dann wiederum in einzelne Einstellungen runtergebrochen.«

»So viele?«, fragte Frederike erstaunt. »Es ist doch nur ein kurzer Spot, da passt doch gar nicht so viel rein.«

»In zwei pralle Minuten Film kann man unbegrenzt Aufwand und Material investieren«, sagte Mattie. Wie die meisten Leute dachte Frederike, man brauchte einen Film nur eins zu eins aus der Realität zu entnehmen und fertig. Das Ergebnis würde ihr nicht gefallen. »Ich würde folgende Settings vorschlagen: dieses Steilufer, der Strand, Gut Westenhagen außen, ein Rapsfeld, der Wald am alten Forsthaus, das Gestüt, die alten Fischerhäuser am Hafen, ein Schloss von innen, der Bauernhof mit den Galloway-Rindern und ein blühender Obstgarten. Das ist in drei Tagen zu schaffen.« Sie sah zum wolkenlosen Himmel hinauf. »Und dann können wir schon mal beten, dass das Wetter so bleibt.«

»Und wann wird gedreht?« Frederikes Augen leuchteten. Sie wirkte hier draußen zehn Jahre jünger als in Berlin, wo ihr die Anspannung tiefe Falten um die Augen grub.

»Achim meint, von ihm aus kann es nächstes Wochenende losgehen. Die Schauspieler und Tänzer kommen am Donnerstag an.«

»Und unser Song?«

Mattie wollte nicht sagen, dass weder sie noch Cal bisher den Mut gehabt hatten, zum Telefon zu greifen. Das Letzte, was diesbezüglich gesagt worden war, geschah in jener Nacht, als Cal ihr den englisch übersetzten Text ins Ohr flüsterte.

»I've taken your soul with me.«

Sollte er ihre Seele doch mitnehmen nach Bombay. Zu Nick. Dann konnten sie sie auf ihren Balkon stellen, damit sie eine schöne Aussicht hatte, und jeden Tag gießen.

Frederike sah sie immer noch an.

»Cal wird schon was mitbringen. Verlass dich drauf.«

»Ich bin die ganze Woche über hier wegen verschiedener Wahlkampftermine. Sonst würde ich ihn in Berlin besuchen.« Frederike breitete die Arme aus. »Ach, es gibt keinen schöneren Ort um diese Jahreszeit, findest du nicht?«

Mattie verkniff sich eine Antwort. Sie liebte die Küste. Aber momentan erschien ihr alles wieder klein und eng. Dauernd stieß sie irgendwo an. Metaphorisch natürlich.

Berlin fehlte ihr.

Und das Wanderkino fehlte ihr. Wenn man immer schön in Bewegung blieb, fiel es nicht so auf, dass die Welt um einen herum sich ständig ausdehnte und zusammenschrumpfte.

Sie stiegen die Holztreppe wieder runter. Weiter links sah Mattie den Radarturm auf dem Stützpunkt in der Sonne aufblitzen.

Je strahlender die Landschaft, desto schwärzer ihre Schattenseiten.

Vielleicht sollte sie auch anfangen, Gedichte zu schreiben. »Ich wollte morgen mit Jasmins Vater telefonieren, um die Security-Einsatzpläne zu besprechen«, sagte sie laut.

Frederike schob bereits das Boot ins Wasser. Ungeduldig sah sie sich um. Sie schien es kaum erwarten zu können, endlich wieder mit ihrem zweikufigen Geschoss über die Wellenkanten zu donnern. Druckausgleich.

Mattie ließ nicht locker. Sie wollte sich absichern, damit es keinen Ärger gab. »Johannes – na ja, er schien nicht so begeistert von der Idee zu sein.« Sie verlor das Gleichgewicht und plumpste auf die Sitzfläche zwischen den Kufen. Eine halbe Sekunde später rauschte die Querstange – oder hieß die auch Mast – über ihrem Kopf vorbei. Schnapp. Frederike klinkte sich in eine Art Zaumzeug ein, damit sie nicht über Bord ging, wenn das Ding sich schrägstellte. Die blonden Haare flatterten im Wind. Outdoor-Schick.

»Welche Idee fand Johannes nicht gut?«, rief sie über das Flattern der Segel.

»Assadi Securities zu engagieren. Er will keine Muslime auf seinem Grundstück.« Als sie die Worte wiederholte, merkte sie, wie der Ärger zurückkam. Warum musste sie sich eigentlich dauernd solchen Schwachsinn anhören?

»Ach, das.« Frederike lachte. Mattie starrte durch die Gischt. Sie lachte tatsächlich. »Fahr du nur zu Kamal. Ich kläre das mit Johannes. Das ist so ein alter Tick von ihm. Völlig harmlos.«

Wie um zu unterstreichen, was sie gesagt hatte, ging sie noch härter an den Wind. Mattie fühlte, wie ihr schlecht wurde. Der Cal-Knoten rumpelte schwer in ihrem Bauch herum.

Sie zischten an der Bojenkante entlang. Mattie versuchte, nicht auf den schwankenden Horizont zu gucken, sondern direkt vor sich, auf das Wasser, das unter ihnen vorbeiflog.

Plötzlich sah sie einen silbernen Fisch. Einen großen Fisch.

Nein, kein Fisch. Das Boot holperte, legte sich auf die Seite, und Frederike zerrte mit zusammengebissenen Zähnen an irgendwelchen Leinen. »Mattie, Achtung, der Baum!«

Das Ding sauste wieder knapp über ihrem Kopf vorbei.

Frederike holte die Segel ein. Was sie für einen Fisch gehalten hatte, dümpelte neben ihnen im Wasser. Es hatte Arme.

»Oh Gott, da liegt jemand im Wasser!« Mattie versuchte aufzustehen, aber Frederike war schon über sie hinweg auf die andere Kufe gesprungen. »Halt mal fest«, sagte sie und drückte ihr den Baum in die Hand. Mattie hielt fest. Frederike tauchte mit einem Kopfsprung ins Wasser. In ihrem Outdoorzeug konnte sie ohne Probleme schwimmen.

»Ich glaube, er ist tot!«, rief sie Mattie zu.

Mattie sah sich um. Das Einzige, was sie sah, war ein kleines Fischerboot. Aber es war zu weit weg und entfernte sich von ihnen.

»Wirf mir mal den Gurt rüber!«

Ohne den Baum loszulassen, griff Mattie nach dem Zaumzeug und warf es zu Frederike ins Wasser. Die befestigte den Gurt. Dann kam sie langsam zum Boot zurückgeschwommen. Die silberne Hülle blieb zurück, und Mattie erkannte mit zunehmender

Deutlichkeit die Umrisse eines Körpers. Er war nackt bis auf seine Badehose.

»Hak mal ein, wir müssen ihn bis zum Hafen hinter uns herziehen. Er ist zu schwer.«

Frederike hielt ihr den Karabiner hin, und sie hakte ihn irgendwo ein, ohne den Blick von der Leiche abzuwenden.

»Madita, nicht da, dann kommt er unter die Kufen. Du musst ihn hinten einhaken.«

Frederike war außer Atem, aber sie war nicht aus der Fassung. Die Frau hatte sich entweder erstaunlich gut unter Kontrolle, oder es machte ihr tatsächlich nichts aus. Sie kletterte an Bord, machte den Haken wieder ab und klinkte ihn weiter hinten ein.

Mattie hielt den Baum fest und starrte auf die Leiche.

»Du kannst jetzt loslassen. Wir fahren zurück in den Hafen.« Sie hörte die Stimme, fühlte sich aber nicht in der Lage, darauf zu reagieren. »Madita!« Eine Hand rüttelte an ihrer Schulter. »Während ich zurücksegele, kannst du schon Jasmin anrufen. Sie wartet am Hafen. Sie soll die Polizei alarmieren. Oder die Bundeswehr. Die sind näher.«

»Die Bundeswehr«, murmelte Mattie.

»Hörst du mir überhaupt zu?« Ja, sie hörte doch zu. Der Tote hatte kurze Haare. Sein Gesicht und seine Arme waren dunkler als der Rest seines Körpers. Über seinen Bauch zog sich eine merkwürdige Zickzacklinie. Die Augen waren offen.

Diese Augen hätte sie unter Hunderten wiedererkannt. »Das ist einer von den Typen, die den *Strandläufer* überfallen haben.«

Frederike ließ vor Überraschung den Baum los.

Der reale Schmerz, als das Holz ihre Schläfe traf, kam wie ein Blitz, und plötzlich wusste Mattie, wo sie dem Toten ein zweites Mal begegnet war.

Sie saßen auf dem Boden und aßen Biryani. Nick spürte die einzelnen Gewürze nacheinander auf seine Geschmacksnerven treffen, so wie es sein sollte.

»Kochen kannst du also auch. Die Frau, die dich mal heiratet, kann sich glücklich schätzen.«

Siddarth lächelte, aber diesmal nur mit den Augen. »In der Hinsicht bin ich eine echte Verschwendung.«

»Was heißt denn das?« Nick konnte nicht mehr im Lotossitz auf der Bastmatte sitzen, weil ihm die Beine einschliefen. Er streckte sie aus und hätte beinahe eine Kerze umgestoßen. Unauffällig beäugte er das Bett, das in einer Ecke neben einem hohen Regal mit Büchern und CDs stand. War es unhöflich zu fragen, ob er sich darauf setzen könnte?

Siddarth hatte die Beleuchtung des Zimmers mit farbigen Tüchern abgedämpft, damit die Kerzen auf verschiedenen Messingständern ihre Wirkung entfalten konnten. An der Wand hingen zwei gerahmte Fotos, auf einem erkannte Nick Osho, das andere zeigte einen bärtigen jungen Europäer oder Amerikaner. Beide waren mit frischen Blumengirlanden geschmückt. Rundherum waren Bilder von anderen Leuten einfach mit Stecknadeln befestigt. Offensichtlich hatte Siddarth einen großen und internationalen Freundeskreis.

Siddarth deutete auf das Foto neben dem von Osho. »Das ist Sean«, sagte er einfach. »Wir waren zehn Jahre zusammen. Er war ein begnadeter Therapeut.«

Nick traute sich kaum zu fragen. »Woran ist er gestorben?«

»Er hatte sich infiziert, bevor wir uns in Oregon kennenlernten.« Siddarth war also schon mit Osho zusammen in der Sannyasin-Stadt in den USA gewesen.

»Du kanntest Osho persönlich?« Nick wollte einerseits das Thema wechseln und andererseits die Chance nutzen, einen Zeitzeugen in seinen Artikel mit einzubauen.

»Ja, ich kannte ihn. Ich könnte dir tagelang wunderschöne, lustige und mystische Anekdoten über ihn erzählen. Er war wie ein kostbares Geschenk, an dem man immer neue Seiten entdeckt.«

Siddarth beobachtete mitleidig Nicks Versuche, eine bequeme Sitzhaltung zu finden. Mittlerweile tat ihm jeder der vielen Muskeln in seinem Körper weh. Und die Prellungen waren auch noch nicht richtig verheilt. »Aber eigentlich wollte ich über etwas anderes mit dir reden.«

»Worüber denn?« Nick konnte nicht verhindern, dass ihm ein Stöhnen entwich.

»Willst du dich nicht lieber hinlegen? Ich massiere deinen Rücken, und du hörst einfach nur zu. Es fällt mir leichter, wenn ich etwas Gewohntes dabei tun kann.«

Siddarth stand auf und räumte ihre Teller in die Küche. Nick erhob sich ebenfalls mühsam und ging zum Bett, das mit einer dunkelroten Baumwolldecke zugedeckt war. Dankbar streckte er seine Glieder aus. Eine Duftlampe sandte herb-süße Spuren einer ihm bekannten Substanz aus, an deren Namen er sich aber nicht erinnern konnte. Siddarth kam mit einer großen Plastikflasche zurück.

»Ich mische mein Massageöl selbst«, sagte er, goss sich etwas Öl auf die Hand und begann mit professioneller Routine Nicks Rücken zu bearbeiten.

Nick hatte später keine Vorstellung davon, wie lange Siddarths Geschichte gedauert hatte. Er erinnerte sich nur an die kreisenden Bewegungen, die Stück für Stück seine Muskeln entzerrten. Er schloss die Augen und hörte einfach zu.

Siddarth war ein Ashramkind. Genau wie die, die Nick damals im Fernsehen gesehen hatte. Nur dass er keine Mutter und keinen Vater hatte, die ihn irgendwann wieder unter den Arm klemmten und mit zurück nach Hause nahmen. Siddarth war acht, als er von zwei Sannyasins auf dem Markt von Pune gekauft wurde.

Er konnte sich nur bruchstückhaft an seine leibliche Familie erinnern. Sie waren arme Schausteller gewesen, die von Ort zu Ort zogen und kleine Kunststücke aufführten. Die Kinder mussten natürlich mitarbeiten und betteln, wenn die Einnahmen nicht reichten. Eines Tages waren zwei Weiße aufgetaucht, ein Mann und eine Frau in oranger Kleidung, beide mit langen Haaren. In Siddarths Erinnerung waren sie riesengroß und freundlich. Sie schenkten ihm Süßigkeiten, aber seine Geschwister oder irgendjemand anders nahm sie ihm sofort weg. Er schrie. Die Frau regte sich furchtbar darüber auf. Sie begann mit seinem Vater zu streiten. Weder Siddarth noch sein Vater sprachen Englisch, also verstand niemand, was sie eigentlich wollte. Sein Vater wurde wütend und schlug ihn ein paarmal auf den Kopf, weil wegen ihm der ganze Ärger angefangen hatte. Daraufhin verschwanden die beiden Europäer, kamen aber schon nach kurzer Zeit wieder. Der Mann hielt Siddarths Vater ein dickes Geldbündel hin. Der Vater starrte wütend auf das Geld. Die Mutter weinte. »Sie konnten nicht ablehnen, verstehst du? Ich war das jüngste von fünf oder sechs Kindern. Die Mädchen sollten verheiratet werden.«

»Sie haben dich einfach so mitgenommen?«

Die Hand verschwand kurz von seinem Rücken, um neues Öl nachzugießen. »Sie dachten, sie müssten mich retten.«

Siddarth hatte sich im Ashram mit dem Sohn der Frau angefreundet, der nur zwei Jahre jünger war. Sie lebten wie Brüder, gründeten eine Bande und teilten sich eine Matratze in einer der Hütten. Sie bekamen sogar am selben Abend von Bhagwan die Holzkette und ihre Sannyas-Namen. Siddarth ging es gut, auch wenn er machmal Sehnsucht nach seiner Mutter hatte. Dann kam der Tag, an dem das Visum der Frau aus irgendeinem Grund nicht verlängert wurde. Sie musste mit ihrem Sohn Hals über Kopf abreisen, und Siddarth blieb im Ashram zurück. Der Mann versprach, sich um den Jungen zu kümmern.

»Der Sannyas-Name des Mannes war Ravindra. Er wurde später selbst Therapeut. Aber zu dieser Zeit war er noch auf der Suche. Er hatte eigene Probleme und konnte sich nicht um mich kümmern.«

»Du hast wirklich für jeden Arsch noch ein gutes Wort. Was hatte er denn für Probleme, der arme Ravindra?«

»Das war das Jahr, in dem der Ashram mehrmals angegriffen wurde.« Siddarth lachte. »Osho hatte die Kaaba den dreckigsten Stein der Welt genannt, weil jedes Jahr Millionen Menschen ihn küssen und ihre Bazillen hinterlassen.«

»Oh Mann, der hat sich wirklich keine Gelegenheit für einen Skandal entgehen lassen.«

»Auch negative Energie ist Energie«, sagte Siddarth und erhöhte den Druck seiner Hände, wie um diesen Satz zu bestätigen. Nick schrie leise auf. »Auf jeden Fall geriet Ravindra eines Tages in den wütenden Mob vor dem Gerichtshof, in dem gegen Osho verhandelt wurde. Wahrscheinlich hatte er Angst, sie würden seinem Meister etwas antun. Ihm ist nichts Schlimmes passiert, aber danach wurde er krank. Seine Psyche war dieser hochkonzentrierten Energie im Ashram nicht gewachsen.«

»Du meinst, er ist abgedreht?«, fragte Nick grinsend. »Da war er doch sicher nicht der Einzige. Was passierte denn in so einem Fall?«

»Die Ashram-Leitung hat die Familie in Deutschland informiert, und die haben ihn ausfliegen lassen. Ich bin dann allein im Ashram geblieben. Osho hat dafür gesorgt, dass ich ein Zimmer in seinem Haus bekam. Er wollte mich in seiner Nähe wissen. Und als er in die USA ging, nahm er mich mit.«

»Und haben sich die Leute, die dich gekauft haben, noch mal gemeldet?«

»Wenn du es so nennen willst. Ravindra tauchte ein oder zwei Jahre später mit einer neuen Frau im Ashram auf. Er war wieder gesund, und sie wirkten sehr verliebt. Ich hatte das Gefühl, er ging mir aus dem Weg. Aber vielleicht hat er mich auch einfach nicht erkannt.« Nick schüttelte unwillig den Kopf, doch Siddarth sprach schon weiter. »Die Frau und den Jungen habe ich erst in Oregon wiedergesehen. Ich war damals vierzehn, voller Zorn und Zweifel. Ich wollte nichts mit den Leuten zu tun haben, die mich einfach mitgenommen und dann verlassen hatten. Vor allem Himanshu, der Junge, hat meine Wut abbekommen. Heute tut mir das leid. Ich würde mich gern bei ihm entschuldigen.« Siddarth strich dreimal über Nicks Rücken, bis über die Beine. »So, du bist fertig mit deiner Exklusivbehandlung.«

Nick setzte sich vorsichtig auf. »Und wie hieß die Frau?«

»Gayatri. Der Name ist mir auf deinem Zettel aufgefallen.« Siddarth wischte sich die Hände an einem Baumwolltuch ab. »Der Einzige, dessen bürgerlichen Namen ich kenne, ist Himanshu. Er heißt Azim Assadi. Ich habe viele Jahre später eine Postkarte von ihm bekommen. Aber ohne Adresse.«

»Warum bist du zurück nach Indien gekommen? Und in den Ashram?«

»Nach der Auflösung der Ranch in Oregon blieb ich bis zu seinem Tod bei Sean in San Francisco. Danach bin ich eine Weile durch Europa gefahren und habe bei den Sannyasins in London und Amsterdam mitgearbeitet. Aber Indien hat mir immer gefehlt. Also bin ich heimgekehrt. Du weißt, wie wir Inder sind – früher oder später landen wir wieder im Schoß der Familie. Die Osho-Community ist meine Familie. Eine andere habe ich nicht.«

Nick ließ die Geschichte nachwirken, die Siddarth ihm erzählt hatte, ohne Wut oder Ressentiments gegen die Menschen, die einfach so durch die Welt fuhren und Kinder retteten, nur um sie danach wieder ihrem Schicksal zu überlassen.

Er hatte noch eine letzte Frage. Siddarth setzte sich im Lotossitz neben ihn auf das Bett. Nick drehte sich so um, dass er ihm direkt ins Gesicht sehen konnte. »Und wie ist dein richtiger Name?«

»Ich erinnere mich nicht, Nick.«

Sie sahen sich eine Weile schweigend an.

»Guck nicht so wütend, sonst verspannst du dich gleich wieder«, sagte Siddarth leise.

»Ich glaube, es ist besser, wenn ich jetzt gehe.« Nick versuchte sein aufgewühltes Inneres in den Griff zu bekommen. »Ich muss morgen mit der ersten Maschine nach Bombay und dann weiter nach Hamburg.«

Er fasste unsicher nach Siddarths Hand, der ihn an sich zog und umarmte.

»Ich lass dich nur ungern gehen«, hörte er Siddarth in sein Ohr flüstern.

»Warum tust du es dann?«, flüsterte Nick zurück.

Siddarth ließ ihn lachend los. »Die Zeiten, in denen die Zeitungen immer nur über Sex und freie Liebe im Ashram berichtet haben, sind Gott sei Dank lange vorbei. Und ich verbiete dir, jetzt wieder damit anzufangen!«

49 Feueratmung

»Wie kannst du dieses Zeug nur freiwillig essen!«

Jasmin war schon seit ihrer Kindheit Vegetarierin. Manchmal aß sie Fisch, aber nie in rechteckiger Form und in braune Chemie getunkt.

»Hab ich schon immer gegessen, wenn ich krank war«, murmelte Mattie und mampfte die Dinger weiter in sich rein.

Jasmin probierte den grünen Tee. Mattie trank einen Schluck Flensburger aus ihrer Bierflasche. Die letzten zwei Stunden standen ihr ins Gesicht geschrieben.

Jasmin war gerade bei ihren Dehnungsübungen nach dem Laufen angekommen, als der Katamaran in den Hafen einfuhr. Ein Blick auf die Uhr sagte ihr, dass Frederike eine halbe Stunde zu früh dran war. Sie zog schnell ihre Kapuzenjacke über und rannte zum Anleger. Mattie hielt sich den Kopf. Sie sah blass aus. Aber mit Frederike schien alles in Ordnung zu sein. Erst als das Boot beidrehte, sah Jasmin, dass etwas mit einer Leine am Mittelteil befestigt war.

Als sie erkannte, was es war, wurde ihr schlecht.

Sie schloss die Augen und atmete tief durch.

»Wo ist dein Handy?«, fragte Frederike statt einer Begrüßung und sprang an Land.

»Im Auto.« Sie hatte es in der Tasche gelassen, als sie laufen ging.

»Ich weiß nicht, warum wir teure Security-Leute dafür bezahlen, dass sie hier Wellness-Urlaub machen und nicht erreichbar sind, wenn man sie braucht.«

Jasmin merkte, wie ihr die Tränen in die Augen stiegen. Nur nicht heulen, nicht vor Frederike. Atmen. Zentrieren. Danke dem Gegner dafür, dass er dir deine verwundbare Stelle gezeigt hat. Sie zwang sich zu einem Lächeln. »Du lässt uns ja nicht mitsegeln. Obwohl es gegen die Vorschrift ist.«

»Mir passiert schon nichts da draußen.« Frederike hatte sich ebenso schnell wieder im Griff. »Gib mir bitte den Autoschlüssel. Ich brauche ein Handtuch und mein Telefon. Du kannst so lange hier bleiben. Du siehst mich ja von hier aus«, fügte sie hinzu, als Jasmin widersprechen wollte.

Jasmin half Mattie beim Aussteigen. An ihrer rechten Schläfe wölbte sich eine rote Beule.

Als sie neben dem Boot auf dem Steg standen, sagte Mattie: »Erkennst du ihn?«

Sie zwang sich zum Hinschauen und schüttelte den Kopf.

»Guck doch richtig hin. Du hast ihn genau hier vor ein paar Wochen außer Gefecht gesetzt. Und jetzt ist er tot.«

Als ob sie *das* nicht selber sehen könnte. »Was machen wir jetzt? Müssen wir ihn da rausholen?« Jasmin schauderte bei dem Gedanken, aber es war noch schlimmer zuzugucken, wie er im Wasser dümpelte.

»Ich glaube nicht. Ich will ihn nicht anfassen.« Mattie fühlte nach ihrer Beule. »Ihm kann es ja egal sein, ob er da unten liegt oder hier oben.«

Jasmin sah noch mal genauer hin. »Du könntest recht haben. Aber er sieht irgendwie anders aus.«

»Tot halt.« Mattie schien noch etwas sagen zu wollen, doch in diesem Moment kam Frederike zurück.

»Die Ambulanz vom Stützpunkt ist in ein paar Minuten hier!«, rief sie ihnen zu. »Was steht ihr da noch herum? Damit macht ihr ihn auch nicht wieder lebendig.« Sie prüfte, ob das Boot richtig festgemacht war.

Jasmin folgte ihr von der Brücke hinunter zu einer Bank am Ufer des Hafenbeckens. Frederike setzte sich hin und strich sich die nassen Haare aus der Stirn. »Wahrscheinlich beim Schwimmen ertrunken. Er war in einen dieser silbernen Fallschirme verheddert.«

Jasmin nickte.

Mattie kam über den Steg auf sie zu. »Die Narbe …«, sagte sie langsam, »sie sieht ganz frisch aus.«

»Madita, lass doch diese makabren Sprüche«, erwiderte Frederike ungehalten, »und überlass das Spekulieren den Fachleuten.«

Mattie sah sie erstaunt an. »Dir scheint das Ganze überhaupt nichts auszumachen.«

Frederike antwortete nicht, denn ein Krankenwagen der Bundeswehr raste mit Sirene und Blaulicht auf den Parkplatz, gefolgt von einem Jeep. Frederike stand auf. »Ich werde mit auf den Stützpunkt fahren und unsere Aussage zu Protokoll geben. Es wird ja sicher so etwas wie eine interne Klärung des Vorfalls stattfinden.«

Jasmin stand ebenfalls auf.

»Du bleibst am besten bei Madita, bis sie wieder fahren kann. Ich rufe dich an, wenn du mich im Stützpunkt abholen kannst.« Sie wandte sich an Mattie. »Wir sehen uns dann später auf dem Gut.«

Mattie hörte nicht zu.

Sie beobachteten, wie zwei Männer in Neoprenanzügen ins Hafenbecken stiegen und die Leiche vorsichtig auf eine Trage schoben. Zwei andere nahmen sie entgegen und hoben sie aus dem Wasser.

»Kommandant Lösing möchte Sie sprechen«, sagte einer der beiden Soldaten in Uniform zu Frederike.

»Und ich ihn«, konterte sie. »Das wird ja immer schöner hier. Wenn die Touristen zum Frühstück tote Soldaten finden, kommen sie sicher gerne wieder.«

Und weg war sie, die vier Männer mit der Bahre im Schlepptau.

»Komm, wir setzen uns oben auf die Terrasse«, sagte Jasmin und nahm Mattie am Arm.

Der *Strandläufer* machte sonntags erst um zwölf auf, aber Ellen ließ sie sofort rein, als sie erfuhr, was passiert war.

Mattie hatte ihre Fischstäbchen endlich aufgegessen. »Hast du einen Stift?«, fragte sie.

Jasmin wühlte in ihrer Tasche und fand einen Kugelschreiber. »Hast du mal was von Cal gehört?« Sie hielt es für angebracht, das Thema zu wechseln. Außerdem hatte sie gerade mal eine Stunde lang nicht an ihn gedacht.

»Nein«, knurrte Mattie und fing an, auf ihrer Serviette herumzukritzeln. Jasmin sah ihr zu und überlegte, ob sie vielleicht eine Gehirnerschütterung hatte.

Mattie kritzelte Strichmännchen. Jasmin zählte mit. Eins, zwei, drei, vier Männchen mit Baseballkappen. Plötzlich knüllte sie die Serviette zusammen und warf sie weg.

»James Forrester«, sagte sie leise und starrte ins Leere. »Er war auch am Flughafen.«

Jasmin hatte mitbekommen, dass in Berlin irgendwas mit

Matties Mutter passiert war. Die war wohl psychisch nicht ganz auf der Höhe. Vielleicht lag es ja in der Familie. »Mattie, was ist los mit dir?«

Matties Blick kehrte zu ihr zurück. Er war jetzt hart und misstrauisch. »Jasmin, was hattest du mit diesem Amerikaner zu tun, der damals hier dabei war?«

James Forrester. Das war der Name. Jasmin hatte ihrem Vater nichts davon gesagt. Sie redeten ja sowieso nur noch das Nötigste miteinander. »Nichts, warum?«

»Worüber habt ihr gesprochen?«

»Über Kampfsport. Er trainiert denselben Stil wie ich.« Was war das hier? Ein Verhör?

Mattie fixierte sie immer noch mit diesem Blick. »Ich habe euch gehört. Wem solltest du nichts von eurem Zusammentreffen sagen?«

Jasmin presste die Lippen aufeinander. Der Mann hatte sie um Geheimhaltung gebeten. Also warum sollte sie ausgerechnet mit Mattie darüber reden?

»Jasmin, bitte antworte mir. Ich habe die beiden zusammen gesehen. Forrester und den toten Soldaten. Am Hamburger Flughafen!«

»Na und? Ist das vielleicht ein Verbrechen?«

»Nein, ist es nicht«, murmelte Mattie und starrte wieder ins Leere. »Aber irgendwas ist da oberfaul.«

Auf einmal tat Jasmin ihre abweisende Haltung leid. Mattie nahm sich die Sache ziemlich zu Herzen. »Er hat mich nur gebeten, meinem Vater nichts von unserer Begegnung zu erzählen.«

»Deinem Vater? Wieso denn dem?«

»Keine Ahnung«, Jasmin zuckte die Achseln. »Ich bin sicher, dass sie sich kennen. Vielleicht haben sie sich gestritten.«

»Glaube ich nicht.« Mattie verfiel wieder in brütendes Schweigen.

»Hey, lass uns ein paar Schritte laufen, ja?« Es wurde ihr unheimlich, wie Mattie da saß und vor sich hin stierte. Die sah aus, als wäre sie irgendwo eingerastet.

»Da muss noch was anderes dahinterstecken. Aber ich komm nicht drauf.« Mattie schlug sich mit beiden Fäusten gegen die

Schläfen. Jasmin erwischte ihre Hand im letzten Moment, bevor sie auf die Beule traf. »Aua, was soll das?«

Wenigstens war sie wieder da. »Du solltest dich nicht selbst verletzen«, sagte Jasmin. »Und jetzt komm mit. Ich zeige dir was.« Sie stand auf und ging die Treppe runter zum Strand. Mattie kam tatsächlich hinter ihr her. »Stell dich so hin«, sagte Jasmin und ging in den tiefen Stand.

»Warum?«, fragte Mattie.

»Weil ich es dir sage.« Jasmin machte ihr die Übung einmal vor. Sie holte mit beiden Armen nach unten aus und ließ sie dann beim Ausatmen über dem Kopf auseinanderschwingen. »Das ist die Feueratmung«, erklärte sie. »Eine alte Qigong-Übung. Reinigt den Kopf.«

Mattie ließ sich endlich herab, neben ihr in Position zu gehen. Jasmin gab das Tempo an. Sie spürte, wie Mattie langsam begann, dem Rhythmus aus Ein- und Ausatmen zu folgen.

»Und jetzt dreimal mit Kyai«, sagte Jasmin.

»Was ist das?«, fragte Mattie.

»Nimm einfach deine Stimme mit. Du wirst schon sehen.« Jasmin ließ die Hände sinken und fühlte die Luft bis in ihr unteres Zentrum strömen. Neben sich sah sie Mattie dasselbe tun.

Sie richtete sich auf, breitete die Arme aus und ließ ihre Stimme mit aller Kraft frei.

Ihr eigener und Matties Schrei trafen aufeinander und flogen aufs Meer hinaus. Beim dritten Kyai erhob sich ein großer Schwarm Seevögel laut kreischend aus dem Wasser.

50 XXL

Pandit Chaudhuri nickte ihm aufmunternd zu, ohne die Hände von der Tabla zu nehmen. Cal gab ein Zeichen, und die Querflöte setzte ein. Es klang völlig anders als eine indische Flöte, aber die Klarheit des Instruments gefiel ihm. Sie passte zum Text. Er sang leise die letzten Textzeilen auf Hindi mit.

»… von meiner wilden, brennenden Liebe
kann dich kein Engel erlösen.«

Er hob die Hand, um der Flötistin zu signalisieren, den Ton so lange wie möglich zu halten. Erst als die Geigen zu ihrem letzten Crescendo ansetzten, ließ er sie aufhören.

Der Schlagzeuger, endlich wieder in seinem eigentlichen Element, ließ die Basedrum genau im richtigen Moment krachen, während die Tabla darüber hinwegflatterte wie eine Möwe im Wind. Oder zumindest so, wie Cal sich eine Möwe im Wind vorstellte.

Stille senkte sich langsam über den Saal.

Seit Mattie nicht mehr in der Stadt war, war Berlin in Cals Augen um mehrere Nuancen verblasst. Es war wie mit dem Wetter: Wich es auch nur um ein paar Grad vom Durchschnitt ab, konnte das eine Flut oder eine Dürre auslösen. Er wollte sich in Arbeit vergraben. Für die Show gab es allerdings nicht mehr viel zu tun. Die Songs saßen halbwegs, der Tontechniker bastelte zu Hause an den Übergängen, und in Bombay machten die Plakatmaler und die Kostümbildner Überstunden. Die heiße Phase würde beginnen, wenn die beiden Teams das erste Mal aufeinandertrafen.

Also blieb ihm nur der Werbefilm. Zum ersten Mal hatte Cal für einen Song keine Ideen. Er las das Gedicht wieder und wieder. Mit jedem Mal kam es ihm düsterer vor. Als wäre die Liebe, von der hier die Rede war, ein brutaler Akt des Kidnapping. Nächtelang saß er am Laptop und versuchte eine leichte Stimmung hinzukriegen, die Aufbruch und Tage voller Glück und Sonnenschein versprach. Aber herausgekommen war nur eine zarte, traurige Melodie voller Sehnsucht.

Am Sonntag hatte er aufgegeben und war zu Pandit Chaudhuri gegangen. Die U-Bahn benutzte er nicht mehr, und mit dem Taxi zu fahren war so teuer, dass einem der Spaß am Mercedes-Gefühl schnell verging. Er lief durch die Stadt wie ein verirrtes Tier, das seine Herde verloren hatte. Bilder einer Atomkatastrophe stiegen in ihm auf, und die wenigen Passanten hinterließen den Eindruck, als gäbe es kein Mitgefühl für den Konkurrenten ums nackte Überleben.

Pandit Chaudhuri war zu Hause. Er fragte nicht groß, sondern ging in die Küche und machte Tee. Cal setzte sich auf das Sofa, öffnete sein Laptop und spielte dem Pandit das Stück vor.

Als es vorbei war, wackelte der alte Mann nachdenklich mit dem Kopf. Diese kleine Geste weckte in Cal ein starkes Heimweh nach Bombay. Bis dahin hatte er keine Ahnung gehabt, dass so etwas überhaupt tief in seinem Inneren existierte.

»Solch eine Melodie schreibt man nicht alle Tage«, sagte der Pandit schließlich. »Du musst sie gut behandeln.«

»Es ist viel zu traurig, Uncle.« Cal stand auf, ging zum Fenster und drehte sich wieder um. »Wir reden hier nicht von einer Filmszene, sondern von einem Werbefilm. Eine Reise – vielleicht die schönste Zeit ihres Lebens. Ein unvergessliches Erlebnis!«

»Rede nicht wie ein Marketingstratege, das ist nicht dein Beruf.«

Cal musste lachen. Der Tonfall erinnerte ihn an seinen Vater, der ihn Tag für Tag, Jahr für Jahr korrigiert hatte, wenn er den richtigen Ton auf der Tabla wieder einmal verfehlte.

»Das ist gut. Lache nur, und dann nimm deine Melodie und bringe es ihr bei.« Er stand auf und setzte sich an die Tablas, die abgedeckt auf einem kleinen Teppich in der Ecke vor dem Fenster standen. Er ließ die Finger darüber laufen, und es klang tatsächlich, als würde ein helles, klares Lachen ertönen.

»Ich muss es flirrender machen, vielleicht eine andere Tonlage.« Cal lief zurück zum Sofa und an sein Laptop. Der Pandit spielte einfach weiter, ohne auf ihn zu achten.

Zwei Stunden später war der Song fertig.

Zur Feier des Tages nahm Pandit Chaudhuri ihn mit ins Spielcasino. Als sie am Roulettetisch saßen, kicherte er wie ein Teenager. »Ich kann es nicht lassen. Und das Schöne ist, dass es hier niemanden stört. In Calcutta könnten wir das niemals tun, ohne unseren und den Ruf unserer Familien zu ruinieren.«

Im dunklen Zuschauerraum applaudierte jemand. Cal wurde abrupt aus seinen Gedanken an den Abend mit dem alten Tablaspieler gerissen. Die Musiker saßen immer noch auf der Bühne und sahen ihn abwartend an. Er drehte sich um, schirmte die Augen mit der Hand ab und versuchte zu erkennen, wer es war.

Achim Sanders kam die Treppe herunter und umarmte ihn. »Wie wunderschön, Cal! Es ist so …« Er suchte nach dem richtigen Wort.

»Hauptsache, Sie sagen jetzt nicht spirituell«, entgegnete Cal.

»Nein, nein, keine Angst!« Achim hielt ihn an beiden Schultern fest. Cal fragte sich, ob er einen erwachsenen deutschen Mann auch so vor sich halten würde wie ein gehorsames Kind. Er musste wirklich aufpassen, dass er keine Paranoia bekam. Das koloniale Erbe drohte überall.

Er machte sich los und verabredete mit den Musikern, wann sie am nächsten Morgen weitermachen würden. Dann klappte er sein Laptop zu und ging zurück zu dem Produzenten. »Ich habe heute Morgen die Melodie und den Text an die Sängerin in Bombay gemailt«, sagte er. »Sie sollte es draufhaben, wenn sie hier ankommt. Unsere Stars fliegen ja Business Class.«

Achim lachte säuerlich. »Da lohnt sich wenigstens der hohe Flugpreis.«

Sie verließen gemeinsam den dämmrigen Saal und setzten sich draußen ins Café in die Sonne.

»Was trinken Sie?«, fragte Achim.

Cal überlegte. Bier erinnerte ihn an Nick und Latte Macchiato an Mattie. Bald würde er hier überhaupt nichts mehr zu sich nehmen können. »Ich nehme ein Wasser. Stilles Wasser, so heißt es doch, oder?«

Achim lachte wieder und gab die Bestellung auf. Dann holte er seinen Organizer aus der Ledertasche. »Sie werden es sicher schon wissen, Frau Junghans hat oben im Norden auch alles wunderbar unter Kontrolle. Hat Sie Ihnen schon die Drehorte gemailt?«

»Nein.« Cal hatte schon mehrmals eine E-Mail angefangen, aber sie dann doch nicht abgeschickt. Wahrscheinlich ging es ihr genauso. »Sie wollte sich sicher erst vergewissern, dass Sie auch einverstanden sind.«

Sanders sah ihn erstaunt an. »Ja? Den Eindruck hatte ich aber gar nicht von ihr. Sie beide sind doch ein eingeschworenes Team, oder?«

»Ich wünschte, ich könnte öfter mit ihr arbeiten.« Cal schaltete sein Laptop an, um weitere Fragen zu umgehen. »Wenn Sie mir die Locations nennen, kann ich heute noch mit dem Script anfangen.«

»Sehr gut.« Sie gingen die Locations Stück für Stück durch. Es dauerte eine Weile, weil Cal immer wieder nachfragen musste, um sich das Ganze vorstellen zu können. Sanders versprach ihm, Mattie um ein paar Fotos zu bitten. Dann sah er auf seine Armbanduhr. »Ich muss jetzt los. Wir werden also alles so planen, dass wir die ganze Crew am Freitag nach Westenhagen bringen. Glauben Sie, Ihre Stars machen das mit, wenn sie erst am Donnerstag früh ankommen?«

Cal überlegte. »Solange sie in klimatisierten Luxusbussen gefahren werden, denke ich schon, dass das gehen wird.«

Der Produzent machte sich seufzend noch eine Notiz. »Dann sehen wir uns also am Mittwoch in meinem Büro mit der Kamerafrau. Sie wird Ihnen gefallen.«

»Eine Frau an der Kamera?« Cal hatte noch nie mit einem weiblichen DOP[16] gearbeitet.

»Sie ist richtig gut. Und sie liebt Bollywood. Sonst hätte ich sie niemals so kurzfristig buchen können.« Er reichte ihm die Hand und ging zu seinem großen Kombi.

Große deutsche Männer in großen deutschen Autos, dachte Cal, während er ihm nachsah, und große deutsche Frauen an großen deutschen Filmkameras. Alles hier war XXL. Sie hatten einfach zu viel Platz.

Es kamen immer mehr Leute in das Café, aber niemand machte Anstalten, sich an seinen Tisch zu setzen. Lieber standen sie herum und starrten so lange auf die anderen Gäste, bis jemand bezahlte und ging. Cal fragte sich, wie lange man hier leben konnte, ohne ein Wort zu sprechen. Wenn man zum Beispiel keine Arbeit hatte und alleine wohnte. Aufstehen, in die U-Bahn, in den Supermarkt, in ein Café, spazieren gehen, nach Hause, aufräumen, kochen, vor den Fernseher und wieder ins Bett. Und wenn sie doch jemanden kennenlernten, schienen sie nur miteinander zu sprechen, niemals mit Fremden. Oder er verstand einfach die Codes nicht. Es war ihm unangenehm, so allein an seinem Tisch zu sitzen, während die Leute warteten. Schnell trank er sein Wasser aus und stand auf. Zwei Pärchen stürzten auf den Tisch zu. Als er sich umdrehte, sah er, wie die Verlierer sich wieder in Warteposition aufstellten.

Er würde raufgehen in sein Apartment und am Drehbuch arbeiten. Sein Handy klingelte.

»Unbekannte Nummer« erschien auf dem Display.

»Ich bin's.« Die Stimme war nicht unbekannt. Es schien ihm eine Ewigkeit her, seit er sie das letzte Mal gehört hatte.

»Hallo, Nick«, sagte Cal.

51 Baustelle

Der McDonald's am Frankfurter Flughafen hatte die billigste Aussicht auf das Rollfeld. Und man konnte rauchen. Ein Eldorado für junge Vielflieger, die noch keine goldenen Kreditkarten besaßen, um damit in abgeschirmten Lounges ihre Extraklasse zu genießen. Nicks Körper, offensichtlich irritiert durch das viele vegetarische Essen der letzten Tage, hatte nach einem Big-Mac-Menü geschrien, noch bevor er zum ersten Mal seit einem Jahr deutschen Boden betrat. Ein Jahr ohne einen Bissen Rindfleisch. Ohne Vollkornbrot mit Salami oder ein Croissant mit Marmelade zum Frühstück. Ohne Nordseekrabben. Ohne Astra Pils. Ohne Glühwein und Schlittschuhlaufen. Ohne richtige Jahreszeiten. Nick wunderte sich, was für komische Dinge ihm einfielen. Essen war ihm nie besonders wichtig gewesen, aber es hatte wohl eine Menge mit dem Gefühl von Zuhause zu tun. Noch extremer war es mit dem Wetter. Obwohl draußen vor dem Fenster die Sonne genauso vom blauen Himmel schien wie in Bombay, spürte er sofort die Euphorie eines wolkenlosen Frühsommertages, an dem man nichts tun wollte als an der Elbe sitzen oder raus an den See fahren und schwimmen gehen.

Als sein Jieper auf Kohlehydrate gestillt war, holte er seine deutsche Handykarte aus dem Portemonnaie, die dort ein Jahr lang in einem Plastiktütchen geschlummert hatte. Vorsichtig tauschte er die winzigen Platinen aus. Er versuchte sich an seine alte Nummer zu erinnern, aber sie fiel ihm nicht ein. Wenn Mattie sie auch nicht mehr wusste, würde er seine Hamburger Freunde abtelefonieren oder sich eine neue Karte kaufen müssen.

Er hatte Mattie angerufen, bevor er aus Bombay abgeflogen

war. Er wollte sie eigentlich nur fragen, wer gerade in Hamburg war und ihm vielleicht für ein paar Nächte Unterschlupf gewähren konnte. Seine Wohnung hatte er untervermietet, da konnte er schlecht auftauchen und den Untermieter vor die Tür setzen.

Mattie war ziemlich kurz angebunden. Aber sie steckte offensichtlich nicht mehr in Berlin, sondern in Norddeutschland. Sie würde ihn abholen, weil sie sowieso um die Zeit am Flughafen sei. Und um eine Bleibe bräuchte er sich auch keine Sorgen zu machen.

Es gab mal Zeiten, da wärst du auch für mich zum Flughafen gekommen, wenn es keinen anderen Grund gäbe, dachte Nick, sagte aber nichts. Die relaxte Leichtigkeit, die er aus Pune mitgebracht hatte, wich langsam einer klaren Ernüchterung. Cal, Mattie, wer immer ihm wichtig war – er konnte nichts erwarten. Er musste froh sein, wenn sie überhaupt noch etwas mit ihm zu tun haben wollten.

Den Anruf bei Cal schob er auf. Wenn ich in Deutschland bin …

Jetzt war er in Deutschland.

Wenn ich in Hamburg bin … Dort würde er Mattie treffen, und das war schon die nächste emotionale Baustelle. Also doch besser jetzt. Wenn er seine Nummer sowieso vergessen hatte, konnte er auch gleich das restliche Guthaben vertelefonieren. Ein Moment war so schlecht wie der andere.

Er wählte die Vorwahl für Indien und dann Cals Handynummer aus dem Kopf. Er stellte sich vor, wie der Anruf bis nach Bombay und wieder zurück nach Berlin geschaltet wurde. Genauso war es zwischen ihm und Cal. Bevor sie hier etwas Neues anfangen konnten, mussten sie die Dinge in Bombay klären.

Es klingelte. Der Anruf wurde angenommen.

»Ich bin's.«

»Hallo, Nick.«

Nick griff nach seinen Zigaretten und zündete sich schnell eine an, um den Schmerz zu dämpfen. Seine Hand zitterte. »Cal, ich bin in Frankfurt.«

»Du bist in Deutschland? Kommst du nach Berlin?«

Es war ja nicht so, dass er große Begeisterung erwartet hatte.

Aber Cal klang, als wäre er in einen Brunnen gefallen. Vielleicht war es auch nur die schlechte Verbindung. »Hey, alles in Ordnung bei dir?«

»Ja klar. Es ist nur – ich habe hier ziemlich viel Arbeit.«

Nick merkte, wie seine Wut mit plötzlicher Wucht zurückkam. »Cal, hab keine Angst. Ich komme schon nicht und störe dich bei der Arbeit. Ich muss sowieso erst mal nach Hamburg. Ich kann ja Mattie fragen, wie es dir geht.« Es klang gehässiger, als er eigentlich wollte. Gab es nichts, was ihn und Cal aus diesem verdammten Strudel herausholen konnte?

»Nick, es tut mir leid.«

Es folgte eine lange Pause. Draußen vor dem Fenster rollte träge ein Jumbojet vorbei.

»Wir haben – ach was, frag am besten Mattie.«

Eine Großfamilie kam an den Nebentisch, beladen mit Tabletts voller Burger und Fritten.

Nick hielt sich das linke Ohr zu. »Was sagst du? Wonach soll ich Mattie fragen?«

»Wir müssen reden, Nick.«

Das klang doch schon besser. »Deswegen rufe ich dich ja an«, sagte er leise. »Ich muss nur kurz was in Hamburg erledigen. In ein paar Tagen kann ich in Berlin sein.«

»Nein, Nick, ich komme schon am Freitag –«

Es piepte dreimal laut. Nick guckte auf sein Display. »Ihr Guthaben ist abgelaufen.«

»Mist!« Er musste einen Telefonladen finden. Als er aufstand, hörte er eine Lautsprecherdurchsage.

»Herr Nikolaus Ostrowski, gebucht auf Lufthansa Flug Nr. 165, möchte bitte umgehend zum Flugsteig A 14 kommen! Herr Nikolaus Ostrowski …«

Nick griff nach seinem Rucksack und rannte los.

»Ah, das tut gut. Die haben ja tolle Köche da unten, aus aller Herren Länder. Aber es geht doch nichts über einen Holsteiner Eintopf. Mit ordentlich viel Speck.« Hinnarck wischte sich den Mund mit der Papierserviette ab. Statt seiner Kapitänsmütze trug er eine weiße Basecap. Sein Gesicht war braungebrannt und ließ die blauen Augen leuchten. Unter dem schneeweißen T-Shirt wölbten sich seine immer noch muskulösen Oberarme.

Mattie betrachtete ihre Eltern. Zum ersten Mal seit vielen Jahren hätten sie auf den ersten Blick als ein ganz normales älteres Ehepaar durchgehen können. Gerade zurückgekehrt aus Mallorca, Madeira oder wo immer die wachsende Schar europäischer Rentner im Winter ihre Knochen wärmte.

Emmas Zustand hatte sich nach dem Bioenergetik-Workshop sichtlich verbessert. Als Mattie zurück zum Gut kam, saß Emma mit Johannes auf der Holzbank vor dem Meditationsraum. Es sah tatsächlich so aus, als unterhielten sie sich. Mattie öffnete die vordere Bustür, Mascha lief schwanzwedelnd zu Emma und schob die Schnauze unter ihren Arm. Emma verstand die Aufforderung und folgte dem Hund langsam zum Dorfplatz.

Frederike war offenbar immer noch auf dem Stützpunkt, denn ihr Mann hatte keine Ahnung, was passiert war. Mattie erzählte ihm von dem toten Soldaten und auch, dass sie ihn erkannt hatte. Was sie an Johannes mochte, war, dass er im Gegensatz zu seiner Frau nicht nur Gefühle hatte, sondern sie auch zeigte. Er wurde ganz blass, murmelte »Der arme Junge!« und vergrub den Kopf in den Händen. Vielleicht weinte er sogar, aber das konnte Mattie nicht sehen. Sie saßen eine Weile einfach schweigend nebeneinander. Es war ein Schweigen ohne falsche Höflichkeiten oder nichtssagende Floskeln.

Als Emma und Mascha zurückkamen, stand Mattie auf. »Ich glaube, Sie haben meiner Mutter sehr geholfen«, sagte sie zu Johannes, der langsam den Kopf hob.

»Ja, habe ich das, Frau Junghans?«, fragte er mit müder Stimme, aber direkt an Emma statt an Mattie gerichtet.

Wie auf Kommando ließ Emma die Arme wieder vor dem Körper nach unten hängen. »Der Elefant«, sagte sie, »hilft gegen die Angst.«

Johannes lächelte. »Ich wünschte, alle meine Patienten würden so schnell begreifen, worum es geht, wie Sie, Frau Junghans.«

Mattie fiel plötzlich auf, dass sie nie über Geld gesprochen hatten. »Ich bezahle den Workshop natürlich«, sagte sie.

Er winkte ab. »Betrachten Sie es als Probestunde« sagte er. »Wenn Ihre Mutter gern regelmäßig kommen möchte, reden wir noch mal darüber.«

Bevor sie nach Hamburg fuhren, schaffte es Mattie sogar noch, Emma zum Friseur zu schleppen. Sie ließ eine komplette Generalüberholung mit Schneiden, Tönung und Maniküre anstandslos über sich ergehen. Jetzt saß sie in sauberen Hosen und einem frischen Hemd neben ihrem Mann, der seine Hand auf ihre gelegt hatte. »Ich will nach Hause«, sagte Emma. »Hinnarck soll Miracoli kochen.«

Hinnarck und Mattie lachten, und Emma lachte auch ein bisschen.

Mattie sah auf die Uhr. »Nur noch eine halbe Stunde, Mama«, sagte sie. »Wir müssen noch auf Nick warten. Der kommt auch heute an.«

Zwischen Hinnarcks Augen bildete sich eine tiefe Falte. »Deern, was ist denn das mit dem Jung? Verschwindet einfach so mir nichts dir nichts, und dann taucht er genauso wieder auf? Das ist doch kein Mann für dich.«

Mattie atmete hörbar aus. »Hinnarck, das hatten wir doch schon. Ich bin nicht mehr mit Nick zusammen. Wir sind nur gute Freunde!«

»Dann versteh ich nicht, warum du ihn nicht nur abholen, sondern auch gleich mitnehmen musst. Verschenk dich nicht unter Preis, Deern. Das kann dich teuer zu stehen kommen.« Das hatte ihr noch gefehlt. Lebensweisheiten im Einmachglas von Hinnarck Junghans.

Emma zog ihre Hand unter Hinnarcks hervor und tätschelte seine Wange. »Hinnarck macht sich Sorgen«, sagte sie. »Muss er aber nicht. Der andere Mann ist nett. Anand.« Einen Moment lang verdüsterte sich ihr Gesicht, dann klarte es wieder auf.

Sie schüttelte heftig den Kopf. »Nicht Anand. Sieht aus wie Anand.«

»Wovon redest du, min Söten?«, fragte Hinnarck, nahm Emmas Hand und küsste sie.

»Hinnarck, jetzt erzähl doch mal von Saudi-Arabien!«, sagte Mattie laut.

»Also, da unten tut sich einiges.« Hinnarck nahm die Mütze ab. Er musste sie oft getragen haben, denn auf seiner Stirn zeichnete sich ein weißer Rand ab. »Ich hab ja wieder bei Mahmoud gewohnt, wie damals.« Hinnarck hatte vor fünfundzwanzig Jahren Freundschaft mit dem arabischen Baustofftechniker geschlossen. Seitdem flatterten jedes Jahr an Geburtstagen Briefe und Postkarten hin und her. »Nach außen hin ist alles noch genau wie immer. Aber seine Enkelkinder, er hat übrigens schon fünf ...« Es folgte ein vorwurfsvoller Blick zu Mattie, die jedoch den Blick nicht erwiderte, sondern auf Hinnarcks braunweiße Stirn starrte. »Also die Enkelkinder gucken auch Satellitenfernsehen. Jungen wie Mädchen. Und DVDs aus dem Irak. Den ganzen Tag dudeln diese indischen Filme, wie heißen die noch, Madita?«

»Was?« Mattie hatte nicht richtig zugehört.

»Diese indischen Filme. Mit den halbnackten Mädchen?« Hinnarck hatte wirklich eine äußerst selektive Wahrnehmung.

»Bollywood, Hinnarck.« Mattie seufzte. »Und das sind keine halbnackten Mädchen. Wir sind doch hier nicht auf der Reeperbahn!«

»Na, wie du meinst, Deern. Auf jeden Fall schmuggeln sie die auf DVD aus dem Irak nach Saudi-Arabien, und da werden sie auf dem Schwarzmarkt verschachert.«

»Ich geh rauchen«, sagte Emma, stand auf und schlurfte zur Raucherzone.

Mattie und Hinnarck sahen ihr nach. In Gedanken spulte Mattie den Film zurück.

Hinnarck mit seinem Koffer, kurz vor der Abreise. Emma an der Raucherinsel. Mattie mit dem Handy in der Hand.

Die drei jungen Soldaten, rauchend, vor Emma. Bei ihnen der ältere Amerikaner. Eine Stimme an ihrem Ohr: »... wenn Sie erst mal in der Wüste sind, können Sie auch nicht mehr so schnell rennen!«

Das war der, der jetzt tot war. Dieselbe Stimme wie bei dem Überfall. Deswegen hatte sie sich so erschrocken.

»Deern, ich hab dich was gefragt!« Hinnarck stand schon wieder die Falte auf der Stirn.

»Ja, Entschuldigung, was denn?«

Die Falte verschwand. Besorgnis machte sich auf seinem Gesicht breit. »Wie ging es denn mit der Mutter? Du siehst müde aus.«

»Es war okay«, sagte Mattie. Sie konnte sich immer noch nicht auf das Gespräch konzentrieren. »Aber ich glaube, du machst das besser, Hinnarck. Emma hat dich schrecklich vermisst.«

»Ich sie auch.« Hinnarck zog ein Taschentuch aus der Hosentasche und wischte sich damit über die Stirn. »Auch wenn ich so viele Sorgen hab mit ihr. Ohne sie fühl ich mich nur wie ein halber Mensch.« Sein Blick wurde weicher, als er Emma ansah, die sich in Zeitlupe auf sie zubewegte.

Mattie nutzte die Pause, um ihre Gedanken zu ordnen.

Das war es. Der tote Soldat hatte wie Hinnarck eine Schirmmütze getragen. Er musste irgendwo im Süden gewesen sein, denn in der Maisonne von Schleswig-Holstein holte man sich kaum solche Ränder. Okay, nächster Schritt. Waren Forrester und die Soldaten tatsächlich in derselben Maschine wie Hinnarck abgeflogen? »Und, Hinnarck, hast du nette Leute kennengelernt im Flugzeug?«

»Im Flugzeug?« Hinnarck sah sie erstaunt an. »Auf dem Rückflug hatte ich eine ganze Reihe für mich und hab geschlafen. Und auf dem Hinflug ...« Er dachte eine Weile nach, dann lächelte er. »Ja, genau, da saß ich neben einem amerikanischen Ingenieur. Der arbeitet für den Wiederaufbau im Irak. Interessanter junger Mann, hieß Bill, glaube ich.«

»Hatte er rötliche kurze Haare?«, fragte Mattie, die ihre Aufregung kaum verbergen konnte.

»Ja, aber warum fragst du, Deern? Kennst du den Mann?«

Emma rettete die Situation. »Wann fahren wir endlich nach Hause?«, fragte sie und blieb neben Hinnarcks Stuhl stehen.

Und täglich grüßt das Murmeltier, dachte Mattie. Der Film, in dem immer wieder derselbe Tag anfing, wenn der Protagonist morgens aufwachte. »Wir müssen noch auf Nick warten, Mama. Der kommt auch heute an.«

»Ach so«, sagte Emma und setzte sich wieder hin.

53 Grube

Matties Blick traf kurz auf seinen im Rückspiegel des Busses. Nick sah schnell zur Seite und wieder zurück auf ihr Gesicht. Ihre Haare waren kürzer, und überhaupt erschien sie ihm dünner. Um die Augen lagen dunkle Schatten. Trotzdem wirkte sie irgendwie klarer als vor einem Jahr. Er überlegte, woran es lag. Mattie fluchte leise vor sich hin und schaltete einen Gang runter, um die enge Kurve der Autobahnauffahrt zu kriegen.

Weiter hinten am Tisch saßen Matties Eltern und sprachen leise miteinander. Sie hatten ihn höflich begrüßt, aber seit der Abfahrt vom Flughafen kein Wort mehr mit ihm geredet.

Sie fuhren auf die Autobahn. »Ey, Moment mal, das ist die falsche Richtung! Ich muss nach Hamburg!« Nick sprang auf und machte einen Schritt nach vorn, so dass er direkt neben Mattie stand.

»Nick, setz dich bitte wieder hin.«

»Ich muss aber nach Hamburg! Du hättest mir sagen müssen, dass du vorher noch deine Eltern nach Harmsdorf bringen willst. Dann wäre ich mit der S-Bahn gefahren!«

»Setz dich hin! Sonst steigst du gleich hier wieder aus.« Sie sah aus, als meinte sie es auch so.

»Aber es ist wichtig! Ich habe dir doch geschrieben, dass ich einen Job habe. Für den *Stern!*«

»Es geht nicht immer nur um dich, Nick, kannst du das nicht endlich mal einsehen?« Sie trat das Gaspedal durch, und der Bus vibrierte ebenso gefährlich wie ihre Stimme. »Wir fahren jetzt Hinnarck und Emma nach Hause, und dann besprechen wir, wie es weitergeht.«

Nick setzte sich. Das war ja ein toller Empfang nach so langer Zeit. Er sah aus dem Fenster. Auf der anderen Seite musste er zugeben, dass Matties Entschlossenheit ihn überraschte. Das hätte sie früher nicht so durchgezogen.

Sie wechselten kein Wort mehr, bis Mattie auf dem Bahnhofsplatz in Harmsdorf parkte. »Ich muss kurz Kühlwasser nachfüllen«, sagte sie zu Nick. »Könntest du Hinnarck mit seinem Koffer helfen?«

Klar, Nick der Kofferträger. Er stieg aus und nahm Hinnarck den Koffer ab. Dann half er Matties Mutter aus dem Bus. Hintereinander stiegen sie die engen Treppen hinauf.

Eine Viertelstunde später saß er endlich allein mit Mattie im Bus.

»Hey!«, sagte er, als sie langsam wieder vom Parkplatz rollten. »Wie geht's dir denn eigentlich?« Sie antwortete nicht sofort. »Tut mir leid wegen vorhin. Du hattest ja recht«, fügte er leise hinzu.

Sie hielten an der Ampel, um auf die Umgehungsstraße abzubiegen. Mattie drehte sich zu ihm um. »Hast du mit Cal gesprochen?«, fragte sie.

»Wir haben kurz telefoniert.« Nick entschied sich für ein vages Ausweichmanöver. »Aber er war gerade am Arbeiten. Wir konnten nicht lange reden.« Die Ampel stand immer noch auf Rot, obwohl an der Kreuzung weit und breit kein anderes Auto zu sehen war. Der Wechsel von Bombay direkt nach Harmsdorf war krass. Es war so bedrohlich leer hier.

»Nick, wir haben uns schreckliche Sorgen um dich gemacht! Was ist denn eigentlich passiert?«

»Es war ein Überfall. So was kommt vor, wenn man sich als Ausländer nachts allein in Bombay herumtreibt. Ich hätte besser aufpassen müssen.« Vor allem musste er jetzt aufpassen. Ein Wort über Anand Kumar, und er würde allein da draußen auf der leeren Kreuzung stehen.

Die Ampel sprang endlich um, und der Bus kam laut brüllend wieder in die Gänge.

»Es war meine Idee«, sagte Mattie nach einer Weile. »Cal hatte nichts damit zu tun.«

»Was denn?« Nick wurde schwindelig. Jetlag, Klimawechsel – in Hamburg würde er sich doch erst mal eine Weile hinlegen.

»Er hat dir also gar nichts gesagt?« Wieder dieser kurze Blick in den Rückspiegel. »Dein Job, Nick ...«

Nick merkte, wie seine Synapsen zu neuem Leben erwachten. »Weißt du, erst dachte ich, das ist der letzte Auftrag, den ich machen will. Wieder so alter Hippiekram, den sie noch mal neu aufkochen. Aber dann hat es sich zu einer richtigen Story entwickelt. Kennst du eigentlich ein Gut Westenhagen? Das muss irgendwo hier oben an der Küste sein.«

»Ja, ich weiß, wo das liegt. Wir sind gerade auf dem Weg dahin.« Obwohl die Landstraße leer vor ihnen lag, bremste sie wieder ab und bog in einen Feldweg ein. Rechts davon lag ein blühendes Rapsfeld. Es wölbte sich bergab bis zum Ufer eines kleinen Sees.

»Warum halten wir schon wieder an? Ist irgendwas mit dem Bus?« Sie betätigte einen Knopf, und die Vordertür ging zischend auf. Der braune alte Hund drängelte sich vorbei und lief die Stufen runter auf den Feldweg. Dort blieb er schwanzwedelnd stehen und sah sie erwartungsvoll an. »Müssen wir jetzt auch noch Gassi gehen?« Nick fand, Mattie hatte ihm bereits ausreichend klargemacht, dass ihm nicht das Recht zustand, Bedingungen zu stellen.

»Nein, aber ich kann nicht mit dir reden, während ich fahre. Lass uns ein paar Schritte laufen.«

Er musste sich eingestehen, dass er keine Alternative hatte. Also kletterte er aus dem Bus. Während sie hinter ihm ausstieg und abschloss, holte er tief Luft. Der Geruch des Rapses, irgendwo zwischen streng und eklig, stieg ihm scharf in die Nase. Die Sonne stand schon niedrig, aber es wehte kaum Wind. Kein Geräusch war zu hören bis auf beinahe schmerzhaft lautes Vogelgezwitscher aus dem Knick neben dem Weg.

Der Hund rannte vorweg, sie gingen hinterher, auf zwei parallelen Pfaden, die die tiefen Treckerspuren in den Sand gegraben hatten. Nick fiel wieder ein, was Mattie als Letztes gesagt hatte. »Wieso fährst du nach Gut Westenhagen? Hast du da eine Kinovorstellung?«

»Nein, das Kino ist gerade – außer Betrieb.«

Nick spürte wieder das leichte Summen in seinem Kopf. Er hatte anscheinend eine Menge nicht mitbekommen. »Warum denn das?«

»Nick, bitte!« War sie jetzt wütend oder was? Hatte er schon wieder was Falsches gesagt? »Du bringst mich völlig aus dem Konzept. Könntest du einfach mal fünf Minuten zuhören?«

»Okay, ich sage nichts mehr.« Er hielt beide Handflächen nach oben, um seine Kapitulation zu bekräftigen.

Er hielt sein Versprechen. Zwischendurch hätte er sie um ein Haar angeschrien, dass sie aufhören solle. Aber sie redete, und er hörte zu. Als sie unten am See waren, nahm er einen großen Stein und warf ihn weit hinaus ins Wasser. Platsch! Eine Ente flog quakend auf.

Nick die Ente. Zum Abschuss freigegeben.

Sie hatten ihn reingelegt. Wie in einer beschissenen Fernsehserie. Die Freunde tun sich zusammen, geballtes Gutmenschentum wird aktiviert, um den gestrauchelten Helden wieder zurück an den großen WG-Tisch zu bringen. »Mattie, ihr seid zu weit gegangen! Ihr habt mein Leben manipuliert! Ihr habt mich gedemütigt, schlimmer als die Leute, die mich zusammengeschlagen haben!«

Sie hatte immerhin genug Anstand, ihm in die Augen zu sehen. »Wir mussten doch was tun. Du hättest niemals Hilfe von uns angenommen. Von Cal nicht, und von mir auch nicht!«

Das Geld, seine Reise nach Pune, die Recherche. Alles eine einzige Lüge. Und Siddarth – Nick konnte ein bitteres Lachen nicht unterdrücken. Siddarth erschien ihm plötzlich als das einzig Echte in den letzten vier Wochen seines Lebens. Ausgerechnet der Mensch, den er am Anfang für einen programmierten Cyborg gehalten hatte. Siddarth, der Mann, dessen Name gelöscht worden war. »Und die Namen der deutschen Sannyasins? Hast du dir die auch ausgedacht?«

»Nein, die sind echt. Du wirst sie noch früh genug kennenlernen.«

»Warum sollte ich? Du kannst mich am nächsten Bahnhof absetzen. Irgendwann wird ein Zug nach Hamburg fahren. Ich nehme mir ein Zimmer und überlege, was ich mit den kläglichen Überresten meines Lebens anfangen soll. Das Geld zahle ich dir später zurück.« Er biss die Zähne zusammen und wandte sich ab. Es würde verdammt anstrengend werden, aus der Grube wieder herauszukriechen, die sie für ihn gegraben hatten. Er war sich nicht sicher, ob seine Kraft bis nach oben reichte.

»Bitte sieh mich an.« Er spürte ihre Hände an seinem Kopf. Sein erster Reflex war, sie abzuschütteln, Mattie in den Sand zu stoßen und wegzurennen. Aber die Hände erinnerten ihn an Siddarth. Der Mann, der niemandem böse war. Der Mann, der Nicks innere und äußere Narben von dem Überfall geheilt hatte. Er schloss die Augen und ließ zu, dass die Hände seinen Kopf wieder zurückdrehten. »Nick, guck mich an, verdammt!«

Er öffnete die Augen.

»Hör zu. Ich verstehe, dass du sauer bist. Aber ich kann dich nicht so gehen lassen.« Ihre Augen bohrten sich tief in seine, als wollte sie ihn festnageln. »Ich habe seit heute eine eigene Wohnung auf dem Gut. Wir drehen dort ab Freitag einen kurzen Film. Du kannst mir bei den Vorbereitungen helfen oder einfach im Bett bleiben. Tu es für mich!« Ihre Augen und Hände ließen ihn plötzlich los, und sie sah zu Boden. »Bitte, Nick, ich würde mir sonst nie verzeihen. Bleib hier, wenigstens bis Cal kommt.«

Eine weitere Ladung Adrenalin schoss durch seinen Körper. »Wieso Cal? Was hat der denn damit zu tun?«

Mattie schloss kurz die Augen, als wolle sie ihm und sich selbst eine weitere dramatische Enthüllung ersparen. »Er kommt am Freitag. Cal ist der Regisseur.«

Obwohl die Sonne immer noch schien, hatte Nick plötzlich das Gefühl zu frieren. Seine Beine waren zittrig. Am liebsten hätte er sich hingesetzt. Vorsichtig setzte er einen Fuß vor den anderen, um auszuprobieren, ob er noch laufen konnte. Er konnte. Ohne anzuhalten, drehte er sich zu Mattie um. »Also komm schon, Mattie. Bring mich in diese verdammte Wohnung und gib mir eine Decke, die ich mir über den Kopf ziehen kann! Oder hast du mir etwa noch was zu sagen, bevor ich ohnmächtig werde?«

Sie schüttelte den Kopf.

Später, als er endlich unter der versprochenen Decke lag, war Nick sich nicht mehr sicher, ob sie wirklich einen Moment gezögert hatte. Als ob das noch nicht alles war.

Er schloss die Augen. Schlafen. Vergessen.

›Spitzenkandidatin birgt toten Soldaten im Alleingang‹.

Frederike musste tief Luft holen, weil sie zu schnell die Treppe hinuntergerannt war. Die strategische Wahlkampfsitzung im Landesvorstand am Abend zuvor hatte bis nach Mitternacht gedauert. Als sie nach Hause kam, war alles dunkel. »Lasse dich schlafen und fahre die Kinder zur Schule«, hatte Johannes auf einen Zettel gekritzelt, der am Kühlschrank hing. Sie hatte nicht einmal mitbekommen, dass er morgens aufgestanden war. Erst das Handy riss sie aus dem Schlaf.

Die PR-Managerin des Kieler Büros war dran. »Frau von Westenhagen, warum haben Sie uns nichts davon erzählt! Das ist ja eine ganz tolle Geschichte. Die können wir richtig groß rausbringen. Eine Frau, die anpackt, wenn es nötig ist. Initiative zeigt. Wenn Sie noch mehr davon auf Lager haben, schaffen wir es vielleicht doch noch, die Prognosen herumzureißen.«

»Was für eine Geschichte?« Frederike versuchte zu klingen, als säße sie schon seit Stunden am Schreibtisch und nicht im Pyjama auf der Bettkante.

»Haben Sie die *Kieler Nachrichten* noch nicht gelesen?«

»Nein. Warten Sie, ich rufe später zurück.« Frederike beendete das Gespräch, bevor die Frau noch etwas sagen konnte.

Der Artikel war zwar nicht lang, aber dafür gleich auf der Titelseite. Er begann damit, dass sie täglich segeln ging und sich für Wassersport und Tourismus in der Region einsetzte. Dann die Bergungsaktion, bei der sie Mut und Tatkraft bewiesen hätte wie kaum ein Mann in solch einer Situation. Frederike seufzte und setzte sich auf die unterste Treppenstufe. Hier im Norden lag die Gleichstellung der Frau schätzungsweise zehn Jahre hinter dem bundesdeutschen Durchschnitt zurück. Und selbst der war ein Trauerspiel, wenn man die Familienpolitik in Frankreich oder Dänemark zum Vergleich nahm.

Sie las weiter. Weil sie ihre Lesebrille nicht aufhatte, musste sie die Zeitung ein wenig von sich weghalten. Der Name des Autors kam ihr bekannt vor. Hajo Timm. Wahrscheinlich waren sie einander schon auf dem einen oder anderen Empfang vorgestellt worden. Aber ein Gesicht hatte sie dazu nicht im Kopf. Timm schrieb, der Soldat sei vermutlich beim Schwimmen ertrunken. Wie es dazu kommen konnte, dass ein gesunder junger Mann mitten im Schießgebiet schwimmen ging und dabei ertrank, sei jedoch nur eine von vielen Fragen, die von der Leitung des Stützpunktes wie üblich mit »Kein Kommentar« beantwortet wurden. Er verwies auf den Schießunfall vor einiger Zeit, bei dem ebenfalls ein Soldat getötet wurde. Im letzten Absatz ging es schließlich noch mal um die grundsätzliche Entscheidung zwischen einem zukünftigen Ausbau des Tourismus und militärischen Interessen an der Ostseeküste. Timm schloss mit dem Rat, dass die Spitzenkandidatin gut daran täte, in dieser Sache genauso klar Stellung zu beziehen wie bei ihrer mutigen Tat.

Frederike musste daran denken, wie es sich anfühlte, wenn plötzlich eine Windbö ins Segel fiel und man blitzschnell reagieren musste, um den Katamaran unter Kontrolle zu behalten. Es war ein unbeschreiblicher Moment, der sie jedes Mal wieder mit Stolz erfüllte, wenn er vorüber war. So ähnlich ging es ihr jetzt. Timm hatte ihr den Handschuh vor die Füße geworfen. Sie konnte ihn aufnehmen oder einfach weitergehen und mit großer Wahrscheinlichkeit kentern. Aber sie musste vorsichtig sein. Die schleswigholsteinische Landesregierung würde ihr keine Rückendeckung geben, wenn sie offen gegen die Bundeswehr vorging. Und auch in Berlin kam es immer wieder zu empfindlichen Rangeleien zwischen Verteidigungs- und Außenministerium. Wenn sie wirklich etwas ausrichten wollte, brauchte sie mehr als vage Unterstellungen, wie Timm sie in der Zeitung brachte. Aber darüber konnte sie später noch nachdenken. Zuerst würde sie Johannes mit einem Frühstück im Garten und der Zeitung überraschen.

Sie erledigte ihre Morgentoilette in Rekordzeit. Um kurz vor acht stand sie in der Küche, nahm die aufgebackenen Brötchen aus dem Ofen und stellte sie in einem Korb auf das große Tablett. Espresso und heiße Milch hatte sie bereits in Thermoskannen gefüllt. Kurz entschlossen nahm sie eine kleine handgetöpferte Vase aus dem Schrank und füllte sie mit Wasser. Ein paar frische Blumen würden den Tisch noch verschönern.

Im Stockwerk über sich hörte sie Regina rumoren. Sie ging auf den Balkon und guckte, ob die obere Flügeltür ebenfalls geöffnet war. »Regina? Bist du das?«

Regina tauchte über ihr auf, in einem roten Morgenmantel und mit Handtuch um den Kopf.

»Willst du mit uns im Garten frühstücken?«

»Klar, die Galerie hat ja heute zu. Bin gleich unten.« Reginas Kopf verschwand, und Frederike ging zurück in die Küche, um noch eine Tasse auf das Tablett zu stellen. Ihre Laune wurde immer besser.

»Mensch, Frederike, immer in den Schlagzeilen, das wär nichts für mich.« Regina trank einen Schluck Kaffee und legte die Zeitung wieder auf den Tisch.

Frederike schob sie hinter das leere Gedeck für Johannes, damit er sie gleich sah. Sie zuckte die Achseln. »Es gehört halt dazu. In diesem Fall hätte mir gar nichts Besseres passieren können. Man wächst mit seinen Aufgaben.«

»Da hast du recht. Arbeit als Meditation. Ob das je ein Politiker geschafft hat, ist mir allerdings ein Rätsel.« Sie lachten beide.

Frederike hörte ein Geräusch und drehte sich um. Aber es war nicht Johannes, sondern Madita, die mit einem Mann aus dem Verwalterhaus kam. Hinter ihnen her trottete Maditas brauner Hund. Johannes hatte aus dem Nebengebäude zwei übereinanderliegende große Ferienwohnungen gemacht. Eine würde Achim mit dem Team bewohnen und die andere Cal und Madita. Für die restlichen Mitglieder der Crew waren Zimmer im Gasthaus reserviert.

»Hallo, Frederike, hallo, Regina.« Madita machte einen Schlenker und kam an ihren Tisch. »Ich wollte dir nur kurz Nikolaus Ostrowski vorstellen. Er wird uns bei der Produktion helfen. Leider war er die letzen beiden Tage krank.« Madita warf ihm einen Blick zu. Der Mann sah wirklich ein bisschen fahl aus, obwohl seine Haut gebräunt war, als käme er gerade aus dem Süden. »Aber jetzt ist er wieder auf den Beinen.«

»Na, das ist ja gerade noch rechtzeitig.« Frederike stand auf und schüttelte ihm die Hand, wobei sie sich und Regina kurz vorstellte.

»Sie können mich Nick nennen.« Er strich sich eine blonde

Haarsträhne aus dem Gesicht und betrachtete Regina und sie nacheinander mit sichtlichem Interesse. Dabei musste er um einige Jahre jünger sein als sie. Dann ließ er den Blick über den Hof schweifen. »Sie haben es wirklich sehr schön hier. Erinnert mich ein bisschen an Pune. Den Ashram. Ich komme nämlich gerade von dort.«

»Komm, wir müssen los nach Kiel.« Madita hatte es offensichtlich eilig.

»Lasst euch nicht aufhalten!« Frederike wollte nicht unhöflich sein, aber Johannes musste jeden Moment kommen, und sie wollte ihre Neuigkeiten nicht vor Fremden ausbreiten.

Regina machte ihr jedoch einen Strich durch die Rechnung. »Sie waren im Meditation Resort? Sind Sie Sannyasin?« Wenn sie jemanden hatte, mit dem sie über ihr Lieblingsthema reden konnte, war sie nicht zu bremsen.

»Nein.« Nick machte eine abwehrende Handbewegung. Frederike atmete erleichtert auf. »Aber ich lebe zur Zeit in Indien. Ich habe dort im Ashram einen Freund besucht.«

Madita sah ihn überrascht an.

»Ach wirklich? Wie heißt denn Ihr Freund? Vielleicht kenne ich ihn ja.« Regina ließ sich nicht so leicht abwimmeln.

»Siddarth.«

Reginas Kaffeetasse fiel auf den Tisch und brach in Scherben.

Frederike sprang auf. »Regina, kannst du nicht aufpassen! Das sind meine Lieblingstassen!«

Regina war ebenfalls aufgesprungen. Ihr Kaffee lief in einem kleinen Bach über den Tisch. »Tut mir leid. Ich gehe einen Lappen holen.« Sie rannte ins Haus.

»Nick, was sollte das?« Madita wandte sich fragend an ihren Begleiter.

Er schüttelte den Kopf. »Ich habe keine Ahnung. Siddarth ist der Name meines Freundes.«

»Fahren Sie nur los. Ich kümmere mich um Regina.« Frederike sah zum Haus, aber von ihrer Freundin war nichts zu sehen.

»Also gut. Kommst du, Nick?«

Er guckte ebenfalls zur Eingangstür, als wartete er auf Reginas Rückkehr.

Madita nahm seinen Arm. »Können wir uns später treffen, Frederike? Ich habe die Liste der Drehorte jetzt komplett. Eigentlich dürfte nichts mehr schiefgehen, aber es wäre mir lieber, du weißt, wo und wann wir drehen, falls wir doch deine Rückendeckung bei den Behörden brauchen.«

Frederike checkte kurz ihre Termine im Kopf. »Heute ist es schlecht. Würde dir morgen Abend reichen?«

»Morgen kommen schon die Busse aus Berlin. Aber ich denke, bis zum Abend sollte alles geregelt sein. Dann können wir auch den Song gemeinsam anhören.«

»Das klingt doch gut. Wir können das Arbeitszimmer von Johannes nehmen, da gibt es eine Anlage. Um halb neun?«

Mattie nickte. Sie verabschiedeten sich.

Frederike lief ins Haus. Der schnellste Weg, um einen Lappen zu holen, führte in ihre Küche. Aber von Regina war nichts zu sehen. Sie nahm den Lappen aus der Spüle und überlegte, ob sie noch mal oben nachgucken sollte. In dem Moment hörte sie Johannes unten im Hof nach ihr rufen.

Schnell rannte sie mit dem Lappen in der Hand wieder nach unten. Er stand mit der Zeitung in der Hand am Gartentisch.

»Hallo, Schatz! Lies doch in Ruhe im Sitzen. Ich wische nur schnell den Kaffee weg.« Er schien sie nicht zu hören, so vertieft war er in den Artikel. Auch gut. Sie wischte den Tisch ab und goss ihm und sich selbst Kaffee ein.

Endlich ließ er die Zeitung sinken.

»Hey, du bist ja ganz blass.« Frederike verspürte plötzlich ein schlechtes Gewissen. Johannes brachte die Kinder zur Schule, holte sie wieder ab, kümmerte sich um den Haushalt, und dann hatte er ja noch seine eigene Arbeit. »Wenn der Wahlkampf vorbei ist, machen wir mal wieder Urlaub, ja?«

Er setzte sich hin. Die Blumen und den gedeckten Tisch schien er überhaupt nicht zu sehen. »Frederike, dieser Artikel –«

»Wir brauchten ihn nicht mal zu lancieren. Ein echter Glücksfall, meinst du nicht? Ich werde jetzt hart am Wind segeln.«

Johannes sah sie an. »Frederike, bitte tu nichts Unüberlegtes. Ich habe Angst um dich.«

»Angst?« Sie konnte es nicht glauben. »Johannes, das ist meine

Chance! Was soll mir schon passieren? Wir leben hier nicht in irgendeiner Militärdiktatur. Wenn ich keine Angst habe, brauchst du auch keine zu haben!«

Erst Regina und jetzt Johannes.

Ihre gute Laune war verflogen.

55 Fettnäpfe

Jasmin sprang mit einem Kick auf ihren Vater zu.

»Au!«, schrie Nick, obwohl sie sicher hinter der Glasscheibe saßen. Mattie warf ihm einen besorgten Blick zu und verpasste den Konter. Als sie wieder ins Dojo sah, half Kamal Assadi gerade Jasmin auf die Beine. Vater und Tochter verbeugten sich voreinander. Ihre Ähnlichkeit fiel sofort ins Auge, aber Kamal wirkte jünger, als er eigentlich sein musste.

»War Kamal Assadi auch Sannyasin?«, fragte Nick unvermittelt.

Mattie hatte gehofft, er würde ihr von sich aus erklären, was die Szene auf dem Gutshof vorhin zu bedeuten hatte. Fragen wollte sie nicht danach, so wie sie überhaupt in den letzten Tagen jede Anspielung auf den gefälschten Auftrag vermieden hatte. Nicks Wunden bluteten zwar nicht mehr, aber er war noch lange nicht gesund. Alles andere musste warten. »Ich glaube nicht«, antwortete sie. »Jasmin hat immer nur von ihrer Mutter gesprochen. Die ganze WG auf dem Gut scheint sich darüber kennengelernt zu haben.«

»Und jetzt ist Regina Reimers mit diesem von Westenhagen zusammen?«

»Nein, der ist mit Frederike verheiratet, der SPD-Kandidatin.«

Hinter der Scheibe knallten Jasmins Fäuste abwechselnd gegen den ledernen Handschuh, den Kamal übergezogen hatte. Mit gemurmelten Kommandos schien er sie anzutreiben, und die Schlagfolge wurde immer schneller, wie der Rhythmus einer Tabla. Glasklar erschien Cals Bild auf Matties innerer Mattscheibe, wie er neben dem alten Tablaspieler auf der Bühne hockte und seine Finger über die Trommeln laufen ließ. Mattie zwang ihre

Aufmerksamkeit zurück ins Dojo, indem sie Jasmins Schläge mitzählte. Eins, zwei, drei, vier …

»Ich frage mich, was davon übrig geblieben ist«, sagte Nick.

»Wovon?« Mattie versuchte sein Spiegelbild in der Scheibe zu erkennen, aber die Bewegungen dahinter waren zu schnell.

»Ich meine, was heute noch da ist von dieser gemeinsamen Erfahrung vor fast dreißig Jahren. Sie leben ja hier. Sie haben hier ihre Karrieren. Ihren Schöner-Wohnen-Hof. Also was bleibt, was unterscheidet sie von anderen Menschen?«

Wenn Nick unbedingt so tun wollte, als recherchiere er immer noch, würde sie eben mitspielen. Ein kurzer Blick überzeugte sie, dass es ihm ernst war. »Meinst du nicht, das ist bei jedem anders? Johannes von Westenhagen ist ein guter Therapeut, glaube ich. Er wird sich vielleicht am direktesten auf die Erfahrungen im Ashram beziehen. Frederike will mit der ganzen Sache nichts mehr zu tun haben. Regina – keine Ahnung, die kenne ich zu wenig. Aber ich stelle mir vor, dass sie eine ist, die abends zum Yoga geht.«

»Und was ist daran so schlimm?« Der gereizte Unterton war nicht zu überhören. Ausgerechnet Nick, der schon die Augen verdrehte, wenn jemand eine Kerze anzündete, interessierte sich plötzlich für Yoga? Es war zunehmend verwirrender für Mattie, ihn um sich zu haben. Stück für Stück wurde ihr klar, dass Nick nicht mehr derselbe war wie vor einem Jahr, als sie den Menschen verlor, der ihr näher stand als jeder andere. Über die Entfernung hatte sich die Illusion einfach länger gehalten, wie im Tiefkühlfach.

Jasmin und ihr Vater kamen aus dem Dojo, und jetzt sah Mattie die Fältchen um Kamals Augen und das Grau in seinen schwarzen Haaren. Es machte ihn nicht weniger attraktiv. Sie stand auf und ging auf ihn zu.

»Sie sind also Mattie«, sagte er. Seine Stimme klang ein bisschen heiser. »Wir kennen uns ja schon vom Telefon.«

»Und wer ist das?« Jasmin war an ihnen vorbei an den Tisch getreten.

»Ich bin Nick«, sagte Nick. »Ich wusste gar nicht, dass Jasmin Tabatabai auch Kung-Fu kann.«

»Den Witz kenne ich schon.« Jasmin setzte sich zu ihm. Mattie und Kamal blieben stehen.

»Wer ist denn Jasmin Tabatabai?«, fragte Kamal.

»Papa, wenn du öfter mal ins Kino gehen würdest, müsstest du nicht solche Fragen stellen. Sie spielt in jedem zweiten Film mit.«

»Persische Filme? Du weißt doch, dass ich keine Zeit für so was habe, Xiao Zhanshi«, entgegnete er und legte seiner Tochter eine Hand auf die Schulter.

»Deutsche Filme. Sie ist hier geboren. Warum sollte sie extra nach Teheran fahren, um Filmstar zu werden?«

Es klang wie scherzhaftes Geplänkel, doch Mattie hörte die Anspannung in Jasmins Stimme und meinte in Kamals Augen kurz Schmerz aufflackern zu sehen. Aber er sagte nur: »Entschuldigen Sie mich bitte, ich gehe schnell duschen.«

Mattie nickte. »Wir warten hier auf Sie.«

»Und was machst du so, Nick?«, fragte Jasmin. »Bist du auch im Filmbusiness?«

»Eigentlich nicht. Ich lebe zur Zeit bei meinem Freund in Bombay und mache so dies und das.« Er sprach zu Jasmin, doch sein Blick war auf Mattie gerichtet, was dem Gesagten den Charakter einer versteckten Anklage gab.

Jasmin schien es nicht zu merken. Ihre Gedanken verfolgten bereits eine andere Spur. »Bombay? Dann kennst du auch Cal?«

Nick seufzte. »Ich kann hier offensichtlich niemanden beeindrucken. Cal ist der Freund, von dem ich gerade sprach.«

Mattie sah zu, wie die Bedeutung seiner Worte in Jasmins Bewusstsein eindrang. Nick hatte einen sechsten Sinn dafür, Dinge aufzuspüren, die sein Gegenüber nicht preisgeben wollte. Mit der Sicherheit eines Schlafwandlers legte er Fallen aus, die früher oder später zuschnappten. Mattie wusste selbst am besten, wie weh das tat.

Jasmins gerötete Wangen bestätigten ihre Vermutung. »Du meinst, Cal ist …«

»Musst du heute noch arbeiten, Jasmin?«, fragte Mattie schnell, um ihr eine Chance zu geben, das Gesicht zu wahren.

Nick sah sie überrascht an.

»Gut, dass du mich dran erinnerst.« Jasmin sprang auf. »Vielleicht sehen wir uns ja später noch auf dem Gut. Ciao, Nick!« Sie wartete seine Antwort nicht ab, sondern verschwand in der Dusche.

»Was war denn das? Wenn ich es nicht besser wüsste, würde ich vermuten, Cal hat einen heißen Flirt!« Es sollte sarkastisch klingen, aber sie spürte den unterschwelligen Argwohn. Diese Unterhaltung entwickelte sich zu einem Hürdenlauf.

»Glaubst du wirklich, keine Frau würde deinen Cal angucken?« Es war heraus, bevor sie es verhindern konnte. Wenn sie nicht aufpasste, gab es gleich den nächsten Eklat.

»Wie meinst du das?« Schärfe und Misstrauen hingen fühlbar in der Luft.

»Vergiss es, Nick. Die Frage war rein rhetorisch.«

Er sah sie an. Sie musste sich abwenden. Zu ihrem Glück kam in diesem Moment Kamal aus der Dusche. Er winkte ihnen zu. »Kommen Sie doch mit rüber ins Büro, da habe ich die Einsatzpläne für die Dreharbeiten.«

Nick machte keine Anstalten, sich zu rühren.

»Nick, ich fände es toll, wenn du die Koordination mit den Security-Leuten übernimmst. Ich habe genug mit irgendwelchen Gestüt-Besitzern und Ökobauern zu tun.«

»Ist ja gut, Chefin.« Er stand auf und folgte ihr den Gang entlang. Im Eingangsbereich war durch eine Glastür das Büro abgetrennt.

Kamal, jetzt in Jeans und weißem Hemd, ging direkt zum Schreibtisch und startete den Computer. Mattie und Nick setzten sich in zwei Ledersessel, die einander an der Wand gegenüberstanden. Zwischen ihnen lagen Broschüren auf einem Glastisch. »Es dauert nur zwei Minuten«, sagte Kamal, ohne vom Bildschirm aufzusehen.

Mattie betrachtete seine konzentrierten Gesichtszüge. Aus dem Augenwinkel nahm sie war, dass Nick in einem der Hefte blätterte.

»So, ich drucke die Pläne nur schnell aus.« Kamal stand auf, dehnte kurz seine Schultergelenke und ging zum Drucker. Dann kam er mit den Papieren an den kleinen Tisch. Seinen Schreibtischstuhl zog er locker mit einer Hand neben sich her. »Also, ich habe mir das so gedacht. Vier Leute werden rund um die Uhr bei den Dreharbeiten im Einsatz sein. Walkie-Talkies können Sie von uns haben.«

Mattie nickte. Nick blätterte.

»Was ist mit Absperrgittern?«, fragte Mattie.

Kamal schüttelte den Kopf. »Die haben wir nicht selbst. Wenn Sie wollen, kann ich welche besorgen, und meine Leute bringen sie dann mit.«

»Wäre mir lieber. Was meinst du, Nick?«

»Klar.« Hörte er überhaupt zu?

»Okay. Nachts benötigen Sie keine Security, oder?« Kamal sprach weiter mit ihr, als sei Nick gar nicht da.

»Nein, auf dem Gut nicht, aber wir brauchen Open End. Wer weiß, wie lange gedreht wird. Es ist lange hell.«

»Brauchen meine Leute eigene Verpflegung?«

»Nein, der Gasthof übernimmt das Catering. Sie machen vegetarische und nicht-vegetarische Buffets.«

Kamal nickte. »Das ist gut, dann haben Leute, die kein Schweinefleisch essen, eine Alternative.«

Mattie lächelte. »Allein unter der indischen Crew gibt es Muslime, Hindus und Jains. Wenn Frederike indische Touristen hierher holen will, dann können die Gastronomen sich schon mal drauf einstellen, was auf sie zukommt.«

Kamal lächelte zurück. »Na, dann kann ja nichts mehr schiefgehen.«

Nick wedelte plötzlich mit dem Prospekt. »Ich habe hier gerade Ihr Werbeheft gelesen, in dem alle Mitarbeiter aufgeführt werden. Jasmin ist auch dabei. Hat sich Ihr Sohn Azim nie am Familienunternehmen beteiligt?«

Mattie kam es vor, als fiele die Raumtemperatur mit einem Schlag unter den Nullpunkt. Kamals eben noch lebhafte Miene schien vor ihren Augen zur Maske zu gefrieren.

»Azim ist seit über zehn Jahren tot.« Es war eher ein Flüstern.

»Das tut mir leid«, sagte Nick betreten. »Ein früherer Freund hat mich gebeten, nach ihm zu fragen. Ich konnte ja nicht wissen –«

»Nein, konnten Sie nicht.« Kamals Stimme schnitt ihm, jetzt

laut und durchdringend, das Wort ab. »Wo lebt denn Ihr Freund, wenn er die Schlagzeilen damals nicht gelesen hat? *Junkie stirbt qualvoll in brennendem Autowrack!*« Die letzten Worte spie er Nick ins Gesicht.

Der stand langsam auf. »Ich muss mich bei Ihnen entschuldigen«, sagte er leise. »Ich wollte Sie nicht verletzen.« Er machte ein paar Schritte in Richtung Tür und drehte sich zu Mattie um, die ihn fassungslos ansah. »Ich warte besser im Bus auf dich. Du musst dich nicht beeilen.«

Mattie sah ihm nach, bis die Eingangstür ins Schloss fiel.

Kamal saß neben ihr und starrte auf den leeren Sessel.

56 Familie

Kamal hatte seinen Sohn kaum gekannt. Als Azim auf die Welt kam, hatte er weder große Freude noch Bedauern verspürt. Er war einfach viel zu sehr mit sich selbst beschäftigt, damit, sich mit dem Exil abzufinden, mit den nächtlichen Jobs und dem harten Training. Regina hoffte natürlich, die Sehnsucht nach seiner kleinen Familie würde ihn öfter nach Hause ziehen, aber es war eher das Gegenteil der Fall. Wenn Kamal mit ihr und dem Kind zusammen war, fühlte er sich erschlagen von der Verantwortung. Sobald er draußen war, kam seine Kraft zurück.

Er hatte immer gewusst, dass er sofort nach Persien zurückkehren würde, wenn das korrupte System eines Tages am Ende war. Regina würde dann erst mal mit dem Kind in Kiel bleiben, bis er für sie alle eine sichere Existenz aufgebaut hatte. Als es schließlich so weit war, hatte Regina ihn bereits verlassen und war mit seinem Sohn unter dem Arm nach Indien verschwunden. Damit hatte er nicht gerechnet.

Nach der Revolution im Iran, die aus seiner Sicht nur ein Machtwechsel war, gab es für Kamal zu wenig Gründe, in Teheran zu bleiben, und ebenso wenig Gründe, wieder nach Kiel zu gehen. Anstatt seine Frau und sein Kind zu suchen, stand ihm der Sinn nach Abhärtung. Er wollte eine Panzerung, undurchdringlich für Enttäuschungen menschlicher und politischer Natur. Zuerst spielte er mit dem Gedanken, in die Volksrepublik China zu reisen, um sportliche und kommunistische Ideale zu verbinden. Um dann in einer amerikanischen Zeitung zu lesen, dass die Klöster, in denen seit Jahrhunderten das traditionelle Kung-Fu praktiziert wurde, innerhalb weniger Monate der Kulturrevolution zum Opfer gefallen waren. Also lieh er sich Geld von seiner Mutter und flog nach Taiwan. Unter dem antichinesischen Regime wurden die alten Künste gehegt und gepflegt. Kamal Assadi und James Forrester waren zwei unter vielen, die aus dem Westen kamen, um die Kampfkunst zu erlernen. Im Gegenzug gaben sie den Taiwanesen ihre Sprachen. Er unterrichtete Deutsch und James Englisch.

Nur sein alter Freund Hamid in Kiel wusste, wo er war. Als James ihn eines Tages ans Telefon rief, dachte er, Hamid wäre dran. Er hatte jedes Mal Angst, seiner Mutter, Regina oder dem Kind könnte etwas passiert sein. Aber es war Regina selbst. Sie war in Kiel, und sie wollte ihn zurückhaben.

»Ich kann nicht wie die anderen Sannyasins leben«, sagte sie ihm. »Ich brauche meinen Mann, und Azim braucht seinen Vater.«

Kamal hatte das nächste Flugzeug genommen.

Ein Jahr später kam Jasmin auf die Welt, und Kamal eröffnete seine eigene Schule. Diesmal wollte er es besser machen. Er kümmerte sich um das Baby, während Regina die Fachhochschulreife nachmachte, um Innenarchitektur zu studieren. Azim blieb ihm jedoch weiterhin fern. Obwohl er auf eine Gesamtschule ging, hatte der Junge große Schwierigkeiten, sich wieder in die deutsche Gesellschaft einzufügen. Mit zehn schwänzte er bereits die Schule. Kamal wollte ihn zu mehr Selbstdisziplin erziehen, aber Azim interessierte sich nicht einmal für Kung-Fu. 1985 erhielt Regina einen Studienplatz für Innenarchitektur in New York. Jedenfalls war das die Version, die Kamal zu hören bekam.

»Zwei Jahre nur«, sagte Regina. »Das schaffen wir doch locker!«

Azim wurde wieder von der Schule genommen und reiste mit seiner Mutter in die USA. Kamal blieb mit Jasmin in Kiel. Als er nach drei Monaten immer noch keinen Brief und keinen Anruf bekommen hatte, ließ er das Mädchen bei Hamid und fuhr nach

New York. James Forrester holte ihn vom Flughafen ab und besorgte ihm eine Unterkunft. Gemeinsam machten sie sich auf die Suche. Die Adresse, die Regina ihm gegeben hatte, war das offizielle Büro von Bhagwans Anwälten. James machte ein bisschen Druck, und es stellte sich heraus, dass Regina keineswegs Innenarchitektur studierte, sondern in der Tischlerei von Rajneeshpuram arbeitete, der Sannyasin-Stadt in Oregon an der Westküste. Kamal bestieg ein weiteres Flugzeug.

Als er Regina endlich gefunden hatte, brach sie in Tränen aus. »Verstehst du nicht, ich musste einfach hierherkommen. Dies ist das größte und tollste Experiment, das je gestartet wurde.« Sie zeigte auf die Felder. »Sieh doch, sie haben die Wüste zum Blühen gebracht!«

»Wo ist Azim?«, fragte Kamal.

Reginas Tränen verwandelten sich in Wut. »Er ist *mein* Sohn!«, sagte sie. »Du hast ihn nie gewollt. Also tu nicht so, als würdest du dich plötzlich für ihn interessieren. Fahr nach Hause und kümmere dich lieber um deine Tochter.«

Kamal fuhr nach Hause.

Zwei Jahre später stand sie wieder vor seiner Tür, als sei nichts gewesen. Er dachte, um der Kinder willen sollte er es noch einmal versuchen.

Aber Azim zog gar nicht mehr zu Hause ein. Er packte seine Sachen und verschwand in eine WG. Wovon er lebte und was er machte, wusste niemand. Jasmin weigerte sich, die fremde Frau »Mama« zu nennen. Und Regina und Kamal lebten wieder zusammen, als könnten sie damit die Vergangenheit ungeschehen machen. Bis zu jenem Tag.

Ein Junitag. So wie heute.

Die Kurve, in der Azim von der Straße abkam, grenzte an einen blühenden Kirschgarten. Kamal konnte die Blüten immer noch vor sich sehen. Hellrosa und zart. Als er eintraf, hatten sie den toten Körper seines Sohnes gerade aus dem geklauten BMW herausgeschnitten.

Am Tag nach der Beerdigung bat Kamal Regina, zu gehen. Ein paar Wochen später teilte sie ihm mit, dass sie nach Gut Westenhagen ziehen würde. Er fragte sich zum wiederholten Mal, ob sie in den Jahren ihrer Trennung etwas mit anderen Männern gehabt hatte. Es machte ihm nichts mehr aus. Er konzentrierte sich ganz auf Jasmin.

Regina hatte versagt. Er nicht.

»Kamal, ist alles in Ordnung mit Ihnen?«

Er hatte keine Ahnung, wie viel Zeit vergangen war. Er saß immer noch im Büro. Und neben ihm saß immer noch Mattie Junghans. Nur der Mann, der nach Azim gefragt hatte, war weg. »Es geht schon wieder. Ich hätte Ihren Freund nicht anschreien dürfen. Bitte sagen Sie ihm das.«

Mattie war eine gutaussehende Frau. Ihr natürlicher Stil gefiel ihm. Aber sie war zu dünn. Ein bisschen Training würde ihr guttun.

Sie schüttelte energisch den Kopf. »Es ist seine eigene Schuld. Er ist manchmal schrecklich unsensibel.«

Mattie sah ihn an. Kamal hatte das Bedürfnis, ihr zu erklären, was ihn bewegte. Dieses Gefühl hatte er selten gegenüber Fremden. »Azim, mein Sohn – er war erst zwanzig, als er starb. Ich selbst habe keine Angst vor dem Tod. Aber ich verstehe nicht, wieso es so viele junge Menschen trifft. Es hat sie so viel Mühe und Tränen gekostet, erwachsen zu werden. Und dann ist es vorbei, bevor es überhaupt angefangen hat. Verkehrsunfälle. Drogen. Krieg.«

»Ich glaube, ich verstehe, was Sie meinen.« Mattie schwieg einen Moment, dann sprach sie weiter. »Ich habe letzten Sonntag einen jungen Mann gesehen. Er war tot. Ich kannte ihn nicht. Jedenfalls nicht richtig. Trotzdem geht mir der Anblick nicht mehr aus dem Kopf.«

Kamal sah zu Boden, um seine Überraschung zu verbergen. »Waren Sie etwa dabei, als Frederike den Soldaten gefunden hat?«

»Ja. Hat Jasmin Ihnen nichts davon erzählt?«

Hatte sie nicht. Sie war ja kaum zu Hause, und wenn, dann redeten sie nicht viel. Kamal stand auf und nahm die Zeitung vom Tisch. »Hier. Das stand heute in den *Kieler Nachrichten*.« Natürlich sagte er ihr nicht, dass Hajo Timm, der Autor, seit zwei Jahren bei ihm trainierte.

Während sie las, dachte er darüber nach, wie er und Kerim nun vorgehen sollten. Würde Frederike von selbst weitere Nachforschungen anstellen? Er war nicht sicher, ob sie es wirklich wagte, sich mit der Bundeswehr anzulegen.

»Wissen Sie zufällig, ob deutsche Soldaten im Irak stationiert sind?« Mattie legte die Zeitung zur Seite.

Kamal beschloss, sehr vorsichtig zu sein. Diese Frau führte ihre Angriffe wie der Affe. Wenn man dachte, er würde von links schlagen, schlug er von rechts. »Es wird Sie sicher nicht wundern, dass ich mit einer Gegenfrage antworte. Warum fragen Sie das gerade mich und gerade jetzt?«

Sie lächelte. »Entschuldigung, es ist mir nur wieder eingefallen, als ich an den toten Soldaten dachte. Ich habe denselben Mann vor ungefähr einem Monat in ein Flugzeug nach Saudi-Arabien steigen sehen. Bei ihm war ein Amerikaner namens James Forrester. Er war auf dem Weg in den Irak.« Sie rieb sich mit der Hand die Stirn, aber er bemerkte trotzdem den kurzen Blick, den sie ihm zuwarf, bevor sie weitersprach. »Es ist wahrscheinlich alles völliger Quatsch. Aber weil wir den Mann gefunden haben, geht es mir immer im Kopf herum. Als wäre ich irgendwie für ihn verantwortlich.«

Kamal stand auf und ging zum Fenster. James Forrester war also persönlich in die Sache verwickelt. Kein Wunder, dass er nicht antwortete. Und Mattie Junghans spielte die Rolle, die er eigentlich Frederike zugedacht hatte. Aber konnte er ihr trauen? Er fasste einen Entschluss und drehte sich wieder zu ihr um. So könnte es gehen. »Soweit ich weiß, sind deutsche Soldaten nur im Kosovo und in Afghanistan stationiert. Jedenfalls ist das die offizielle Version der Regierung.«

»Wie meinen Sie das?« Sie hatte angebissen. Er brauchte sie nur an die Hand zu nehmen und weiterzuführen wie in einer der komplizierten Bewegungsformen des Kung-Fu.

»Mattie, Sie wissen doch selbst, dass es in der Politik meistens zwei Wahrheiten gibt. Die eigentliche und die, die man für die Öffentlichkeit erfindet.«

Jetzt wollte sie aussteigen. Sie lachte. »Das meinen Sie doch nicht ernst! Sie behaupten, offiziell ist Deutschland gegen den

Krieg, und inoffiziell kämpfen deutsche Soldaten für die amerikanische Armee?«

»Nicht unbedingt für die Armee. Fast die Hälfte der bewaffneten Truppen rekrutiert sich aus privaten Sicherheitsdiensten. Sie werben überall auf der Welt Leute an, die viel Geld in kurzer Zeit verdienen wollen.«

»Sicherheitsdienste?« Sie sah sich um. »So wie Assadi Securities?«

Kamal lächelte. »Assadi ist nur ein kleiner Fisch. Aber im Prinzip ja.«

»Und warum sollten sie das tun? Ich meine, wer hat etwas davon?«

Das war die Frage, auf die er gewartet hatte. Er zuckte mit den Schultern. »Verpflichtungen gegenüber der US-Regierung, Druck von Seiten der Öl- und Waffenlobby, Vorbereitung für die nächste Invasion, bei der Deutschland endlich mitmachen will. Denken Sie nur an die Nachrichten aus dem Iran. Dann fallen einem genug Gründe ein.«

Sie sah ihn lange an. Er meinte verfolgen zu können, wie sie seine Argumente abwog. »Kennen Sie diesen Forrester?« Sie ließ nicht locker. »Jasmin sagt, er kämpft denselben Stil wie Sie.«

»Was hat Jasmin damit zu tun?« Für einen Moment vergaß er jede Taktik.

»Am besten fragen Sie sie selbst.«

Das würde er tun. Tun müssen. Niemals würde er einem Mann wie James Forrester seine Tochter anvertrauen. Dann schon lieber Frederike.

Sie sahen sich schweigend an. Abschätzend, wie zwei Gegner, die einander umkreisten.

Kamal legte vorsichtig seine Hand auf ihren Arm. Sie zog ihn nicht weg. »Nichts geschieht gänzlich im Verborgenen, Mattie. Die Frage ist nur, wer es sieht.«

»Reden Sie doch nicht in Rätseln! Sagen Sie lieber, was wir jetzt machen sollen!« Sie schüttelte ungeduldig den Kopf.

»Wir beide werden gar nichts machen. Gehen Sie zu Frederike von Westenhagen. Erzählen Sie ihr, und nur ihr, was Sie herausgefunden haben! Sagen Sie ihr, dass James Forrester als Ausbilder für eine private Sicherheitsfirma im Auftrag der US-Army arbeitet. Er kommandiert Söldnertruppen. Ich bin sicher, sie wird etwas unternehmen.«

»Frederike?« Sie sah ihn skeptisch an. »Ich weiß nicht. Aber jemand anders fällt mir im Moment auch nicht ein.«

Auf dem Hof ertönte Gebell. Sie sahen beide zum Fenster. Matties Freund stieg gerade aus einem umgebauten roten Reisebus. Er warf einen kleinen Ball, und ein dunkelbrauner Hund rannte hinterher.

»Oh, Nick! Den habe ich völlig vergessen.« Sie stand auf, lächelte kurz und reichte ihm die Hand. »Ich werde mir Ihren Vorschlag durch den Kopf gehen lassen. Ich denke, wir sehen uns bald wieder.«

»Das hoffe ich.« Er meinte es ernst.

Kamal begleitete sie bis zur Bürotür. Dann ging er zum Fenster und sah, wie sie zu dem Mann und dem Hund hinauskam. Noch bevor sie ihn erreichte, fing sie an zu reden. Er machte eine beschwichtigende Geste. Sie stiegen nacheinander in den Bus, der Hund folgte als Letzter. Gegen seine Erwartung setzte Mattie sich auf den Fahrersitz. Kamal lächelte. Eine erstaunliche Frau.

Er ging zurück zum Computer und holte die Einsatzpläne für das Wochenende wieder auf den Bildschirm. Er nahm Kerims Namen raus und tippte stattdessen seinen eigenen ein. Er würde lieber in Matties Nähe bleiben, falls sie doch etwas auf eigene Faust unternahm.

Jasmin hatte sich ebenfalls darum gerissen, bei den Dreharbeiten dabei zu sein. Regina wohnte auf dem Gut. Ein richtiges Familientreffen. Doch Kamal machte sich keine Illusionen. Die räumliche Nähe konnte nicht darüber hinwegtäuschen, dass sie seit langem getrennte Wege gingen.

Vivek nahm seine Sonnenbrille ab. »Wie geht es Nick? Ich habe versucht ihn anzurufen, als ich wieder in Bombay war, aber sein Handy war abgestellt.«

Cal hatte gewusst, dass das Thema zur Sprache kommen würde. Nitya besaß wirklich Nerven. Er war sicher, dass sie bei der Auswahl der beiden Hauptdarsteller für die Show ihre Finger im Spiel hatte. Wie sonst kam es wohl zustande, dass ihnen gegenüber im Bus Sohan Roys Frau saß und Schulter an Schulter mit ihrer jüngeren Schwester nichtsahnend schlief? Die Schwester war nämlich Rohini, die in Mohans letztem Film ein erstklassiges Debüt hingelegt hatte. So konnte sich Nitya endlich mal mit ihrem Sohan auf die Malediven oder nach Mauritius absetzen. Und dazu Vivek Sen. Von allen Leuten beim Film war er Cals bester Freund. Nur im Moment hätte er ihn am liebsten ins nächste Flugzeug zurück gesteckt. Er wollte keine Fragen hören, auf die er selbst keine Antwort wusste. »Ich glaube, es geht ihm gut. Du kannst ihn nachher selbst fragen.«

»Was?« Vivek packte ihn am Arm. »Nick ist hier? Ist er dir doch nach Berlin hinterhergeflogen?«

»Nein.« Cal sah aus dem Fenster. »Ich habe ihn noch gar nicht getroffen. Er ist direkt nach Hamburg zu einer Freundin gefahren. Sie sind schon am Drehort.«

Vivek pfiff die ersten Takte von *Love me tender.* »Wow, das ist ja romantisch. Ein Wiedersehen in den blühenden Kornfeldern. Da kann man richtig neidisch werden.« Er lachte. »Ich fürchte, ich muss mich heute Abend betrinken. Vielleicht leistet mir ja der Tonmann Gesellschaft. Er sieht nicht schlecht aus, oder?«

Cal konnte nicht anders, als Vivek seinen Ellenbogen in die Rippen zu stoßen. Er nickte zu den beiden schlafenden Frauen.

»So what!« Vivek setzte die Sonnenbrille wieder auf. »Du bist und bleibst ein Feigling, Cal.«

»Wie geht es Jay?« Cal ging nicht auf die Stichelei ein.

»Gut. Er verdient so viel Geld, dass er mit dem Ausgeben gar nicht hinterherkommt. Nächste Woche besucht er mich in Berlin. Übers Wochenende. Bonusmeilen abfliegen.«

»Eure Probleme hätte ich auch gern.«

Vivek ginste ihn an. »Dann machen wir zu viert einen drauf! Berlin soll gute Clubs haben, stimmt das? Du bist doch schon eine ganze Weile da.«

Cal zuckte die Schultern. »Keine Ahnung. Ich habe eigentlich nur gearbeitet. Keine Zeit zum Ausgehen.«

»Dann werden wir das eben ändern.« Vivek knüllte seine Jeansjacke zusammen und lehnte sich ans Fenster. »Ich muss noch ein bisschen Schönheitsschlaf nachholen. Sonst wird die Nachbearbeitung zu teuer.«

Ihr Bus war der dritte in dem Konvoi, der jetzt schon seit mehreren Stunden über die deutschen Autobahnen zog. Ganz vorne fuhr Achim Sanders. In seinem Kleinbus war das Team untergebracht: die Kamerafrau, ihre Assistentin, der Tonmann und ein Aufnahmeleiter. Am Drehort würden noch die Beleuchter, ein paar Kabelträger sowie die Security dazukommen. Und Schluss. In Bombay hätte er für so einen Dreh mindestens fünfzig Leute am Set gehabt.

Dahinter fuhr der Masken- und Kostümwagen, ein umgebauter Reisebus ähnlich dem von Mattie. Der Friseur war gleichzeitig Maskenbildner, und bei ihm war die Kostümbildnerin. Fertig.

Hinter ihrem eigenen Bus folgte ein etwas kleineres Modell mit den vier Tänzern, zwei Männer und zwei Frauen. Cal hatte die Auswahl der Leute für den Spot dem Choreografen überlassen, den er schon länger kannte. Der saß natürlich auch noch mit im Bus.

Und am Ende ein einziger LKW voller Technik. Aber die Deutschen mussten ja wissen, wie sie damit einen Film drehen wollten.

Den Song hatten sie am Tag zuvor gleich nach der Ankunft der Sängerin aufgenommen. Wie Cal es von ihr erwartete, beherrschte sie Text und Melodie bereits, als sie aus dem Flugzeug stieg. Nach nur vier Stunden verließen sie das Studio mit dem fertigen Band unter dem Arm. Er hatte sie gebeten, in den nächsten Tagen mit den türkischen Mädchen ein intensives Gesangstraining zu machen.

Sein Drehplan stand ebenfalls. Mattie hatte ihm ohne weiteren

Kommentar digitale Fotos der Locations geschickt. Er war sie einzeln mit der Kamerafrau durchgegangen, die im Übrigen nicht groß und deutsch war, sondern deren Eltern aus Korea stammten. Sie waren auf Anhieb gut miteinander klargekommen.

Er musste kurz eingeschlafen sein, denn als er die Augen wieder aufmachte, fuhren sie nicht mehr auf der endlosen geraden Autobahn. Die kurvige Straße war zu beiden Seiten von Bäumen begrenzt. Auf der linken Seite sah er einen großen Bauernhof und glaubte ein Dach zu erkennen, das mit Stroh gedeckt war.

»Wie lange brauchen wir noch?«, fragte Cal den Fahrer.

»Ich war auch noch nie da«, sagte der junge Mann. »Aber ich schätze mal, nicht mehr als zehn Minuten.«

Cal guckte auf die Uhr. Es war jetzt drei Uhr nachmittags. Die Welt draußen vor dem Fenster wurde mit jedem Kilometer üppiger und bunter.

Fünf Minuten später bogen sie in eine noch kleinere Straße mit noch größeren Bäumen ein.

»Wow!« Vivek neben ihm war wieder wach. »Ich werd verrückt. Wir wohnen in einem richtigen alten Dorf. Wie exotisch!«

Cal musste lachen. Vorsichtig weckte er Rohini und ihre Schwester, die ebenfalls in Begeisterungsrufe ausbrachen. »Ein Schloss!«

»Guck mal, Schwäne! Und sie haben Junge!«

Cal sah aus dem Fenster. Auf einem kleinen Teich am Rande des Dorfplatzes schwamm eine Schwanenfamilie. Direkt daneben stand Nick und winkte die Wagen nacheinander in ihre Parkposition. Zu seinen Füßen lag Mascha hechelnd in der Sonne.

Keine Spur von Mattie.

Cal wartete, bis die anderen ausgestiegen waren. Er beobachtete, wie Vivek Nick die Augen zuhielt und dessen Überraschung, als er sah, wer es war. Die beiden umarmten sich. Nick zeigte auf ein großes Haus, wahrscheinlich das Hotel. Vivek setzte sich mit seinem Rollkoffer in Bewegung.

»Hi«, sagte Nick und streckte den Kopf durch die offene Tür.

»Nick!« Sie sahen sich an. Cal wollte etwas sagen, aber Nick hielt ihn zurück.

»Nicht jetzt, Cal. Ich muss hier noch kurz den Diener spielen und das Gepäck reintragen. Wir haben nämlich nicht so viele

Leute wie ihr in Indien. Alles muss man selber machen.« Er lachte. Cal wusste nicht, wann er Nick das letzte Mal ohne Bitterkeit hatte lachen sehen.

»Willst du da drinnen übernachten oder steigst du noch aus?« Nick zeigte auf das große weiße Schloss. »Wenn du da rüber durch das Tor gehst, findest du auf der linken Seite ein kleineres Haus. Wir wohnen in der zweiten Etage. Sag schnell der Chefin Hallo, und dann düsen wir los. Ich darf dir nämlich allein die Drehorte zeigen.«

»Chefin?« Cal dachte an Frederike von Westenhagen.

»Na, Mattie natürlich. Ich dachte, ihr habt zusammen gearbeitet. Dann musst du doch wissen, was ich meine!« Cal sah ihm nach, wie er sich eine schwere Tasche auf die Schultern hievte und Richtung Hotel verschwand.

Langsam ging er an der Wiese entlang auf das Schloss zu, das ihm mit jedem Schritt größer vorkam. Hinter der Toreinfahrt war ein gepflasterter Hof, der sich über die gesamte Länge des Hauses bis zu einem blühenden Garten erstreckte. Ein kleiner Weg führte links um die Ecke zu dem Nebengebäude, von dem Nick gesprochen hatte. Die untere Etage hatte einen großen Balkon. Dort stand Kim, die Kamerafrau, und winkte ihm huldvoll zu. Cal machte einen formvollendeten Diener. Dann betrat er das Haus.

Noch bevor er die letzten Stufen geschafft hatte, hörte er Matties Stimme. Sie klang ärgerlich. Er folgte dem harten Klang der deutschen Sprache durch einen langen Flur, von dem links und rechts Türen abgingen. Er endete in einem großen Wohn- und Esszimmer, wo Mattie an einem provisorischen Schreibtisch telefonierte. Dahinter lag eine kleine Dachterrasse. Cal stellte seinen Koffer ab und ging hinaus. Ganz hinten sah er das Meer in der Sonne glitzern.

»Hi. Gut, dass ihr endlich da seid. Ich drehe hier noch durch.« Er drehte sich um. Mattie kam auf ihn zu. Sie steckte ihr Handy an den Gürtel und nahm das Headset ab. Ein flüchtiger Kuss streifte seine Wange. »Die Leute wollen einfach nicht einsehen, dass sie ihre Kühe mal eine halbe Stunde später melken müssen, damit wir genug Licht haben.«

»Mattie, ich –«

Mattie ließ ihn nicht zu Wort kommen. »Los, komm, ich zeig dir schnell die Wohnung.« Sie lief vor ihm her zurück auf den langen Flur. »Hier, das ist mein Zimmer.« Er konnte eben noch einen kurzen Blick in ein kleines Zimmer mit einem schmalen Bett werfen. Sie war schon an der nächsten Tür. »Das ist euer Raum.« Es war eher eine Suite. Ein riesiges Bett, ein Fernseher, zwei Sessel. Überall lagen Nicks Klamotten herum. Cal trat ans Fenster. Der Ausblick ging auf das Waldstück hinter dem Haus.

»Gibt es noch mehr Schlafzimmer?«, fragte er, ohne sich umzudrehen.

»Ja, zwei, aber die habe ich zu Produktionsbüros umfunktioniert. Achim und die Crew wohnen schließlich zu sechst unten. Wieso, ist irgendwas nicht in Ordnung mit dem Zimmer?«

Er drehte sich zu ihr um. »Mattie, ich muss mit Nick sprechen.«

»Nein, das musst du nicht.«

Er dachte zuerst, er hätte sich verhört. Sie blieb in der Tür stehen, als lege sie Wert auf den großen Abstand zwischen ihnen.

»Hör zu, Cal. Die Wahrheit über den Auftrag hat Nick ziemlich mitgenommen, mehr als er uns sehen lässt. Du hast es mir allein überlassen, ihn damit zu konfrontieren. Damit trage ich jetzt die Verantwortung für Nicks Seelenzustand. Und ich lasse nicht zu, dass ihm noch einmal wehgetan wird. Er hat genug eingesteckt in den letzten Wochen und Monaten.«

Cal nickte resigniert. Er würde sie nie verstehen. Erst wollten sie immer alles bereden und dann auf einmal nicht mehr.

Ein Sonnenstrahl schien an ihm vorbei auf Matties Gesicht. Er zeichnete ihre Konturen nach. Die Augen erschienen ihm dunkler als früher. Der Ausdruck darin unterstrich, was sie sagte. Sie hatte ihre Seele vor ihm in Sicherheit gebracht.

»Sir, der Landrover steht bereit für Sie.« Nick war plötzlich hinter Matties Rücken erschienen und legte einen Arm um ihre Schulter. Sein Blick wurde ernst. »Im Übrigen, da ich euch gerade auf einem Fleck finde. Ich habe in den letzten Tagen versucht, die Reste meiner Selbstachtung zusammenzukratzen. Und von euch will ich hinter meinem Rücken keine Spielchen mehr, auch wenn sie noch so gut gemeint sind.« Niemand sagte ein Wort. Nick gab

Mattie einen leichten Schlag auf die Schulter, aber sein Blick blieb auf Cal gerichtet. »Außer ihr wollt euch absprechen, wer mir morgens das Frühstück ans Bett bringt.«

Cal zwang sich, nicht wegzusehen. Es blieb, wie es war. Nick erzeugte das Kribbeln auf seiner Haut und Mattie den Wunsch, sich fallen zu lassen. Und diese beiden Gefühle ließen sich nicht gegeneinander aufrechnen. Es war, als hätte sich ein Teil von ihm abgespalten und einfach ein anderes Leben begonnen.

Matties Handy klingelte.

58 Hoffnungsträgerin

Frederike schloss den Vorhang, der das Arbeitszimmer teilte. Madita musste jeden Moment auftauchen, und Johannes' spirituelle Einstellung war seine Privatsache. Sie hatten noch keine Zeit gehabt, über sein Verhalten beim gestrigen Frühstück zu sprechen. Am Abend, als die Kinder endlich im Bett waren, hatte sie einen dringenden Anruf aus dem Auswärtigen Amt bekommen. Ein Fernsehmagazin stand offenbar kurz davor, die Rolle der bundesdeutschen Geheimdienste im Irak zu thematisieren. Im ungünstigsten Fall konnte das bedeuten, dass sie der Regierung doppeltes Spiel vorwarfen. Etwas Schlimmeres konnte ihnen jetzt, mitten im Wahlkampf, kaum passieren. Für das Wochenende war eine außerordentliche Klausurtagung einberufen worden. Mariusz würde sie noch heute Abend nach Berlin fahren.

Frederike sah auf die Uhr. Sie hätte die letzte Stunde auf dem Gut lieber mit Johannes verbracht als mit Madita. Aber er hatte den Mädchen seit langem versprochen, mit ihnen auf die Kieler Woche zu fahren, wo heute irgendeine Boygroup auftrat, deren Namen sie vergessen hatte.

Die Tür stand halb offen. Madita streckte den Kopf herein. »Hallo. Störe ich?«

»Nein, komm rein. Wir müssen es leider kurz machen. Ich muss heute noch nach Berlin.«

Madita sah sie irritiert an. »Dann bist du gar nicht beim Dreh dabei!«

Frederike kannte diesen Gesichtsausdruck von Nele und Lina. Sie musste lachen, obwohl ihr eigentlich nicht danach zumute war. »Glaub mir, ich wäre lieber hier als in Berlin. Aber es geht nicht anders.« Diesen Satz hatte sie sich schon so oft sagen hören, dass er ihr vorkam wie ein persönliches Mantra. »Ich werde ausdrücklich darum bitten, dass man mich sofort benachrichtigt, wenn es hier irgendwelche Schwierigkeiten gibt. Ich glaube jedoch nicht, dass es dazu kommt. Du scheinst alles hervorragend im Griff zu haben.« Auch das war ihr in Fleisch und Blut übergegangen. Wenn man eine Sitzung zügig durchziehen wollte, musste man vor allem seine Mitarbeiter motivieren, eigenständig zu handeln.

»Ja, kein Problem.« Madita nahm das Kompliment eher beiläufig zur Kenntnis. Sie machte jedoch keine Anstalten zu gehen.

»Gibt es sonst noch etwas?« Manchmal musste sie regelrecht nachhelfen, damit die Leute sich der Verantwortung stellten, die sie ihnen übertrug. Frederike dachte, Madita würde den Raum verlassen, aber stattdessen schloss sie die Tür und kam zurück.

»Sag mal, hast du schon etwas vom Stützpunkt gehört, über den Mann, den wir am Sonntag gefunden haben?«

Daher wehte also der Wind. Es kam überhaupt nicht in Frage, dass sie Madita in ihre Überlegungen einweihte, weitere Schritte zu unternehmen. »Madita, ich schätze dein Engagement. Aber ich habe dir neulich schon gesagt, dass man sich um die Sache kümmern wird. Und wenn es etwas zu erfahren gibt, dann werde ich es erfahren. Glaub mir.«

Madita verschränkte die Arme vor der Brust. »Okay. Ich habe dir trotzdem etwas zu sagen. Ich weiß, du hast es eilig. Gibst du mir fünf Minuten?«

»Also gut.« Manchmal war der Weg des geringsten Widerstandes auch der kürzeste. Frederike schob Madita einen Hocker hin, auf dem Johannes meistens seine Papiere ablegte. Sie selbst setzte sich in den Drehstuhl.

Was Madita ihr in komplizierten Einzelheiten zu schildern versuchte, war ungeheuerlich. Natürlich war ihre dürftige Beweiskette juristisch ohne Bedeutung. Aber es gab darin Fakten, die auf mehr als den üblichen Verschwörungstheorien basierten. Und ihr eigenes Erlebnis auf dem Stützpunkt fügte sich wie ein Puzzlestückchen ein. Vor Frederikes innerem Auge baute sich in Sekundenschnelle ein mögliches Szenario auf.

Ein offener Konflikt zwischen Außen- und Verteidigungsministerium. Die Regierung verliert massiv an Glaubwürdigkeit. Und sie selbst als Hoffnungsträgerin, die die Sache ohne Rücksicht auf eigene Interessen ans Licht bringt. Es sah sowieso alles danach aus, als sei eine große Koalition nach der kommenden Wahl unausweichlich. Mit den Grünen oder ohne sie. Auf ein paar Prozente mehr oder weniger kam es da auch nicht mehr an. Und den beiden kleinen Parteien mit ihren ewigen Rufen aus der zweiten Reihe nach immer neuen Untersuchungsausschüssen zuvorzukommen, konnte sogar einen Vorteil bringen. Sie beschloss, die Sitzung in Berlin abzuwarten und danach möglichst schnell mit Johannes zu sprechen. Für so ein gefährliches Spiel brauchte sie seine Rückendeckung.

»Du glaubst mir nicht, stimmt's?«

Frederike hatte Madita völlig ausgeblendet. Es war von entscheidender Bedeutung, dass diese Sache nicht nach außen drang, bevor sie selbst sich als Akteurin entsprechend positioniert hatte. »Es gibt ein paar Aspekte in deiner Argumentation, die durchaus alarmierend sind.« Frederike gab sich Mühe, ihre Gefühle hinter einer Maske aus professioneller Distanz zu verbergen. Sie musste Vertrauen schaffen, ohne Versprechen zu geben, die Madita ihr nicht abnahm. Wie bei ihren Wahlkampfauftritten. »Ich muss dich trotzdem bitten, über die Sache absolutes Stillschweigen zu bewahren. Abgesehen davon, dass du außer Verleumdungsklagen nichts erreichen würdest.«

»Ich weiß.« Madita wirkte tatsächlich etwas eingeschüchtert.

Frederike zwang sich zu einem Lächeln. »Glaubst du mir, wenn ich dir verspreche, dass ich der Sache nachgehe?«

Madita nickte. »Das hatte ich gehofft. Darum bin ich damit ja zu dir gekommen.«

»Also gut. Ich habe über das Auswärtige Amt meine eigenen Kanäle. Sollte sich tatsächlich herausstellen, dass an der Sache etwas dran ist, werden wir entsprechende Schritte einleiten.«

»Was für Schritte?« Die Frau war wirklich ein harter Brocken. Mit den üblichen Floskeln kam sie bei ihr nicht durch.

»Ehrlich gesagt, weiß ich das selbst noch nicht genau. Im Zweifelsfall gibt es einen Untersuchungsausschuss, und die Verantwortlichen müssen ihre Karten auf den Tisch legen. Dann werden unweigerlich Köpfe rollen. Bis ganz nach oben.«

»Das interessiert mich nicht. Ich möchte nur nicht indirekt an der Vertuschung einer Lüge beteiligt sein. Dieser Krieg ergibt für mich keinen Sinn. Weder dieser noch sonst irgendeiner.«

Frederike atmete auf. Persönliche Ambitionen waren schwierig zu handhaben. Politische Haltungen konnte man diskutieren. »Es ist immer einfach, so etwas zu sagen. Es politisch umzusetzen ist eine andere Sache. Ich muss vorrangig das Interesse der deutschen Regierung und damit der Wähler im Auge haben. Aber den Kampf gegen den Terrorismus kann man nicht mit Raketen und Maschinengewehren gewinnen. Insofern stimme ich dir prinzipiell zu.«

Madita setzte zu einer Erwiderung an, schien es sich dann aber anders zu überlegen. Sie stand auf und öffnete ihre Tasche. »Ich möchte nicht mit dir tauschen«, sagte sie.

»Jeder sucht sich seinen eigenen Weg. Wir leben in einer freien Welt.« Frederike wusste, dass dieser Satz reine Auslegungssache war. Und Maditas spöttischer Gesichtsausdruck bestätigte ihr, dass sie auch in diesem Punkt einer Meinung waren. Bevor sie ging, legte sie eine CD auf den Schreibtisch.

»Hier ist dein Song. Du kannst ihn dir ja auf der Fahrt anhören.«

59 Doppelpack

»Cal fragt, ob er Aufnahmen auf einem Boot machen kann.« Nick saß auf der Kühlerhaube des Landrovers, den sie gemietet hatten. Er musste seine Hand über das Handy halten, um Mattie verstehen zu können. »Cal! Komm doch mal her.«

Cal, der mit dem Rücken zu ihm an der Kante des Parkplatzes stand und über den Hafen sah, drehte sich um und kam zurück.

»Was willst du denn für ein Boot?«

»Am liebsten so ein altes Fischerboot wie die da unten.«

Nick gab die Auskunft an Mattie weiter, die versprach, sich darum zu kümmern.

»Willst du mit uns essen? Hier ist ein Laden, der sieht ganz nett aus. Heißt *Strandläufer* oder so ähnlich.«

Cal sah ihn an, während er Mattie zuhörte.

»Sie will noch ein paar Telefonate machen und dann früh ins Bett.« Nick sah auf das Handy. »Komisch, Mattie geht doch sonst nicht so früh schlafen.«

»Gibt es noch eine Location?«, fragte Cal, ohne weiter darauf einzugehen.

»Nein.« Nick zeigte nach rechts. »Ab hier ist alles militärisches Sperrgebiet, und dahinter liegt das Steilufer, wo wir vorhin angefangen haben.«

Er hatte es genossen, mit Cal über die Schotterpisten zu fahren. Sie machten die Fenster auf und hörten die CD mit dem neuen Song. An jeder Location hielten sie an, und Cal machte ein paar Skizzen von den Einstellungen, die er drehen wollte. Ab und zu fragte er Nick nach seiner Meinung. Sie begegneten kaum anderen Leuten. Nick fiel auf, dass er mit Cal eigentlich nur in ihrer Wohnung allein gewesen war. Selbst nachts, wenn sie durch die Straßen von Bombay spazierten, gab es immer irgendwo Leute, die in ihren Rikshas oder am Straßenrand dösten und ihnen misstrauische Blicke zuwarfen, wenn sie vorbeiliefen. Draußen zu sein und Cal ansehen zu können, während er konzentriert auf seinem Block herumkritzelte, gab ihm ein lang vergessenes Gefühl von Unbeschwertheit.

»Du wirkst ganz anders«, sagte Cal, als sie wieder im Auto saßen. »Irgendwie lockerer.«

Nick konnte seinen Blick nicht von der Straße nehmen, weil er sie gerade durch ein paar tiefe Schlaglöcher bugsierte. »Ich fühl mich auch besser.« Er korrigierte sich. »Nein, sicherer. Ich muss nicht andauernd aufpassen, ob ich was Falsches sage oder tue. Die Leute starren mich nicht an. Du musst mich nicht andauernd retten.«

Cal nickte. »Ich glaube, ich weiß jetzt, was du meinst«, sagte er.

»Bei mir ist es genau andersrum. Diese Stille hier, sie macht mir Angst. Manchmal bin ich in Berlin nachts aufgewacht und hatte das Gefühl, ich wäre plötzlich taub geworden.«

Nick lachte. »Jetzt kannst du mich ja wecken, dann brülle ich, so laut ich kann.«

Cal hatte seine Hand auf Nicks Knie gelegt. Die starken Vibrationen kamen nicht vom Motor des Wagens. Die Spannung zwischen ihnen war wieder da. Es brauchte keine Worte dafür. Alles andere konnte warten.

»Willst du hier noch Skizzen machen oder hast du Hunger?«, fragte Nick. Sie schlenderten an dem kleinen Hafen entlang auf die Mole zu, die weit ins Meer hinausragte.

»Noch nicht. Können wir da drauf laufen?« Cal zeigte auf den schmalen Streifen aus Beton.

»Klar, warum nicht?« Nick ging vor. Der Wind war gegen Abend stärker geworden, und er wollte nicht, dass Cal ins Wasser fiel. Er konnte nicht schwimmen.

Am Ende der Mole setzten sie sich hin. Das Wasser schimmerte grünlich in der Abendsonne. Kleine Schaumkronen erschienen auf den Wellenbergen und verschwanden wieder. Sie saßen dicht nebeneinander, und um sie herum war nur Meer.

Nick dachte an Siddarth. Vielleicht war es doch das Beste, Cal jetzt gleich von ihm zu erzählen. Je länger er damit wartete, desto wichtiger würde es erscheinen. Und nichts war ihm im Augenblick wichtiger als Cal. »Ich war doch im Ashram in Pune«, sagte er vorsichtig.

»Und, bist du Oshos letzter Neuzugang geworden? Er scheint ja eine magische Anziehung auf euch Westler zu haben«, frotzelte Cal.

»Nein, der nicht.«

»Wie meinst du das: der nicht? Wer denn?«

»Na ja, ich habe dort einen Sannyasin getroffen …« Ohne hinzusehen spürte Nick, wie Cal neben ihm sich anspannte.

»Einen Ausländer?«

»Nein, Cal. Einen Inder.«

Cal verschwand neben ihm. »Steh auf und dreh dich um.«

Nick seufzte und tat es. »Cal«, sagte er, »es hat nichts zu bedeuten. Es war nur eine Nacht! Ich wollte nur, dass wir keine Geheimnisse mehr voreinander haben.«

Er wollte ihn berühren, aber Cal wich vor ihm zurück.

»Pass auf!«, rief Nick.

Cal schien ihn nicht zu hören. »Es hat nichts zu bedeuten? Du schläfst mit jemandem, und es hat nichts zu bedeuten?«

»Nein«, sagte Nick. »Es ging nicht um dich. Es ging um mich. Ich hatte mich völlig verloren. Jetzt weiß ich wieder, was ich für dich empfinde.« Er wollte nach Cal greifen, aber der ging weiter rückwärts.

»Und das riskierst du für etwas, was dir nichts bedeutet? Oh Nick, was bin ich nur für ein Idiot!«

»Warum du? Ich bin ein Idiot. Du kannst mich schlagen, wenn du willst. Aber hör auf, vor mir wegzulaufen!«

»Nein! Rühr mich nicht an.« Er schwankte, konnte sich aber im letzten Moment fangen. »Wenn es dir nichts bedeutet, warum tust du es dann? Ich hätte niemals mit Mattie einfach nur so –«

Nick hörte nichts mehr. Das Tosen des Wassers vermischte sich mit dem Geräusch, das tief in seinen Ohren dröhnte. Er stürzte sich auf Cal. »Sag, dass das nicht wahr ist! Sag es, los!«

Cal schüttelte den Kopf.

Nick bekam seine Hände zu fassen und zog ihn zu sich. »Was wollt ihr? Wollt ihr mich umbringen oder was?« Er nahm Cals Hände und legte sie um seinen Hals. »Los, drück schon zu. Mach schnell! Dann ist es endlich vorbei!«

Das Nächste, was er spürte, war das Salzwasser in seinem Mund. Er strampelte mit Armen und Beinen, um wieder hochzukommen. Neben ihm ragte die Mole auf. Cal war nicht mehr dort oben.

»Cal, wo bist du?«

Eine Welle überschlug sich direkt über ihm, und er schluckte wieder Wasser. Etwas schien sich um seine Beine zu wickeln und ihn nach unten zu ziehen. Er griff mit der Hand danach, um sich loszumachen. Es war ein Arm.

»Cal!«

Er holte tief Luft und tauchte. Der Arm war noch da. Nick griff danach und zog mit beiden Händen, bis er Cals Kopf fühlte. Hustend kamen sie beide an die Oberfläche.

»Halt still, verdammt! Ich hole dich hier raus!« Endlich hatte er sich so unter Cal platziert, dass er seine Arme unter dessen Achseln schieben konnte. Er musste nur dicht an der Mole bleiben.

Eine Ewigkeit später fühlte er Sand unter seinen Füßen. Mit letzter Kraft zog er Cal und sich selbst an Land und ließ sich fallen. Keuchend lagen sie nebeneinander im flachen Wasser.

»Bist du okay?« Er kam irgendwie auf die Knie.

Cal hustete immer noch, nickte aber. »Jetzt hast du mich gerettet. Also sind wir quitt«, krächzte er.

Nick beugte sich über ihn, bis ihre Gesichter nur noch ein paar Millimeter voneinander entfernt waren. »Was ist zwischen dir und Mattie?«, fragte er.

»Ich weiß es nicht.«

»Und wie soll es jetzt weitergehen?«

»Keine Ahnung. Dich liebe ich auch.«

Plötzlich spürte Nick, wie etwas tief aus seinem Inneren aufstieg und sich mit gewaltiger Kraft seinen Weg nach draußen bahnte. Er ließ sich auf den Rücken fallen.

»Nick, was ist los mit dir?« Ein platschnasser Cal tauchte in seinem Gesichtsfeld auf, aber das brachte ihn nur noch mehr zum Lachen. Er konnte nicht mehr aufhören.

»Cal, du bist wirklich der Abschuss!«, japste er und merkte, wie ihm die Tränen über das Gesicht liefen. »Als wir uns getroffen haben, war ich seit fünf Jahren mit Mattie zusammen.« Er versuchte tief durchzuatmen. »Die Trennung hat uns beiden ziemlich wehgetan.« Es klappte nicht. Ein neuer Anfall verschlug ihm die Sprache.

»Und was ist daran so witzig?«, fragte Cal.

»Im Doppelpack hättest du uns vielleicht billiger gekriegt«, prustete Nick.

60 Rückspiegel

»Kamera?«

»Läuft!« Die Kamerafrau saß direkt vor Jasmin oben auf dem Kran und versperrte ihr die Sicht.

»Ton?«

»Läuft!« Das war der Tonmann. Er drückte die Playtaste, die sie alle fürchteten. Jasmin hätte sich am liebsten die Ohren zugehalten.

»Action!« Cal war schon am Anfang der Dreharbeiten heiser gewesen. Jetzt war seine Stimme fast weg. Geschah ihm ganz recht.

Beim ersten Mal hatte sie fast geweint. Jasmin wusste nicht genau, warum ein Popsong sie berührte und ein anderer nicht. Verschiedene Faktoren mussten eine Verbindung eingehen. Sehnsucht, Tempo, Melodie. Bei Cals Song stimmte die Mischung.

Nach dem fünften Mal konnte sie mitsummen. Beim zehnten Mal konnte sie den Text mitsingen, auch wenn sie die Worte nicht verstand. Jetzt waren sie ungefähr beim fünfzigsten Mal angelangt. Jasmin begann den Song zu hassen. Sie hatte nicht gewusst, dass ein Filmdreh gleichbedeutend mit Folter war.

Die Reitszene wiederholten sie nun schon zum vierten Mal. Die hochgezüchteten Rassepferde scheuten jedes Mal, wenn das Licht der Scheinwerfer oder ein Blitzen der Kameralinse auf ihre empfindlichen Augen traf. Einmal wäre Rohini, der Star, beinahe runtergefallen, weil plötzlich ein Mofa hinter ihrem Pferd auftauchte. Außerdem kamen immer mehr Schaulustige. Kamal, Mariusz, Dani und sie selbst mussten höllisch aufpassen, damit nicht plötzlich Hunde, Kinder oder hysterische Teenager durch die Absperrungen sausten.

Nach langen Diskussionen hatten sie den geplanten Drehort direkt hinter den Stallungen gegen einen Feldweg eingetauscht, der aus dem Wald zwischen zwei Feldern hindurchführte. Der Grund war irgendein Problem mit dem Lichteinfall. Also wurde die ganze Technik wieder eingepackt und ein paar hundert Meter weiter gefahren.

Jetzt kamen die beiden Pferde nebeneinander aus dem Wald. Auf den Feldern stand das Getreide hoch und grün, und am Feldrand wuchsen büschelweise Mohn und Kornblumen. Jasmin betete: Kein Mofa, keine Wolke, keine durchgehenden Pferde, keine Leute im Bild, die da nicht hingehörten.

Die Assistentin fuhr den Kran langsam runter, bis die Kamera ungefähr auf Augenhöhe mit den beiden Stars war. Sie bewegten ihre Lippen abolut synchron zum Text des Songs. Als die Strophe zu Ende war, ritten sie links und rechts an der Kamera vorbei und wurden kurz vor den Absperrgittern von zwei Mädchen in Reitstiefeln in Empfang genommen. Jasmin erkannte Nele von Westenhagen und ihre beste Freundin. Wenn sie nicht gerade kicherten, starrten sie sprachlos Vivek Sen an.

»Okay, im Kasten!«

Jasmin atmete auf. Von hinten stieß ihr jemand einen Ellenbogen in den Rücken.

»Guck mal, die Deern auf dem Pferd sieht ja ganz passabel aus …«

Die Männerstimme wurde von einer anderen unterbrochen. »An der ist doch nix dran, Fiete. Die pustet dir ja der Wind weg, wenn du nich aufpasst. Mitsamt ihrem bunten Flattergewand.«

Jasmin drehte sich um. »Und jetzt alle mal drei Schritte zurücktreten!« Die Menge schob sich ein kleines Stück nach hinten. »Sie können nach Hause gehen. Die Party ist vorbei!«

Kurzes Gemurmel erhob sich, aber dann gingen die Ersten zurück in Richtung der Ställe. Einer der Landrover kam hupend durch die Leute gefahren. Nick saß am Steuer.

»Jasmin Tabatabai. Du spielst deine Rolle großartig!«

Jasmin deutete eine Kettenfaust in seine Richtung an. Sie hatte in den letzten zwei Tagen zu ihrem Kummer festgestellt, dass Nick eigentlich ganz okay war. Er machte die Koordination mit der Security, sorgte dafür, dass sie was zu essen bekamen, und erzählte die neusten Storys vom Set, wenn sie weiter hinten absperren mussten.

»Fährst du bei mir mit zur nächsten Location?«

Das Angebot überraschte sie. Assadi Securities hatten schließlich ihren eigenen Van dabei.

»Komm schon, ich beiße nicht.«

»Das würdest du nicht wagen.« Sie winkte Kamal zu und signalisierte, dass sie im Landrover mitfahren würde. »Warten wir noch auf jemanden?«

»Nein. Mattie hat ihren eigenen Jeep, und Cal fährt in einem der Kleinbusse mit.« Er wendete und fuhr zurück.

»Was kommt als Nächstes?« Jasmin hatte ihren Drehplan in der Tasche im Van.

»Das Steilufer.« Nick sah auf die Uhr im Frontdisplay. »Dort müssen wir den Sonnenuntergang erwischen. Den Hafen und das Boot drehen wir dann morgen.«

»Das Boot gehört meinem Vater. Wir haben es gestern von Kiel aus rübergefahren.« Jasmin lächelte. »Er würde es nie zugeben, aber er ist so stolz auf den alten Kahn. Er hat ihn selbst wieder aufgebaut. Das Boot gab es schon, lange bevor ich auf der Welt war. Ich glaube, es war sein Geschenk an meine Mutter zur Geburt meines großen Bruders.« Jasmin wusste nicht genau, warum sie seit gestern dauernd an Azim denken musste. Vielleicht, weil plötzlich die ganze Familie auf einem Haufen war, spürte sie die Lücke stärker. Oder wegen dem Boot. In den Sommerferien nach Azims Unfall waren sie und Kamal bis rauf zu den schwedischen Schären gefahren. Jasmin war elf und hätte am liebsten den ganzen Tag über ›Take That‹ und Björn aus ihrer Parallelklasse geredet. Aber Kamal stand am Steuer und hörte gar nicht, was sie sagte. Ab und zu hielten sie irgendwo an, um einzukaufen oder eine Runde Training einzuschieben. Jasmin war froh, als die Ferien vorbei waren, und schwor sich, unter keinen Umständen jemals wieder auf dem Boot mitzufahren.

»Dein Bruder hieß Azim, stimmt's?« Nick klappte die Blende runter, um gegen die Sonne etwas sehen zu können. Jasmin, die gerade ihre Sonnenbrille aufsetzen wollte, stoppte mitten in der Bewegung.

»Was weißt denn du von meinem Bruder?« Sie merkte selbst, dass es ein bisschen zickig klang.

»Ich habe in Indien einen alten Freund von ihm kennengelernt.« Nick sah sie kurz an und dann wieder auf die Straße. »Sie haben als Kinder zusammen im Ashram gelebt.«

»Ach, echt?« Obwohl Azim normalerweise nicht gerade ihr Lieblingsthema war, hatte Nick sie neugierig gemacht. »Erzähl doch mal, ich weiß so wenig über meinen Bruder. Er war eigentlich nie da. Und dann ist er gestorben.«

Nick schien zu überlegen. »Na ja, ich schätze, du hast ein Recht darauf, es zu erfahren«, sagte er schließlich.

Die Fahrt zum Steilufer dauerte lange genug. Nick berichtete, was dieser Typ namens Siddarth ihm erzählt hatte.

»In Oregon haben sie dann kaum noch miteinander geredet. Siddarth war ziemlich integriert in den engsten Kreis um Bhagwan. Seine Wut auf Regina und Johannes hat er an Azim ausgelassen. Der Arme hatte keine Chance. Er musste die beschissenste Arbeit machen und durfte nicht in die coolen Cliquen. Mit dreizehn, vierzehn muss das ganz schön hart gewesen sein.«

»Regina und Johannes haben ein Kind gekauft? Ich fasse es nicht! Wie kann man nur so naiv sein?«

Nick lächelte. »Komm schon, sei nicht so hart. Ich habe versucht, mich in ihre Lage zu versetzen. Sie waren jünger als du heute. Sie dachten, sie tun ihm was Gutes!«

»Aber dass man Kinder nicht so einfach aus ihrem Umfeld reißen kann, weiß doch jeder!« Sie merkte kaum, dass sie mit der Faust auf die Ablage vor sich schlug. Der Kunststoff war heiß von der Sonne. »Aua!« Sie zog ihre Hand zurück.

»Jasmin, das ist dreißig Jahre her. Du kennst die nicht mehr, aber ich erinnere mich noch an die Fotos von Kindern aus Asien und Afrika, die hier wie Sauerbier zur Adoption angeboten wurden. Die 70er waren das Jahrzehnt der internationalen Solidarität. Postkoloniale Theorien gab es damals noch nicht.«

»Trotzdem. Und der arme Azim musste es dann ausbaden.« Sie verstand jetzt, warum sich Azim die wenigen Male, als sie sich sahen, geweigert hatte, ihr von Amerika zu erzählen. Und sie hatte ihn immer wieder damit genervt.

»Das stimmt allerdings.« Nick bog von der Hauptstraße ab. »Die Sache muss ihn noch lange danach beschäftigt haben. Siddarth hat 1992 über das Büro in New York eine Postkarte von ihm bekommen.«

»Das war das Jahr, in dem Azim gestorben ist.« Jasmin fühlte, wie ihre Zähne auf etwas Hartes bissen. Sie hatte an ihrer Brille herumgekaut, ohne es zu merken.

»Das habe ich mir auch ausgerechnet«, sagte Nick. »Er muss sie kurz vor seinem Tod geschrieben haben.«

»Und was stand drauf?« Sie hatten angehalten. Jasmin guckte in den Rückspiegel, um zu sehen, ob die anderen schon in Sicht waren. Waren sie aber nicht.

»Nur drei kurze Sätze. ›Bruder, du fehlst mir. Allah ist groß und gütig. Er wird uns vergeben.‹ Weißt du, ob Azim religiös war?«

»Mein Bruder war ein Junkie«, sagte Jasmin. »Er hat alles mögliche komische Zeug geredet.« Ihr fiel plötzlich die letzte Begegnung mit Azim ein. Es war ein paar Tage vor seinem Tod. Er hatte vor der Schule auf sie gewartet. Er kam nicht oft, aber wenn, dann brachte er ihr immer kleine Geschenke mit. Sie musste ihm versprechen, ihren Eltern nichts davon zu sagen. An diesem Tag war er ihr noch blasser und dünner als sonst vorgekommen. Seine Hände zitterten, als er ihr die kleine silberne Kette um den Hals legte, die sie heute noch trug. Sie griff danach, löste den Verschluss und gab sie Nick. »Das ist das Letzte, was er mir gegeben hat.«

»Eine Mondsichel.« Nick reichte ihr die Kette vorsichtig zurück. »Sein Sannyas-Name war Himanshu, der Mond. Aber die Sichel steht auch für den Islam. Hat er noch was gesagt?«

»Ich kann mich nicht richtig erinnern. Er hat ständig davon geredet, dass er aufhören will. Und dass er weggeht aus Deutschland. Ich glaube, er wollte gern in den Iran. ›Back to the roots‹ und so. Ich könnte mir schon vorstellen, dass er sich mit dem Islam beschäftigt hat.« Sie biss sich auf die Unterlippe. »Ich fürchte, ich hab das verdrängt.«

»Aber um in den Iran zu fliegen, brauchte er Geld. Meinst du, deine Eltern haben ihm was gegeben?«

»Die? Niemals. Kamal hasst das Regime, und Regina hätte ihren geliebten Azim nie freiwillig dem Propheten überlassen. Warum willst du das eigentlich alles wissen?«

Nick drehte sich um und nahm seine Papiere von der Rückbank. »Ich weiß auch nicht so genau. Ich habe eine vage Idee für einen Artikel über diese beiden Jungen, Azim und Siddarth. Ihre

Geschichte fasziniert mich. Als hätte das Schicksal ihrer beider Leben miteinander verknüpft. Das kling ziemlich pathetisch, oder?« Er lachte.

Jasmin blieb ernst. »Nein, das finde ich nicht. Du hast mir gerade geholfen, Azim mal wieder als Menschen und nicht als hirnlosen Junkie zu sehen. Es wäre schön, wenn Kamal das eines Tages auch könnte.«

Neben ihnen bremste ein Fahrzeug nach dem anderen. Eine große Staubwolke erhob sich vor der Windschutzscheibe und wehte über das Rapsfeld. Wenn es nicht bald regnete, würde hier alles vertrocknen.

Nick wollte aussteigen, aber Jasmin hielt ihn zurück. »Mir fällt gerade ein, wer ihm das Geld gegeben haben könnte. Frag doch mal Johannes. Ich mag ihn nicht besonders, aber Azim hatte immer einen guten Draht zu ihm. Sie waren schließlich zusammen in Amerika.«

»Johannes war auch in den USA?«

Jasmin sah aus dem Fenster. »Klar war der da. Frederike hat das Geld rangeschafft, und er hat es Bhagwan gegeben. Sie hatte damals einen Job bei der UN, ich glaube, in Nicaragua.«

»Danke für das Gespräch, Frau Tabatabai.« Nick reichte ihr die Hand und wurde wieder ernst. »Ich halte dich auf dem Laufenden.«

»Nicolas, der ewige Antiheld.«

»Wie bitte?«

»Na ja, Nicolas Cage. Sieht gut aus, hängt sich voll rein, aber am Ende hat er immer eine blutige Nase.« Sie öffnete die Beifahrertür.

»Wenn du wüsstest, wie recht du hast!«, rief Nick ihr über das Wagendach zu.

Jasmin lehnte sich an den Landrover und sah ihm nach. Er ging zu Cal und rief ihm etwas zu. Cal lachte und strich ihm kurz durchs Haar. Die kleine Geste sagte alles. Es tat fast nicht mehr weh.

61 Macht

Als Frederike die Leine an Bord zog, sah Johannes, dass ihre linke Hand leicht zitterte. Sie hatte abgenommen. Ihr Körper und auch ihr Gesicht erinnerten ihn mehr und mehr an die sehnigen, ausgepowerten Hochleistungssportler kurz vor dem Ende eines Turniers, wenn nur noch das Adrenalin sie auf den Beinen hielt.

Sie war erst aus Berlin zurückgekommen, als er schon schlief. Am Morgen fand er einen Zettel auf dem Nachttisch. Ihm war sofort klar, dass sie nicht mit ihm segeln gehen wollte, um ein romantisches Stündchen zu zweit zu verbringen. Regina konnte ihm auch nicht mehr sagen, als dass Frederike sie gestern Abend kurz angerufen und gebeten hatte, die Kinder zur Schule zu fahren.

Auf der Fahrt zum Hafen saß sie stumm neben ihm im Auto. Er versuchte sie mit Anekdoten über die Dreharbeiten aufzumuntern. Natürlich hatte sich Nele in den Hauptdarsteller verknallt, und Lina wollte in dem Sari zur Schule gehen, den ihr eine der Tänzerinnen geschenkt hatte. Frederike nickte, lächelte, aber Johannes hatte das Gefühl, all diese Dinge einer Fremden zu erzählen.

Jetzt steuerte sie den Katamaran vorsichtig durch die enge Hafenausfahrt. Kein anderes Boot war zu sehen. Die Hochseeangler waren wahrscheinlich schon zurück, und kaum ein Feriengast würde am Montagmorgen um halb acht zum Segeln gehen. Johannes saß schräg neben Frederike im Lotossitz auf der Sitzfläche des Kats. Er war hier schon als Kind, sooft es sein Vater erlaubte, morgens mit dem alten Fischer hinausgefahren. Die Sonne stand knapp über dem Horizont und ließ das Wasser wie eine gleißende Fläche erscheinen. Der schwarze Schatten eines Kormorans flog darüber hinweg. Er wünschte sich nichts mehr, als mit diesem Bild in die Meditation zu gehen. Aber seit dem Gespräch mit dem Major war es ihm nicht mehr möglich, seinen Geist frei in die Leere schweifen zu lassen. Sobald er die Augen schloss, spulte sein Ego Bilder und Gedankenfetzen ab, die wie ein rasender Lavastrom sein Bewusstsein vergifteten. Tote Soldaten in einem zerstörten Land starrten ihn mit leeren Augen an, seine eigene Familie auf der Flucht, gehetzte Kinderblicke, hämische Reporter, die Frederike verfolgten und bedrohten.

Er hatte versucht, rückblickend die Sitzungen auf dem Stützpunkt einer Supervision zu unterziehen, jeden einzelnen seiner Schritte als Therapeut auf mögliche Fehler hin zu untersuchen. Aber die nötige Konzentration wollte sich nicht einstellen. Dreimal hatte er zum Telefon gegriffen, um dem Major mitzuteilen, dass er aussteigen würde. Jedes Mal hatte er im letzten Moment aufgelegt.

Stattdessen begann das Warten. Er war sicher, dass sie ihn nicht aus seiner Verantwortung entlassen würden. Sie standen unter Druck, konnten es sich nicht leisten, neue Leute zu suchen, sie monatelang zu instruieren und womöglich ein weiteres Risiko einzugehen.

Und dann kam der Artikel in den *Kieler Nachrichten*. Wieder und wieder stellte er sich die Frage, warum ausgerechnet Frederike den toten Löffler hatte finden müssen. Es war, als ob das Schicksal ihn verhöhnte und ihn für seine Ambitionen und seinen Geltungsdrang bestrafte.

Johannes merkte, dass Frederike ihn beobachtete.

»Kirti, was hast du auf dem Herzen?«, fragte er. Seine Stimme musste anders klingen als sonst, er konnte es in ihrem Gesicht lesen. War es Enttäuschung, die sich darin spiegelte?

»Deine Stimme, dein Blick allein laden mich innerlich auf, du bist meine Energiequelle«, hatte sie zu ihm gesagt, als er sie bat, ihn zu heiraten. Die Quelle war bis heute niemals versiegt.

»Johannes, ich brauche deine Unterstützung. Bis zur Wahl sind es nur noch zwei Monate. Danach können wir wieder durchatmen.«

Er hätte beinahe laut aufgelacht. Frederike maß alles an ihren eigenen Maßstäben. »Ich unterstütze dich seit zweiundzwanzig Jahren. Hast du das vergessen?« Er versuchte zu lächeln, sie zu beruhigen, aber sie wandte den Blick ab und sah aufs Meer.

»Nicht so. Ich meine etwas anderes. Du hast neulich von meiner Verantwortung gesprochen. Aber ohne dich wäre ich nicht, was ich heute bin. Ich habe an dich geglaubt. Das ist deine Verantwortung. Du darfst mich jetzt nicht enttäuschen.«

Er wusste, dass sie seine Reaktion auf den Artikel meinte. Sie wollte hart am Wind segeln, und sie würde ihn nicht abspringen lassen. »Was hast du vor?«, fragte er.

Ihr Plan war einfach und gut. Sie würde als Einzige von der Sache profitieren. Die Partei war drauf und dran, die Koalition mit den Grünen noch vor der Wahl aufzulösen. Der Außenminister würde geopfert, um die Sache mit dem Bundesnachrichtendienst aus der Welt zu schaffen. Und Frederike würde hoch erhobenen Hauptes auf seinen freien Platz durchmarschieren. Die Einzige, die persönliche Konsequenz zeigte und damit ihr politisches Überleben sicherte. Sie musste noch nicht einmal lügen, denn ihr Standpunkt zum Krieg im Irak hatte sich nicht geändert.

Johannes war lange Zeit der Meinung gewesen, er sei ein überzeugter Pazifist. Den aufgebrachten Moslems vor dem Gerichtsgebäude in Poona war er nur mit seinem Lächeln entgegengetreten. Später hatte er erlebt, wie die Amerikaner, die rund um die neugegründete Stadt in Oregon lebten, die Einwohner von Rajneeshpuram mit Gewehren bedrohten. Diesmal waren es Christen, die Angst hatten vor einer Gemeinschaft, die nach ihren eigenen Regeln in Frieden leben wollte. Als ihn jemand fragte, ob er mit einer Waffe umgehen könne, sagte er die Wahrheit. Seinen Wehrdienst hatte er noch vor dem Studium in der Einheit absolviert, in der schon sein Vater und Großvater gedient hatten. Johannes wurde Mitglied der bewaffneten Ashrampatrouille. Die Zeit des Pazifismus war vorbei.

Seine Erfahrung hatte ihn gelehrt, dass die institutionalisierten Religionen der größte Feind eines freien und selbstbestimmten Lebens waren. Ob Vatikan oder al-Qaida, es machte keinen großen Unterschied. Die islamischen Fundamentalisten hinderten die Menschen an einem solchen Leben. Wenn sie sich selbst nicht verteidigen konnten, musste ihnen geholfen werden. Das hatte sich schon im Zweiten Weltkrieg gezeigt. Männer wie sein Vater wären niemals von selbst zur Vernunft gekommen. Als die USA und ihre Verbündeten Bagdad bombardierten, hatte er das als einen legitimen Akt der Befreiung angesehen. Inzwischen war er unsicher, ob Frederike nicht im Recht gewesen war. Aber jetzt war es zu spät für solche Einsichten. Er musste ihr klarmachen, dass ihr Plan nicht durchführbar war. Sie würde sich selbst die Falle stellen, die das politische Aus bedeutete.

»Du kannst deine geheimen Kanäle zurückpfeifen«, sagte er. »Es ist wahr. Sie haben Soldaten in den Irak geschickt. Ich selbst habe sie psychologisch auf den Einsatz vorbereitet.«

Ruckartig schoss ihr Oberkörper nach vorn, aber das Trapez schränkte ihre Bewegungsfreiheit ein. »*Was* hast du gemacht?« Ihre Augen sprühten grünes Feuer.

»Du hast getan, was in deiner Verantwortung stand. Ich habe das getan, was ich als meine ansah. Es war eine große Herausforderung. Jedenfalls dachte ich das bis vor zwei Wochen.«

Ihre Hand zitterte jetzt stärker. Sie brauchte eine Weile, bis sie den Karabiner losgehakt hatte. Johannes sehnte sich nach ihrer körperlichen Nähe, aber er konnte sich nicht vom Fleck rühren. Frederikes Gesicht war weiß vor Wut. Nur die Falte auf ihrer Stirn warf einen harten Schatten. »Und was hat deine Meinung geändert?«, fragte sie so leise, dass er sie kaum verstand.

»Frederike, ich glaube, dieses Projekt war nur ein Test. Ein neuer Angriff steht kurz bevor. Und dieses Mal wollen sie dabei sein. Damaskus, Teheran, ich weiß es nicht.«

»Du willst mir erzählen, während wir auf diplomatischer Ebene alles Menschenmögliche tun, um einen weiteren Krieg zu verhindern, rüstet sich die deutsche Bundeswehr für den Ernstfall?«

»Ich fürchte ja.« Er konnte sie nicht länger ansehen und schloss die Augen. »Und du kannst nichts dagegen tun. Denn wenn du ihnen zu nahe kommst, werden sie mich als Ersten den Medien zum Fraß vorwerfen. Sie haben uns in der Hand.«

»Wie oft habe ich mich gefragt, ob ich machtsüchtig bin, nur an meiner eigenen Karriere interessiert.« Ihre Stimme legte sich wie ein Soundtrack über die flimmernden Horrorfilme, die vor seinen geschlossenen Augen abliefen. »Damals, als ich nach dem Anschlag alles hinwerfen wollte, hast du mir gesagt, mit einem reinen Herzen könne ich alles erreichen. Du warst mein Spiegel, mein drittes Auge. Und in Wirklichkeit warst du es, der blind der Macht hinterherlief. Du hast Spaß an deiner Macht über Menschen. Die Leute in deinen Kursen, Regina, die Kinder, ich selbst – wir alle waren immer nur Figuren auf deinem gräflichen Schachbrett. Du hast uns hin und her geschoben, und wir haben es geschehen lassen, geblendet von deiner strahlenden Aura. Dann wurde es dir mit uns zu langweilig, und du wolltest ein neues, noch größeres Spiel spielen. Den Kick noch einmal spüren. Aber dieses Spiel war zu groß für dich, und jetzt sitzt du da und hast Angst. Angst um deine jämmerliche kleine Existenz.«

Eine Zeitlang hörte er nur das Rauschen des Windes, der zugenommen hatte. Er spürte, wie Frederike das Boot wieder unter ihre Kontrolle brachte. Hart am Wind.

In diesem Moment hörte er das Brummen der Jets. Kurz darauf donnerten die Geschütze. Einmal, zweimal, dreimal.

»Sieh mich an, Johannes.« Er zwang sich, die Augen zu öffnen. Sie waren hinter dem Stützpunkt, direkt unterhalb von seinem Meditationsplatz. Frederike starrte ihn an. »Steig aus.«

»Was? Was hast du vor?« Die Angst hatte ihn fest im Griff. Er konnte kaum noch atmen.

»Ich sagte, du sollst aussteigen.«

Johannes spürte die Wende erst, als er das Gleichgewicht verlor. Er rutschte vorne über die Kante. Seine Hand krallte sich um die Querverstrebung. »Frederike, was soll das? Hilf mir wieder hoch!«

Sie kletterte nach unten. Gleich würde sie ihm ihre Hand reichen. »Hast du Angst, Johannes?« Ihre Stimme war lauter als das Rauschen des Wassers unter ihm. »Du, der du mir beigebracht hast, meine Angst zu überwinden? Sie in die Kissen zu prügeln, die du mir gehalten hast? Ich war dein größter Erfolg, Johannes!« Ihr bitteres Lachen klang hart und metallisch in seinen Ohren. »Ich werde es dir beweisen. Hier und jetzt! Du brauchst einfach nur zuzusehen. So wie du es immer getan hast!«

Er sah ihren Fuß auf seine Hand zukommen. Dann folgte der Schmerz. Er ließ los.

Als er merkte, dass er in knietiefem Wasser lag, war das Boot schon meterweit entfernt. Er wollte ihr hinterherlaufen, aber es war zwecklos. Sie war zu schnell.

»Frederike!«, rief er.

Winkte sie ihm zu? Sie war schon kurz vor der Bojengrenze

am Stützpunkt. Die roten Signallampen blinkten weit über die Bucht.

Plötzlich wusste er, was sie vorhatte. Er riss sich die Schwimmweste vom Leib und stolperte ans Ufer. Keuchend rannte er die Holztreppe hoch. Er blickte sich um, aber die Büsche versperrten ihm die Sicht. Wie in Trance fand er den Tunnel zu seinem Meditationsplatz.

Wieder das Geräusch der Flugzeuge. Weiße Leuchtkugeln stiegen auf. Die Geschütze.

Johannes riss die Arme hoch. Der Katamaran durchbrach die Bojenreihe und raste mitten ins Sperrgebiet.

Er rannte zurück. Die Dornen der Heckenrosen zerkratzten ihm das Gesicht. Den Feldweg entlang. Der Weg war viel zu weit.

Du musst schneller laufen!

Er hörte das Pumpen seines Herzens. Begleitet von dem irrsinnigen Rhythmus. Die Flugzeuge. Das Donnern der Geschütze. Einmal, zweimal, dreimal. Als er endlich den Zaun erreichte, war es plötzlich still.

Dann hörte er die Sirene.

62 Extremtotale

Ein Sonnenstrahl traf den Reflektor, und für eine Sekunde schien das Boot in einem Lichtblitz zu explodieren. Mattie musste die Augen schließen. Als sie sie wieder öffnete, legte sich das Nachbild wie eine Doppelbelichtung über die Realität. Sie konnte Vivek und Rohini erkennen, die nebeneinander an der Reling standen. Die Kamerafrau winkte, und der silberne Reflektor verschwand hinter dem Steuerhäuschen.

Die vorletzte Einstellung. Fehlte nur noch die Extremtotale. Sie hatten versucht, einen Hubschrauber zu mieten, aber die Bundeswehr wollte keine Fluggenehmigung erteilen.

Obwohl der Wind zugenommen hatte, schien es gleichzeitig immer drückender zu werden. Das Team draußen auf dem Boot hatte wenigstens noch Kühlung durch das Wasser. An Land war es unerträglich.

Ein plötzlich die Schallmauer durchbrechender Jet machte Reden und Denken unmöglich. Die Lichtkugeln materialisierten sich am blauen Himmel. Es donnerte.

Nick war von der Kühlerhaube des Landrovers gesprungen und erschien neben ihr. »Bei jedem neuen *Star Wars*-Film habe ich mir immer dieselbe Frage gestellt. Und ich habe sie alle gesehen.«

»Ich weiß«, sagte Mattie.

»Wie fühlen sich die Leute, die auf dem Planeten, um den gerade gekämpft wird, ein ganz normales Leben führen? Ich meine, da oben wird ihr Schicksal von der Familie Skywalker unter sich ausgefochten, und sie stehen einfach da und gucken in den Himmel. Jetzt weiß ich, wie das ist.«

»Schön, dass du dich weiterbildest, Nick.« Mattie war nicht in Stimmung für seine gedanklichen Exkursionen. Sie musste zu Frederike auf das Gut und konnte Nick nicht sagen, warum. Die ewigen Lügen, das Herumlavieren und Sich-Zusammenreißen hingen ihr zum Hals heraus. Sie war müde und sehnte sich danach, allein mit Mascha den Strand entlangzulaufen.

Das Boot war jetzt außer Sichtweite auf dem offenen Meer.

»Gut, dass sie nicht mit Originalton drehen!«, rief Nick gegen das Heranbrausen des nächsten Jets.

Mattie sah auf die Uhr. »Hör mal, es ist jetzt kurz nach neun. Wir haben zwar versprochen zu warten, aber vor halb elf kommen sie nicht zurück. Ich muss mal eben aufs Gut zu Frederike. Bleibst du hier?«

»Was willst du denn bei ihr?« Nick wäre nicht Nick, wenn er nicht immer alles wissen wollte. Mattie seufzte. »Sie hat mich gestern Abend angerufen. Ich weiß nicht, worum es geht.« Das stimmte so. Sie ahnte es zwar, denn Frederike hatte gesagt, es ginge nicht um den Film, aber mehr auch nicht. Am liebsten hätte sie Nick die ganze Geschichte auf einem Silbertablett serviert, damit er doch noch zu seinem großen Auftrag kam. Aber sie hatte ihr Wort gegeben, und jetzt war sie leider daran gebunden.

»Kannst du mich mitnehmen? Ich muss auch noch was erledigen. Wir müssen ja nicht mit beiden Autos fahren.«

Mattie wusste nicht, was sie hätte einwenden sollen. Sie nahmen Nicks Wagen. Mattie sah ihm zu, wie er den Zündschlüssel umdrehte und mit viel Schwung und Staub rückwärts vom Parkplatz fuhr.

»Ist alles okay zwischen dir und Cal?«, fragte sie, als er den Vorwärtsgang einlegte.

»Prinzip Hoffnung«, antwortete Nick. »Es ist zumindest noch nicht vorbei.«

»Am Abend vor dem Dreh habe ich eure nassen Klamotten im Bad hängen sehen.« Sie hatte sie flüstern hören, draußen im Flur, und dann Nicks Lachen. Die Hände auf die Ohren gepresst, tief unter der Decke vergraben, war sie schließlich eingeschlafen.

»Mattie, wir müssen nicht um den heißen Brei herumreden.«

Er wusste Bescheid. Nick berührte kurz mit seiner rechten Hand ihren Oberschenkel. Die Geste kam ihr seltsam vertraut vor. Sie schwieg.

»Cal hat mir gesagt, was los ist.« Sie wollte etwas sagen, aber der Druck seiner Hand verstärkte sich. »Bitte, hör mir erst bis zu Ende zu. Dann kannst du was sagen. Okay?«

Mattie nickte.

»Es ist ihm herausgerutscht, weil ich ihn provoziert habe. Es war meine Schuld.«

»Nick, es tut mir so leid.« Sie konnte ihn nicht ansehen.

Er nahm die Hand weg und schlug plötzlich aufs Lenkrad. »Verdammt, können wir nicht einmal von jemand anderm reden als immer von mir? Wie wäre es zur Abwechslung mal mit dir, Mattie? Hallo!«

Mattie sah ihn an. Er warf ihr einen wütenden Blick zu.

»Hast du vor, weiter die sich aufopfernde Heldin zu spielen? Allein und hoch zu Ross? Immer jemand anderem den Vortritt lassen? Du sagst nie, was *du* eigentlich willst. Es kotzt mich an!« Er trat hart auf die Bremse und bog in die Allee zum Gut ein.

Der unerwartete Angriff traf mitten ins Schwarze. Mattie schüttelte den Kopf, unfähig, etwas zu sagen.

Nick stoppte den Wagen vor dem Gutshaus. Wie in Zeitlupe sah sie Johannes von Westenhagen die Vordertreppe zum Portal hochgehen. Wahrscheinlich erwartete er eine Schulklasse. Sie öffnete die Beifahrertür und stieg aus. Nick machte keinen Versuch, sie zurückzuhalten.

»Ich muss kurz zu Johannes. Wir treffen uns am Auto.«

Sie fragte ihn nicht, was er bei Johannes wollte. Erst als das Tor hinter ihr zufiel, wagte sie wieder zu atmen.

Mascha holen, in den Bus steigen und abhauen.

Fahren, bis sie Nicks Worte nicht mehr hörte.

Stattdessen zwang sie sich, die wenigen Schritte bis zur Tür zu gehen. Gerade als sie den Klingelknopf drücken wollte, kam Regina heraus. Mattie machte einen schnellen Schritt rückwärts.

»Hallo, Madita, alles in Ordnung? Suchen Sie jemanden?«

»Frederike hat mich herbestellt.«

Regina zuckte die Schultern. »Hier ist sie nicht. Sie wollte irgendwas mit Johannes erledigen, darum habe ich die Kinder zur Schule gefahren. Haben Sie mal draußen am Hafen nachgeguckt? Vielleicht ist sie auf dem Boot?«

»Nein, von da komme ich gerade. Am besten frage ich Johannes. Er ist vorne in der Halle.«

»Ich muss jetzt rüber in die Galerie. Ein Kunde kommt gleich vorbei.« Regina schloss die Tür hinter sich ab.

Mattie folgte ihr langsam durch das Holztor nach draußen. In ihrem Kopf wirbelten lose Gedankenfetzen durcheinander. Sie konnte jetzt nicht einfach abhauen. Sie musste ihren Job zu Ende machen. Ohne Totale kein Entkommen.

Sie lehnte sich ans Auto und betrachtete das Gut. Auf dem Dorfplatz spielten zwei von den Tänzern Kricket. Eine junge Frau mit einem Baby auf dem Arm blieb stehen und schaute zu. Ein Pick-up kam aus der Allee und hielt vor der Galerie.

Sie musste mit Frederike reden. Mit Nick reden. Mit Cal reden. Reden, reden, reden. Und wozu? Reden änderte überhaupt nichts.

Hinter dem Hotel wölbte sich ein Hügel. Obendrauf lag ein Hünengrab. Westdeutsche Hünen. Eine Insel aus Grün mitten im gelben Raps. Von der Kuppe abwärts zog sich die Linie der Windräder. Gleichmäßig drehten sich die Rotorblätter.

Drei Flügel.

Mattie.

Nick.

Cal.

Sie schienen einander zu jagen, und doch blieb der Abstand immer gleich.

»Das ist es!« Sie stieß sich ab und lief die Treppe hoch. Die Tür zur Halle stand einen Spaltbreit offen.

Johannes und Nick standen direkt vor der großen Vitrine. Keiner von beiden sagte etwas.

Nick hatte ihr den Rücken zugedreht. Johannes' Gesicht war gerötet, aber sie konnte nicht sagen, ob es Wut oder Verlegenheit war, die sein Gesicht beherrschte. Aber wie schon einmal schienen durch die Anspannung die harten Züge seiner Vorfahren stärker hervorzutreten.

»Hallo, störe ich?« Sie trat langsam näher.

»Ja«, hörte sie Nicks Stimme.

»Natürlich nicht«, sagte Johannes fast im selben Moment. Sie konnte sehen, wie er sich entspannte. Aber sein Lächeln wirkte künstlich, wie eine auswendig gelernte Pose. »Wir sind hier sowieso fertig. Was gibt es denn?«

Ohne weiter auf Nick zu achten, trat Mattie neben Johannes an das Modell. »Ich habe Frederike gesucht«, sagte sie wie um ihre Anwesenheit zu erklären.

»Sie ist nicht hier«, antwortete er leise, und für eine Sekunde meinte sie wieder diese tiefe Trauer in seinen Augen zu erkennen. Vielleicht hatten sie sich gestritten.

Mattie deutete auf das Modell. »Diese Windräder hier auf dem Hügel hinter dem Gut. Kann man da oben rauf?«

Johannes nahm den Themenwechsel dankbar auf. »Natürlich. Man kann jedes Windrad besteigen. Oben in der Gondel befinden sich das Getriebe und der Generator. Sie müssen regelmäßig gewartet werden.« Er ging zu einer der Schautafeln, auf der ein Modell des oberen Teils zu sehen war. »Sehen Sie, diese beiden Geräte hier. Das Getriebe enthält die Antriebswelle für die Rotorblätter.«

Bevor er weiter ins Detail gehen konnte, hakte Mattie ein. »Aber kann man von da oben runtergucken? Ich meine, gibt es eine Luke oder ein Fenster?«

»Nein. Die Firma hier auf dem Gut baut gerade einen neuen Prototyp, der gleichzeitig für Windmill-Climber gedacht ist. Obendrauf befindet sich eine Panoramaplattform.«

»Was für Climber? Na, egal.« Mattie biss sich auf die Unterlippe. Ihre tolle Idee war ein Schuss in den Ofen.

»Aber Sie können das ganze Dach der Gondel hochklappen. Dann haben Sie einen herrlichen Blick.« Johannes verschwand hinter der Schautafel. Sie folgte ihm zu einem maßstabsgetreuen Windrad aus weißem Plastik, das ungefähr einen Meter hoch war. Das Dach der Gondel ließ sich an zwei Scharnieren bewegen.

»Kann ich das mal sehen? Ich meine, in echt?«

Johannes sah sie an, die Hand immer noch an der geöffneten Plastikgondel. »Theoretisch schon. Sie wollen jetzt da hoch?«

Sie hatte das Gefühl, er wollte sie abwimmeln, ohne die Regeln der Höflichkeit offen zu verletzen. Seine rechte Hand spielte nervös mit dem weißen Plastikdach. Mattie bemühte sich um einen freundlichen und unverbindlichen Tonfall. Johannes tat ihr leid. Er wirkte kraftlos und müde. »Es ist für die letzte Einstellung. Heute Nachmittag sind Sie uns los.«

Dieser Gedanke schien ihm einen Teil seiner Energie zurückzugeben. »Also gut, ich hole nur schnell den Schlüssel.« Er verschwand hinter einer Bürotür.

»Mattie, du kannst nicht mit ihm da hochgehen!« Nick war ja auch noch da.

»Nick, ich habe einen Job zu Ende zu bringen. Danach kannst du mich anschreien, soviel es dir gefällt. Aber nicht jetzt. Du kannst ja am Auto warten.«

»Nein!« Bevor Nick weitersprechen konnte, kam Johannes zurück.

»Es wird ein Gewitter geben«, sagte er, als sie aus der Tür traten. »Und dann schlägt das Wetter um.« Es klang, als bezögen sich seine Worte nicht nur auf das Wetter.

Mattie kümmerte sich nicht weiter um Nick, sondern ging neben Johannes über den Dorfplatz. »Wie stellen Sie sich das eigentlich vor?«, fragte sie ihn. »Werden Sie irgendwann das ganze Land hier mit Windrädern vollbauen?«

»Nein. Das will niemand.« Johannes ging ziemlich schnell, aber sie blieb dran. »Die Zukunft liegt offshore.«

»Sie wollen die Dinger ins Meer bauen?«

Er lachte nicht. »Natürlich. Dort stören sie niemanden. Und es gibt immer Wind.«

»Ich weiß nicht. Finde ich trotzdem eine komische Vorstellung. Die Weite des Meeres und so weiter. Sie zerstören das romantischste aller Bilder.«

Sie nahmen einen kleinen Pfad durch das Rapsfeld. Er führte steil bergauf. Mattie drehte sich um. Nick folgte ihnen. Er winkte ihr zu und schüttelte den Kopf.

»Das ist reine Gewöhnungssache. Als Don Quichotte die ersten Windmühlen sah, fühlte er sich auch gestört. Heute sind sie Teil der Landschaft und stehen unter Denkmalschutz.«

Mattie betrachtete die Türme aus konisch zulaufendem Beton, die wie gigantische Baumstämme aus dem Raps wuchsen. Sie erinnerten sie an den Fernsehturm am Alexanderplatz.

Johannes schloss die kleine Tür im Betonsockel auf.

»Mattie!«, rief Nick hinter ihr. »Warte doch mal! Ich glaube, ich habe mir den Fuß verknackst.«

»Kommen Sie, Madita?« Johannes stand wartend im Eingang. Er schien Nick nicht gehört zu haben.

»Nick, du warst schon immer ein Hypochonder. Setz dich einfach hier unten hin und warte. Ich bin gleich wieder da!«

Mattie trat ein und blieb stehen, bis sich ihre Augen ans Halbdunkel gewöhnten. Eine Reihe von Neonröhren war die einzige Lichtquelle. Sie führte senkrecht nach oben. In einer Ecke erkannte sie einen offenen Lastenaufzug. Fragend sah sie zu Johannes.

»Der ist nur für Geräte. Die neuen Räder haben alle Personenlifte, aber diese hier stammen noch aus den Anfängen. Sie müssen die Leiter hoch.« An einem Brett an der Wand hingen ein paar Gurte. Er reichte ihr einen. »Damit können Sie sich sichern, falls Sie einen Krampf bekommen. Ansonsten gibt es alle zehn Meter eine Plattform, auf der Sie sich ausruhen können.«

Sie legten die Gurte an. Johannes begann als Erster, die Sprossen hochzusteigen. Die Leiter schien ins Unendliche zu führen.

»Wie hoch ist der Turm?«

»Vierundachtzig Meter. Es gibt noch höhere.«

Die nächsten zehn Minuten sprachen sie nicht mehr. Mattie

musste sich zwingen, nicht nach unten zu sehen. Einmal trat sie vorsichtig auf eine der Plattformen, aber als sie meinte, ein leichtes Schwanken zu spüren, kletterte sie lieber weiter. Immer in Bewegung bleiben.

Sie hörte unter sich ein Geräusch. Das konnte nur Nick sein. Warum ließ er sie nicht einfach in Ruhe?

Oben wurde es enger. Sie konnte sich mit dem Rücken an die Wand des Turms lehnen, um ihre Arme auszuschütteln.

Endlich stieß sie auf die Füße von Johannes. »Bitte sichern Sie sich.« Seine Stimme klang gepresst. Schnell hakte sie den Karabiner um die Sprosse vor sich. Sie hörte Johannes keuchen, als er mit beiden Händen gegen die Luke drückte. »Sie klemmt ein bisschen.«

Es gab ein lautes Krachen, dann verschwand Johannes. Mattie hakte sich los und kletterte schnell hinterher. Sie befanden sich in einem Raum, der ungefähr so groß war wie ihr Bus. Die beiden Maschinenblöcke standen hintereinander und nahmen fast die ganze Breite ein, so dass man sich daran vorbeiquetschen musste. Nur in der Mitte war ein kleines Stückchen Raum freigelassen worden, wahrscheinlich für die Inspektoren. Dort erwartete Johannes sie.

»Schwankt die Gondel oder fühlt es sich nur so an?«

»Natürlich schwankt sie. Sie muss schwanken. Waren Sie noch nie auf einem Wolkenkratzer?«

Mattie schüttelte den Kopf.

Johannes öffnete eine Klappe, steckte einen Schlüssel hinein und drehte ihn um. Das Dach über ihnen hob sich ab wie in einem Cabrio. Zuerst spürte sie den Wind. Dann sah sie den Himmel. Und dann die Felder, das Gut, die Straße zum Meer. Da war der Hafen. Rechts ein Hubschrauber.

»Ich hab's doch gewusst! Das ist das Bild, das wir brauchen. Würden Sie den Regisseur und die Kamerafrau hier herauflassen? Sie müssten jeden Moment zurückkommen.« Der kleine schwarze Punkt weit hinter der Mole war vielleicht das Fischerboot.

Plötzlich erschien Nick direkt neben ihr. Er hustete. Seine physische Nähe war ihr unangenehm nach dem, was vorgefallen war. Aber sie konnte nicht ausweichen, ohne Johannes zu berühren.

»Scheint ja nicht so schlimm zu sein, dein Fuß!«, rief sie ihm zu, nur um etwas zu sagen. Er schüttelte den Kopf. »Ist das nicht toll hier?«

Statt den Ausblick zu genießen, ließ er den Kopf einmal nach unten fallen, holte tief Luft und kam wieder hoch.

»Sie sind Ravindra!«, keuchte Nick. »Es ist nicht wahr, dass Sie Azim nur das Geld gegeben haben. Sie haben ihn umgebracht!« Sie folgte seinem Blick.

Johannes schüttelte stumm den Kopf. Eine Strähne seines grauen Haares fiel ihm ins Gesicht, aber er strich sie nicht zur Seite. Er murmelte etwas, das sie nicht verstand. Dann verschwand er hinter dem Generator. Nick wollte auf seiner Seite ebenfalls wieder zurück, aber sie hielt ihn fest.

»Nick, was ist hier los?«

Er zog sie einfach hinter sich her. Als sie hinter dem Generator ankamen, ging Nick auf die Knie und griff in die Luke. »Aua!« Seine Hand kam wieder hoch, gefolgt von einem lauten Knall. Die Luke war zu.

»Lass uns raus, damit kommst du nicht durch!«, brüllte Nick und trommelte auf das geschlossene Eisenblech.

»Sie sind hier unerlaubt eingedrungen. Und die Luke klemmt. Fragen Sie Ihre Freundin!« Die Stimme klang dumpf und fremd.

Nick hatte sein Telefon in der Hand. »Kein Empfang. Scheiße!« Er schmiss das Handy auf den Betonfußboden.

Mattie beobachtete, wie es aufschlug und über den Boden bis zur Wand rutschte. »Nick!« Sie schrie ihm ins Gesicht, so laut sie konnte. »Was ist hier los?«

Der Wind brauste mit zunehmender Lautstärke in ihren Ohren.

Nick trat ganz nah an sie heran. Er legte seinen Arm um ihre Schulter.

Es donnerte. Mattie sah nach oben. Weit und breit war kein Flugzeug zu sehen.

Der Himmel war immer noch blau. Die Sonne schien. Der Raps leuchtete.

Nur das Meer glitzerte nicht mehr. Es war schwarz. Blitze zuckten über das Wasser. Ein Gebirge aus Wolken trieb direkt auf sie zu.

Mattie fühlte, wie eine ehemals nebensächliche Information laut an die Türen ihres Bewusstseins klopfte. Sie brachte ihren Mund ganz nah an Nicks Ohr.

»Sieh dort runter und sag mir, wie unsere Chancen stehen«, flüsterte sie. »Dieses Ding hat keinen Blitzableiter.«

63 Kyai

Kamal stand hinter seiner Tochter am Steuer der *Regina*. Jasmin drehte das Rad nach rechts und winkte dem Regisseur zu, der ihr Handzeichen gab. Kamal trat einen Schritt zur Seite, um sie zu betrachten. Aus dem Mädchen, dem er vor der Küste Schwedens beigebracht hatte, das Schiff zu lenken, war eine erwachsene Frau geworden. Eine Frau voller Kraft und Energie, die sich von niemandem vorschreiben lassen würde, wie ihr Leben auszusehen hatte. Schon gar nicht von ihm. Der Gedanke, dass sie vielleicht zum letzten Mal gemeinsam auf der *Regina* über die Ostsee fuhren, verursachte einen tiefen Schmerz. Er sah aus dem Fenster. Das Meer erstreckte sich wie ein Teppich bis zum unbekannten Horizont. Wohin würde Jasmins Weg führen? Und wohin sein eigener?

Für Kamal war das intuitive Gefühl für Gefahr ein verlässliches Sinnesorgan wie jedes andere. Egal ob vor ihm oder hinter ihm, er spürte den Angriff, bevor seine Augen ihm den Beweis dafür lieferten. Er drehte sich um und sah die Wolkenwand, die sich von Nordosten her näherte. Obwohl sie noch weit entfernt war, wusste er die Zeichen zu deuten. Die Ostsee war ein jähzorniges Meer. Sie becircte ihre Liebhaber, spielte für sie die Rolle eines harmlosen, verträumten Binnenmeeres, nur um sich dann mit einem Donnerschlag der unberechenbaren Wildheit der Ozeane zu erinnern. In solchen Momenten verdunkelte sich ihr Antlitz, und sie überfiel ihre Opfer ohne Gnade, egal ob russische Yachtbesitzer, schwedische Segler oder afghanische Flüchtlinge. »Jasmin, wir müssen hier Schluss machen.«

Wie um seine Worte zu unterstreichen, schoss eine Bö unter das

Boot und ließ es auf und nieder tanzen. Jasmin umklammerte das Steuerrad und korrigierte den Kurs zurück in Richtung der Mole. Der Produzent kam ins Steuerhaus gelaufen.

»Der Hauptdarstellerin ist übel. Können wir schnellstmöglich zurück in den Hafen?«

Kamal deutete hinter sich. »Wir können froh sein, wenn wir noch rechtzeitig an Land kommen. Das Wetter schlägt um.«

Achim Sanders deutete auf das Fenster. »Sie meinen, das ist nicht nur ein kurzes Gewitter?«

Kamal schüttelte den Kopf. »Kann sein, kann nicht sein. Im Seewetterbericht haben sie Regen und Sturm angekündigt.«

»Dann muss ich meine Totale wohl abschreiben. Vielleicht kriege ich irgendwo eine in den Bilderbanken.« Er ging wieder nach draußen, und Kamal sah, wie er dem Regisseur etwas ins Ohr rief.

»Bleib auf diesem Kurs«, sagte er zu Jasmin. Sie nickte, ohne sich umzudrehen. Es gab keinen Grund, ihr das Steuer abzunehmen. Sie hatte ihr Ziel ins Auge gefasst und würde es beibehalten, egal was um sie herum geschah.

Zehn Minuten später schossen sie durch die Hafeneinfahrt. Sie hatten auflandigen Rückenwind, der sie vor sich her trieb. Plötzlich nahm Jasmin eine Hand vom Steuer und deutete nach vorn. »Kamal, was ist das?«

Es sah aus wie ein Surfbrett, das quer vor ihnen im Wasser trieb. »Versuch auszuweichen. Wenn es in die Schraube kommt, können wir einpacken.«

Sie riss das Steuer herum und verfehlte das Ding um wenige Zentimeter. »Kannst du mal halten?« Er griff nach dem Holzrad und sah, wie sie aus der Kabine stürzte und sich über die Reling beugte. Als sie zurückkam, dachte Kamal im ersten Moment, sie sei seekrank. Ihre Haut hatte eine olivgrüne Färbung.

»Xiao Zhanshi, was ist los?« Ihre Augen waren dunkel und riesengroß. Auf einmal sah sie wieder so jung aus, dass er sie am liebsten in den Arm genommen hätte.

»Das Ding da. Papa, es war eine Kufe von Frederikes Katamaran!«

In diesem Moment sahen sie beide den Hubschrauber, der

direkt auf sie zuflog. Das Geräusch machte jedes Reden unmöglich. Er hatte die grüne Farbe der Bundeswehr. Sie konnten sogar das Gesicht des Piloten im Cockpit erkennen. Über ihnen zog er eine Kurve und flog nach links ins Sperrgebiet. Quer über die Seite war ein großes rotes Kreuz zu erkennen. Kamal spürte die Hand seiner Tochter an seinem Arm.

»Papa, ihr ist etwas passiert! Ich muss zu ihr! Sie hat mich nie mitkommen lassen, und ich habe ihr immer gesagt –«

Er griff mit der rechten Hand hinter sich, bis er ihre Schulter spürte. »Jasmin, wir können nicht umkehren. Wir würden nicht mal mehr heil aus dem Hafen rauskommen. Wir legen an, Nick und ich fahren die Leute aufs Gut, und du fährst mit Madita zum Stützpunkt.« Er spürte, wie sie zitterte. Unwillkürlich fragte er sich, ob sie um ihn auch so zittern würde. Im nächsten Augenblick schämte er sich dafür.

Jasmin rannte hinaus und sprang ans Ufer, bevor er das Boot in die endgültige Position gebracht hatte. Kamal vertäute es, so fest er konnte, und wartete, bis der Produzent seine Hauptdarstellerin an Land gebracht hatte. Die anderen reichten das Equipment herüber und folgten ihm. Er prüfte noch einmal die Knoten und wünschte der *Regina* im Stillen alles Gute. Sie hatte schon schlimmere Stürme überstanden. Dann folgte er den anderen zu den Autos.

»Mattie und Nick sind nicht hier!«, rief ihm seine Tochter zu. Achim Sanders hatte das Handy am Ohr und fluchte, weil er keine Verbindung bekam. Cal, der Regisseur, versuchte ebenfalls zu telefonieren.

Kamal ging zu dem Landrover, der noch auf dem Parkplatz stand. Der Schlüssel steckte.

»Jasmin, du fährst mit dem Jeep. Ich nehme den Van. Aber du fährst vorsichtig, hast du mich verstanden?« Das Bild von dem Autowrack inmitten der blühenden Kirschbäume würde ihn nie mehr loslassen, bis zu dem Tag, an dem er starb. »Warte!« Sie hatte sich bereits auf den Vordersitz geworfen, aber er erwischte sie noch, bevor die Tür zugefallen war. »Jasmin, sag mir bitte, was James Forrester von dir wollte!«

Ihre Überraschung war echt. »Nichts, Papa. Ich habe ihn zum

ersten Mal bei dem Überfall gesehen. Er ist ein fantastischer Kämpfer, aber was hat das alles mit Frederike zu tun?« Er sah, wie ihr die Tränen in die Augen stiegen.

»Ich erkläre es dir später, Zhao Xanshi. Fahr jetzt los.« Er warf die Autotür zu, damit sie seine eigenen Tränen nicht sah. Dann wandte er sich zu den anderen um, die auf dem Parkplatz standen und warteten.

»Es wird ein bisschen eng, aber ich werde Sie jetzt alle aufs Gut bringen.« Er schnappte sich die nächstbeste Tasche und öffnete den Kofferraum des Vans. Die Kamerafrau warf ihm einen dankbaren Blick zu und reichte ihm ein Stativ.

Kurze Zeit später lenkte er den Wagen vom Parkplatz. Neben ihm saßen Achim Sanders und Cal.

»Ich versteh das nicht«, sagte der Inder und sah auf sein Handy. »Die beiden wollten doch hier warten. Und jetzt gehen sie nicht mal ans Telefon.«

»Das nächste Mal arbeite ich nur noch mit Profis«, fluchte der Produzent.

Kamal kannte solche Diskussionen zur Genüge. Sobald irgendwas schiefging, schrien alle nach Professionalität. »Entschuldigen Sie, wenn ich mich einmische«, sagte er. »Aber ich fürchte, es ist ein Unfall geschehen. Wir haben ein Wrackteil von Frederikes Boot gefunden.«

»Was ist mit Frederike?«, rief Sanders. »Wieso erfahre ich erst jetzt davon?«

»Wir wissen noch nichts. Meine Tochter ist zum Stützpunkt gefahren.«

»Hoffentlich ist Nick und Mattie nichts passiert«, murmelte Cal und sprach Kamals eigene Gedanken aus. Er hätte sie niemals in die Sache hineinziehen dürfen.

Vor dem Gasthof hielt er an, um die Schauspieler aussteigen zu lassen. Dann fuhr er mit dem Team weiter zum Gutshaus. Der Parkplatz vor dem Tor war voller Autos – Frederikes Landrover, Johannes' Volvo, Reginas Passat und der Leihwagen von Mattie. Kamal parkte den Van daneben ein. Er wandte sich an Cal. »Sehen Sie in Ihrer Wohnung nach? Ich gehe ins Gutshaus.«

Cal nickte.

»Wir laden nur schnell das Equipment aus, dann treffe ich Sie im Haus«, sagte Achim Sanders.

Kamal ging hinter Cal durch das Holztor. Der Garten war eine blühende Oase. Regina hatte sich das Zuhause geschaffen, von dem sie immer geträumt hatte.

Er klingelte, aber nichts rührte sich. Also drückte er mit der Handfläche auf alle Klingeln. Er trat einen Schritt zurück. Für eine Sekunde glaubte er, eine Bewegung hinter dem Vorhang am offenen Fenster gesehen zu haben.

»Hallo! Ist jemand da?«

Niemand antwortete. Es war nur der Wind, der immer stärker wurde.

Er spürte jemanden hinter sich und drehte sich um.

Cal schüttelte den Kopf.

»Ihr Wagen ist da. Also müssen sie irgendwo in der Nähe des Gutes sein.«

»Aber warum funktionieren die Handys nicht?«

Kamal zuckte die Schultern. »Sind die beiden ein Paar? Vielleicht wollten sie ungestört sein.«

»Ja, vielleicht.« Der Regisseur, der in den letzten drei Tagen ein ganzes Filmset dirigiert hatte, stand vor ihm wie ein hilfloser Junge. Das Weiße seiner Augen war vor Müdigkeit gerötet.

Kamals Handy klingelte. »Jasmin?«

Sie war so aufgeregt, dass er sie kaum verstand. »Sie haben sie in die Uniklinik nach Kiel geflogen. Es steht ziemlich schlimm. Ich muss sofort hin!« Er hörte sie weinen.

»Jasmin, soll ich mitkommen?«

»Nein, Papa. Ich rufe dich an. Wir treffen uns zu Hause, okay?«

»Jasmin!« Sie hatte aufgelegt.

Der Produzent kam hinter ihnen durchs Tor gelaufen. »Haben Sie jemanden erreicht?«, fragte er Kamal.

»Frederike ist in die Uniklinik Kiel gebracht worden.«

»Ich fahre sofort hin.« Sanders stieg in sein Auto, ohne eine Antwort abzuwarten.

»Hat sie was von Mattie und Nick gesagt?«, fragte Cal.

Kamal schüttelte den Kopf. »Sie suchen das Gut ab und überlegen noch mal, wo sie sein könnten. Ich gehe kurz zu meiner Ex-

Frau rüber in die Galerie. Wir treffen uns dort wieder.« Ein bisschen Bewegung würde dem Jungen guttun.

Sie trennten sich vor dem Tor. Kamal ging zu dem reetgedeckten Ziegelbau, in dem Regina ihren Showroom hatte. Als er eintrat, polierte sie gerade mit gleichmäßig kreisenden Bewegungen einen dunklen Holztisch.

»Regina, weißt du schon, was passiert ist?«

Sie fuhr hoch. »Kamal! Ist was mit Jasmin?«

Er hatte schon fast vergessen, dass Jasmin auch ihre Tochter war. »Frederike hatte einen Unfall im Sperrgebiet. Sie ist in Kiel in der Klinik. Jasmin ist hingefahren.«

Regina ließ den Lappen fallen und griff automatisch nach den Zigaretten, die auf dem Schreibtisch lagen. »Wo ist Johannes?«

Kamal war überrascht, dass er selbst sich diese Frage noch nicht gestellt hatte. Wie zur Antwort hörten sie das Geräusch von aufspritzendem Kies und sahen den Volvo mit überhöhter Geschwindigkeit vor dem Fenster vorbeifahren. Es war also doch jemand im Gutshaus gewesen.

Regina machte einen Schritt in Richtung Tür und blieb stehen. »Ich werde hier bleiben. Jemand muss die Mädchen abholen.« Sie hielt ihm ihre Zigarettenschachtel hin, und er nahm sich eine American Spirit.

»Hast du Mattie und Nick gesehen, den großen Blonden?«

»Ich weiß, wer das ist.« Sie zog nervös an ihrer Zigarette. »Mattie hat Frederike gesucht.«

»Und du weißt nicht, wo sie hingegangen ist?«

Regina schüttelte den Kopf. »Ich glaube, sie wollte Johannes fragen. Er war in der Halle.«

»Johannes?« Er sagte es schärfer als nötig. »Bitte ruf ihn auf dem Handy an und frag ihn, wo sie sind.«

Ihr Gesicht wurde hart und verschlossen. »Kamal, seine Frau hatte einen Unfall. Der Mann hat jetzt andere Sorgen, auch wenn du ihn nicht leiden kannst.«

»Regina, ich habe meine Gründe. Bitte ruf ihn an!«

Regina machte noch einen Schritt in Richtung Tür. Aber sie zog ihr Handy raus und wählte. Sie trat hinaus, damit er nicht zuhören konnte. Er sah sie durch die Scheibe gestikulieren. Dann steckte sie ihren Kopf wieder herein. »Kamal, ich mache jetzt hier zu und warte drüben auf Nachricht. Johannes lässt dir sagen, Madita und Nick wollten noch einen Drehort suchen. Er ist auf dem Weg ins Krankenhaus.« Ohne ein weiteres Wort schloss sie die Galerie ab und lief in Richtung Gutshaus.

Kamal blickte nach oben. Die Wolkenwand war über das Meer herangekommen und verdunkelte bereits den Himmel. Von der anderen Seite schien immer noch die Sonne und ließ den gelben Raps und die weißen Windräder in einem unwirklichen Licht leuchten. Der Wind, der ständig zugenommen hatte, schien unvermittelt nachzulassen.

Auf dem Hünengrab auf dem Hügel hinter dem Dorf sah er Cals dunkelrotes Hemd scharf zwischen den Bäumen hervortreten. Die Sicht war so klar, dass er sogar seine silberne Halskette zu erkennen glaubte.

Kamal ging nach links und bog in die Allee ein, wo er im Vorbeifahren einen Feldweg gesehen hatte, der durch den Raps führte. Cal kam ihm auf der Hälfte des Weges entgegen. Sein fragender Blick verriet, dass es von seiner Seite keine Neuigkeiten gab.

»Von Westenhagen sagt, sie wollten noch einen Drehort suchen«, sagte Kamal ohne Umschweife. »Was für ein Ort könnte das sein?«

»Die Totale«, antwortete Cal. »Deswegen war ich hier oben. Aber sie sind nicht da, und der Standort ist viel zu niedrig.«

»Du meinst, sie haben nach einem hohen Punkt gesucht?«

Cal nickte. Kamal sah sich um.

In diesem Moment verschwand die Sonne hinter den Wolken, und die Welt um sie herum wurde dunkel. Oben auf den Windrädern schalteten sich automatisch die roten Warnleuchten für Flugzeuge ein. Die warme Luft schien zu stehen. Nicht einmal ein Vogel war zu hören.

Ein doppelstimmiges *Kyai!* zerschmetterte die Stille.

»Oben auf dem ersten Windrad!«, rief Kamal.

Ein Blitz erhellte die Szene, gleich darauf folgte der Donner. Der Sturm kam mit voller Wucht und peitschte den Regen vor sich her.

Sie rannten quer durch den Raps bergauf. Kamal achtete nicht darauf, dass Cal hinter ihm zurückblieb.

Die Tür zum Turm war abgeschlossen.

64 Jenseits

Für ein paar Sekunden schien die Zeit stillzustehen und mit dem Echo ihrer beiden Stimmen zu jonglieren. Dann brach die Hölle los.

Sturm und Regen kamen zuerst, dicht gefolgt von Blitz und Donner. Mattie fühlte, wie Nick sie herunterzog. Sie hockten sich dicht aneinander in die äußere Wölbung der Gondel. Die beiden Maschinenblöcke boten keinen Schutz. Sie hätten ebensogut in einem offenen Boot draußen auf dem Meer treiben können.

»Vielleicht hat uns ja doch jemand gehört!« Sie wollte nicht aufgeben. Noch nicht.

»Im Zweifelsfall von Westenhagen.« Nick war dagegen gewesen, den Trick mit dem Kung-Fu-Schrei auszuprobieren. Aber etwas Besseres war ihm auch nicht eingefallen.

Mattie hob den Kopf und versuchte die Augen aufzumachen, ohne dass sie sofort voll Wasser liefen. Es war so dunkel, als wäre schon mittags die Sonne untergegangen. Die rote Warnleuchte auf dem Windrad und die weißen Blitze waren die einzigen Lichtquellen. Wie im Einzelbildmodus einer Filmkamera sah Mattie die riesigen Rotorblätter mal vor sich und mal über sich aufschimmern.

Bei jedem neuen Blitz verkrampfte sich ihr Körper, als wolle er sich gegen das Unausweichliche zur Wehr setzen. An ihrer linken Seite spürte sie Nicks Muskeln wie ein Echo ihrer eigenen.

Mattie dachte an Cal. Nicks Gedanken schienen in dieselbe Richtung zu gehen. »Willst du mir noch was sagen, für den Fall, dass es schiefgeht?«

Sie schlug mit der Faust nach ihm, aber er erwischte ihre Hand und hielt sie fest. »Ich habe dich schrecklich vermisst!«

Blitz und Donner krachten fast gleichzeitig auf sie herunter. Nicks Hand verriet ihr, dass er sie trotzdem gehört hatte. Mattie machte die Augen zu.

Es hörte auf zu regnen. Dann war auch der Wind nicht mehr zu hören.

Sie war tot.

Langsam öffnete sie die Augen. Egal, an was man glaubte. Kein

Gott würde sich den Scherz erlauben, das Jenseits mit Neonröhren zu beleuchten. »Nick, das Dach ist zugegangen! Wir sind gerettet!«

»Das kann man so oder so sehen«, sagte Nick. Er hielt immer noch ihre Hand fest. Als sie ihn ansah, nickte er zu dem Schaltkasten zwischen den beiden Maschinenblöcken. Der Kasten war offen. Johannes von Westenhagen hatte ein Gerät in der Hand, das aussah wie eine Haarschneidemaschine.

»Dies ist ein Elektroschocker«, sagte er. »Wenn einer von Ihnen mir zu nahe kommt, jage ich ihm fünfhunderttausend Volt durch den Körper.«

Matties Muskeln spannten sich wieder an. Sie merkte, wie ihre Zähne aufeinanderschlugen.

»Das ist doch reine Verschwendung«, sagte Nick leise. »Erst erzeugen Sie umweltfreundlichen Strom, und dann schmeißen Sie ihn für so einen Unsinn zum Fenster hinaus. Sie brauchen uns doch nur hier oben sitzen zu lassen.«

»Dafür ist es jetzt zu spät. Der Inder und der Perser suchen Sie schon. Sie kriechen auf meinem Land herum.« Er nickte Mattie zu. »Ich habe Ihnen doch gesagt, es bringt Ärger, wenn Sie Kamal Assadi hierher holen. Es ist Ihre eigene Schuld.«

Ein Fünkchen Hoffnung ließ ihr Gehirn wieder anspringen. Wenn sie das Kyai gehört hatten … Wenn …

Johannes wechselte das Gerät in die linke Hand und öffnete mit der rechten einen Rucksack, den er offenbar mitgebracht hatte. »In spätestens fünfzehn Minuten wird das Getriebe heiß laufen, und dann wird die Gondel in Flammen aufgehen. Ich werde dann längst wieder unten sein. Der Blitzeinschlag ist ein bedauerliches Risiko bei diesen alten Rädern.«

Mattie spürte Nicks Herzschlag. Der Rhythmus hämmerte das Adrenalin durch ihre Finger und setzte ihren Überlebenswillen in Gang. Jede zusätzliche Minute erhöhte ihre Chancen. »Kamal Assadi und Cal werden merken, dass es kein Unfall war«, sagte sie. Ihre Stimme klang heiser und fremd.

»Wer glaubt schon zwei Ausländern?« Er hatte jetzt einen Schraubenzieher in der Hand und schraubte an einer Platine oder etwas Ähnlichem herum. »Assadi kann froh sein, wenn er nicht mit dem nächsten Flugzeug nach Hause fährt. Diese elenden Fanatiker!«

»Der Inder ist kein Moslem«, sagte Nick.

»Woher wollen Sie das wissen? Die sehen auch nicht anders aus als Hindus. Ich weiß es aus eigener Erfahrung.« Er löste die Platine vorsichtig ab und legte sie oben auf den Kasten.

»Nein«, beharrte Nick. Mattie spürte seine Hand kalt und feucht in ihrer. Worauf wollte er hinaus? »Er ist nicht beschnitten. Ich muss es wissen, ich bin schließlich mit ihm zusammen.«

»Pfui Teufel!« Johannes drehte sich zu Nick um und spuckte ihm ins Gesicht.

Nick wischte sich mit der linken Hand, die nicht Mattie festhielt, ab. »Denken Sie nicht, ich wollte Ihnen ein Angebot machen, das läge mir fern. Auch wenn Sie heimlich Männer geliebt haben.«

»Halten Sie Ihr dreckiges Maul!« Er wandte sich wieder dem Kasten zu. Aber Mattie konnte nicht sehen, ob er wirklich arbeitete oder nur so tat.

»Ich glaube, Sie sind in Poona damals gar nicht zusammengeklappt, weil Sie in die Demonstration der Muslim Liga geraten sind. Das hat Ihnen Ihr Therapeut eingeredet. Es war Osho. Sie waren in ihn verliebt. Aber Sie konnten ihn nicht haben. Und später musste Azim den Platz in Ihren Träumen einnehmen. Hat es schon in Oregon angefangen oder erst, als Sie zurück in Deutschland waren? Der Junge hat Ihnen vertraut, Ihnen erzählt, dass er vorhatte, in den Iran zu reisen, aber Sie hatten nur Ihre eigenen Interessen im Kopf.«

»Azim war zum Islam übergetreten. Das hatte nichts mit mir zu tun. Tot war er besser dran.«

»Sie haben ihn umgebracht, weil er in die Heimat seines Vaters fahren wollte?« Mattie fühlte, wie Wut auf diesen erbärmlichen Spross der Grafen von Westenhagen ihre Angst überlagerte.

»Steht auf und geht ein Stück nach vorn«, flüsterte eine Stimme an ihrem Ohr. Aber sie kam nicht von Nicks Seite, sondern von der anderen, aus dem schmalen Gang, der von der Luke am Generator vorbeiführte.

»Er hat ihn geliebt, Mattie. Er konnte den Gedanken nicht ertragen, Azim zu verlieren.« Das war wieder Nick von links.

»Ich habe ihn nicht umgebracht. Wir sind nach Kiel gefahren, haben das Geld abgehoben, und ich habe ihn zum Bahnhof gebracht. Da, wo früher immer die Dealer standen.« Johannes ließ die Hand mit dem Schraubenzieher sinken. »Ich habe ihm gesagt, er soll sich lieber noch einen letzten Kick holen, denn im Iran würde er kein Heroin mehr kriegen. Dann bin ich losgefahren.« Er hatte den Blick gesenkt und starrte auf den Betonfußboden.

Mattie zog vorsichtig an Nicks Hand und stand langsam auf.

Ihre Bewegung holte Johannes zurück. Er hielt den Elektroschocker mit ausgestrecktem Arm vor sich. »Keinen Schritt weiter!«

Nick war ihrer Bewegung gefolgt und stand neben ihr. Mattie spürte, wie sich ein Körper hinter sie schob.

»Wer ist da?«, schrie Johannes und schaltete den Elektroschocker ein.

Ein unangenehmes Knistern erfüllte den Raum.

Im nächsten Moment fühlte Mattie, wie sie zur Seite geschoben wurde. Johannes flog rückwärts gegen die Gondelwand, als hätte ihn eine unsichtbare Kraft nach hinten geworfen. Kamals Hand lag auf seinem Kehlkopf, der Zeigefinger ausgestreckt, bereit zuzustoßen. »War Azim runter von dem Zeug, als er zu dir kam?«, flüsterte er heiser.

Johannes nickte. In seinen Augen stand Panik.

Mattie sah die Sehnen an Kamals Hals hervortreten, als er sich anspannte.

65 Existenz

Er spürte den rasenden Puls des Mannes unter seiner Hand. Der Drang, dieses Leben auszulöschen, so wie Azims Leben verloschen war, wurde übermächtig. Aber etwas hielt ihn zurück. Kamal wollte es abschütteln. Er schloss die Augen, um die nötige Konzentration für den tödlichen Stoß zu schöpfen. Stattdessen sah er seine Tochter vor sich. Sie war jung und verletzlich, und sie war am Leben. Xiao Zhanshi. Kamal hatte plötzlich das Gefühl, in die Zukunft zu sehen. Wenn er jetzt zustieß, würde er diesem

Mann die Genugtuung verschaffen, seine Familie endgültig zu zerstören.

»Mattie, hat er den Schocker noch in der Hand?«, flüsterte er, ohne den Blick abzuwenden, Hand und Fuß weiterhin bereit zum Zustoßen.

»Ja, in der rechten«, hörte er ihre Stimme hinter sich.

»Nimm ihm das Ding ab. Aber sei vorsichtig.« Er verstärkte leicht den Druck seiner Hand auf den Kehlkopf. Die Augen des anderen traten hervor. »Schnell!« Er spürte die Bewegung in seinem Rücken und streckte die linke Hand aus. Das Gerät war ihm nicht unbekannt. Kamal hatte selbst ein paar dieser Dinger für Angestellte, die keinen schwarzen Gürtel trugen.

»Kamal!« Das war jetzt die Stimme von Nick. Er hörte die Angst heraus. »Er hat vielleicht irgendwas umgestellt, so dass hier oben gleich alles in die Luft fliegt. In höchstens zehn Minuten.«

»Ich habe dich verstanden«, sagte Kamal. »Ihr beide geht jetzt sofort runter. Ich komme gleich nach.«

»Was machen Sie mit ihm?« Mattie war immer noch da.

»Ich setze ihn nur für eine Minute außer Gefecht. Dann hat er noch genug Zeit, seine Bastelei wieder rückgängig zu machen. Und jetzt raus hier!«

Kamal hörte das Geräusch ihrer Schritte. Er lockerte den Griff etwas. Johannes von Westenhagen hustete.

»Hör mir gut zu«, sagte Kamal leise. »Diese Worte werden dir bekannt vorkommen. Ich werde dafür sorgen, dass du alles verlierst. Tot wärest du besser dran.«

»Ich habe alles verloren«, krächzte von Westenhagen. »Frederike. Bring mich um, du tust mir einen Gefallen damit.«

»Das könnte dir so passen!«, stieß Kamal hervor. Ohne auf Antwort zu warten, schaltete er den Strom ein. Er fühlte den Körper unter sich erschlaffen.

Das Erste, was Kamal hörte, als er den Fuß der Leiter erreichte, war das Kreischen der Tür, die an einer Angel im Wind hin und her schwang. Er trat hinaus und holte tief Luft. Das Gewitter entfernte sich langsam, aber Sturm und Regen peitschten immer noch über die Felder. Er sah den Inder am Fuß des Turms, wo er ihn vor Höhenangst hyperventilierend zurückgelassen hatte.

Er stand jetzt zwischen Mattie und Nick. Sie blickten nach oben. Ihre Gesichter waren nass vom Regen oder von ihren Tränen.

Mattie sah ihn als Erste. Sie rief seinen Namen und kam auf ihn zu.

Kamal umarmte sie. Durch die nasse Kleidung hindurch spürte er, wie sie zitterte. »Gehen wir runter zum Gut«, sagte er laut, um den Wind zu übertönen.

»Was ist mit ihm?« Mattie deutete nach oben.

»Er müsste schon wieder bei Sinnen sein. Die Luke habe ich geschlossen. Sobald wir unten sind, rufe ich die Polizei.« Kamal hob ebenfalls den Blick. »Ich glaube, er hat nur geblufft.« Er nahm Mattie am Arm und dirigierte sie vorsichtig auf den Pfad durch das Rapsfeld. Der Regen hatte ihn in eine lehmige Rutschbahn verwandelt. Im Vorbeigehen berührte er Cal an der Schulter, der Nick jetzt mit beiden Armen festhielt.

Er hörte, wie die beiden Männer hinter ihnen losgingen. Ihre Schuhe hinterließen schmatzende Geräusche im Lehm.

Der Geruch des Rapses verursachte ihm Übelkeit. Er schien jeden anderen Geruch, die nasse Erde, den Regen, das Meer auszublenden. Und doch roch Kamal die Explosion, bevor der Knall auf seine Trommelfelle traf.

»Achtung, in Deckung!« Er hechtete in den schmalen Zwischenraum zwischen dem Knick und dem Volvo von Johannes. Mattie hatte er mitgerissen, und sie landete auf ihm.

Kamal schob sie vorsichtig auf die Seite und richtete sich halb auf. Nick und Cal hockten neben dem Vorderreifen. Er folgte ihrem Blick und sah nach oben.

Funkenregen ergossen sich aus dem Kopfstück des Windrades. Die Flammen fraßen sich durch die Kunststoffhülle und leckten gierig nach Sauerstoff. Die Rotorblätter schienen sich immer schneller zu drehen. Wahrscheinlich war der Steuerungsmechanismus bei der Explosion zerstört worden.

Es war, als würde die Natur sich mit aller Kraft gegen ihre Bändigung durch den Menschen zur Wehr setzen. Das Feuer breitete sich aus und erfasste den ersten Flügel. Er löste sich aus der Verankerung und schien sekundenlang waagerecht in der Luft zu schweben.

»Lauft, so schnell ihr könnt!« Kamal wartete, bis die drei auf den Beinen waren. Sie stolperten durch die tiefen Rinnen des Feldweges, in denen das Wasser bergab strömte. Er trieb sie mit beiden Armen vor sich her, bis sie die Allee erreicht hatten.

Erst als sie hinter der ersten Baumreihe auf dem Kopfsteinpflaster standen, drehte er sich um. Er hörte Mattie aufschreien. Im gleichen Augenblick durchschlug das Rotorblatt mit der Spitze den Volvo und krachte der Länge nach in den Knick.

Johannes von Westenhagens Existenz war vernichtet.

Kamal verspürte weder Freude noch Genugtuung. Er wandte sich um in Richtung des Gutshauses. Eine tiefe, lang vergessene Sehnsucht erfasste ihn. Nach Regina, nach Jasmin, und danach, endlich um seinen Sohn zu trauern.

66 Helden

»Die Frau liegt im Koma, und vor der Tür lungert eine Horde von Reportern herum. Es ist widerwärtig!« Achim Sanders stieg laut schimpfend aus seinem Auto, als sie am Tor ankamen.

Nick wollte etwas sagen, aber Cal kam ihm zuvor. »Wir müssen trotzdem morgen früh nach Berlin zurück. Die Proben können nicht länger warten.« Er nahm Sanders am Arm, aber der ließ sich nicht wegziehen.

»Was ist denn mit Ihnen passiert? Sie sehen ja furchtbar aus. Und was ist das für Qualm da hinten?«

»Ein Blitz ist ins Windrad eingeschlagen«, sagte Kamal und ging einfach an Sanders vorbei ins Haus.

Cal machte einen zweiten Versuch. »Achim, die Zeit drängt. Ab Mittwoch müssen die Schauspieler wieder auf der Bühne stehen. Ich gehe jetzt mit in Ihre Wohnung, und wir besprechen, wie es weitergeht.« Er wandte sich an Mattie und Nick. »Wir treffen uns dann oben bei uns.«

Diesmal klappte es. Sanders ließ sich mitziehen. »Mit Ihnen beiden habe ich auch noch ein Wörtchen zu reden!«, rief er über die Schulter.

Nick sah Mattie an. Ihr Gesicht war voller Lehmspritzer, und

Rapsblüten klebten wie Glühwürmchen in ihrem nassen Haar. Er war gebannt von diesem Bild, als hätte sich ein Foto direkt in seine Netzhaut eingebrannt.

»Alles in Ordnung mit dir?« Matties Frage holte ihn zurück in die Kontinuität von Zeit und Raum.

»Was hast du vorhin gesagt, Mattie? Es war so laut, dass ich dich kaum verstehen konnte.«

»Wenn man unter Schock steht, spielt einem die Erinnerung manchmal merkwürdige Streiche«, frotzelte Mattie zurück, aber ihre Stimme klang belegt und fremd.

Er nahm ihre Hand, und sie gingen ins Haus. Mattie lief wie eine aufgezogene Spielzeugpuppe vor ihm her in die Küche. Mechanisch füllte sie den Wasserkocher, schaltete ihn an, holte eine Teekanne aus dem Schrank und hängte zwei Teebeutel hinein. Nicks Gefühl, eine digitale Aufzeichnung mit extrem hoher Schärfe zu betrachten, kehrte mit voller Wucht zurück. Wie in Zeitlupe sah er die Teekanne aus Matties Hand schweben und Richtung Boden sinken. Krachend zersprang sie in Scherben.

»Verdammt!« Mattie zitterte am ganzen Körper.

»Hör auf«, sagte Nick leise. »Hör endlich auf, dich zusammenzureißen.«

»Du Arschloch!«, schrie Mattie und schlug auf ihn ein. »Du bist einfach abgehauen! Du hast mich im Stich gelassen!« Nick wehrte sich nicht. Der Schmerz trieb ihm die Tränen in die Augen. Er hatte sich noch nie so lebendig gefühlt.

Irgendwann saßen sie auf dem Fußboden zwischen den Scherben.

»Es tut mir leid«, flüsterte Mattie.

»Jetzt fängst du schon wieder damit an.« Nick legte ihr den Finger auf den Mund. Mascha musste von dem Lärm aufgewacht sein, denn plötzlich fuhr ihm eine raue Zunge über das Gesicht. Er griff in das weiche Hundefell und spürte die Wärme, die in seine Hand strömte. Dann zog er Mattie hoch und nahm sie auf den Arm. Sie ließ es geschehen. Er brachte sie feucht und verdreckt wie sie war in sein Schlafzimmer, legte sie auf das breite Bett und deckte sie zu.

Sie öffnete die Augen. »Ich bin so müde«, murmelte sie. »Aber ich kann nicht einschlafen, bevor du mir sagst, woher du wusstest, was mit Johannes los war.«

»Ich wusste es nicht«, antwortete Nick. »Es war nur so eine Ahnung. Man kriegt mit der Zeit ein Gespür für so was.«

»Selbst wenn man so ein Späteinsteiger ist wie du?«

»Wieso Späteinsteiger?«

»Na ja, du hast erst Frauen geliebt und jetzt Männer.«

Nick überlegte. Es klang, als ob alles so einfach wäre. »Ich habe dich auch vermisst, Mattie.«

Sie hob den Kopf und sah ihn an. »Aber du liebst Cal. Und Cal liebt dich. Ich will mich nicht zwischen euch stellen.«

»Du stehst nicht zwischen uns«, sagte Nick.

»Ich weiß nicht, was ich will, Nick.« Ihre Stimme wurde immer leiser. Er sah, wie ihr die Augen zu fielen. »Bitte lass mich nicht allein.«

Nick merkte, wie ihre Müdigkeit auf ihn übergriff.

Er wachte davon auf, dass das Licht ausging. Im ersten Moment glaubte er, wieder in der Gondel zu sein, als das Gewitter losbrach. Sein Oberkörper schoss hoch, und er schnappte nach Luft.

Er fühlte eine Hand auf seiner Stirn. »Nick, ich bin's. Cal.«

Sein Atem beruhigte sich. »Bist du schon lange hier?«

»Ich habe euch beim Schlafen zugeschaut. Es tut mir so leid, Nick.«

Nick konnte nicht verhindern, dass ihm ein hysterisches Lachen entfuhr. Er hielt sich die Hand vor den Mund. »Was tut dir leid, Cal?«, murmelte er zwischen seinen Fingern hindurch.

»Ich hatte solche Angst um euch! Wenn mich jemand gefragt hätte, ob ich mein Leben gegen eure eintauschen würde, ich hätte es getan! Aber ich konnte da nicht hoch. Ich konnte nicht …«

Nick hörte einen trockenen Schluchzer und tastete nach Cals Gesicht. »Hör auf, solche kitschigen Dialoge zu erfinden«, flüsterte er. »Niemand hat von dir verlangt, den Helden zu spielen. Helden sind langweilig und sterben jung.«

Cal ging noch einmal durch die leere Wohnung. Mascha lief aufgeregt hinter ihm her, ihre Nase immer an seiner Kniekehle. Er war froh, diesen Ort zu verlassen, auch wenn er noch so exotisch war. Für ihn waren in den letzten vierzundzwanzig Stunden die grausamen europäischen Märchen Wirklichkeit geworden, die er in der Schule im Englischunterricht gelesen hatte. Finstere Könige, die einsam hinter dicken Mauern herrschten und ihre Gegner in tiefe Verliese oder hohe Türme sperrten.

Die Koffer und Taschen hatte er schon zu den Kleinbussen gebracht, damit sie nicht nass wurden. Der Regen fiel jetzt wie ein weicher Schleier. Der Himmel war bleiern und grau bis zum Horizont. Cal dachte an Bombay, wo alle auf den Regen warteten. Wenn er kam, dann würde er auf die Erde herabdonnern und alles mit sich reißen, was nicht fest verankert war. Der letzte Monsun hatte kurz nach Nicks Ankunft begonnen. Sie saßen auf dem Fensterbrett und beobachteten stundenlang das tobende Meer und die dunklen Wolken. Ab und zu war Nick rausgegangen, um Aufnahmen zu machen, die er dann am Computer bearbeitete. Cal hatte in diesen Wochen den Song geschrieben, den er selbst für seinen besten hielt.

Er nahm die Hundeleine vom Haken. »Komm, Mascha. Wir gehen mal nach deiner Besitzerin gucken.« Er sprach Bengali mit dem Hund. Mascha legte den Kopf schief und stellte die Ohren auf. Sie schien seine Sprache zu mögen, denn sie lief neben ihm die Treppe hinunter. Als er durch das Tor kam, sah er Matties roten Riesen neben den Kleinbussen stehen. Die Scheiben waren von innen beschlagen. Er klopfte an die hintere Tür. Sie öffnete sich mit einem Zischen zur Seite.

Mascha drängte sich an ihm vorbei und kletterte mühsam die steilen Stufen hoch. Er folgte ihr und sah, wie sie auf das Bett sprang und sich mit einem zufriedenen Grunzen zusammenrollte.

Nick und Mattie saßen am Tisch. Cal wollte etwas sagen, aber Nick legte den Zeigefinger auf den Mund. Er hatte seinen Minidiscrecorder in der Hand. Cal setzte sich in eine der vorderen

Sitzbänke und drehte sich um, so dass er über die Rückenlehne sehen konnte. Mattie hatte ein Ansteckmikro am Halsausschnitt ihres T-Shirts. Sie sprach deutsch. Ihre Sätze klangen hart und schnell, und sie unterstrich das Gesagte mit beiden Händen.

Nach ein paar Minuten schaltete Nick das Gerät aus. »Cal, zieh dich warm an. Wenn das, was Mattie gerade erzählt hat, wirklich wahr ist, dann fliegen hier bald die Fetzen. Das ist das deutsche Watergate.«

»Und du bist Robert Redford«, spottete Mattie und entfernte das Mikro von ihrem T-Shirt.

»Was ist das?«, fragte Cal und deutete auf eine Kladde, die zwischen ihnen auf dem Tisch lag. Die letzte Seite war aufgeschlagen. Eine enge Handschrift füllte Zeile um Zeile. Er reckte den Kopf. Der Text war auf Deutsch.

»Das ist das Darshan-Tagebuch von Johannes von Westenhagen alias Ravindra.« Nick zog das Buch zu sich heran. »Es endet mit einem Brief an Osho. Ravindra hat seinem Meister alles gestanden.«

»Was denn?«

»Das erzähle ich dir später.« Nick packte das Buch und den Minidisc in seine Tasche.

Cal sah Mattie an. Sie sah besser aus als gestern, wirkte aber immer noch blass und zerbrechlich. Er hätte sie gern berührt, traute sich aber nicht. »Fährst du mit deinem Bus nach Berlin?«, fragte er, denn er sah ihre Tasche auf der Bank neben sich liegen.

Sie wurde ernst und warf Nick einen schnellen Blick zu. »Ich fahre überhaupt nicht nach Berlin.«

Cal merkte, wie sich sein Magen zusammenzog.

»Der Dreh ist zu Ende, aber ich muss noch Leute bezahlen, Autos zurückbringen und versuchen, einen Ersatz für die Totale zu finden. Außerdem brauche ich einen Projektor und eine Leinwand –« Sie brach mitten im Satz ab. »Ich muss nachdenken, Cal. Und das geht nicht, wenn ich euch beide um mich habe. Spätestens zur Premiere bin ich in Berlin.«

»Das ist einen Tag vor meiner Abreise nach Bombay«, sagte Cal.

»Ich weiß«, antwortete Mattie.

Er stand auf und drückte den Knopf für die Tür. Es schien ihm eine Ewigkeit zu dauern, bis sie zur Seite glitt. Schnell lief er die Stufen hinunter. Der Regen legte sich wie ein nasser Film über sein Gesicht. Er sah Vivek aus der geöffneten Tür des Kleinbusses winken. Der Konvoi war zur Abfahrt bereit.

»Cal, ich komme in zwei Tagen nach.«

Er fuhr herum. »Du bleibst auch hier?«

Nick legte ihm beruhigend die Hand auf die Schulter. »Ich möchte noch ein, zwei Tage bei Mattie bleiben. Vielleicht können wir uns gegenseitig helfen zu verdauen, was passiert ist.«

Cal nickte.

»Außerdem muss ich an dieser Geschichte dranbleiben. Wenn das, was in dem Tagebuch steht, zu beweisen ist, dann kann ich mir in Zukunft aussuchen, für wen ich schreibe. Ist das nicht zwei Tage Warten wert? Oder willst du, dass ich wieder jeden Morgen besoffen nach Hause komme, mit ein paar Rupien in der Tasche und voller Ekel vor mir selbst? Du würdest mich spätestens in einem halben Jahr rausschmeißen.«

Cal schüttelte den Kopf.

»Natürlich würdest du das. Wenn du erst verheiratet bist, musst du langsam seriös werden.« Nick umarmte ihn und ging zurück zum Bus.

Cal drehte sich um.

»Jetzt komm schon!«, rief Vivek. »Mir reicht das Landleben! Ich will heute Nacht tanzen gehen!«

Cals Schritte knirschten laut über den nassen Kies. Aber sobald er im Van saß, hatte er wieder Nicks Stimme im Ohr. »Wenn du erst verheiratet bist …«

Die Abmachung mit Nitya hatte er total vergessen.

»Ich mache alles falsch«, murmelte er.

»Schön, dass du das endlich einsiehst«, sagte Vivek, rollte seine Jacke zusammen und schloss die Augen. »Wir sehen uns in Berlin.«

Rohini und ihre Schwester schauten ihn an. Dann begannen sie leise miteinander zu reden. Cal holte sein Laptop aus der Tasche, legte es auf den Tisch vor sich und klappte den Monitor hoch. Eine gute Methode, um sich eine Weile vor der Welt zu verstecken.

»Der Stützpunkt gibt keinen Kommentar ab. Weder zu den Soldaten noch zu Frederikes Unfall. Wir haben es direkt über die Chefredaktion versucht. Keine Chance.« Nick saß mit aufgeklapptem Laptop hinter ihr im Bus. Sie führten eigentlich kein richtiges Gespräch, weil alle fünf Minuten sein Handy klingelte. Er hatte sich entschlossen, die Geschichte nicht im Alleingang, sondern mit der *taz* durchzuziehen. Jetzt drehten in der Redaktion alle am Rad, während nach außen hin strengstes Stillschweigen angeordnet war. »Warum glaubst du eigentlich, dass Kamal uns weiterhelfen kann?«

»Ich weiß nicht«, sagte Mattie. »Es ist nur so ein Gefühl.« Sie lächelte in den Rückspiegel, und Nick grinste zurück.

»Als Dustin Hoffman würdest du mir auch ganz gut gefallen, Mattie.«

Sie hatten die letzte Nacht in einem dieser neuen Wellness-Hotels verbracht, die es jetzt überall an der Ostsee gab. Die meiste Zeit hatten sie geredet, erst in der Sauna, dann abwechselnd in der Badewanne und dann auf dem riesigen weichen Bett. Mitten in der Nacht war Mattie aufgewacht, weil Nick mit dem Kopf auf ihrem Bauch und Mascha quer über ihren Beinen lag. Sie hatte ihm vorsichtig den Bademantel ausgezogen und ihn zugedeckt.

Nicks Handy klingelte schon wieder. Er verzog sich nach hinten. Draußen regnete es immer noch. Die Scheibenwischer quietschten gleichmäßig vor ihr über die Frontscheibe. Im Spiegel sah sie Nick am Tisch sitzen und telefonieren. So könnte es immer sein.

Mattie musste an Kamal und Regina denken. Lauter Ex-Paare. Sie sah Reginas Gesicht vor sich, als sie den Hof verließ, der ihre Existenz gewesen war. Die Arme um die beiden Mädchen gelegt, ging sie zu ihrem Auto. Sie drehte sich kein einziges Mal um. Es überraschte Mattie immer wieder, welche Kräfte der menschliche Geist mobilisieren konnte. Ihr nächster Gedanke galt natürlich Emma. Jedes Erlebnis, das Mattie zwang, sich auf ihre eigene Stärke zu verlassen, brachte ihr ein Stück mehr Sicherheit vor dem unsichtbaren Abgrund, der ihr Leben überschattete. Und irgendwann würde sie auch wieder aufwachen, ohne als Erstes das starre

Gesicht von Johannes von Westenhagen zu sehen, wie er hilflos am Boden der Gondel lag.

Nick war fertig mit seinem Telefonat. Sie sah im Spiegel, wie er in dem alten Tagebuch blätterte, das Regina ihnen beim Abschied wortlos in die Hand gedrückt hatte.

»Willst du es gar nicht lesen?«, fragte er plötzlich, ohne die Augen von dem Buch zu nehmen.

»Lies du es mir vor, Nick. Es ist deine Geschichte. Du sollst sie aufschreiben. Ich schulde dir noch einen Auftrag.«

Er las mit kräftiger Stimme, um den lauten Motor zu übertönen. »Osho, ich habe versagt. Ich habe versucht, im Hier und Jetzt zu leben, aber ich konnte es nicht. Es ist mir nicht gelungen, mein Ego hinter mir zu lassen. Je mehr ich es versucht habe, desto stärker wurde es. Ich wollte den Soldaten ihre Angst nehmen, damit sie klaren Blickes für die Freiheit eintreten. Stattdessen habe ich Monster gezüchtet, Maschinen eines Krieges, der niemals Frieden zum Ziel hatte. Aber das Schlimmste ist: Ich habe die Frau, die ich liebe, zur Märtyrerin gemacht. Sie ist ohne Angst in den Tod gegangen. Sie hat alles mit sich genommen, was mir wichtig war. Wenn es dahinter einen Sinn gibt, dann verstehe ich ihn nicht. Was habe ich falsch gemacht? An welchem Punkt des Weges habe ich die falsche Abzweigung genommen? Ich werde meditieren und schweigen. Ich werde versuchen, nicht mehr zu denken. Ich werde auf den Lichtstrahl warten. Kirti. Der Name, den du ihr gegeben hast und den ich für immer ausgelöscht habe.«

Nick suchte ihren Blick im Spiegel. »Ich glaube, er wollte zurück nach Indien«, sagte er. »Er wusste, dass die Dinge hier nicht mehr kontrollierbar waren. Also hat er so getan, als wäre sie schon tot.«

»Hast du herausgefunden, wie es Frederike geht?«, fragte Mattie.

»Es sieht nicht gut aus. Aber in der Landeszentrale wollten sie weiter nichts sagen.«

Direkt hinter dem Gewerbegebiet fuhr sie von der Schnellstraße ab in Richtung Ostufer. Die Vans standen vor dem Flachbau der Kung-Fu-Schule, ebenso die beiden Motorräder von Jasmin und Kamal und Reginas Kombi.

Mattie schloss den Bus ab, und sie gingen rein. Kamal saß im

Büro hinter der Glastür und telefonierte. Er winkte ihnen zu und deutete nach hinten in Richtung Dojo.

Sie hörte Jasmin, noch bevor sie an die Glasscheibe trat. Ein großer Sandsack hing von der Decke. Ihre Faustschläge kamen schnell hintereinander. Sie atmete keuchend. Nur wenn der Sack zu sehr in Bewegung geriet, hielt sie kurz an, um ihn wieder in die Mitte zu bringen. Dann drosch sie weiter auf das Leder ein.

»Frederike ist vor einer Stunde gestorben.« Kamal war hinter sie getreten. »Sie konnten die inneren Blutungen nicht stoppen.«

»Wo ist Regina?«, fragte Mattie, ohne den Blick von Jasmin abzuwenden.

»Sie ist oben, mit den beiden Mädchen. Sie wohnen erst mal hier, bis alles geregelt ist.«

Jasmin justierte den Sandsack wieder in der Mitte. Sie trat ein paar Schritte zurück. Es war derselbe Kick wie damals im *Strandläufer.* Sie flog durch die Luft. Ihr Fuß traf den Sandsack mit solcher Wucht, dass er bis an die Decke schlug. Das Kyai verhallte.

Mattie sah, dass sie leicht humpelte, als sie aus der Tür zum Dojo trat.

»Ich gehe jetzt schlafen.« Sie sprach zu niemand Bestimmtem. »Und dann fahre ich nach Berlin.«

»Wenn du willst, können wir morgen früh zusammen fahren«, sagte Nick.

Jasmin guckte kurz hoch und nickte. »Mal sehen. Ich rufe dich an.«

Mattie sah in der Scheibe die Spiegelung der liebevollen Geste, mit der Kamal seiner Tochter kurz über das Haar strich.

»Sie wird nach Genf gehen«, sagte er leise, als sie den Vorraum verlassen hatte. »An dasselbe Institut, an dem auch Frederike studiert hat.«

Mattie drehte sich um. »Kamal, ich weiß, dass Sie gerade andere Dinge im Kopf haben, aber ich muss mit Ihnen reden.«

»Ich habe Sie ehrlich gesagt schon erwartet.« Er warf einen fragenden Blick auf Nick.

»Er wird nur die Geschichte schreiben, die Sie ihm erzählen«, sagte Mattie.

Kamal ging zu der offenen Teeküche und füllte Espresso in eine

Kanne. Er zündete die Gasflamme an und stellte die Kanne darauf.

Sie setzten sich alle drei an den Tisch.

Mattie ergriff das Wort. »Als Frederike und ich den toten Soldaten gefunden haben, war da ein Fischerboot. Es war ziemlich weit weg.«

Nick sah sie überrascht an.

»Vorgestern früh, als Sie mit der *Regina* zum Drehen ausliefen, ist mir die ungewöhnliche Farbkombination aufgefallen. Rot bis über die Wasserlinie, dann weiß und das Steuerhaus in Grün.«

»Die iranischen Nationalfarben«, sagte Kamal. »Damals habe ich noch an die Revolution geglaubt.« Er stellte eine Schale mit Zucker und drei kleine Tassen auf den Tisch und goss den brodelnden Espresso hinein.

»Kamal, warum haben Sie den Soldaten direkt vor den Katamaran geschafft? Haben Sie ihn umgebracht? Und was hat James Forrester damit zu tun?«

»Forrester ist ein Söldner. Er tötet für sein Land«, sagte Kamal und trank seinen Espresso mit einem Schluck. »Früher hätte ich für mein Land vielleicht dasselbe getan. Aber heute bringe ich niemanden mehr um. Für keine Regierung und keine politische Überzeugung.« Er sah sie an. Sie wusste, wie kurz er davorgestanden hatte, Johannes seinen Zeigefinger in den Kehlkopf zu rammen. »Der Soldat ist tatsächlich im Irak gestorben.«

Mattie atmete auf.

Kamal sah es und lächelte. »Wir haben ihn der Bundeswehr sozusagen posthum wieder abgenommen. Er war nur das Ende einer langen Beweiskette für die verbotenen Einsätze im Irak.«

»Aber wenn Sie Beweise dafür hatten, warum sind Sie damit nicht direkt an die Öffentlichkeit gegangen? Warum haben Sie uns manipuliert und zu Ihren Marionetten gemacht?«

Kamal ließ sich mit der Antwort Zeit. Er wirkte nicht beunruhigt, sondern darum bemüht, die richtigen Worte zu finden. »Ich bin nicht sicher, ob auch egoistische Motive im Spiel waren. Ich war wütend auf Frederike, weil sie für Jasmin in vieler Hinsicht wichtiger war als ich. Es mag sein, dass ich sie auf den Prüfstein stellen wollte, damit sie entweder meinen Standpunkt teilt oder ihren Glanz verliert. Aber all das werde ich mit mir selbst ausmachen müssen.«

»Und was war der eigentliche Grund?«, fragte Nick.

»Haben Sie das Buch *Calcutta Chromosom* von Amitav Ghosh gelesen?«, entgegnete Kamal statt einer Antwort.

Mattie und Nick schüttelten den Kopf.

»Es handelt davon, dass es immer zweierlei Versionen historischer Ereignisse gibt. Es gibt die Version der Mächtigen, die unbegrenzt über Geld, Einfluss und Öffentlichkeit verfügen. Und es gibt die Version der Unsichtbaren, deren einzige Möglichkeit die Manipulation der Mächtigen ist.«

Mattie glaubte zu verstehen, worauf er hinauswollte. »Ist das nicht ein bisschen vereinfacht?«, fragte sie. »Ich meine, Sie leben seit über dreißig Jahren in Deutschland. Sie haben einen deutschen Pass genau wie ich. Glauben Sie wirklich, dass Sie immer noch zu den Unsichtbaren gehören?«

Kamal nickte. »In diesem Fall geht es aber nicht um Pässe, Mattie. Es geht darum, auf welcher Seite wir stehen. Es gibt in Deutschland eine Menge Leute, die nicht nur an der offiziellen Version vorbei denken, sondern auch handeln. Und zwar im Positiven wie im Negativen. Beide Seiten können nicht offen agieren, sondern nur, indem sie die Mehrheit manipulieren. Frederike wusste das ebenso wie Sie und ich.«

»Das heißt, es gibt keine Beweise, mit denen wir öffentlich arbeiten können?«, fragte Nick enttäuscht.

»Doch, die gibt es. Aber Sie werden es geschickt anstellen müssen, damit die Aussagen nicht sofort zerrissen werden.«

Nick holte sein Laptop raus und notierte sich die Nummern und Namen, die Kamal ihm gab. Ab und zu stellte er leise eine Zwischenfrage.

Mattie hörte nur mit halbem Ohr zu. In Gedanken ging sie noch einmal den letzten Eintrag von Johannes durch. Er war ihr einziger Hinweis auf die offizielle Version.

»Kamal, hat Regina die Schlüssel für das Gutshaus mitgenommen?«

»Ja, warum?« Kamal sah sie über das Laptop hinweg an. »Wir waren gestern Abend mit den beiden Kindern noch mal da und haben alle persönlichen Sachen abgeholt. Keiner weiß, wer überhaupt die Erben –«

Mattie unterbrach ihn. »Haben Sie auch Johannes' Computer mitgenommen?«

»Natürlich«, sagte Kamal. »Wir lagern alles hier ein, bis entschieden wird, was damit passieren soll. Von wem auch immer.«

»Nick, du musst an den Computer. Johannes von Westenhagen hat die Soldaten psychologisch auf den Einsatz vorbereitet. Ich bin sicher, es gab außer ihm noch mehr Leute, die an diesem Projekt gearbeitet haben. Vielleicht standen sie miteinander in Kontakt.«

»Das ist eine gute Idee«, sagte Kamal. »Der Computer steht unten im Stahlschrank.«

Nick klappte langsam sein Laptop zu und sah von Kamal zu Mattie. »Was guckt ihr mich so an?«, fragte er. »Natürlich ist es eine gute Idee. Im entscheidenden Moment stiehlt mir Dustin Hoffman immer die Show.«

69 Casting

Nach dem dritten Vorhang schlichen sich Nick und Mattie aus dem Saal. Hinter ihnen donnerte der Applaus. Kurz vor der Tür drehte sich Nick noch mal um. Cal stand zwischen Vivek und Rohini. Alle drei legten die Hände vor der Brust zusammen. Vivek flüsterte Cal etwas ins Ohr, und er lachte. Rosen flogen auf die Bühne. Cal war angekommen, wo er immer hingewollt hatte.

»Kommst du jetzt mit oder nicht?« Mattie zog am Ärmel seines grauen Hemdes. Nick hatte sich für die Premiere in Schale geworfen, und sogar Mattie war im letzten Moment in Jeans, einem Gürtel mit fetter Silberschnalle und einem neuen dunkelgrünen T-Shirt aufgekreuzt. Ihr einziges weiteres Zugeständnis waren Lippenstift und Kajal. Beides stand ihr verdammt gut. »Ich muss die Projektion checken. Die Filmrollen sind vorhin erst angekommen.« Mattie hielt ihm die Tür auf. Im Hof zwischen den Spree-Speichern war ein großes Open-Air-Kino aufgebaut. Das Filmfestival hatte am Vorabend mit dem ausverkauften Screening des neuen Blockbusters von MKM begonnen. »Kommst du mit? Cal ist bestimmt noch eine Weile damit beschäftigt, Huldigungen entgegenzunehmen.«

»Nein, ich laufe schnell zum Kiosk.« Nick sah auf die Uhr. »Die Zeitungen von morgen müssten schon da sein.«

Sie blieb kurz stehen. »Platzt deine Bombe endlich?«

Er nickte. Seit Matties Ankunft hatten sie noch keine ruhige Minute miteinander verbringen können.

»Okay, dann treffen wir uns in zwanzig Minuten oben bei der Party.«

Mattie ging rüber zur Projektionskabine hinter der Leinwand. Nick lief über die Straße und betrat den türkischen Zeitungsladen. Hinter dem Verkaufstresen stand ein Junge von höchstens sechzehn. Er schnitt gerade ein Paket Zeitungen auf und guckte dabei auf den kleinen Fernseher über der Tür, wo ein Fußballspiel lief.

»Hi, Yussuf«, sagte Nick. »Bist du ganz alleine hier?«

Yussuf verzog das Gesicht. »Alle sind drüben in den Spree-Speichern. Meine große Schwester singt mit. Und ich muss hier schuften.«

»Mach dir nichts draus«, sagte Nick. »Irgendjemand muss ja auch noch zu den nächsten Vorstellungen gehen, sonst wird deine Schwester bald arbeitslos.«

Yussuf grinste. »So hab ich das noch gar nicht gesehen, Alter.« Er hob den Packen Zeitungen, den er in der Hand hielt, auf den Tresen. »Willst du wieder deine Zeitung kaufen?«

Die Überschrift knallte ihm in fetten Lettern entgegen.

DIE ANTI-KRIEGS-LÜGE.

Nick klappte die Titelseite auf. Der Artikel ging über die halbe Seite, unter einem Foto von gepanzerten Jeeps, die um eine brennende Straßensperre standen.

»Kommentar von Nikolaus Ostrowski«. Er blätterte weiter. Auf der dritten Seite kam der ausführliche Hintergrundbericht.

»Voll krass, oder?«, fragte Yussuf, der ebenfalls eine Zeitung in der Hand hielt. »Die haben uns so was von verarscht.«

Nick legte das Geld auf den Tisch. »Ich nehme zwei davon.« Sein eigener Name auf der Titelseite kam ihm fremd vor.

»Wieso denn zwei? Reicht es dir nicht, das einmal zu lesen?«

»Ist für jemand anders«, antwortete Nick lachend. Er winkte Yussuf zu, der schon wieder sein Fußballspiel verfolgte.

Die Premierenparty fand oben auf dem Dach des alten Speichers statt. Nick zog die zerknitterte Einladung aus der Hosentasche und zeigte sie einem bulligen Security-Riesen am Eingang, der zur Seite trat, um ihn durchzulassen.

Es waren erst wenige Leute da. Junge Menschen in schwarzen T-Shirts bereiteten sich hinter der langen Bar auf ihren Einsatz vor. Sie sahen aus, als hätte Achim Sanders ein Casting quer durch alle fünf Kontinente veranstaltet. Aber Nick konnte den Berliner Slang hören, in dem Bemerkungen zwischen den Barkeepern hin und her flogen. Das DJ-Pult war noch leer.

Ein älterer indischer Mann im Dreiteiler kommandierte seine Angestellten beim Aufbau des Buffets. Überall auf dem Dach verteilt lagen Sitzkissen aus Plastik um niedrige Tische. Nick nahm sich ein Kissen und setzte sich so, dass er durch die Brüstung aus Stahl und Plexiglas auf die Spree und das gigantische Universal-Logo gucken konnte.

Obwohl er den Text in- und auswendig kannte, las er ihn noch mal Satz für Satz gedruckt.

»Na, Robert Redford, bist du zufrieden?« Mattie trat kurz an die Brüstung, zuckte aber geich wieder zurück. Ihre Hände griffen nach dem Geländer.

»Alles in Ordnung, Mattie?« Nick war aufgesprungen.

»Ich habe jede Nacht Albträume von der Gondel.« Sie sagte es leise, ohne ihn anzusehen.

»Es ist nicht gut, wenn du alleine bist.« Cal hatte ihn auch ein paarmal wachrütteln müssen, weil er im Schlaf geschrien und um sich geschlagen hatte.

»Ich möchte jetzt nicht darüber reden.« Mattie zog sich ein Kissen heran und platzierte zwei Flaschen Bier und eine Schüssel mit einer indischen Crackermischung zwischen ihnen.

Nick reichte ihr die Zeitung und griff in die Schüssel. Er merkte erst jetzt, wie hungrig er war.

»Du hast also tatsächlich den Web-Zugang von Johannes von Westenhagen geknackt«, sagte Mattie.

»Nicht ich«, sagte Nick. »Dafür gibt es Spezialisten.« Bei den

Militärs hatte er auf Granit gebissen, aber ein Zivilist aus Bayern, der wie Johannes als Therapeut für das Projekt arbeitete, hatte schließlich ausgepackt. Danach war es so, als würde man ein Memory-Spiel abräumen. Man musste nur eine Karte nach der anderen aufdecken und gucken, was zueinanderpasste. Er hatte Interviews mit dem Iraker von der Raststätte und dem deutschen Arzt in Bagdad gemacht und mit den Eltern der beiden toten Soldaten, von denen sie wussten. Nick war sicher, wenn der Artikel erst die Runde machte, würden sich wahrscheinlich noch mehr Angehörige und Betroffene zu Wort melden.

Mattie ließ die Zeitung sinken. »Glaubst du, der Verteidigungsminister muss zurücktreten?«

»Keine Ahnung. Wenn nicht sowieso in ein paar Wochen Bundestagswahl wäre, würde ich sagen, es gibt Neuwahlen. So wird die ganze Sache mit Sicherheit zum Wahlkampfthema, und das ist auch gut so. Ich glaube nicht, dass viele Leute in Deutschland einen Einmarsch in den Iran wollen. Und die Chance, es als militärisch notwendige Reaktion auf irgendein in die Medien gepushtes Ereignis zu konstruieren, haben wir ihnen verbaut. Das ist doch die Hauptsache.«

»*Du* hast es ihnen verbaut, Nick. Und vielleicht noch Kamal. Wir anderen waren alle nur Statisten.« Sie nahm ihre Flasche und prostete ihm zu. »Was wirst du jetzt machen – hierbleiben und deine Karriere ausbauen oder mit Cal nach Bombay zurückgehen?«

Nick nahm auch einen Schluck Bier. »Was wäre dir denn lieber, Mattie?«

»Ich glaube nicht, dass meine Meinung da eine große Rolle spielt«, sagte sie.

»Und wenn doch?« Er zog sein neues Handy aus der Tasche, klickte sich in die Anruflisten und drehte das Display so, dass Mattie es sehen konnte.

»Wir haben in den letzten Wochen bestimmt hundert Mal versucht, dich anzurufen.«

»Wir?«, echote Mattie.

»Ja, wir beide.«

Mattie fuhr herum. Cal stand plötzlich hinter ihnen. Er hatte eine Flasche Prosecco und drei Gläser in der Hand. »Ich sehe, ihr habt schon ohne mich zu trinken angefangen.«

Seit ihrer Ankunft in Berlin hatte sie diesen Augenblick hinausgezögert. Sie war nicht sicher, ob sie schon bereit dafür war.

Nick machte sich lang und zog ein drittes Kissen heran. »Komm, setz dich zwischen uns. Dann finden deine Fans dich nicht so schnell.«

Als Cal sich mit gekreuzten Beinen niederließ, berührte er Matties Knie. Sie zog es weg und tat, als müsse sie ihre Beine ausstrecken. Das Knie zitterte keinen Deut weniger als in jener Nacht.

»Warum bist du nie ans Telefon gegangen?«, fragte Cal.

»Ich war mit anderen Dingen beschäftigt.«

Drei Tage lang hatte sie auf dem Parkplatz neben dem *Strandläufer* campiert und versucht, sich über ihre Gefühle klar zu werden. Das Wetter war wieder schön, und sie hörte das Lachen der Kinder am Strand. Aber nachts quälten sie ihre Träume. Morgens wachte sie in kalten Schweiß gebadet auf und schleppte sich ans Wasser. Schwimmen hatte ihr immer gutgetan. Und nun schrie sie jedes Mal auf, wenn ihr Fuß aus Versehen ein Stück Seetang oder eine Muschel streifte. Sie stellte ihren Windschutz auf und baute sich ein Nest. Nur mit den Stimmen der anderen Menschen im Ohr fiel sie tagsüber für ein paar Stunden in erschöpften Tiefschlaf. Niemals war sie weiter davon entfernt gewesen, einen klaren Gedanken zu fassen. Am Ende brachte Ellen ihr die Rechnung über fünfmal Fischstäbchen mit Kartoffelbrei und zwanzig Flaschen Flensburger. Mattie war keinen Schritt weitergekommen. Sie musste sich wieder in Bewegung setzen.

»Ich bin herumgefahren, bis ich einen Projektor und eine Leinwand gefunden habe. Dann musste ich mich beeilen, um noch in die engen Sommerprogramme der Küstenorte reinzukommen. Aber jetzt steht die Tour für dieses Jahr. Von Fehmarn bis nach Usedom.«

Und wenn es sich nach vorgeschobenem Stolz anhörte: Besser ein durch harte Arbeit erkauftes Leben als gar keins.

»Und dann?«, fragte Nick. »Willst du dich wieder durch den Winter jobben bei Achim Sanders oder irgendeinem Verleih?«

»Ich wüsste nicht, seit wann du Spezialist für Zukunft bist, Nick Ostrowski. Und wieso reden wir hier eigentlich über mich?« Es kam bissig raus, und das sollte es auch.

»Okay«, sagte Nick ungerührt. »Dann reden wir eben über mich.«

Cal lächelte ihn an, und Mattie fühlte, wie die Einsamkeit in einer hohen Welle über ihrem Kopf zusammenschlug. Sie nahm Cal den Prosecco aus der Hand und trank einfach aus der Flasche.

»Ich bin ja schon länger der Meinung, dass die Zukunft in Asien liegt«, fing Nick an zu dozieren.

Sie schloss die Augen und fühlte den Prosecco auf der Zunge prickeln.

»In spätestens zwanzig Jahren werden die wenigen jungen Menschen, die es in Deutschland noch gibt, verzweifelt vor der indischen Botschaft stehen und um ein Visum bitten. Die Mehrheit der Bevölkerung wird mit weit über sechzig versuchen, sich mit diversen Jobs in der Tourismusindustrie über Wasser zu halten, denn ganz Europa wird vom asiatischen G7-Gipfel 2025 aus Mitleid unter Denkmalschutz gestellt.«

Die Welle war über sie hinweggerollt. Mattie spürte, wie ihr der Prosecco in die Nase stieg, weil sie lachen musste. Sie hustete. Nick wartete taktvoll ab, bis sie wieder Luft bekam.

»Ich habe mich also entschlossen, diesen unausweichlichen Tatsachen ins Auge zu sehen. Ich habe in den letzten zwei Wochen, während Menschen privilegierterer Herkunft schliefen –« Er deutete auf Cal, der ihn überrascht ansah. Nick wurde ernst. »Ich habe die Geschichte von Siddarth und Azim geschrieben und an die Redaktion von *Tehelka* gemailt. Das ist zurzeit das beste Magazin in Indien«, fügte er für Mattie hinzu. »Gestern haben wir telefoniert. Sie wollen die Geschichte drucken. Und angesichts meiner neuen Rolle als Robert Redford haben sie mir angeboten, regelmäßig in der Redaktion mitzuarbeiten. Ich glaube, damit muss sich unser Star hier in Zukunft keine Sorgen mehr um seinen Umgang machen.«

Cal legte seine Hand auf Nicks Arm. »Mir ist es egal«, sagte er leise. »Aber ich weiß, wie viel es dir bedeutet.«

»Wie romantisch«, murmelte Mattie zu der Flasche in ihrer Hand. »Ich fange gleich an zu weinen.« Sie merkte, dass ihr der Sekt zu Kopf stieg, und sie merkte auch, dass sie das wollte.

»Jetzt sag's ihr schon«, hörte sie Cal flüstern.

»Wieso ich?«, fragte Nick zurück.

»Okay«, sagte Cal. »Let me tell you a story. Es war einmal ein Mädchen, das weit weg in einem kalten Land im Norden lebte.«

Jetzt fing der auch noch an. »Mir ist eigentlich gar nicht kalt«, sagte Mattie.

»Sie kannte Indien nur aus den Geschichten ihrer Mutter, die ihr erzählte, ihr Vater sei ein Prinz aus einem Land voller Wunder und Magie. Als das Mädchen erwachsen wurde, machte es sich auf, den Prinzen zu suchen. Aber er war nur ein Blender, ein reicher und korrupter Mann, der die Götter, zu denen er betete, mit seiner falschen Ehrbarkeit beschämte. Und das Land voller Wunder und Magie entpuppte sich als stinkender Moloch, in dem die Menschen verpestete Luft atmeten und täglich von neuen Katastrophen heimgesucht wurden: von Sturmfluten und Erdbeben, von Dürren und Pest und Cholera und von Kakerlaken.«

»Lass gut sein, Cal!«, rief Nick. »Sonst klappt es nie!«

Mattie fühlte, wie die samtige Hülle, die der Prosecco um ihren Verstand gesponnen hatte, zerbröselte. »Was klappt nie?«, fragte sie misstrauisch.

»Also kurz und gut, das Mädchen war schon auf dem Rückweg, als es zwei richtigen Prinzen begegnete. Sie sagten ihr, dass es in Indien zwar keine Wunder und Magie gäbe und dass die vielen Katastrophen wirklich nervten, aber dass sie sich freuen würden, wenn sie trotzdem eine Weile dabliebe.«

»Was wollt ihr?«, fragte Mattie. Der Prosecco fing in ihrem Bauch von neuem an zu prickeln. »Ich soll zu euch nach Bombay kommen?«

»Entweder du kommst gleich mit oder zur Hochzeit«, sagte Nick. »Wann ist ein gesegneter Monat zum Heiraten, Cal? Dezember?«

Mattie guckte auf die halbleere Flasche in ihrer Hand, um sich zu vergewissern, dass es sich nicht um etwas Stärkeres als Vino Frizzante handelte. »Wer heiratet?«

Cal schien sich plötzlich nur noch für seine Hände zu interessieren, die auf dem Plexiglas herumtrommelten.

»Cal heiratet Nitya. Er braucht eine ehrbare Fassade. Und außerdem macht Mohan ihn zum Kronprinzen seines Königreichs.« Nick sah von Cal zu ihr. Sein zärtlicher Blick stand im krassen Gegensatz zu dem, was er sagte. »Mattie, verzeih mir meine Rachsucht, aber es ist einfach zu schön, deinen Gesichtsausdruck zu sehen. Und jetzt entschuldigt bitte, dass ich mich zurückziehe. Ich glaube, der DJ hat Verspätung, und die Leute werden langsam unruhig.«

Er stand auf, deutete eine Verbeugung an und verschwand in der Menge.

71 Lösung

Mattie starrte schon seit einer halben Ewigkeit durch die Glasscheibe. Nur dass sich diesmal die Welt draußen nicht drehte.

Weiß der Himmel, wo Nick plötzlich sein Laptop herhatte. Cal hörte wie im Traum die Aufnahmen, die er letztes Jahr im Monsun gemacht hatte. Das Geräusch des Regens vermischte sich mit dem Hupen der Rikshas und dem Geschrei von Kindern, die in den Pfützen herumplanschten. Langsam blendete Nick über in die Geigen von Cals Ballade.

»Ich dachte, es wäre die Lösung all meiner Probleme«, sagte er. »Aber das war, bevor ich nach Berlin gekommen bin.«

Matties Profil löste sich wie in Zeitlupe auf und verwandelte sich in ein frontales Close-up. Cal hatte das Gefühl, diese Situation schon einmal genauso erlebt zu haben.

»Und täglich grüßt das Murmeltier«, sagte sie leise.

»Was?«

»Ach, nichts.« Sie reichte ihm die Flasche, die sie in der Hand hielt. »Wir können die Zeit nicht anhalten.«

»Nein, das können wir nicht.« Er nahm einen Schluck. »Aber wir können uns mit der Zeit verändern.«

Mattie schüttelte den Kopf. »Ehrlich gesagt weiß ich das nicht mehr so genau. Ich bin in einem Nest von lauter Lügen aufgewachsen. Ich will nicht, dass sich diese Lügen wiederholen. Ich möchte Kinder haben, Cal. Und sie sollen wissen, woran sie sind.«

Cal sah die Tränen, die ihr über das Gesicht liefen. Sie machte keinen Versuch, es zu verbergen oder sie wegzuwischen. »Und wer sagt, dass ich das nicht möchte? Ein Wort von dir, und die Hochzeit ist abgeblasen. Nitya wird es verstehen.«

Sie hob ihre Hände, als wollte sie sich die Ohren zuhalten. »Ich will das nicht hören, Cal. Es macht mir Angst. Wir können doch nicht einfach so tun, als sei es ganz normal, zwei Menschen zu lieben. Wie soll denn das gehen? Bist du sicher, dass du Nick teilen willst? Dass du es könntest?« Sie wollte weiterreden, aber Cal legte den Finger auf den Mund.

»Bitte, Mattie, sprich es nicht aus. Wenn wir darüber reden, wird es unmöglich.«

Sie sah ihn lange an. »Bevor ich nach Bombay komme – *wenn* ich komme –, muss ich lernen, mit meiner Angst zu leben. Meine eigene Verletzlichkeit zu sehen.« Sie lächelte, und er konnte sehen, wie die harten Linien aus ihrem Gesicht verschwanden. »Ich denke, ein bisschen Kung-Fu kann nicht schaden, um mit euch beiden fertig zu werden.«

»Ich wette, ich bin nicht der Einzige, der langsam genug von Bollywood hat.« Cal hatte den Eindruck, als ob Nicks Stimme nicht aus den Lautsprechern kam, sondern direkt in seinem Inneren vibrierte.

Die Gespräche verstummten. Einzelne Gäste stellten sich auf die Zehenspitzen, um zu sehen, wer da sprach. Cal sah Mattie an. Sie wussten beide, dass Nick immer das letzte Wort haben musste. Selbst wenn er unsichtbar war.

»Ihr habt alle ein wunderbares Musical gesehen. Ihr habt euch stundenlang vorgaukeln lassen, dass Liebe und Familie universelle Fundamente sind, auf denen der Lauf der Welt ruht. Und nun lasst euch von Altmeister Johnny Cash erzählen, wie es wirklich ist. Wir werden niemals ein und dasselbe sein. Aber wenn ihr tief Luft holt und eure Stimme freilasst, werdet ihr merken, dass wir ab und zu dieselbe Sprache sprechen.«

Der Klang einer einzelnen Akustikgitarre wehte über das Dach.
»Kyai«, sagte Mattie leise und schloss die Augen.

Is it getting better?
Or do you feel the same?
Will it make it easier on you now?
You got someone to blame
You say
One love
One life
When it's one need
In the night
One love
We get to share it
It leaves you baby
If you don't care for it

Did I disappoint you?
Or leave a bad taste in your mouth?
You act like you never had love
And you want me to go without
Well it's

Too late
Tonight
To drag the past out into the light
We're one, but we're not the same
We get to
Carry each other
Carry each other
One

Have you come here for forgiveness?
Have you come to raise the dead?
Have you come here to play Jesus
To the lepers in your head?

Did I ask too much?
More than a lot.
You gave me nothing,
Now it's all I've got
We're one
But we're not the same
Well we
Hurt each other
Then we do it again
You say
Love is a temple
Love the higher law
You ask me to enter
But then you make me crawl
And I can't be holding on
To what you got
When all you've got is hurt

One love
One blood
One life
You got to do what you should
One life
With each other
Sisters
Brothers
One life
But we're not the same
We get to
Carry each other
Carry each other.

Quellen

»And the Wind Cries Mary«
Words and Music by Jimi Hendrix

»Dil Se Re«
Music by AR Rahman
Lyrics by Gulzar

Osho-Zitat Kap. 22 nach:
Jörg Andrees Elten/Satyananda: »Ganz entspannt im Hier und Jetzt«, S. 137, Osho Verlag, Köln 2000

Osho-Zitat Kap. 46 nach:
http://www.tabaan.de/osho/imag10.html

»One«
Words and Music by U2
Adaptation by Johnny Cash

1 *Kabhi Khushi Kabhie Gham* (Kurzform K3G), monumentaler Kinohit mit Shahrukh Khan und Kajol von 2001, lief 2004 als erster Bollywood-Film im deutschen Fernsehen unter dem Titel *In guten wie in schweren Tagen*

2 Siehe *Cut!* (Ariadne Krimi 1146); Verband indischer Soldaten in der Deutschen Wehrmacht während des Zweiten Weltkrieges, rekrutiert aus Kriegsgefangenen der britischen Armee.

3 Indien für alle! Slogan einer Kampagne für den Erhalt der multikulturellen, säkularen indischen Gesellschaft nach den Massakern in Gujarat im Jahr 2002, bei dem nach Schätzungen 2000 Muslime von Hindus getötet und über 150.000 in die Obdachlosigkeit getrieben wurden.

4 »Sannyas nehmen« bedeutet bis heute die offizielle Aufnahme in die Gefolgschaft Baghwan Shree Rajneeshs. In den Anfangszeiten vollzog Baghwan selbst das Ritual, bei dem das neue Mitglied die Holzkette mit dem Bild des Meisters sowie einen neuen Namen aus der indischen Mythologie erhielt.

5 Poona, heute offiziell umbenannt in Pune, Stadt in Maharashtra mit ca. 4 Millionen Einwohnern, Sitz des Ashrams von Baghwan Shree Rajneesh.

6 Auf der von der US-amerikanischen Firma Forbes jährlich aktualisierten Liste finden sich die reichsten Menschen der Welt in der Rangfolge ihrer Vermögenshöhe. Platz 1 belegt seit Jahren Bill Gates.

7 Noch zu Lebzeiten beschloss Baghwan Shree Rajneesh, seinen Namen abzulegen. Er überließ es seinen Schülern, einen neuen Namen für ihn auszusuchen. Die Wahl fiel auf Osho. Er wird heute ausschließlich von seinen Anhängern verwendet.

8 Osho, zitiert nach Jörg Andrees Elten/Satyananda: *Ganz entspannt im Hier und Jetzt*, Osho Verlag, Köln 2000.

9 Diwali ist einer der wichtigsten hinduistischen Feiertage, auch

bekannt als das Fest der Lichter. Es symbolisiert den Sieg des Guten über das Böse.

10 NRI, umgangssprachl. Abkürzung für »Non Resident Indians«, u.a. die großen indischen Communitys in Großbritannien und den USA. Für NRIs gelten in Indien Steuervergünstigungen, wenn sie ihr Kapital in lokale Immobilien oder Unternehmen investieren.

11 Pandit bedeutet auf Deutsch »Meister« und bezieht sich einerseits auf die künstlerische Meisterschaft des Musikers, andererseits jedoch auch auf die Position des Lehrers für seine Schüler.

12 »Uncle« ist eine vertrauliche Anrede für ältere Männer, deutet jedoch nicht unbedingt auf ein Verwandtschaftsverhältnis hin.

13 Crore ist ein indisches Zählmaß und entspricht hundert Lakhs. Ein Lakh sind 100.000 Rupien, ein Crore dementsprechend 10 Millionen Rupien.

14 Neben der politischen Partei Shiv Sena ist der RSS (Rashtria Svayamsevak Sangh, Nationaler Freiwilligenverband) ein wichtiges Organ des Hindu-Fundamentalismus. Die paramilitärisch und hierarchisch strukturierte Organisation mit ca. 5 Millionen Anhängern unterhält landesweit Trainingslager (Shakas) für die Kämpfer eines neuen »Hindustan«.

15 Kalaghoda ist eines der ältesten Stadtviertel in Südbombay.

16 DOP, Kurzform für Director of Photography, den leitenden Kameramann/Kamerafrau bei einer Filmproduktion.

Ich danke

Philip Scheffner und Dorothee Wenner, die dieses Buch von Anfang bis Ende mit Ideen, Unterstützung und Kritik begleitet haben

Rubaica Jaliwala für Recherche in Indien und letzte Korrekturen in Berlin

Ines de Perea, 3. Dan Quan Dao Kung-Fu, meiner Lehrerin und Expertin in Fragen, die für die Geschichte von zentraler Bedeutung waren, sowie

Isabel de Perea, 2. Dan Gojo-Ryu Karate für Foto-Sessions und Beratung

den Filmteams von »My Brother Nikhil« und »Star Biz«, insbesondere Onir und Urmi Juvekar für viele Anregungen und Gespräche

Minu Haschemi, Hella Knappertsbusch, Astrid Marschall, Marita Neher, Dieter und Sigrid Scheffner, Alexandra Schneider und Susanne Schultz für ihr konstruktives Feedback

sowie Bettina Kalisch, Petra Klaus, Sohela Jandi, Strupp und Wolfgang Marx, Tilmann Scheffner und Rainer Schlesselmann

der Berliner Frauengruppe des Quan Dao Kung-Fu

dem Team von Majlis in Bombay, besonders Madhusree Dutta

dem gesamten Projekt-Team von »Import Export – Cultural Transfer between India and Germany, Austria«, insbesondere Marcie Jost und Peter Zorn

meiner Lektorin Else Laudan für die kongeniale Zusammenarbeit

den »haarigen Vierbeinern« Shiva, Pelle und Luzi für Spaziergänge und Inspiration

meiner Familie und meinen Freunden in Norddeutschland, Bombay und Berlin.

Ⓓ Kriminelle Verhältnisse

Ariadne bringt tolle subversive Krimis von deutschen Autorinnen

Merle Kröger
Cut!

Ariadne Krimi 1146 · ISBN 3-88619-876-6

Ein Programmkino gibt seine letzte Vorstellung vor dem Abriss. Für Madita Junghans, die Norddeutsche mit den indischen Genen, endet eine Ära. Sie lässt sich überreden, in einem sehr privaten Fall Ermittlungen anzustellen, und verstrickt sich in den losen Fäden eines dunklen Kapitels deutsch-indischer Geschichte. Und dann gibt es Tote …

»Es gibt sie tatsächlich, die kleinen Wunder in der Kriminalliteratur, zum Beispiel Merle Kröger. Ihre Sprache ist einfach und bildstark, ihr Sinn für Dramaturgie und Spannung überzeugt. Nach Jahren der Dürre scheint sich ein Frühling im deutschsprachigen Kriminalroman abzuzeichnen: Merle Kröger könnte sich zur Avantgardistin in diesem Bereich entwickeln.« *WDR*

Jacqueline Ohnhold
Hunger

Ariadne Krimi 1168 · ISBN 3-88619-898-7

Wie kann man in unserer Wohlstandsgesellschaft den Hungertod sterben? Was haben die bis auf die Knochen abgemagerten toten Katzen auf der Müllkippe mit der gut gekleideten, aber schrecklich unterernährten Frauenleiche zu tun, die man eines Morgens an der Bushaltestelle findet? Die Kripo, die sich ständig mit Budgetkürzungen und Personalmangel herumschlagen muss, ahnt noch nicht, was bei diesem Fall auf sie zukommt …

Ein deutscher Thriller von außergewöhnlichem Gänsehaut-Kaliber: *Hunger* ist der erste Roman mit dem Kripo-Team Jan Gollan und Andrea Hoffmann, die von jetzt an in Serie ermitteln.

(D) Kriminelle Verhältnisse

Ariadne bringt tolle subversive Krimis von deutschen Autorinnen

»Christine Lehmann schreibt mit Herz und, eine Rarität im D-Krimi, (Wort-)Witz.« Tobias Gohlis, *Die Zeit*

»Lehmann ist den meisten deutschen Krimischreibern stilistisch haushoch überlegen. Man kann sich diesen Sound nicht antrainieren. Bei Lehmann beruht er auf Menschenkenntnis, Lebenserfahrung, Selbstironie und Belesenheit.« *Perlentaucher*

»Einsam, aufsässig und notorisch respektlos – ein klarer Fall von hardboiled woman.« *Konkret*

Christine Lehmann
Harte Schule

Ariadne Krimi 1157 · ISBN 3-88619-887-1

Lisa Nerz, Zeitungsreporterin mit beträchtlicher Erfahrung und guten Verbindungen, trägt gern Männerkleidung und genießt es, ihre arrogante blonde Volontärin zu triezen. Als die Meldung hereinkommt, dass auf einem Stuttgarter Schulhof ein ermordeter Lehrer liegt, nimmt die narbengesichtige Journalistin die Fährte auf und folgt ihr bis in allerhöchste Kreise, wobei sie Kopf und Kragen riskiert …

Ein knallharter Whodunnit, der zynisch und treffsicher das Lebensgefühl heutiger Jugendlicher auf den Punkt bringt.

Höhlenangst

Ariadne Krimi 1161 · ISBN 3-88619-891-X

Tief und dunkel sind die berühmten Höhlen der Schwäbischen Alb. Doch das kann eine Journalistin vom Kaliber der narbengesichtigen Lisa Nerz nicht schrecken – wenn Gerüchte von Mord und Korruption umgehen, steckt sie ihre Nase auch ins finsterste Fledermausnest. Auf der Suche nach einem Staatsanwalt, einer Leiche, die eben noch da war, und ein bisschen Liebe nimmt Lisa Nerz waghalsige Klettertouren auf sich und entreißt dem unterirdischen Labyrinth die Wahrheit.

(D) Kriminelle Verhältnisse

Ariadne bringt tolle subversive Krimis von deutschen Autorinnen

Katrin Kremmlers Krimi-Figuren sind Frauen im Exil, Frauen anderer Kulturen, Asylantinnen, Globetrotterinnen, Illegale. Kremmler schreibt originell, stilsicher, witzig, bissig, sehr politisch, sexy und spannend. Süffisante, packende und kluge Krimis als (Zerr-)Spiegel des Hier und Jetzt: Das ist die edelste Aufgabe von Krimis, die Kremmler treffsicher und rasant komödiantisch erfüllt.

Katrin Kremmler

Blaubarts Handy

Ariadne Krimi 1131 · ISBN 3-88619-861-8

Die Mär vom Blaubart ist völlig aus dem Leben gegriffen. Nur dass der kompromittierende Gegenstand hier in Ungarn kein goldener Schlüssel ist. Es ist ein Handy.

Der abenteuerliche Alltag einer studierten lesbischen Büromaus im wilden Osten: Crime noir zwischen postsozialistischem Realismus und postkoitaler Romantik.

Die Sirenen von Coogee Beach

Ariadne Krimi 1145 · ISBN 3-88619-875-8

Sirenen sind unwiderstehlich. Ihr Lied besingt, nach was die Reisende sich sehnt. Solange sie singen, weißt du immerhin, woran du bist mit ihnen. Nur wenn sie schweigen, hast du ein Problem.

Australien zwischen kultureller Vielfalt und Einwanderungspolitik: eine provokante, humoristische Darstellung sozialer Realitäten.

Pannonias Gral – Der Krimi mit CD-ROM

Ariadne Krimi 1153 · ISBN 3-88619-883-9

Sinnliche und drastische Blicke aufs heutige Ungarn: Kremmler verwebt die Geschichte des historischen Seuso-Schatzes mit einer feministischen Gralssuche. Turbulent und hintergründig, mit einesm Bonbon für Liebhaberinnen von Computern und Cartoons.

(D) Kriminelle Verhältnisse

Ariadne bringt tolle subversive Krimis von deutschen Autorinnen

»Monika Geier verfügt über die Bösartigkeit aller guten Krimiautorinnen, über Witz und die Raffinesse für wirklich subtile Plots. Ihre Bücher sind mehr als eine Entdeckung, sie sind eine Befreiung von schlecht gewordener Konvention.« Tobias Gohlis, *Die Zeit*

Monika Geier
Wie könnt ihr schlafen

Ariadne Krimi 1110 · ISBN 3-88619-840-5

Kommissarin Bettina Boll wird aus dem Urlaub abgerufen und in die Pampa geschickt: Aus einem Nest namens Kreimheim wurde der Fund einer Kinderleiche gemeldet. Als Verstärkung für ihren ersten eigenen Fall gibt man ihr den »kleinen« Willenbacher mit, einen farblosen Chauvi. Und dann informiert man sie in letzter Sekunde, dass die aufgetauchte Neugeborenenleiche seit etwa 25 Jahren tot ist. Viel Glück beim Ermitteln, Frau Boll!

Neapel sehen

Ariadne Krimi 1136 · ISBN 3-88619-866-9

Hochsommer in der Gemeinde Irrlich. Die Lehrerin Aurelie hilft, wo sie kann: Neben ihrem Engagement für den Naturschutz greift sie Sorgenkindern unter die Arme. Aber die allseits geschätzte Wohltäterin bezieht ihr ganz eigenes dunkles Vergnügen aus diesen ungleichen Beziehungen. Der Fund ihrer Leiche ruft Kommissarin Bettina Boll auf den Plan. Ihre Ermittlung prägen brütende Hitze und menschliche Abgründe ...

Stein sei ewig

Ariadne Krimi 1150 · ISBN 3-88619-880-4

Bettina Boll hat es nicht leicht. Ihre Kollegen ermitteln in einem spektakulären Fall, während sie die Provinzvariante eines Kunstraubes aufklären darf: In Lautringen wurden öffentlich ausgestellte Plakate geklaut. Ein Lausbubenstreich? Die müßige Tat von unterforderten Studenten? Dann aber wartet die Lautringer Uni mit einer bösen Überraschung auf: Ein eiskalt inszenierter Mord erschüttert die Architekturfakultät...